Kate Lord Brown
Das Sonntagsmädchen

**PIPER**

## Zu diesem Buch

Weit abgeschieden, in einem kleinen Haus hinter den Dünen von Long Island, verbringt der gefeierte Maler Gabriel Lambert seinen Lebensabend. Die Vergangenheit hat ihn bis heute nicht losgelassen, noch immer plagt ihn seine Erinnerung. Denn vor langer Zeit beging er in Marseille einen schweren Fehler, mit dessen Konsequenzen er seither leben muss. Damals verkehrte er in einem Kreis angesehener Avantgardekünstler, die eine Villa namens Air Bel bewohnten. Immer sonntags, wenn das herrschaftliche Haus seine schmiedeeisernen Tore öffnete und Intellektuelle aus allen Ecken des Landes einlud, kam er zu Besuch. Doch es war das Nachbarhaus, das ihn schon bald in seinen Bann zog. Denn dort wohnte ein Mädchen, dessen Schönheit ihn vom ersten Augenblick an fesselte. Ein Mädchen, das die Liebe seines Lebens wurde – und für das er eine große Schuld auf sich lud. Sechzig Jahre hat er geschwiegen, sein dunkles Geheimnis streng gehütet. Bis eines Tages eine junge Frau vor seiner Tür steht …

*Kate Lord Brown* wuchs in der malerischen englischen Grafschaft Devon auf. Nach ihrem Studium an der Universität Durham und am Courtauld Institute of Art war sie zunächst als internationale Kunstberaterin tätig. Später zog sie mit ihrer Familie nach Valencia und widmete sich dort dem Schreiben. Heute lebt sie im Mittleren Osten und arbeitet als Kolumnistin. »Das Haus der Tänzerin«, ihr erster auf Deutsch erschienener Roman, war auf der Spiegel-Online-Bestsellerliste und wurde in sieben Sprachen übersetzt. Er stand 2014 auf der Shortlist für den »Romantic Novel of the Year Award«.

Kate Lord Brown

# Das Sonntagsmädchen

Roman

Aus dem Englischen von
Elke Link

Piper München Zürich

*Mehr über unsere Autoren und Bücher:*
*www.piper.de*

Von Kate Lord Brown liegen bei Piper vor:
Das Haus der Tänzerin
Der Zauber ferner Tage
Das Sonntagsmädchen
Die letzten Tage des Sommers

Deutsche Erstausgabe
Oktober 2014
© 2014 Kate Lord Brown
Titel der englischen Originalausgabe:
»The House of Dreams«
© der deutschsprachigen Ausgabe:
2014 Piper Verlag GmbH, München
Umschlaggestaltung: Johannes Wiebel | punchdesign, unter Verwendung
von Motiven von Shutterstock
Umschlagabbildung: getIT (Frau/Bank), Dudarev Mikhail (Ast),
Natalia Barsukova (Meer)/alle Shutterstock
Satz: Kösel Media GmbH, Krugzell
Gesetzt aus der Bembo
Papier: Pamo Super von Arctic Paper Mochenwangen GmbH, Deutschland
Druck und Bindung: CPI books GmbH, Leck
Printed in Germany    ISBN 978-3-492-30545-7

*Für LAW*

*»Die Liebe ist eine Flamme – wir sind das Leuchtfeuer der Nacht der Welt.«* Rupert Brooke

## Vom Schreibtisch von Sophie Cass

### New York – 28. August 2000

*Sehr geehrter Mr Lambert,*

*die Sache ist die: Sie können meine Briefe ignorieren, wenn Sie wollen, aber die* New York Times *bringt meinen Artikel, ob es Ihnen beziehungsweise Ihren Anwälten passt oder nicht. Wäre da nicht unsere familiäre Verbindung, würde ich Sie auf der Stelle verklagen. Ich mag Drohungen nicht. Ich bin Berufsjournalistin und arbeite investigativ, Mr Lambert, und ich mache nichts anderes als meine Arbeit. Hier geht es nicht um einen persönlichen Racheakt, wie Sie behaupten, und ich habe auch keine hinterhältige Taktik angewandt. Als Künstler werden Sie sicherlich verstehen, dass es darauf ankommt, hinzusehen, gut zuzuhören und die Dinge wahrzunehmen, die anderen entgehen. Ich habe hingesehen und die Wahrheit erkannt – schlicht und einfach.*

*Meine Quellen sind absolut zuverlässig, und was noch wichtiger ist, ich habe darüber hinaus neue Beweise für meine Behauptungen. Mr Lambert, ich habe Fotos entdeckt, die Alistair Quimby 1940 aufgenommen hat, in dem Sommer, bevor Sie Varian Fry in Marseille getroffen haben. Es sind nicht nur phantastische Bilder von meiner Großtante Vita, sondern auch Bilder von Ihnen bei der Arbeit im Atelier des Château d'Oc. Von Ihnen beiden. Mehr muss ich nicht erklären, nehme ich an.*

*Ihr Anwälte haben sich verdammt angestrengt, mich zu warnen, aber jetzt warne ich Sie – dieser Artikel über Ihre glorreiche Karriere und Ihren angeblichen 90. Geburtstag wird gedruckt. Ich biete Ihnen eine allerletzte Chance, Ihre Sichtweise zu schildern, bevor ich den Text abgebe. Ich besuche Sie nach dem Labor Day, am 7., Donnerstagmittag. Ich kann mir vorstellen, dass Sie mittlerweile zu sprechen bereit sind.*

*Mit freundlichen Grüßen*
*Sophie Cass*

# 1

## Flying Point, Long Island – September 2000

Es gibt kaum etwas, was leerer ist als die Stelle, an der zuvor ein Christbaum stand. Zumindest sagt Annie das immer. Wenn es nach meinem lieben Mädchen ginge, hätten wir das ganze Jahr über einen Baum, und die weiße Lichterkette würde immer draußen auf der Veranda hängen. Als ich jünger war, schwamm ich bei Sonnenuntergang hinaus und sah die Venus und die Sterne über mir, und dieser Strang von Lichtern führte mich nach Hause – wie schimmernde Perlen am dunklen Hals der Bucht. Wenn wir nachts mit den Hunden am Strand spazieren gingen, nahm sie meine Hand oder legte den Arm um mich. Gabe, sagte sie, schau, das ist wie unsere eigene Galaxie an der Küste.

Viele staunen über unser Haus. Von dem bedeutenden Mann erwartet man etwas Protzigeres, aber niemand sieht, dass ich hier alles habe, wovon ich je träumte: Ich habe das klare Licht der See, das durch die eckigen offenen Tore in die Scheune dringt, in der ich arbeite, und ich habe Annie. Eines Sommers bezahlte ich ein paar Jungs aus Pennsylvania dafür, dass sie mir die Scheune aufbauten – es ist eine alte rote im Kolonialstil, mit Walmdach und Toren, die sich weit in Richtung Norden öffnen. Ich brauche Platz, um zu arbeiten, um meine Leinwände auszubreiten, aber Annie wollte nie ein Atelier. Als ich ihr anbot, ihr eines zu bauen, sagte sie: »Was soll ich denn damit?« Sie stellte sich nur einen kleinen Tisch bei der Küche auf, an der Wand. Sie ist gerne mitten im Ge-

*11*

schehen, sagt sie, dann können die Kinder kommen und gehen, während sie ihre schönen Kleider näht. Ihre Arbeiten sind in Kollektionen im ganzen Land enthalten, aber wenn man sie so mit gebeugtem Kopf über ihrer Stickerei sitzen sieht, würde man das nicht vermuten. Immer hockt ihr ein Hund zu Füßen, und eine Katze rollt sich im warmen Schein ihrer Lampe ein, wenn sie näht. Zuerst waren es unsere eigenen Kinder, und jetzt sitzt oft irgendein Enkelkind neben ihr im Hochstuhl oder spielt mit Bauklötzen oder Puppen auf dem Boden, und das Radio tönt im Hintergrund. Vielleicht mögen die Leute deshalb ihre Kunst – in jedem ihrer Stiche pulsiert und glänzt das Leben. Meine Bilder machen den Leuten Angst, schüchtern sie ein. Sie sind groß und intensiv, genau richtig für kompromisslose White-Cube-Galerien und himmelhohe Innenhöfe von Firmengebäuden. Ich weiß, womit ich lieber leben würde. Mit der Zeit haben mich die Leute mit meinen Bildern verwechselt. Eines habe ich gelernt: Wenn man gute Arbeit leistet, es bis in mein Alter schafft und die Klappe hält, dann wird man zum zurückgezogen lebenden Genie verklärt. Ich mag meinen Ruf, befördere ihn noch: der undurchschaubare alte Mann der Abstraktion. Die Leute haben Angst, mir zu viele Fragen zu stellen, und das ist mir nur recht. Lediglich die Mutigsten belästigen mich hier draußen. Ich werfe einen Blick auf den Brief des Mädchens auf dem Tisch. Nur die Frechsten finden mich.

Mein Kaffee ist kalt geworden, während ich das Kind in den Armen wiege und hinaus aufs Meer schaue. Billie Holiday singt *It's a Sin To Tell A Lie* auf meinem Magnavox Imperial von 1959, und die Stimme von Lady Day tanzt mit den Engeln oben zwischen den Dachsparren, das Calder-Mobile schwingt mit der Melodie, die in die Luft aufsteigt wie Blasen in klarem Wasser. Das ist Annies Lieblingslied. Sie hat immer ein schelmisches Funkeln in den Augen und singt leise mit, wenn wir dazu tanzen und unsere bloßen Füße über die sandige Veranda gleiten, von der man das Meer überblickt. Meine Frau kennt mich gut. Ich habe in meinem Leben über vieles Lügen erzählt, habe aber nie gelogen, was meine Liebe zu ihr betraf.

Ich liebe auch diese Jahreszeit, schon immer. Für mich gibt es nichts Schöneres als einen leeren Strand mit dem blendend weißen Sand, dem Meer mit seinem winterlichen Wellengang und dem klaren blauen Himmel über allem. Hier kann ich atmen. Jeden Tag fühle ich mich beim Aufwachen wie der erste Mensch auf der Erde, mit Eva an seiner Seite. Nach dem Labor Day, wenn all die schicken Cottages an den Dünen winterfest gemacht und die Hecken abgedeckt sind, schleudern Annie und ich uns die Schuhe von den Füßen, gehen hinunter zu unserem Strand und stecken die Zehen in den Sand. Wir machen ein Lagerfeuer, grillen ein paar Fische und trinken ein Glas Chardonnay darauf, dass wieder ein Sommer vergangen ist. Annie trinkt nicht viel, aber an diesen Abenden rollt sie sich unter einer alten Karodecke zusammen und erzählt, die Wangen gerötet, von der Vergangenheit, unserem Leben und unserer Zukunft, wie früher das Mädchen, das ich kennengelernt hatte, als wir in den Wäldern bei Air Bel wie Kinder in einem Märchen herumspazierten.

Ich bin ein zufriedener Mensch. Mehr wünsche ich mir nicht für meine Kinder. Ich habe ihnen allen genug gegeben, um ins Leben zu starten, aber nicht so viel, dass sie nicht daran arbeiten müssten. Zu viel Bequemlichkeit kann einen Menschen ruinieren, das habe ich mir oft gedacht, wenn ich manche von den Kindern der Reichen anschaue, die ich kannte. Man verliert den Biss. Ich wollte nicht, dass die Kinder so kämpfen müssen wie Annie und ich, aber den Rest des Geldes habe ich in aller Stille weggegeben. Wenn irgendein Idiot von

Banker meinen Händlern eine Million Dollar für eines meiner frühen abstrakten Bilder zahlen will, soll er doch. Zum Teufel, ich bin der Robin Hood der Kunstwelt. Es gibt genügend Menschen auf der Welt, die das Geld dringender brauchen als wir, und ich muss für so vieles in dem Leben, das ich gelebt habe, dankbar sein, in diesem guten und einfachen Leben, das ich nicht verdiene.

# 2

## Williamsburg, Brooklyn – Mittwoch, 6. September 2000

Sie wird vom Flattern weißer Flügel geweckt, ein Wirbel, dessen Silhouette sich vor dem hellen Morgenlicht abzeichnet, das durch das vorhanglose Loftfenster dringt. Sophie schreckt aus ihrem tiefen Schlaf auf, schützt das Gesicht mit dem Arm vor dem Licht, vor dem Vogel. Sie kneift die Augen zusammen, der Vogel sucht verzweifelt den schmalen Spalt, durch den er geschlüpft ist, die Flügel schlagen hilflos gegen die hohen Glasscheiben.

»Wie bist du denn hier reingekommen?« Sophie öffnet das Fenster weit. Die Geräusche der aufwachenden Stadt dringen mit dem leichten, warmen Wind ins Studio: unten Verkehrshupen, das Brummen von Klimaanlagen auf dem Dach über ihr, irgendwo ein blechernes Radio, auf dem *Said I Loved You* spielt …

*Jess' Lieblingslied*, denkt sie sofort. Pawlowartig rauscht ihr ein Cocktail von Erinnerungen durch den Kopf. Sie erinnert sich, wie sie ihn wegen seines Musikgeschmacks geneckt hat, als sie sich kennenlernten, wie seine seltsame Vorliebe für Powerballaden zu einem Dauerscherz wurde: *Allen Ernstes? Unter diesem Brooks-Brothers-Anzug trägst du Mähne und ausgewaschene Jeans?* Sophie denkt an den Abend, als sie bei irgendeiner Party auf einer Veranda in East Hampton langsam zu dem Lied tanzten – ein Wunsch von ihm. Alle hatten gelacht und gestöhnt, als der DJ das Stück spielte, aber das verlieh dem Augenblick, der Art, wie Jess mit ausgestreckter Hand auf sie

15

zukam, eine vollkommene Leichtigkeit. Sie erinnert sich an seine Sicherheit, wie er sich allein auf sie konzentrierte, an das Rauschen der Brandung und den süßen Erdbeergeschmack, den sie noch auf den Lippen hatte, als er sie küsste. Sie dreht die Hand, da sie daran denkt, wie ihr der Ring über den Finger rutschte, wie der Stein im Mondlicht glitzerte. Sophie hebt die weiße Bettdecke hoch. *Von allen Liedern. Unser Lied ...* Sie korrigiert sich. *Sein Lied.* Die Melodie treibt von einem offenen Eingang in der Grand Street nach oben, hinauf in den Morgenhimmel, und trägt ihre Gedanken mit sich.

Sophie spricht langsam mit dem Vogel, beruhigt ihn in seiner hektischen Suche nach Freiheit. »Na komm schon«, sagt sie und wirft das Betttuch in dem Moment über ihn, als er in der Ecke des Studios landet. Sanft umfasst sie den Vogel mit beiden Händen, spürt das Stakkato seines Herzschlags an den Fingern, den feinen, kuppelförmigen Bogen seines Brustkorbs.

Am Fenster lässt sie ihn frei, sieht zu, wie er in dem dunstigen Morgenhimmel über Brooklyn aufsteigt. Die Luft ist heiß, greifbar, durchsetzt von den Gerüchen der Straßen – Benzin, Kaffee, die Schalen reifer Melonen in den Müllcontainern hinter dem Laden. Die Taube gesellt sich zu ihren mit faden Federn geschmückten Freunden, die auf dem Giebel des gegenüberliegenden Gebäudes hocken, ein bleiches Satzzeichen in dem Morsecode aus gurrenden Vögeln, die sich die Nacht aus den Federn schütteln.

Sophie setzt sich in die Sonne aufs Fensterbrett, die Ziegel wärmen ihr durch ihr dünnes weißes Baumwollhemdchen den schmerzenden Rücken. Sie schließt die Augen, hält das Gesicht in die Morgensonne und dreht den Kopf von einer Seite zur anderen, um die Verspannungen im Nacken zu lösen. Ihr goldblondes Haar fällt ihr über die Schultern, ein glänzender Kranz, den sie nimmt und mit geübter Leichtigkeit zu einem lockeren Knoten dreht. Auf dem durchhängenden, mit rotem Samt bezogenen Sofa und dem einzelnen Kissen ist noch der Abdruck ihres ruhelosen Schlafs zu sehen. Das Lied ist zu Ende, und als der Jingle des Radiosenders sie von den Gedanken an Jess erlöst, geht ihr der Brief wieder durch den Kopf, die Endlosschleife, seit sie morgens um vier Uhr aufgewacht war. *War ich zu hart?*, denkt sie. *Was ist, wenn Lambert mich nicht sprechen will?* Sie hat den Brief so oft gelesen, dass sie ihn auswendig kann. *»Ich bin Berufsjournalistin und arbeite investigativ.«* Sie zuckt innerlich zusammen. *Was für einen Eindruck hätte wohl »Feuilletonmitarbeiterin mit frischem Abschluss und null beruflicher Erfahrung« auf seine Superanwälte gemacht?*

Als sie Pfoten über den bloßen Betonboden trapsen hört, dreht Sophie sich lächelnd um. »Hey, Mutt.« Der Dackel gähnt und dehnt sich, die Vorderbeine ausgestreckt, den wackelnden Schwanz aufgestellt. »Na komm«, sagt Sophie und schwingt sich vom Fensterbrett herunter. Sie macht sich frisch, nimmt ein sauberes weißes Hemd und schlüpft hinein. Dann greift sie nach der Leine, die zusammengerollt auf ihrem Koffer liegt, und tappt durch das Studio. Das Sonnenlicht fällt in breiten Parallelogrammen in den offenen Raum und heizt ihn auf. Sie schaltet die Kaffeemaschine ein, nimmt eine frische Packung Kaffee von Zabar's aus dem Lebensmittelpaket, das ihre Mutter ihr aufgedrängt hatte, reißt die Versiegelung auf und atmet den intensiven Duft des gerösteten Kaffees ein, während sie ihn in den Filter schüttet. Sie wirft einen Blick in die Einkaufstüte, entdeckt die vertraute geschwungene Handschrift ihrer Mutter auf einem Zettel unter ein paar Bagels. Sophie streicht ihn glatt. *Halte durch. Ich hab dich lieb. Kuss, Mama.* Er steckt an einem Essay von Henry James, sie hat einen Absatz unterstrichen.

Sophie bleibt kurz an der Tür stehen, um mit ihren gebräunten Füßen in weiße Converse-Sportschuhe zu schlüpfen, knöpft sich das Hemd locker zu, krempelt die Ärmel hoch und knotet es in der Taille über ihren Chinos zusammen. Mutt scharrt ungeduldig mit den Pfoten über den Boden und stupst ihr Bein mit dem Kopf an.

»Ich weiß, ich weiß«, sagt sie, »nur noch eine Sekunde, ja?« Sie steckt sich eine Ray Ban in die Haare, überprüft ihr Bild im Spiegel, reibt einen Wimperntuschefleck unter ihren meergrünen Augen weg, wischt mit dem Daumen ein wenig Zahnpasta aus der Vertiefung in ihrer Unterlippe ab. *Du kannst das*, sagt sie sich, und in Gedanken ist sie schon bei dem Treffen mit Lambert. Ihr Magen zieht sich vor Nervosität und Anspannung zusammen. Sie hat sich schon tausendmal vorgestellt, wie es sein wird, ihn endlich zu treffen. »Sei großzügig, sei feinfühlig, und verliere niemals dein Ziel aus den Augen«, zitiert sie murmelnd aus dem Essay von James. Sie steckt die Papiere in ihren abgenutzten Lederbeutel, nimmt sich ihre Schlüssel und ein paar Dollarscheine, dann schiebt sie die Riegel an der schweren Metalltür zurück. »Gehen wir.«

Auf der Straße löst sich ihre Anspannung, während sie um den Block zur Bedford Avenue laufen, der Puls einer Basslinie, der aus einem aufgemotzten Chevy in einer Seitenstraße zu ihr dringt, schlägt im Rhythmus ihres Herzens, während sie darauf wartet, dass Mutt seinen Lieblingslaternenmast in der Nähe des Restaurants *Kam Sing* tauft. Die metallene Kellertür steht offen, und der Geruch von Bratöl und Gewürzen vom gestrigen Abend weht herauf. Sophie holt ihr Handy aus der Tasche, wählt die Nummer ihrer Mutter und weicht einer Gruppe graugesichtiger Pendler aus, die auf dem Weg zur Linie L sind. Während sie wartet, bis die Leute vorbeigegangen sind, erblickt sie kurz ihr Spiegelbild im Fenster, eine weiße Glückskatze aus Keramik winkt ihr von der Theke aus zu. Es ist besetzt. Mit gerunzelter Stirn steckt Sophie das Telefon wieder ein.

»Fertig? Ganz sicher?«, fragt sie, als der Hund weiterläuft. Sie bindet ihn vor dem Lebensmittelladen an einer mit Graffiti bekritzelten Wand fest. Sie kauft frischen Orangensaft, währenddessen hält er den Blick starr auf sie gerichtet. Sophie nimmt eine *New York Times* aus dem Zeitungskasten. Sofort erspäht sie seinen Namen, gleich unter der Schlagzeile. Alle Buchstaben verschwimmen, und nur noch zwei Wörter bleiben stehen: Jess Wallace, verblüffend deutlich. Mutt bellt ungeduldig, und Sophie muss unwillkürlich lächeln, als sie zu ihm geht und ihn losbindet. »Na, das ging doch ganz fix.« Die gute Laune des Hundes ist ansteckend, das freudige Wackeln mit dem Schwanz überträgt sich auf seinen ganzen Körper – sie sind wieder zusammen, so einfach ist das. Sophie hängt sich die Leine und die Tüte über das Handgelenk und blättert beim Gehen die Zeitung durch. Den Artikel auf der ersten Seite liest sie absichtlich nicht, sondern sucht ihre aktuelle Kolumne über eine neue Ausstellung, die gerade eröffnet worden war. Sie findet sie ganz hinten im Feuilleton, irgendwo zwischen den Anzeigen. Wie ein Nachgedanke.

Im Studio läuft die Dusche. Mica singt aus voller Kehle zu Macy Gray im Radio. Sophie schenkt sich eine Tasse Kaffee ein und schafft Platz zwischen den Skizzen und den Stoffrollen auf dem Esstisch. Sie breitet die Fotos und Dokumente aus ihrem Beutel aus, als würde sie Spielkarten austeilen. Auf jedem Bild klebt ein gelber Post-it-Zettel, auf dem in schwarzer Tinte deutlich geschrieben steht: *Gabriel Lambert 1970? Letztes bekanntes Bild. Varian Fry, André Breton 1940. JC: Gabriel und Annie Lambert, Party, Long Island, 1960er.* Sophie nimmt dieses letzte Bild in die Hand, betrachtet es genau. Die junge Frau trägt ihre blonden Haare modisch offen, ein schwerer, gerade geschnittener Pony hängt über den mit Kajal dunkel geschminkten Augen, die den schlanken, sonnengebräunten Mann neben ihr voller Liebe anblicken. Seine schwarzen Haare werden an den Schläfen grau, er trägt sie so lang, dass sie an den Kragen seines ausgewaschenen Jeanshemds stoßen. Sein Blick ist wild, die Augen haben die Farbe des Himmels. Die Chemie zwischen den beiden ist greifbar, selbst nach all den Jahren, zwischen ihren Körpern ist keine Luft, er hat ihr den Arm schützend um die Taille gelegt, ihre Hand ruht flach auf seiner Brust. *Wie geht das?*, denkt sie. *Wie erhält man diese Leidenschaft ein Leben lang aufrecht?* Ihr Magen krampft sich zusammen, als sie daran denkt, die beiden endlich kennenzulernen. Ihre legendäre Liebesaffäre fasziniert Sophie, die Vorstellung, dass es manchmal ein »glücklich bis an ihr Lebensende« gibt, ist ein Hoffnungsschimmer in der Dunkelheit.

»Na, Süße, ich habe gar nicht bemerkt, wann du gestern Abend heimgekommen bist«, sagt Mica. Ihr roter Sarong leuchtet, als sie durch das Sonnenlicht geht, Wasser perlt auf ihrer frisch eingeölten Haut.

»Ich wollte dich nicht wecken. Wie war dein Kurzurlaub?«

»Du weißt schon, Tag der Arbeit, meine Familie.« Mica schürzt die Lippen. »Wie geht's deiner Mutter?«

»Sie schickt liebe Grüße.«

»Hast du es geschafft, dein ganzes Zeug bei ihr im Schuppen unterzubringen?«

»Fast.« Sophie hebt eine Augenbraue, als sie zu Mutt hinunterschaut. »Mom hat vorgeschlagen, wir sollten einfach dort einziehen. Was meinst du?« Der Hund legt den Kopf schräg und hört zu.

»Wo wohnt sie noch mal?«

»In Montauk.«

»Könnte schlechter sein.« Mica zuckt mit den Schultern, nimmt sich einen leuchtend grünen Apfel aus der Schüssel auf der Theke. »Wenn dich die *Times* nicht Vollzeit nimmt, könntest du dir einen Job in einem dieser schicken Hummerrestaurants suchen.«

»Danke für das Vertrauensvotum«, sagt Sophie. »Die machen gerade alle dicht, aber ich fahre morgen wieder nach Long Island, um zu sehen, ob noch irgendwer jemanden einstellt, nur für den Fall.«

»Haha.« Mica beißt in den Apfel. »Mann, du verbringst mittlerweile mehr Zeit dort draußen als in der Stadt. Der Artikel, an dem du schreibst?«

»Ja.« Sophie reibt sich die Nasenwurzel, legt den Zeigefinger auf die Lippen, während sie das Foto von Gabriel und Annie ansieht. »Ich bin froh, wenn es vorbei ist.«

»Schläfst du besser?«

Sophie blickt von dem Bild auf. »Na ja, mir gehen immer diese vielen Fragen durch den Kopf.«

»Heute nimmst du zur Abwechslung mal das Schlafzimmer. Du musst ausgeschlafen sein, wenn du endlich dem großen Gabriel Lambert von Angesicht zu Angesicht gegenübertrittst, meine Kleine.« Mica kommt zu ihr. »Hast du wieder die ganze Nacht durchgearbeitet?«

»Es muss perfekt sein.« *Muss es einfach*, denkt sie. Was hat ihr Redakteur noch mal gesagt? *Bei deinen Artikeln muss noch zu viel korrigiert werden, Sophie. Bei der* Times *ist Genauigkeit das Wichtigste. Du bist schnell, du bist engagiert, aber du machst zu viele Anfängerfehler. Wenn du es schaffen willst, musst du jeden Hinweis, jede Zeile prüfen und nochmals prüfen. Ich weiß, dass du ein paar schwere Monate hinter dir hast, aber wenn du diesen Lambert-Artikel nicht niet- und nagelfest machst, dann muss ich dich ziehen lassen.*

»Wo wir gerade von perfekt reden, hast du das gesehen?«
Sophie zeigt auf die Titelseite der Zeitung.

»Jess? Ist er wieder da?«

»Wer weiß? Es gibt irgendein großes Gipfeltreffen bei den UN, vielleicht ist er deshalb in der Stadt.« Ihr dreht sich der Magen um bei dem Gedanken daran. »Ich habe seit Wochen nicht mehr mit ihm gesprochen.«

»Gut.« Mica wirft einen Blick auf die Uhr. »Das ist am besten so, Schatz. Ein klarer Bruch. Du wirst sehen, du bist bald wieder obenauf.« Sie hebt den Kopf. »Musst du nicht los?«

»Ist es schon so spät?« Sophie sammelt ihre Unterlagen zusammen, hängt sich den Beutel über die Schulter. »Danke, Mish.« Sie umarmt ihre Freundin. »Ich verspreche dir, es ist nicht mehr für lange.«

»Nimm dir alle Zeit, die du brauchst, um etwas zu finden. Mutt und ich kommen bestens miteinander aus, oder?«, sagt sie zu dem Hund. »Meine Kunden sind alle begeistert.« Der Hund blickt zu ihr hoch.

Sophie sieht auf die Uhr und schiebt ihr Fahrrad zur Tür. »Kommt heute jemand?«

»Ja.« Mica zeigt auf eine mit Musselin behängte Schaufensterpuppe in der Ecke des Studios, in der Nähe ihres Zeichenbretts. Die Form deutet die vollen Röcke eines Hochzeitskleids an, eine funkelnde, kristallene Tiara sitzt obenauf. »Verdammt, ich …« Sie zögert und wirft einen Blick zu Sophie hinüber.

»Schon gut«, sagt diese, ihre Stimme wird weich. »Ich habe das Gleiche gedacht. Es wäre letztes Wochenende gewesen.« Sophie öffnet die Tür. »Schon absurd, dass ich jetzt ausgerechnet in einem Studio für Brautkleider untergekommen bin.« Sie sieht Mica an und zwingt sich zu einem Lächeln. »Ich sage ja immer, das Universum hat einen Sinn für Humor.«

Sophie zieht das Gitter auf und schiebt das Fahrrad in den Aufzug. »Sehen wir uns später?«

»Um fünf im MoMA?« Mica hebt die Hand, als Sophie verschwindet.

Auf der Straße bleibt Sophie stehen, da ihr Mobiltelefon in der Tasche vibriert, der alte Klingelton ist über den Verkehr hinweg zu hören. Mit einer Hand schiebt sie das Rad über den Gehsteig und klemmt sich das Handy unter das Kinn. »Mom?«

»Hallo, Schatz, entschuldige, ich war gerade beim Pilates. Ich habe gesehen, dass du angerufen hast. Alles in Ordnung?« Im Hintergrund läuft ein altes Stück von James Taylor.

»Ja ...« Sophie hält inne. »Nein, eigentlich nicht«, sagt sie. »Ich habe das Gefühl, ich drehe mich bei diesem Artikel im Kreis ...«

»Aber will er dich treffen?« Sophie hört, wie ihre Mutter das Radio ausschaltet. »Ich habe mit Gabes Sohn gesprochen, wie du mich gebeten hast.«

»Ich komme mir wirklich blöd vor, dass ich meine Mutter bitte, für mich anzurufen. Aber danke.«

»Na, dafür bin ich doch da. Und glaub mir, Schatz, so wie ich sie kenne, hätten sie dich nicht näher als eine Meile an Gabe herangelassen, wenn du nicht zur Familie gehören würdest.«

»Ich will nur Gerechtigkeit. Für Vita. Diese Geschichte ist mir wichtig ...« *Unsere Geschichte,* wird Sophie klar. »Er fehlt mir.«

»Dein Dad? Mir auch, Schatz, mir auch. Jeden einzelnen Tag.« Sie hört die Trauer in der Stimme ihrer Mutter. »Er wäre sehr stolz auf dich. Du hast viel dafür geopfert.«

»Du meinst Paris und Jess?« Sophie hält inne. *Glücklich bis an ihr Lebensende?,* denkt sie. »Er hat es überhaupt nicht verstanden, oder? Andererseits habe ich ihm nie den wahren

Grund dafür erzählt, warum ich diesen Artikel schreiben will.«

»Siehst du, wir haben schließlich alle unsere Geheimnisse, Liebes ...«

# 3

Sophie läuft das Treppenhaus zu den Redaktionsräumen der *New York Times* an der West 43rd Street hinauf. Das Hochgefühl von ihrer Fahrt über die Williamsburg Bridge nach Manhattan hält noch vor, ihre Wangen sind gerötet. Schaler Zigarettenrauch hängt in der Luft, als sie die Tür aufschiebt. »Hey«, sagt sie zu einem Praktikanten auf dem Weg durch den düsteren, fensterlosen Redaktionsraum. »Ist der Chef schon da?«

»Noch nicht, Soph.« Der Junge dreht sein Handgelenk hin und her und zuckt zusammen.

»Immer noch der Tennisarm?«

»Ja, und ich soll heute im Feuilleton mithelfen.«

Sie wühlt in ihrer Tasche und wirft ihm ein goldenes Döschen zu. »Tigerbalsam hilft. Hast du nicht am Fernsehprogramm gearbeitet? Diese Raster sind der Hammer.«

»Ziemlich langweilig ...«

»Schsch!« Sophie macht große Augen. »Pass bloß auf, dass das niemand hört. Du musst da durch – wie wir alle.«

Auf dem Weg durch das Büro schaut sich Sophie nach ihrem Chef um. »Gott sei Dank«, murmelt sie, als sie sicher an ihrem Schreibtisch ankommt. Sie hängt ihren Beutel über die Stuhllehne und wendet sich dem Computer zu, da klingelt das Telefon. »Sophie Cass«, meldet sie sich und klemmt sich den Hörer zwischen Ohr und Schulter, während sie gleichzeitig anfängt zu tippen. Sie verscheucht die Fruchtfliegen, die sich auf der Schüssel mit roten Äpfeln, die neben ihrem Computer steht, gesammelt haben.

»Cass«, sagt er. Das Summen der Neonröhren und das Tippen auf den Tastaturen im ganzen Raum scheinen intensiver zu werden.

»Wallace«, sagt sie schließlich. Sie bemüht sich, amüsiert und heiter zu klingen.

»Verdammt, deine Stimme ist sexy wie eh und je.« Sie hört seinen Atem durch die Leitung. »Du hast dich verspätet.«

Sie lehnt sich zurück. »Ich betrachte das eher als Auftritt.« Sophie hält inne. »Woher weißt du das?«

»In Chinos hast du mir immer gefallen. Sehr Hepburn, sehr schnittig ...«

»Willst du mich etwa mit einem *Boot* vergleichen?« Sie wirbelt herum und steht auf. Jess lehnt an einem Schreibtisch auf der anderen Seite des Raums.

»Warum nicht? Schlank. Reagierst gut. Lässt dich gut handeln ...« Er lässt das Mobiltelefon zuschnappen und geht auf sie zu, während sie den Hörer betont sorgfältig wieder weglegt.

»Das ist aber eine Überraschung. Ich wusste nicht, dass du in der Stadt bist.« *Du hast mich nicht gewarnt,* denkt sie.

»Wie geht es dir?« Als er sich vorbeugt, um sie auf die Wange zu küssen, riecht sie ein neues Eau de Toilette – zitronig und frisch. »Du siehst klasse aus.«

»Danke. Ich war mit Mom am Strand.« Sie kann nicht sofort sagen, was sich an ihm verändert hat. Er trägt den dunkelblauen Anzug, den sie immer am liebsten mochte, seine rotblonden Haaren sind makellos gepflegt wie immer. »Bist du wegen des Gipfeltreffens hier?«

»Ja, ich hatte noch etwas Urlaub, deshalb bin ich gestern Abend von Paris hierhergeflogen. Das größte Treffen der

Weltführer in der Geschichte, da kann man vielleicht etwas mitnehmen.«

»Du hörst aber auch nie auf, oder?« Sophie zeigt auf das Telefon. »Ich müsste ...«

»Klar.« Er hält ihrem Blick stand. »Wollen wir später etwas trinken gehen?«

»Ich weiß nicht.«

»Um der alten Zeiten willen?« Er beugt sich über sie, sucht nach einem Stift. Sie stellt sich einen Augenblick vor, wie sie nach ihm greift und ihre Finger mit seinen verschränkt. Wie einfach alles wieder anfangen könnte. »Gegen sechs?« Jess schreibt eine Adresse auf.

»Warum nicht?«

»Bis später, Cass.« Als er sich umwendet, ruft er ihr noch zu: »Komm nicht zu spät.«

Und dann wird Sophie etwas klar, als er davongeht. Nicht Jess hat sich verändert, sie hat es getan.

»Bitte entschuldige, sorry ...« Sophie winkt, als sie mit klackernden Absätzen die West 53rd Street entlangläuft. »Das Meeting hat länger gedauert.«

»Sieh dich einer an«, sagt Mica. Mit der Schulter drückt sie die Tür zum Museum auf, und sie gehen den vielen Menschen entgegen, die das Museum verlassen. »Für mich hättest du dich nicht so schick anziehen müssen ...«

»Hab ich doch auch nicht, ich treffe mich mit ...«

»Jess.«

»Woher wusstest du das?«

»Er hat im Studio angerufen, gleich nachdem du weg warst. Ich hoffe, du weißt, was du tust.«

»Natürlich nicht.« Sophie streicht ihr schwarzes Kleid glatt. »Geht das?«

»Du siehst wunderschön aus. Warte.« Mica reißt das Preisschild im Nacken ab. »Er soll ja nicht denken, du hättest dich für ihn besonders angestrengt.« Sie knüllt es zusammen und wirft es in einen Mülleimer, ohne ihren Schritt zu verlangsamen.

»O Gott, im Ernst?« Sophie fasst sich ans Genick.

»Ja.«

»Egal, es ist nicht für Jess. Ich habe es für morgen gekauft. Ich dachte nur, ich könnte es gleich anziehen. Wenigstens wird er sich nicht beschweren können, ich hätte mich nicht bemüht.«

Mica atmet tief ein. »Wo trefft ihr euch?«

»In irgendeiner Zigarrenbar Ecke First und 48th.«

»Typisch. Liegt günstig in der Nähe seiner Eltern.«

»Mish, fang nicht wieder an.«

»Hör mal, ich habe mitangesehen, wie du dich in den letzten paar Monaten langsam wieder gefangen hast, und das war schwierig, Kleines. Dann kommt er aus Paris eingeflogen, und du …«

»Es ist nur auf ein Glas. Das ist alles. Es ist vorbei. Ich will … ich will nur sicher sein, dass es ihm gut geht.« Sie gehen weiter durch das Museum. Sophie sieht auf die Uhr. »Und was wolltest du mir zeigen?«

»Ich wollte, dass du weißt, womit du es zu tun hast.« Mica weist den Weg, die goldenen Armreife an ihrem Handgelenk klingeln. »Als ich neulich hier war, habe ich gesehen, dass sie neu gehängt haben. Ich nehme an, dein Mr Lambert ist für ein Revival fällig, jetzt, wo sein Geburtstag bevorsteht und so.« Sie sieht zu einem Aufseher, der auf sie zukommt.

»Das Museum schließt jetzt«, sagt er.

»Okay, meine Liebe.« Mica wirft einen Blick über die Schulter wie einen Seidenschal und geht weiter. »Hier drüben«, sagt sie zu Sophie und bleibt vor einer Serie gewaltiger dunkler Gemälde stehen, breite abstrakte Striche, die sich in die Leinwand bohren. »Gabriel Lambert.« Schweigend stehen sie beide davor. »Ich weiß, das ist nicht so ganz deine Lieblingsperiode …«

Sophie entziffert den Text auf dem Plexiglasschild an der Wand: *Mars*. »Da ziehe ich jederzeit einen Matisse oder Monets *Seerosen* vor«, sagt sie leise und tritt zurück, um die Bilder in voller Größe wahrzunehmen.

»Lambert lässt die anderen – Pollock, Rothko, die ganzen abstrakten Expressionisten der Fünfzigerjahre –, na ja, er lässt sie aussehen wie Schmusekätzchen.« Mica zeigt auf die anderen Bilder, und Sophie dreht sich einmal um ihre eigene Achse, bevor sie zu Lambert zurückkehrt. Sie steht eine Weile schweigend da, zwergenhaft vor den Gemälden. Es kommt ihr fast so vor, als würden diese Bilder sie niederdrücken.

»Wir sollten gehen«, sagt Mica, als sie bemerkt, dass sie die letzten Besucher in der Galerie sind.

»Die Sache ist die«, sagt Sophie und zeigt auf dem Weg durch das Museum auf einige Bilder, »als diese Leute – die Europäer wie Breton und Ernst, all diese Leute, denen Varian Fry zur Flucht aus Frankreich verholfen hat – in Amerika ankamen, war es, als würde die Kunst explodieren. Sie waren die Katalysatoren für all das.« Sie zeigt wieder nach hinten auf den Raum mit den abstrakten Expressionisten. »Aber Lamberts Werk hat sich so sehr verändert, ich verstehe das nicht.«

»Na, wenn du ihn fragst, dann bist du eine mutigere Frau als ich. Der Mann ist das fehlende Glied in der Kette, nicht wahr? Geboren in Frankreich und erschaffen in Amerika.«

»Ich war vor einer Weile hier im Archiv und habe mir die ›Flight‹-Mappe mit den Grafiken angesehen, die Varian Fry kuratiert hat, um Geld für die Flüchtlingsorganisation zu sammeln, für die er damals während des Krieges gearbeitet hat. Ich verstehe nicht, warum so wenige von den Künstlern, denen er geholfen hat, Arbeiten beigesteuert haben.«

»Hat Lambert es getan?«

»Nein.«

»Das überrascht mich nicht. Er ist ein alter Mistkerl.« Mica bleibt draußen auf dem Gehsteig stehen, Sophie hört, wie sich die Türen des Museums hinter ihnen schließen.

»Vielleicht wollte er nicht mehr zurückblicken, nach allem, was er während des Zweiten Weltkriegs durchgemacht hat«, sagt Sophie nachdenklich.

»Vielleicht ist es schwierig, jemals stillzustehen, wenn man einmal angefangen hat zu laufen.« Mica stützt die Hände in die Hüften. »Kleines, pass auf, dass der Alte dich nicht vorführt. Angeblich soll er ziemlich durchtrieben sein. Habe ich dir erzählt, dass er mich einmal bei einer Ausstellungseröffnung hat abblitzen lassen?«

»Nein. Wann war das?«

»Ewig her, wirklich. Ich war noch bei Parsons. Es war die Ausstellung eines Freundes – ich sah diesen Alten in Jeanshemd und ausgewaschenen Jeans und Espadrilles, bei denen die Zehen vorn durch ein Loch herausschauten, und dachte: Ich kenne dich. Seine Haare waren ganz weiß, aber diese Augen … wie von Schlittenhunden, du weißt schon. Eisblau.« Mica pfeift leise. »Mann, der muss zu seiner Zeit echt gut ausgesehen haben.«

»Und was ist passiert?«

»Ich bin zu ihm hin – du kennst mich ja, ich rede mit jedem, und habe angefangen mit: ›Entschuldigung, Mr Lambert, ich wollte Ihnen nur sagen, was mir Ihre Arbeit bedeutet hat …‹«

»Und?«

»Er hat mich einfach nur angestarrt. Mit diesen verdammt schönen Augen, kalt wie Feuer.«

»Das ist ein Widerspruch.«

»Nicht mehr, wenn du ihn triffst. Heiß und eiskalt, beides gleichzeitig. Er ist einfach weitergegangen, ich war mitten im Satz, habe wie eine Vollidiotin losgesprudelt, wie sehr ich seine Arbeit liebe.« Mica schüttelt den Kopf. »Nimm meinen Rat an, Kleines. Wenn du deinen Artikel haben willst, dann geh es professionell an. Zeige nicht einen Hauch von Schwäche …«

»Das werde ich nicht.«

»Sophie, du bist Romantikerin.« Mica nimmt ihr Gesicht zwischen die Hände. »Ich weiß, dass dich die Geschichte von Gabe und Annie Lambert fasziniert, ihre phantastische lebenslange Liebesaffäre …« Sophie verdreht die Augen. »Okay, okay.« Mica hält kapitulierend die Hände hoch. »Bist du sicher, dass du Jess treffen willst? Ich schau mir *Love and Sex* an …«

»Schon wieder?« Sophie lacht. »Du mit deinem Faible für Jon Favreau.« Sie drückt Mica einen Kuss auf die Wange und geht weiter. »Du bist ja besessen.«

»Wer im Glashaus sitzt …«, murmelt Mica, als Sophie weggeht.

<hr />

Jess liest *Wonder Boys*, von der Zigarre in seiner rechten Hand steigt blauer Rauch auf. Sophie geht durch die schwach beleuchtete Bar auf ihn zu, die Gespräche um sie herum summen wie Bienen in dichtem Gras. Jess legt das Buch weg und klopft auf seine Rolex, während er sich aus dem dunklen Ledersessel erhebt, um sie zu begrüßen.

»Hör auf«, sagt Sophie und küsst ihn auf die Wange.

Jess sieht sie an. »Ich hatte ganz vergessen, wie schön du bist.«

»Das hat ja nicht lange gedauert.«

»Du hast dir die Haare schneiden lassen? Ich habe sie immer geliebt, deine …« Er unterbricht sich, als sie die Stirn runzelt.

Sie denkt daran zurück, wie leicht und frei sie sich an dem Abend gefühlt hatte, als Mica ihr die Haare vor ein paar Wochen schnitt und die schweren taillenlangen Strähnen auf den Boden fielen. »Mir gefällt's.« Sie fasst sich in den Nacken.

»Es wächst ja wieder nach. Ein neuer Anfang?«

»Ich hatte ein gebrochenes Herz, nicht gehört?«

»Wir beide.« Sein Blick wandert nach unten. »Das solltest du morgen anziehen. Du siehst sehr professionell darin aus.«

»Unwiderstehlich, schwebte mir vor.«

Jess lächelt und kneift dabei seine blauen Augen zusammen. »Auch das.«

»Woher weißt du von morgen?«

»Ich habe mit deinem Redakteur über diesen Feuilletonartikel gesprochen, den du gerade schreibst.« Er setzt sich wieder in den Sessel und winkt dem Kellner.

Sophie lässt ihre Tasche fallen und setzt sich neben ihn. »Ich fühle mich wie eine Jugendliche mit einem schlechten Zeugnis.«

»Lass dich nicht kleinkriegen. Zeig ihnen, was du kannst.«

»Jess, ich bin nicht wie du.« Sophie stützt den Kopf in die Hand. »Ich habe es versucht, wirklich, aber ich fühle mich einfach wie eine betrügerische …«

»Schätzchen, ich habe es dir immer gesagt – tu so, als ob, bis du es geschafft hast …«

»Du hast nicht gerade ›Schätzchen‹ zu mir gesagt?« Sophie hebt eine Augenbraue.

»Entschuldige!« Jess hebt die Hände. »Verdammt, ich habe

vergessen, mit wem ich spreche.« Das ist ein alter Witz zwischen ihnen. Bedauern steckt in dem Augenblick.

»Vielleicht hätte ich an der Uni bleiben sollen«, sagt Sophie und löst damit die Spannung.

»Paradox, nicht wahr? Wenn du noch an der Sorbonne wärst, wären wir jetzt zusammen.«

»Wirklich? Daran hatte ich gar nicht gedacht.«

»Dein beißender Witz ist dir also geblieben.« Jess blickt zum Kellner auf. »Was möchtest du?«

Sophie trinkt einen Schluck aus seinem Glas und verzieht das Gesicht. »Wodka pur?«

»Von Whiskey bekomme ich mittlerweile einen kapitalen Kater. Aber er fehlt mir – es gibt wenig, was schöner ist als lange Nächte und Scotch.«

»Möchtegern-Hemingway.«

»Pseudo-Sontag.« Er hält ihrem Blick stand. »Chablis?«

»Sancerre, danke.« Sie lächelt den Kellner an. Jess zieht an seiner Zigarre und atmet aus, das Gesicht zur Decke erhoben.

»Bravo«, sagt er.

»Entschuldigung?«

»Dein Geschmack, er wird feiner.«

»Passt zu dir, das hier.«

»Elegant? Alte Schule?«

»Teuer. Arrogant.«

»Ich sehe schon, du hast mir verziehen.«

»Und alt. Nicht alte Schule.« Sophie lächelt und wirft ihm einen Blick zu. »Wie war dein Vierzigster?«

»Einsam.«

»Das glaub ich dir keine Sekunde.«

»Ich habe deinen Geburtstag auch verpasst. Wie alt bist du geworden? Vierundzwanzig?« Sophie nickt. »Na dann, alles Gute uns beiden.« Er prostet ihr zu, während der Kellner ihr das Weinglas reicht, und sie stoßen an. Jess bietet ihr die Zigarre an.

»Ich habe aufgehört.«

»Das zählt nicht.«

Sophie zieht einmal und atmet aus. »Zufrieden?«

»Eigentlich nicht. Du kennst mich.« Sein intensiver Blick macht sie ganz schwindelig. »Wie geht es dir?«

»Klasse, merkst du das nicht?«

»Und Mutt?«

»Gut, sehr gut.« Sophie gibt ihm die Zigarre zurück. »Du weißt ja, du hast Besuchsrecht, jederzeit.«

»Am Wochenende und in den Ferien?« Jess schüttelt den Kopf und trinkt das Glas Wodka leer. »Nein danke. Es war beim ersten Mal schwer genug, sich zu verabschieden. Besetzt er immer noch das Bett?«

»Sein Korb ist ihm lieber als Micas Sofa.«

»Darf ich Ihnen noch einen bringen, Sir?« Der Kellner räumt Jess' Glas weg.

»Ja.« Jess runzelt die Stirn, wartet, bis er weg ist. »Du hast immer noch nichts gefunden, Soph?« Jess beugt sich zu ihr vor.

»Ich hatte zu tun. Und du weißt, wie teuer es ist.«

»Gott, ich fühle mich schrecklich. Wo wohnt Mica noch mal? In Williamsburg?«

»Gar nicht so schlecht.« Sophie lacht. »Das ist gerade total im Kommen.«

»Ja, wenn du Meth-Dealer bist.«

»Wart's nur ab. Im Handumdrehen gibt es dort kleine, feine Käseläden.« Sie zuckt mit den Schultern. »Greenwich Village ist es nicht, aber …«

»Das tut mir leid, dass ich es dir überlassen habe, die Wohnung aufzugeben.«

34

»Schon in Ordnung«, sagt Sophie. *In Ordnung. In bester Ordnung.* Wie oft hat sie das in den letzten Wochen gesagt, obwohl das Gegenteil der Fall war? *Es war die Hölle, Jess,* das möchte sie sagen. *Du hast mir gefehlt, und mein Herz ist noch immer nicht heil.* Sie bekommt einen Knoten im Hals, wenn sie an ihr Zuhause denkt, an die gemütlichen Zimmer, die sie monatelang gestrichen und eingerichtet hat, an all die Hoffnungen und Träume, die nicht wahr wurden.

»Ich möchte, dass du etwas von dem Geld bekommst, Soph.« Er sieht kurz zu dem Kellner hin. »Danke.«

»Nein«, sagt sie.

»Alles, was du dort gemacht hast, hat den Wert um Tausende gesteigert.«

»Deine Eltern haben es für dich gekauft.«

»Für uns.«

»Und wir haben die Hochzeit abgesagt.«

»Nur weil ich darauf bestanden habe, den Job in Paris anzunehmen.« Jess wartet, dass sie ihn ansieht. »Du hast mir gefehlt.«

»Nicht, Jess. Das haben wir schon tausendmal durchgemacht. Mein Leben findet hier statt.« Ihr Magen krampft sich zusammen, wenn sie an die Streitigkeiten denkt. »Was hast du denn erwartet? Dass ich einfach alles opfere und dir folge?«

»Das tun Leute, die verliebt sind.«

»Würdest du es für mich tun?« Sie wartet, ein Teil von ihr hofft noch. »Den Eindruck hast du nicht gemacht.«

Jess schwenkt sein Glas. »Dein Dad wäre stolz auf dich.«

»Nicht, bitte.«

»Nein, ich bewundere dich, wirklich.« Jess leert das Glas in einem Zug. »Verdammt schwer, es einem Mann wie deinem Vater gleichzutun.«

Sophie schließt die Augen und atmet tief durch. »Nicht das

schon wieder! Jess, du bist derjenige, der unbedingt Auslands-korrespondent werden wollte.«

»Du hättest mitkommen können.« Er beugt sich vor. »Weißt du nicht mehr, wie es war, als wir uns kennengelernt haben? Erinnerst du dich nicht an Paris?«

»Natürlich.« Sie kann ihn nicht ansehen.

»Soph, ich wollte dich heute Abend sehen, weil ich dir etwas sagen muss …« Sie merkt sofort, dass sich sein Ton ver-ändert hat. *Etwas sagen. Er muss mir etwas sagen, nicht mich etwas fragen.*

»Du hast jemanden Neuen kennengelernt.« Es ist eine Aus-sage, keine Frage. Sie setzt ihr Weinglas vorsichtig auf dem Tisch ab. »Ist es ernst?«

»Bisher ist noch nichts passiert.« Er nimmt ihre Hand. »Wenn du nicht mit mir mitkommen willst …«

»Natürlich. Ich freue mich für dich.« *Was habe ich erwartet?* Sie reibt den Daumen gegen seinen, sie ruhen Fingerspitze an Fingerspitze aneinander.

»Herrgott, Cass, sind wir nicht mehr wert als irgendein Job? Es soll Leute geben, die in Paris schreiben, heißt es.«

»Nicht so, nicht für die *Times* …«

»Immer noch hinter dem Pulitzer her? Daddys kleines Mädchen …«

»Viel Glück, Jess.« Sophie schluckt ihre Enttäuschung hin-unter und steht auf, um zu gehen.

»Es tut mir leid. Geh nicht.« Er greift nach ihr, um sie auf-zuhalten. »Ich fliege zurück, sobald der UN-Gipfel am Frei-tag zu Ende ist. Wenn du morgen diesen Alten getroffen und deinen Artikel rausgehauen hast …«

»Jess, das ist nicht nur irgendein Artikel.« Sophie baut sich vor ihm auf. »Er ist mir wichtig, mehr als alles andere.«

»Mehr als ich?« Er runzelt die Stirn. »Komm mit mir mit.«

»Ich kann nicht.«

»Überlege es dir. Ich weiß, dass du noch Urlaub hast.« Sophie erstarrt, als er aufsteht und sie umarmt. *Allerdings. Es hätten unsere Flitterwochen werden sollen.* »Komm mit mir nach Paris, nicht für immer, noch nicht, nur um zu sehen, ob wir noch …«

»Ob wir uns noch lieben?« Sophie küsst ihn auf die Wange. *Hast du mich jemals wirklich geliebt? Oder warst du nur in die Vorstellung von mir verliebt?*

»Bleib heute Nacht bei mir.« Er dreht sich zu ihr, sein Kinn streift sie an der Schläfe. »Meine Leute sind nicht da …«

»Ich kann nicht.« Ihr versagt die Stimme. »Ich kann … ich kann das einfach nicht mehr, Jess.« Sie geht weg, lächelt mit glänzenden Augen. »Außerdem wartet Mutt auf mich.«

»Er sieht zu viel fern. Steht er immer noch auf *Friends*?«

»In letzter Zeit schaut er lieber *Frasier.*«

»Ach ja? Wir entwickeln uns wohl alle weiter.« Jess blickt sie an. »Bleib. Bitte.«

Sophie schüttelt den Kopf. »Ich muss früh zur Penn Station.«

»Es würde schneller gehen, wenn …«

»Auf Wiedersehen, Jess.«

»Nein.« Er hebt ihr Kinn mit dem Zeigefinger an.

»Was meinst du mit Nein?«

»Ich verabschiede mich nicht von dir, Cass, noch nicht. Du hast noch ein paar Tage, in denen du darüber nachdenken kannst. Montmartre, die Galerien, Spaziergänge an der Seine … Warte nur, bis du meine Wohnung in der Nähe der Sacré-Cœur siehst.«

»Du gibst nicht nach, wie?«

»Bei dir niemals.« Jess hängt ihr die Jacke über die Schultern. »Eine letzte Chance, ist das zu viel verlangt?«

# 4

## Southampton, Long Island
### Donnerstag, 7. September 2000

Kurz nach zehn Uhr fährt Sophies Zug in den Bahnhof von
Southampton ein. Sie springt hinaus auf die Plattform, setzt
sich die Sonnenbrille auf, während sie durch das niedrige
Backsteingebäude geht, und hält nach einem Taxi Ausschau.
An dem Fahnenmast gegenüber dem Bahnhof weht die amerikanische Flagge im warmen Wind. Ein Mann mit kohl-
schwarzen Haaren lehnt an einem staubigen blauen Pick-up,
der unter der Fahne parkt. Als er Sophie entdeckt, tritt er auf
die Straße und ruft sie.

»Sophie Cass?«

»Ja«, sagt sie. *Diese Augen.* »Wer …«

»Harry Lambert.« Er streckt ihr die Hand entgegen und
schüttelt die ihre. Sophie ist verblüfft über seine Direktheit,
über seine Ähnlichkeit mit Gabriel. Er zuckt mit den Schultern, als er ihren Gesichtsausdruck sieht. »Ja, ich weiß. Alle
sagen, es ist unheimlich.« Amüsiert dreht er den Kopf von
einer Seite zur anderen. »Ich habe keine Fotos von Großvater
in meinem Alter gesehen …«

»Aber ich. Die Ähnlichkeit ist wirklich erstaunlich.« Sie
denkt an die Fotos, die Alistair Quimby machte und die sicher
verstaut in ihrer Tasche stecken. »Wie alt sind Sie?«

»Na, Sie sind aber direkt.« Harry lacht. »Wie wäre es, wenn
man sich erst mal kennenlernt?«

»Ich meinte doch nur …«

»Ich bin sechsundzwanzig Jahre alt, danke für Ihr Interesse.«

»Wer sagt, dass ich interessiert bin?« Sophie nimmt ihre Sonnenbrille ab.

»So was, ich kenne Sie.«

»Ich wüsste nicht?«

»Wir waren vor ein paar Monaten bei einer Ausstellungseröffnung in SoHo. Rotes Kleid.« Er kneift die Augen zusammen. »Ich habe versucht, Ihre Aufmerksamkeit zu erregen, aber Sie waren in ein Gespräch vertieft, mit so einem Spießer im Anzug.«

Sie erinnert sich an den Abend, an den Streit. Jess fuhr am nächsten Tag nach Paris. »Ich weiß das nicht mehr – ich meine, Sie wären mir doch sicherlich aufgefallen?« Fast hätte sie gesagt: Ich bin mir sicher, mir wäre jemand aufgefallen, der dem Mann so ähnlich sieht, über den ich monatelang recherchiert habe.

»Na ja, manchmal sieht man nicht, was man direkt vor der Nase hat.« Harry lächelt. »Ich sah aber auch anders aus – ich hatte mir die Haare abrasiert.«

»Schlimme Trennung?«

»Nein.« Er fährt sich durch die Haare. »Obwohl es die auch gab. Aber es war eine Wohltätigkeitsaktion.«

»Tja, klein ist die Welt.«

»Gabe hat Ihren Brief bekommen«, sagt er. »Wir dachten uns, dass Sie diesen Zug nehmen, wenn Sie aus der Stadt kommen.«

»Und? Wollten Sie mich daran hindern, ihn zu treffen?«

Harry zuckt mit den Schultern. »Ich wollte Sie nur mal ansehen.«

»Und?«

Harry sucht nach dem richtigen Wort. »Unerwartet.«

»Ich kann ja verstehen, dass Sie ihn schützen wollen.« Sie hält inne. »Sagen Sie – woher wussten Sie, dass ich es bin?«

»Zauberei.« Harry geht auf den Wagen zu. Als Sophie ihm nicht folgt, dreht er sich zu ihr um. »Okay, ich habe auch recherchiert.« Er lächelt. »Yahoo. Ich wollte sehen, was uns bevorsteht.«

Diesmal geht Sophie ihm nach, und er streckt den Arm aus, um sie vor dem Verkehr zu schützen. Er öffnet die Beifahrertür und hilft ihr hinein. Sophie wirft einen Blick auf den Kindersitz, der an der Rückbank befestigt ist, und stellt ihre Tasche in den Fußraum. Überrascht bemerkt sie, wie enttäuscht sie plötzlich ist. »Danke.« Im Inneren des Wagens riecht es nach frisch geschlagenem Holz und Öl. Ihr fällt auf, dass er schwere Arbeitsstiefel trägt. Auf seinen ausgewaschenen Jeans sind weiße Farbspritzer, aber sein zerknittertes blau-weiß kariertes Hemd ist sauber – es riecht frisch nach Waschmittel, als er das Fenster öffnet.

Harry lässt den Motor an, und *Der Bär im großen blauen Haus* dröhnt aus den Lautsprechern. »Entschuldigung.« Er schaltet auf das Radio um. »Das war es wohl mit meiner Glaubwürdigkeit.«

»Sehr nett«, sagt Sophie lachend. Harry nimmt die CD aus dem Player, greift ins Handschuhfach, bemüht sich, auf den Verkehr zu achten, und streift mit dem Handrücken versehentlich ihr Knie. Sophie weicht mit dem Bein aus, nimmt ihm die CD ab und sucht nach der Hülle.

»Manchmal vergesse ich, sie auszuschalten …«

»Ach, geben Sie's schon zu. Sie lieben den Bär.«

Harry wirft ihr einen kurzen Blick zu, als er auf die Hampton Road fährt. »Wer tut das nicht?« Sophie legt die CD zurück ins Handschuhfach, Schattentupfer von der mit Bäumen gesäumten Straße tanzen ihr über den Arm. »Suchen Sie sich irgendwas aus.« Aus dem Radio ertönt ein Song von *Savage Garden.*

»Das ist doch gut.« Sie schiebt sich die Sonnenbrille auf die Nase und lehnte sich zurück, der Arm ruht im offenen Fenster. *Ich wusste, dass ich dich liebte.* Sophie muss unwillkürlich an das Bild von Gabriel und Annie denken, als sie Harry ansieht.

»Wie alt ist Ihr Kind?«, fragt sie.

»Kind?« Sophie zeigt auf den Kindersitz. »Nein, das ist meine Nichte. Ich helfe nur manchmal meiner Schwester und bringe sie in den Kindergarten.«

»Ach so.« Während sie an hohen Hecken vorbeifahren, über die mit weißen Schindeln gedeckte Holzhäuser ragen, entspannt sie sich. Sophie sucht einen Kaugummi in ihrer Tasche und entdeckt dabei den Essay von Henry James, den Zettel ihrer Mutter. Sie hört ihre Mutter: *gut aussehend, Sinn für Humor, kann gut mit Kindern* ... Sie bietet ihm einen Streifen an, der Duft von frischer Minze erfüllt die Luft. »Sagen Sie mir, was Sie mit ›unerwartet‹ meinen.«

»Danke. Sie haben mich einfach überrascht, das ist alles. Nach Ihren knallharten Briefen hatten wir mit ...«

»Wir?«

»Die Familie.« Harry dreht das Lenkrad. »Haben Sie Familie, Miss? Ms?«

»Dr.«

»Dr.?«

»Kunstgeschichte.« Sophie sieht ihn an, als sie an einer Kreuzung stehen bleiben. »Mit Erster Hilfe kenne ich mich allerdings auch ein bisschen aus.«

»Das behalte ich im Kopf, wenn ich eine Mund-zu-Mund-Beatmung brauche.« *Diese Augen*, denkt Sophie, während sie den Kaugummi mit der Zunge an den Gaumen drückt. Sie spürt, wie ihr die Hitze ins Blut steigt, flüssig, warm.

»Ja, ich habe Familie«, sagt sie.

»Dann wissen Sie ja, wie das ist. Man kümmert sich umeinander.«

»Meine Mutter ist Dichterin – vielleicht haben Sie von ihr gehört. Paige Cass?«

»Kommt mir vage bekannt vor. Lyrik ist nicht so meines.«

»Was ist denn dann ›Ihres‹, Mr Lambert?«

»Sagen Sie Harry. Ich bin Künstler.«

»Wie Ihr Großvater?«

»Und Sie sind Autorin wie Ihr Vater.« Sophie sieht ihn überrascht an. »Ich habe Ihnen doch gesagt, dass ich Sie überprüft habe, Dr. Cass.«

»Sophie.«

Harry fährt weiter. »Jack Cass, Journalist für die *New York Times*, Pulitzer-Preisträger und Universalheld …«

»Bravo.«

»Und was ist das hier? Wollen Sie beweisen, dass Sie so gut sind wie Daddy? Jagen Sie der großen Sensation hinterher?«

»So ähnlich.« Sophie verschränkt die Arme.

»Was ist mit ihm passiert? Ich habe gesehen, dass er getötet wurde – war das bei einem Auftrag?«

»Wer ist jetzt hier direkt?« Sophie schüttelt den Kopf, eine Haarsträhne löst sich. »Nein. Es war der falsche Drogeriemarkt, der falsche Raubüberfall, der falsche Zeitpunkt, um ein Held zu sein.« Sie wendet sich zum Fenster, blickt hinaus, während eine Reihe identischer Zufahrten mit undurchdringlichen, elektrisch betriebenen Toren vorbeizieht.

»Verdammt, tut mir leid.« Harry streckt die Hand aus und berührt sie an der Schulter, wartet darauf, dass sie ihn ansieht. »Es ist nie der falsche Zeitpunkt, um ein Held zu sein.«

Sophie würdigt seine Freundlichkeit, sie legt den Kopf schräg. »Vielleicht haben Sie recht.« Sie spürt, als er sie berührt, eine Beschleunigung. Verlangen steigt in ihr auf wie Hunger. Sie schaut auf die Straße, verbirgt ihre Überraschung. »Ich hätte gedacht, Sie wären Handwerker.«

Harry lehnt sich zurück, eine Hand auf dem Steuerrad, den anderen Arm lässig über die Lehne der Sitzbank gelegt. »Irgendwie muss man ja die Rechnungen bezahlen.«

»Ich dachte …«

»Was? Dass niemand von uns arbeiten muss, wegen Gabe?« Harry wirft den Kopf zurück und lacht. »Sie sind ihm wirklich noch nicht begegnet, oder?« Er blinkt und biegt von der Hauptstraße ab. »Ich müsste unterwegs noch ein paar Sachen besorgen. Macht Ihnen das etwas aus?«

»Nein, kein Problem. Solange wir rechtzeitig bei Gabriel sind.«

Nachdem sie eine Weile gefahren sind, fährt Harry in den Hof eines Ladens für gebrauchte Bauteile und schaltet den Motor aus. Verwitterte steinerne Gartenstatuen und zwei dorische Säulen stehen vor der mit Holzschindeln verkleideten Scheune, am Eingang lehnt ein Bettgestell aus Messing und brät in der Sonne. »Es dauert nicht lang.«

Sophie schaut in den Rückspiegel und sieht ihn davongehen. Er ist sehnig und gelenkig, bewegt sich kraftvoll. Eine blaue Glaslaterne im Baum neben der Scheune schaukelt im Wind und spiegelt das Licht. *Was tue ich? Ich habe mich nicht mehr so gefühlt seit …* Sophie denkt zurück. *Seit wann? Seit ich Jess das erste Mal gesehen habe? Nein, das ist anders.* Sie klappt schnell die Sonnenblende herunter, tupft sich Balsam auf die Lippen und öffnet die Haare. *Jess kennenzulernen war verrückt und wunderbar, und Paris …* Bei der Erinnerung verschwimmen ihre Pupillen, ihre grünen Augen sind dunkel in dem schattigen Spiegel. *Aber es war nicht so.* Als Harry zurückkehrt, die Arme mit Fliesen beladen, lehnt sie am Wagen und scrollt müßig ihr Telefon durch.

»Was sagen Sie?«, fragt er und legt die Kisten mit den Fliesen auf die Ladefläche. »Erster Eindruck?«

»Ein bisschen misstrauisch, aber reizend, auf eine raue Künstler Schrägstrich Handwerker-Weise ...«

»Etwas weniger Schnauze, Missy – wie Gabe sagen würde.« Er stützt die Hände in die Hüften. »Nicht ich, sondern die Fliesen.«

»Küche oder Bad?« Sie stellt sich neben ihn, spürt, wie er sie beobachtet.

»Badezimmerboden.«

»Die da.« Sie fährt mit den Fingerspitzen über die warmen Kalksteinplatten.

»Ja, das hab ich auch gedacht.« Er geht ums Auto herum und öffnet ihr die Tür.

»Ist das für ein Projekt?«, fragt sie, als er den Motor anlässt.

»Nein, ich renoviere ein Haus oben an der Küste.«

»Wirklich?« Sophie wendet sich ihm zu, ein Bein untergeschlagen. »Davon habe ich immer geträumt.« Ihre Phantasie eilt ihr voraus. Sie stellt sich ein leeres Haus vor, weiße Räume voller Licht, zwei Stühle auf der Veranda, Gespräche bis tief in die Nacht.

»Im Moment ist es nicht viel«, sagt er. »Aber es ist ein Anfang, und ich will eine kleine Galerie daneben bauen, sobald es geht.« Er wirft ihr einen kurzen Blick zu. »Ich könnte auch eine Kuratorin brauchen – jemanden, der die Kataloge schreiben kann und so.«

Sophie zuckt mit den Schultern. »Man weiß nie. Wenn du es baust ...«

»Kommt sie zurück?« Harry grinst. »*Feld der Träume* – den Film habe ich als Kind geliebt.«

»Ja, ich auch.« Sophie sieht ihn an. Es ist, als würde man Gabriel betrachten, ohne die Härte und den Zorn, der in jedes Foto eingraviert ist, die sie von ihm in diesem Alter gesehen hat.

»Was?«

»Nichts«, sagte Sophie. Plötzlich spürt sie eine Distanz zwischen ihnen.

»Kennen Sie Flying Point?«

Sophie schüttelt den Kopf. »Nein.«

»Großstadtmädchen, wie?« Harry schaut nach vorn.

Sophie runzelt die Stirn, ohne ihn zu korrigieren. »Können Sie mir einen Rat geben? Haben Sie vielleicht irgendeinen Tipp, der es leichter macht?«

»Mit Gabe?« Harry drückt aufs Gaspedal, fährt Richtung Küste. »Seien Sie einfach Sie selbst. Er mag keine Blender.«

»Okay. Noch etwas?«

»Gehen Sie sanft mit ihm um, ja?« Sie sieht die Sorge in seinen Augen, als er sich ihr zuwendet. »Gabe ist nicht … ich meine, er ist neunzig Jahre alt.«

»Darüber …«

»Hören Sie. Sie sprechen mit dem Falschen. Sie haben irgendeine große Theorie über Gabe, dann besprechen Sie das mit ihm. Ich tendiere dazu, Menschen zu vertrauen. Ich behandle sie so, wie sie mich behandeln. Und Gabe …« Harry hält inne. »Er ist der Beste.« Sie schweigen, während Harry weiterfährt. Sophie wirft wieder einen Blick auf die Uhr. Fünf vor zwölf.

»Es ist nicht mehr weit.«

Sie spürt die plötzliche Anspannung in seiner Stimme. »Ach, wissen Sie was, ist es in Ordnung, wenn ich Sie hier aussteigen lasse? Es ist wirklich nicht weit.«

»Sicher.« Sie zögert, weiß nicht, ob sie ihn fragen soll, was sich so plötzlich geändert hat. *Was für ein Idiot*, denkt sie. *Ich war*

45

*so lange aus dem Spiel, dass ich ihn völlig falsch interpretiert habe.* Enttäuschung senkt sich auf sie herab wie Nebel auf einen See. Harry hält am Rand der schmalen Straße. »Danke.« Sophie springt aus dem Wagen. »Es war nett, Sie kennenzulernen.« Sie greift hinüber und nimmt ihre Tasche von ihm entgegen.

»Sophie …«

»Ja?«

»Tun Sie das nicht, bitte.« Er berührt ihre Hand. »Ich weiß, Ihre Mom hat meinem Dad erzählt, Sie hätten monatelang daran gearbeitet …«

Sophie lacht verlegen. »Klingt professionell, nicht wahr?«

»Es ist doch nur ein Artikel – können Sie es nicht bleiben lassen?«

»Das kann ich nicht«, sagt sie und löst sich nur widerwillig. »Es geht auch um meine Familie. Ich will die Wahrheit über Vita wissen, und Gabriel ist der Einzige, der sie mir erzählen kann.«

»Aber er ist ein alter Mann, und jetzt …« Harry lehnt sich zurück. Er will sie nicht ansehen. Gefühle ziehen über sein Gesicht wie Wolkenschatten über Hügel. Er zeigt auf einen holprigen Weg weiter vorn. »Gehen Sie da entlang. Wenn Sie am Ende sind« – er schweigt einen Moment –, »müssen Sie nach links. Dann laufen Sie weiter am Strand entlang. Sie können es nicht verfehlen.«

»Danke fürs Mitnehmen. Wenn Sie die Galerie gebaut haben, rufen Sie mich doch an.«

»Sie sind hoffentlich geduldig.« Harry hebt die Hand zum Abschied und schließt die Tür. »Sehen wir uns noch mal?«

»Klar«, sagt Sophie und schaut dem Wagen hinterher. Eine Zeile aus ihrer Recherche fällt ihr ein: *Wir sehen uns bald, in New York.*

# 5

In diesem Jahr feierten wir Weihnachten ein bisschen früher – als Überraschung für Annie. Ich sehe, wie Tom und sein Bruder Albie den Baum durch den Garten zum Müll schleifen, eine dünne Spur grüner Nadeln zieht sich hinter ihnen her wie eine Ameisenstraße. An manchen Tagen überrascht es mich immer noch, dass aus meinen Jungs erwachsene Männer geworden sind, die selbst schon Söhne haben. Ich weiß noch, wie die beiden im Sommer nach der Schule über den Strand liefen, die Haare weiß gebleicht, ihre schönen braun gebrannten Körper schlank und biegsam wie Schilf, sprühend, voller Kraft und neuem Leben. Der gelbe Schulbus setzte sie am Ende der Straße ab, sie rannten mitten durchs Haus und ließen ihre Taschen auf dem Weg zum Strand einfach fallen. Rein und raus und weg. Verdammt, die Zeit vergeht so schnell.

Ein silberner Lamettafaden reflektiert das Licht, als die kahlen Zweige über den Sand streichen. Tom zeigt zum Atelier, sagt etwas zu Albie. Wahrscheinlich sagt er ihm, er soll ein Auge auf mich haben, während er draußen arbeitet, aber das ist nicht nötig. Tom war immer der Sture, Rechthaberische, wie es die meisten Erstgeborenen sind, aber andererseits war auch der Mann so, nach dem er benannt wurde.

Wir haben die Krippe genau so aufgebaut, wie Annie es mag, die Krippe blieb leer, bis der Tag gekommen war. Die Mädchen verstauen sie jetzt im Haus, aber ich habe mir die kleine Santon-Figur genommen, die Annie gemeinsam mit mir im November 1940 für mich in Marseille gekauft hat. Die kleine Tonfigur stellt einen Schäfer dar, der dem Mistral trotzt. Sie ist jetzt ein wenig angeschlagen, aber das bin ich auch. Ich erinnere mich an den Markt, an die Lampen, die an den Buden hingen, die eng aneinandergedrückten Körper, Annies warme Hand in meiner. Damals gab es wenig zu essen, aber Kastanien wurden in Kohlebecken geröstet, und süßer Rauch erfüllte die Luft. Sie hat ihn für mich ausgesucht, ihre behandschuhten Finger tanzten über die Köpfe, bis sie genau den richtigen für uns entdeckte. Sie wickelte ihn in ihr mit Spitze eingefasstes Taschentuch, drückte ihn mir in die Hand. »Eines Tages«, sagte sie, »wird er bei uns zu Hause stehen.«

Jetzt hält ihn meine kleinste Urenkelin in ihrer winzigen Faust. Sie schläft zusammengerollt auf meinem Schoß im Atelier. Der unschuldige Schlaf von Kindern rührt mich immer. Die Fontanelle der Kleinen pulsiert, und ihre Vollkommenheit, ihr Frieden flößen mir Ehrfurcht ein. Ich glaube, seit 1940 habe ich immer ein Auge offen, wenn ich schlafe.

Die Mädchen haben mich aus dem Weg gescheucht, als sie das Mittagessen wegräumten. Ich solle lieber dafür sorgen, dass die Kleine nicht mehr weint. Sie bekommt die ersten Zähne, und ihre Wangen sind gerötet. Ich bin dieser Tage nicht mehr zu viel zu gebrauchen, aber ein Baby kann ich immer noch zum Schlafen bringen, wenn ich es in meinem alten Shaker-Stuhl schaukle und dabei hinaus aufs Meer blicke. Im Schlaf spreizt sie die Finger wie ein Seestern, ihre perfekten kleinen Perlmuttnägel glänzen im Herbstlicht. Der Schäfer fällt ihr aus der Hand, mir auf den Schoß. Ich verstaue ihn sicher in der Tasche, dann trage ich sie zurück ins Haus, um sie im alten Kinderzimmer in die Wiege zu legen.

Meine Tochter blickt auf, als ich die Fliegengittertür hinter mir zuziehe, und ich lege die Finger an die Lippen. Sie lächelt und beugt ihren goldenen Kopf, um den alten Holztisch sauber zu schrubben, mit hochgekrempelten Ärmeln, die Hände weich und rosa von dem heißen Wasser. An ihrem Handgelenk glänzt ein Kettchen mit silbernen Sternen und Muscheln.

Eines der Kleinkinder schläft schon im unteren Stockbett, und das diffuse Licht der Mittagssonne scheint warm durch die orangefarbenen Vorhänge. Ich lege die Kleine in die Wiege und schalte das Lämpchen neben ihr an. Träge schlägt sie die Augen auf, sieht die vertrauten Sterne und Muscheln, die sich im Zimmer drehen, schließt sie zufrieden wieder, und ich ziehe leise die Tür zu.

Wie viele Nächte habe ich das für meine Kinder gemacht, wenn draußen der Wind tobte? Ich bekomme plötzlich einen Kloß im Hals, als ich an all die Tage denke, an die Tausende von Nächten, die ungezählt verstreichen, und lasse den Kopf an die Tür sinken. Der Sand rinnt über die sanfte Rundung des Stundenglases. Ich kenne das Quietschen dieser Tür und das Klicken der Klinke. Ich kenne jedes Atmen und Ächzen dieses Hauses, das ich mit eigenen Händen erbaut habe.

Auf der Veranda warte ich auf das Mädchen. In der Tasche spiele ich mit dem Schäfer, der alte, glatte Ton fühlt sich gut an. Die kleine Figur *Le Coup de Mistral*, der Mann, der gegen die Götter kämpft, seinen Hut festhält, während er unermüdlich weiterzieht und seine Schafe aus dem Sturm führt, erinnert mich immer an Varian. Ich stelle fest, dass ich jetzt öfter an ihn denke. Ich habe ihm, ihnen, dies alles zu verdanken, und ich hatte nie die Gelegenheit, diesen Dank auszusprechen. Seinetwegen sind wir hier.

Manchmal denke ich, ich hätte mein Herz in der Villa Air Bel in Marseille gelassen. Wenn ich an den Krieg zurückdenke, habe ich nur Erinnerungen an das Haus der Träume.

Unsere größten Freuden und Tragödien spielten sich dort ab. Fragen Sie Varian, fragen Sie jeden von ihnen, sie hätten alle das Gleiche gesagt. Schon damals wussten wir, dass das Leben nie wieder so lebendig werden würde, wir hatten sogar Gewissensbisse, dass wir ein so unerwartetes Glück fanden.

Air Bel war ein Refugium. Dort sah ich André Breton Wunder heraufbeschwören. Wenn der Schrecken des Krieges einen umgibt, wenn einem alles – sogar das Leben selbst – von einem Augenblick auf den anderen weggenommen werden kann, dann reagieren Menschen wie André und Varian so. Sie werden zu Göttern, wehren sich, so gut sie können. Manche von uns – Maler und Schriftsteller, Liebespaare und Kinder –, nun ja, während andere aufgeben und auf den Tod warten, kämpfen manche von uns auf die einzige Art und Weise, die ihnen möglich ist, und erschaffen etwas Wunderbares.

Ich sehe noch vor mir, wie sie zum letzten Mal die Zufahrt des Châteaus hinuntergehen: Varian, die Polizei dicht neben ihm, sein treuer Hund Clovis an der Seite. Nach dem Regen schienen sogar die Zedern zu weinen. Varian sagte, in einem Jahr hätten wir zwanzig Jahre gelebt. Ich hatte noch nie solche Angst und habe mich doch noch nie so lebendig gefühlt.

Als er seine Erinnerungen schrieb, sagte Varian, er hätte seine Geister austreiben müssen. Vielleicht muss ich das heute tun. Er fand, er könne sie nicht einfach ruhen lassen, bis er seine Geschichte erzählt hatte – und zwar ganz. Nun, das hier ist meine Geschichte. Ich will kein Mitleid erregen – die Welt ist voll mit erbärmlichen Kindheiten; es ist unglaublich, dass überhaupt jemand von uns überlebt. Es kommt darauf an, wohin man im Leben geht, nicht darauf, woher man kommt. Wenn man schlechte Karten bekommt, muss man das Beste daraus machen. Jeden Tag danke ich den Sternen für mein Glück. Ich habe mir meinen Lebensunterhalt verdienen können, habe mein Leben mit etwas verbracht, das ich liebe, mit einer Frau an meiner Seite, die ich liebe, und ich habe meinen Kindern die Kindheit ermöglicht, die ich nie hatte. Vielleicht wurde ich unter einem Glücksstern geboren, der mich zu Annie führte. Ich habe mein ganzes Leben mit Schuldgefühlen gelebt, aber ich kann mich glücklich schätzen.

Fünfzig friedliche Jahre lang habe ich auf diesen Tag gewartet, und nun ist er gekommen. Ich sehe sie, wenn ich die Augen schließe. Das Mädchen, Sophie, geht allein über die Straße auf mich zu, ihre schlanke, dunkle Gestalt kommt näher, und ich habe wieder Angst. Her mit den Geistern. Es ist an der Zeit.

# 6

»Sind Sie Gabriel Lambert?«

»Nein. Gehen Sie weg.« Einen Versuch ist es wert. *Ich bin bereit für dich, Missy.* Mich hat seit Jahren niemand mehr in der Öffentlichkeit gesehen, vielleicht fällt sie darauf herein. Ich kneife die Augen gegen das klare Herbstlicht zusammen und versuche, die Fliegengittertür zuzuziehen, aber das Mädchen wirft seine schicke Wildledertasche Richtung Türpfosten. Schwer wie ein Ziegelstein plumpst sie auf die Veranda, und die Tür bleibt an einem silbernen Laptop hängen, der seitlich herausragt wie ein Messer. »Gehen Sie weg, habe ich gesagt. Das ist Privateigentum. Haben Sie das Schild oben nicht gesehen?«

»Doch.« Sie verschränkt die Arme. Was ist das nur mit den Frauen heutzutage? Versuchen sie absichtlich, unattraktiv zu sein? Kein Hauch von Make-up. Ich habe Annie immer gerne zugesehen, wenn sie sich morgens geschminkt hat. Es schien, als würde sie die Punkte miteinander verbinden, die Schönheit in ihrem Gesicht klar definieren. Ich liebte es, wenn unsere Küsse ihr die Lippen verschmierten, wenn ihre Augenlider vom Kajal rußig wurden. Nichts davon bei diesem Mädchen hier, nein, Sir. Selbst die Brille mit dem dicken schwarzen Gestell ist ein Statement: Hör zu, Knabe, ich weiß, ich bin jung, und ich bewege mich mit der Anmut einer Gazelle, aber ich trage diese Schönheit ganz lässig, mit ein wenig Ironie. Mein Gott, was für uns alles selbstverständlich ist – wenn ich gewusst hätte, wie schnell die Kraft meinen Körper verlassen würde, ich hätte die ersten Jahrzehnte meines Lebens an einem Strand verbracht wie meine Kinder, hätte einfach die Gnade, das Glück genossen, lebendig und jung zu sein. Wenn ich dieser Tage in dem warmen, vertrauten Nest meines Bettes aufwache, mit Annie an meiner Seite, da gibt es einen Moment der Schwerelosigkeit, und ich bin so frisch wie dieses Mädchen. Dann – ich stelle es mir immer vor, als würde ein weißhaariger Hausmeister im braunen Overall durch ein verstaubtes Lagerhaus laufen und die Neonlichter einschalten –, dann erwacht mein alter Körper knackend zum Leben, und all die Schmerzen und Wehwehchen springen an, eines nach dem anderen. Vor meiner Dusche am Morgen bin ich völlig nutzlos. Das heiße Wasser tut meinen alten Knochen gut, und meine besten Ideen hatte ich schon immer unter der Dusche. Annie hat mir vor einer Weile Tafelstifte zum Geburtstag geschenkt, und für mich ist jetzt die beste Zeit des Tages – ich kann duschen und denken und meine Ideen auf dem Glas in der Duschkabine und den Kacheln skizzieren. Wenn es gut läuft, bleibe ich eine Ewigkeit dort drinnen und pfeife ohne Melodie durch den Spalt, wo der Stiel meiner Pfeife im Laufe der Jahre die Zähne abgewetzt hat wie eine alte Türschwelle aus Kalkstein.

Aber man sehe sich nur diese junge Frau an, in dem schicken schwarzen Kostüm, mit ihrer Haltung. Nur für den Fall, dass sie zu sexy ist, hat sie sich die Haare so eng zurückgebunden, dass es fast wie ein Facelifting wirkt, und ihre Jacke ist höher zugeknöpft als die Hose eines Priesters.

»Sie beachten keine Schilder?«, sage ich.

»Sie beachten keine E-Mails. Oder Ihr Anwalt tut es nicht.«
Sie lächelt süß, aber sie drückt sich so präzise aus, dass ich das Gefühl bekomme, mit ihr ist nicht zu spaßen, und ihre Augen

strahlen eine Härte aus, die sagt: »Na komm schon, gib alles, großer Zampano. Ich habe keine Angst vor dir. Deine sogenannte Reputation beeindruckt mich nicht.« Ich merke, wie sie mich mustert, vergleicht, wie ich mich seit dem letzten Katalogbild verändert habe, das jetzt dreißig Jahre alt ist. Ich habe mich noch nie gerne fotografieren lassen. Was sieht sie? Das dicke Haar, das dringend einen Schnitt nötig hat, ist nicht mehr schwarz, sondern weiß. Die hohlen Wangen sind gebräunt und poliert wie Treibholz, über dem Kiefer ist die silberne Narbe. Ausgewaschene Bluejeans und Espadrilles, ein aufgeblähtes weißes Hemd, nicht in die Hose gesteckt. Vielleicht fällt ihr die coelinblaue Farbe unter meinen Fingernägeln auf, und sie fragt sich, was ich gerade male. »Sie haben mir keine Wahl gelassen ...«

Im Lauf der Jahre waren viele Mädchen da, Journalistinnen oder Studentinnen von der Parsons oder der Columbia. Sie waren gekommen, um dem großen Mann den Saum zu küssen oder um Schmutz aufzuwühlen. Ich wohne am Ende einer unmarkierten Küstenstraße auf Long Island, ein gutes Stück entfernt von den schicken Dörfern und den »Cottages« von der Größe von Rathäusern. Die Zielstrebigsten finden mich trotzdem. Manchmal denke ich, es wäre leichter, sie würden mich einfach in Formaldehyd gießen, so wie die Haie und Kühe, die die Newcomer derzeit präsentieren. Dann könnten sie mich im MoMA unter einem blinkenden roten Pfeil ausstellen, mit einem Plexiglasschild, auf dem steht: »Gabriel Lambert, Künstler«, neben einem der großen Bilder des abstrakten Expressionismus, mit denen ich mir damals in den Fünfzigern einen Namen machte.

Annie hat die Besucher immer für mich abgefangen, sie mit Freundlichkeit überschüttet – Kekse und Milch am alten Kiefernholztisch in der Küche oder im Winter Hühnersuppe.

Wenn sie irgendwelche trügerischen romantischen Hoffnungen hatten, so hat Annie alles in Ordnung gebracht. Sie waren aus dem Haus und im Bus zurück nach New York, bevor ihnen klar wurde, dass sie mich oder mein Atelier gar nicht gesehen hatten. Annie hatte niemals Grund zur Sorge, für mich gab es nur ein Mädchen. Gibt es nur eine Frau. Ich habe in meinem Leben nur zwei Frauen geliebt. Ich weiß, das sind nicht viele in all meinen Jahren, aber genug für mich. Nun, mit der Ersten nahm es kein so gutes Ende, wie Sie sehen werden. Annie war anders. Wir sind wie Schwäne, sagte sie immer, wir treiben nebeneinander im Wasser, ganz egal, was die Strömung uns bringt. Oft gab es Mädchen, die herumschnüffelten, aber nun herrscht schon eine ganze Weile Ruhe. Die aphrodisische Kraft von Ruhm und Geld erstaunt mich stets aufs Neue – sie können eine Zwanzigjährige dazu bringen, über weiße Haare und Lenden, die durchhängen wie ein altes Sofa, hinwegzusehen. Aber diese hier sieht mich nicht so an. Sie ist anders, das merke ich. Sie wirkt entschlossen, trotz ihrer Lippen, die mich an jemanden erinnern. Die Unterlippe ist voller als die Oberlippe. Sie hat eine Furche darin wie der Abdruck eines Kopfes in einem dicken Kissen.

»E-Mails?«, sage ich. »Ich benutze keinen Computer.«

»Und was ist mit meinen Briefen?«

Schuldbewusst denke ich an die unendlich vielen Briefe auf cremefarbenem Büttenpapier, an ihre geschwungene Handschrift. Wer schreibt heutzutage noch mit dem Füller? Als sie nicht aufhörte zu schreiben, beauftragte ich meinen Anwalt, sie zu vergraulen, aber das half auch nichts.

»Ich nehme an, Sie haben meinen letzten Brief bekommen?« Sie spricht jetzt langsamer, als würde sie denken, ich wäre womöglich taub oder ein bisschen plemplem. Nun gut, das kann ich zu meinem Vorteil nutzen. Ihren Brief habe ich bekommen, klar. Ihr Ass haben Sie sich bis zum Schluss aufgehoben, Missy, nicht wahr? Ich höre, wie sie hinter mir das Mittagessen abräumen, das Gelächter meiner Urenkel wie ein plätschernder Bach, Tom, der seinen Bruder ärgert, die beruhigenden Worte meiner Enkelin, die versucht, die Wogen zu glätten.

»Brief?« Ich zittere absichtlich mit der Hand, während ich mir die Stirn reibe. »Tut mir leid, meine Liebe. Ich werde langsam ein bisschen verwirrt ...« Es funktioniert. Ihre Gesichtszüge werden weich. Sie hat einen zornigen alten Mann der Kunst erwartet, aber ich habe ein paar Überraschungen auf Lager.

»Das ist nichts Persönliches, Mr Lambert, das sollen Sie wissen. Der Redakteur hat mich wegen meiner Großtante Vita beauftragt, den Artikel zu schreiben.«

»Vita?«, sage ich unbestimmt.

Sie beißt sich ungeduldig auf die Lippe, aber ihre Stimme bleibt ruhig. »Ich möchte nur meine Fakten hieb- und stichfest machen. Ich verspreche Ihnen, es dauert nicht sehr lange.«

Fakten? Dummes Mädchen, in so einer Situation gibt es keine Fakten, nur Meinungen, alte Erinnerungen, und die ändern sich mit der Zeit wie ein Gemälde, das die Sonne ausbleicht. Die junge Frau versucht durch die Dunkelheit ins Haus zu spähen, aber alles liegt wegen des hellen Rechtecks aus Licht von der offenen Terrasse, die aufs Meer geht, im Schatten. Vielleicht erkennt sie die Flos-Arco- Lampe, die sich wie ein aufmerksamer Diener über den Tisch neigt, oder unsere beiden alten Jacobsen-Sessel, von denen aus man hinaus aufs Meer blickt, das braune Leder, das die Form unserer Körper hat wie Eier die von Küken. Annie ist da. Ich spüre das sichere, beruhigende Gewicht ihrer Anwesenheit hinter mir, den Süden zu meinem Norden wie das Gegengewicht einer Kompassnadel. »Sie sind doch Gabriel Lambert?«

Ich zögere. Das Problematische an den Lügen ist, dass man sich an sie erinnern muss. Sie kommen nicht einfach von selbst wie die Wahrheit. Man muss alle Fäden zusammenhalten. » Wer will das wissen?«

» Ich bin Dr. Cass.« Sie reicht mir die Hand, ich drücke sie widerwillig. Sie ist so leicht wie ein Bündel Schilf. »Aber sagen Sie doch bitte Sophie.« Natürlich. Sophia, die Weise. Sie hält sich für weise, das sieht man. Sie ist noch jung genug, um zu glauben, dass sie alles weiß. Das Leben hat sie noch nicht abgeschliffen. Gib ihr Zeit. Bald wird sie merken, dass die wahre Weisheit darin besteht zu wissen, dass, je mehr man über das Leben lernt, einem umso mehr klar wird, wie wenig man weiß. Ich fühle mich jetzt dümmer als mit zwanzig Jahren, und sie kann nicht recht viel älter sein.

» Nun, ›sagen Sie doch bitte Sophie‹, Sie sehen nicht aus wie eine Frau Doktor.«

» Kunstgeschichte«, erwidert sie. »Ich bin freiberuflich tätig, recherchiere Kunst- und Kulturthemen für Zeitungen und Zeitschriften auf der ganzen Welt.«

» Sie sind also ein Schmierfink?«

» Investigative Journalistin ist mir lieber.«

» Haben Sie eine Visitenkarte? Man kann nicht vorsichtig genug sein.«

» Natürlich.« Ich hoffte, sie würde ihre Tasche hochnehmen, damit ich ihr die Tür vor der Nase zusperren könnte, aber sie rührt sich nicht. » Wie Sie wissen, hat die *New York Times* vor, meinen Artikel über Sie zu bringen …« Sie spricht nicht weiter, während sie in die Hocke geht und ihre Tasche durchsucht. Sie reicht mir ihre persönliche Visitenkarte – natürlich edel, geprägt. Die Buchstaben ihres Namens fühlen sich unter meiner Fingerspitze an wie Blindenschrift. Als sie zu mir hochblickt, fällt mir auf, dass ein Knie durch ein Loch in ihren schwarzen Strümpfen guckt, ich sehe glatte weiße Haut und aufgeschürftes Fleisch.

»Was ist denn da passiert?«

»Wie bitte?« Sie steckt sich eine blonde Haarsträhne hinter das Ohr. Ein spitzer Chromdorn hält die Haare zu einem Knoten im Nacken zusammen. »Ach, mein Knie? Nicht der Rede wert. Ich bin auf dem Weg da oben hingefallen.«

»Sie sollten sie ausziehen.«

»Verzeihung?« Sie baut sich entrüstet vor mir auf.

»Ich meinte nur, Sie sollten Seeluft an die Haut lassen und das Blut abwaschen.« Ich gebe ihrer Tasche einen Tritt und ziehe die Fliegengittertür zu. »Ihre Reise war vergeblich.«

Sie knallt einen braunen Briefumschlag an das Fliegengitter. Darauf hat sie geschrieben: *Vita. Letzte Gemälde.* »Wie gesagt. Es dauert nicht lange.«

Mich packt die kalte Angst. Ich bekomme Gänsehaut an den Armen, die Nackenhaare stellen sich mir auf. Vita. Ein kurzer Blick auf die triumphierende Miene der Frau und ich weiß, wenn ich ihr die Tür vor der Nase zuschlage, wird sie noch in der Dämmerung auf der Veranda stehen, deshalb mache ich das Fliegengitter ein kleines bisschen auf und nehme ihr den Umschlag ab.

»Ich wollte nur fragen, was Sie von diesen Fotos noch in Erinnerung haben …«, sagt sie, als ich die dicken Schwarz-Weiß-Aufnahmen, die sie wahrscheinlich aus irgendeiner Kunstgeschichtsbibliothek geschmuggelt hat, aus dem Umschlag nehme. Und wirklich ist da ein offiziell aussehender Stempel auf der Rückseite: *Nicht entleihbar.* Ungezogenes Mädchen. »Alles, was ich sicher weiß, ist, dass Vita 1939 bis 1940 mit Ihnen im Languedoc war, und diese Bilder wurden vor dem Brand aufgenommen …« Schlau, diese Journalistin. Sie sagt nicht offen, was sie weiß und was ich weiß.

Ein alter Trinkkumpan von mir erzählte mir einmal eine Geschichte von einem Typen, der sich in einer Bar an der Canal Street zu ihm umgedreht und ihm einen Schlag an die Gurgel verpasst hatte. Völlig ohne Grund, ohne Warnung, einfach so. So fühle ich mich jetzt gerade, während ich die Fotos umdrehe und sehe, was Sophie gesehen haben muss. Lieber Gott, es ist passiert. Ich schließe die Augen. Ich habe mich mein ganzes Leben lang vor diesem Moment gefürchtet.

»Ich hatte also recht.« Sophie lächelt, ihr Blick ist klar und durchtrieben. Ich sehe es, es schimmert vor meinem inneren Auge wie das Grinsen der Grinsekatze. »Wo sollen wir anfangen, Mr Lambert? Im Château d'Oc?«

»Ich kann ... ich will nicht darüber reden, noch nicht.«

»Wir können auf Vita zurückkommen.« Ihre Worte streichen um meinen Kopf, wie der Wind mit seinen unsichtbaren Fingern durch die Bäume fährt. Die Jahre fallen ab wie trockenes Laub im Wind.

»Warum fangen wir dann nicht in Marseille an? Erzählen Sie mir von Varian Fry, Gabriel. Erzählen Sie mir die Geschichte, wie Sie Annie kennengelernt haben.«

Natürlich Marseille. Alles begann in Marseille.

# 7

## Marseille

Ich kam im November 1940 an. Wenn ich die Augen schließe – das Mädchen beobachtet jede meiner Bewegungen –,
sehe ich es wieder vor mir, die grauen Hügel, das satte Grün
der Palmen. Ich hatte jemandem in Arles Geld für den Namen und die Adresse des amerikanischen Engels gegeben, von
dem alle Flüchtlinge sprachen. Als ich nach Marseille kam,
stellte ich fest, dass ich ihn ganz umsonst hätte finden können – jeder kannte Varian Fry. Irgendjemand hatte mir erzählt, das Büro habe eine neue Adresse. Ich sollte mich im
amerikanischen Konsulat erkundigen. Das tat ich. Es sah aus
wie eine Burg. Dass man in der richtigen Richtung unterwegs
war, merkte man daran, dass sich immer mehr Flüchtlinge in
der Tram drängten, je näher man kam. Ich hatte Vitas Auto
am Morgen meiner Ankunft verkauft, denn ich wollte keine
Aufmerksamkeit auf mich lenken, weil ich in einem süßen
kleinen roten Cabrio herumfuhr. Der Himmel weiß, wie ich
es vom Languedoc nach Marseille geschafft hatte, ohne einen
Unfall zu bauen. Manchmal glaube ich, dass ich einen Schutzengel habe, der auf mich aufpasst.

Ich stand auf, um einer alten Frau meinen Sitzplatz in der
Straßenbahn anzubieten. Die Tram war voller Menschen, als
wir das Konsulat erreichten, die Leute hielten sich aneinander
fest. Es gibt nichts Erbärmlicheres, als zu sehen, wie anständige Leute versuchen, ihre Würde aufrechtzuerhalten. Männer und Frauen, die seit Wochen weder ein richtiges Bad noch

eine anständige Mahlzeit hatten, die aber schmutzige Hemden noch zuknöpften und zerdrückte Hüte auf Haaren feststeckten, die gewaschen werden müssten. Ich sah wahrscheinlich kaum besser aus.

Es war schön dort draußen, mit den Platanen und dem Klang des Meeres. Wasser rauschte durch die Gräben. In so einer verzweifelten Lage von einer solchen Schönheit umgeben zu sein machte es fast noch schlimmer. Das Konsulat war wie eine Burg in einem Märchen, und man sah die Hoffnung in den Augen der Menschen, die die weißen Stufen hinaufgingen. Ich stellte mich in den blauen Schatten unter der Markise eines Cafés – ich glaube, es hieß *Pelikan* – und ließ die Menge an mir vorbeiziehen. Alle Gesichter hatten denselben Ausdruck. Alles – die Angst vor einer Verhaftung, vor Konzentrationslagern und der Gestapo, vor jeder Kugel aus einem Maschinengewehr, der sie auf ihrem Hunderte von Kilometern langen Marsch ausgewichen waren – hatte hierhergeführt. Sie waren gelähmt vor Furcht bei dem Gedanken, in Frankreich zu bleiben, und ihnen graute vor der Vorstellung wegzumüssen.

Der Zufall wollte es, dass mir, gerade als ich eine streng dreinblickende Dame am Empfang um Informationen über das American Relief Center bat, ein großer, freundlich aussehender Mann auffiel, der mich beobachtete. Das amerikanische Hilfswerk ARC hatte einen fast schon legendären Ruf wegen der Art, wie sie Flüchtlinge in Sicherheit brachten, und meine Verzweiflung musste mir anzusehen gewesen sein.

»Das Konsulat hat keine Verbindung zum ARC«, sagte die Blondine. Sie kaute Kaugummi, ich sah kurz das Rosa zwischen ihren Eckzähnen aufblitzen. Ihre Haare waren brüchig und gebleicht. Die Augenlider waren blau geschminkt – sie machte sich nicht einmal die Mühe, mir in die Augen zu sehen. Sie trug einen engen Pullover und hatte konische Brüste,

61

sodass man fürchten musste, sich zu verletzen, wenn man es wagte, sich ihr entgegenzustellen.

»Es tut mir leid, Sie belästigt zu haben«, sagte ich und wendete mich zum Gehen.

»Sagen Sie« – der Mann zeigte auf eine Rolle Papier an der zusammenklappbaren Staffelei, die an meinen Rucksack geschnallt war –, »sind Sie Maler?«

»Ja, Sir.«

Er drängte mich nach draußen, an der langen Schlange vorbei. »Achten Sie nicht auf sie«, sagte er. »Miss Delapré hat es nicht leicht, Tag um Tag die vielen Menschen aufzufangen.« Er lächelte zu mir herunter. Sein Gesicht war ungewöhnlich für so einen großen Mann – er hatte Apfelbäckchen und strahlte. Wenn man ihm einen weißen Bart anklebte, wäre er als Nikolaus durchgegangen. Er musste fast einen Meter fünfundneunzig groß sein. In seiner dicken runden Brille spiegelte sich das Sonnenlicht, als er sich umwandte und den Hügel hinabwies. »Gehen Sie doch hinunter in die Rue Grignan. Sie können das ARC gar nicht verfehlen …«

»Einfach den Menschenschlangen nach?«

Er lächelte und schüttelte mir die Hand. »Sie kapieren es. Der Empfang ist am Montag, Mittwoch und Freitag vormittags geöffnet. Sagen Sie, Vizekonsul Bingham hätte Sie geschickt. Viel Glück.«


Im Rückblick ist es schon erstaunlich, wie viele Leute sich, ohne zu fragen, anstellten. Wenn man bedenkt, dass wir alle eine Heidenangst hatten und aufgeregt waren, und doch warteten alle mit der dumpfen Resignation von Schafen. Ich habe Tiere gesehen, die auf dem Weg ins Schlachthaus in Ställe gedrängt wurden – ein Hauch von Blut, und sie geraten in Panik, klettern über die Absperrungen, zertrampeln die Schwächeren unter ihren Füßen. So war es nicht, noch nicht. Die Menschen stellten sich an, um ihr Leben zu retten, als würden sie beim Bäcker anstehen. Ich wartete den ganzen Vormittag, um im ARC einen Termin zu bekommen, und die Atmosphäre war freundlich, ja sogar ruhig. An der Tür stand ein junger Amerikaner. Er trug eine Uniform, aber er sah eher aus wie ein Star aus einer Matinee. Als es ein bisschen Gedränge gab, hielt er die Hände hoch und sagte in einem trägen Südstaatenakzent: »Laaangsam, Leute. Jeeeder kommt hier dran.« Sein Französisch war schlechter als mein Englisch damals, aber er konnte sich verständlich machen, und seine Uniform wirkte halbwegs offiziell. Er war charmant und schien sich wohl in seiner Haut zu fühlen – die Franzosen sagen *bien dans sa peau*. Hin und wieder trat er hinaus auf den Gehsteig, um eine Zigarette zu rauchen oder ein paar Takte auf seiner Trompete zu spielen. Als ich am Anfang der Schlange stand, kam er zum Vorschein, der Schallbecher des Instruments drang wie ein goldener Heiligenschein aus dem dunklen Eingang. Er lehnte sich, die Knöchel überkreuzt, an den Türpfosten. Ich nickte zum Rhythmus der Musik, und er sah zu mir herüber, während seine Finger die Ventile bearbeiteten.

»Zigarette?« Ich bot ihm eine an, als er zu Ende gespielt hatte.

»Danke.« Er schützte die Flamme meines Feuerzeugs mit der Hand. »Spielen Sie?«

»Ich? Nein, aber ich mag Jazz.«

»Ich habe mit ein paar von den ganz Großen gespielt, Mann …« Charlie – so hieß er – erzählte mir von Jamsessions mit Musikern, die Idole für mich waren. »… und Louis Armstrong sagte zu mir: ›Charlie …‹«

»Spiel schon, spiel«, unterbrach ihn eine blonde Frau. Sie kam mit einem Klemmbrett nach draußen.

»Mann, Mary Jayne.« Er guckte finster. »Das ist doch das Beste an der Geschichte.«

»Und wir haben sie alle schon hundertmal gehört«, sagte sie. »Sind Sie der Nächste?« Ihr Blick war direkt und nervtötend. Mir fielen ihre Hände auf – sie waren überraschend groß und stark für eine junge Frau. Ich hatte das Gefühl, ihr könne man nichts vormachen.

»Ja«, sagte ich und trat die Zigarette auf dem Gehsteig aus. Ich warf mir die Tasche über die Schulter und folgte ihr nach drinnen. Jeder Schreibtisch war besetzt, junge Männer und Frauen unterhielten sich gedämpft mit Flüchtlingen. Das Büro war sehr voll, aber durch die Tür am Ende sah ich einen weiteren Raum. Ein junger Mann, größer als alle anderen, mit einer vollen, dunklen Mähne, ging auf und ab. Er gehörte zu den Menschen, die vor Energie zu sprühen schienen. Neben ihm saß ein blonder Mann auf einem Stuhl, den Arm auf den Schreibtisch gelegt. Während er redete, fuhr er gemächlich das Muster des Holzes nach.

»Bitte setzen Sie sich«, sagte die Frau. »Sagen Sie mir doch erst einmal Ihren Namen.«

»Meinen Namen?« Ich blinzelte. »Gabriel Lambert.« Sie schrieb ihn auf. »Ich muss zu Varian Fry.«

»Das müssen alle«, meinte sie etwas bissig. »Darf ich Ihre Papiere sehen?« Ich zog meine Ausweise aus der Jackentasche. Sie blätterte sie durch, verglich mein Gesicht mit dem Foto. Mein Mund wurde trocken. »Gut«, sagte sie und machte sich Notizen. Sie reichte mir die Papiere wieder, und ich holte tief Luft.

»So, und aus welchem Grund glauben Sie, das ARC könnte Ihnen helfen?«

»Ich bin Künstler«, erklärte ich. »Vielleicht haben Sie von meinen Werken schon gehört …?«

Sie schüttelte den Kopf. »Leider ist meine Kollegin Miss Davenport nicht hier.« Sie beugte sich zu mir vor. »Miriam hat das beste Auge hier. Sie hat Kunstgeschichte studiert.« Sie lehnte sich wieder zurück und verschränkte die Arme. »Haben Sie vielleicht Arbeiten dabei, die Sie uns zeigen können?«

»Natürlich.« Ich hatte vorgesorgt und ein paar Karikaturen mitgebracht, außerdem Ausschnitte aus einem Ausstellungskatalog. Ich reichte ihr alles.

»Die sind hübsch«, sagte sie, als sie die Bilder betrachtete. Sie lächelte düster, während sie eine Karikatur von Hitler ansah. »Aber bitte verzeihen Sie mir.« Ich hörte die Müdigkeit und Ungeduld in ihrer Stimme, als sie die Ausschnitte wieder auf den Tisch legte. »Hier kommen ziemlich viele Leute her, die vorgeben, jemand zu sein, der sie gar nicht sind. Würde es Ihnen viel ausmachen, wenn Sie mir schnell eine kleine Skizze anfertigen würden? Vom Vieux Port vielleicht? Miriam bittet die Leute immer, schnell die Boote zu zeichnen.«

»Darf ich?« Ich nahm ihr den Stift ab. Sie reichte mir ein Blatt Papier. »Ich bin für meine figurativen Arbeiten bekannt«, sagte ich, bevor ich flink ihr Gesicht zeichnete. Meine Hand zitterte. »Boote male ich nicht.«

»Ach nein?« Sie wehrte sich gegen meine Arroganz, aber sie hob das Kinn ein bisschen an, als sie merkte, dass ich sie zeichnete.

»Muss das jeder tun?«

»Es gibt viele Leute, die vorgeben, Künstler zu sein, weil sie verzweifelt auf unsere Hilfe hoffen. Wir können nicht jeden unterstützen. Unser Aufgabenbereich hat sich allerdings ein wenig verändert. Ursprünglich halfen wir nur Künstlern und Intellektuellen. Darin liegt immer noch unsere Priorität, aber mein Kollege Monsieur Hermant hat vorgeschlagen, dass wir auch ein paar der normalen ARC-Fälle helfen, die es am dringendsten brauchen.« Das gefiel mir an Mary Jayne. Später fand ich heraus, dass sie es war, die den sogenannten normalen Flüchtlingen half, indem sie die Gold-Liste, wie sie hieß, finanzierte, aber sie prahlte nie damit, nicht ein einziges Mal.

»Und, zu welcher Gruppe gehöre ich?«, fragte ich sie und reichte ihr die Zeichnung. In wenigen Minuten hatte ich etwas entstehen lassen, das zumindest gut genug war, um das Mädchen an der Nase herumzuführen.

»Eindeutig ein Künstler.« Sie sah mich mit diesen großen blauen Augen an. »Sehr schmeichelhaft, Mr Lambert.« Sie blickte von der Skizze, die ich ihr gereicht hatte, zu dem Schwarz-Weiß-Ausschnitt aus dem Ausstellungskatalog. »Darf ich das behalten?«

»Natürlich.« Ich neigte den Kopf. »Ich würde Ihre Hilfe wirklich schätzen, Miss …«

»Gold. Ich heiße Gold.« Natürlich. Alles an diesem Mädchen war eindeutig eine Klasse höher. Es hätte mich nicht im Mindesten überrascht, wenn sie irgendwo einen Echtheitsstempel gehabt hätte. Ich schüttelte ihr die Hand. »Ich werde Ihren Fall mit meinen Kollegen besprechen. Vielleicht wären Sie so freundlich, am Montagvormittag noch einmal zu kommen?«

»Wie gesagt, ich habe genug Geld für die Passage nach Amerika, ich brauche nur Ihre Hilfe bei den Visa …«

»Ja, ich habe alles aufgeschrieben. Eine Sache wäre da noch«, sagte sie.

Mir rutschte das Herz in die Hose. »Ja?«

»Wir helfen nur Menschen, die wir oder einer unserer Kunden kennen und denen wir vertrauen. Wir müssen uns vor Nazi- und Vichy-Agenten hüten, verstehen Sie? Haben Sie jemanden in Marseille, der für Sie bürgen kann?«

O Gott, so nah, so nah. Ich dachte verzweifelt nach. »Bingham«, log ich.

Sie blickte überrascht auf. »Sie sind ein Freund von Harry?«
»Eher ein Bekannter.« Ich beugte mich zu ihr und fixierte
sie. »Ich kann nicht allzu viel sagen. Aber ich muss Frankreich
dringend sofort verlassen«, sagte ich. »Ich bin seit vielen Jahren ein bekennender Kritiker der Nazis.« Ich zeigte auf die
politische Karikatur.

»Ich verstehe, Mr Lambert.« Sie flocht die Finger ineinander. Dann beugte sie sich zu mir. »Aber Sie müssen auch Ver-
ständnis haben. Jeder Mensch, der durch diese Tür hier geht,
hat Angst um sein Leben. Wir müssen sehr, sehr sorgfältig
auswählen, wem wir helfen.«

Ich sah Miss Gold am späten Sonntagabend wieder, in einer
Bar am Vieux Port. Es erstaunte mich, sie in so einer Spelunke
anzutreffen, aber sie wirkte so glücklich wie eine Debütantin
im Ritz. Ein schlanker dunkler Mann mit runder Brille führte
sie auf die Tanzfläche. Sie strahlte vor Liebe, während sie tanzten, als würde das Christkind kommen, aber er sah hart aus,
hager und gemein, nicht der Typ, von dem man annehmen
würde, ein reiches Mädchen wie sie würde auf ihn stehen.
Andererseits sind die Leute ja manchmal seltsam. In der Bar
herrschten lautes Stimmengewirr und Gelächter, und die Kapelle musste sich anstrengen, um gehört zu werden. Miss
Gold und ihr Mann tanzten mitten auf der alten Parketttanz-
fläche, dunkle Gestalten bewegten sich um sie herum. Das
matte rote Licht fiel auf ihre blonden Locken, rötete ihre
Wangen wie die eines gefallenen Engels. Wenn ich jetzt an
Mary Jayne denke, dann habe ich sie so in Erinnerung, mit
einem Lächeln auf den Lippen, während sie sich langsam auf
der Stelle im Kreis drehten, ineinander verloren.

# 8

Varian Fry entzündet sein goldenes Dunhill-Feuerzeug. Die Flamme leckt an der nebligen Nachtluft östlich des Vieux Port und beleuchtet seine Hornbrille unter der Krempe seines dunklen Homburg. Der Siegelring an seinem Finger glänzt. Die letzten warmen Abende eines Altweibersommers klingen noch nach, aber jetzt weht der Mistral aus dem Vaucluse-Hochland herunter, ein kühles Flüstern im Ohr der vergoldeten Jungfrau der Sünder und Seeleute auf der Notre-Dame de la Garde auf dem Weg hinunter zur Stadt und zum Meer. Der Wind raschelt in Palmen und Platanen, trägt den metallischen Geruch des Wochenfangs von den abgespritzten Marktständen am Quai des Belges mit sich. Heute Abend findet der dritte Versuch statt, einer Gruppe von höchst bedrohten Flüchtlingen zu helfen, mit dem Schiff nach Gibraltar zu entkommen, und es ist das größte Risiko, das sie bisher eingegangen sind. *Nach zwei Fehlversuchen muss es funktionieren. Es wird funktionieren,* sagt er sich, und sein Magen krampft sich bei dem Gedanken an die Entdeckung durch Vichy-Truppen oder die Gestapo vor Angst zusammen.

»Danke.« Beamish beugt sich zur Flamme vor, zündet seine Zigarette an. Seine Ruhe beeindruckt Varian. Mit Beamish würde man nicht Poker spielen wollen. Wie lässig er die Zigarettenasche mit seinen langen Fingern abschnippt, das erinnert Varian mehr an die einstudierte Nonchalance eines Jungen bei einem Tanz als an einen Mann, der einen der gewagtesten Fluchtversuche des Kriegs inszeniert. Varian fragt sich, ob er wohl auch Angst hat.

»Bist du sicher, dass dir niemand gefolgt ist?«, sagt Beamish.

»Natürlich. Ich bin ja vielleicht nicht so schlau …«

»*Je me débrouille.« Ich passe auf mich auf.* Ein Strahlen erhellt sein Gesicht. Deshalb hat Varian Albert Hermant alias Hermantthevarmint, also Hermant, der Spitzbube, wie Miriam und Mary Jayne ihn nennen, den Spitznahmen Beamish, Strahlemann, gegeben. *Ein genialer Dämon mit dem Lächeln von Puck,* so beschreibt Varian seinen besten Freund in Marseille.

»Wie du sagst, aber ich bin kein Idiot. Mir ist niemand nachgegangen.« Obwohl es ganz einfach gewesen wäre. Varian war mit der selbstverständlichen Sicherheit eines Harvard-Mannes unter den blau gestrichenen Straßenlaternen von La Canebière entlanggelaufen. Sein selbstsicherer Gang, selbst seine Größe lassen ihn aus dem Gewimmel von Flüchtlingen herausstechen, die die dunklen Arterien der Stadt verstopfen. Seine Angst verbirgt er tief im Inneren. Er trägt seine Bildung wie eine Rüstung samt Schwert und Schild, seine Nationalität wie einen Umhang: *Ich bin unberührbar. Ich bin das Kind eines großen und neutralen Landes. Ich bin Amerikaner.*

Als er sich jetzt mit Beamish in den Schutz des Schattens auf dem Pier stellt, hat er einen kleinen Koffer neben sich. Irgendwo in der Dunkelheit ertönt ein Nebelhorn. Bis zu diesem Abend hat es ihn immer amüsiert, dass die Kanonen des Fort St. Jean nach innen gerichtet sind, wie um die Bewohner in Schach zu halten. Jetzt hat er das Gefühl, der Hafen bedrohe ihn, und die dunkle Masse der Île d'If lässt ihn an den Grafen von Monte Christo denken, an Gefangenschaft. Sein Bauchgefühl sagt ihm, dass etwas nicht stimmt. Varian schiebt die Hand in seinen Mantel und zuckt zusammen.

»Du brauchst Urlaub«, sagt Beamish. »Zumindest siehst du aus wie ein Tourist in den Ferien.«

»Gut, genauso soll es sein.« Varian schaut auf seine Patek Philippe. »Der Zug nach Tarascon fährt um Mitternacht.«

»Dann sorge dafür, dass du ihn bekommst. Die Flics dürfen nicht hören, dass du heute Nacht hier in der Nähe warst.« Während er redet, beobachtet Beamish eine Gruppe torkelnder Gestalten am Hafen. »Keine Sorge, es ist nichts.«

Die Tür eines Schuppens am Kai in der Nähe des Leuchtturms geht einen Spalt auf, und Charlie streckt den Kopf heraus. »Hey, Boss, wir sind bereit«, ruft er leise. Sein warmer Südstaatenakzent ist beruhigend, aber er bewegt nervös die Finger, als würde er Trompete spielen. Varian sieht sich um, dann huscht er hinüber und schlüpft in den Schuppen. Seine Augen gewöhnen sich an die Dunkelheit. Er erkennt die dunklen Schatten der Flüchtlinge, die bleichen, erschöpften Gesichter von entkommenen britischen Kriegsgefangenen, spanischen und italienischen Republikanern, Schriftstellern, Malern und darunter die hoch aufragende Gestalt von Georg Bernhard, dessen weiße Haare wie Wolken auf einem Berggipfel wirken. Er tritt vor und schüttelt ihm die Hand. »Viel Glück, Bernhard.«

»Danke, Fry.«

»Ich überlasse Sie jetzt den fähigen Händen von Charlie und Beamish. Das Schiff wird in einer Stunde hier sein. Sie sind im Handumdrehen in Gibraltar.« Das intelligente, erschöpft wirkende Gesicht des Mannes rührt ihn an. Ausnahmsweise hat der Herausgeber der Anti-Nazi-Zeitung *Pariser Tageblatt* einmal seine natürliche Zuversicht verloren. *Nummer drei auf Hitlers Fahndungsliste*, denkt Varian. *Da würde ich mir auch Sorgen machen.* Zwei andere Kunden, die Politiker Breitscheid und Hilferding – sie sind die Nummern eins und zwei. *Sie halten sich für unberührbar, sitzen jeden Tag unbekümmert im selben Café, obwohl sie sich eigentlich verstecken sollten.* Varian hat es aufgegeben, sie zur Vorsicht zu ermahnen. Diese großen Männer halten die sogenannte nichtbesetzte Zone für sicher, aber Varian weiß es besser. *Niemand ist sicher. »Mann, diese beiden Mistkerle, die legen es aber auch darauf an«, hat Charlie neulich über die zwei gesagt. Aber es ist unsere Aufgabe, auch sie aus dem Land zu schaffen,* denkt Varian.

Die erhitzte, schwerfällige Masse dunkler Gestalten in Wintermänteln, das gedämpfte flache Atmen in dem klaustrophobischen Schuppen zehren an seinen Nerven. »Wir sehen uns bald, in New York«, sagt er, geht hinaus und schließt die Tür.

»Manchmal«, meint Beamish ruhig, »da glaube ich, du sagst das, um dir selbst genauso Mut zu machen wie ihnen.«

❦

Während er durch den Vieux Port lief, stellte sich Varian die Keller und die unterirdischen Schmugglertunnel unter den Schritten seiner polierten Budapester vor. Er spürte die versunkenen Schichten der uralten Stadt, der phönizischen Fundamente und der römischen Mauern, die unter ihm vergraben waren. Er erblickte die goldene Muttergottes oben auf der Notre-Dame de Garde. *Früher hat diese Stadt einmal Astarte, Venus verehrt,* dachte er und blickte hinauf in den Nachthimmel, um den Planeten zu suchen. Er liebte das Alter dieses Ortes, das Gefühl von Geschichte. Bevor es kalt geworden war, war er mit dem Boot hinausgefahren, um die Höhle von Maria Magdalena in den Felsen in der Nähe der Stadt zu suchen. *»Da fand ich, den meine Seele liebt«, sagte sie.*

Varian blickte auf, als ein Schrei aus einer Gasse drang, ein Männerkörper fiel schwer auf den Boden. Schritte entfernten sich schnell, platschten durch dunkle Pfützen, auf denen Öl-flecken schillerten. Wäscheleinen schmückten die Gasse wie dunkle Flaggen im Mondlicht. Varian blieb stehen, er wollte nicht in etwas hineingeraten. Ihm schien es, als würde die halbe Bevölkerung von Marseille aus Gangstern bestehen, und die andere Hälfte wäre es gerne. Der Mann war bereits auf allen vieren und richtete sich kopfschüttelnd auf, seine Silhouette hob sich vor dem grünen Licht ab, das aus einer Bar drang.

Varian zog den Flachmann aus der Manteltasche und trank einen Schluck Cognac. Einen Moment lang sehnte er sich danach, wieder zu Hause in New York zu sein, bei seiner Frau Eileen, einfach nur vor dem Kamin ein Buch zu lesen oder in seinem eigenen gemütlichen Bett zu liegen. *Mein kleiner Pudel*, dachte er. Seine Gesichtszüge wurden weich, als er traurig an den Brief dachte, den sie ihm am Tag vor seiner Abreise aus Amerika nach Marseille geschickt hatte. Sie hatte nicht den Mut gehabt, es ihm von Angesicht zu Angesicht zu sagen. Eileen hatte ihn gebeten, eine Kriegswaise mitzubringen, ein Kind, das sie adoptieren und als ihr eigenes aufziehen konnten. *Was sagt das über uns aus, dass sie nicht mit mir reden und ich nicht antworten konnte? Sie wird denken, ich hätte sie einfach ignoriert.* Varian ging weiter und trank noch einen weiteren Schluck Cognac. *Sie versteht nicht, ja sie kann gar nicht verstehen, was ich hier durchmache, wie mich das verändert.* Er war so von seiner Arbeit vereinnahmt, dass er gar nicht bemerkte, dass er den Tag verpasst hatte, für den sein Rückflug nach New York geplant war. Er dachte an Eileens letzten Brief, in dem sie ihn kühl fragte, ob er vorhabe, jemals wieder nach Hause zu kommen. *Ich kann nicht weg hier*, dachte er. *Noch nicht. Sie brauchen mich. Sie brauchen mich alle.* Er hob den Flachmann und zögerte. *Oder brauche ich sie?*

Varian hatte das Gefühl, er hätte schon sein ganzes Leben in Marseille verbracht, aber es war erst ein paar Monate her, seit er am Gare St. Charles angekommen war, dreitausend Dollar und eine Liste mit zweihundert der größten kreativen Köpfe Europas, die zu retten waren, ans Schienbein gebunden. Alfred Barr, ein alter Harvard-Kommilitone und jetzt Direktor des Museum of Modern Art in New York, hatte ihm geholfen, die Liste zusammenzustellen. Die von Varian stimmte beinahe Name für Name mit der schwarzen Liste der Nazis überein, ein tödliches Spiegelbild. *Wie viele habe ich bis jetzt abgehakt?,* dachte er und zählte sie durch, während er weiterging. *Nicht genügend. Noch lange nicht.* Er hatte gedacht, es würde ein paar Wochen dauern, um seine Kunden aus Marseille herauszuzaubern, aber seine Arbeit fing gerade erst an.

Der endlose Strom hoffnungsvoller, verzweifelter Gesichter kam ihm in den Kopf, die Flüchtlinge, die vor seinem vollen Hotelzimmer im Splendide und jetzt vor dem ARC Schlange standen. *Die Hälfte der Zeit komme ich mir vor wie ein Arzt während eines Erdbebens.* Die Bedrohung durch Artikel 19, der den Franzosen »Auslieferung auf Verlangen« vorschrieb, und zwar jeder Person, die von den Nazis gesucht wurde, hing über Marseille wie ein Damoklesschwert. Fry dachte an ein paar der kleinen Ganoven und Gangster, mit denen sie gezwungen waren zusammenzuarbeiten, um das ARC am Laufen zu halten. *Wenn man mit solchen Leuten zu tun hat, ist es nur eine Frage der Zeit, bis uns jemand übers Ohr haut.* Für Fry fühlte es sich so an, als wäre die Luft der Stadt lebendig, als würde sie knistern vor Furcht und Misstrauen. *Gott sei Dank habe ich mein Team,* dachte er, nun endlich vertraute er ihnen voll und ganz.

»Wir müssen André Breton und seiner Familie unbedingt helfen«, hatte Miriam Davenport beim letzten Treffen gesagt, während sie sich in den Schein der Lampe vorbeugte. »Er ist mehr als ein Dichter und dazu noch der führende Kopf der Surrealisten. Er ist das Epizentrum einer ganzen Generation europäischer Intellektueller ...« Varian lauschte schweigend, während sie sich leidenschaftlich für André Breton einsetzte und dabei mit der linken Hand auf die rechte Handfläche schlug. Er war stolz auf Miriam. Die junge Studentin hatte es geschafft, bei den Männern Gehör zu finden. Zuerst hatte sie sich nicht getraut, bis Beamish sie eines Tages beiseitenahm und sagte: »Diese Kerle haben kein bisschen mehr Ahnung von der Hilfsarbeit als Sie. Wenn Sie nicht für Ihre Kunden sprechen, werden diese in Konzentrationslager gebracht oder getötet.« Danach setzte sie sich für jeden Fall ein. *Sie zu finden war wirklich ein Glücksfall*, dachte Varian. Er hatte jemanden mit Sprachkenntnissen gebraucht, um bei der Sekretariatsarbeit und bei den Befragungen der Flüchtlinge zu helfen. Jetzt war sie unentbehrlich für ihn geworden und setzte ihre akademischen Kenntnisse ein, um herauszufinden, welche der sogenannten Kunden wirklich Künstler waren und welche auf ihre große Chance warteten.

Während Miriam aus Bretons Empfehlungsschreiben vorlas, sah sich Varian an dem voll besetzten Tisch um. Unter den vielen Gesichtern suchte er die, auf die er sich am meisten verließ. Danny Bénédite reichte der Sekretärin einen Stapel Akten, als sie ihre Sachen für den Tag zusammenpackte; Danny hörte Miriam aufmerksam zu, und Varian sah ihm an, dass er ihren Fall mit der vollen Konzentration eines Mannes verarbeitete, der früher bei der Polizei gewesen war. So wie Beamish Varians engster Freund und Verbündeter bei den geheimsten Operationen der Organisation war, so verließ sich Varian bei der Leitung des Zentrums auf Danny, seine rechte Hand. Hinter Danny sah Varian Justus Rosenberg oder

»Gussie«, wie sie ihn liebevoll nannten, den vierzehnjährigen Laufburschen, dessen unschuldiges Gesicht sich als sehr nützlich erwiesen hatte, wenn es darum ging, Unterlagen durch die Stadt zu schaffen. Er saß mit Charlie am Eingang und bewachte die Tür.

*Sie alle waren ohne einen Halt,* überlegte Varian, *waren selbst auf der Flucht, und doch riskierten sie alles, um Menschen zu helfen, deren Arbeit die Welt verändert hatte. Deren Arbeit die Welt verändern wird,* verbesserte er sich. *Ich werde jeden Namen auf dieser Liste aus Frankreich herausbringen, und wenn es mich umbringt.* An manchen Tagen sah es wirklich so aus. Doch mit seinem Team schienen sogar Wunder möglich.

»Ich habe noch eine weitere Empfehlung«, sagte Miriam und ging die Akten durch. »Mary Jayne hat mit einem Mann gesprochen – Gabriel Lambert. Ein hoch angesehener Maler, eher Art déco als Avantgarde …«

*Sogar Mary Jayne,* dachte er jetzt, *die allein durch ihre Privilegiertheit und …* Varian runzelte die Stirn, als er versuchte festzumachen, was genau ihn so an der schönen jungen amerikanischen Erbin ärgerte. War es ihr Geld? Ihr Geschmack bei Männern? *Gott verdamme diesen Dreckskerl Couraud.* Die Vorstellung, dass Mary Jaynes Freund sie jeden Moment verraten, dass er zu viel polizeiliche Aufmerksamkeit auf die Organisation ziehen könnte, machte ihm Sorgen. Er biss sich auf die Unterlippe und ging weiter. Er musste zugeben, dass auch Mary Jayne unbezahlbar war. *Sie hat großzügig ihr Vermögen und ihre Zeit geopfert.* Ihr war es zu verdanken, dass eine zweite Liste – die sogenannte Gold-Liste – zusammengestellt worden war, und die siebentausend Dollar, die sie dem Rescue Committee gespendet hatte, hatte bereits Hunderten das Leben gerettet. *Auch ihr eigenes Leben hat sie riskiert,* gestand sich Varian ein. Es hatte ihn beeindruckt, dass es ihr gelungen war, vier Kriegsgefangene aus dem Lager Le Vernet herauszuholen. *Obwohl ich mir lieber nicht vorstellen mag, wie sie den Lagerkommandanten überredet hat.*

Als er durch die Seitenstraßen in Richtung Bahnhof lief, dachte er nicht zum ersten Mal, dass die Stadt halb Kloake, halb Zufluchtsstätte war. Varian ging in Gedanken die Bordelle und Absteigen durch, wo sich die Flüchtlinge versteckten, während sie auf Visa und Pässe warteten. Bordelle waren sicher, weil die Polizei bestochen wurde, damit sie dort keine Razzien veranstalteten. An anderen Orten in der Stadt mussten die Flüchtlinge es darauf ankommen lassen.

Varian nahm den Koffer in die andere Hand und drängte sich durch die Menschenmenge vor einer Bar. Entlassene Soldaten rangelten auf dem Gehsteig miteinander – eine Gruppe Zuaven in türkischen Hosen und senegalesische Kämpfer mit bunten Turbanen stritten sich, ein Messer blitzte auf. Er ging um die Gruppe herum, Adrenalin pulsierte durch seinen Körper. Sein Magen krampfte sich vor Hunger zusammen, als er eine Frau sah, die Bouillabaisse aus einer Schale löffelte. Er dachte an seinen leeren Flachmann und sah auf die Uhr. Es war gerade noch Zeit, ihn nachfüllen zu lassen, und so schob er sich vor zur Bar.

Mary Jayne Gold und Raymond Couraud tanzten eng aneinandergeschmiegt, ineinander verloren. Sie spürte den Druck seiner Hand im Kreuz, die Wärme seiner Handfläche durch ihre dünne Seidenbluse. Seine Wange ruhte sanft an ihrer, er war frisch rasiert, und sie atmete seinen Duft ein. Der kleine Raum war dunkel, und es war viel los, Gestalten drückten sich an die Bar, Gespräche erfüllten die Luft, das Klirren von Gläsern und Flaschen durchsetzte die Jazzmusik.

»Lass uns niemals alt werden, Raymond«, sagte Mary Jayne. Sie beobachtete ein grauhaariges Paar, das schweigend am

Rand der Tanzfläche saß, ihre gebeugten Rücken zwei c-förmige Niederlagen.

Raymond folgte ihrem Blick. »So werden wir nie, *Bebby*.« Finster funkelte er einen jungen Mann mit schwarzen Haaren und hellblauen Augen an, der sie von der Bar aus beobachtete. Er starrte ihn an, bis der Mann seinen Drink hinuntergestürzt hatte und ging. Raymond drückte sie enger an sich, seine Lippen streiften ihre Wange, ihren Hals. »Wir würden immer noch lachen und streiten und Liebe machen. Die Leidenschaft wird immer da sein. Ich liebe dich für alle Zeit mit meinem ganzen schwarzen Herzen.«

»Leidenschaft?«, murmelte Mary Jayne.

»Sag mir, dass du mich liebst.« Sie spürte, wie sich die mageren Muskeln seiner Schulter, seines Rückens unter ihrer Hand bewegten.

Mary Jayne legte den Kopf an sein Schlüsselbein. »Ich bete dich an, Kleiner …«

»Sag mir, dass du mich liebst.«

»Nicht hier …«

»Warum willst du es nie sagen?«

Sie hob den Kopf und sah ihm in die Augen. »Liebling, du weißt, dass wir unmöglich zusammen sein können. Da du jetzt die Fremdenlegion verlassen hast, wirst du mit de Gaulle nach Großbritannien gehen und mit den Freien Französischen Streitkräften kämpfen, und ich …« Sie hielt inne, fragte sich, was die Zukunft ihr wohl bringen würde.

»Und du gehst zurück nach Amerika und vergisst mich.« Raymond richtete sich auf, das schummrige Licht glänzte auf seinen dunklen Haaren, funkelte auf seiner runden Brille.

»Du kannst mir schreiben und mir von all den Schlachten erzählen, die du gewonnen, und von all den Herzen, die du gebrochen hast.«

»Du wirst irgendeinen reichen Idioten heiraten …«

»Wieso sollte ich heiraten?« Mary Jayne lachte. »Ich brauche keinen Ehemann. Ich habe selbst Geld.«

»Dann heirate mich, aus Liebe.«

»Ich habe es dir doch gesagt, ich habe nicht vor, jemals zu heiraten. Ich werde die Welt bereisen, mit Dagobert als Begleitung.«

»Du liebst diesen Hund mehr als mich.«

»Lieber, lieber Junge.« Sie zog einen Schmollmund, um ihn nachzumachen. »Sei nicht beleidigt.« Da küsste er sie, fordernd, die Hände in ihren Haaren. Mary Jayne löste sich, legte die Fingerspitzen an seine Lippen und blickte sich verlegen um. »Hör auf, Liebling. Nicht hier.«

»Ich will dich«, sagte er und drückte sie an sich. Raymond nahm ihre Hand in die seine, küsste sie auf die Handfläche, verschränkte ihre Finger ineinander. Sie tanzten weiter, Wange an Wange, atmeten schwer. »Wirst du mich vergessen? Wirst du vergessen, was wir haben?«

»Niemals. Wie könnte ich das?«

»Bleib heute Nacht bei mir.« Mit den Lippen streifte er ihr Ohr, aber Mary Jayne antwortete nicht. Sie blickte in Richtung Bar, wo der Keller Varian seinen gefüllten Flachmann reichte.

»Herrgott im Himmel, was mischt der sich denn hier unters Volk?«

Raymond runzelte die Stirn. »Wahrscheinlich sucht er sich eine Hure.«

»Sei nicht so gemein.« Mary Jayne schlenderte hinüber zu Varian.

»Mary Jayne?«, sagte er überrascht. »Was machst du denn hier? Es ist nicht sicher …«

»Bei mir ist sie sicher«, sagte Raymond und legte ihr den Arm um die Schultern.

»Guten Abend, Couraud«, sagte Varian. Die Stille zwischen ihnen spannte sich wie eine zu straff gezogene Geigensaite.

»Würdest du mir ein Glas Wein holen, Schatz?«, sagte Mary Jayne schließlich zu Raymond.

»Sicher, *Bebby*.« Er kniff die Augen zusammen. »Tanzen Sie mit meinem Mädchen, Monsieur Fry, nur zu. Ich passe auf Ihre kleine Tasche auf.« Er zeigte auf die Tanzfläche, nahm Varians Koffer und Hut, setzte sich den Homburg schief auf den Kopf. Varian ballte die Hände zu Fäusten.

»Nicht«, flüsterte Mary Jayne und zog ihn zu den Tanzenden.

»Warum lässt du zu, dass er so mit dir redet, als wärst du sein Eigentum?«

»Ich gehöre niemandem.«

»Ich wette, meinen Koffer sehe ich zum letzten Mal«, sagte Varian und nahm sie in die Arme. Sie drehten sich zur Musik, seine Hand ruhte leicht auf ihrer Hüfte.

»Ach, hör doch auf.« Mary Jayne seufzte. Sie freute sich, ihn zu sehen. Bei Varian befand sie sich wenigstens auf bekanntem Terrain. Sie kannte ihn, wusste, was für ein Typ er war, Erklärungen waren nicht nötig. Trotz der Unterschiede zwischen ihnen waren sie beide Amerikaner im Ausland, und seine Direktheit empfand sie als wohltuend. *Es gibt Katzen- und Hundemenschen,* dachte sie und warf einen Blick über Varians Schulter, um sicherzugehen, dass Raymond den Koffer noch hatte. *Raymond ist eine Katze, und Varian ist ein Hund, auf jeden Fall. Zutraulich, direkt ...* Sie sah zu, wie Raymond an der Bar mit einer hübschen jungen Brünetten plauderte. *Loyal.*

»Was machst du denn am Vieux Port?«, fragte sie.

»Ich wollte noch ein bisschen spazieren gehen, bevor ich in den Zug nach Tarascon steige.«

»Unsinn. Ihr Jungs habt doch irgendwas vor. Ihr glaubt, ihr

macht hier irgendwelche tollen Nacht-und-Nebel-Aktionen, und ihr versucht, Miriam und mich herauszuhalten, aber wir könnten nützlich sein, Varian. Ich meine, bei den anderen Sachen, nicht bei der normalen Unterstützungsarbeit ...«

Varian sah sich um, ob jemand zuhörte. »Sprich leise. Du und Miriam, ihr leistet hervorragende Arbeit, aber es gibt ein paar Sachen, die einfach zu gefährlich sind ...«

»Für eine Frau? Was ist mit Le Vernet? War das nicht gefährlich?«

»Mary Jayne, ich bin dankbar für alles, was du für das ARC leistest ...«

»Aber?«

»Aber ich kann dich nicht guten Gewissens in etwas heiklere Aktionen verwickeln, solange du ... solange du ...«

Mary Jayne wurde bewusst, dass er von Raymond sprach. »Solange ich mit Killer schlafe?« Sie wollte Varian schockieren, ihn provozieren. Ein kleines Beben flackerte kurz über sein Gesicht, aber er biss nicht an.

»Was findest du an ihm?«

»Etwas, das sonst niemand sieht.«

»Er ist ein Ganove, Mary Jayne, ein unbedeutender Gauner, und ich wette, er wird Killer genannt, weil er mehr als die englische Sprache getötet hat.«

»Das ist nur ein Witz von Miriam und mir. Sein Akzent ist fürchterlich.«

»Du könntest jederzeit ...«

»Ich könnte jederzeit einen Besseren finden? Du tischst heute Abend aber wirklich sämtliche bürgerlichen Klischees auf, was, Varian?« Sie warf ihre blonden Haare nach hinten und sah ihm direkt in die Augen. »Wäre es dir lieber, wenn ich mit einem netten einflussreichen Amerikaner zusammen wäre, so wie du einer bist?«

»Wäre das so eine Katastrophe?«

»Vorsicht, Varian, du bist ein verheirateter Mann. Jeder würde denken, du machst dich an mich heran.«

»Ich meinte doch nicht mich, du albernes Mädchen, nur jemanden, der besser zu dir passt.«

»Mädchen? Wir sind gleich alt.«

»Nimmst du jemals etwas ernst?«

»Nicht, wenn es auch anders geht.«

»Du musst an deine Position denken. Wer zahlt das Essen heute Abend, Mary Jayne? Wer zahlt das Hotelzimmer?«

»Hör auf.« Varians Worte hatten sie getroffen, aber sie wollte es sich nicht anmerken lassen. »Hör einfach auf.«

»Sei vorsichtig«, sagte er, als Raymond näher kam.

»Ich bin schon groß, Varian.« Sie lächelte Raymond an, als er ihr ein Glas Rotwein reichte. »Danke, Schatz.«

»Ich muss zum Zug. Gute Nacht«, sagte er und nahm Koffer und Hut, drängte sich an Raymond vorbei und verließ die Bar.

»Ach, würdet ihr beide doch miteinander auskommen«, sagte Mary Jayne und setzte sich an einen kleinen Tisch mit einer roten Lampe. Raymond nahm ein silbernes Etui aus seiner Jacke, zündete zwei Zigaretten an und reichte ihr eine.

»Uns vertragen, meinst du?«

Mary Jayne trat ihn sanft unter dem Tisch. »Das würde alles viel einfacher machen. Ich …« Die Worte erstarben auf ihren Lippen, als drei Polizisten die Bar betraten. Sie sprachen mit dem Barkeeper und zeigten ihm Papiere. »Raymond«, sagte sie leise, »wir sollten hier raus. Da passiert irgendwas. Es gibt eine Razzia …«

Raymond atmete eine blaue Rauchwolke aus, schloss die Augen und legte den Kopf zurück. »Uns passiert nichts, *Bebby*.«

»Raymond Couraud?« Einer der Polizisten kam zu ihnen an den Tisch.

»Wer will das wissen?« Er zog wieder an seiner Zigarette.

»Sind Sie Raymond Couraud?«

»Vielleicht.«

»Papiere.« Der Polizist schnippte mit den Fingern. Raymond zog lässig seinen Geldbeutel heraus und reichte ihm seinen Ausweis. »Das ist er.« Er winkte seine Kollegen herbei, die Raymond den Weg versperrten, denn er versuchte zu entkommen.

Mary Jayne schrie auf, als der Tisch umfiel, das Weinglas auf dem Boden zerschellte, die rote Lampe davonrollte und in dem Gerangel kurz ihre Schuhe beleuchtete. »Raymond!«

»Wir haben einen Haftbefehl für Sie. Sie haben sich unerlaubt von der Fremdenlegion entfernt.« Der Polizist ließ die Handschellen zuschnappen.

»Nein! Da ist ein Fehler passiert!« Mary Jayne klammerte sich an den keuchenden Raymond. Die beiden anderen Polizisten hielten ihn an beiden Armen fest. »Er hat seine Demobilisierungspapiere, ich habe sie gesehen.«

Raymond beugte sich vor, um sie zu küssen, und flüsterte ihr ins Ohr: »Gefälscht.«

Die Farbe wich ihr aus dem Gesicht. »Was kann ich tun?«

»Geld«, sagte Raymond, »und besorge mir einen guten Anwalt.«

# 9

Am nächsten Morgen war Mary Jayne nicht im Büro. Als sie mir sagten, ich solle am Mittwoch wiederkommen, um mit Fry zu sprechen, der gerade nicht in der Stadt war, sorgte ich dafür, dass ich der Erste in der Reihe war. Ich hatte in meinem kalten, übel riechenden Zimmer sowieso nicht gut schlafen können. Wanzen, Flöhe oder beides hatten mich die ganze Nacht wach gehalten. Ich kratzte mich an einem Stich am Handgelenk, als ein Jugendlicher mit schläfrigen Augen die Tür aufsperrte.

»Es ist noch niemand da«, sagte er. Da war etwas an seinem Gesichtsausdruck, eine Unschuld, die mich berührte. Er musste etwa in meinem Alter gewesen sein, aber er strahlte eine Güte aus, die mir irgendwo unterwegs abhandengekommen war.

»Hey, Gussie«, sagte Charlie, als er sich an ihm vorbei ins Büro drückte. »Gute Nacht gehabt?«

»Alles ruhig, Charlie.«

Ich schaute zur Seite und sah einen großen dunkelhaarigen Mann die Straße entlangkommen, sein Mantel flatterte ihm um die Beine. Ein kleines schwarzes Hündchen lief neben ihm her und zerrte an der Leine. »Guten Morgen«, grüßte er fröhlich und tippte sich an den Hut, als sie ins Büro gingen. Mittlerweile hatten sich bereits ein paar Leute hinter mir versammelt, dabei war es noch nicht einmal hell. Es schien Stunden zu dauern, bis das Büro aufmachte. Ich mochte gar nicht daran denken, was es bedeuten würde, wenn sie mir nicht helfen konnten. Wie sollte ich sonst von hier wegkommen? In Gedanken sah ich Polizeiautos, Zellen, die Gestapo. Ich könnte wegen Totschlags angeklagt werden, gar wegen Mordes ... Ich kniff die Augen zusammen, als ich an das Feuer dachte. *Vita*, dachte ich, und meine Eingeweide verkrampften sich vor Schuld und Trauer.

»Lambert«, rief Charlie, der von seinem Klemmbrett ablas. Niemand antwortete. »Gabriel Lambert?«

Irgendetwas in mir registrierte, dass er meinen Namen rief. »Ich bin das«, sagte ich.

»Na, dann komm rein, Junge«, erwiderte er und schlug mir auf den Rücken. Die Schlange hinter mir rückte ein Stück nach, als ich ins Büro ging. »Einfach geradeaus«, sagte er und deutete auf einen Raum am Ende. Ich strich mir die Haare glatt und klopfte an.

»Herein«, sagte eine Stimme. Ich stieß die Tür auf und sah den dunkelhaarigen Mann hinter dem Schreibtisch sitzen.

»Ich bin Lambert«, sagte ich. »Ich bin ... ich ...« Mein stockendes Englisch verließ mich.

»Wir können Französisch sprechen«, sagte Fry völlig fließend. Eine junge Frau stand neben ihm und legte ihm nacheinander Papiere zur Unterschrift vor. »Ich bin gleich so weit, setzen Sie sich doch.« Er warf mir einen kurzen Blick zu und lächelte. Mein Atem klang laut in der Stille. Mein Herz klopfte so heftig, dass ich es im Hals spürte. Das Hündchen gähnte und drehte sich ein paarmal im Kreis, bevor es sich in einen Korb vor dem Kamin plumpsen ließ. »So«, sagte er schließlich, »danke, Lena. Könnten Sie bitte die Tür schließen?« Er stand auf und reichte mir die Hand. »Ich bin Varian Fry. Es freut mich, Sie kennenzulernen, Monsieur Lambert.«

»Und ich freue mich.« Mir war entsetzlich bewusst, dass ich feuchte Hände hatte. Ich wischte sie rasch an den Beinen ab, bevor ich ihm die Hand schüttelte. Ich war so nervös, endlich den legendären Varian Fry zu treffen, dass meine Lippen bei dem Versuch, ein Lächeln zustande zu bringen, zitterten. Ich bemerkte eine Spur von Besorgnis in seiner Miene. Ich bemühte mich, mich zu beruhigen. Das ARC war mein Tor in die Freiheit, und Fry hatte den Schlüssel dazu. Es würde keinen sonderlich guten Eindruck machen, zu verängstigt zu wirken.

»Gut«, sagte er und sah rasch die Akte auf seinem Schreibtisch durch. Ich konnte den Namen darauf lesen: *Lambert, Gabriel.* »Sie haben Miss Gold ziemlich beeindruckt.« Er hielt das Porträt hoch. »Das könnte etwas damit zu tun haben. Sehr hübsch.«

»Danke.«

»Aber ich habe bei Bingham nachgefragt.« Fry bildete einen spitzen Turm mit den Fingern, drückte sie an die Lippen. Ich behielt die Nerven und schwieg. »Wie Sie wissen, helfen wir nur Menschen, denen wir vertrauen können.«

»Sie können mir vertrauen.«

Fry starrte mich unverwandt an. »Bingham konnte Sie nicht einordnen …«

»Wir haben uns nur kurz kennengelernt.« Panik ergriff meinen Magen, Schweiß lief mir den Rücken herunter. »Ich versichere Ihnen …«

Fry hob die Hand, um mich zu unterbrechen. »Glücklicherweise haben auch ein paar meiner Kollegen einige Ihrer Arbeiten in Paris gesehen.«

»Ich bin nicht ganz unbekannt«, sagte ich und senkte den Blick, bescheiden, wie ich hoffte.

»Normalerweise hätte Ihr Fall nicht oberste Priorität.«

»Aber ich muss sofort weg hier!«, rief ich. »Ich habe mich offen gegen den Nationalsozialismus geäußert.«

»Das hat jeder Mensch, der bei Verstand ist«, sagte Fry ruhig. »Die Sache ist nur, ich glaube, Sie sind von den Nazis nicht als ›entartet‹ diffamiert worden, ja, Ihre glamourösen Art-déco-Arbeiten sind – verzeihen Sie mir …«

»Dekorativ?«, forderte ich ihn heraus.

»Werden bewundert. Und die Autorschaft Ihrer politischen Karikaturen ist weithin nicht bekannt. Sie stehen nicht auf der Liste des Emergency Rescue Committee. Unsere Mutterorganisation in New York möchte nur Kunden helfen, die sich in schwerer, unmittelbarer Gefahr befinden, und die haben für das American Rescue Centre oberste Priorität …«

*Dekorativ, entartet? Wen kümmerte das?*, dachte ich, während er weiterredete und ich in Gedanken verzweifelt irgendwelche entarteten Kunstwerke aufzählte. »Bitte, Sie müssen mir helfen.« Der Hals schnürte sich mir zu. »Ich … ich habe alles verloren, verstehen Sie?«

»Ja, ja«, sagte Fry. Er zog ein sauberes Taschentuch aus der Tasche und bot es mir an. »Hier, mein Guter. Regen Sie sich nicht auf.« Weinte ich? Mir war heiß, und vor Hunger und Aufregung war mir schwindelig. »Sie haben also genügend Geld für Ihre Überfahrt, und das ARC wird Ihnen helfen, die Papiere und Visa zu besorgen …«

»Gott sei Dank!« Ich sprang vor und packte seine Hand. »Danke!«

»Bitte beruhigen Sie sich, Mr Lambert«, sagte er. »Wir können nicht mehr tun, als Nazigegner wie Sie in die amerikanische Flagge zu hüllen. Es ist Ihre einzige Chance.« Er beugte sich zu mir vor. »Neulich sagte jemand zu mir, wir seien im Exportgeschäft, schlicht und einfach. Wir exportieren Männer und Frauen.« Das klang alles so einfach. Wenn man mit Varian sprach oder mit dem rechtschaffenen Diplomaten Harry Bingham, wurde man unweigerlich von ihrer Zuversicht angesteckt. An ihnen war etwas Bemerkenswertes – sicher, Varian musste Talente außerhalb des Systems finden, aber das Team, das er zusammenstellte, bot Mitmenschlichkeit in höchstem Maße. Sie waren vielleicht Akademiker, Journalisten, Wissenschaftler, Ärzte, Künstler, manche von ihnen waren selbst Flüchtlinge und versteckten sich hinter falschen Namen und Pässen, aber unter Frys Führung stellten sie sich der Herausforderung. Sie sahen nicht weg. »Miss Gold hat mir gesagt, Sie hätten genügend Geld, um Ihre Schiffspassage zu bezahlen«, fuhr er fort, »das ist schon einmal eine große Hilfe. Wir müssen Sie lediglich durch den langwierigen Prozess der Beschaffung aller Papiere begleiten. Ich werde Ihren Fall einem meiner Kollegen weitergeben. Sie werden ihn mögen, er ist ein guter, zuverlässiger Kerl und wird das für Sie regeln.« Fry beugte sich erneut vor und tippte sich an die Nase. »Keine Sorge. Wir haben Möglichkeiten, Sie aus Frankreich herauszubringen.«

Am liebsten hätte ich ihn umarmt. Ich kann gar nicht erklären, was es nach all den Wochen auf der Straße, nach allem, was mir zugestoßen war, bedeutete, dass dieser amerikanische Engel so zuversichtlich mit mir sprach. Natürlich war da etwas, mein Gewissen meldete sich leise zu Wort: Du hast kein Recht auf diese Freundlichkeit. Aber um ehrlich zu sein, mein Herz war gebrochen, ich hatte keines mehr. Damals dachte ich nur an mich selbst, und erst jetzt, nach Jahrzehnten der Schuldgefühle, weil ich diesen guten Mann getäuscht habe, möchte ich das wiedergutmachen.

## 10

### Rue Grignan, Marseille

In dem Moment, als er das American Relief Center betrat, wusste Varian, dass der Dichter Walter Mehring nicht übertrieben hatte. Als er »Baby«, wie sie den Schriftsteller nannten, der eher wie ein Vagabund als wie ein Literat aussah, zum letzten Mal gesehen hatte, hatte er in dem dunklen Schuppen in der Nähe des Leuchtturms hinter Bernhards massiger Schulter hervorgeblickt wie ein Vogel, der den Kopf hinter einem Felsen vor dem Sturm schützt. Baby hätte mittlerweile in Gibraltar sein sollen, aber er war kurz nach Varians Rückkehr aus Tarascon im Hotel aufgetaucht, erschüttert und verängstigt. Er erzählte Varian, dass das Schiff nicht gekommen war und Beamish sie um zwei Uhr morgens in kleinen Gruppen in ihre Verstecke zurückgeschickt hatte, damit sie nicht zu viel Aufmerksamkeit erregten.

Varian durfte die Flüchtlinge, die sich im Wartezimmer drängten, nicht sehen lassen, wie erschöpft er sich fühlte. »Guten Morgen!«, grüßte er fröhlich. »Guten Morgen allerseits.«

Er hängte Hut und Mantel an die Leiste neben der Tür und hob die Hand, um Charlie zu begrüßen. Lena, Varians Sekretärin, arbeitete bereits konzentriert. Sie hatte den Kopf über ihren Schreibtisch gebeugt, der neben dem weißen Marmorkamin stand. Tulpen ließen ihre schweren Blüten in Richtung des Buchs, in das sie schrieb, hängen, während sie einem Paar, dem die Verzweiflung in jede Linie ihrer grauen Gesichter

eingraviert war, Essensgutscheine und Unterhaltsgeld überreichte. Sie sprach ruhig mit den beiden, wie man mit einem
verängstigten Tier sprechen würde. Als der Mann anfing, zu
plappern und sie anzuflehen, blickte sie auf und steckte sich
eine dunkle Haarsträhne hinter das Ohr.

»*Il ne faut pas exagérer*«, sagte sie lächelnd. *Sie dürfen nicht zu
weit gehen.*

*Gute alte Lena*, dachte Varian. Auch sie war wie ein Wunder
zu ihnen gestoßen. *Wie viele professionelle Sozialarbeiter, die sechs
Sprachen fließend beherrschen, sind da, wenn man sie braucht?*

»Guten Morgen, Chef.« Charlie wirkte recht munter, aber
irgendetwas an seinem Blick war Varian nicht geheuer. *Sharlee*
sah eher wie ein Matinee-Star aus als wie ein Türsteher,
dachte er immer, aber die alte Sanitäteruniform verlieh ihm
etwas Offizielles, und er schaffte es, die Flüchtlinge geordnet
und bei guter Laune zu halten, während sie auf der Treppe zu
den Büros im Obergeschoss warteten. Das ARC hatte sich
über einem Lederwaren- und Handtaschenladen eingerichtet,
den der Besitzer verlassen hatte, als er wegen des am 3. Oktober erlassenen Judenstatuts nicht mehr arbeiten und nicht
mehr dort wohnen durfte. Der Mann hatte vorgeschlagen,
dass sie den Laden nutzten, bis sie etwas Größeres fanden. In
der ersten Zeit arbeiteten sie inmitten von Kisten mit seinen
restlichen Waren, und der warme Duft von Leder und Politur
erfüllte die Luft.

Varian blieb immer wieder stehen, um den Männern und
Frauen, die er erkannte, die Hand zu schütteln, während er,
wie gewohnt beruhigend lächelnd, durch die Menge ging.
Mitten in seinem Büro stand ein zwei Meter hoher Fahnenmast mit der amerikanischen Flagge wie ein Symbol der Hoffnung. Er wusste, er war das Auge des Hurrikans, für viele
dieser Menschen stellte er die letzte Chance dar, und er

konnte nicht mehr tun, als sich so zuversichtlich wie möglich zu verhalten.

Sobald er durch die Tür seines Büros gegangen war, genügte ein kurzer Blick zu Beamish hin, um seine Befürchtungen zu bestätigen.

Er öffnete seine Aktentasche und reichte Lena ein paar Akten mit handschriftlichen Notizen, die sie abtippen sollte, dann schloss er die Tür hinter ihr. Das Stimmengewirr aus unterschiedlichen Sprachen war kaum mehr zu hören. Fry ließ den Kopf nach vorn sinken und lehnte sich kurz an die Tür. Er schob Daumen und Zeigefinger unter die Brille und rieb sich die Nasenwurzel. »Und?«

»Die Situation ist hoffnungslos, aber nicht ernst«, sagte Beamish, eine Zeile, ein Witz aus den Gräben des Ersten Weltkriegs, den sie oft benutzten. Er balancierte einen Brieföffner auf der Schreibtischunterlage, drehte ihn unter seinem Zeigefinger auf der Spitze.

»Wir reden später darüber«, erwiderte Varian und schlug die erste Akte des Tages auf.


Nach dem letzten Termin schloss Charlie die Türen des Büros und die Rollläden.

»Was zum Teufel ist passiert?«, platzte Varian heraus, sobald die Männer allein in seinem Büro waren.

Beamish lehnte sich in seinem Sessel zurück und verschränkte ruhig die Arme. »Es sah so aus, als würde es funktionieren, bis zur letzten Minute. Wie vereinbart, haben wir uns mit dem Kapitän in Snappy's Bar getroffen.« Fry kannte sie gut, eine heruntergekommene Kneipe am Vieux Port, Lieblingstreffpunkt britischer Offiziere, die sich in Marseille versteckten. »Sogar die Briten haben es für eine sichere Sache gehalten. Sie hätten es niemals riskiert, so viele von ihren Gefangenen mit dem Schiff wegzubringen, wenn sie den Verdacht gehabt hätten, dass etwas nicht stimmt.« Beamish schwieg. »Der Mistkerl wollte sich nicht vom Fleck rühren, solange er das Geld nicht im Voraus bekommt.«

»Der Kapitän hat das Geld genommen? Alles?« Varian wurde es übel.

»Er hat unserem Mann gesagt, er würde das Boot holen …«

»Viertausendfünfhundert Dollar. Ich dachte, wir wären uns einig – kein Geld, bis das Schiff sicher auf See ist.«

»Es war nicht die Schuld unseres Kontaktmanns.« Beamish wirkte ungerührt, gelangweilt gar, aber Varian kannte ihn gut genug, um zu wissen, wie erschüttert er war. »Wir haben beide versucht, mit dem Skipper zu verhandeln. Er wollte das Geld unbedingt im Voraus. Wahrscheinlich ist er jetzt schon fast in Marokko.« Er presste die Lippen zusammen. »Ein paar von den Soldaten haben die Gauner ausfindig gemacht, die das für uns geplant haben. Die werden eine Weile keine Dinger mehr drehen, aber von dem Geld gibt es keine Spur.«

»Da fühlen sie sich sicher besser, aber uns hilft das wenig.«

»Wir sind ein Risiko eingegangen.«

»Und haben verloren.« Varian ließ sich in den Stuhl an seinem Schreibtisch fallen. »Wo sind die Flüchtlinge?«

»Wieder in ihren Schlupfwinkeln«, sagte Beamish.

»Und Bernhard?«

»Im Moment ist er in Sicherheit. Wir haben ihn und seine Frau in einem *maison de passe* untergebracht. Der Besitzer hält sie für ein Pärchen mittleren Alters, das eine Affäre hat.«

»Gut. Für uns ist es am allerwichtigsten, ihn so bald wie möglich aus Marseille hinauszuschaffen. Wir könnten es über die F-Route versuchen …«

»Einverstanden, Spanien ist der beste Plan, aber noch nicht jetzt.«

Miriam klopfte an die Tür und schaute herein. »*Quel pagaille*, der reinste Irrsinn dort draußen.« Ein trockener Husten löste ihr Lächeln ab. »Macht ihr Schluss für heute?«

»Du solltest das mal untersuchen lassen«, sagte Varian.

»Ich? Ach, mir geht es prächtig«, sagte sie. »Varian, ich habe den Bretons geschrieben, dass das ARC ihnen helfen wird, und sie gebeten, nach Marseille zu kommen.«

»Hervorragend. Ich will versuchen, bei Peggy Guggenheim nachzuhaken, damit sie ihnen bei der Überfahrt nach New York behilflich ist.«

»Danke. Kommst du mit?«

»Nein, wir … es gibt noch ein paar Dinge zu klären.«

»Dann bis morgen früh.«

Varian ordnete den Aktenstapel auf seinem Schreibtisch und winkte Beamish zu sich. Sie sprachen leise, die Köpfe eng zusammengesteckt. »Wir brauchen dringend mehr Geld.«

»Ich gehe zu Kourillo. Er hat immer irgendwelche Partner, die ihre Francs aus dem Land bringen müssen.«

»Können wir ihm vertrauen?« Varian machte ein finsteres Gesicht, als er an den Weißrussen dachte. Er war gerade mal einen Meter fünfzig groß, und sein Handschlag ließ an einen leeren Handschuh denken – Varian bekam eine Gänsehaut.

»Hast du bessere Ideen?«

»Hey« – Miriam steckte den Kopf durch die Tür –, »Mary Jayne und ich gehen morgen auf Häusersuche. Will jemand mit?«

»Ihr verfolgt immer noch diesen behämmerten Plan?« Varian krempelte sich die Ärmel hoch.

»Ich finde einfach, es wäre nicht schlecht, wenn ein paar von uns sich irgendwo ein kleines Häuschen suchen würden, draußen auf dem Land.«

»Wir sind hier nicht in den Ferien, Miriam«, sagte Beamish.

»Glaubst du, das ist mir nicht klar?« Sie verschränkte die Arme. »Alle sind erschöpft, das ist alles. Es würde uns guttun, aus der Stadt herauszukommen, und ich will raus aus meiner Absteige.«

»Ach, so schlimm ist das doch nicht«, sagte Gussie, als er mit Akten beladen herbeikam und sie auf Frys Schreibtisch fallen ließ. »Ihr habt mir jedenfalls das beste Zimmer gegeben. Vom Dachboden aus hat man einen tollen Blick.«

Miriam brach in Lachen aus und stupste ihn in die Rippen. »Wenigstens machen sich die Wanzen nicht die Mühe, die vielen Treppen hochzusteigen.«

Varian steckte das Telefon aus, nachdem er Harry Bingham im amerikanischen Konsulat angerufen hatte, und goss sich einen großen Brandy ein. Man konnte nicht vorsichtig genug sein. Wenn sie die ganze Zeit verbunden waren, konnten ihre Gespräche belauscht werden.

*Ich hatte nicht damit gerechnet, dass das einmal in meinem Lebenslauf stehen würde*, dachte Varian. *Altphilologe, Journalist, Herausgeber, Spion.* Manchmal schien ihm das eine Herkulesarbeit zu sein. Für jede Person, jede Familie, der sie halfen, tauchten noch mehr auf, die es gleichermaßen verdient hatten. Varian ging in Gedanken die übliche Litanei von Papierkram durch, die jeder Kunde brauchte: Pass; ein Transitvisum von Vichy; ein französisches Ausreisevisum; ein Einreisevisum von Spanien; ein Transitvisum für Spanien; ein Reisevisum für Portugal; ein Transitvisum von Portugal; ein Reisevisum für jedes andere Land. Die Liste ging immer weiter. Dann brauchten sie ein voll bezahltes Ticket und ein fixes Reisedatum. Varian trank sein Glas in einem Schluck leer. Selbst seine Träume waren von einer nicht enden wollenden Schnitzeljagd erfüllt.

»Bist du fertig?« Beamish knöpfte sich das Jackett zu, und

Varian sammelte die Papiere für das letzte Telegramm des Tages nach New York zusammen, darunter die Liste der Namen der Kunden, die sie an diesem Tag angenommen hatten, damit das ERC Visa vom Außenministerium anforderte. Die Namen aller Kunden, die zu bekannt waren, als dass man riskieren konnte, sie per Telegramm zu schicken, würden in Zahnpastatuben versteckt und von Flüchtlingen aus dem Land geschmuggelt werden, um sie nach New York zu schicken.

Sie unterhielten sich leise, während sie durch die dunkle und schmale Rue des Dominicaines gingen und ihre Schritte in der leeren Straße widerhallten.

»Was gibt es Neues von Bernhard?«, fragte Varian.

»Ich habe heute eine Nachricht an unsere Leute an der französischen Grenze geschickt.«

»Gut.« Sie blieben stehen, als die blauen Lichter der Polizeiwache zu sehen waren. Eine große Ratte trippelte über das feuchte Pflaster ins Dunkel der Gasse. »Vor ein paar Monaten schien alles noch sehr einfach. Ich habe angenommen, es würde so weitergehen. Diese Trottel in New York haben keine Ahnung, womit wir es hier zu tun haben.«

»Wir hatten ein paarmal Glück. Immerhin konnten wir mehrere Gruppen über die Bergpässe hinausbringen.«

»Leider ohne den armen Walter Benjamin.«

»Niemand von uns wusste, dass er sich lieber umbringen würde, statt eine Verhaftung auf der anderen Seite zu riskieren.« Beamish verstummte, um nach Schritten zu lauschen, dann winkte er Varian weiterzugehen.

»Herrgott, es ist unerträglich. Jeder der Namen auf meiner Liste ist ein Mann oder eine Frau, der die ganze Menschheitsgeschichte zum Besseren ändern kann.«

»Wir schaffen sie hinaus. Die Regeln werden sich wieder ändern, du wirst sehen. Die Nazis haben alle dort, wo sie sie haben wollen. Frankreich ist die größte Menschenfalle in der Geschichte.«

»Solange sie glauben, dass wir nichts anderes tun, als Flüchtlingen ein bisschen Geld zu geben, von dem sie leben können, und ihnen bei der Beschaffung offizieller Visa zu helfen …«

»Wir müssen einfach tun, was wir können, in der Zeit, die wir haben. Jetzt steht alles, die Routen durch die Berge, die gefälschten Dokumente …«

»Die Flucht mit dem Schiff?«

»Ja, das hätten wir vielleicht besser wissen sollen. Selbst der Mann, der die Arbeiterführer und Politiker wie Breitscheid und Hilferding retten sollte, hat das mit den Schiffen sein lassen. Sogar er hat aufgegeben.« Beamish verstummte. »Jetzt sind wir die letzte Hoffnung für all diese Menschen. Nicht nur für die Künstler und Intellektuellen.«

»Ich bin froh, dass du vorgeschlagen hast, normale Fälle anzunehmen.«

Beamish lachte leise. »Normale Menschen, normale Soldaten, normale Juden?«

»Du weißt doch, was ich meine.«

Sie ließen das *visa de télégramme* abstempeln und brachten das Telegramm zum Postamt in der Nähe der Börse. Varian füllte das Adressfeld aus – Emerescue in New York. Für ihn war es das Antwortecho auf ihr »Amesecours« in Marseille, zwei Blechdosen an einer sehr langen Schnur.

*Ich fühle mich nicht wie Herkules,* dachte Varian, als er müde und schweigend neben seinem Freund zum Hotel ging. *Ich fühle mich eher wie Sisyphus. Jeden Tag schieben wir den Felsbrocken den Berg hinauf, und jeden Tag rollt er wieder herunter.* Beamish deutete nach vorn. »So, nun bist du sicher zu Hause.«

»Danke, Beamish.« Varian schüttelte ihm die Hand. »Du

weißt doch, du musst mich nicht jeden Abend nach Hause bringen. Ich fühle mich wie ein verschämtes Mädchen.«

Beamish zuckte mit den Schultern. »Es ist sicherer, wenn wir zu zweit sind.« Er warf einen Blick über Varians Schulter und zog ihn in den Schatten der Seitenstraße. Als Varian sich umdrehte, hielt ein dunkler Mercedes vor seinem Hotel, und eine Gruppe von fünf Nazioffizieren stieg aus, die Insignien auf ihren Mützen glänzten im Licht der blauen Straßenlaternen. »Gib ihnen Zeit, hinein- und in ihre Zimmer zu gehen, bevor du selbst hineingehst.«

Varian drehte es vor Angst den Magen um. Er erinnerte sich an ein Gespräch mit Charlie:

»*Du, Varian.*«

»*Ja, Charlie?*«

»*Ich hab die ganze Zeit so 'ne höllische Angst.*«

»*Ich auch.*«

Waren sie diesmal gekommen, um ihn oder jemand anderen zu holen? Wenn es bisher an der Hotelzimmertür geklopft hatte, hatte das für ihn immer bedeutet, dass der Zimmerservice kam. Jetzt konnte es das Ende der Welt bedeuten. »Vielleicht hat Miriam doch recht«, sagte er. »Es ist an der Zeit, eine neue Bleibe zu suchen.«

# 11

## Flying Point

»Mr Lambert? Erzählen Sie mir etwas über die Fotos.« Diese Sophie gibt nicht auf. Ich muss vorbereitet sein. Mich aus der Vergangenheit in die Gegenwart zurückzuholen, zu ihrem unnachgiebigen Blick, das fühlt sich an, als würde ich gegen die Strömung schwimmen.

»Hören Sie«, sage ich, »ich habe diese Bilder noch nie gesehen.« Aber natürlich habe ich das. Quimby hat sie aufgenommen, kurz bevor er im Sommer 1940 den Languedoc verließ. Ich dachte, ich hätte die einzigen Abzüge in Marseille zerstört. Aber natürlich hatte Quimby irgendwo noch mehr versteckt, dieser Scheißkerl von Erpresser. »Wo haben Sie die gefunden?«

»Es war wirklich Glück. Ein Freund meines Vaters in London wusste von der Verbindung meiner Familie zu Vita, und er entdeckte sie in einem Archiv zwischen Unterlagen von Quimby.«

»Er hat sie gestohlen, für Sie?«

»Ausgeliehen, Mr Lambert«, sagt sie bestimmt. Unsinn, ich kenne mich da aus, da darfst du nicht eine einzige Seite umblättern, wenn du keine weißen Handschuhe trägst. Als würden sie zulassen, dass diese Frau sie um die halbe Welt transportiert. Herrgott, die ganze Zeit waren diese Bilder im Umlauf? »Es war nur – nun, es war ein Schock, nach dieser langen Zeit Vitas Gesicht wiederzusehen. Ich kann Ihnen nicht helfen ...«

»Aber Sie müssen!« Farbe steigt ihr in die Wangen, ein herrliches Rot. Ich mag ja alt sein, aber ich stelle mir unwillkürlich vor, wie schön sie im Bett aussehen muss. Ihr Teint erinnert an Erdbeeren mit Sahne. »Ich lasse nicht locker, ob es Ihnen passt oder nicht.«

»Nicht.«

»Bitte, Mr Lambert.« Sie versucht, ihre Frustration zu verbergen. »Für mich geht es um die Familie, ebenso sehr wie um alles andere. Sie sind der Einzige, der mit Vita dort war …« Sie unterbricht sich, ihr wird klar, was sie gerade gesagt hat.

»Ich bin der Einzige, der noch am Leben ist, meinen Sie?«

»Ich wollte nicht taktlos sein.« Sie ist zu jung, um zu wissen, wie sie damit umgehen soll. »Es muss eine schreckliche Zeit für Sie gewesen sein. Jeder weiß …« Jetzt wählt sie ihre Worte sorgfältig. »Jeder hat gehört, wie Sie Ihren Sohn und Vita verloren haben. Ich hoffte nur, Sie können mir helfen, die Wahrheit herauszufinden.«

Ich schließe einen Moment lang die Augen. Die Nachmittagssonne hat mir einen leuchtenden rot-goldenen Strahlenkranz unter die Lider gebrannt. Die Wahrheit? Ich weiß nicht einmal mehr, was das ist. Vita, Vita, Vita … Herrgott. Mittlerweile vergehen Tage, sogar Wochen, an denen ich nicht an diesen Namen denke.

»Ich kann Ihnen nicht helfen.«

»Können Sie nicht, oder wollen Sie nicht?«

Verdammt, ganz schön frech. »Warum fahren Sie nicht einfach zurück in die Stadt?«

Gut, ich habe sie erschreckt. »Das ist nicht sehr nett.«

»Nett?«, schimpfe ich, dann senke ich die Stimme. »Wer zum Teufel hat behauptet, dass Künstler *nett* sein sollen?« Man schaue sich nur Varian an und alles, was er für die Künstler getan hat, deren Arbeit er liebte. Wie haben sie ihn dafür belohnt? Sicher, manchmal gab es eine Ausnahme wie Lipchitz, er war der Beste von allen und gut mit Varian befreundet. Aber die meisten von ihnen haben ihm den Rücken zugekehrt, sobald sie ihn nicht mehr brauchten. Lipchitz hat nie vergessen, was Fry für ihn getan hat, aber Chagall wollte nicht einmal die Grafik signieren, die er für die »Flight«-Mappe gespendet hat. Sogar darum musste Fry noch betteln. Nach allem, was Varian für ihn getan hatte, weigerte er sich, seinen Namen auf eine Mappe zu setzen, mit der Geld für andere Flüchtlinge eingenommen werden sollte. *Mistkerl*, denke ich, doch ich merke, dass ich das laut ausgerufen habe.

Ich starre die junge Frau an. Sie zuckt zusammen. Vielleicht ist da noch etwas in meinem Blick. Ich habe sie aus dem Konzept gebracht. »Gehen wir spazieren.«

Ich dränge sie um das Haus herum in Richtung Strand. Ich folge der Spur der Tannennadeln zu dem Schuppen, wo wir jeden Herbst Holzscheite gestapelt und wo die Jungen den Weihnachtsbaum hingestellt haben. Ihre Absätze sinken im Sand ein, und als sie stehen bleibt, um die Schuhe auszuziehen, blitzen die roten Sohlen auf wie eine Warnung. Die Brust schnürt sich mir zusammen, und sobald sie ein Stück voraus ist, suche ich in der Tasche nach meinem Inhalator. Ich habe ihn im Atelier vergessen. Ich gerate in Panik, aber dann höre ich Annies Stimme: *Ganz ruhig, Gabe. So, versuch dich zu entspannen. Ruhig. Atme.* Sobald sich meine Lunge entspannt hat, rufe ich der Frau nach. Sie dreht sich um. »Wie haben Sie mich gefunden?«

»Ich habe herumgefragt.«

Ich zögere. »Sie sind ganz allein hier herausgekommen?« Was ich damit sagen will: Wer weiß, dass du hier bist?

»Ich bin schon groß.« Sie atmet arglos die kalte Meeresluft ein. »Es ist schön hier.« Sie zieht sich die Jacke aus. »Als ich gehört habe, dass Sie hier draußen am Strand ein Häuschen haben, habe ich etwas ... « Sie verstummt, merkt, dass sie schon wieder das Falsche gesagt hat.

»Etwas Größeres erwartet?«

»Ich meinte eher etwas anderes«, sagt sie vorsichtig, »bei Ihrem Erfolg und Ihrer Reputation.«

»Es ist nicht viel, aber Annie und ich haben dieses Haus selbst gebaut, als wir hierhergezogen sind, im Sommer 1951.« Ich fahre mit den Fingerspitzen über die abblätternden weißen Holzschindeln, als wir um die Seite herum zum Strandpfad gehen. Immer wenn wir ein paar Dollar übrig oder wieder ein Kind bekommen hatten, bauten wir ein Zimmer an. Es ist wie Kraut und Rüben, wie Vita immer gesagt hat, aber wir lieben es. Mittlerweile hat das Haus, genau wie ich, schon bessere Tage gesehen. Ich blicke hinauf zu der Terrasse, wo Annie, meine Annie, sitzt und mit einem Lächeln auf den Lippen hinaus aufs Meer blickt. Unser Zuhause, der Ort, wo wir unsere Flagge setzen wollten. Gabe und Annie, zwei Jugendliche, die Vater-Mutter-Kind spielen. Ich habe immer damit gerechnet, dass es sich eines Tages anfühlen würde, als wären wir erwachsen, aber dazu kam es nie. Immer noch nicht. Manchmal überrascht es mich noch, wenn mir ein alter Mann aus dem Rasierspiegel entgegenblickt. Ich spüre ein Stechen in der Hüfte, als ich behutsam die Holzstufen hinuntersteige und auf den Strand schlurfe. Ich nehme den Stock, den ich mir im Winter einmal gedrechselt habe, von seinem Platz neben den Stufen, und wir gehen hinunter zum festeren Sand, wo einem das Gehen leichter fällt. »Wir haben in Frankreich alles verloren. Wenn das einmal passiert ist, merkt man erst, wie wichtig kleine Dinge sind. Wir brauchten nie mehr als uns beide.« Ich gestikuliere mit dem Stock Richtung Meer. »Als das.«

100

»Wie viele Kinder haben Sie?«

»Kinder?« Ich lache. »Unsere Kleinen sind jetzt auch schon alt. Mein jüngster Enkel Harry ist etwa in Ihrem Alter.« Wenn man es sich recht überlegt, wäre dieses Mädchen genau sein Typ. Er mag diese Stadtmädchen, hart und glänzend wie Haselnüsse, süß und nachgiebig im Inneren. Vielleicht kann ich ihn dazu bringen, sie zurück zum Bahnhof zu fahren und Wunder zu wirken. Vielleicht lässt eine Ablenkung sie vergessen, dass sie nicht herausgefunden hat, was sie hatte wissen wollen.

»Harry?« Sie klingt sehnsüchtig. Vielleicht ist das Glück auf meiner Seite, und sie ist allein oder einsam. »Sie haben Glück, dass Sie Ihre Familie in der Nähe haben. Sind das auch alles Künstler?«

»Meine Kinder? Nein, sie kommen nach der Mutter, sie sind viel zu vernünftig. Mir war das egal, solange sie etwas annähernd Kreatives machten. Ich hätte es nicht ertragen, wenn sie Banker und Rechtsanwälte geworden wären.« Ich werfe ihr einen Knochen hin. »Aber mein Enkel ist Maler.« Ich weiß, man soll keine Lieblinge haben, aber diesen Jungen liebe ich. Er sieht genauso aus wie ich in diesem Alter. Alle unsere Kinder wurden blond und hellhäutig, genau wie Annie, aber er hat meinen olivfarbenen Teint und dunkle Haare.«

»Kann er was?«

»Es ist zu früh, um zu sagen, ob er wirklich Talent hat.«

»Wie sind Sie und Annie denn hier gelandet? Von Frankreich aus, meine ich?« Sie zögert, sie ist jetzt wachsam und versucht zu verbergen, wie dringend sie ihre Antworten will. »Ich bin überrascht. Man hört gar nicht, dass Sie Franzose sind.«

Da muss ich lachen. »Ach, Kind, das ist lange her, und es ist eine lange Geschichte.« Ich wende mich ihr zu, die Wellen krachen auf den Strand, von einem Spiegelmobile auf die Veranda, das sich im Wind dreht, reflektiert das Sonnenlicht. Das teuflische Klingeln von Annies Windspiel treibt zu uns her. »Hören Sie, ich biete Ihnen etwas an. Wenn Sie mich und Annie aus dem Artikel herauslassen, erzähle ich Ihnen alles, was Sie über Vita wissen wollen.« Sie wartet schweigend, bis ich nachgebe. Geduld wird dieser Sophie nützen. Es ist erstaunlich, wie viele Leute sprechen, um die Stille auszufüllen, und dabei mehr sagen, als sie wollen. »Verdammt. Sie wollen, dass ich Ihnen alles sage, wie?«

Sie nickt. »Erzählen Sie mir von Frankreich. Fangen Sie von vorn an.«


»Ich bin der Gestapo vor der Nase entwischt«, sage ich schließlich. »Ich verdanke dieses Leben einem Mann namens Varian Fry. Und mein Leben begann in Air Bel, wo ich Annie kennenlernte.«

## 12

### Marseille

Mary Jayne Gold und Miriam Davenport machen es sich auf ihren Plätzen bequem, als die blau-beigefarbene Tram in Richtung Aubagne durch La Canebière ruckelt und dabei Signal gibt. Dagobert, Mary Jaynes großer schwarzer Pudel, dreht sich einmal, zweimal im Kreis, dann lässt er sich im Gang neben ihnen hinplumpsen und legt die Schnauze auf die Pfoten. Die Landschaft öffnet sich, als sie Richtung Osten auf die Vorstädte zufahren; graue Kalksteinhügel, Palmen, das Licht der Herbstsonne, das auf dem Wasser tanzt, ziehen vorbei. »Ich mag den Geruch dieser alten Dinge«, sagt Mary Jayne, während sie ihr Spiegelbild in ihrer Puderdose überprüft. Die Luft ist von dem Duft von brennender Holzkohle erfüllt. Manchmal riecht die Stadt wie ein einziger großer Kamin, viele Leute haben ihre Autos mit Kohleöfen ausgerüstet, weil es so wenig Benzin gibt. Sie tupft sich Puder auf die Nase, schließt das Döschen und schiebt es in ihre Dior-Handtasche.

»Das ist wirklich ein klasse Tag für einen Ausflug aufs Land«, sagt Miriam. Vom Meer her weht ein frischer Wind und zupft goldene Blätter von den Bäumen. Der Cimetière de Saint-Pierre zieht vorbei, die Tram fährt auf die Hügel zu.

»Es tut einfach gut, dort mal rauszukommen.«

»Du bist aber nicht noch gekränkt wegen Varian?«

»Wegen Varian? Ist mir doch egal, was der sagt.« Mary Jayne lässt die Tasche zuschnappen, und ihre heisere Stimme senkt sich zu einem Knurren. »Man könnte ja annehmen, dass er mich mit ein bisschen Respekt behandelt, nachdem ich die vier Leute aus dem Lager Le Vernet herausgeholt habe.« Sie beißt sich auf die Lippe. *Ich kenne Männer wie ihn,* denkt sie. *Ich wette, er hat sich in Harvard neu geschaffen, hat angefangen, Hamburger mit Messer und Gabel zu essen und zu rauchen, nur weil es elegant aussieht. Zum Teufel mit ihm. Er hält mich für eine eingebildete Dilettantin. Ein verwöhntes reiches kleines Mädchen.*

»Ich bin mir sicher, dass er dich respektiert, er zeigt es nur nicht. Ich weiß, dass manche Flüchtlinge ihn für zugeknöpft halten, aber das ist nur Fassade, um ihnen Zuversicht zu vermitteln.«

»Herrgott, Miriam, Respekt? Verstehst du denn nicht? Männer wie er haben keine Ahnung, was sie mit einer Frau anfangen sollen, wenn man nicht in ihrem Bett ist, ihre Briefe schreibt oder ihr Haus in Ordnung hält. Das ARC ist ein Club nur für Jungs. Das habe ich ihm neulich ins Gesicht gesagt.«

»Nein, das hast du nicht im Ernst gemacht, Mary Jayne?«

»Wieso denn nicht? Sie halten sich für so schlau, dass sie es vor den Mädchen verheimlichen, was sie vorhaben, aber wir alle wissen, dass irgendwelche krummen Sachen laufen.«

»Ich finde ihn großartig.«

»Klar, er ist ja genau dein Typ.«

»Findest du ihn nicht attraktiv?«

Mary Jayne schnaubt. »Überhaupt nicht, meine Liebe. Mir sind Machotypen lieber.«

»So wie Killer?«

»Raymond ist … er ist nicht das, was er zu sein scheint.«

»Das bist du auch nicht«, sagt Miriam. »Du hattest dort Erfolg, wo Briefe vom ERC und dem amerikanischen Konsulat gescheitert sind. Du hast mir immer noch nicht genau gesagt, wie du den Kommandanten in Le Vernet überzeugt hast, die vier Gefangenen freizulassen.«

»Eine Lady schweigt.« Mary Jayne verzieht die Mundwinkel zu einem Lächeln. »Wie Beamish gesagt hat: Ich habe das unschuldigste Gesicht der Welt. Sagen wir also nur so viel: Der Kommandant war gegen meine weiblichen Reize nicht immun.« *Ich kam mir eher vor wie das Trojanische Pferd als wie Helen.* Sie war ihre letzte Chance. Für vier der politischen Gefangenen, die sich in der größten Gefahr befanden, wurden Notfallvisa ausgestellt, aber alle diplomatischen Gesuche, die Männer bewacht nach Marseille zu bringen, um sie abzuholen, waren abgelehnt worden. Mary Jayne hatte ihr bestes blaues Kostüm mit gelben Biesen angezogen und alle Juwelen ihrer Großmutter angelegt. Als sie im Hotelzimmer ihr Spiegelbild betrachtete, dachte sie: *Gut, ich sehe genauso aus, wie sie es von mir wollen – wie ein hübsches, reiches amerikanisches Mädchen.* Sie erinnert sich daran, wie Chanel No 5 aus dem Aufschlag ihrer Bluse wehte, als ihr der Kommandant eine Zigarette anbot und sie sich zu der Flamme vorbeugte, die er mit der Hand schützte. »Gott, war ich froh, dort rauszukommen. Sie haben das ganze Lager zwischen zwei Stacheldrahtzäunen eingepfercht, und die Wachen sollen Todesschüsse abgeben.« Sie blickt auf ihre Hand hinunter und dreht den Ring an ihrem Finger. Sie kann die Erinnerung an den Anblick der Männer mit den geschorenen Köpfen, ihre ausgemergelten Gesichter kaum ertragen. *Sie lächelten mich an, so wie arme Kinder beim Anblick eines Weihnachtsbaums strahlen.*

»In Le Vernet halten sie die sogenannten ›Unerwünschten‹ fest.«

»Ich hasse es, es ist unmenschlich, Leute so einzupferchen. Jeder weiß, dass die Gestapo sich herauspicken kann, wen auch immer sie wollen. Die Vichy-Leute verrichten nur die Drecksarbeit für sie.«

Miriam drückt ihr die Hand. »Du warst sehr tapfer.«

»Die Jungs haben genauso viel gemacht. Hätten Beamish und die anderen nicht die Wärter in irgendeinem Bordell mit Wein und Frauen abgelenkt, als sie die Gefangenen aus der Stadt brachten, hätten sie niemals verschwinden können.«

»Versprichst du mir, dass du nicht zulässt, dass Varian dir an die Nieren geht?«

»Verschwende keinen weiteren Gedanken darauf. *Il est un emmerdeur.*«

»Mary Jayne!«

»Ist er aber doch, er macht dich verrückt, und er ist eine Nervensäge. Ich liebe dieses Wort ›*emmerdeur*‹.«

»Hier bringst du es nur zu etwas, wenn du eine Nervensäge bist.«

»Ach, ich komm schon mit ihm klar, und wenn du dein Visum für Jugoslawien bekommst, muss ihn ja jemand auf Trab halten.«

»Gut. Weißt du, wenn wir ein Haus finden …«

»Auf gar keinen Fall.« Mary Jayne verschränkt die Arme. »Ich habe es dir doch gesagt, lieber würde ich in einem *maison de passe* im Vieux Port bei den Nutten schlafen, als mir ein Haus mit ihm zu teilen.«

»Okay, okay.« Miriam lacht. »Er arbeitet nur so hart …«

»Das tun wir alle.«

»Ich werde immer noch nicht schlau aus ihm.« Es gehört zu ihren Lieblingsspielen, ihren Chef zu entschlüsseln. »Mal sitzt er bei unseren nächtlichen Besprechungen in seinen grünblauen Schottenkaro-Boxershorts da und trinkt Armagnac, dann ist er wieder total zugeknöpft.«

»Geradezu eine Sphinx, unser Varian«, sagt Mary Jayne affektiert.

»Sei nicht so.«

»Für dich ist das in Ordnung. Du hast eine Rolle. Ich

wünschte nur, er würde mich mehr machen lassen, als hin und wieder einen Kunden zu befragen.« Mary Jayne blickt hinaus aufs Meer. »Ich kann viel tun, um zu helfen, und er … na ja, er ist einfach nur *Varian*.«

»Hör zu, du musst begreifen, dass bei Varian gilt, dass sein Weg der richtige ist. Es hat überhaupt keinen Sinn, gegen ihn anzukämpfen. Er ist der Grund, warum das ARC so effektiv ist.«

»Du bist vielleicht loyal. Er kann sich glücklich schätzen, dass er dich hat.« Als die Tram in La Pomme einfährt, reckt Mary Jayne sich und zeigt aus dem Fenster. »Schau, da drüben ist ein Café. Lass uns aussteigen, vielleicht wissen sie, ob irgendwo etwas vermietet wird.« Sie reibt sich die Hände. »Mir ist kalt. Ich könnte einen Kaffee zum Aufwärmen gebrauchen.« Sie hält sich an den Schlaufen fest, als die Tram ruckelnd stehen bleibt. »Komm, Dago!«, ruft sie und zieht an seiner Leine.

Miriam steigt aus und sieht sich um. »Großartig, das ist perfekt hier!« Als die Tram in der Ferne verschwindet, hält sie sich die Hand ans Ohr. »Hör mal.«

»Ich höre gar nichts«, sagt Mary Jayne und macht sich auf den Weg Richtung Café.

»Eben!« Miriam schlingt die Arme um sich. »Es ist perfekt. Ruhe, Frieden …«

»Wage es jetzt bloß nicht zu sagen: Varian wird es gefallen.« Mary Jayne dreht sich um und wackelt mit dem Zeigefinger. »Ich sage es!«, ruft sie und winkt einem jungen Mädchen mit langen blonden Haaren zu, das auf der anderen Straßenseite läuft. »Guten Tag. Ich bin Mary Jayne Gold vom American Relief Center.«

»*Bonjour.*« Das Mädchen lächelt. »Marianne Bouchard, aber alle sagen Annie zu mir.«

»Sagen Sie, gibt es denn hier Häuser zu vermieten?«

Marianne zuckt mit den Schultern. »Sie könnten es bei unserem Nachbarn versuchen, dem alten Thumin.« Sie zeigt auf eine Zufahrt neben der Straße. »Air Bel steht seit Jahren leer.«

»Danke!« Mary Jayne winkt zum Abschied. »Vielleicht werden wir ja Nachbarn.«

»Schau mal, dort drüben ist jemand auf dem Grundstück«, sagt Miriam. »Lass uns doch mal fragen, ob er diesen Thumin kennt.« Die Mädchen bleiben vor dem Haus 63 Avenue Jean Lombard stehen, wo zwei Ziegelsäulen mit weißen Steinkapitellen und Eisentoren den Eingang zu dem Anwesen kennzeichnen. In der Ferne ist ein kleiner Mann mit einer schwarzen Melone beim Laubrechen. Seine weite schwarze Hose flattert im Wind.

»Ich glaube es nicht!« Miriam blickt hinauf auf die eingravierten weißen Steinlettern auf den Säulen. »Sieh dir das an: Villa Air Bel. So heißt die Absteige, in der ich gerade wohne!«

»Hotel Bel Air?« Mary Jayne lugt durch das Tor.

»Es soll sein. Ich bin mir ganz sicher.«

»Ich weiß nicht, Miriam, das ist riesig hier. Es wäre verrückt, viel zu groß für uns.« Am Ende der mit Laub übersäten Zufahrt ist die Ecke eines massigen Gebäudes zu sehen, drei Stockwerke hoch. Goldene und kupferfarbene Blätter fallen in Zeitlupe auf die weißen Steine der Zufahrt, legen sich auf das flache Dach mit den rosa Dachziegeln. »Es ist wie aus einem Märchen, ein schlafendes Schloss. Wir brauchen nur ein kleines Häuschen.«

Miriam ruft und winkt dem alten Mann. »Bonjour!« Er unterbricht seine Arbeit und kommt hinkend auf sie zu.

»Der wird nichts wissen, das ist nur der Gärtner.«

»Bonjour.« Der alte Mann beäugt sie misstrauisch durch die Gitterstangen des Tors. Mary Jayne dreht sich um, während

Miriam mit ihm spricht. Ihr stockt der Atem. *Das ist himmlisch*, denkt sie, fasziniert von dem Blick, eingerahmt von Platanen und Zedern, über die terrakottafarbenen Dächer bis zum funkelnden Meer hinunter.

»Er sagt, hier gibt es nichts zu vermieten.«

»Das Haus da«, sagt Mary Jayne deutlich zu Thumin und zeigt auf Air Bel. »Ist das Haus zu vermieten?«

»Non, non, non«, brummt der alte Mann und schickt sich an wegzugehen.

»Wir sind Amerikanerinnen«, sagt Mary Jayne. Er bleibt stehen und dreht sich zu ihr um, beißt sich auf die Innenseite der Wange, während er zurückschlendert. »Amerikanerinnen«, wiederholt sie, nur um sicherzugehen, dass er sie gehört hat.

»*Bon*«, sagt er, zieht einen Schlüsselring aus der Tasche und sperrt das Tor auf. Er geht voraus. »Das ist mein Haus«, sagt er.

»Ihr Haus?« Mary Jayne versucht vergeblich, nicht überrascht zu klingen.

»Ich bin Dr. Thumin. Ich wohne mit meiner Schwester zusammen, dort drüben in La Castellaine. Air Bel ist zu groß für uns.«

»Und die anderen Nachbarn?«, fragt Miriam. Sie lächelt breit, als Dagobert vorausrennt und durch die glänzenden Laubhaufen saust. Die kühle Luft duftet nach Lagerfeuer. »Wir haben ein nettes Mädchen kennengelernt …«

»Marianne? Die Bouchards sind gute Leute. Ruhig, konservativ«, sagt er, während er die Zufahrt hochschlurft und den richtigen Schlüssel sucht. »Die würden Sie nicht stören.«

»Sagen Sie, wie lange steht das Haus denn schon leer?« Mary Jayne blickt nach oben, als sie die große Terrasse erreichen, von der aus man den Garten mit der Buchsbaumhecke und dem Teich überblickt. Gewaltige Platanen und Zedern markieren die Grenzen des Grundstücks.

»Eine ganze Weile. Aber es ist uneingeschränkt bewohnbar.«

»Dieses Anwesen ist wunderschön ...«, sagt Mary Jayne, »aber es gibt zu viel zu tun.«

»Nein«, sagt Dr. Thumin entschieden, »ich vermiete das Haus, aber nicht den Grund. Hier sind gut dreißig Hektar, deren Anblick Sie genießen können – die Magnolien, die Olivenbäume, die Akazien, aber das alles gehört mir.« Er geht einen Schritt auf sie zu. »Auch das Feuerholz.«

»Okay«, sagt sie und sieht Miriam mit großen Augen an, als er sich zur Tür wendet. Der Schlüssel dreht sich knarzend im Schloss, und die Tür geht auf.

»Kommen Sie«, sagte er und winkt sie herbei. »Wir sind eine Viertelmeile von der Hauptstraße entfernt, Sie werden sehen, das Haus ist ruhig und friedlich.«

Das Haus verzaubert sie in dem Moment, in dem sie durch die großen Türen in die schwarz-weiß gefliese Eingangshalle treten. Dr. Thumin schlurft voraus, öffnet die metallenen Fensterläden. Mary Jayne fühlt sich an eine vornehme alte Frau erinnert, die ihr Korsett löst und erleichtert seufzt. Sonnenlicht ergießt sich ins Haus, weckt die Zimmer auf, verjagt die Schatten von den hohen Decken. Schweigend geht sie von Zimmer zu Zimmer, nimmt Dr. Thumin nur am Rande wahr, der ihnen von den Louis-quinze-Tischen, den edlen Möbeln aus der Zeit des Second Empire, den klassizistischen Fresken in der Bibliothek erzählt. Die Atmosphäre ist unverkennbar französisch – düster und in der Zeit verfangen. Ihre Spiegelung in dem antiken Spiegel über dem Marmorkamin im Wohnzimmer ist trüb, die Uhr darunter ist auf Viertel vor zwölf stehen geblieben.

»Das ist wunderbar«, flüstert Miriam und nimmt Mary Jaynes Arm. »Kannst du dir die gemütlichen Winterabende vorstellen, wenn ein schönes Feuer im Kamin brennt?« Sie fährt mit den Fingerspitzen über die Tasten des alten Klaviers. Verzierte Kerzenständer stehen bereit, um die Noten zu beleuchten. »Denk nur, wenn ich es schaffe, mit Rudolf an Weihnachten wieder hier zu sein, können wir Musik machen, tanzen ...«

»Es ist zu groß«, sagt Mary Jayne noch einmal. *Trotzdem, trotzdem,* denkt sie, als Dr. Thumin ihnen die sechs Meter lange Küchenzeile zeigt und das einzige Badezimmer des Châteaus daneben. »Das sieht aus wie das, in dem Marat ermordet wurde«, flüstert sie Miriam zu, und die Mädchen bemühen sich, nicht zu lachen.

Sie folgen Thumin nach oben und durch eine Zimmerflucht. »Hier oben sind fünfzehn Zimmer«, sagt er. »Jedes Zimmer hat seinen eigenen Kamin, Ihnen wird also nicht kalt.«

»Sicher nicht«, murmelt Mary Jayne. Im obersten Stockwerk blicken sie aus den Fenstern über die Rasenflächen zum Meer.

»Schau«, sagt Miriam, »dort draußen wirft eine prächtige Palme ihren Schatten auf den Tisch da, und es gibt Akazien und Magnolien. Kannst du dir vorstellen, wie schön das im Frühling wird?«

»Miriam, das ist die schlimmste Art der zweifelhaften Eleganz der Bourgeoisie.« Sie hebt die Hand, als sie zu sprechen beginnt. »Ja, ich weiß, Varian wird es lieben, aber er ist ein Snob.« Mary fährt mit den Fingerspitzen durch den Staub auf dem Fensterbrett, der sich im Lauf der Jahre angesammelt hat. »Wie viel?«, fragt sie abrupt und unterbricht Dr. Thumins Monolog. Er schnalzt mit der Zunge.

»Es ist sehr teuer.«

»Wie teuer?«, fragt sie.

*111*

»Tausenddreihundert Francs.«

»Im Monat?« Mary Jayne verzieht die Lippen. »Wir müssen darüber nachdenken.« Miriam geht zu ihr, und sie unterhalten sich leise, während Dr. Thumin so tut, als würde er die Fensterläden auf der anderen Seite des Zimmers überprüfen.

Miriam rechnet schnell nach. »Das sind ungefähr dreizehn Dollar! Das kleinste Hotelzimmer kostet fünfzehn Franc pro Nacht. Hör mal, wenn wir uns das teilen?«, flüstert sie.

»Wie so eine Art Kommune?« Mary Jayne rümpft die Nase.

»Es wäre ein Mordsspaß, wie im College. Eher wie ein protziges privates Hotel. Wir können ein paar meiner Kunden, zum Beispiel die Bretons, einladen. Wenn wir die Kosten teilen, könnten wir uns eine Köchin und eine Haushälterin leisten, und das Haus hier würde uns immer noch weniger kosten als die Rattenlöcher von Hotels, in denen wir alle wohnen.« Sie drückt Mary Jaynes Hand. »Stell dir nur vor! Stell dir all den Platz vor, die Freiheit…« Sie hören Dagoberts Tapser auf der Treppe des leeren Hauses.

»Es wäre wunderbar, eine Zufluchtsstätte zu haben«, sagt Mary Jayne. »Und es wäre viel besser für Familien mit Kindern, wie die von Danny.« Sie runzelt die Stirn. »Aber wer noch? Das sind noch nicht genügend Leute für das ganze Haus. Wir haben nur etwas gesucht, das groß genug für uns und Danny ist.«

»Da wäre noch Var…«, beginnt Miriam.

»Nein«, sagt Mary Jayne entschieden.

»Es würde ihm gefallen.«

»Dann hat er Pech gehabt. Da ich dieses ganze Abenteuer finanziere, hätte er vielleicht ein bisschen freundlicher sein sollen.« Mary Jayne reckt das Kinn vor.

»Was ist mit Beamish?«

»Nein, der wird in der Stadt bleiben wollen, so wie ich ihn

kenne.« Mary Jayne rechnet rasch im Kopf. »Aber ich glaube, wir schaffen das.« Sie nickt Dr. Thumin zu. »Wir nehmen es.« An seinem verwirrten Gesichtsausdruck erkennt sie, dass er damit gerechnet hat, verhandeln zu müssen, und jetzt wünscht er sich, er hätte mehr verlangt. »Wann können wir einziehen?«

# 13

## Flying Point

Sophie bückt sich mit der Anmut einer Balletttänzerin und nimmt einen weißen ovalen Stein vom Strand auf. Was würde ich darum geben, noch so gelenkig zu sein. Manchmal, wenn ich allein hier über den Strand gehe, stelle ich mir vor, wie ich als junger Mann bei meinem täglichen Lauf durch die Brandung renne. Jahrelang, jeden Tag bei jedem Wetter, bis es plötzlich beschwerlich wurde. Wann war das? Irgendwann in den Achtzigern? Die Jahre und Jahrzehnte gehen ineinander über. Es gab immer ein oder zwei Hunde, die mich begleitet haben. Als unser letzter Kumpan starb, haben wir ihn nicht durch einen neuen ersetzt. Es dauert nicht mehr lange, bis ich selbst in die ewigen Jagdgründe eingehe, und ich wollte keinen jungen Hund mit gebrochenem Herzen zurücklassen. So ist es einfach, obwohl mir das Trippeln der Pfoten auf der Veranda fehlt, das Gewicht eines Hundes auf dem Bett in der Nacht.

»Das hört sich an wie *Casablanca*«, sagt Sophie.

Ich sehe sie an. »Wie bitte?«

»Ich sagte, das hört sich an wie *Casablanca*.«

Schlau, dieses Mädchen. »Das sagen einige, sie bezeichnen es als ›das echte *Casablanca*‹ und Varian als den Schindler der Künstler.« Ich möchte sagen: Für mich war das Leben bereits vorbei, als ich ihn traf. Dann kam dieser Amerikaner daher – groß, freundlich, sprach leise und voller Zuversicht wie ein Schauspieler in einem schlechten Gangsterfilm: *Keine Sorge. Wir haben Möglichkeiten, Sie aus diesem Schlamassel herauszuholen.*

»Was war er für ein Mensch?«

»Varian? Haben Sie schon einmal gehört, etwas wäre ein Rätsel, umhüllt von einem Geheimnis inmitten eines Mysteriums? Das war Varian. Niemand von uns wurde schlau aus ihm. Aber er war ein außergewöhnlicher Mensch. Mutig, hartnäckig und stets gut gelaunt. Außerdem war er freundlich, sehr freundlich.« Mir brennen die Augen, wenn ich nur daran denke. »Als ich nach allem, was ich durchgemacht hatte, endlich vor seinem Schreibtisch stand und er sagte, er könne mir helfen, weinte ich heiße, stupide Tränen. Ich konnte nicht anders. Er reichte mir ein sauberes rot-weißes Taschentuch aus seiner Brusttasche und klopfte mir auf den Rücken. Wahrscheinlich erlebte er solche Szenen jeden Tag. Wenn die Leute es bis nach Marseille geschafft hatten, war das schon ein Gefühl der Erleichterung – man war in Sicherheit. Dann setzte die Realität ein – man ging von Tür zu Tür, die Hotelconcierges sagten alle: *Nous sommes complets,* und man stellte fest, dass noch Tausende andere Seelen genau die gleich schlaue Idee hatten wie man selbst. Wenn ich an Marseille denke, erinnere ich mich an den Geruch von Wein, von Pissoirs, von Fisch, von Druckerschwärze bei den Zeitungsständen und des Meeres, immer das Meer. Es war völlig verrückt. Die Leute liefen mit Handkarren durch die Stadt, auf denen sie ihre sämtlichen Habseligkeiten aufgehäuft hatten. Nirgendwo war ein Zimmer zu bekommen. Dann begriff man so langsam, dass man gefangen war – dass Marseille eigentlich einem Pferch glich. Man war bis hierher gekommen, aber weiter ging es nicht, solange die Papiere nicht *en règle* waren. Das hatte Varian begriffen, und er machte sich in aller Ruhe daran, das zu bewältigen. Wie sagt man noch? Tränen sind manchmal der Pfad zur Gnade, ein Weg für Frauen, Engel zu werden. Und Männer? Fry war ein rettender Engel für uns. Ein regelrechtes Wunder.«

»Das ist ja alles faszinierend, aber können wir noch ein bisschen zurückgehen? Ich möchte Ihre Zeit nicht verschwenden, wenn Sie mit Ihrer Familie zusammen sein könnten.« Sie lächelt, legt den Kopf schief, ganz reizend. Ich bin jetzt auf der Hut, Missy. »Erzählen Sie mir vom ersten Mal, als Sie Vita sahen.«

Vita. Ich muss einen Moment lang nachdenken, gehe die Jahre zurück wie die Seiten in einem Fotoalbum. Da ist sie. Ich überprüfe, ob es die richtige Seite ist, der richtige Faden der Erzählung. Eine Geschichte kann man auf viele Arten erzählen. »Ja, lassen Sie mich nachdenken ...«, sage ich, um Zeit zu schinden. Auf dem weißen Sand blendet das Licht, und ich schirme mir die Augen ab, reibe mir die Stirn.

Sophie mischt sich ungeduldig ein. »Die offizielle Geschichte geht so, dass Gabriel Lambert, das Enfant terrible des Art déco, die junge britische Kunststudentin Vita 1938 bei einer Party am Montmartre kennenlernte. Lambert war ein guter Fang – reich, talentiert und mutig. Er hatte mit den Republikanern in Spanien gekämpft und seine Freunde mit satirischen Sketchen über Hitler, Franco und Mussolini unterhalten. Mit anderen Worten: Er war sexy und gefährlich und anziehend für ein Mädchen wie Vita.«

»Danke. Fahren Sie fort«, sage ich.

»Die meisten Menschen wussten nie, ob sie einen zweiten Namen hatte – sie war einfach immer nur Vita, Jahrzehnte, bevor das Madonna und Cher auch einfiel. Es war Liebe auf den ersten Blick. Sie waren Mitte zwanzig, Vita war jünger, näher an zwanzig, ihr richtiges Alter hat sie allerdings nie verraten. Sie hätte siebzehn oder siebenundzwanzig sein können, bei Vita wusste man nie.«

»Wenn Sie das alles wissen, warum bemühen Sie dann mich?«

»Ich versuche herauszufinden, was zwischen Vitas Abreise aus England und ihrer Ankunft in Paris geschehen ist, aber es scheint, als wäre meine Großtante quasi einfach aus dem Nichts aufgetaucht. Ich verstehe nicht, wie jemandes Geschichte einfach verschwinden kann.«

»Menschen verschwinden die ganze Zeit, besonders wenn Krieg herrscht.« Oder wenn sie nicht gefunden werden wollen.

»Sagen Sie mir, wie sie war.«

»Sie war …« Ich suche nach dem richtigen Wort, um sie zu beschreiben. Leidenschaftlich. Verrückt. Eine verkorkste, schöne junge Frau. »Sie war überwältigend.« Sophie lächelt beruhigt.

»Und ihre Arbeit? War die auch *überwältigend*?« Sie zieht das Wort in die Länge, ahmt meine Aussprache nach.

Ich bleibe abrupt stehen. »Wollen Sie die Wahrheit wissen? Vita hatte mehr Talent für das Leben als für die Malerei.«

Fast treten ihr die Augen aus dem Kopf. »Wie können Sie das sagen?«

»Haben Sie ihre Arbeiten überhaupt gesehen?«

Sie erwidert: »Nein, natürlich nicht. Ich meine, ein paar frühe Skizzen, die ihr zugeschrieben werden, aber Sie wissen ja, dass keine von ihren späteren Arbeiten überlebt hat, nur diese Fotos aus ihrem Atelier. Sie tippt auf ihre Tasche. O Gott, die Fotos. Schlaues Mädchen, sie schiebt die Erinnerung daran ein, dass sie sich nur für den finalen Schlag aufwärmt. Ob sie wohl schlau genug war, Kopien zu machen?

»Wenn dieser Artikel etwas über mich erzählen soll, wieso schreiben Sie dann über Vita?«

»Es geht um die Geschichte, Gabriel.« Sophie spricht langsam wie mit einem beleidigten Kleinkind. »Den Diskurs …«

»Pfui.«

»Vita hatte gerade angefangen, als sie getötet wurde«, sagt sie defensiv. »Sie hätte groß werden können.«

»Hätte, könnte ... wen kümmern diese Konjunktive? Im Leben zählt das, was man tut, nicht das, was man hätte tun können.« Ich trete gegen den Sand und gehe weiter. »Sie verrennen sich da in eine Sackgasse. Die Wahrheit ist, sie hat nie Fortschritte gemacht.«

»Ich glaube Ihnen nicht.«

»Vita hat mir das selbst gesagt, meine Liebe. Sie hatte mit ihrer Malerei einen Punkt erreicht, über den sie nicht hinauskam. Das ist bei manchen Leuten so. Sie war nicht zufrieden damit, zweitklassig zu sein. Als sie starb, überlegte sie, wieder zur Schauspielerei zurückzukehren ...«

»Zur Schauspielerei?« Sophies Stimme schießt eine Oktave nach oben.

»Wussten Sie das nicht von ihr?« Gut. Wenn sie das nicht wusste, dann sind ihr vielleicht auch ein paar andere wichtige Details entgangen. »Hören Sie, Vitas Leben war ihre Kunst, ihre beste Schöpfung.«

Sophie schweigt einen Moment und verarbeitet meine Eröffnung. »Gehen wir zurück. Ich versuche, mir Lambert und Vita an dem Abend vorzustellen, an dem sie sich kennenlernten. In allen Biografien heißt es, er ...«

»Ich.«

»Es heißt, Sie hätten sie wegen ihres Kleides beleidigt. Den Berichten zufolge und nach dem, was auf den Bildern zu erkennen ist, ein offenherziges, mit goldenen Perlen besetztes Etuikleid. Anscheinend haben Sie zu ihr gesagt, dass sie nicht die Figur dafür habe. Jedenfalls hat sie Ihnen eine ganze Flasche Champagner über den Kopf geschüttet. Der Rest ist Geschichte. Vita wurde Ihre berühmteste Muse – sie hatte genau die richtige fließende Anmut für diese Art-déco-Mädchen, wie ein Windhund in vollem Lauf oder ein Chiffonschal im Wind.«

Vita war schön, ganz bestimmt. Ich glaube, sie wäre eine gute Schauspielerin geworden, sie hatte auch eine wundervolle Stimme – sie floss ganz natürlich aus ihr heraus wie ein kalter Wasserstrahl aus einem Kristallkrug. Die Hälfte der Gesichter sind vergessen, aber das von Vita nicht. Sie hatte eine Art verspiegelten Reif um die Stirn, mit Straußenfedern. Sie sah aus wie eine Königin. Überwältigend.

»Ich habe natürlich von dem Kostümfest gelesen«, sagt Sophie. »Es war legendär. Ich habe gelesen, dass Sie alle wie die Verrückten getanzt haben.« Beim Weitergehen stelle ich mir die kreischenden Bläser der Jazzband vor.

»Wie gesagt, es ist eine Ewigkeit her, ich erinnere mich nicht mehr.« Doch ich tue es. Ich erinnere mich an alles.

Die Frage ist: Wie viel kann ich ihr erzählen?

# 14

## Marseille

Mary Jayne lag auf ihrem schmalen Bett im Hotel Continental, die Füße ruhten an Dagoberts Bauch. Auf der verblichenen Tapete zogen sich blühende rosa Rosen vom Messingbettgestell hinauf zur Decke, und ihre goldfarbenen Haare breiteten sich um sie herum auf den weißen Kissen aus. Sie trug einen blau gestreiften Männerschlafanzug, die Beine um ihre schlanken Knöchel hochgekrempelt, und sie summte zu der Swingmelodie, die aus der Bar von unten herauftrieb. Sie wippte im Takt mit dem Fuß, während sie ihr Buch las. Der Wecker auf dem Nachttisch tickte.

»Die letzte Nacht in dieser Bruchbude, Dago«, sagte sie, warf das Buch zur Seite und streckte sich. Er hob den Kopf, legte ihn auf ihr Bein und blickte zu ihr. »Dir ist das egal, was, lieber Hund?« Sie fuhr ihm durch den lockigen Flaum am Kopf. »Du bist einfach nur froh, dass du dabei bist.« Mary Jayne schaute auf, als es an der Tür klopfte. »Wer ist da?«, rief sie.

»Ich bin's, Miriam.«

»Sekunde.« Sie stand auf und öffnete die Tür. »Hallo, meine Liebe.«

»Hast du noch gar nicht gepackt?« Miriam lachte und zeigte auf die Kleider und die Unterwäsche, die überall hingen. »Was hattest du denn bloß alles in deinen beiden Koffern?«

»Ach, zum Packen ist noch genug Zeit.«

»Ich bin so aufgeregt, morgen in Air Bel einzuziehen, ich kann bestimmt nicht schlafen. Was für einen Spaß wir dort haben werden! Alle Künstler kommen dieses Wochenende heraus, um Breton willkommen zu heißen.« Miriam schlang die Arme um sich. »Danny hat heute Nachmittag sämtliche Papiere unterschrieben.«

»Hat Thumin versucht, die Miete zu erhöhen?«

»Sei nicht so zynisch.«

Mary Jayne schloss die Schlafzimmertür und tappte hinüber zum Nachttisch. »Whiskey?«

»Wie köstlich.« Miriam ließ sich in den Sessel fallen.

»Ich habe ihn für eine besondere Gelegenheit aufgehoben. Wir können doch gleich auf unser neues Heim anstoßen.« Sie schenkte zwei Fingerbreit in jedes Glas. »Auf neue Anfänge und alte Freunde.«

»Darauf trinke ich.« Miriam nahm einen Schluck. »Ich dachte, du wärst vielleicht mit Raymond ausgegangen.«

»Nein, wir hatten mehr Lust auf einen ruhigen Abend, nicht wahr, Dago?« Der Hund spitzte die Ohren, als sein Name erwähnt wurde. »Es amüsiert mich, dass Varian denkt, ich wäre so eine Partymaus. Ich bin nie glücklicher, als wenn ich allein bin.« Sie zuckte mit den Schultern und schwenkte ihr Glas. »Außerdem ist Raymond festgenommen worden.«

»Festgenommen?« Miriam richtete sich auf. »Weswegen?«

»Fahnenflucht. Gefälschte Demobilisierungspapiere ...«

»O nein, Mary Jayne, ich habe dich gewarnt!«

»Bitte sag nicht, dass du es mir gleich gesagt hast.« Sie konnte Miriam nicht in die Augen sehen. »Ich kann das nicht ertragen. Sie haben ihn im Fort St. Nicolas eingesperrt, dort wartet er auf seinen Prozess.«

»Was passiert mit ihm?«

»Ich kann ihn nicht im Gefängnis verrotten lassen.«

»Bitte denk nach, Liebes. Ich weiß, dass dein Herz deinen Kopf regiert ...«

»Aber?«, forderte Mary Jayne sie heraus. »Es ist mir egal, was ihr alle von ihm denkt. Es ist mir egal, dass er etwas angestellt hat. Du weißt nicht, wie er ist, wenn wir allein sind. Ich habe nie ... noch nie habe ich bei einem Mann so empfunden wie bei ihm.«

»Okay, okay.« Miriam lenkte ein. »Du wirst einen verdammt guten Anwalt brauchen.«

»Ich habe schon einen.«

»Weiß er, wen er bestechen muss?«

»Natürlich«, sagte Mary Jayne. »Komm schon, hilf mir, das ganze Zeug in die Koffer zu quetschen, dann lade ich dich zu einem späten Abendessen ein.«

»Wunderbar, ich hatte den ganzen Tag keine Gelegenheit, irgendwo etwas zu essen. Im Büro war der Teufel los.« Sie legte Mary Jaynes Kleider säuberlich zusammen und reichte sie ihr. »Ist die Kommode leer?«

»Ja, ich glaube schon. Ich bin hier nie richtig eingezogen.«

»Tust du das je?« Miriam lachte. »Du bist wie ein wilder Vogel, du folgst dem Schnee und der Sonne in deinem kleinen Flugzeug.«

»Gott, ich vermisse diese Freiheit.«

Miriam zog die oberste Schublade auf. »Schau, dein ganzer Schmuck, und hier hast du noch eine neue Packung Seidenstrümpfe!« Sie reichte Mary Jayne die Strümpfe, als hätte sie ein unbezahlbares Kunstwerk in der Hand. Mary Jayne sah ihren sehnsüchtigen Blick.

»Nimm du sie, Liebes.«

»Das kann ich nicht.«

»Nimm sie für deine Aussteuer. Ein bisschen Glamour für Rudolf.« Sie leerte rasch die Schubladen und warf die Schmuckschachteln achtlos oben auf den Koffer.

»Falls ich jemals nach Jugoslawien komme.«

»Bestimmt.« Mary Jayne umarmte sie. »Du bekommst deine Visa, rettest deinen atemberaubenden Verlobten, und ihr werdet glücklich bis an euer Lebensende, wenn ihr nach Amerika flieht.«

»Manchmal scheint das alles unmöglich zu sein …« Miriam sah plötzlich müde aus, ein trockener Husten erfasste sie.

»Versprichst du mir bitte, dass du zum Arzt gehst?«

»Hört doch auf, euch Sorgen zu machen, es geht mir gut.« Miriam holte Luft. »Danke. Sie sind wunderbar.« Sie drückte sich die Packung Strümpfe an die Brust.

»Und ich bin mir sicher, Rudolf wird dein Hochzeitsgeschenk gefallen. So, was ziehe ich denn jetzt an?« Mary Jayne schaute an ihrem Schlafanzug hinunter.

Miriam legte Dagobert die Leine an, während Mary Jayne sich anzog. »Hast du Lust, zum *Pelikan* zu gehen, mal nachschauen, wer heute dort ist?«

»Gerne. Vielleicht hören wir etwas Neues vom amerikanischen Konsulat.«

Miriam setzte sich auf das Bett und öffnete eines der roten Lederschmuckkästchen. Eine Diamantbrosche glitzerte, das Licht brach sich an der Wand. »Hübsch ist die.«

»Von meiner Großmutter.«

»Ist es denn sicher, diese ganzen Sachen herumliegen zu lassen?«

»Du meinst wegen Raymond?«

»Ich möchte ja nicht herumschnüffeln. Ich mache mir nur Sorgen um dich.« Miriam schloss die Schachtel und steckte sie in den Koffer.

»Sie haben vor allem einen sentimentalen Wert.« Mary Jayne betrachtete ihr Spiegelbild. »Die meisten Stücke hat mir Daddy geschenkt, bevor er starb.« Sie richtete den Halsausschnitt des blauen Wollkleids, das sie gewählt hatte, und schob den seidenen Träger ihres Unterrocks unter den Stoff. »Es ist doch seltsam, wie unwichtig alles wird, wenn man um sein Leben kämpft. Ich habe den Großteil meines Gepäcks auf dem Weg nach Marseille am Straßenrand liegen lassen und kann mich nicht einmal mehr erinnern, was in den Koffern war.«

»Einige von uns hatten von vornherein nicht viel, was sie zurücklassen konnten.«

»Warte nur, sobald das alles vorbei ist, hast du ein süßes Zuhause mit schönen Sachen und Horden von Kindern.«

»Du auch.«

»Ich?« Mary Jayne nahm eine Haarbürste in die Hand. »Nein, ich glaube nicht. Ich kann mir nicht vorstellen, mir ein solches Leben auszusuchen.«

»Aber du wirst eine Entscheidung treffen müssen, das weißt du doch.«

Mary Jayne bürstete sich ihre Haare, legte roten Lippenstift auf und presste die Lippen zusammen. »Eine Entscheidung?« Sie sprühte Chanel No. 5 in die Luft und trat in den Parfumnebel. »Komm, Dago«, sagte sie und nahm Miriam die Leine ab.

»Varian und das Komitee können es nicht riskieren, dass jemand wie Raymond eine Verbindung zu ihrer Arbeit hier hat. Das ist zu gefährlich.«

»Du meinst, ich muss mich zwischen Raymond und dem ARC entscheiden?« Mary Jayne schloss die Tür ab und steckte den Schlüssel in ihre Handtasche.

»Meine Liebe, es ist enorm, wie sehr du mit der Gold-Liste geholfen hast, aber wenn du mit Raymond zusammenbleibst, wird das Komitee dich als eine Art Gangsterbraut betrachten. Du weißt doch, mit was für Typen er zu tun hat.«

»Das wäre mir noch lieber, als nach Varians Pfeife zu tanzen.« Sie ging voraus, und Dagobert folgte ihr auf den Fersen, durch den Korridor und die ausladende Treppe hinunter ins Foyer.

»Denk darüber nach. Die Arbeit, die du hier leistest, zählt. Sie zählt wirklich. Ich sehe es nur einfach nicht gerne, wenn jemand wie Raymond dich ausnützt.« Miriam nahm ihren Arm, als sie im Foyer waren. »Liebst du ihn wirklich?«

»Ich« – Mary Jayne zögerte –, »ich weiß nicht, was Liebe ist«, sagte sie schließlich. »Aber für ein nettes Mädchen aus Evanston wird das ein beachtliches Jahr.«

# 15

## Flying Point

»Gabriel«, sagt Sophie. »Gabriel.« Sie zupft mich am Ärmel, und ich bin plötzlich wieder in der Gegenwart, über mir der klare blaue Himmel, unter den Füßen der weiße Sand. »Ich habe gelesen, dass Sie und Vita nach der Neujahrsparty in Paris unzertrennlich waren. Begann da Ihre Beziehung?«

»Das könnte man wohl so sagen.« Na ja, eigentlich ist das ja keine Lüge.

»Sie sehen nicht so gut aus. Strengt Sie das zu sehr an?«, fragt Sophie mich.

»Ein bisschen.« Meine Hände zittern, als ich in die Brusttasche fasse. Mist, die Tabletten habe ich auch vergessen. Ich wollte ein letztes Mittagessen mit klarem Kopf genießen, bevor wir das Haus über den Winter dichtmachen, und ich wollte nicht, dass mir schwindelig ist, wenn ich auf die Kleine aufpasse. Die Kinder haben beschlossen, dass wir zu alt sind, um noch einen Winter hier draußen zu verbringen. Was wissen sie denn schon? Ich kann immer noch zu Marv gehen oder mir eine Dose Suppe warm machen, wenn wir hungrig sind. Was dieser Tage nicht mehr häufig der Fall ist.

Die Sonne scheint grell auf das Meer, auf den weißen verlassenen Sand. Wir müssen aussehen wie zwei Schachfiguren, die nebeneinanderher laufen – der weiße König gegenüber der schwarzen Königin. An manchen Tagen, wenn der Strand so leer ist wie jetzt, der Raum so unendlich, dann kann man die Erdkrümmung am Horizont erkennen, die Andeutung eines vollkommenen Kreises. Vielleicht male ich in letzter Zeit aus diesem Grund nur noch Bögen und Linien auf leere blaue Flächen. Ich brauche Tage, um eine Leinwand vorzubereiten, und jedes Bild beende ich mit einem einzigen weißen Punkt an einer etwas anderen Stelle als das letzte Mal. Weißes Licht enthält jede Farbe, wussten Sie das? Diese Leuchtkraft einzufangen, das habe ich versucht, das Gefühl der Schwerelosigkeit, wenn ich an unserem verlassenen Strand bin, den weißen Sand unter den Füßen, die grenzenlose kalte Luft, die einen Bogen über uns spannt.

Nach der Erfindung der Fotografie hatte es keinen Sinn mehr, das wirkliche Leben wiederzugeben. Ich wollte ungewöhnliche Erfahrung darstellen, Empfindung, wollte die Menschen fühlen lassen. Es gibt nichts Schwierigeres als Einfachheit. Ach, die Kritiker werden mit meinen neuen Arbeiten einen großen Tag haben, ihnen wird schon die eine oder andere Theorie einfallen, wenn der Grund dafür, die Inspiration, hier vor ihnen liegt. Ich liebe diesen Ort. Es bricht mir das Herz, wenn ich daran denke, von hier wegzugehen, bei meinem Sohn in der Stadt Gast zu sein. Das hier ist unseres. Das alles hier gehört uns.

Sophie fällt das Schild bei den Stufen auf. »Wollen wir vielleicht ins Café gehen?«

»Gute Idee. Ich kaufe Ihnen eine Limo.«

»Ich zahle, Mr Lambert.« Sie verschränkt die Arme.

Ich mache eine wegwerfende Handbewegung, auf den Lippen das Wort, das meine Urenkel zu lieben scheinen: *Egal.* Die junge Frau hat meinen Frieden gestört, und jetzt will sie mir dumm kommen? Ich werde ihr nicht zeigen, dass sie mich durcheinandergebracht hat. Ich spiele weiter den »zornigen alten Mann der Kunst« und hoffe, dass sie nicht jenseits dessen blickt.

»Tut mir leid«, sagt sie. Sie ist jetzt wieder neben mir, als wir die nächste Holztreppe hinaufgehen und über einen halb leeren Parkplatz auf das kleine Café zugehen. Es hat sich in dreißig Jahren nicht verändert. Marvs einziges Zugeständnis an den Fortschritt ist die Satellitenschüssel oben auf dem Dach der alten Hütte, fürs Fernsehen und damit die ganzen Senkrechtstarter, die an den Sommerwochenenden ihre Arbeit nicht zu Hause lassen können, Internet haben. Ein paar Surfer, die Oberkörper aus den Neoprenanzügen geschält, schauen uns an, während wir reden. Sie mustern sie. Vielleicht ist sie doch hübscher, als ich erst dachte.

»Hey, Marv«, rufe ich zum Besitzer des Cafés hinüber und setzte mich erleichtert in die Nische am Fenster, meine Nische. Die meisten Cafés hier in der Gegend sind jetzt bereits geschlossen, aber Marv lässt seines das ganze Jahr geöffnet. Er sagt, die Ortsansässigen und gelegentlich ein Surfer oder Hundespaziergänger reichen aus, um ihn durch den Winter zu bringen, und was sollte er sonst schon tun? Dieses Café ist sein Leben.

»Ich hab dich seit ein paar Tagen nicht gesehen, Gabe. Alles okay?«

»Bei mir? Ja, mir geht's gut«, sage ich.

»Schon gut, schon gut. Ich frag ja nur.« Er stellt einen Krug mit Eiswasser auf den alten gelben Resopaltisch. Als er sich vorbeugt, glänzt sein kahler Kopf im Schein der Lampe wie poliertes Mahagoni. »Hast du gehört, dass die Knicks Ewing getauscht haben?«

»Ja. Ich weiß noch, wie er im Draft von '85 als ›First Round Pick‹ ausgewählt wurde«, sage ich und schenke zwei Gläser voll.

»Fünfzehn Jahre, Mann. Für Seattle ist das ein guter Tausch.« Marv schlurft kopfschüttelnd davon.

»Sie mögen Basketball?«, fragt Sophie, während sie ihr Wasser trinkt.

»Sie meinen, so wie ein ganz normaler Mann?«

»Sie sind ziemlich empfindlich, stimmt's?«

»Ich habe nur genug von Leuten, die denken, alle Künstler leben von Ambrosia.« Das Wasser tut gut, ich habe Durst. »Es ist ein Fehler zu glauben, dass Künstler nur das wollen.« Ich beuge mich zu ihr. »Man will Freunde, die mit einem über das Wetter reden oder wie sie ihr Boot bauen oder Bohnenrezepte tauschen.«

»Desillusionieren Sie mich nicht.« Sie deutet ein Lächeln an. »Als Nächstes erzählen Sie mir gleich, dass Sie Ihre Steuererklärung und den Abwasch selbst machen...«

»Und die Windeln. Ich habe mehr Windeln gewechselt, als Sie sich vorstellen können.« Ich versuche, nicht zu lächeln, weil sie so ungläubig guckt. »In all den Jahren mit Kindern und Enkelkindern und Welpen und Katzenjungen habe ich wahrscheinlich mein halbes Erwachsenenleben damit zugebracht, Kacke wegzuputzen.«

Sie lacht und lehnt sich in der Nische zurück. »Vielleicht verschwenden die Leute viel Zeit damit, auf Künstler ihre Vorstellungen zu projizieren.«

»Reden Sie jetzt von sich selbst?«

»Ich dachte an ein Buch über Duchamp, das ich gerade lese.«

»Ah, der Meister. Er hat mich gelehrt, dass das Leben ein Kunstwerk sein kann, Kleines.«

»Reden Sie immer wie in einem schlechten Gangsterfilm?«

»Ich habe Englisch von Humphrey Bogart und Jimmy Stewart gelernt.«

»Das merkt man.«

Früher hätte ich sie angeschnauzt, weil sie so frech ist. Jetzt scheint es egal zu sein. »Haben Sie Hunger?«

»Nein danke ...«

»Ich lade Sie ein.« Ich schätze, sie gehört zu diesen Karrierefrauen, die nicht einmal frühstücken, sondern immer nur Kaffee trinken. »Mögen Sie Pfannkuchen? Marv, bring uns deine Blaubeer-Spezial.«

»Wie du willst, Gabe.« Marv wirft sich ein weißes Tuch über die Schulter und geht zur Küche. Er pfeift zu den Shirelles auf der Jukebox: *Will You Still Love Me Tomorrow.*

»Wie lange kommen Sie schon hierher?«, fragt sie.

»Schon ewig.«

»Sagen Sie mir, was Sie daran mögen.«

»Kleines, ich mag es ganz normal. Herrje, wenn Sie mit meinem Kopf leben müssten ...« Ich reibe mir die Schläfen mit den Handballen. »Wenn Sie damit leben müssten, dann würden Sie das Normale auch gerne mögen. Ich mag Holzscheite, die für den Winter aufgeschichtet sind, Annies Wäscheraum und diesen Strand, wenn er leer ist. Ich mag einen Stapel sauberer weißer Teller auf dem Küchentisch und das Ticken der Standuhr im Gang.« Ich sehe ihr in die Augen. »Ich mag Ordnung und Frieden. Gott weiß, dass es in meinem Kopf anders aussieht.«

Sehen Sie, ich habe eine Theorie über Künstler: Köpfe sind wie ein Becken mit laufendem Wasserhahn. Hin und wieder muss man den Stöpsel ziehen und ein Bild oder ein Buch herauslassen, sonst gibt es ein riesiges Durcheinander. Wenn Sie in mein Alter kommen, können Sie den Ablauf besser regulieren, aber das war nicht immer so einfach. Vielleicht habe ich daher meinen Ruf.

»Haben Sie schon immer hier gelebt?« Sie zieht eine Linie auf ihrem beschlagenen Glas.

»Schon immer? Fast ein Leben. Annie und ich hatten eine Weile eine kleine Wohnung in Brooklyn, aber sobald es ging, sind wir an die Küste.«

»Ist sie auch Künstlerin? Ich dachte, Sie hätten gesagt ...«

»Sie war ... nun, sie nennt sich Kunsthandwerkerin. Vielleicht haben Sie ein paar Stoffe von ihr gesehen. Sie hat schöne Arbeiten gemacht, aber dann ging es nicht mehr mit den Händen.«

»Das tut mir leid.« Sie unterbricht sich. »Eines verstehe ich nicht. Wollten Sie beide nie mehr zurück – nach Frankreich, meine ich? Viele Künstler sind zurückgekehrt.«

Ich schüttle den Kopf. Natürlich gibt es immer noch Tage, an denen ich aufwache, weil ich von Frankreich geträumt habe, und ich frage mich, ob wir hätten zurückkehren sollen. Die Träume sind eigentlich nur Fragmente – die Farbe von hellblauen Fensterläden, die sich chromatisch mit dem Licht verändert. Unter einem schieferfarbenen Himmel, wenn der Mistral durch die Olivenbäume bläst, wirken sie grau. Unter einem wolkenlosen blauen Himmel sind sie ausgebleicht wie das Firmament über ihnen, der perfekte Farbton von altem Jeansstoff. Mir fehlen die Steinwände, die nachts die Hitze des Tages ausstrahlen. Mir fehlt der Geruch von Rosmarin im Lagerfeuer, der Geschmack eines kalten *pression* und das weiche Licht- und Schattenspiel einer Platane auf einem Marktplatz. Mir fehlt guter Käse, Geckos, diese verrückten von der Sonne geblendeten Hunde mit den bernsteinfarbenen Augen, die es in Südfrankreich gibt. Mir fehlen, mir fehlen ... ach, die Lindenalleen, die Baumstämme am Straßenrand, die wie gebleichte Knochen aussehen, dicker Spargel und Pfirsiche. Mir fehlt das Alter dieses Ortes – der Anblick von alten Villen mit Kalkflecken an den Wänden wie ockerfarbene Pastelle bei Sonnenuntergang, mit ihren verrosteten nilgrünen Toren und dunklen indigoblauen Wicken an prächtigen, frühen Morgen. Für viele war es natürlich das Allerschwierigste, Familiengräber zurückzulassen. Aber das erzähle ich ihr nicht. Zu viele von uns mussten das Gleiche tun. Meyerhof sagte einmal zu mir: »Schaff dir ein Leben, und denke nicht zurück.« Darin liegt das Geheimnis. Denke nie zurück. Dein Zuhause, dein Geburtsrecht ist mit dir verbunden, aber für immer verloren. »Man muss daran denken, dass manche von uns schon vor dem Krieg von Amerika geträumt haben.«

»Wirklich?«

»Klar. Zumindest bei mir war das so. Jacqueline hat gesagt, es sei der Weihnachtsbaum der Welt. Chagall befürchtete, es gebe dort keine Kühe. Aber ich wollte das mein ganzes Leben lang, die Möglichkeit, diese Neue Welt. Ich finde es immer noch erhebend, wenn ich mit dem Zug in die Stadt fahre und das World Trade Center, das Empire State sehe.«

»Aber Ihr Leben mit Vita, das muss doch unglaublich gewesen sein?«

»Da war eine andere Zeit. Ich war ein anderer Mensch.«

»Darüber würde ich gerne mit Ihnen reden«, sagt Sophie. Sie holt einen Kassettenrekorder aus ihrer Zaubertasche und schiebt ihn auf den Tisch. »Darf ich?«

Ich will gerade sagen, dass das ein Fehler war, aber da kommt Marv mit einem Stapel Pfannkuchen und Kaffee.

»Gabriel …«, sagt sie.

»Immer noch Mr Lambert.«

»Ich finde das ein bisschen formell, wenn man bedenkt, wie lange wir schon befreundet sind«, sagt Marv.

»Ich hab doch nicht mit dir geredet«, sage ich, ein Rasseln in der Brust. »Ich meinte sie.« Ich winke in Richtung Sophie. Sie zuckt zusammen, stößt die Kaffeetasse um, und ich ziehe Servietten aus dem Chromspender und wische den Tisch ab.

132

»Ich mag keine Unordnung«, schnauze ich sie an.

»Entschuldigung.« Da ist sie wieder, die Röte auf ihren Wangen.

»Klar.« Marv weicht zurück. »Alles klar, Gabe. Guten Appetit.« Er geht hinaus, und ich nehme das Gespräch wieder auf.

»Mr Lambert«, sagt Sophie, »es tut mir leid. Wir haben falsch angefangen. Ich bin nicht einfach eine Journalistin. Halten Sie mich für eine alte Familienfreundin wie Vita.« Pfui. Glauben Sie mir, so jemanden wie mich und Vita gibt es nicht noch einmal auf der Welt. Ich sehe beinahe das Leuchten von Sophies Strahlenkranz, der ihre Augenlider vergoldet, als sie auf den Teller vor sich schaut. Ich traue ihr kein bisschen über den Weg. Während ich mich damit beschäftige, Marv zuzusehen, klickt Sophie leise auf ihrer kleinen Sprechmaschine herum.

»Warum seid ihr jungen Leute so besessen von den alten Geschichten?« Ich greife sie an. »Ihr solltet Geschichte machen, statt sie wieder aufzuwärmen.«

»Wie sollen wir lernen, wenn wir die Lektionen der Vergangenheit vergessen?«

»Hören Sie zu, Kleines, es gibt nur das Jetzt. Die Vergangenheit ist eine Erfindung.« Ich bewege die Hand, als würde ich nähen. »Sie ist ein Patchwork aus sogenannten Fakten und Hörensagen. Die Geschichte ist noch zu haben, eine Fiktion, die derjenige erfindet, der die lauteste Stimme hat.« Ich versuche durchzuatmen, balle die Hand unter dem Tisch zur Faust. »Die Zukunft ist Spekulation. Ich will nur das Jetzt. Die Farbe unter meinen Fingernägeln, essen, schlafen, vögeln.«

»In Ihrem Alter?«, fragt sie, ohne von ihrem Notizbuch aufzublicken.

»Ja. Früher zeigte es mehr Wirkung, wenn ich das gesagt habe.«

133

Sie lehnt sich zurück und verschränkt die Atme. »Ich habe diese Zeile in mindestens drei Ihrer Biografien gelesen.«

»So geht das, wenn man in meinem Alter ist. Man fängt an, sich zu wiederholen.«

»Sie sind ein wandelndes Klischee.«

»Vielleicht. Aber ein glückliches.« Ich spiele mit dem Untersetzer unter meinem Wasserglas. »Sie haben sie also gelesen?«

»Ich muss meinen Artikel in einen Kontext setzen. Wenn ich ehrlich bin, interessiere ich mich mehr für Vita.«

Wie amüsant. Ich bin nur der Rahmen, nicht das Bild.

»Eine Frau auf tragische Weise zu verlieren, das ist herzzerreißend«, sagt sie leise. »Mehr zu verlieren, das riecht nach Fahrlässigkeit.«

Ich muss kurz nachdenken, es ist alles so lange her. Mein Leben hier mit Annie war alles, ist alles. Alles, was vorher existiert hat – das ist, als wollte man einen Brief entziffern, der im Regen liegen geblieben war. Ich hoffe, sie interpretiert meinen Gesichtsausdruck eher als tragisch denn als verwirrt. »Da irren Sie sich. Ich war nie mit Vita verheiratet.«

»Das weiß ich.« Gut, jetzt ärgert sie sich. Wenn ich die Tattergreiskarte ausspiele, wird sie mit etwas Glück frustriert und fängt bald an, Fehler zu machen. »Aber so gut wie, eine wilde Ehe und so. Ich spreche von Rachel. Sie saß Ihnen auch Modell, oder?« Sie sieht in ihren Notizen nach. »Sie ist gestorben, kurz nachdem Sie Vita kennengelernt haben.«

Das ist ihr erster Fehler. Rachel starb, bevor Vita jemals auf der Bildfläche erschien.

»Wollen Sie damit sagen, dass das irgendwie praktisch war?«

»Sagen Sie es mir.«

»Es war ein Autounfall. Sie saß am Steuer.«

»Wahrscheinlich mit gebrochenem Herzen ...«

*Würdest du nur die Wahrheit kennen.* »Die ganze Zeit sterben Menschen aus dümmeren Gründen als aus Liebe.« Ich fahre mir über die Stirn. »Ist das denn wichtig?«

»Ja, es ist wichtig. Es ist Teil Ihrer und Vitas Geschichte.« Sie beugt sich zu mir. »In der Geschichte ist die Anonymität der Feind. Sie reduziert jeden auf ein Nichts. Es ist meine Aufgabe, den Menschen, die wir vergessen haben, Namen zu geben.«

»Da haben Sie unrecht. Die Namensgebung ist die Aufgabe eines Künstlers.«

»Wie Gott?«, fragt sie.

»Seien Sie nicht albern. Außerdem ist er der größte Künstler.«

Sie klopft mit ihrem Stift auf den Tisch. Sie ist nervös. Gut. »Sie wollen immer noch nicht über Vita reden?«

»Nein.« Ich erkenne diese Stimme. Wie meine Söhne, als sie klein waren und ihre Spielsachen aus dem Kinderwagen geworfen haben.

»Gut.« Sie klingt versöhnlich. Sie wird mich bei Laune halten. »Dann erzählen Sie mir von Air Bel. Erzählen Sie mir von Annie.«

# 16

## Villa Air Bel, Marseille – November 1940

»Hallo, Gabriel, schön, Sie zu sehen.« Varian schüttelte mir die Hand. Er hatte gedankenversunken die Wandgemälde in der Bibliothek betrachtet, aber jetzt wandte er sich mir zu und lächelte herzlich. »Sind Sie hier, um André Breton willkommen zu heißen? Kennen Sie ihn?«

»Natürlich, vom Hörensagen«, antwortete ich. »Ich bewundere ihn sehr.«

Ich hatte noch den Zettel in der Tasche, auf den Fry die Adresse geschrieben hatte: *Villa Air Bel.* Nervös spielte ich mit dem Papier. Es war vermessen zu hoffen, dass ich Breton wirklich kennenlernen würde. Ich hatte das Gefühl, die Welt wäre aus den Angeln geraten, und nach dem Schrecken der letzten Monate war ich an einem Ort angelangt, an dem die wildesten Träume wahr werden konnten. Ich wollte unbedingt hier dazugehören, zu dieser verrückten Gruppe aus Nomaden und Künstlern. In Frys Gegenwart fühlte ich mich verlegen, und doch flößte mir sein Selbstvertrauen Ehrfurcht ein, und wie er so leicht und fließend zwischen Englisch, Französisch und Deutsch hin und her wechselte, wenn er mit seinen Freunden und Kunden sprach. Ich fühlte mich im Vergleich dazu völlig sprachlos.

»Wie steht es? Haben Sie Geld für Essen? Wir können Ihnen Lebensmittelgutscheine geben, wenn Sie Probleme mit Bargeld haben. Haben Sie eine sichere Bleibe?« Ich nickte. »Gut. Sie halten sich von allem Ärger fern, ja?« Fry schüttelte mir die Hand. »Keine Sorge. Wir kriegen Sie hier so schnell wie möglich heraus. Es dauert vielleicht ein paar Monate, aber seien Sie sicher, dass wir das Beste für Sie tun.« Er lächelte beruhigend. »Bis es so weit ist, sind Sie in Air Bel jederzeit willkommen. Wir planen eine kleine Zusammenkunft am Sonntag.« Varian blickte auf, als Mary Jaynes Stimme vom Treppenabsatz im ersten Stock herwehte, ihre Absätze klackerten die Treppe zur Eingangshalle herunter. Neben ihr tapste Dagobert, der Pudel war ihr allgegenwärtiger Schatten, seine Klauen kratzten über die Holzstufen. Ich folgte ihr nach unten, um auf die Bretons zu warten.

»Ein schlauer Hund, der alte Dago«, sagte Varian. »Haben Sie schon seinen Partytrick gesehen?«

»Nein?«

»Wenn Sie ›Hitler, Hitler‹ sagen, fängt er wie wild an zu bellen.« Varian lachte. »Vielleicht kann ich das Clovis auch beibringen.«

»Da bist du ja!« Miriam kam neben uns die Treppe herunter. »Die Bretons werden jeden Moment hier sein.«

»Es ist großartig hier, Miriam. Ich habe gerade die Wandgemälde angeschaut«, sagte Varian und zeigte Richtung Bibliothek.

»Sie sind wunderschön, nicht wahr?« Miriam schlang freudig die Arme um sich. »Ich wusste, es würde dir hier gefallen. Weißt du, was sie darstellen?«

»Sicher, ich zeige es dir später. Es gibt sogar eines von Aeneas, dem Sohn der Venus, der seinen Vater Anchises aus dem brennenden Troja trug.«

Miriam blickte hinauf zur Wand. »Das passt ja.«

»Der erste Flüchtling«, sagte Varian leise. »Als er aus Troja floh, seinen Vater auf dem Rücken, ist er uns mit gutem Beispiel vorausgegangen, nicht wahr?«

»Varian, gut, dass ich dich erwischt habe«, sagte Miriam. Ich lief voraus, konnte sie aber immer noch hören.

»Ist irgendwas?«

»Als ich heute Abend aus dem Büro gegangen bin, habe ich festgestellt, dass meine Visa für Jugoslawien gekommen sind.«

»Oh.« Varian konnte sein Erschrecken und seine Enttäuschung nicht verbergen. »Ich freue mich natürlich für dich und Rudolf. Werdet ihr jetzt heiraten?«

»Das haben wir vor, und ich hoffe, ich kann uns sicher hierher zurückbringen, bevor es weiter in die Staaten geht.«

Varian setzte die Brille ab und putzte sie mit seinem Taschentuch. »Schon seltsam. Ich meine, es war ja die ganze Zeit ausgemacht, dass jeder von euch flieht, sobald die Möglichkeit dazu besteht, aber ich lasse dich nur ungern ziehen.« Er sah Miriam an. »Du hast großartige Arbeit geleistet, Davenport. Ich danke dir. Deinetwegen sind Menschen wie die Bretons sicherer.«

»Ach, hör auf. Ich werde ja ganz rot.«

»Du passt auf dich auf, ja?«

Miriam umarmte ihn. »Du wirst mir auch fehlen, Boss.«

»Wann geht es los?«

»In vier Tagen.«

»So bald schon?« Unten im Flur waren Stimmen zu hören. Er schlang den Arm um sie und drückte ihr liebevoll die Schulter, als sie mich einholten. »Wie schade, dass du gerade jetzt weggehst, wo du dieses Haus gefunden hast. Ich kann mir keinen besseren Zufluchtsort denken als das hier ...« Seine Stimme erstarb.

»Ich hoffe, Mary Jayne kommt«, sagte sie, als sie auf dem Treppenabsatz haltmachten und in die schwarz-weiße Halle hinunterblickten. Mary Jayne stand an der offenen Tür, und Dagobert lief hinaus auf die Terrasse, als ein Auto auf der kies-

138

bedeckten Zufahrt bremste. »Es würde dir guttun, auch hier zu wohnen.«

»Ich würde Miss Gold nicht zur Last fallen wollen«, sagte Varian.

»Sei nicht so«, erwiderte sie. »Wenn du glaubst, ich würde nach Jugoslawien fahren, während ihr beide einander noch an die Gurgel geht ...«

»Wir kriegen das hin. Sie hält mich für einen Sturkopf, und ich halte sie für ein überempfindliches reiches kleines Mädchen.«

»Warte nur ab«, sagte sie. »Eines Tages werdet ihr als die besten Freunde an das hier zurückdenken.«

»Wie ein Esel und ein Rennpferd, die in den Ruhestand versetzt wurden?«, meinte er zweifelnd. »Hast du es ihr schon gesagt?«

Miriam schüttelte den Kopf. »Das mache ich später. Ich wollte nicht alles verderben, noch nicht.«

Unten sah ich einen großen Mann mit kastanienbrauner Mähne eintreten. An seiner Seite ging eine schlanke blonde Frau, an der Hand ein kleines Mädchen. Die Frau bewegte sich mit der Anmut und Sicherheit einer Tänzerin, als sie mit ihrem schwingenden, weiten, schwarz-weiß gestreiften Rock die Eingangshalle betrat. Sie stand mit erhobenem Kinn da, die Hand auf der Hüfte. *Eine Frau, die es gewöhnt ist, einen Auftritt zu inszenieren,* das war mein erster Gedanke. Das Licht des Kronleuchters vergoldete ihre Haare, tanzte in den verspiegelten Spangen im Haar der Frau.

»Monsieur und Madame Breton«, sagte Mary Jayne, die sich von der im Eingang versammelten Gruppe löste, um sie zu begrüßen. »Willkommen in Air Bel.« André Breton schüttelt ihr die Hand und stellte der Gruppe seine Frau Jacqueline und seine Tochter Aube vor. Während sie sich miteinander

139

unterhielten, ließ André den Blick durch das Haus schweifen. Fry musste an Aufnahmen von Löwen denken, die über die Ebenen Afrikas blickten. Sie schienen immer Teil der Welt zu sein und doch auch ganz woanders. *Vielleicht sehen sie etwas, das wir nicht sehen,* dachte ich. In dem Moment blickte André zu mir auf, seine Haare ein flammender Kranz über seinem dunkelgrünen Anzug mit der roten Krawatte, und hob die Hand zum Gruß, als würde er uns segnen.

Wenn man die Fotos, die an diesem Abend aufgenommen wurden, ganz genau betrachtet, sieht man mich im Dunkeln stehen. Ich verstehe nie, warum wir auf den Bildern, die in Air Bel gemacht wurden, alle so viel älter aussahen. Vielleicht liegt es an der förmlichen Kleidung – damals trugen wir alle Hemd und Krawatte. Sechzehnjährige Jungen sahen aus wie alte Männer. Vielleicht zeigt sich auf einer Fotografie nicht das richtige Alter, sondern das, was man erlebt hat. Vielleicht bin ich deshalb so lange damit durchgekommen. Annie sagt, ich sei eine alte Seele. Ich glaube, ich habe 1940 einfach zu viel durchgemacht.

An diesem Abend wurde ich Breton und seiner Frau vorgestellt, aber ich hatte nicht den Mut, mich richtig mit ihm zu unterhalten. Ich war immer noch ziemlich nervös, als ich an diesem Sonntag mit der Tram nach La Pomme fuhr. Ein paarmal wäre ich fast umgekehrt, wenn ich an dieses Haus dachte, das voller Menschen war, die ich mein ganzes Leben lang bewundert hatte. Sonntage in Air Bel wurden legendär in Marseille – alle jungen Künstler und Schriftsteller sprachen darüber, und ich wartete hier in La Canebière auf eine Straßenbahn nach La Pomme. Die Stadt sah im Schnee wunderschön aus. Es war bitterkalt, und meine Füße waren bereits durchgeweicht, aber der Schnee deckte den schlimmsten Schmutz

140

und Dreck in der Stadt zu, sodass sich alles ganz neu anfühlte, ich eingeschlossen.

*Du würdest Breton nicht treffen, wenn Fry die Wahrheit kennen würde,* sagte ich mir. Ich als Schuljunge, so stellte ich mir mein Gewissen vor. Sogar jetzt habe ich den kleinen Mann hier, er sitzt auf meiner rechten Schulter, lässt die Beine baumeln, seine Schuhe glänzen. *Du bist ein böser Bube, Gabriel,* sagt er. Aber es ist nicht meine Stimme. Wer hat das zu mir gesagt und wann? Meine Mutter vielleicht? Ich weiß nicht, wem diese Stimme gehört, aber ich kenne dieses demütigende Schamgefühl nur zu gut, das abscheuliche Gefühl, erwischt worden zu sein.

*Zum Teufel mit ihnen,* meldete sich eine andere Stimme zu Wort, als ich aus dem Trambahnfenster in das grelle Licht blinzle, das in der Ferne auf den Wellen tanzt. Diese Stimme klingt eher wie die meines Vaters, der, ein Glas in der Hand, auf meiner linken Schulter herumlungert. Den größten Teil der Zeit habe ich ihn jetzt unter Kontrolle, doch dann – nun ja. Ich war meistens völlig durcheinander und innerlich zerbrochen, wenn sich seine Stimme zu Wort meldete.

*Du fährst dort raus und amüsierst dich,* sagte er. *Trink ihren Wein, nimm ihre Ideen auf, sauge sie leer. Lass dir von ihnen nichts vormachen. Du kannst mit ihnen mithalten.* »Ich bin Gabriel Lambert«, murmelte ich.

Ein paar Leute sprangen in La Pomme aus der Tram, kurz vor der Eisenbahnbrücke, und ich folgte ihnen in einigem Abstand. Ich klappte den Kragen meines Mantels hoch und zog den Kopf ein, der Wind peitschte mir durch die Haare. Die Leute schwatzten – sie waren offensichtlich Freunde, die sich miteinander wohlfühlten und entspannt waren. Sie bogen in eine lange Zufahrt ein, und der Letzte von ihnen – ein großer, gut aussehender Mann mit einer schöner Frau am Arm – hielt das eiserne Tor für mich auf. Er hatte feine Gesichtszüge, seine Hand am Tor war schlank, mit langen Fingern, und seine Haut hatte die Farbe von poliertem Teakholz.

»Wollen Sie auch in den Salon?«, fragte er.

»Ja. Ich bin Gabriel Lambert.« Ich reichte ihm die Hand.

»Wifredo Lam«, sagte er. »Das ist Helena.« Die Frau lächelte mir zu und ging weiter.

»Sind Sie Maler?«

»Ja. Ich habe bei Picasso gelernt.«

»Picasso?« Der Name des bedeutenden Mannes blieb mir im Hals stecken wie eine Gräte. Fast wäre ich in dem Moment davongelaufen, so überfordert fühlte ich mich.

»Schaffen Sie es überhaupt zu arbeiten?«

»Ein wenig.« Meine Stimme klang unnatürlich hoch.

»Es ist der einzige Weg«, sagte er, während er die Zufahrt zum Haus hinaufging. »Ich habe das Gefühl, meine Zeichnungen verändern sich hier. Ich illustriere Andrés neues Gedicht.«

»André?«

»Breton«, sagte Wifredo lachend. »Haben Sie ihn schon kennengelernt?« Er erzählte weiter von dem Gedicht, *Fata Morgana*, und stellte mich den anderen auf der Terrasse vor, Oscar Dominguez und Masson. Ich war so froh, dass Wifredo mich unter seine Fittiche genommen hatte, dass ich nicht die geringste Erinnerung daran habe, worüber wir gesprochen haben. Ich weiß noch, dass er erzählte, er hätte mit den Republikanern im Spanischen Bürgerkrieg gekämpft, und dass ich mir dachte, wie merkwürdig es war, dass dieser große, sanfte Mann schon wieder in einen Konflikt geraten sollte. Ich war einfach froh, ihnen allen zuzuhören, froh, mich unter die Gruppe mischen zu können. Aus dem Haus trieb Radiomusik herüber, wilder Jazz von Count Basie, mit kreischenden Trompeten und donnerndem Schlagzeug. Ich begann zu schwitzen, dachte an die Nacht mit Vita vor nur wenigen Monaten, an die Band und den hämmernden Beat.

»Lambert!«, rief Varian, aber ich sah ihn nicht. Durch die offene Terrassentür sah ich André Breton mit Jacqueline tanzen. Er hatte den Kopf gesenkt, seine Wange ruhte zärtlich an ihrer Schläfe. Sie waren umgeben von Leuten, wirkten aber ineinander verloren. »Hier oben!«, rief Varian und lachte. Ich drehte mich um und schaute von der Terrasse aus zu den Bäumen hinauf.

»Herr im Himmel«, rief ich, »was machen Sie denn da?«

»Wir machen eine kleine Auktion.« Er winkte zwischen den Ästen des Baums hervor. »Könnten Sie mir die letzte Leinwand geben?« Ich drehte sie um und reichte sie ihm vorsichtig. Mir stockte der Atem, als ich merkte, dass ich einen Max Ernst in der Hand hatte. Varian zog das Bild hinauf in die Äste, nahm ein Stück Schnur und band den Draht hinten an dem Bild an den Baum. Ein Ende der Schnur hielt er beim Zubinden mit den Zähnen fest. »Da«, sagte er und kletterte herunter. Die Bilder drehten sich im Wind, bunte Farben leuchteten vor den Bäumen, der Luft wie Blumen im Park.

Hinter mir wurden Stimmen und Rufe laut, während Breton seine Freunde begrüßte. Ich war zu nervös, um mich umzudrehen und mich selbst vorzustellen.

»Wie finden Sie das?«, fragte mich Varian.

»Es ist unglaublich …«, begann ich.

»Es ist großartig!«, rief Breton und klatschte in die Hände. An den Bäumen auf der Terrasse hingen dreißig, vierzig Bilder. Rückblickend war es eine Sammlung, um die sich jedes Kunstmuseum reißen würde. »Wir halten die Auktion später ab, aber zuerst spielen wir!« Ich ging mit hinein, folgte den Jungen, die ich im Büro des ARC gesehen hatte, immer noch zu schüchtern, um Breton zu begrüßen.

Ich hielt mich abseits und betrachtete die Künstler von der Ecke des Zimmers aus. Es war eisig kalt – es heißt, 1940/41 war der kälteste Winter jemals, und alle trugen Mäntel und Schals, als sie um den großen polierten Holztisch herumsaßen. Es war unmöglich, länger als fünf Minuten still zu sitzen, ohne dass die Kälte unerträglich wurde, und alle waren unruhig und rieben sich die Hände. Breton hatte Zeitschriften, Scheren, Papier und Klebstoff in die Mitte des Tisches gelegt und Gläser mit Malstiften und Wachsmalkreiden dazugestellt. Ich verstand nicht genau, was sie machten. Ein paar schienen eine Art Gemeinschaftskunstwerk herzustellen. Ein Blatt Papier wurde von einem Künstler zum nächsten gereicht, und jeder knickte den Bereich um, den er gezeichnet hatte, bevor er es seinem Nachbarn weitergab.

»Was machen die da?«, flüsterte ich Varian zu.

»Sie spielen«, sagte er. »Das Jeu de la Verité ist relativ klar. Es ist so etwas wie öffentliche Psychotherapie. Wenn Sie mich fragen, dreht sich alles um Sex«, flüsterte er und lachte. »Das hier nennen sie ›cadavre exquis‹. Ich glaube, bisher haben sie das mit Wörtern gemacht, haben Zufallssätze entstehen lassen. Jetzt scheinen sie mit Bildern zu experimentieren. Breton nennt sie ›les petits personnages‹. Nachdem sie ein paar Bilder gemalt haben, wählt er das Beste davon aus.«

Es kommt selten vor, dass Menschen die Erwartungen, die ihnen entgegengebracht werden, übertreffen, aber André war großartig – genauso provokant und außergewöhnlich, wie mich seine Texte hatten hoffen lassen. Er führte den Vorsitz der Versammlung, beugte sich manchmal vor, um den Künstlern ermutigende Worte ins Ohr zu flüstern. Als sie fertig waren, sah er einen Stapel Papier durch und hielt die Zeichnung von einem Kopf in die Luft. »Stupéfiant!«, rief er. »Ein echtes Gemeinschaftswerk. Wir nennen das ›Der letzte Romantiker, der von Marschall Pétain verarscht wird‹!« Alle am Tisch brachen in Jubel und Gelächter aus. »Großartig.«

»Wollen Sie nicht mitmachen?«, fragte mich Varian.

»Nein, nein«, sagte ich. »Ich sehe gerne zu.«

»Sie sollten aber! Viele ihrer Spiele sind zum Mitmachen.« Er zeigte auf einen Stapel Collagen auf dem Tisch. »Was ist denn dort drüben los?« Ich schaute auf die andere Seite. Mary Jayne hatte einen entsetzten Gesichtsausdruck. Sie saß neben Oscar Dominguez und hatte mutig bei den Experimenten der Surrealisten mitgemacht. Jetzt griff Dominguez nach einer Schere und begann unter dem Tisch an seinem Hosenstall herumzufummeln. Mary Jayne kreischte und stand so abrupt auf, dass ihr Stuhl umfiel. Sie stakste davon und murmelte etwas vor sich hin, als sie an uns vorbeiging.

»Die spinnen doch«, sagte sie. »Ich sehe mir nicht an, was er da abschneiden wollte. Bis später.«

»Warte!« Danny ging ihr, seinen kleinen Jungen auf dem Arm, hinterher. »Geh nicht weg, Mary Jayne«, hörte ich ihn sagen. Er beugte sich zu ihr. »Es ist gut für dich, wenn du mitmachst.«

»Glaub mir, wenn der Typ neben dir seinen Hosenstall aufknöpft, dann wird es für eine Dame Zeit zu gehen.«

»Es wäre trotzdem gut, wenn sie dich besser kennenlernen, Naynee. Du weißt, dass ich neulich gehört habe, wie Breton sagte, du wärst eine britische Agentin.«

»Ha!«, bellte Mary Jayne, ein kehliges Lachen stieg in ihr hoch. »Was für ein Unsinn. Killer versucht, nach Großbritannien zu kommen, um wieder zu kämpfen, das ist wahrscheinlich alles. Breton mag ihn nicht, deshalb hat er zwei und zwei zusammengezählt und sechs herausbekommen. Allein der Gedanke, ich könnte eine Spionin sein! Er ist verrückt.«

Damals schien alles verrückt zu sein. Erst jetzt begreife ich, was diese Spiele bedeuteten. Als die ganze Welt um uns herum dunkel wurde, konzentrierten sich die Surrealisten auf das Licht. Sie glaubten an die absolute Freiheit, und genau darum drehten sich diese seltsamen Spiele. Sie wollten das unterbewusste Denken befreien. Sie zeigten uns die leuchtende Schönheit um uns herum und in unseren Träumen, und alles, was Breton und die anderen taten, veränderte unseren Blick auf die Welt für immer. Air Bel wurde das Haus der Träume. In diesem kleinen Raum sah ich in dem schwindenden Licht des Winters Männern und Frauen zu, die einen Nachmittag pro Woche ihre Angst und ihren Hunger vergaßen und kreativ waren. Und ihr Zentrum war Breton. Ich wünschte immer noch, ich hätte den Mut gehabt, mit ihm zu reden, aber die größte Lektion, die mir Breton beigebracht hat, lautete, dass das wirksamste Mittel gegen die Verzweiflung ist, seine geistige Freiheit zu bewahren.

»Ich habe es schon oft gesagt«, erklärte Breton einem der Männer und erhob die Stimme. »Wenn man aufhört zu empfinden, dann sollte man still sein, mein Freund.« Die Gruppe brach in Gelächter aus, und einer der Künstler schritt mit hochrotem Gesicht davon. Es war, als hätte ein Junges, das sich schlecht benommen hatte, vom Rudelführer eins hinter die Ohren bekommen. Ich öffnete den Mund, um ihn zu fragen, was er meinte, was dieser »reine psychische Automatismus« sei, von dem sie ständig redeten, aber ich brachte kein Wort heraus. Ich hatte Angst, genauso behandelt zu werden.

In ihrer Gegenwart fühlte ich mich völlig überfordert, wie ein neuer Schüler in einer Klasse. Ich wollte dazugehören, in dieses schöne Haus, zu diesen unglaublichen Menschen, aber ich fühlte mich wie ein Scharlatan. Ich trat hinaus auf die Terrasse und atmete die kalte Luft ein. Das Stimmengewirr, die klaren Töne der Musik verstummten nach und nach, während ich über die Rasenflächen schlenderte. Noch mehr Leute kamen die Zufahrt hoch, sie hatten die Köpfe gegen den Wind eingezogen wie Pilger. Ich wandte mich in Richtung der Parklandschaft auf der Rückseite des Hauses und ging weiter.

Ein Stück vor mir hörte ich lachende Kinder und folgte dem Klang. Ich stieß auf ein kleines blondes Mädchen mit einer roten Schleife im Haar und einen kleinen Jungen, beide fünf oder sechs Jahre alt, schätze ich. Sie lagen auf dem Boden, breiteten Arme und Beine aus und erschufen Schneeengel. Das schien Spaß zu machen, und so legte ich mich neben sie und bewegte Arme und Beine genauso wie sie. Der milchige Himmel über mir war schwer mit Schnee beladen, und die Geräusche waren gedämpft. Ein Mädchen lachte hinter der Gartenmauer, seine Stimme klang klar und glockenhell.

»Wer ist da?«, fragte ich und wandte den Kopf. Der Schnee kühlte meine Wange. »Wer ist da, habe ich gefragt?«

Ein Schneeball flog in hohem Bogen über die Mauer und traf mich mitten auf die Brust. Ich blinzelte, nasse Flocken in den Wimpern, auf den Lippen.

»Hey!«, rief ich und rappelte mich hoch. Auf der anderen Seite der Mauer waren knirschende Schritte zu hören, jemand rannte weg. Ich jagte ihnen nach, tiefer in den Wald hinein, wo die Mauer verschwand und eine hohe dunkle Hecke die Grenze markierte. Ich war atemlos und hatte Herzklopfen. So weit vom Haus entfernt war die Anlage nicht gut gepflegt, und die Hecke war alt und von Unkraut durchwachsen. Ein-, zweimal erhaschte ich einen Blick auf sie – blonde Haare blitzten zwischen den dunklen Blättern auf, eine blasse Hand oder Wange. Ich hockte mich hin und atmete tief durch, die kalte Luft stach mir in der Lunge, mein Atem bildete eine bleiche Wolke vor meinem Gesicht. Ich sah ihre schlanken Beine zwischen den Stämmen der Hecke – ihre dunklen

Strümpfe und Stiefel, den Saum ihres Kleids. Sie stand mit dem Rücken zu den Blättern und versteckte sich an einem Baumstamm. Ich kroch vorwärts, ganz leise, und schob mich ein Stück weiter vorn durch einen Spalt in der Hecke. Alles schien sich zu verlangsamen. Mein Atem zitterte in meiner Kehle. Dann, gerade als ich den Kopf ins Licht streckte, musste sich mein Fuß an einem trockenen Ast verfangen haben. Ein Zweig knickte ab, und sie wirbelte überrascht herum, die Augen weit aufgerissen und wachsam wie ein Rehkitz. Ihre Haare schwangen mit, hell und leuchtend. Ihr Gesicht drückte Angst aus, dann Belustigung, als sie mich sah. Sie nahm eine Handvoll Schnee und formte einen Ball daraus, während sie zurückwich. Gerade als ich mich von den Wurzeln befreite, holte sie aus. Sie grinste, und ich sah, dass sie eine kleine Lücke zwischen den Vorderzähnen hatte. Ihre Lippen waren unnatürlich farbig, voll und rot in der Kälte, die Wangen waren rosa. Sie war, sie ist das schönste Mädchen, das ich je gesehen hatte. Ich war ungeschützt, das wusste sie. Sie warf den Schneeball mit der Treffsicherheit eines Meisterschützen und traf mich genau zwischen die Augen.

»Jetzt reicht's aber«, rief ich und nahm eine große Handvoll Schnee. Im freien Gelände war sie mir nicht gewachsen, und ich rannte ihr stolpernd nach. Der Schneeball traf sie am Hinterkopf. Sie kreischte ängstlich und aufgeregt, als ich sie an der Taille packte und wir in den Schnee fielen. »Jetzt sind wir quitt.« Wir lagen schweigend einander gegenüber, und uns wurde wohl bewusst, dass wir uns noch nie gesehen hatten. Plötzlich wirkte sie unsicher.

»Ich heiße Gabriel«, sagte ich. Sie blickte mich mit ihren blauen Augen an. Die Wahrheit ist, ich hatte das Gefühl, ich hätte sie schon mein ganzes Leben gekannt, hätte auf sie gewartet.

»Ich bin Marianne«, sagte sie. Wie ein Echo rief eine Frau: »Marianne! Marianne!« Sie setzte sich rasch auf. »Ich muss los.« Sie drehte sich zum Wald um, zu dem kleinen Steinhaus an der Straße. Ich erkannte eine rundliche, zänkisch aussehende Frau in einem schwarzen Mantel, die durch das hintere Gartentor eilte.

»Warte!« Ich packte ihre Hand. »Wer bist du? Wo wohnst du?«

»Ich bin immer hier«, sagte sie und entwischte mir.

»Kann ich dich wiedersehen?«

Sie lachte, als wäre es die selbstverständlichste Frage der Welt. Sie warf einen Blick den Hügel hinunter, die Frau – ihre Mutter, nahm ich an – stapfte herauf, schnaufend wie eine Eisenbahn. »Wohnst du hier mit diesen ganzen Spinnern?«

»Ich? Nein. Aber ich bin Künstler. Ich … ich bin nur auf Besuch.«

»Gut.« Sie neigte den Kopf in Richtung ihrer Mutter. »Das würde ihr nämlich nicht gefallen. Meine Eltern glauben, in Air Bel sind nur Kommunisten und Sexbesessene«, sagte sie. »Es ist ein ziemlicher Skandal im Dorf, dass der alte Geizhals Thumin ihnen die Villa vermietet hat. Wer ist die Frau, die mit Ketten um den Knöchel und einem ausgestopften Vogel in den Haaren zum Einkaufen geht?«

»Das muss Madame Breton sein.«

»Die Leute reden. Sie mögen hier keine Sachen, die anders sind.«

»Ist dir das wichtig?«, fragte ich und schob mich aus dem Schnee hoch. Ich war etwa einen Kopf größer als sie, und als ich auf sie hinabblickte, wollte ich nur ihre Hand nehmen und mit ihr wegrennen, weg von ihren Eltern, dem Dorf, dem Krieg, weg von allem.

»Natürlich nicht.« Sie warf schnell einen Blick über die

Schulter. »Ich liebe Kunst, ich will sogar studieren, nach der Schule.« Es war unmöglich zu sagen, wie alt sie war. Sechzehn, vielleicht siebzehn Jahre. Sie wirkte älter. Manchmal denke ich heute, dass junge Menschen wie sie, die nur an einem Ort aufwachsen, die nichts als Gewissheit kennen, die Sicherheit, wo sie in der Welt hingehören, ein Selbstvertrauen haben, das ich nie besitzen werde, sogar schon als Kind. Natürlich war sie schön und beglückend, aber ich glaube, dass es das ist, was mich an ihr anzog wie der Süden den Norden. Wenn wir gefragt werden, wie wir uns kennenlernten, sagt sie immer, es war Liebe auf den ersten Blick – und das stimmt auch. Aber es war mehr als nur Verlangen. Ich erkannte etwas in ihr, das ich brauchte wie Luft, wie Wasser. Ich mochte ihre Verwurzelung – ihre Echtheit. Marianne, meine Annie, war immer nur sie selbst. Im Gegensatz zu mir.

»Ich würde mir gerne deine Arbeiten ansehen«, sagte ich.

Sie musterte mich mit ihrem klaren blauen Blick. »Treffen wir uns nächstes Wochenende im Ort. Ich habe am Samstag um zwei Uhr in einer Halle in der Nähe der Vieille Charité Ballett. In der Straße ist ein kleines Café mit roten Fensterläden.« Sie wich zurück, hob die Arme zu einer anmutigen fünften Position, ihr spitzer Fuß streckte sich über den Schnee. »Ich treffe mich nach dem Unterricht mit jemandem.«

»Einem Freund?«

Sie lachte. »Nein, mit einem Mädchen, wenn du es unbedingt wissen musst.« Sie warf einen Blick über die Schulter. »Du gehst jetzt besser, meine Mutter mag keine Eindringlinge.«

Ich kroch durch die Lücke in der Hecke zurück und rannte, bis ich auf gleicher Höhe mit Marianne war. Sie streifte mit der Hand an den Zweigen entlang, und ich griff hinauf und tat dasselbe. Ein- oder zweimal erwischte ich sie, wie sie mich ansah – ein kurzer Blick, ihre Lippen. Ich hörte ihre Mutter kommen, mit einer ganzen Tirade von Vorwürfen, wie Schlüssel in einer Blechdose. Als ich mich dem Garten näherte, hatte gerade die Auktion auf der Terrasse begonnen.

»Marianne«, flüsterte ich ihr zu, und sie blieb stehen und wandte sich um. Ich griff durch die Blätter zu ihr hinüber, bewegte den Kopf, bis ich sie fand, ihren Blick, ihr Lächeln. Ich schob die Zweige zur Seite und berührte ihre Fingerspitzen. Als ich dann die Stimme ihrer Mutter klar und deutlich vernahm, wandte sie sich um und war verschwunden, schnell und leise wie ein fliegender Vogel.

# 17

## Flying Point

»Annie ...«, sage ich leise. Sophie beobachtet mich. Ich muss vorsichtig sein. »Mit denen haben Sie ja kurzen Prozess gemacht«, sage ich zu ihr.

»Ich hatte einen Riesenhunger«, sagt Sophie. Sie fährt mit dem Finger durch den Rest Blaubeersaft und schleckt ihn ab. Genau so etwas hätte ich vor ein paar Jahren sehr anziehend gefunden, aber jetzt spüre ich nichts. »Danke«, sagt sie und tupft sich den Mund mit der Serviette ab. »Sie waren sehr, sehr gut.« Sie überprüft, ob noch genügend Band im Rekorder ist, und sucht in ihrer Tasche nach einem Stift und einem Notizbuch. Als sie umblättert, springen mir Wörter entgegen: *Vita. Gabriel. Warum?* »Lassen Sie mich nur kurz etwas überprüfen«, sagt sie.

»Natürlich.«

Sophie sieht ihre Notizen durch. »Laut meinen Nachforschungen sind Sie in das Château d'Oc gezogen, in der Nähe von ...«

»Carcassone.«

»Ja, Sie waren 1938 in der Nähe von Carcassone, richtig?«

»Ja.« Wo führt das nun wieder hin?

»Und im Sommer 1940 haben Sie dort allein mit Vita gewohnt?«

»Die meiste Zeit.«

»Was meinen Sie?«

»Na ja, die Leute kamen und gingen.«

»Zum Beispiel?«

»Quimby, mein Händler. Freunde«, sage ich vage. Sie kauft es mir nicht ab.

»Angeblich haben Sie damals schon zurückgezogen gelebt?«

Ich nehme den Zuckerstreuer, schütte langsam ein Rinnsal in meinen Kaffee und rühre um, bevor mir einfällt, dass der Arzt gesagt hat, ich solle darauf verzichten. »Und, haben Sie?« Ich sehe ihr in die Augen, als ich den Zucker abstelle. »Wie Sie sehen, habe ich immer noch nicht gerne Gesellschaft.«

»Heute scheinen Sie aber ein volles Haus zu haben.«

»Familie. Das ist etwas anderes.«

»Wo wir gerade von Familie sprechen …«

O Gott, jetzt kommt es.

»Erzählen Sie mir von Ihrem Sohn.« Sie hat immerhin so viel Anstand, leicht zu erröten. »Ich meine, wenn es nicht zu schmerzhaft ist.« Sie blickt wieder auf ihr Heft und schraubt ihren Füller auf.

»Wer zum Teufel schreibt heutzutage noch mit einem Füller?

»Ich. Zumindest die wichtigen Dinge.«

»Wie Briefe an mich?«

»Sie haben die Briefe also doch bekommen.«

»Und über mich«, sage ich und lese ihr Notizbuch verkehrt herum. Mit meinem trockenen alten Finger klopfe ich darauf. Meine Nägel sind mittlerweile krumm und hart, fast wie Krallen.

Sophie zögert, blickt zu mir auf. »Ich dachte, Sie wären Legastheniker.«

Schlaues Mädchen. Ich muss vorsichtig sein. »Mit ›Krieg und Frieden‹ hatte ich vielleicht zu kämpfen, aber ich komme klar.« Ich warte darauf, dass ihre Selbstsicherheit ins Wanken gerät, und hoffe, dass sie nicht weiter in diese Richtung fragt. »Es ist mir scheißegal, was die Leute über meine Arbeit sagen, aber Sie denken sich hier kein Märchen über Vita und mich aus, nur damit es zu der Geschichte passt, die Sie heraufbeschwören wollen. Sie irren sich, das habe ich Ihnen schon gesagt. Ich habe Vita nie an irgendetwas gehindert.«

»Aber diese Fotos von Vitas Atelier …«, sagt Sophie und schiebt die Schwarz-Weiß-Aufnahmen auf den Tisch. O Gott, mein Herz fängt wieder an zu rasen. Es ist da, starrt ihr ins Gesicht. Vielleicht habe ich Glück, vielleicht ist es ihr nicht aufgefallen, hat sie es nicht gesehen? Aber eigentlich weiß ich, dass sie es doch gesehen hat. Sie hat es in ihrem Brief angedeutet. Vielleicht vergisst sie es, wenn ich sie dazu bekomme, sich auf Vita zu konzentrieren. »Lambert?«

»Quimby hat sie aufgenommen.«

Sie schaut in ihre Notizen. »Sie sagen, er war Ihr Händler?« »Eine Weile.«

»Sehen Sie, ich glaube Ihnen nicht, wenn Sie sagen, dass Vita nicht gut war. Ich meine, es ist schwer zu erkennen, aber diese Bilder sehen … nun, um Ihren Ausdruck zu gebrauchen, überwältigend aus. Warum hat sie sie niemals ausgestellt?«

Mein Blick fällt auf die Bilder. Ich kenne sie wie die Linien auf meiner Handfläche. Vita hat sie nicht gemalt. Ich war das. »Sie waren der Anfang von etwas«, sage ich zu Sophie. Oder vielleicht auch das Ende.

Die Erinnerung ist eine eigenartige Sache. Ich verbringe im Moment mehr Zeit damit, an die Vergangenheit zu denken als an die Gegenwart. Sie ist detaillierter, lebendiger als die Tage, durch die ich jetzt treibe. Und schon bin ich wieder im Château d'Oc. Ich bin mehr dort als hier im Café mit dem Mädchen. Ich kann mich noch hören, meine alte Stimme, abgenutzt durch all die Jahre der Seeluft und des Pfeifentabaks. Ich plappere auf Sophie ein, webe ein Netz aus Lügen, die Geschichte, die sie hören will, aber ich bin längst weg.

Hier ist mein Herzschlag, es rast in meiner Brust, als ich Quimby ins Haus folge. Hier ist das Schlagen der Hufe auf der harten Erde, als Vita auf die Feier geritten kam. Hier sind der Puls und der Rausch und der Sog der Vergangenheit. Ich bin zurück, ich bin zurück, und ich kann es nicht ertragen. Ich schließe die Augen, gehe voran, am Feuer vorbei. Die Tage, die Monate im Schnellvorlauf, kaleidoskopische Erinnerungen, bis ich wieder sicher in Air Bel bin, an dem Abend, an dem ich Annie kennenlernte und sich mein Leben für immer änderte.

## 18

### Air Bel

An diesem Abend swingte Air Bel zum blechernen Klang von amerikanischem Jazz, der über einen Kurzwellensender empfangen wurde. In den Salons summten die Gespräche, Gelächter ertönte, und in den Kaminen loderten die Flammen. Aus der Küche drangen das Klappern von Töpfen und die Stimme der Köchin Madame Nouguet, die dem Hausmädchen Rose Anweisungen erteilte. Eine Etage darüber trippelten Kinderfüße über die Holzdielen, immer wieder kurz gedämpft, wenn die Kinder über einen Teppich liefen, dann rannten sie weiter, ihre aufgeregten Stimmen drangen glockenhell durch die alte Villa.

»Wir taufen dieses Haus Château Espère Visa«, sagte Varian und hob sein Weinglas. Er stand vor dem knisternden Kamin, seine Hand ruhte auf der stillstehenden Uhr.

»Perfekt!«, rief Mary Jayne. »Haben wir dieses alte Haus nicht gleich als Château bezeichnet?«, sagte sie zu Miriam. Sie saßen nebeneinander auf dem Sofa, die Beine untergeschlagen. Ihre Wangen waren vom Wein und der Wärme des Feuers gerötet. »Château ist natürlich ein bisschen protzig …«

»Also, ich finde es großartig hier«, sagte Varian, als er sich zu ihnen gesellte. Er stellte sein Glas Rotwein auf den Marmorkamin und griff nach der Flasche, um den Mädchen nachzuschenken.

»Danke«, sagte Miriam und sah lächelnd zu ihm hinauf.

»Und, hat Miriam dir schon die freudige Nachricht überbracht?«, sagte er zu Mary Jayne. »Ihre Visa sind da. Miriam wird heiraten.« Er hob sein Glas. »Wir sollten anstoßen. Auf Miriam und Rudolf!« Er ließ die Gläser klirren und ging davon.

»Warum hast du mir das nicht gesagt?«, fragte Mary Jayne Miriam leise.

»Ich wollte den heutigen Abend nicht verderben.« Miriam sah schuldbewusst aus. »Ich habe Varian gesagt, er solle nichts verraten.«

»Typisch, dieser rücksichtslose Schnösel«, murmelte Mary Jayne. »Verdammt, Davenport, ich wusste, du bekommst früher oder später die Papiere, aber du wirst mir fehlen.« Sie drückte ihrer Freundin die Hand. »Und gerade jetzt, wo wir das hier gefunden haben.« Die Mädchen sahen zu, wie Varian einem grauhaarigen Mann die Hand schüttelte. »Sag mir noch einmal, wer sind diese Leute?«

»Der da ist ein Schriftsteller – na ja, Schriftsteller und Revolutionär«, sagte Miriam leise. »Er befindet sich in großer Gefahr, weil er sich gegen Stalin geäußert hat. Er war sogar der erste Schriftsteller, der das Regime als ›totalitär‹ bezeichnet hat. Er kam über die Jahre immer wieder ins Gefängnis, und jetzt ist er staatenlos und besitzt nichts. Ich glaube, viele Mitglieder seiner Familie sitzen entweder im Gefängnis oder in Gulags.«

»Wie schrecklich.«

»Ich hoffe, dieses alte Haus ist eine geeignete Zufluchtsstätte für ihn. Varian liebt es auf jeden Fall – du hättest ihn sehen sollen!«, flüsterte Miriam Mary Jayne zu. Die Männer gingen hinaus auf die Terrasse, ins Gespräch vertieft. »Er ist den ganzen Nachmittag wie ein Kind von Zimmer zu Zimmer gegangen und hat in alle Schubladen geschaut.« Sie blickte zur Decke, als die Kinder hinter Dagobert und Clovis herrannten. »Ich weiß nicht, wer mehr Spaß hatte, Varian oder die da oben.«

Mary Jayne biss sich auf die Lippe. Sie merkte, wie fasziniert Varian von dem Haus war. Seine Begeisterung war ansteckend, und sie wurde unwillkürlich schwach. »Ich habe dir doch gesagt, es wird ihm gefallen, er ist so ein Snob.«

Madame Nouguet erschien in der Tür. »Das Essen kann serviert werden.«

Der Tisch in dem spanisch eingerichteten Esszimmer war für zwölf Personen gedeckt. Der Raum strahlte die überladene Strenge einer Aufbahrungshalle aus, mit künstlichem Cordobaleder an den Wänden und schweren Mahagonitischen und -stühlen. Die Gruppe ging nach und nach hinein, und Mary Jayne dirigierte alle auf ihre Plätze. »Es freut mich sehr, dass du zum Essen kommen konntest«, sagte sie zu Varian.

»Danke für die Einladung«, erwiderte er.

»Ich weißt nicht genau, was Madame Nou...« Sie verstummte, als André ein rotes Tuch von der Mitte des Tisches wegzog. »Was zum Teufel?«

Varian zog ihren Stuhl vom Tisch zurück. »Danke«, sagte sie und beugte sich vor, um den Haufen Blätter zu betrachten, der vor ihr arrangiert worden war.

Varian rückte seine Hornbrille zurecht und betrachtete blinzelnd das Laub. In dem Moment bewegte sich einer der Zweige, und ein dreieckiger Kopf schwenkte in seine Richtung. »Ha!«, rief er freudig. »Eine Gottesanbeterin.«

»Zwei, männlich und weiblich«, sagte André und nahm auf dem Stuhl gegenüber von Varian Platz. »Einfach zusehen.«

Das Essen dauerte bis spät in die Nacht. Sie saßen noch lange zusammen, nachdem das karge Mahl verspeist war und das

Personal sich zurückgezogen hatte. Im Foyer wurde getanzt, man drehte sich zu der Jazzmusik, die aus Boston knisternd über den Äther kam. Die Luft im Esszimmer war dick vom Holz- und Zigarettenrauch, auf dem Tisch standen leere Weinflaschen und überquellende Aschenbecher. Zum ersten Mal seit Monaten fühlte sich Varian wirklich entspannt – er lehnte sich in seinem Stuhl zurück, die Hemdsärmel hochgekrempelt, die Krawatte gelockert. Er lächelte gutmütig, während er sich umsah, blinzelte Miriam zu, die lachend mit zurückgelegtem Kopf tanzte, Mary Jayne, die Jacquelines Tigerzahnkette bewunderte, die sie um den Hals trug, Danny, der seiner Frau den Arm um die Schultern gelegt hatte, während er mit den Männern debattierte. Zum ersten Mal in seinem Leben hatte Varian das Gefühl, zu Hause angekommen zu sein. Es fühlte sich schon beinahe unanständig an, so zufrieden zu sein, ein einfaches Abendessen mit Freunden an einem Ort zu genießen, der so perfekt war wie dieser. *Trotzdem,* dachte er, als er eine Bewegung in der Mitte des Tischs wahrnahm, *wie lange konnte das so weitergehen? Wie lange würde es dauern, bis sie des Landes verwiesen oder verhaftet wurden oder noch Schlimmeres?* Varian griff nach der Weinflasche, die Gussie ihm reichte, und nickte zum Dank. *Wie lange werden wir sicher sein?,* dachte er, als er wieder auf die beiden Gottesanbeterinnen aufmerksam wurde, die sich auf der Mitte des Tisches aufeinder zubewegten. So fühlte er sich jede Minute des Tages – bedroht von den Gangstern, den Polizisten, der Gestapo. Er warf einen Blick zu Mary Jayne. Selbst ihre Beziehung zu Killer stellte ein Risiko für sie alle dar.

»Sind sie nicht großartig?«, unterbrach Breton ihn in seinen Gedanken.

»Woher kommen die?«, fragte Varian André.

»Aus dem Treibhaus«, sagte er und betrachtete sie genauer.

»Es ist fast so weit.« Er lehnte sich zurück. »Haben Sie schon den Garten gesehen? Das Treibhaus des alten Dr. Thumin ist großartig. Ich glaube, ich werde dort arbeiten.«

»Schaffen Sie es denn, trotz allem zu schreiben?«

»Man muss immer schreiben.« André trank sein Glas leer.

»Woran arbeiten Sie gerade?«, fragte Varian zögerlich. »Wenn ich fragen darf.«

»An etwas Neuem.« André griff in seine Brusttasche und zeigte Varian ein zusammengefaltetes Blatt Papier, das mit schwungvollen grünen Buchstaben vollgeschrieben war. »Ein neues Gedicht.« Dann schoss er abrupt nach vorn, zeigte auf die Mitte des Tisches, und seine Augen funkelten zufrieden. »Da!«

Varian schien es, als ob die Flammen, die Kerzen im Esszimmer, das Kaminfeuer auflodern und in Andrés Augen glühen würden, genau in dem Moment, als die Gottesanbeterin der anderen den Kopf abbiss.

# 19

## Flying Point

Immer wenn ich die Briefbeschwerer aus Bernstein sehe, die es in diesen schicken Einrichtungsläden gibt, in die Annie so gerne geht, denke ich an den Sommer 1940. Als wir das letzte Mal in der Stadt waren, blieb ich stehen, um mir einen im Schaufenster eines Ladens anzusehen. Annie trug ihr altes blaues Kleid, das ich so liebe, und sie lachte und erzählte einer alten Freundin von den Enkeln. Ich hörte sie reden und nahm das Brummen der Cabrios wahr, die dicht an dicht die Hauptstraße entlangfuhren, mit ihrer identischen Ladung von Männern in Ralph-Lauren-Poloshirts und Kakis und ihren teuren blonden Ehefrauen und Kindern, die aussahen, als wären sie aus einem Katalog bestellt worden. Das Licht war hell und klar, aber als ich diesen Bernstein betrachtete, schien es dunkler zu werden, und ich spürte wieder die Hitze, die Schwere des Château d'Oc, den Staub in meinem Mund, und ich sah den schwefelgelben Himmel über den Hügeln. Ich weiß nicht mehr, worauf der Briefbeschwerer lag, irgendein windiges Tischchen oder ein kleiner Schreibtisch, jedenfalls etwas, das zu klein war, um jemals eine sinnvolle Arbeitsfläche abzugeben, aber das Licht, das darin gefangen war, ließ mich stehen bleiben. Es war, als würde ich in eine Dose Golden Syrup blicken. Ich kaufte ihn natürlich nicht. Wie nennt man den Stil, den derzeit alle Inneneinrichter so toll finden? Shabby Chic. Ich verstehe das alles nicht, all das Unechte, die auf alt gemachten Oberflächen. Etwas sollte sein, was es ist, aus seiner

Zeit. Es sollte Herz haben und Authentizität. Alles, was ich in meinem Leben habe, ist »shabby«, aber es ist schön, nützlich und echt, und es ist »schäbig« geworden, weil ich es geliebt und benutzt habe. Warum schauen alle zurück, statt jetzt etwas Neues und Schönes zu machen? Diese Inneneinrichter lassen doch nur ein Stück Kiefernholz von einem Jugendlichen in einer Werkstatt zusammenhauen, verdreifachen den Preis und stellen es ins Schaufenster ihres kleinen Chichi-Ladens in East Hampton, drapieren kunstvoll ein paar Zeitschriften und Zeitungen darauf und beschweren alles mit einem großen Stück Bernstein. Was weiß ich – wahrscheinlich ist der auch aus Plastik. Jedenfalls kann man garantieren, dass mitten in dem Bernstein irgendein unglückliches Insekt steckt. So fühlte ich mich, bevor ich Annie traf – eingesperrt. Noch heute nimmt es mir die Luft, wenn ich daran denke.

Es gab Zeiten, da war ich mir nicht sicher, ob ich die Anfälle überlebe. Annie konnte mich immer sehr gut beruhigen, aber als ich jünger war und bevor die Medikamente besser wurden, da gab es Tage, an denen ich jeden Atemzug einzeln aus der Luft saugen musste. Ich hatte im Atelier einen alten Spiegel, in dem ich mich betrachtete, während ich versuchte, ganz ruhig zu atmen, und ich dachte immer wieder: »Ich bin Gabriel Lambert.«

»Hey, Gabe, ich weiß, wer du bist, mein Freund.«

»Hm? Was?«, sage ich und blicke auf. Marv steht vor mir.

»Es tut mir leid«, sagt er. »Ich muss heute früh dichtmachen. Ich soll Lil in die Stadt fahren.«

»Ja, ja, so ist das«, sage ich. »Annie liegt mir auch immer in den Ohren, dass ich öfter mit ihr in die Stadt soll. Ich sage immer: ›Was willst du denn in der Stadt? Wir haben hier alles, was wir brauchen.‹ Sie schaut sich dort einfach gerne

um.« Ich suche Kleingeld in der Tasche und merke, wie Marv
mich beobachtet.

»Ist schon gut, Gabe«, sagt er und klopft mir leicht auf die
Schulter. »Ich schreibe es an. Ach was, es geht auf mich.«

Ich lache laut. »Es muss Weihnachten sein.«

»Bald, Gabe.« Er schlurft davon. »Bald genug.« Er bleibt
stehen, während er einzeln die Lichter im Café ausschaltet.
»Mit dir ist ganz sicher alles in Ordnung?«

»Mir ging es nie besser«, sage ich.

»Soll ich dich zu Hause absetzen?«

»Nein, es ist ein schöner Tag für einen Spaziergang.« Die
Sonne geht schon unter und überspült die Fenster mit Apricot
und Gold.

»Gabe ...«

Ich merke, auf welche Weise er mich ansieht. Plötzlich
habe ich einen Kloß im Hals. »Marv, jetzt werde nicht senti-
mental.« Wir klopfen einander verlegen auf den Rücken.

»Werde bloß nicht zu einem Fremden, ja?«

»Ich komme wieder«, sage ich und zwinkere. Ich trete zur
Seite, um Sophie vorzulassen, und als ich mich von Marv ab-
wende, wird meine Miene verbissen. Der Strand ist jetzt men-
schenleer, er ist ein Streifen aus vollkommen weißem Sand,
der unter dem klaren Himmel einen Bogen spannt. Der Sonnenuntergang sickert ins Blau, so wie wenn man einen Pinsel
mit Rose Doré in einem Glas kaltem Wasser ausspült.

»Etwas verstehe ich nicht«, sagt Sophie, als sie vor mir die
Holztreppe zum Strand hinuntergeht. »Ich habe das Gefühl,
Sie würden mir nur die halbe Wahrheit erzählen.« Ich sehe
ihr Gesicht nicht, aber der Wind bläst durch ihre offenen
Haare. Ich drehe mich kurz um. Marvs Auto fährt gerade vom
Parkplatz los, und die Surfer sind längst weg. Die Häuschen
sind verlassen. Wir sind allein.

Der Stock liegt mir schwer in der Hand, das Ende ist rund wie ein Knüppel. Den Bruchteil einer Sekunde lang stelle ich mir vor, ihn ihr auf den Kopf zu schlagen. Im Kampf würde ich es nicht mehr schaffen, aber wenn ich sie überrumple ... Ein Schlag auf die Schläfe müsste reichen, denke ich, und dann würde ich sie einfach ins Meer legen. Das Herz hämmert in meiner Brust, die Rippen sind ein Xylophon unter der Haut. Ich habe bereits einmal getötet, ich könnte es wieder tun, um Annie zu schützen, die Kinder.

Die Schuldgefühle haben mich nie verlassen. Ich konnte mir selbst nie verzeihen. Ich habe mich schon häufig gefragt, ob es die Seele reinwäscht, wenn man ein gutes Leben lebt. Wiegen Tausende von normalen Tagen eine mörderische Tat auf? Man sollte meinen, man würde vergessen, wie es sich anfühlt zu töten, aber es ist immer da, beschmutzt alles. Ich blicke auf meine Hände hinab, mit den langen Fingern und den breiten Handflächen. Sie sehen eigentlich ganz unschuldig aus, aber es ist immer da, unter all der Zartheit, den Berührungen, die geschaffen, geheilt, erregt haben.

Diese Sophie weiß zu viel. Warum jetzt nach all den Jahren, so nahe am Ende, so nahe daran, damit davonzukommen? Ich werde alles tun, um meine Familie zu schützen. Wenn sie mich drängt ... Ich warte nur darauf, dass sie sich umdreht und mit dem Finger auf mich zeigt und die Worte sagt, auf die ich ungefähr sechzig Jahre lang gewartet habe.

Aber sie tut es nicht, sie läuft weiter, ihre Schritte sind so leicht und frei, dass sie kaum eine Spur im Sand hinterlassen, als stammten sie vom Wind. Ganz egal, wie schnell ich gehe, sie ist immer unerreichbar. »Nachdem Vita und Ihr Sohn getötet wurden, sind Sie einfach so nach Marseille gefahren? Sie haben nie zurückgeblickt?«

Blicke nie zurück. Wie ich immer sage, diejenigen, die sich

in den Mythen umdrehen, verwandeln sich alle in Stein oder Salzsäulen. Man muss immer nach vorn schauen. »Ja.« Ich muss das Gewicht verlagern und den Griff des geschnitzten Holzstocks fester fassen, als wir auf den weichen Sand treten. »Gabriel Lambert ist nach Marseille gefahren.«

## 20

### Marseille

»Gut gemacht, Bill. Die sind perfekt.« Varian betrachtete die Visa durch die Lupe, ein bebrilltes Auge vergrößert, im hellen Schein der Lampe blinzelnd. Bill Freier zog die Lampe näher heran und zeigte auf den Stempelabdruck, den er gefälscht hatte.

»Nicht zu perfekt«, sagte er und deutete auf einen Schmierer am Rand. »Das wäre verdächtig.« Zu seinen Fähigkeiten gehörte es, brandneue Ausweise, die er immer noch in Tabakläden bekam, in überzeugend gealterte Dokumente zu verwandeln. »Ein paar Daumenabdrücke und Eselsohren sind dabei ganz nützlich.«

Varian stand auf und holte seine Geldbörse aus der Brusttasche. »Was schulde ich dir?« Er blickte hoch, als er die schnellen Schritte auf der Holztreppe hörte, die zum Dachzimmer führte.

Bill winkte ab. »Fünfzig Cent pro Stück, sagen wir fünf Dollar.«

»Hallo, Varian«, sagte eine schlanke Brünette beim Hereinkommen. Sie stellte einen leer aussehenden Korb auf die Küchentheke.

»Wie geht's dir, Mina?«

»Mir ist kalt, und ich habe Hunger …«, antwortete sie. Bill ging zu ihr und küsste sie. Varian lächelte nachsichtig – die Liebe des jungen Paars war deutlich zu sehen. Sie strahlte von den beiden aus, eine Hitze, die nicht einmal der kalte Mistral zerstören konnte. *Wann haben Eileen und ich uns das letzte Mal so angesehen?*, dachte Varian. Mina blickte zu Bill auf, kicherte, als er ihr etwas ins Ohr flüsterte. *Haben wir uns überhaupt jemals so angesehen?* Sie befanden sich noch in dem Stadium, wo die Hände um sie beide tanzten wie Schmetterlinge, nie stillhielten, erfüllt von der Neuigkeit und der Freude, jung und verliebt zu sein.

Mina packte ihren Korb aus, während Varian Bill bezahlte. Er warf einen Blick hinüber und sah eine einzige Zwiebel und einen halben Laib Brot. »Danke, Bill.« Er schob ihm noch einen zusätzlichen Geldschein zu. »Du passt auf?«

»Natürlich. Warum sollten sie sich für jemanden wie mich interessieren?« Bill warf die zusammengerollten Geldscheine auf den Tisch, wo sie zwischen den Pinseln und Tuschen landeten, den Stapeln mit leeren Visa und Pässen, die darauf warteten, von ihm bearbeitet zu werden. »Hast du heute etwas für mich?«

»Wie immer.« Varian öffnete seine Aktentasche aus glänzend braunem Leder und schob die Dokumente, die Bill ihm gegeben hatte, in eine Ausgabe von Vergils *Aeneis*.

»Ach, ich habe gerade deinen Freund Hermant vor dem Café *Au Brûleur de Loups* gesehen«, sagte Mina.

»Beamish? Wirklich?«, sagte Varian und sah auf die Uhr. Er reichte Bill eine Mappe mit Ausweisen, an jedem steckte ein schwarz-weißes Passfoto. Er schüttelte Bill die Hand. »Gebt auf euch acht, ihr beide.«

»Da bist du ja, Buster«, sagte Beamish, als Varian den Stuhl ihm gegenüber zurückzog. »Wollen wir reingehen?« Im Café *Au Brûleur de Loups* war es still um diese Jahreszeit, und Varian entdeckte den Mann, mit dem sie verabredet waren, sofort. Der russische Gangster Kourillo saß ganz hinten in dem leeren Café, verborgen von einer dicken Säule, sodass man ihn von der Straße aus nicht sehen konnte. Varian erkannte ihn an seiner lockeren Handbewegung, mit der er immer wieder ungeduldig die Asche seiner Zigarette in einen rechteckigen gelben Aschenbecher mit der Aufschrift »Ricard Pastis« abklopfte. Er folgte Beamish schweigend. Varian mochte Kourillo nicht, sein Bauchgefühl sagte ihm, dass er ihm nicht trauen konnte. *Trotzdem haben wir kaum andere Möglichkeiten, als uns mit Männern wie ihm abzugeben, wenn wir das ARC finanzieren wollen.*

»Monsieur Fry«, sagte Kourillo und schüttelte ihm schlapp die Hand. »Monsieur Hermant.«

»Kourillo.« Varian setzte sich ihm gegenüber und nickte, als Beamish eine Karaffe Rotwein für sie bestellte.

»Was macht das Hilfsgeschäft?«

Varian verschränkte die Arme. »Geschäft würde ich es nicht nennen.«

Beamish warf ihm einen warnenden Blick zu.

»Wir machen alle Geschäfte, mein Freund.« Kourillo lachte leise. Varian fiel auf, dass er winzige Zähne hatte wie ein Kind. »Nun, ich habe einen Vorschlag zu machen.« Er schenkte sich Wasser aus einer Karaffe in seinen Pastis und sah zu, wie das Getränk trüb wurde und schimmerte.

»Ich höre«, sagte Varian, der versuchte, seine Ungeduld zu verbergen.

»Nein, nein, nein.« Kourillo trank. »Nicht hier. Ich wollte nur vorfühlen, ob Sie offen für neue … Ideen sind.«

Varian biss sich fest auf die Unterlippe. »Monsieur Kourillo …«

»Natürlich sind wir das«, sagte Beamish ruhig. »Sollen wir Sie morgen in der Dorade treffen? Ich gehe davon aus, dass Charles damit zu tun hat?«

»Natürlich. Vinciléoni hat mit allem zu tun.« Kourillo stand auf und setzte sich den Hut auf den Kopf. »Bis morgen.«

Varian wartete, bis er das Café verlassen hatte, und fuhr erst dann fort: »Dieser Mann.« Er redete ruhig und deutlich. »Dass wir so unsere Zeit verschwenden ...«

Beamish kannte die Anzeichen. »Beruhige dich.«

»Sag mir nicht, dass ich mich beruhigen soll.« Varian blickte auf, als sich ein Paar an einen Tisch in ihrer Nähe setzte. Er senkte die Stimme. »Wovon, glaubst du, spricht er zum Teufel?«

Beamish zuckte mit den Schultern. »Ich habe Gerüchte von Gold gehört.«

»Gold?«, flüsterte Varian. »Herrgott, Beamish. Francs zu waschen ist eine Sache, aber wenn wir dabei erwischt werden, dass wir mit Gold handeln, dann sperren sie uns alle ein.«

»Wir brauchen dringend Geld. Das hast du selbst gesagt ...«

»Ich weiß, ich weiß. Wenn wir nur keine Geschäfte mit Leuten wie ihm machen müssten.«

»Du verstehst es aber auch nicht. Männer wie er regieren diese Stadt.« Beamish trank sein Glas leer und setzte seine Wollmütze auf. »Wir haben keine andere Wahl, als Geschäfte mit Gaunern zu machen. Es ist die einzige Möglichkeit, die Guten hier rauszubekommen.«

## 21

### Villa Air Bel – November 1940

»Unser kleiner Freund hat sich schon eingewöhnt«, sagte Mary Jayne. Sie saß mit Miriam in der Abendsonne an dem Tisch auf der Terrasse, die lamellierten Schatten der großen Palmen legten sich über sie wie das Fell eines wilden Tieres. Dagobert rannte über die Terrasse, einen kläffenden jungen schwarzen Pudel auf den Fersen.

»Clovis!«, rief Varian und rannte ihnen nach, die Leine in der Hand. »Clovis!«

»Es ist gut, Varian so entspannt zu sehen«, sagte Miriam. »Ich glaube, der junge Hund tut ihm gut. Vielleicht hat er sich einsam gefühlt. Ich habe mir Sorgen um ihn gemacht.«

»Ich staune immer noch, dass er sich einen Pudel ausgesucht hat«, sagte Mary Jayne.

»Ich nicht, er liebt Dagobert.« Miriam stupste sie an.

»Meinen Hund mag er gerne. Nur mich kann er nicht leiden.«

»Pfui.« Miriam lachte und sah den Kindern nach, die Hand in Hand hinter den Hunden herliefen und aufgeregt schwatzten.

»Ach, das hier wird mir fehlen.« Miriam schloss die Augen, als sie das Gesicht zur Sonne drehte. In der Ferne glänzte das Mittelmeer, Licht funkelte auf der rosa-goldenen Oberfläche wie Kristalle auf einem Abendkleid. »Ich hoffe, ich kann Rudolf aus Ljubljana mit zurückbringen, es würde ihm hier gefallen.« Sie lachte unbehaglich, und ihre Stimme zitterte. »Ich weiß nicht, was ich mache, wenn sie uns nicht zurück nach Frankreich lassen.«

»Hörst du auf! Wir haben es uns versprochen, weißt du noch? Keine Tränen«, sagte Mary Jayne bestimmt, und ihre Stimme klang heiserer als sonst. Sie nahm Miriams Hand. »Selbst wenn sie euch nicht zurücklassen, kommt ihr auf irgendeinem anderen Weg aus Europa heraus, hörst du? Wir wissen alle, dass es nicht für immer ist. Das Château ist nur … nun, es ist ein wunderbares Abenteuer, das ist alles. Und du bist noch nicht weg, du hast noch den heutigen Abend«, fügte sie hinzu und stupste Miriam noch einmal an.

»Du solltest einen der Künstler fragen, ob er mein Zimmer will«, sagte Miriam. »Was ist mit diesem Lambert?«

Mary Jayne kniff die Augen zusammen. »Ich weiß nicht, ob ich ihm trauen soll. Irgendwas ist an ihm eigenartig.«

»Findest du? Er hat etwas Schreckliches hinter sich.«

»Wirklich?«

»Ich habe herausgefunden, dass seine Frau und sein Sohn getötet wurden.«

»O Gott, wie schrecklich. Er spricht nie darüber.«

»Meine Liebe, derzeit sind wir alle Geheimnisträger.« Miriam seufzte müde. »Zu viele Geheimnisse, zu viel zu verbergen.« Sie lächelte ihrer Freundin zu. »Denk wenigstens darüber nach. Er verbringt sowieso die meiste Zeit hier.«

»Ich glaube, die Hoffnung, Marianne Bouchard zu sehen, hat genauso viel damit zu tun, wie Breton und den anderen den Hof zu machen.«

»Ich bin froh, dass du einverstanden warst, Varian hier wohnen zu lassen«, sagte Miriam. Sie lächelte, als sie ihm zusah, wie er den Hunden einen roten Ball zuwarf und die Kinder hin und her über die Wiese rannten. »Er ist so glücklich hier.«

»Ich kenne allerdings auch eine andere Seite von ihm.«

Mary Jaynes Blick folgte drei Männern, die die Zufahrt heraufkamen. »Wer ist das?«

Miriam hielt die Hand schützend vor die Augen. »Wahrscheinlich noch mehr Surrealisten. Jetzt, wo Breton gekommen ist, kommen sie in Scharen wie Brieftauben.« Vogelgezwitscher, das über die Anlage perlte, mischte sich mit der Musik, die aus dem Haus drang. Die Mädchen hörten eine schöne Baritonstimme, die ein Barrack-Room-Lied sang, und Gelächter, bevor andere in den Refrain einfielen.

»Es kommt mir eher so vor, als wäre Breton ein König oder der Papst, und sie kommen alle zu ihm, um ihm den Hof zu machen.«

»Genau das ist es hier.« Miriam lachte. »Ein Hof der Wunder. Ich bin so froh, dass ich die Gelegenheit hatte, ein bisschen davon zu erleben. Ich werde nie Menschen wie Masson und Breton vergessen …«

In diesem Moment erschien André an der Terrassentür, gefolgt von Jacqueline. Sie waren zu weit weg, als dass die Mädchen ihr Gespräch hätten mitanhören können, aber es war offensichtlich, dass sie stritten.

»Ich bin dreißig Jahre alt!«, brüllte sie plötzlich. »Mein Leben ist vorbei!« Eine Reihe von Flüchen folgte, sie fuchtelte mit den Händen herum. »Du siehst in mir, was du sehen willst, aber du siehst nicht mich, André, du siehst nicht mich.« Schließlich warf sie den Kopf zurück und marschierte durch den Garten zu der Stelle, wo sie ein Trapez an die Äste eines Baums gehängt hatte. André ließ den Kopf hängen und sah zu Boden, die Hände in den Taschen seines grünen Tweedsakkos vergraben.

»Was ist da wohl los?«, flüsterte Miriam.

»Keine Ahnung«, sagte Mary Jayne. »Ich habe mich gestern Abend ein bisschen mit ihr unterhalten. Sie war in Martigues offenbar glücklich. Sie liebte die Freiheit und die Schönheit dort.«

»In Air Bel ist sie nicht glücklich?«

»Ich glaube, sie liebt die intellektuelle Strahlkraft dort, aber ...« Sie zögerte. »Es muss schwer sein, seinen Mann mit so vielen anderen Menschen zu teilen.« Sie schob Spielkarten aus der Schachtel und mischte sie.

Miriam dachte an die Zeile aus Hiob: *Hab ich das Licht angesehen, wenn es hell leuchtete, und den Mond, wenn er voll ging.* »Sie sind beide sehr präsent. Vielleicht ist es unvermeidlich, dass sie manchmal aneinandergeraten.«

»Sie lieben sich ganz offensichtlich. Gestern habe ich zufällig gehört, wie er sie sein kleines Eichhörnchen genannt hat.«

»Es kann nicht einfach sein, mit einem Mann wie Breton verheiratet zu sein«, sagte Miriam leise. »Ich habe viel über ihn gehört, die Störungen ...«

»Ach, er ist eine Miezekatze«, sagte Mary Jayne und legte eine Patience. »Ganz charmant und äußerst charismatisch, wenn er abends redet oder aus Duchamps Briefen vorliest ...« Sie hielt inne, das Herzass in der Hand. »Findest du nicht, dass er wie der magnetische Kern des Chateaus ist? Er gibt nie an, er ist einfach nur faszinierend. Ich liebe es, wenn er eine seltene Ausgabe des *Minotaure* oder ein Buch von ihm aus seinen Schatullen zeigt. Es ist, als würde er uns einen Schatz präsentieren. Seine Worte sind verzaubert ...« Sie lächelte und sah kurz zu Miriam hinüber. »Wenn er sagt: ›Alors, on joue ...‹«

»Komm du nur nicht auf Ideen!« Miriam lachte. Sie schaute hinüber zu dem Trapez, an dem Jacqueline mit der Leichtigkeit einer Turnerin hin- und herschwang, ihr schlanker Körper drehte sich kopfüber, beugte sich in einer sanften Krümmung, die Arme zum Boden ausgestreckt. »Ich darf gar nicht an die Konsequenzen denken.« Jacquelines verführerische Präsenz schien das Haus zu durchdringen. Ob sie an ihren Gemälden arbeitete oder, einen Glorienschein aus Zigarettenrauch um den Kopf, still dasaß und nachdachte – sie strahlte etwas Edles, einen Zauber aus.

»Ich bin nicht auf diese Art an ihm interessiert. Ich würde nur gerne mehr verstehen – ich meine, was sind das alles für Spiele, die die Surrealisten spielen? Ist das eine Art Katharsis? Ich weiß, Humor ist ein sehr gutes Gegengift gegen die Angst, aber mir sind die Feinheiten dessen, was sie tun, nicht klar.«

»Ich weiß es nicht. Vor Kurzem habe ich gehört, wie André sagte, dass sie die Liebe für ein fundamentales Prinzip des moralischen und kulturellen Fortschritts halten.« Sie schwieg.

»Die Liebe?«, fragte Mary Jayne, die Stirn gerunzelt. »Ich weiß, dass Breton neulich die Wichtigkeit von Monogamie und Ausschließlichkeit betont hat. Das hat mich überrascht. Man denkt ja, Künstler treiben es wie die Verrückten.«

Miriam lachte. »Wieso fragst du ihn denn nicht einfach? Ich habe auch keine Ahnung – es wirkt jedenfalls alles sehr gewagt.«

»Du musst dich entspannen.«

»Im Gegensatz zu dir«, sagte Miriam.

»Ich weiß nicht, was du meinst.«

»Mary Jayne, du passt doch auf dich auf, ja?« Miriam drehte sich ihr zu.

»Ich weiß, was ich tue.«

»Ja? Was weißt du denn wirklich über Killer?«

»Ich weiß, dass ich ihn vergöttere«, sagte Mary Jayne und lächelte in sich hinein. »Ich weiß, dass ich mich bei ihm lebendig fühle …«

»Er ist gefährlich«, sagte Miriam bestimmt. »Wie alt ist er? Achtundzwanzig, neunundzwanzig?«

174

»Ich habe neulich herausgefunden, dass er zwanzig Jahre alt ist.«

»Zwanzig! Und du?«, insistierte Miriam.

»Alt genug, um es besser zu wissen, ich weiß.« Mary Jayne ließ von der Patience ab und fächerte die Karten in der Hand auf.

»Du bist zweiunddreißig, Mary Jayne. Du bist verrückt, dass du dich mit so jemandem einlässt. Wir wissen nicht, warum er die Fremdenlegion verlassen hat oder in was er hier verwickelt ist. Er steht für Schwierigkeiten. Varian traut ihm nicht …«

»Varian kann zur Hölle fahren.«

»Wenn Killer die Sicherheit unserer Kunden gefährdet, des ARC …«

Mary Jayne warf die Karten auf den Tisch. »Fang nicht schon wieder an. Das tut er nicht. Du hast mein Wort. Nichts, was ich mache, wird negative Auswirkungen auf das ARC haben. Sobald Raymond aus dem Gefängnis kommt, helfe ich ihm, nach England zu gehen, um mit de Gaulle zu kämpfen, und Varian und das wertvolle Komitee müssen sich nicht mehr aufregen. Ehrlich, die verhalten sich doch wie ein paar alte Weiber.«

»Lass uns nicht streiten.« Miriam legte ihr die Hand auf den Arm.

»Es macht mich einfach verrückt. Ich gebe hier mit Freude Tausende von Dollar aus, und dann werde ich behandelt wie ein dummes Blondchen.« Einen Moment schaute sie finster, doch dann lächelte sie, als Miriam ihren Blick auf sich zog.

»Danny sagt, schon als du bei seiner Familie in Paris gewohnt hast, hattest du etwas für böse Buben übrig.«

»Ach, Danny hat mich die ganze Zeit auf den Arm genommen.«

*175*

»Ich glaube, du magst einfach Abenteuer. Denk nur daran, wie du am Steuer deiner Vega Gull durch ganz Europa geflogen bist.«

Mary Jaynes Gesicht verdüsterte sich. »Vielleicht hätte ich das Flugzeug behalten sollen. Hier unten wäre es ganz nützlich, aber ich dachte, die französischen Streitkräfte könnten es besser gebrauchen.« Sie blickte in die Ferne, stellte sich vor, wie es wäre, mit Killer in die Freiheit zu fliegen. Sie stellte sich vor, wie das Flugzeug tief über das glitzernde Meer flog, wie sie sich mit ihm an der Seite befreite. Sie konnten überall hin – nach Westen Richtung Lissabon oder vielleicht nach London, dann weiter nach New York. *Er würde es hassen,* dachte sie und versuchte, sich Killer in Amerika vorzustellen. *Er würde niemals mitkommen. Er sagt, er liebt mich, aber er will nur zurück in den Krieg, kämpfen. Ich bin verrückt nach ihm, aber ich muss ihn ziehen lassen.* »Ich habe schon immer gedacht, dass nichts und niemand einen an etwas hindern kann«, sagte Mary Jayne leise. »Was auch immer dich daran hindert, dein Leben zu leben, es ist deine eigene Schuld – die Schranken sind in uns selbst.«

Am nächsten Morgen – die anderen im Haus schliefen noch – kam Mary Jayne zu Miriam ins Esszimmer. Im Kamin glühte das Feuer vom Abend zuvor, und ihre Augen waren vor Erschöpfung gerötet.

»Kaffee?«, fragte Mary Jayne und schenkte Miriam eine Tasse ein. Sie schlüpfte in die Jacke ihres rosa Kostüms und setzte sich auf den Tischrand, die Füße in den weißen Söckchen und Sandalen baumelten über dem Boden.

»Sogenannter Kaffee.« Sie lachte flach. Miriam trank einen großen Schluck und verbrannte sich den Mund. »Mary Jayne, ich …«

»Hör auf.« Mary Jayne lächelte, sie musste blinzeln und brachte einen Augenblick lang kein Wort heraus. »Keine großen Abschiede. Das ist nicht für immer. Mit etwas Glück bist du in ein paar Wochen mit Rudolf wieder da.« Mary Jayne sah auf die Uhr. »Wir müssen los«, sagte sie. »Wir dürfen deinen Zug nicht verpassen. Varian und Beamish kommen an den Bahnhof, um dich zu verabschieden.«

Die Freundinnen gingen schweigend Arm in Arm die Zufahrt entlang. Der Kies, der unter ihren Füßen knirschte, war feucht vom Tau, zwischen den Zedern hing Nebel, in den Ästen zwitscherten Vögel. An den Toren drehte sich Miriam um und warf einen letzten Blick auf das Haus. Sie hatte einen Kloß im Hals, und Tränen stiegen ihr in die Augen. »Du wirst mir fehlen. Ihr alle werdet mir so sehr fehlen.«

Am Gare Saint-Charles rannten sie den Bahnsteig entlang. Der Zug wartete schon, Rauchschwaden zogen über die Dächer der Waggons. Miriam reckte sich über die Menge, als sie Beamish pfeifen hörte. Er stand auf halber Höhe und hielt die Wagentür auf, Varian neben sich.

»Danke, Albert.« Sie schnappte nach Luft und hustete.

»Du lässt den Husten untersuchen, ja?«, sagte Varian und umarmte sie. »Pass auf dich auf, Davenport.« Er drückte ihr einen Kuss auf den Kopf. »Pass auf dich auf.«

Miriam umarmte ihn. Tränen stiegen ihr in die Augen, als sie sich Mary Jayne zuwandte. Die Frauen sahen einander wortlos an, bevor sie sich in die Arme fielen, als das Signal ertönte. »Dieser verdammte Krieg«, fragte Mary Jayne. »Was ist, wenn wir uns nie mehr finden?«

»Doch, das werden wir«, erwiderte Miriam. Sie drückte sie fest und flüsterte: »Sei vorsichtig.«

»Na klar.«

»Ich meine das ernst.« Sie packte Mary Jayne an den Armen.

»Du gibst auf dich acht, ja? Raymond hat sich mit ein paar gefährlichen Leuten eingelassen ...«

Beamish wuchtete ihren Koffer in den vollen Gang des Wagens, und Varian half ihr hoch und schlug die Tür hinter ihr zu. Miriam schob das Fenster nach unten und streckte den Kopf heraus, als der Zug losfuhr. »Danke«, sagte sie und erhob die Stimme, der Pfiff ertönte, und der Zug verließ ruckelnd den Bahnhof. »Ich werde euch alle nie vergessen, nichts von allem.« Sie winkte. »Auf Wiedersehen! Auf Wiedersehen! Wir sehen uns bald, in New York!«, rief sie.

# 22

## Air Bel – November 1940

André stützte das Kinn auf den schwarz-weißen Fliesen in der Diele auf, und eine kastanienbraune Locke fiel ihm über die Augen. Er streckte die Arme aus, ein Bein angehoben. Mit einer Hand scharrte er in der Luft und knurrte. Varian lehnte am Geländer und sah amüsiert zu, wie Clovis die Bewegung nachahmte. Durch die offen stehende Eingangstür wehte eiskalte Luft vom Meer herein, und Varian knöpfte seinen neuen Mantel zu. Er war mit einem kleinen Koffer mit Kleidung und nur einem Burberry-Regenmantel in Marseille angekommen. Jetzt sah es so aus, als würde er über den Winter hierbleiben, deshalb hatte er beim Schneider ein paar Winteranzüge bestellt – einen aus grau gestreiftem Flanell, einen aus Tweed und einen dunklen Wollmantel. *Ein Wunder, einen Schneider mit Stoff, Knöpfen und Faden zu finden,* dachte er. Varian betrachtete die Knöpfe an seinem Ärmelaufschlag. André japste und jaulte und legte den Kopf schief, als Clovis antwortete.

»Könntest du ihm vielleicht sagen, er soll aufhören, mein Badezimmer als Toilette zu benutzen?«, sagte Varian lachend.

»Ach, er ist ein Freigeist«, erwiderte André und nahm den Kopf des Hundes zwischen die Hände.

»Steh schon auf, André«, meinte Jacqueline. Sie kam, Aube an der Hand, die Treppe herunter. Die rote Schleife in den Haaren des Mädchens war das Pendant zu den schweren Korallenperlen, die Jacqueline um den Hals trug.

»Jacqueline«, sagte Varian, »danke, dass du im Restaurant

ein paar Reste für die Hunde besorgt hast.« Sie warf einen Blick zu André hinüber, der mit Clovis auf dem Boden herumrollte. »Wie du siehst, mag meine Familie deine Hunde sehr gerne.«

»Clovis! Clovis, mein tapferer Freund.« Aube rannte zu dem jungen Hund, schlang ihm ihre kleinen Arme um den Hals und vergrub das Gesicht in seinem lockigen Fell.

»Hätte sie doch nur nicht diesen Marseiller Akzent von den Kindern in der Schule übernommen.« Jacqueline wandte sich zum Spiegel und strich sich die Haare glatt. »Müssen wir wirklich Zeit damit verschwenden, diesen schrecklichen kleinen Mann zu besuchen? Ich habe zu arbeiten.«

»Wir haben alle zu arbeiten.« André stand auf und verschränkte die Arme.

»Nur bei dir ist das wichtiger?«, fragte ihn Jacqueline herausfordernd.

André sah sich unbehaglich um. »Nicht jetzt, Chérie …«

Varian und André gingen hinter ihnen, ihre Füße hinterließen Spuren im Tau. Ihr Atem hing in der Morgenluft, und die goldenen Blätter lagen nass auf dem Boden.

»Jeden Tag, wenn ich hier aufwache, kann ich mein Glück nicht fassen«, sagte Varian und blickte über die Zedern hinaus aufs Mittelmeer.

»Glaubst du, wir sind im Moment sicher?«

»Im Moment schon.« Varian warf einen kurzen Blick auf die Fenster des alten Steinhauses, das gegenüber von La Castellaine, Dr. Thumins Zuhause, lag. Von den oberen Fenstern aus konnte man direkt auf das Gelände von Air Bel sehen.

Varian glaubte, den bleichen Schatten eines Gesichts hinter den Spitzenvorhängen erkannt zu haben – dann wurde der Vorhang ein wenig zurückgezogen, und er war sich sicher.

Er blieb stehen und lupfte den Hut, aber der Vorhang fiel wieder zu.

»Dr. Thumin!«, rief Varian und winkte zum Gruß, als sie über den Weg liefen. Der alte Mann musste Ausschau nach ihnen gehalten haben, denn er erwartete sie am Ende der Zufahrt von La Castellaine. Eine bleiche, unscheinbare Frau stand im Schatten des Vordachs. *Wahrscheinlich seine Schwester*, dachte Varian.

»Wie freundlich von Ihnen, uns einzuladen«, sagte André.

»Es ist mir eine Ehre.« Thumin verneigte sich und winkte Jacqueline weiter zum Haus. Aube verbarg sich in den Röcken ihrer Mutter und blickte unsicher zu ihm auf.

»Was ist das, was hier so stinkt?«, sagte sie.

»Was hat das Kind gesagt?« Thumin hielt sich die Hand ans Ohr.

»Siehst du den Vogel, der da trinkt?«, sagte Jacqueline schnell und unterdrückte ein Lachen. Sie warf ihrem Mann einen kurzen Blick zu und zwinkerte. »Da war ein Vogel!«, sagte sie zu Thumin.

»Monsieur Fry, Monsieur Breton«, sagte er und verneigte sich. Varian und André reichten ihm nacheinander die Hand. »Kommen Sie, kommen Sie. Als gebildete Menschen werden Sie meine Sammlungen sehr interessant finden.«

Drei Stunden später saß Jacqueline auf einem staubigen Sofa, den Kopf auf die Faust gestützt. Aube lag schlafend auf ihrem Schoß.

»... und die da war köstlich«, sagte Thumin und zeigte auf eine Drossel.

»Ich kann es immer noch nicht glauben, dass Sie die alle geschossen und gegessen haben«, sagte Varian, der André hinter dem Rücken des Doktors mit großen Augen ansah.

*181*

»Doch«, erwiderte Thumin, »und das künstlerische Arrangement ist auch von mir ganz allein.«

»Die Taxidermie ist eine große Kunst«, erklärte André diplomatisch. »Ich besitze selbst eine kleine Sammlung.«

»Ach, aber sicherlich nichts, was hiermit mithalten kann, das wette ich, mein Freund.« Dr. Thumin zeigte auf die dunklen, verstaubten Vitrinen mit Vögeln, deren Glasaugen im Dunkeln schimmerten. »Und fünfzehntausend Schmetterlinge – fünfzehntausend!«

»Es war sehr nett von Ihnen, sie uns alle zu zeigen«, sagte Jacqueline und schickte sich an aufzustehen.

André warf ihr einen kurzen Blick zu und schüttelte den Kopf, aber Thumin hatte ihren Sarkasmus nicht bemerkt. »Mit Ihrer Erlaubnis würde ich eines Tages gerne wiederkommen, Doktor«, sagte er freundlich. »Aber jetzt, die Kleine …« Er zuckte entschuldigend mit den Schultern und nahm Aube hoch. Sie seufzte im Schlaf und legte den Kopf auf seine Schulter.

»Natürlich, natürlich«, sagte Thumin und führte sie hinaus. Varian atmete tief die frische, kalte Luft ein.

»Ein faszinierender Vormittag«, sagte er und schüttelte Thumin die Hand. Wieder bemerkte er eine Bewegung am oberen Fenster des gegenüberliegenden Hauses. Ohne hinüberzuschauen, fragte er den Doktor: »Sagen Sie, wer wohnt denn gegenüber von Ihnen?«

»Dort?« Thumin zeigte mit einem gelben knochigen Finger auf das Haus. Die Gruppe wandte sich um, und diesmal sah Varian, wie sich die schweren Vorhänge oben schlossen. »Ach, das sind Monsieur und Madame Bouchard. Ihre Familie lebt seit Generationen in dem Haus. Madame Bouchards Großmutter hat in Air Bel gearbeitet, glaube ich«, fügte er hinzu und beugte sich weiter vor. »Aber Madame Bouchard wäre es lieber, niemand weiß, dass ihre Familie in Stellung war.«

»Was machen sie jetzt?« Varian zog sich die Handschuhe an.

»Ach, sie sind im Ruhestand. Monsieur Bouchard hat bis vor Kurzem beim Zoll gearbeitet, glaube ich. Sie sind sehr ruhig und sehr konservativ.« Dr. Thumin zuckte mit den Schultern.

*Im Gegensatz zu uns,* dachte Varian.

»Ich bin mir sicher, sie werden Sie nicht stören, und ihre Tochter ist ein braves Mädchen.«

»Sie haben Kinder?«

»Eines.« Er sog Luft ein und stupste Varian an. »Eine kleine Überraschung. Madame Bouchard war über vierzig, und der alte Bouchard, na ja, der muss fast so alt sein wie ich. Ja, Marianne war ein Segen für sie in ihrem Alter.«

»Die ›Freundin‹ von Monsieur Lambert«, flüsterte Jacqueline André zu.

Thumin deutete mit dem Zeigefinger auf den Himmel. »Es ist schon gut, wenn man in seinen letzten Tagen jemanden hat, der sich um einen kümmert.«

Varian tippte sich zum Abschied an den Hut, und André ergriff Jacquelines Arm.

»Kommen Sie wieder«, rief Thumin ihnen nach. »Sie sind immer willkommen.«

»Drei Stunden«, murmelte Jacqueline, als sie den Weg vor dem Haus der Bouchards überquerten. »Drei Stunden! Diese Zeit bekomme ich nie mehr wieder. Und er hat uns nichts angeboten, nicht einmal ein Glas Wasser.«

»Was glaubst du, wie Menschen wie Thumin an so etwas festhalten können?« Varian beschrieb mit dem Arm einen großen Bogen zu La Castellaine und Air Bel.

*183*

»Nicht, indem sie ihren Gästen Champagner anbieten, meine Liebe«, sagte André leise. Varian fiel auf, wie er unsicher zu den Bouchards hinüberschaute. Als Varian vorbeiging, sah er einen alten Mann mit eingefallenen Wangen am Wohnzimmerfenster stehen. Dahinter war die füllige Gestalt einer Frau, die angeregt redete und auf sie zeigte, während Jacqueline weiterlief, ohne etwas davon wahrzunehmen.

## 23

### Flying Point

Ich habe Mühe, mit ihr Schritt zu halten. Sophie läuft voraus, die blonden Haare fallen ihr jetzt offen über den Rücken. Ich weiß noch, wie Annie am Ufer stand, als sie nicht viel älter war als diese junge Frau, ihre Haare wehten genauso im Wind. Nachdem die Babys eingeschlafen waren, kam sie manchmal hier herunter und stand da, die Brandung leckte ihr an den Füßen, und sie starrte hinaus auf den Horizont. Ich weiß, dass sie an all das dachte, was wir zurückgelassen hatten, ich tat das nie. Ich dachte nie zurück – bis heute.

Die Sonne geht unter, der leere Strand leuchtet im Zwielicht, über uns strahlt die Venus.

»Ich habe mich immer gefragt ...«, ruft Sophie über die Schulter.

Ich bleibe stehen und hole tief Luft, aber es rasselt in meiner Brust wie Münzen in einem Wäschetrockner. »Ja?«

»Warum hat sich Ihr Stil zwischen 1940 und dem, was Sie in Amerika gemalt haben, so dermaßen geändert?«

Los geht's. »Menschen wie Breton mussten mich doch beeinflussen.«

Sie bleibt stehen und blickt hinaus aufs Meer, hält sich die Hand gegen die untergehende Sonne über die Augen. »Besser geht es nicht?«, sagt sie. »Ich kenne eine ganze Generation amerikanischer Künstler wie Pollock und Rothko, und sie wurden alle von den Künstlern beeinflusst, die hier im Exil waren. Ich weiß, dass Duchamp, Breton und so weiter wirklich etwas bewirkt haben, aber bei Ihnen ergibt das keinen Sinn.«

»Wie meinen Sie das?«

»Es ist, als wären Sie ein anderer Mensch geworden.«

Ich bekomme eine Gänsehaut. »Das ist lächerlich …«

»Hat Sie der Krieg wirklich so sehr betroffen?« Sie geht weiter. »Ich meine, Ihre Arbeiten vor dem Krieg waren hübsch, aber … nun ja, dekorativ.« Sie sagt es wie eine Beleidigung.

»Das wirft man Art déco immer vor. Es war eine Mode, das ist alles. Sie können die technische Qualität meines Frühwerks nicht ableugnen.«

»Nach Ihrer Ankunft in Amerika ist Ihre Malerei …« Sie reckt die Arme zum Himmel, die Finger ausgestreckt. »Sie ist explodiert. Der Zorn, die Klarheit …«

»Wie gesagt, mein Stil hat sich verändert wegen des Krieges.« Er hat sich verändert, ich habe mich verändert … wo liegt denn da der Unterschied? Mir rauscht das Blut in den Ohren, und ich wiege mich leicht auf den Füßen vor und zurück.

»Was ist in Marseille passiert, Lambert?«, fragt sie. Sie setzt sich auf einen alten Holzblock und blickt aufs Meer hinaus. Auf dem Weg zu ihr stolpere ich, meine Füße bleiben im Sand stecken. Schließlich hocke ich auf dem Boden, mit dem Rücken an den Holzklotz gelehnt. Sophie sitzt hinter mir, ich höre nur ihre Stimme. »Ist alles in Ordnung, Lambert?« Diese Stimme. Ich …

»Mir geht es gut.« Ich spüre ihre schwerelose Hand auf der Schulter. »Erzählen Sie mir mehr von dem Haus. Erzählen Sie mir von Air Bel.«

# 24

## Air Bel

Als es Winter wurde, war es jeden Tag aufs Neue ein Kampf, Air Bel ein wenig zu heizen. Ich kam eines Tages herein, da stieß André kurz danach die Hintertür mit der Schulter auf. Ich hielt sie ihm auf, während er seine Schuhe vom Schlamm befreite. In den Armen hielt er Zweige zum Anschüren.

»Bitte, Monsieur Breton, lassen Sie mich helfen«, sagte ich.

»Danke.« Seine grünen Augen glänzten. »Ich musste schnell sein, Thumin lag schon wieder auf der Lauer«, sagte er, als er weiter zum Esszimmer ging. André legte die Zweige auf zusammengeknülltes Zeitungspapier auf dem Rost und entzündete ein Streichholz. »Er ist besessen. Nicht ein Stück Holz ohne meine Erlaubnis«, sagte er und imitierte perfekt ihren Vermieter. »Sobald er mich draußen im Park sieht, beobachtet er mich, aus Angst, ich nehme einen Zweig.«

»Ach, der alte Mann mag euch, er hätte nichts dagegen«, sagte Mary Jayne.

»Der Mann beurteilt alles nach den Maßstäben von 1870.« André rieb sich die Hände vor den Flammen. »Unser Spiel macht mir Spaß. Jeder Tag, an dem ich ihn überliste, ist ein kleiner Sieg.«

Mary Jayne gähnte und streckte sich auf dem Sofa aus. »Vielleicht haben wir es ein bisschen übertrieben mit den vielen lodernden Feuern, als wir eingezogen sind.« Auf dem Weg zum Fenster blickte sie hinab auf den beinahe leeren Korb für das Feuerholz. Sie fröstelte und zog sich die Jacke enger um die Schultern. Sie spürte ihre Schultergelenke, ihren schmalen Brustkorb, wenn sie die Arme um sich schlang. Das Fenster beschlug von ihrem Atem, und sie malte mit dem Zeigefinger ein Herz hinein. Das Glas war ganz kalt. »Schaut«, sagte sie, »es fängt wieder zu schneien an.«

»Schnee in Marseille«, sagte ich und ging zu ihr. »Wer hätte das gedacht?«

»Die Marseiller sagen, hier wird es nie kalt.«

»Sie übertreiben meistens.« Ein Lächeln zuckte auf meinen Lippen, als ich Danny zum Gruß zunickte. Ich ließ mich neben ihn auf das Sofa fallen.

»Gehst du heute Abend aus?«, fragte Danny Mary Jayne.

»Ja, Raymond und ich gehen tanzen.«

»Sei vorsichtig, Naynee.«

»Ich bin kein Kind mehr.« Im Vorbeigehen legte sie den Daumen in das Grübchen in seinem Kinn und tätschelte ihm die Wange. »Du warst immer schon frech, Bénédite. Mach dir keine Sorgen um mich. Ich bin jetzt ganz erwachsen. Außerdem passt Killer auf mich auf.«

»Wegen Killer mache ich mir Sorgen«, sagte Danny leise zu mir, als die Haustür aufging.

»Mary Jayne!«, rief eine tiefe Männerstimme aus der Diele.

»Wir sind hier drinnen, *chéri*.«

»Da bist du ja.« Raymond betrat das Wohnzimmer und brachte den Geruch von kalter Luft und schwarzem Tabak mit herein. Er zog Mary Jayne an sich und küsste sie, sie legte ihm die Hand auf die Brust. Die Schneeflocken schmolzen, auf seinem Ledermantel erschienen dunkle Flecken. Ich erkannte ihn vom Vieux Port. Ich bewunderte Mary Jayne, aber ich kann nicht sagen, dass ich ihren Geschmack bei Männern besonders schätzte – das hatten Varian und ich gemeinsam, das weiß ich.

»Wo warst du?«, sagte sie und boxte ihn spielerisch gegen die Schulter.

»Hast du dir Sorgen gemacht?« Er drückte sie noch fester an sich.

»Bei dir immer.«

»Armes *Bebby*. Ich war mit Mathieu zusammen, es tut mir leid, dass ich zu spät bin.«

»Mit diesem kleinen Gangster? Er macht nichts als Schwierigkeiten.«

»Wir wickeln ein paar Geschäfte zusammen ab, das ist alles. Komm«, murmelte er, »ich will dich für mich allein.« Ich warf einen Blick zu Danny hinüber. Er verdrehte die Augen.

»Bin gleich wieder da.« Mary Jayne entzog sich Raymond und rannte hinauf, um ihren Mantel zu holen.

»Es freut mich, dass die Behörden dich entlassen haben, Raymond.« Danny blätterte die Zeitung durch. »Aber du musst Mary Jayne dafür danken. Gott weiß, wie viel sie für deine Freilassung zahlen musste.«

Killer stolzierte durch das Zimmer und ignorierte ihn. »Dann spielen Sie heute also nicht Ihre kleinen Spielchen, Monsieur Breton«, sagte er und lehnte sich an den Kaminsims. André warf einen Holzscheit in das eben entfachte Feuer und sah zu, wie die Funken aufstoben. Dann erhob er sich langsam und wischte den Staub von den Manschetten seines Sakkos ab. Killer klopfte eine Zigarette aus dem Päckchen.

»Erlauben Sie.« André entzündete sein Feuerzeug, und die Männer sahen sich über die Flamme hinweg in die Augen, die sich tanzend in Killers Brillengläsern spiegelte. »Das ganze Leben ist ein Spiel, mein Freund.«

»Ein Spiel? Sie nennen diesen Krieg ein Spiel?« Killer lachte bitter und zupfte sich einen Tabakkrümel von der Zunge.

»Zumindest manche von uns tun etwas, um zu helfen, statt sich zu verstecken und Kinderspiele zu spielen …«

»Sie nennen es kämpfen und helfen, wenn Sie stehlen?«, fragte André leise. Er verschränkte die Arme. »Sagen Sie, abgesehen davon, dass Sie die englische Sprache getötet haben, womit haben Sie sich sonst noch Ihren reizenden Spitznamen verdient?«

Clovis rannte herein, gefolgt von Dagobert. »Clovis!« Varian kam hinter ihnen hergerannt. Der junge Hund fletschte die Zähne und kläffte Killer an. »Ach, Sie sind da«, sagte Varian und machte die Leine an Clovis’ Halsband fest.

»Wenigstens einer freut sich, mich zu sehen, was, Dago?« Killer ging in die Knie, um Dagobert die Ohren zu kraulen. »Kommst du mit zum Tanzen?« Er stand auf und hielt die Pfoten des Pudels fest.

»Ist das nicht süß!«, rief Mary Jayne. Sie befestigte einen mit Brillanten besetzten Stecker im Ohr, Mantel und Handtasche über dem Arm.

»Dann lass uns aufbrechen, *chérie*«, sagte Killer und fing die Hundeleine auf, die sie ihm zuwarf.

»Was findet sie bloß an dem Jungen?, flüsterte Varian Danny zu. »Er ist so jung …«

»Wir sind alle jung, das ist keine Entschuldigung«, sagte Danny. Wir versammelten uns vor dem Fenster und sahen zu, wie Mary Jayne und Killer durch den Schnee rannten und Dagobert freudig neben ihnen hersprang. Der Schnee war hypnotisch, die Flocken trieben auf uns zu wie das funkelnde Glas eines Kaleidoskops und küssten die aufgeblühten Knospen der frühen Rosen im Garten. »Sie war schon immer so. Mary Jayne genießt das Leben, sie ist hungrig nach Geschwindigkeit …«

»Du kanntest sie bereits in Paris?«, fragte ich.

»Ja, sie hat eine Zeit lang bei meiner Familie gewohnt. Ich stelle sie mir gerne als meine eigensinnige kleine Schwester vor. Und der Krieg ... ich glaube, der macht alles intensiver. Vielleicht ist das der Grund, dass sie noch eigensinniger ist als sonst.« Danny runzelte die Stirn. »Es gefällt mir gar nicht, Killer in irgendeiner Hinsicht zuzustimmen, aber diese Surrealistenspiele verstehe ich auch nicht«, sagte er leise. »Worum geht es denn da?«

Varian schlug ihm auf den Rücken. »Frag André.«

»Nein, das könnte ich nicht.« Dannys bleiches Gesicht rötete sich. Er blickte zur Diele, wo Breton sich mit Jacqueline unterhielt. »Verstehst du sie?«, fragte er mich.

»Na ja, nach allem, was ich gehört habe«, antwortete ich, »geht es darum, alles rauszulassen, was unterdrückt und versteckt ist.«

»Das Irrationale? Als ehemaligem Polizisten macht mir das Sorgen«, sagte Danny. Er blickte hinaus in den dunkel werdenden Garten.

Varian lachte. »Nicht für alles im Leben gibt es eine rationale Erklärung ...«

»Wer ist das?« Ich wischte das Fenster frei. Eine kleine dunkle Gestalt kam die Zufahrt heraufgelaufen und zog einen Koffer hinter sich her, der fast so groß war wie sie selbst.

»Wir erwarten doch niemanden, oder?«, fragte Varian Danny.

»Soweit ich weiß, nicht. Sehen wir mal nach, ob sich vielleicht jemand verlaufen hat.«

Wir gingen nach draußen, Clovis rannte bellend voraus. »Clovis!«, rief Varian und lief ihm nach. Jemand kreischte, und die kleine Frau kippte nach hinten um. »O Gott, nicht schon wieder.« Ich rannte zu ihr, und als Varian den kleinen Hund wegzog, beugte ich mich vor und bot ihr die Hand an. »Es tut mir leid«, sagte Varian. »Du schlimmer Junge.«

*191*

Sie lachte, und ihre dunklen Haare breiteten sich um sie herum im Schnee aus. Sie blickte zu mir auf und lächelte.

»Das nenne ich mal einen Empfang.« Sie sprach mit starkem Akzent. *Spanisch?*, dachte ich.

»Bitte, lassen Sie mich helfen.« Ich nahm ihre kalte Hand, die so klein war wie die eines Kindes. »Meine Güte, Sie sind ja eiskalt. Kommen Sie doch schnell herein, da können Sie sich aufwärmen.« Danny nahm ihren Koffer.

»Kein Einwohner von Marseille wird jemals zugeben, dass ihm kalt ist, ist Ihnen das aufgefallen?«

»Das haben wir auch gerade gesagt!«, meinte Varian.

Sie schlang die Arme um sich und fröstelte. »Der Mistral kann hier durchpfeifen, die Meeresluft ist eiskalt, und sie sagen nur mit ihren tiefen, heiseren Stimmen: ›Ein schöner Tag, Madame, ein schöner Tag.‹« Sie kicherte und ging weiter Richtung Haus.

»Haben Sie sich verlaufen?«, fragte Varian, der neben ihr herging.

»Ich glaube nicht.« Sie lächelte zu ihm auf. »Das ist doch Air Bel, *no*?«

»Ja.«

»Dann bin ich hier richtig.« Sie breitete die Arme aus wie Flügel. »Es ist großartig hier oben. Die Rosen sind ja wunderschön! Sind sie früh dran in diesem Jahr oder spät?«

»Wer ist das?«, fragte mich Varian flüsternd.

»Ich habe keine Ahnung …« Ich folgte im Laufschritt, um sie einzuholen.

»Hallo!«, rief sie und warf ihren Mantel über einen Stuhl im Eingang. »Ich bin da!«

André kam aus dem Wohnzimmer und blieb abrupt stehen. »Consuelo?« Jacqueline erschien an seiner Seite, und ihr neugieriger Gesichtsausdruck verwandelte sich rasch in Verärgerung. »Bist du das wirklich?«

»Mein lieber André«, sagte sie und streckte die Arme aus. Sie umarmten sich und küssten sich zweimal. »Jacqueline«, sagte sie mit sanfter, ruhiger Stimme.

»Was für eine wunderbare Überraschung«, sagte Jacqueline. »André, wusstest du, dass Consuelo kommt?«

»Nein.« Er bemerkte den etwas spitzen Tonfall seiner Frau und drehte sich zu ihr. »Nein.«

»Ich habe von euren Salons gehört und dachte, das wäre eine schöne Gelegenheit, ein paar alte Freunde wiederzusehen.«

»Wie lange kannst du bleiben?«, fragte André.

»Nein, nein – in der Stadt gibt es doch bestimmt ein Hotel.«

»Unsinn«, sagte Varian und trat vor, »in Marseille gibt es kein einziges freies Zimmer mehr, und wir können Sie bei diesem Schnee doch nicht wieder wegschicken.« Jacqueline lachte kurz auf und stolzierte zurück ins Wohnzimmer. Er verneigte sich. »Ich bin Varian Fry.«

»Mein Retter«, sagte Consuelo und blickte amüsiert mit ihren dunklen Augen zu ihm auf. Varian stellte ihr die anderen nacheinander vor. »Es freut mich sehr, Sie alle kennenzulernen«, sagte sie. »Ich bin Consuelo de St. Exupéry.«

»Wir sind alte Freunde«, erklärte André und sah sie an. Er merkte, dass Varian ihn beobachtete, und nahm sich zusammen. »Consuelos Mann ist Antoine …«

Varian führte sie zum Kamin. »Natürlich!«

»*Terre des Hommes* ist eines meiner Lieblingsbücher«, sagte Danny und schüttelte ihr die Hand. »Ihr Mann lehrt uns, was das Leben lebenswert macht. Es ist eine Ehre, die Frau eines so bedeutenden Mannes kennenzulernen.«

»Wo ist Antoine denn?«, fragte André, während Consuelo die anderen begrüßte.

»Er ist schon nach New York aufgebrochen.«

»Was? Er hat Sie hier zurückgelassen?«, sagte ich ungläubig.

»Mein Mann ist nicht wie andere Männer«, erwiderte sie. »Er lebt nach seinen eigenen Regeln. Oft bin ich nach Hause zurückgekehrt, und das Haus oder die Wohnung war leer, weil er beschlossen hatte weiterzuziehen.«

Meine Wangen färbten sich rot. »Verzeihen Sie, aber das klingt unentschuldbar.«

Consuelos Augen funkelten. »Nein, Antoine ist einfach so.« Sie stellte sich mit dem Rücken zum Feuer und rieb sich die Hände. »Bevor er aufgebrochen ist, hat er gesagt, ich soll den Goldtransportern nach Pau folgen. Antoine meinte, die Nazis würden es niemals riskieren, die Goldreserven hochzujagen.« Sie lachte. »Und er hatte recht, wie immer.«

»Wie konnte er Sie allein lassen?«

»Ich bin hier, gesund und munter.« Sie hörte auf zu lächeln, kniff die Augen zusammen und ballte die Fäuste an den Wangen. »Aber es war grässlich. Ich werde nie die Menschen vergessen, die aus Paris hinausdrängten – wie Vieh zur Schlachtbank …«

André berührte sie am Arm. »Du bist jetzt in Sicherheit.«

Consuelo öffnete die Augen und schmiegte sich an ihn wie eine Katze. »Es ist so wunderbar, unter Freunden zu sein. Wer ist alles hier? Ist Max schon da?«

»Wir erwarten Ernst noch«, sagte André.

»Haben Sie ihn schon kennengelernt?«, fragte sie mich. »Er ist göttlich. Max hat die Hände eines Erzengels.« Sie drehte ihre eigenen Hände vor ihrem Gesicht. »Er ist genau wie das von ihm geschaffene Wesen Loplop, so vogelartig, mit diesen faszinierenden blauen Augen, die an Stielen aus den Augenhöhlen herausgleiten, wenn ein hübsches Mädchen vorbeigeht.«

»Wo haben Sie denn die letzten Monate verbracht?«, fragte Varian.

»In Oppède«, sagte Conuelo. »Irgendwie war das eine wunderbare Zeit. Ich fand so viel Frieden und Liebe dort.«

»Wem hast du diesmal das Herz gebrochen?« André lachte.

»Consuelo ist eine ziemliche Herzensbrecherin, stimmt's, meine Liebe?«, sagte Jacqueline zu ihr. »Männer können einfach nicht anders. Na ja, sogar André war ein großer Bewunderer ...«

»Ach je, Herr im Himmel«, sagte Consuelo und zwinkerte. »Das ist furchtbar lange her.« Aube kam ins Zimmer gelaufen, und André hob sie auf die Arme. »Ist das eure Tochter?« Consuelo kitzelte das kleine Mädchen unter dem Kinn. »Sie ist wunderschön! Sie sieht genauso aus wie du, Jacqueline.« Consuelo warf ihr einen kurzen Blick zu. »Wie alt bist du denn, Kleine?«, fragte sie Aube.

»Ich bin nicht klein!«, entrüstete diese sich. »Ich bin schon fast fünf.«

»Das ist sehr erwachsen. Weißt du«, flüsterte Consuelo, »als ich nur ein bisschen älter war als du, habe ich mich ganz ausgezogen und mit Honig eingerieben. Ich bin in den Dschungel gelaufen und habe auf die Schmetterlinge gewartet.«

»Wo kommen Sie her?«, fragte Varian.

»Von überall und nirgends.« Sie suchte nach einem Sitzplatz.

»Bitte, erlauben Sie mir«, sagte Varian und schob ihr einen Stuhl neben den Kamin.

»Danke«, sagte sie und legte ihm die Hand auf den Arm. »Ich stamme ursprünglich aus El Salvador.«

»Das soll sehr schön sein«, sagte er und setzte sich ihr zu Füßen.

»Das ist es.« Sie beugte sich zu ihm vor. »Ich wuchs im Schatten eines Vulkans auf. Es ist ein magischer Ort.« Sie ahmte einen Vulkan nach und lachte.

»Haben Sie Ihren Mann dort kennengelernt?«

Consuelo schüttelte traurig den Kopf. »Nein, Antoine hat mich in Buenos Aires gefunden, und seither haben wir an vielen Orten gelebt. Antoine hat eine unruhige Seele.«

»Wie ist es wohl, die Frau eines großen Schriftstellers zu sein?«, sagte Varian.

»Ich glaube, es ist ein Beruf, nein – eine religiöse Berufung, die Gefährtin eines großen Schöpfers zu sein.« Sie sah Varian an. »Ich glaube, Sie können immer jemandem helfen, den Sie lieben, einfach nur, indem Sie ihn lieben.«

»Wo wollen Sie jetzt hin?«, fragte Varian.

»Nach Amerika natürlich«, sagte sie. Consuelo drehte sich in ihrem Stuhl, um aus dem Fenster zu blicken. »Es wird mir das Herz brechen, Frankreich zu verlassen, aber für jemanden wie Antoine ist es nicht sicher, hier zu sein, und mein Leben ist bei ihm.« Sie ging zum Fenster und drückte die Hände gegen das Glas. »Sind die Rosen im Schnee nicht wunderschön? So hübsch, so unerwartet.«

# 25

## 13. November 1940

»Immer noch nichts Neues nach deinem Bericht?«, hörte ich Beamish Danny fragen. Er suchte den Papierstapel durch, der vor ihm auf dem Schreibtisch lag. »Deine Reise durch die Konzentrationslager muss doch irgendwelche Auswirkungen gehabt haben? Zehntausende von Männern, Frauen und Kindern sind hinter Stacheldraht eingepfercht wie Tiere.« Beamish schüttelte den Kopf, als er Dannys akribisch getipptes Dokument überflog. »Sieh dir das an – Ruhr, Typhus. Es kommt einem vor wie im Mittelalter, nicht wie in einem modernen europäischen Land.« Acht Männer saßen im Büro in der Rue Grignan am Besprechungstisch, eine einzige Lampe warf ihren Lichtschein auf die Akten vor ihnen. Die Hauptbeleuchtung des Büros hatten sie ausgeschaltet, und ich saß mit Charlie und Gussie schweigend da und bewachte die Tür zur Straße. Die Wahrheit ist, zu der Zeit war ich nicht gerne mit mir allein, und wenn ich nicht in Air Bel war und hoffte, Annie zu treffen, war ich lieber bei den Leuten vom ARC. Sie vertrauten mir mittlerweile, und ich machte mich dort einigermaßen nützlich. Die Stunden, die ich allein verbrachte, zogen sich in die Länge, und ich hatte immer Angst, auf Alistair Quimby zu stoßen. Ich wusste, er war irgendwo in Marseille, und er jagte mich wie ein Gespenst. Ich lief über den Markt, mein Magen stöhnte vor Hunger bei dem Geruch des Essens, das es an den Ständen gab, und da sah ich ihn auf mich zukommen – zumindest dachte ich, ich hätte ihn gesehen. Ich rannte los, machte kehrt, versuchte, diesen Geist aus meiner Vergangenheit abzuschütteln. Wenigstens beim ARC fühlte ich mich sicher, und ich war unter guten Menschen, denen ich vertrauen konnte.

»Kein Wort, nicht ein verdammtes Wort von Vichy. Sie geben keinen Zentimeter nach.« Beamish lehnte sich mit verschränkten Armen in seinem Stuhl zurück. Er verzog den Mund, und obwohl ich sein Gesicht in dem schummrigen Licht der gewölbten Chromlampe auf Varians Schreibtisch nicht deutlich erkennen konnte, wusste ich, dass etwas nicht in Ordnung war.

»Was ist los, Beamish?«, fragte Danny.

Er zuckte mit den Schultern. »Nichts Bestimmtes. Ich glaube nur …« Er beugte sich vor ins Lampenlicht, nahm das Flugzeugmodell von der Schreibunterlage und drehte nachdenklich den Propeller. »Ich glaube, es ist an der Zeit, so viele Leute wie möglich so schnell wie möglich herauszubringen. Die Dinge ändern sich, und zwar zum Schlechteren.«

»Wie kommst du darauf?«

»Es ist nur so ein Gefühl. Bis jetzt war die Gestapo damit zufrieden, die Vichy-Leute ihre schmutzige Arbeit verrichten zu lassen, aber ich glaube …« Jemand hämmerte an die Eingangstür, das Glas wackelte im Rahmen. Wir blickten alle beunruhigt auf, wie ein Rudel Wild, das ein Raubtier wittert.

»Erwarten wir jemanden?«, fragte Danny ruhig.

»Nein. Varian kommt erst in ein, zwei Tagen aus Vichy zurück.« Beamish sprang auf. »Bleibt hier«, sagte er leise zu den Männern, die um den Besprechungstisch herumsaßen. »Macht das Licht aus.« Er zog die Bürotür zu und schloss sie hinter sich ab. »Mach auf«, sagte er zu Charlie. Er setzte sich rasch neben mich an den Tisch, nahm ein Päckchen Karten und gab für vier. Mit zitternden Fingern fächerte ich die Karten auf, die er mir gegeben hatte. Wieder klopfte jemand, diesmal fester.

»Immer mit der Ruhe da draußen«, sagte Charlie und rasselte laut mit dem Schlüsselring, bis er sah, dass Beamish sich zurückgelehnt hatte und zwanglos seine Karten betrachtete. Charlie lief nach unten und schloss die Haupttür auf, die zur Straße hinausging. In der Dunkelheit fuhr ein Auto vorbei, die schwachen blauen Lichter beleuchteten kurz die Wand im Treppenhaus. »Kommissar Dubois, guten Abend«, hörte ich Charlie laut und deutlich sagen. »Kommen Sie doch herein, ist so kalt da draußen.« Charlie kam wieder herauf ins Büro, gefolgt von dem Polizisten. Ich warf einen kurzen Blick auf Beamish, sah, wie er innehielt, bereit, einen König auf den Tisch zu legen. Es war so still, dass ich das Klicken der Karte auf dem Holz hörte.

»Monsieur Fawcett«, sagte Dubois und nahm den Hut ab. »Hermant, Gussie.« Er schaute zu mir. Mir stellte es die Nackenhaare auf. »Darf ich kurz hereinkommen?« Er ging ans Fenster und hob das Rollo einen Spalt, sodass er die Straße beobachten konnte.

»Wie können wir Ihnen helfen?«, fragte Beamish.

»Ist Monsieur Fry hier?« Dubois sah zu dem versperrten Büro.

»Nein«, sagte Beamish, »er ist vor einiger Zeit nach Vichy gereist.«

»Egal. Ich bin Ihretwegen gekommen, Monsieur Fawcett.« Dubois wandte sich an Charlie. »Es ist Zeit, dass Sie die Stadt verlassen.«

»Ich? Warum?« Charlie wurde bleich.

»Sie werden morgen früh abgeholt.«

»Morgen früh? Aber warum? Ich habe doch nichts gemacht«, sagte Charlie, dem die Angst die Kehle zuschnürte.

»Woher wissen Sie das?«, fragte Beamish Dubois.

»Weil ich derjenige bin, der Sie abholt«, sagte Dubois. Er setzte sich seinen dunklen Filzhut wieder auf und ging zur Tür. »Unglücklicherweise sind Ihre ritterlichen – wenn auch bigamistischen – Bemühungen, jüdische Frauen aus den Lagern zu befreien, entdeckt worden.« Die Farbe wich aus Charlies Gesicht. »Vor ein paar Tagen tauchten zwei Mrs Charlie Fawcetts gleichzeitig in Lissabon auf.« Er sah Charlie fest an, um die Augen bildeten sich Fältchen. »Ich bin pünktlich um sechs Uhr da.«

Charlie hielt ihm die Tür auf. »Danke«, sagte er und schüttelte ihm die Hand.

»Ich hoffe, ich sehe Sie morgen früh nicht.«

»Darauf können Sie sich verlassen.«

»*Alors, bon soir, et bonne chance.*«

Sie warteten, bis sich die Tür zur Straße hinter Dubois wieder geschlossen hatte, und wir alle atmeten gleichzeitig auf.

»Herrgott, Charlie«, sagte Gussie, »davon hast du ja gar nichts erzählt. Wie viele Mädchen hast du denn geheiratet?«

»Weiß ich nicht. Fünf oder sechs. Hab nicht mehr mitgezählt.« Er fuhr sich durch die Haare. »So ein Mist, ausgerechnet. Dass aber auch noch zwei gleichzeitig auftauchen müssen. Ich hatte nie was davon, es war nur eine gute Möglichkeit, die Mädchen aus den Lagern rauszuholen.«

»Gut für dich, Charlie.« Beamish stieß gegen den Tisch, als er ging, um das Büro wieder aufzusperren, und die Spielkarten fielen auf den Boden.

»War das Dubois?« Danny kam zum Tisch. »Was wollte er?«

»Sie holen Charlie«, sagte Beamish.

»Wann?«

»Morgen.«

»Dann musst du heute Nacht weg.« Danny legte Charlie den Arm um die Schultern. »Keine Sorge, mein Freund, wir schaffen dich hier raus.«

Die Besprechung wurde beendet, und nach und nach schlüpften die Männer hinaus in die Nacht. Ich blieb mit Danny und Gussie zurück, um Charlie beim Packen zu helfen. Wir arbeiteten die ganze Nacht. An einem kleinen Tisch in der Küche steckte Charlie irgendwelche Papiere in den Hohlraum einiger seiner Skulpturen, und ich half ihm, sie mit Gips wieder zu versiegeln. Dann rollte er durchsichtiges Papier, das mit winzigen Buchstaben vollgeschrieben war, eng zusammen und schob die Rollen in das dritte Ventil seiner Trompete. Ich hütete mich zu fragen, was das für Papiere waren – ich bin mir, ehrlich gesagt, auch nicht sicher, ob Charlie es wusste. Er wollte Varian helfen, Informationen über die Kunden, die am stärksten gefährdet waren, in die USA zu bringen.

»Was ist, wenn du ihnen etwas vorspielen sollst?«, fragte ich.

»Das geht schon«, sagte Charlie. »Ich kenne ein paar Stücke, für die ich nicht alle Ventile brauche.« Sein Lächeln verschwand, als er die Landkarten auf dem Tisch betrachtete. »Das sieht ja ziemlich einfach aus, wenn man eine Linie auf der Karte über Gibraltar oder Casablanca zieht. Die Freiheit scheint so nah zu sein.« Er räusperte sich. »Danny?«

»Hm?«

»Es war schon verrückt, was …«

Danny stieß ihn gegen den Arm. »Das ist kein Abschied für immer, Charlie.«

Sie blickten auf, als Beamish den Code an die Haustür klopfte. Gussie lief hinunter und ließ ihn ein.

»So«, sagte Beamish, »es ist alles vorbereitet. Du reist über

Spanien aus«, erklärte er Charlie und zog sich die Wollmütze vom Kopf. »Wir kriegen dich durch den Bahnhof raus, und in Madrid suchst du den rothaarigen Gepäckträger.«

»Das ist ein guter Kerl«, sagte Danny. »Er hat vielen von unseren Kunden geholfen, und er bringt dich zum sicheren Unterschlupf, bis dein Zug nach Lissabon fährt.«

»Aber was ist mit der Grenze, was ist, wenn sie mich aufhalten?«

Beamish warf ein Dutzend Päckchen Gauloises Bleues und Gitanes Grises und Vertes auf den Tisch. »Die sind für die Wachen. Bewahre die Ruhe, dann wird alles gut. Du bist einfach nur ein Kunststudent auf dem Weg nach Süden. Die wirst du loswerden müssen«, sagte Beamish und zeigte auf Charlies Sanitäteruniform. »Hast du alles gepackt?« Charlie nickte. Beamish überprüfte, ob der Kofferdeckel festsaß. »Gut. Die Grenzposten sind Idioten. Sie kommen nie darauf, dass ein Koffer einen doppelten Deckel haben könnte, sie interessieren sich nur für falsche Böden. Habt ihr es geschafft, alles in den Skulpturen unterzubringen? Wir können mit Charlie so viele Informationen herausschaffen wie möglich.«

Ich klopfte auf den Boden einer Skulptur. »Fast trocken. Wenn sie es zu genau anschauen, könnten sie etwas bemerken.«

»Ich weiß!«, sagte Charlie und nahm ein Skizzenheft aus seinem Koffer. Er zog einen Hocker herbei und skizzierte schnell eine erotische Frau wie auf einem Pin-up. »Lambert, hilf mir doch mal.« Er riss ein paar Blätter ab und reichte sie mir. Während Danny und Beamish die Skulpturen in Charlies Kleidung wickelten und im Koffer verstauten, zeichnete ich eine langbeinige Art-déco-Schönheit, der Körper war der von Vita, das Gesicht … ich zögerte. Ich hatte Vita so oft gemalt, aber jetzt verschwand das Bild von ihr. Das Gesicht war das von Annie. »Hier«, sagte ich und warf das Aktbild obendrauf.

Charlie pfiff anerkennend und schob seine eigenen Skizzen darunter. »Wenn sie mich aufhalten, sehen sie sich hoffentlich nur die hier an und machen sich nicht die Mühe, den Rest des Koffers zu durchsuchen.«

»Das könnte funktionieren«, sagte Danny und legte den Kopf schief, um die Zeichnungen zu betrachten. Charlie verschloss den Koffer und nahm seine Trompete.

Beamish sah auf die Uhr. »Kommt. Wir müssen los.«

Gussie öffnete die Tür zur Straße und schüttelte Charlie die Hand. »Viel Glück«, sagte er.

»Dir auch, mein Junge«, sagte Charlie.

Danny umarmte ihn. »Pass auf dich auf.«

»Sag Varian und den anderen schöne Grüße, ja?«

»Klar.«

Charlie schüttelte mir die Hand. »Wie Varian immer sagt: Wir sehen uns bald, in New York.«

## 26

Ich wusste jahrelang nicht, wie es Charlie ergangen war. Er hatte es sicher über die Grenze geschafft, dank seiner Zigaretten und der erotischen Zeichnungen, aber in Spanien wurde er verhaftet. Sie brachten ihn zurück nach Frankreich, damit er von der Gestapo verhört werden konnte, aber die Wachleute taugten wohl nicht viel. Sie ließen ihn einen Augenblick lang unbeobachtet im Warteraum am Bahnhof allein, und Charlie nahm in aller Ruhe seine Trompete und seinen kleinen Koffer mit den versteckten Informationen und sprang auf einen Zug, der Richtung Madrid fuhr. Der gute alte Charlie war wirklich ein Glückspilz – er sprang dem Tod immer wieder von der Schippe.

Wie gesagt, in Marseille verschwanden ständig Menschen. Dort ging man leicht verloren. Die Wintertage flossen ineinander, und es hätten zwei Tage oder zwei Monate sein können, in denen ich durch die Straßen wanderte und darauf wartete, Marianne wiederzusehen. Mittlerweile hielt ich mich täglich in Air Bel auf, in der Hoffnung, sie zu sehen, aber seit dem Sonntag, an dem wir uns kennengelernt hatten, war eine Woche vergangen, und ich sehnte mich nach ihrer Gesellschaft.

Ich war es gewohnt, mich unsichtbar zu machen. Als am Samstag die Menschenmengen über die Gehsteige liefen, wartete ich in der Nähe der Straßenbahnhaltestelle von La Canebière auf sie. Ich folgte ihr in ihre Ballettstunde – sie plauderte und kicherte mit ihren Freundinnen. Mir kamen sie vor wie Kinder – farblos und ungeformt, aber sie, sie strahlte, die Wintersonne auf ihrem blonden Pferdeschwanz, die kühne Haltung ihres Kopfes. Sie liefen die Stufen zu einer Halle in der Nähe der Vieille Charité hinauf, und ich schlich mich um das Gebäude herum in die Gasse auf der Rückseite. Mein Herz schlug schnell, als ich die alte metallene Feuertreppe hinaufstieg und die Stufen unter meinen Stiefeln knarzten. Der Pianist spielte sich in der Halle ein, Tonleitern und Arpeggiaturen trieben von einem alten Klavier zu mir herauf. Oben an der Feuertreppe setzte ich mich auf die niedrige Mauer und beugte mich vor, sodass ich durch eines der großen Oberlichter hinunterschauen konnte. Die Mädchen mussten sich noch umziehen, denn ich erblickte nur den grauen Kopf des Pianisten, der sich über die Tasten beugte, während seine Hände hin und her wanderten. Von hier oben sah ich die terrakottafarbenen Dachziegel der alten Barockkapelle. Die elegante Kuppel und das Mauerwerk waren damals baufällig, bevor sich Le Corbusier nach dem Krieg dafür interessierte. Die Musik verstummte, die Schülerinnen reihten sich an dem Barren auf, und ich sah Mariannes goldfarbenen Kopf. Sie entfaltete die Arme wie die schwarzen Staubgefäße einer Blume. Die Mädchen trugen alle schwarze Trikots, schwarze Strumpfhosen und Schuhe. Keine war so hübsch wie sie. Ich drückte die Wange an das kühle Glas und sah ihr eine Stunde lang zu, stellte mir vor, wie es wäre, die Hände um diese Taille zu legen, die so schlank war, dass ich sie sicherlich mit den Fingern umfassen konnte. Ich glaube, dass mir, während ich sie beobachtete, klar wurde, wie sehr ich in sie verliebt war. Ich wurde verlegen, kletterte die Leiter hinunter und lief eine Weile herum, um ihr Zeit zu geben, ins Café zu kommen.

Mit zehn Minuten Verspätung erschien ich. Die Markise

flatterte im Wind. Sie saß draußen auf einem Caféstuhl aus Bugholz, die Knöchel elegant übereinandergeschlagen. Sie hat wunderschöne Füße – herrliche Zehen, den Spann einer Balletttänzerin, schlanke Fesseln. Sie trug ein graues Kleid mit weitem Rock und weißem Kragen. Mit dem Haarknoten sah sie ein bisschen aus wie eine Novizin, aber wenn sie mich ansah, kam es mir vor, als würde ich mit einer Achterbahn nach unten rasen. Dann lächelte sie. Diese kleine Lücke zwischen ihren Vorderzähnen. Sie war in Begleitung von ein paar Freundinnen aus dem Ballettunterricht, aber ich nahm die anderen kaum wahr. Wahrscheinlich waren sie in ihrem Alter, ein bisschen jünger vielleicht, aber sie wirkten wie Kinder, mit frischen Gesichtern und ohne jede Konturen. Ich wurde größer, als ich sie betrachtete, die Welt um uns herum schrumpfte zu einem kleinen Punkt – zu ihr – zusammen. Wir unterhielten uns über alles Mögliche, ich weiß es nicht mehr. Ich wusste nur, dass ich sie wollte. So muss sich ein Wolf fühlen, der hinter einem Lamm her ist. Ich fragte sie, wann ich sie wiedersehen dürfe, allein.

»Wie alt bist du?«, fragte sie.

»Was glaubst du denn?«

Sie legte die Hand ans Kinn und musterte mein Gesicht. Was sie wohl sah? Das Grau an den Schläfen, die dunkle olivfarbene Haut.

»Zu alt«, sagte sie mit der Andeutung eines Lächelns.

Ich verschränkte die Arme und beugte mich zu ihr vor. »Zu alt wofür?«

»Für mich.« Sie lachte. »Mein Vater würde mir nie erlauben, mit einem Mann wie dir auszugehen.«

Ich senkte die Stimme. »Und wenn ich dir sage, dass ich achtzehn Jahre alt bin?«

Sie warf lachend den Kopf zurück. »Dann würde ich sagen,

du bist der größte Lügner, der mir je begegnet ist.« Ja, Annie kannte mich schon damals gut.

»Nun, die Antwort ist einfach.« Ich fuhr mit dem Finger über den Tisch, quälend nahe an ihrer Hand. »Wir sagen es ihm nicht.«

»Ein Geheimnis?«

Ich warf einen kurzen Blick zu den anderen, die mit uns am Tisch saßen. Sie waren in ein Gespräch über den Krieg vertieft und achteten nicht auf uns. Ich war benommen, so sehr begehrte ich sie, mir war übel vor Sehnsucht. Mit dem Daumen berührte ich sie ganz leicht an der Innenseite des Handgelenks. Sie zog die Hand nicht zurück. »Ich muss dich allein sehen.« Am Heben und Senken des kleinen goldenen Kruzifixes, das sie um den Hals trug, erkannte ich, dass sie schnell atmete.

»Morgen«, flüsterte sie, »komm am Sonntag um drei unter die Eisenbahnbrücke von La Pomme.«

## 27

Ihretwegen ließ ich ein paar von Bretons Zusammenkünften ausfallen, und von da an trafen wir uns jeden Sonntag am selben Ort. Es war eine schmale, kleine Brücke, kaum so breit wie ein Auto, mit eleganten kleinen Steinmauern, die das steile Ufer zu den Eisenbahngleisen hinaufführten. Ich hatte immer das Gefühl, ich würde in eine Höhle hineingehen, wenn ich in die Dunkelheit trat, wie in einem Märchen. Ich weiß nicht, was sie ihren Eltern erzählte, aber sie brachte stets einen kleinen Hund mit, und wir gingen im Wald spazieren. Es war ein schmutzig aussehender Terrier, der mich jedes Mal anknurrte, wenn ich mich ihr näherte, und in die Knöchel zwickte. Schließlich musste ich ihn an einen Baum binden, damit ich sie küssen konnte. An den ersten Kuss erinnere ich mich in jedem Detail. Sie erwartete mich, an einen winterkahlen Baum gelehnt. Das Laub lag weich und nass am Boden und dämpfte meine Schritte. Die Wolken hingen tief, umgaben die Bäume wie eine Decke. Es war so still, dass ich meinen eigenen Atem hörte und das langsame Tropfen des Wassers von den Zweigen.

»Ich habe neulich im Dorf eine kleine spanische Frau getroffen«, sagte sie. »Sie war wie ein kleiner Vogel. Sie sagt, sie wohnt in Air Bel.«

»Das muss Consuelo gewesen sein. Sie ist die Frau von Antoine de St. Exupéry.«

»Dem Schriftsteller? Sogar mein Vater liebt seine Bücher.«

Sie legte den Kopf schief, als ich die Hände rechts und links von ihr an dem Baum abstützte und sie gefangen nahm. »Sie muss uns zusammen gesehen haben. Sie hat mich gefragt, ob ich mit ›diesem gut aussehenden Gabriel Lambert‹ befreundet bin.«

»Ach ja? Und was hast du gesagt?«

»Ich habe gesagt, dass ich dich kenne.« Marianne zuckte mit den Schultern. Sie hielt den Blick gesenkt. »Wir sind zusammen zum Haus zurück.«

»Worüber habt ihr gesprochen?«

»Sie hat mir von ihrem Mann erzählt. Sie sagte, eine solche Liebe ist wie eine Krankheit, von der man sich nie erholt. Glaubst du, sie hat recht?«

»Selbst Genies sind Idioten, wenn sie von der Liebe reden.« Ich spürte ihre Enttäuschung und machte schnell einen Rückzieher. Mir drehte sich der Kopf, so sehr begehrte ich sie. »Ich hoffe, ich erhole mich nie von dir.«

»Sie hat mir gesagt, ihr Mann hätte zu ihr gesagt: ›Ich liebe dich so, wie ich die Sterne liebe.‹« Marianne sah mich an. »Sie hat gesagt, nur hübsch zu sein genügt nicht, damit eine Frau Teil des Lebens eines großen Mannes wird und bleibt.«

»Ach, Marianne …«

»Was ist, wenn ich dir nicht genug bin? Wenn du meiner überdrüssig wirst? Ich mache keine große Kunst so wie du, ich bin nicht gereist, habe nichts gelernt so wie du …«

»Marianne«, sagte ich und legte die Hand am ihr Kinn, »ich liebe dich. Ich habe dich von dem Augenblick an geliebt, in dem ich dich gesehen habe. Meine Liebe ist …« Ich dachte an die Worte von St. Exupéry. »Meine Liebe ist mehr als die Sterne. Sie ist wie die Venus, der Morgenstern. Die Venus ist die ganze Zeit über da, in der Nacht und am Tag, und sie strahlt am allerhellsten.« Ich spürte, wie sie sich entspannte, wie ihr Kopf zurücksank. Da wusste ich, dass Marianne bereit war, dass sie wartete. Bei ihr hatte es keine Eile gegeben, kein Drängen so wie bei Vita, sondern nur eine langsame, tiefe Sehnsucht nach zu Hause. Vom ersten Moment an, als ich sie gesehen hatte, hatte unsere Beziehung etwas Zwangsläufiges. Ich erinnere mich an die raue Rinde unter den Händen, als ich mich zu ihr vorbeugte, an den Augenblick, kurz bevor meine Lippen die ihren berührten, wie sich die Welt aufzulösen schien, ein helles Leuchten um uns, als ich die Augen schloss.

Marianne mochte mich zwar vor ihren Eltern versteckt haben, aber sie wären stolz darauf gewesen, wie sie ihre Jungfräulichkeit hütete. Ich versuchte alles, außer dass ich sie offen anbettelte, aber ich hatte mich in das einzige Mädchen verliebt, das während des Krieges keine Liebe machte. Jeden Sonntag fuhr ich nach La Pomme und lief meilenweit, während mich dieser verdammte kleine Terrier anknurrte, alles für einen Kuss und die Hoffnung auf mehr. Sie war schön, sie war lebendig, und ich wollte sie, daher kam ich jede Woche. Im Dezember lag Marseille unter einer Decke von Schneematsch. Meine Füße waren ständig nass oder kalt. Es stimmt schon: Wenn man trockene, warme Füße hat, kann man vieles im Leben bewältigen. Wie heißt es noch, ohne Mampf kein Kampf? Eine dumme Redensart, natürlich sind ordentliche Stiefel für einen Soldaten wichtig. Ich hatte jedenfalls Hunger *und* kalte Füße. Die habe ich immer noch, seit dem Krieg. Für Marianne habe ich Frostbeulen und qualvolle Nächte ertragen, aber das hat sie alles verdient.

»Der gefällt mir«, sagte ich eines Sonntags und berührte ihren bestickten goldenen Schal.

»Ja? Ich habe ihn selbst gemacht.« Sie nahm ihn ab und legte ihn mir um den Hals. »Hier«, sagte sie, »behalte ihn.«

»Nein, das geht doch nicht.«

»Bitte, es würde mich glücklich machen, wenn ich denken kann, du trägst ihn, wenn wir uns nicht sehen.« Sie steckte ihn unter das Revers meines Mantels. »Außerdem glaube ich, dass du ihn nötiger hast als ich. Deine Lippen sind ganz blau.« Sie küsste mich. »Besser?«

»Ich werde ihn hegen. Danke.« Ich rieb die helle goldene Wolle zwischen den Fingern. »Er ist wunderbar warm.«

»Er ist aus Kaschmir.« Sie hatte Hunderte von Sternen daraufgestickt. Als ich später Yeats' *Des Himmels reich bestickte Tücher* las, dachte ich, er hätte das Gedicht für uns geschrieben. Genau das taten wir auf diesen Spaziergängen – wir legten einander unsere Träume zu Füßen wie eine Opfergabe.

Wir unterhielten uns stundenlang über alles und nichts. Sie stellte mir Fragen über Paris, über meine Familie, über die Kunstakademie, und ich beantwortete sie ihr. Ich log so wenig wie möglich, und doch verbarg ich die Wahrheit über Amerika vor ihr. Ich glaube, ich hatte Angst, dass ich sie verlieren würde. Jetzt, wo ich Marianne gefunden hatte, war das Wissen, dass ich bald abreisen würde, kaum zu ertragen.

Eines Abends – es muss Anfang Dezember gewesen sein – lief ich zurück zu meinem einsamen Bett, nachdem ich sie nach Hause gebracht hatte. Wir waren zusammen auf dem Santon-Markt gewesen, und Marianne hatte mir den kleinen Schäfer gekauft. Es war ein wunderschöner Nachmittag gewesen, und ich fühlte mich sehr zufrieden, als die Straßenbahn zurück in die Stadt zockelte. Im Tal hing Nebel, nur die Spitzen der Dächer und der Schirmkiefern schauten heraus. Die Menschen, die sich in der Straßenbahn zusammendrängten, hatten den hohlen Blick, der von Kälte und Hunger herrührte. Bei mir war das nicht anders, aber in mir leuchtete die Liebe. Wenn man dieses Gefühl in sich trägt, kann man alles aushal-

*211*

ten. Ich beschloss, ihr ein Weihnachtsgeschenk zu kaufen, und dachte an das alte Schmuckgeschäft, an dem ich mit ihr auf dem Weg zum Vieux Port vorbeigekommen war.

Im Café *Au Brûleur de Loups* machte ich halt, um einen Cognac zu trinken.

»Nein, Monsieur«, sagte der Barkeeper und zeigte auf ein Schild über der Bar: *Jour sans alcool.* »Kann ich Ihnen vielleicht stattdessen ein Glas Champagner anbieten?«

»Heute ist kein Tag für Champagner«, sagte ich und bestellte stattdessen einen Espresso. Das liebe ich an den Franzosen. Gelegentlich verboten sie Alkohol, aber ein stärkendes Glas Champagner bekam man trotzdem. Ich stamme aus einer zivilisierten Nation. Als der Barkeeper die Maschine für meinen Kaffee betätigte, kam zischend und gurgelnd Dampf heraus. Ich lehnte mich an die Zinkbar und sah in den Spiegel hinter den Flaschen. Über dem Lärm der Kaffeemaschine hörte ich Varians Stimme. Ich trank einen Schluck von dem heißen Kaffee und lauschte. Im Spiegel sah ich ihn mit Beamish hinten im Café sitzen. Die beiden unterhielten sich. Ich ging zu ihnen und begrüßte sie.

»Darf ich mich dazusetzen?«, fragte ich.

»Hallo, Lambert. Natürlich.« Varian nahm seinen Mantel weg, und ich zog den Holzstuhl heraus. »Wie ist es im Hotel?«

Ich zuckte mit den Schultern. »Ganz in Ordnung. Die Warterei setzt mir zu.«

»Sie scheinen Ihre Zeit aber recht konstruktiv zu verbringen«, sagte Beamish lächelnd.

»Wie meinen Sie das?«

»Ihre Freundin ist sehr hübsch.«

»Sie ist nicht … ich meine …« Ich errötete.

»Lass den armen Kerl doch in Ruhe, Beamish.« Varian lachte. »Außerdem, du musst gerade reden.« Er beugte sich verschwörerisch zu mir. »Der Junge hat jedes Mal, wenn ich ihn sehe, ein neues Mädchen.«

»Und du hast keine Augen für schöne Frauen, Buster?« Beamish fixierte Varian, bis dieser lächelnd den Blick abwandte. Falls Varian Affären hatte, dann achtete er auf Diskretion. Ich sah ihn nie mit irgendjemandem.

»Wie kommst du denn mit der Empfangssekretärin vom Konsulat aus?«, fragte er Beamish.

»Mit Camille?« Beamish legte den Kopf schief. »Dieses Opfer musste ich bringen, um unser Anliegen zu befördern.« Ich erinnerte mich an die beinhart aussehende Blondine am Empfang an dem Tag, als ich Bingham kennenlernte. Wenn er mit ihr zusammen war, dann war er ein stärkerer Mensch als ich.

»Hilft sie Ihnen mit den Visa?«, fragte ich und beugte mich zu ihm vor. Sicher, ich wusste, dass das ARC die rechtmäßige Fassade für geheimere Operationen war, aber sie waren immer noch vorsichtig, wie viele Informationen sie mir anvertrauten. Beamish wirkte nervös.

»Das ARC braucht jede Hilfe, die es bekommen kann«, sagte Varian vorsichtig, »und Camille hilft uns.«

»Ein wenig«, fügte Beamish hinzu. »Sie kokst, und ich habe den Verdacht, dass sie Informationen an beide Seiten verkauft, um ihre Sucht zu finanzieren.«

»Ihre Arbeit muss gefährlich sein.«

Beamish sah mich unverwandt an. »Ganz und gar nicht. Wir helfen nur Flüchtlingen dabei, ein Visum zu bekommen, und versorgen sie mit Geld für Essen und Hotels. Was soll daran gefährlich sein?« Mir wurde klar, dass ich die Grenze überschritten hatte.

»Natürlich, ich verstehe.« Ich trank den Kaffee und stand auf. »Es war nett, Sie beide zu sehen.«

»Gehen Sie schon? Breton und die anderen sind gleich hier. Ich dachte, Sie wären zu dem Treffen gekommen«, sagte Varian.

»Es tut mir leid, ich habe eine Verabredung«, log ich. In Wahrheit hatte ich immer noch eine so große Ehrfurcht vor Breton, dass mir die Vorstellung, mit ihm in diesem kleinen Café zu sein, Angst einflößte. Er war der Zauberer, den eine ständig wechselnde Besetzung von Schriftstellern und Künstlern umschwirrte wie Motten das Licht. Er wusste es – das sagten seine Augen, jedes Mal, wenn er mich ansah. Er wusste es. Irgendwie hatte ich das Gefühl, ich würde mich in Stein verwandeln, wenn sich unsere Blicke trafen.

»Kommen Sie am Sonntag ins Château?«, fragte Varian.

»Das möchte ich nicht verpassen.« Ich warf einen Blick zu Beamish. »Wie kann es sein, dass ich Sie nie dort oben sehe?«

»Beamish bleibt lieber in der Stadt«, sagte Varian.

»Einer von uns muss das tun.« Meine Wangen brannten, als Beamish mich ansah. »Hier sind zu viele Leute, die Spiele spielen.«

Tief in Gedanken versunken, lief ich durch die engen Straßen. Damals hatte ich keine Ahnung, wie außergewöhnlich Varian, Beamish und sie alle waren, was für Risiken sie auf sich nahmen. Oberflächlich gesehen, wirkte Varian wie ein typischer reicher Schnösel – natürlich hatte er auch eine andere Seite, wenn er sich oben in Air Bel gehen ließ, aber trotzdem würde man sagen, er war grundanständig. Aus Beamish wurde ich nicht schlau. Er war klug, sehr klug, das ließ sich nicht verbergen, aber es war nicht so offensichtlich wie bei Varian. Er war, wie die Franzosen sagen, *un peu dans la lune.* Doch auch er hatte eine andere Seite. Als ich eines Tages oben im Château war, hörte ich, wie Danny erzählte, dass Beamish in Spanien mit den Republikanern gekämpft hatte. Ich glaube, ich bewunderte ihn. Ich wünschte, ich hätte ihn besser gekannt.

Plötzlich fand ich mich vor dem Schmuckgeschäft wieder. Die alte Frau war gerade dabei zu schließen, sie drehte das Schild in der Tür um, ließ mich aber noch ein. Die Messingglocke, die an einer Feder über der Tür hing, klingelte. Im Inneren war es warm, ein kleiner Ofen hinter der Theke leuchtete in dem schwachen Licht.

»Da, diese Armkette bitte.« Ich zeigte auf eine silberne Armkette mit Sternen und Muscheln im Fenster. Die Frau wickelte sie in Seidenpapier und legte sie in eine kleine rote Schachtel. Ich schwebte, als ich den Laden verließ, und freute mich darauf, sie Marianne am nächsten Tag zu schenken. Mit federnden Schritten ging ich um die Straßenecke, da packte mich jemand am Arm.

»Ich dachte, ich hätte einen Geist gesehen«, sagte er.

»Quimby?« Mir rutschte das Herz in die Hose. Ich wäre ja weggelaufen, aber er hielt mich am Arm fest, und inmitten von so vielen Menschen wollte ich keine Szene machen. Quimby war der eine Mensch, der mich zerstören, mich bloßstellen konnte, und ich wollte nicht, dass er, sollten wir uns prügeln, zur Polizei lief und alles erzählte. Er schob mich in eine dunkle Gasse. In dem Zwielicht sah ich sein Mienenspiel, als er zwei und zwei zusammenzählte.

»Soso. Ich hatte also recht.« Er packte mich fester. »Was zum Teufel glaubst du, was du da tust? Ich bin zurück ins Haus, um dich und die Bilder zu holen, und alles war verbrannt. Die Käufer standen schon Schlange.«

»Es ist nicht, wie du denkst«, erwiderte ich schnell. »Ich habe sie nicht …«

»Getötet?«

215

»Wie kannst du das sagen?« Ich befreite mich. »Du schuldest ...«

»Ich schulde dir gar nichts, du Scheißer«, sagte Quimby und spuckte mir ins Gesicht. »Die Sache ist die: Die Bilder, die ich noch habe, verkaufen sich wie warme Semmeln ...«

»Meine Bilder«, sagte ich und baute mich vor ihm auf.

»Ich verkaufe sie alle, bevor ich aus dieser Müllhalde hier rauskomme.« Er schob mich gegen die Wand, sein Handrücken drückte mir aufs Brustbein. »Wo wir gerade dabei sind, wie viel hast du bei dir?«

»Ich gebe dir kein Geld.«

»Du gibst mir genau das, was ich will, wenn du weißt, was gut für dich ist.«

»Ich brauche Zeit.«

»Das ist das Einzige, wovon wir genug haben«, sagte Quimby. »Wir sind hier alle gefangen wie die Ratten. Denk daran, ein Wort zu den Behörden ...«

Ich suchte in meiner Tasche, spürte die rote Schmuckschachtel unter den Fingerspitzen. Ich zog die Geldscheine heraus, die ich noch hatte, und gab sie ihm. Zum Glück hatte ich den Großteil des Geldes, das ich aus dem Château d'Oc gerettet hatte, unter einer losen Diele in meinem Hotelzimmer versteckt, und ich hatte das Geld für meine Passage nach Amerika bereits beiseitegelegt, für den Fall, dass es einen Platz auf einem Schiff gab. »Das ist alles, was ich habe.«

»Alles, was du hast, oder alles, was du dabeihast?« Er grinste spöttisch. »Versuch bloß nicht, irgendwelche Spielchen mit mir zu spielen. Ich weiß, wie viel du aus dem Château mitgenommen hast. Im Schreibtisch war immer eine Menge Bargeld. Nächsten Freitag will ich noch mal fünfhundert Francs. Wir treffen uns vor der Notre-Dame de la Garde.«

»So viel habe ich nicht.«

»Dann besorge es dir.« Quimby steckte sich das Geld in die Brusttasche. »Ich will, dass du nicht weiter auffällst. Nicht dass du dich in Hotels herumtreiben würdest, in denen meine Kunden wohnen.« Er zog sich schwarze Glacéhandschuhe an und klappte seinen Kragen hoch. »Ich will nur nicht, dass sie zufällig auf dich stoßen. Und falls du auf dumme Ideen kommst und nicht erscheinst, solltest du wissen, dass ich dir schon seit ein paar Tagen folge. Ich weiß alles über das ARC und die hübsche kleine Blondine ...« Mein Mund wurde trocken. »Du solltest auch wissen, dass ich gewisse Fotos von dir in Vitas Atelier habe ...«

»Unsinn, du bluffst doch nur.«

Quimby zog in aller Ruhe seine Brieftasche heraus und zeigte mir ein doppelt zusammengefaltetes Schwarz-Weiß-Foto. Ich musste fast würgen. Der Abend damals kehrte zu mir zurück. Der Blitz von Quimbys Kamera wurde in dem Spiegel neben Vitas Staffelei reflektiert, das Zischen der Lampe.

»Wage es nicht, mir zu drohen«, sagte ich ruhig. Das Blut rauschte mir in den Ohren. Konnte ich ihn überwältigen, ihm die Brieftasche wegnehmen? Aber Quimby hatte gesagt »Fotos« – er hatte noch mehr, bloß wo? Ich strengte mich an, versuchte, mich an den Abend zu erinnern.

»Ich tue, was ich verdammt noch mal tun will.« Er steckte das Foto weg. »Und denk bloß nicht daran, in dieser Kloake von Stadt abzutauchen, sonst gehe ich direkt zum netten Mister Fry und zeige ihm die restlichen hübschen Aufnahmen vom Château d'Oc.«

»Das würdest du nicht wagen. Ich ... ich ...!« Panik erfüllte mich, mir war eiskalt und übel.

»Was willst du dann tun? Mich umlegen?« Er lachte, schnaubte durch die Nase. »Oder hast du es doch getan?«

Seine Zähne glänzten in der bläulichen Straßenbeleuchtung, als er sich lächelnd abwandte. »Egal. Für das, was ich für die Bilder bekomme, riskiere ich es, mich mit einem Mörder herumzuschlagen.«

Quimby war schlau, so viel stand fest. Manchmal, in den schlaflosen Stunden, frage ich mich immer noch, ob ich diese Tür zugezogen und ihr Schicksal besiegelt habe. Nachdem Quimby weg war, blieb ich ein paar Minuten in der Gasse stehen und zitterte vor Schock und Kälte. *Habe ich sie umgebracht?*, dachte ich. *Was kann ich jetzt tun, um mein Geheimnis zu bewahren?*

# 28

## Flying Point

Das Licht blendet, leuchtet auf dem Wasser, auf dem weißen Sand. Sophie schmeckt das Salz, als sie sich auf die Unterlippe beißt, während sie in ihrer Tasche nach dem Handy sucht. Sie ist ein Stück entfernt von Lamberts Haus, allein. Sie hat das beharrliche Schrillen des alten Klingeltons schon zweimal ignoriert, und sie will es ausschalten, aber dann sieht sie, dass es Jess ist.

»Wo bist du?«, fragt er in dem Moment, als sie rangeht.

»In Flying Point.« Sophie geht in die Hocke und blickt aufs Meer. »Ich kann jetzt nicht sprechen.« Sie fährt sich durch die Haare. »Ich habe das Gefühl, ich bin schon meilenweit gelaufen, drehe mich aber immer wieder im Kreis ...«

»Sei bitte vorsichtig, ja?«

»Was meinst du mit vorsichtig?«

»Ich habe ein bisschen für dich herumgeschnüffelt.« Er spricht ein wenig undeutlich, im Hintergrund sind die Geräusche einer Bar zu hören.

»Ich kann schon selbst auf mich aufpassen.«

»Ich weiß, ich weiß.« Der Ton wird gedämpft, als er sich das Handy unters Kinn klemmt. »Aber ich habe etwas, das alles ändert.«

»An dem Artikel?«

»Daran, wie wichtig dir dieser Artikel ist. An uns.«

Sophie atmet tief durch und wirft einen Blick über die Schulter. Sie setzt sich in den Sand. »Dann schieß los.«

»Erzähl mir, was du über die Familie deines Vaters weißt.«

»Was? Worauf willst du hinaus, Jess?« Sophie runzelt frustriert die Stirn. »Mein Urgroßvater stammte aus London. Er hat ein amerikanisches Mädchen geheiratet, Sophie, nach der ich benannt bin. Sie hatten zwei Kinder, meine Großtante Vita und meinen Großvater Sam. Es gab irgendeinen Streit, und Vita ging vor dem Zweiten Weltkrieg nach Frankreich. Als mein Urgroßvater getötet wurde, zog Sophie mit Sam wieder in die USA – ich glaube, sie hatte in London einen GI kennengelernt oder so.«

»Bis dahin stimmt es.« Sophie kneift die Augen zusammen, weil er so eingebildet klingt. »Weiter.«

»Soweit wir wissen, ist Vita in Frankreich gestorben.« Sophie reibt sich den Nasenrücken. »Ich bin gerade dabei, das herauszufinden.«

»Und was ist mit Sam?«

»Ich … ich weiß nicht viel über seine Vergangenheit.« Jess atmet aus, ein kurzes, weiches Lachen.

»Weiter.«

»Sam hat Anfang der Fünfzigerjahre in New York ein Mädchen kennengelernt, und sie hatten ein Kind – meinen Vater Jack Cass.«

»Nein, nicht unbedingt.«

»Was meinst du mit Nein?«

»Ich meine, was ist, wenn Sam Cass nicht dein Großvater ist?« Jess klingt triumphierend. »Ich kann es nicht fassen, dass du das nicht überprüft hast.«

Sophie springt auf und läuft am Strand hin und her. »Wovon redest du?«

»Journalismus – Grundkurs. Nimm sämtliche Grundlagen deines Artikels, die du für wahr hältst, und überprüfe alles, bevor du anfängst zu arbeiten. Ich wusste, dass du wie selbstverständlich davon ausgehen würdest. Du vertraust den Leuten zu schnell, Soph.« Sie hört, wie er trinkt. »Der alte Sam muss ein sehr guter Freund gewesen sein, denn er hat ein Mädchen mit einem kleinen Baby geheiratet.« Sophie hört die Eiswürfel klirren. »Wer weiß, vielleicht war es eine Scheinehe, oder er hatte selbst etwas zu verbergen, sie bekamen ja keine weiteren Kinder mehr ...«

»Du bist betrunken.« Sophie schließt die Augen, der grelle Strahlenkranz der Sonne flammt rot und orange hinter ihren Augenlidern auf.

»Ich bin vielleicht betrunken, aber ich habe recht. Auf der Geburtsurkunde deines Dads ist kein Vater eingetragen.«

»Warum tust du das?«

»Damit du diesen dämlichen Artikel aufgibst und mit mir nach Paris kommst. Der große Jack Cass war ein Bastard. Es gibt keine familiäre Verbindung mehr, keine magische, freigeistige Großtante Vita, der du so gerne ähnlich sein möchtest ...«

»Das ist gemein.« Sophie schüttelt den Kopf. »Dämlicher Artikel?«

»Hey, töte nicht den Boten.«

»Glaubst du denn wirklich, das wäre mir deshalb weniger wichtig? Mit einem hast du allerdings recht: Sam war ein sehr guter Freund. Was auch immer mit ihrer Beziehung war, er und meine Großmutter haben einander geliebt, Jess, sie haben sich wirklich geliebt, und sie liebten Dad.«

»Ich meinte doch nicht ...«

»Ich bin mit Sams Geschichten über Vita groß geworden, und wenn du nicht verstehst, wie inspirierend es für ein Kind ist, etwas über eine Frau erzählt zu bekommen, die kreativ und klug war und vor nichts Angst hatte, dann ist das dein Problem.« Irgendetwas in ihr scheint sich befreit zu haben.

»Wenn du gedacht hast, dass du mich dazu bringst, mich für dich zu entscheiden, indem du meine Träume zerstörst, dann hast du dich getäuscht.«

»Hey, Cass, warte …«

»Glaubst du, mir ist es auch nur das kleinste bisschen wichtig, ob Vita blutsverwandt mit mir ist oder nicht? Sie gehört zur Familie, Jess. Wir haben sie geliebt, und sie ist tot. Sie war jünger als ich, als sie gestorben ist, und ich will die Wahrheit herausfinden, für mich und für Dad.«

»Ja, ja, es geht alles nur um Daddy …«

»Was war ich denn, Jess? Deine Vorstellung von einer guten Freundin für den großen amerikanischen Autor?«

»Soph, du warst – du bist gut für mich …«

»Guter Stammbaum? Das hat dir doch am Anfang gefallen, oder? Jack Cass' Tochter. Mein Vater war ja vielleicht ein Bastard, wie du es so reizend ausgedrückt hast, aber er war trotzdem ein besserer Autor, als du es jemals sein wirst.«

»Was ist denn los mit dir?«

»Ich bin erwachsen geworden.« Sophie hebt das Kinn. »Ich schulde es ihm, diesen Artikel zu schreiben, und dann bin ich fertig.«

»Paris?«

»Nein, Jess, du warst immer besessen davon zu beweisen, dass du besser bist als mein Dad, und du hast mir gerade gezeigt, dass du nicht annähernd an ihn heranreichst. Er war menschlich und fehlbar und wundervoll, und er hat mich und meine Mom geliebt. Du hast nie jemanden außer dir selbst geliebt, Jess. Ich verdiene mehr als das.«

»Du hast jemanden kennengelernt, nicht wahr?«, sagt er. Sophie denkt an ihr Gespräch am Abend zuvor in der Bar. »Ist es etwas Ernstes?«

Sie wirft einen Blick über die Schulter, ihr Magen krampft

sich bei dem Gedanken an Harry zusammen. Sie ist wütend, aber es hat etwas Unvermeidliches. »Nichts ist passiert.« Ihr wird klar, dass es nicht stimmt, als sie es sagt. *Nichts ist passiert – noch nicht.* »Es ist vorbei, Jess. Es war vorbei mit uns, als du mich verlassen hast, und jetzt bin ich durch mit dir.«

»Dann kann ich ihm nur Glück wünschen, wer zum Teufel er auch ist.« Jess' Worte fließen ineinander über, er ist wütend und gekränkt. »Er muss ja ein Mordskerl sein, wenn er mit deinem Dad mithalten kann. Was ist denn an ihm? Was hat Jack Cass jemals für dich getan, was ich nicht tun könnte? Ich kenne dich. Ich weiß, dass da etwas ist, das du mir nicht erzählt hast ...«

»Danke, Jess«, sagt Sophie ruhig, »danke, dass du mir einmal eine Entscheidung viel leichter gemacht hast.« Sophie dreht sich um und schaut auf das endlose blaue Meer. »Pass auf dich auf. Auf Wiedersehen.«

Sophie nimmt das Handy in beide Hände und widersteht dem Drang, es ins Meer zu werfen. Sie will, dass Jess und seine Eifersucht für immer verschwinden. *Was hat Jack Cass jemals für dich getan ...?* Ihr Brustkorb hebt und senkt sich, ihr Herz klopft heftig. *Das wirst du nie erfahren, Jess.*

---

»Wie war's im Ballett?« Sophie erinnert sich immer noch an die Stimme ihres Vaters. Sie erinnert sich an ihre behandschuhte Hand in seiner, wie sie sich in die Wärme seines Mantels schmiegte, wie sie den Kopf an seine Hüfte lehnte, an das weiche Leder seiner Jacke – den Geruch von Tabak und Motorradöl. Dampf stieg aus dem Gulli auf, als sie die West 79th Street überquerten. Sie erinnert sich an alles.

»Das Ballett war gut. Nächste Woche mache ich die Prüfung.«

»Braves Mädchen. Gib immer hundert Prozent, denk daran.« Er drückt ihre Hand fester, während sie den Broadway entlanggehen.

»Ich habe so einen Hunger. Können wir einen Milchshake holen?«

Jack sieht auf die Uhr. »Deine Mom braucht noch ein paar Sachen von Zabar's, und ich muss dann wieder zur Arbeit, Schatz. Wir sind in ein paar Minuten zu Hause, kannst du nicht noch warten?«

»Es geht ganz schnell, versprochen.« Sophie zeigt auf einen alten Drugstore an der Straße, das Neonschild und die verchromte silberne Fassade sind im ersten Schnee nur vage zu sehen. »Komm …« Sie entzieht ihm die Hand und weicht zurück, fordert ihn heraus. »Wir können uns einen Schokoshake teilen.«

»Na gut«, sagt Jack. Er nimmt sie auf die Arme und läuft auf den Drugstore zu.

Sophie erinnert sich, wie sie die Tür aufschoben, wie die alte Glocke hoch über ihr klingelte, den warmen Luftzug. Sie setzten sich an die Imbisstheke, ihre Füße baumelten über der Chromstange des Barhockers. Die Fenster waren beschlagen, die Straßenlaternen und Autoscheinwerfer draußen verschwommene Pastellfarben. Es war viel los. Sie mussten auf ihre Bestellung warten. Sie erinnert sich an die Vorfreude, wie sie sich ungeduldig auf dem Hocker drehte, immer wieder, während Jack die *New York Times* durchblätterte. Schließlich reichte die Kellnerin den metallenen Shaker und zwei Gläser herüber, mit zwei rot-weiß gestreiften Strohhalmen aus Wachspapier.

Sophie hat oft an diesen Moment gedacht, in der Erinnerung ist er hyperrealistisch. Die Resopaltheke leuchtet rot. Sie sieht ihre kleine Hand auf der Theke, die nach dem Glas greift, den sämigen Milchshake, hört die Kaffeemaschine zischen. Gerade als Jack einschenkte, klingelte die Ladenglocke wieder.

Sophies Magen krampft sich jetzt vor Angst zusammen.

# 29

»Timeo danaos et dona ferentes«, murmelte Varian und blickte zu den Wandbildern in der Bibliothek auf. Von der Eingangshalle unten trieben Gesprächsfetzen herauf, darunter die klare Stimme einer jungen Amerikanerin, die sagte: »Und das ist für die Kinder.«

»Das wäre doch nicht nötig gewesen«, antwortete Danny. »Vielen Dank, Miss Guggenheim.«

»Peggy«, sagte Varian und lief nach unten. Wie immer erstaunte ihn ihr warmherziger und besorgter Blick. Irgendwie passte er nicht zu so einer kantigen, selbstbewussten Frau. Ihr Zögern, ihre Nervosität weckte seinen Beschützerinstinkt. Selbst ihre etwas knollige Nase verlieh ihrem Gesicht zusätzlichen Charme.

»Was für ein schönes Haus ihr gefunden habt!« Peggy Guggenheim schritt über die schwarz-weißen Fliesen in der Halle und begutachtete das Haus. »Wie schlau von dir, Varian.«

»Mit mir hatte das nichts zu tun.« Varian warf einen kurzen Blick zu Mary Jayne hinüber. Sie lehnte in der Tür zum Wohnzimmer und rauchte eine Zigarette, einen Arm vor der Brust. »Miriam und Mary Jayne haben das alles hier geplant.« Peggy sah sich mit wachsender Anerkennung um. »Uns geht es sehr gut hier«, sagte Varian. »Darf ich deinen Mantel nehmen?«

»Nein, mein Lieber, es ist furchtbar kalt.« Sie schloss den Kragen ihres dunklen Zobelmantels und zog den Kopf ein. »Friert ihr nicht?«

»Man gewöhnt sich daran.« Varian führte sie ins Wohnzimmer.

»Ich freue mich sehr, endlich hier zu sein. Die Künstler sprechen von kaum etwas anderem als von Bretons Sonntagssalons.« Sie überprüfte den Sitz ihrer Frisur. »Air Bel und das Anwesen von Gräfin Lily Pastré in Montredon sind wie Zufluchtsstätten in einer dunklen Nacht, das ruhige Auge des Sturms ...«

Varian sah Mary Jayne mit hochgezogenen Augenbrauen an, während Peggy weiter durch das Haus ging.

»Lily ist eine bemerkenswerte Frau. Ich glaube, Masson versteckt sich bei ihr, oder? Und Pablo Casals, Josephine Baker. Unter anderen Umständen wäre das eine großartige Gesellschaft.«

»Komm und wärme dich auf, Peggy«, meine Mary Jayne. »Kann ich dir etwas zu trinken anbieten?«

»Einen Cognac vielleicht? Nur zum Aufwärmen.« Peggy machte es sich auf dem Teppich vor dem Kamin gemütlich. »Na, wer bist du denn?«, fragte sie Clovis, der sich auf den Rücken rollte und mit den Pfoten die Luft bearbeitete. »Den alten Dagobert kenne ich ja schon, aber du bist ja ein hübscher junger Bursche.«

»Danke«, sagte Varian.

»Nicht du, mein Lieber, ich meinte den Hund.«

Varian lachte. »Das weiß ich, Peggy. Er gehört mir, ich muss für meine Sünden büßen, nicht wahr, Clovis? Er ist ein Gauner. Er macht nie das, was er soll.«

»Pudel sind schlaue Hunde«, sagte sie und streichelte Clovis' Bauch. »Du musst ihm vormachen, es wäre seine Idee.« Sie blickte zu Mary Jayne auf. »Falls du bald nach New York aufbrichst, kann ich dann dein Zimmer hier haben?«

Mary Jayne runzelte die Stirn. »Natürlich. Aber ich fahre nicht.« Sie sah zu Varian hinüber. »Noch nicht.«

»Deswegen wollte ich dich schon fragen«, sagte Varian zu Peggy. Mary Jayne setzte sich auf das Sofa auf der anderen Seite. Durch die Tür des Esszimmers sah er, wie Consuelo de St. Exupéry Hof hielt.

»Ist das Consuelo?«, flüsterte Peggy.

»Ja. Sie kam aus dem Nirgendwo und wohnt jetzt seit ein paar Wochen hier. Sie ist sehr lustig, war sehr großzügig zu den Künstlern, hat ihr Geld verteilt …«

Peggy schaute finster. »Zum Fürchten, die Frau. Kein Wunder, dass sich Antoine eine Geliebte genommen hat. Sie machen einander verrückt, und trotzdem können sie nicht loslassen. Ich schätze, diese ganzen grässlichen pseudosurrealistischen Ehefrauen sind hier auch untergekommen? Ich …« Sie unterbrach sich und hob zum Gruß die Arme. »Jacqueline!« Peggy stellte ihr Glas auf den Boden und sprang auf.

Jacqueline kam mit schwingendem Mantel hereinmarschiert. Mit ihr wehten kalte Luft und der frische Duft Holz herein.

»Peggy.« Jacqueline umarmte sie. Varian fiel auf, dass beide Frauen die Augen geöffnet hielten, als sie sich mit schmalen Lippen ein-, zweimal küssten. »Was für eine großartige Überraschung. Bleibst du?« Ihre Stimme war schneidend wie Papier.

»Ein paar Tage. Ich muss einige geschäftliche Dinge klären, dann fahre ich wieder zurück. Es ist wunderschön hier, genau wie in Paris, findest du nicht, mit den vielen Surrealisten, die hier herumwandern.«

»Wie schön. Wir müssen …« Jacqueline folgte Peggys Blick und verstummte, als sie merkte, dass Peggy ihr nicht das kleinste bisschen Aufmerksamkeit schenkte. Peggys Miene erhellte sich, als André in die Eingangshalle kam und die Tür

228

mit der Schulter zustieß. Seine Arme waren mit Ästen und Anschürholz beladen. Sie eilte ihm entgegen und winkte Danny und Gabriel.

»Jungs«, rief sie, »kommt und helft mir. Monsieur Breton sollte kein Holz tragen müssen. Das wäre ja so, als würde Leonardo da Vinci den Müll rausbringen.«

André trug das Holz zum Kamin. »Unsinn, Peggy«, sagte er, »jeder trägt hier dazu bei, dass wir im Château leben können, und diese Aufgabe macht wirklich Spaß.« Er warf das Holz in den Feuerkorb, wandte sich seiner Frau zu und nahm Jacqueline den Mantel von den Schultern. Aube kam hereingerannt und umklammerte das Bein ihres Vaters. Jacqueline funkelte Peggy an. »Erinnerst du dich an unsere Tochter?«

»Natürlich! Wie nett«, sagte Peggy und nahm wieder ihren Platz vor dem Kamin neben Varian ein. Während die Bretons damit beschäftigt waren, Schals und Handschuhe auszupacken, beugte sich Peggy zu Varian hinüber. »Das Kind benimmt sich in Cafés unmöglich. Er ist eindeutig vernarrt in das Kind, unglaublich nachgiebig. Das passiert wohl, wenn man mit über vierzig Kinder bekommt.« Sie nahm eine Zigarette aus Varians Silberetui und wartete, dass er sie ihr anzündete. »Danke.« Peggy lehnte den Kopf an die Marmorsäule des Kamins und atmete aus. »Er muss weicher geworden sein. Ich erinnere mich an die Geschichte von einem Ausbruch in Paris, als ihn eine Frau mit dem Kinderwagen anrempelte. Er schnauzte die Frau an und sagte: ›Wenn Sie schon ein Kind kacken müssen, dann halten Sie es von mir fern.‹ Aber sieh ihn dir jetzt an, er betet das Mädchen an, findest du nicht?« Sie streckte sich und seufzte. »Hast du Kinder, Varian?«

»Meine Frau möchte gerne. Sie hofft, ich bringe eine Kriegswaise mit nach Hause.«

»Und stattdessen bringst du ihr einen Pudel?« Peggy brach in Gelächter aus. »Varian, du bist unverbesserlich. Ach, es tut so gut, eine Weile ruhig dazusitzen. Ich habe das Gefühl, ich würde seit Monaten laufen.«

»Wie bist du denn aus Paris rausgekommen?«

»Das war ganz schön knapp, mein Lieber. Kannst du denn fassen, was für ein idiotisches Leben wir dort führten? Alle waren entschlossen, in diesem Sommer zu feiern. Weißt du noch, dieser lächerliche Jo-jo-Wahn? Cartier hat sogar eines aus Gold gemacht. So ein Unsinn.« Peggy schüttelte den Kopf. »Bis zur letzten Minute saßen wir in Cafés und haben Champagner getrunken, während ständig Züge mit Flüchtlingen und Maschinengewehren eintrafen. An dem Tag, an dem Hitler Norwegen besetzte, bin ich zu Léger ins Atelier und habe ein Bild von 1919 gekauft.«

»Du hast angeblich viel gekauft«, sagte Varian vorsichtig.

Peggy lachte kehlig. »Man wirft mir vor, ich profitiere von der Situation – sollen die Leute nur reden. Die Künstler brauchen Geld. Stell dir vor, Picasso hatte die Unverschämtheit, mich an der Tür seines Ateliers abzuweisen. Er hat gesagt: ›Unterwäsche gibt es im nächsten Stockwerk.‹ Ein gehässiger Mensch. Aber ich kann mich ja manchmal selbst nicht ausstehen.« Sie trank einen Schluck. »Ich bin am zwölften Juni herausgekommen, zwei Tage bevor die Nazis einmarschiert sind. Ich hatte Benzinkanister bei mir auf der Terrasse gestapelt.«

»Ein guter Schachzug.«

»Na ja, ich habe einfach mein Hausmädchen und meine zwei Perserkatzen in den Talbot gepackt und bin abgehauen. Es ist großartig, hier zu sein, wirklich großartig.«

»Kennst du die Bretons gut?«

Peggy schürzte die Lippen. »Ich würde nicht behaupten, im orthodoxen Sinn zum Kreis der Surrealisten zu gehören, aber ich bewundere Breton sehr.« Sie bekam feuchte Augen, als sie André anschaute. »Ist dir aufgefallen, wie er auf andere Menschen wirkt? Niemand ist gegen seinen Charme immun.«

Varian verlagerte den Arm und sprach leise mit ihr. »Peggy, wenn du wirklich etwas tun willst, um diesen Künstlern zu helfen, dann muss es wahrscheinlich sehr verführerisch sein, so schnell wie möglich nach Amerika aufzubrechen, aber hast du dir vielleicht schon einmal überlegt, das ARC von mir zu übernehmen? Diese Vollidioten in New York haben keine Ahnung, was hier wirklich los ist, und wir brauchen jemanden, der gut ist, wenn das Büro seine Arbeit fortsetzen soll.«

»Natürlich habe ich darüber nachgedacht, ich habe sogar erst heute Morgen mit dem amerikanischen Konsul darüber gesprochen.« Varian erschrak. »Es ist absurd. Was weiß ich denn schon von der Arbeit mit Flüchtlingen?«, fuhr Peggy fort.

»Genauso viel wie ich, als ich diesen Job übernommen habe«, sagte Varian. »Erinnere dich, Peggy. Ich war Verleger von Headline Books, nicht das scharlachrote Siegel.«

»Der Konsul hat mir geraten, nichts mit euch allen zu tun zu haben.« Peggy warf ihm einen kurzen Blick zu. »Ich höre natürlich nicht auf alles, was er sagt.«

»Ich sollte ja eigentlich nur ein paar Wochen bleiben, Peggy, und ich weiß nicht, wie lange sie mir die Stelle in New York noch freihalten.« Er seufzte. »Diese Arbeit zehrt an meiner Gesundheit.« Er zögerte und dachte an Eileens letzten Brief. »Und an meiner Ehe.«

Peggy legte die Hand auf seine. »Du leistest hier eine großartige, wunderbare Arbeit. Aber um ehrlich zu sein, diese Schwarzmarktatmosphäre in Marseille jagt mir Angst ein. Allein der Gedanke an eine Verhaftung …« Sie erschauerte. »Ich darf gar nicht daran denken, was ihr hinter den Kulissen alles anstellen müsst, um diese Leute sicher herauszubringen. Ich bin nicht für die Spionage geboren. Es tut mir leid, Varian, ich kann das einfach nicht. Verstehst du?« Sie nahm ihr Glas zur Hand. »Ich gebe euch aber gerne Geld, und ich garantiere dir, dass ich für die Schiffspassagen der Bretons und von Max Ernst nach Amerika aufkomme.«

»André«, rief sie, »findest du die Aussicht auf Amerika nicht spannend? Ich dachte, wenn ich meine Galerie eingerichtet habe, könntest du dort deine surrealistischen Versammlungen abhalten.«

»Danke, Peggy.« Er schaute düster. »Amerika ist ... notwendig. Ich kann nicht behaupten, dass es mir sehr behagt, ins Exil zu gehen.«

»Ach, mein Lieber, das wird phantastisch.«

»Hast du Max schon kennengelernt?« unterbrach Varian Peggy, um schnell das Thema zu wechseln, als er Andrés Unbehagen wahrnahm.

»Noch nicht. Ich finde seine Arbeiten ziemlich überwältigend«, sagte sie.

»Ich glaube, er hat eine ähnliche Wirkung auf Frauen.«

»Varian, du Spitzbub.« Sie legte den Kopf schief. »Obwohl ich die Vorstellung von ihm und seinen Arbeiten schon sehr verführerisch finde.«

André ging in der Mitte des Wohnzimmers auf und ab und las aus einem Brief von Marcel Duchamp vor. Varian sah sich um – die Leute saßen zusammengedrängt auf den Sofas, teilten sich Stühle, die vom Esszimmer hereingebracht worden waren. Jacqueline saß in der Nähe das Kamins, Aube schlief in ihren Armen. *Seine Stimme ist hypnotisierend, als würde er eine Zauberformel sprechen,* dachte Varian. Varian lächelte, als er Gabriel Lamberts ehrfürchtigen Gesichtsausdruck sah. *Was haben*

*Männer wie Breton nur an sich? Diese Macht, die sie ausstrahlen? Er wirkt eher wie ein Schamane als wie ein Dichter.*

Während Breton Hof hielt, dachte Varian an den frühen Morgen zurück. Er war hinausgegangen, um spazieren zu gehen, solange es noch still war. Wie immer waren sie am Abend zuvor alle lange wach geblieben, deshalb war noch niemand aufgestanden, zumindest ging er davon aus. Leise lief er die Treppe hinunter, die Socken rutschten auf den Holzstufen. Auf dem Treppenabsatz blieb er stehen und lauschte. Hinter den geschlossenen Türen hörte er jemanden laut atmen. Varian tappte hinunter zur Eingangshalle und setzte sich auf die unterste Stufe, um sich die Schuhe anzuziehen. Er knöpfte den Mantel zu und hängte sich das Fernglas um.

Die kalte Luft war wie ein Stärkungsmittel für ihn, linderte seinen Kater. *Ich trinke zu viel,* dachte er und registrierte den dumpfen Schmerz in seinen Nieren, im Kopf, in seinem Magengeschwür. Varian atmete tief ein, während er lief, die eine behandschuhte Hand in der anderen Handfläche geballt. Seine Gedanken passten sich dem Rhythmus seiner Schritte an, als er die dringenden Fälle durchging, die diese Woche hereinkamen. Von den am meisten gefährdeten Kunden hielten sich Hilferding und Breitscheid noch versteckt, und sie waren auch nicht damit weitergekommen, Bernhard oder Mehring zu helfen.

Das Geräusch einer Axt, mit der Holz gehackt wurde, erregte seine Aufmerksamkeit. Varian hob das Fernglas und blickte in den Wald. Ein dünner, sorgenvoll aussehender Mann mit grauen, eingefallenen Wangen schlug halbherzig auf den Stamm einer Birke im Wald ein. »Bonjour, Monsieur«, rief Varian. *Da kann noch jemand nicht schlafen.* Überrascht fuhr der Mann herum.

»Ich stehle nicht.«

»Das geht mich nichts an. Diese Wälder gehören uns nicht.«

»Thumin hat gesagt, das ist in Ordnung. Ich zahle dafür.« Er blickte sich unsicher um. Varian dachte an eine Drossel, die er einmal in der Hand gehalten hatte, an ihren schnellen Herzschlag und daran, wie zerbrechlich sich die Knochen angefühlt hatten. Er merkte, dass der Mann sein Fernglas anstarrte.

»Ich hatte gehofft, ein paar Vögel zu sehen.« Varian wurde plötzlich bewusst, dass der Mann Angst hatte. »Leben Sie hier im Dorf?«

»Mein Name ist Bouchard.«

»Varian Fry. Es freut mich, Sie kennenzulernen.« Mit ausgestreckter Hand trat er vor. Bouchard machte keine Anstalten, ihm die Hand zu schütteln, daher verschränkte er umständlich die Arme.

»Sie wohnen in Air Bel?«

»Ich hoffe, wir stören Sie nicht?«

Bouchard kaute auf der Innenseite seiner Wange. »Wir hören die Musik, nachts. Wir sehen die Leute von den Partys kommen und gehen.«

»Vielleicht möchten Sie und Ihre Familie einmal abends vorbeikommen, um alle kennenzulernen?«

»Nein, das glaube ich nicht.« Er holte wieder mit der Axt aus. »Wir sind ruhige Menschen, Monsieur Fry. Ihre Freunde würden gut daran tun, hier niemanden zu verärgern. Wir mögen keine ›Künstler‹ und …«

*Na los, sag es. Keine Entarteten. Sag es.* »Ist das eine Drohung?«

Bouchard schürzte die Lippen. »Eine Drohung? Nein. Ein freundlicher Rat.« Die Axt traf auf den Baumstamm, das Holz splitterte. Die kahlen Zweige der Birke erzitterten über ihnen.

Varian fluchte verhalten, als er zurück zum Haus ging. *Verdammte ignorante Bauern.* Doch er wusste, dass Bouchard recht hatte. Air Bel erregte zu viel Aufmerksamkeit durch die unablässige Parade von extravaganten Gestalten, die zu den sonntäglichen Salons pilgerten. *Vielleicht wäre es sicherer, sich unauffälliger zu verhalten.* Der Schein einer Kerze im Treibhaus lenkte ihn ab. Er hielt den Atem an, ging ein bisschen näher heran und schaute durch das beschlagene Glas. Zwischen den verstaubten Blättern sah er André an einem kleinen Tisch sitzen, auf den Büchern vor ihm lagen grün beschriebene Seiten, von denen einige auf den Boden mit den zersprungenen Terrakottafliesen gefallen waren. Neben seinem Ellbogen flackerte eine Kerze. Er trug einen schweren Morgenmantel aus grüner Wolle. Er fuhr sich durch die dicken kastanienbraunen Haare und hatte die Augen in völliger Verzweiflung geschlossen. Varian überkam heiße Scham. Er fühlte sich wie ein Voyeur, ein glotzender Tourist vor einem Löwenkäfig.

Varian betrachtete Andrés Gesicht, als er majestätisch innerhalb des Kreises von Künstlern und Schriftstellern hin- und herging. André hatte ihm eines Abends gesagt, er habe keine Zeit für leere Momente der Depression, auch wenn sie ihn zu quälen schienen. *Keine Spur mehr von dieser Qual jetzt,* dachte Varian, als er seinen Wein trank. Ein spitzer Schrei aus der Eingangshalle unterbrach Bretons Monolog. Er drängte sich durch die Menge, Varian folgte ihm auf den Fersen.

»Was ist?«, fragte Varian. Breton kniete über dem bäuchlings daliegenden Hausmädchen Rose. Sie hatte einen ihrer abgewetzten Schuhe verloren und ein Loch im Strumpf. Gabriel tauchte neben Varian auf und holte scharf Luft.

»Geht es ihr gut?«, fragte Gabriel. Varian hörte die Besorgnis in seiner Stimme. Rose lag am Fuß der Treppe, rote Flecken von Erbrochenem auf ihrer weißen Schürze.

André nahm sie auf die Arme. »Das ist Rotwein, kein Blut«, sagte er. »Aber ich untersuche sie zur Sicherheit.«

»Monsieur Breton!« Madame Nouguet drängte sich vor. »Sie dürfen sich nicht schmutzig machen. Ich hole den Gärtner ...«

»Unsinn, Madame«, sagte er und trug das Mädchen nach oben.

»Was für ein wunderbarer Mann.« Sie rang die Hände.

»Sie kommt wieder in Ordnung«, sagte Varian zu Gabriel. »Kommen Sie, trinken Sie noch was, alter Junge.« Er klopfte ihm auf den Rücken.

»Tut mir leid«, sagte Gabriel. »Als ich sie da liegen sah, da ... es hat mich an etwas erinnert.« *An jemanden,* dachte Varian.

»Warum kümmert sich André um das armselige Mädchen?«, fragte Peggy. »Ein großer Mann wie er. Das Mädchen war voller Erbrochenem.« Sie sah aus, als hätte sie in eine Zitrone gebissen.

»André ist Arzt, wusstet ihr das nicht?«, erklärte Jacqueline ruhig. Sie drückte sich, Aube auf dem Arm, vorbei. Der Kopf des kleinen Mädchens ruhte friedlich am Hals der Mutter. »Es ist spät. Ich muss die Kleine ins Bett bringen.« Sie warf einen kurzen Blick auf Peggy. »Schlaft gut.«

»Arzt?«, fragte Peggy.

»Ich hatte keine Ahnung«, sagte Gabriel zu Varian, als er ihm ein volles Glas Wein reichte. »Ich finde, es ist immer noch etwas Besonderes, ihn zu sehen ... ich meine, er ist eine Legende. Zu erleben, wie er Holz sammelt oder sich um dieses Mädchen kümmert ...«

»Sie ist eindeutig Alkoholikerin.« Peggy schnalzte mit der Zunge. »Das habe ich schon gerochen, als sie die Suppe serviert hat.«

»Ich glaube, sie hat heute vielleicht ein bisschen zu viel getrunken, weil sie ein schlechtes Gewissen hat«, sagte Varian.

»Ein schlechtes Gewissen? Warum?«

»Sie hat heute Morgen vergessen, die Kuh zu füttern, und ein Dorfbewohner hat sie brüllen hören. Heute Nachmittag sind die Behörden gekommen und haben sie mitgenommen.«

»Ihr habt eine Kuh?«

»Hatten, Peggy. Wir hatten eine Kuh. Wir haben den Kindern die Milch gegeben.«

»Meine Güte, wie bukolisch.«

»Nur darüber spricht Chagall: Gibt es in Amerika Kühe.«

Peggy brach in Lachen aus. »Nein, mein Lieber, da missverstehst du ihn. Chagall verehrt Kühe, er identifiziert sich selbst mit den dummen Tieren, glaube ich. Hatte er nicht vor, sich eine Kuh auf seine Visitenkarte drucken zu lassen? Was er meinte war, ob sie wohl einfältige Wesen wie ihn nach Amerika lassen.«

»Ach was.« Varian blickte auf. »Peggy, kennst du Gabriel Lambert schon?« Gabriel sah plötzlich panisch aus. »Peggy Guggenheim, eine große Kunstmäzenin.«

»Ich weiß.« Er schüttelte ihr die Hand. »Guten Tag, Miss Guggenheim.«

»Vielleicht kennst du ja Gabriels Arbeiten?«, fragte Varian Peggy.

»Im Sommer hat ein Agent versucht, mir ein paar Gemälde zu verkaufen. Ganz reizend, aber nichts für mich.« Sie winkte ab. »Sie sind natürlich technisch vollendet, mein Lieber, aber dekorativ, nicht wahr?«

»Peggy bringt mich zum Lachen«, sagte Varian leise zu Gabriel, als sie davoneilte. »Ist Ihnen aufgefallen, dass sie immer alles mit einer Frage beantwortet?« Er hob sein Glas, erstaunt über die plötzliche Erleichterung in Gabriels Gesicht. »Auf Ihre Gesundheit.«

»Er war aber nicht hier, oder? Der Agent, von dem sie gesprochen hat?«

»Ein Agent? Nein, ich glaube nicht.« Jemand drehte das Radio auf, und einige Paare tanzten vor dem Kamin. Varian erhob die Stimme über das Stimmengewirr und die Jazzmusik. »Suchen Sie ihn denn?«

»Nein«, sagte Gabriel, »er sucht mich.«

# 30

Der Gedanke an Quimby macht mich wieder nervös. Immer noch, nach all dieser Zeit. Ich presse die Augen fest zusammen, gegen die Erinnerung an ihn, nur ganz kurz.

»Gabriel?« Die Stimme von Sophie ist ganz nah. »Wir sind noch nicht fertig. Was ist als Nächstes passiert?«

»An diesem Abend konnte ich mich endlich dort entspannen.« Mein Herz flattert in meinem Brustkorb, aber ich verrate ihr nichts, o nein.

»Obwohl Quimby hinter Peggy Guggenheim und ihrer dicken Brieftasche her war?«

»Na ja, wenn er es bei ihr im Sommer versucht hatte, musste ich einfach hoffen, dass er ihr nicht noch einmal in Marseille nachstellen würde.«

»Dann machen wir weiter. Erzählen Sie mir, wie es weiterging.« Das Mädchen setzt sich wieder neben mich.

Breton – ich mochte nie André zu ihm sagen, für mich war er immer Monsieur Breton – kam nach etwa einer halben Stunde wieder herunter.

»Rose geht es bald wieder gut«, sagte er, krempelte die Ärmel herunter und befestigte die schweren Manschettenknöpfe. »Kopfschmerzen, ein paar blaue Flecken, aber nichts Ernsteres.« Peggy eilte zu ihm und hängte sich bei ihm ein.

»Wir hatten ja keine Ahnung, dass du Arzt bist, mein Lieber! Was hast du denn sonst noch für Geheimnisse?«

»Genügend.« Er verneigte sich ein wenig. »Im Ersten Weltkrieg war ich Sanitäter, bis vor Kurzem«, sagte er. »Wie mein lieber Freund Dr. Mabille.« Ich sah, wie sie ein wenig stutzte. Jeder wusste, dass sie sich geweigert hatte, etwas zu Mabilles Ticket nach Amerika beizusteuern. Peggy argumentierte, dass er nur der Arzt der Surrealisten war, kein bemerkenswerter Künstler. Breton war taktvoll genug, nicht weiter darauf herumzureiten. Wahrscheinlich fühlte er sich, fühlten sich alle ihr verpflichtet.

In dieser Nacht schlief ich zum ersten Mal in der Villa Air Bel. Alle Zimmer waren voll, deshalb rollte ich mich neben dem verglimmenden Feuer auf dem Sofa zusammen und schlief zum ersten Mal seit Monaten gut. Ich fühlte mich sicher, ich glaube, so einfach ist das, und ich wusste, dass Marianne in ihrem Haus nebenan schlief. Es ist schrecklich, die ganze Zeit Angst haben zu müssen. Alle hatten Angst, wegen der Gestapo, jeder wartete in der Nacht auf das Klopfen an der Tür. Und ich war starr vor Angst bei dem Gedanken, dass Quimby mich bloßstellen könnte. Ich hatte das Gefühl, meine Zeit sei nur geborgt, ich könnte jeden Moment alles verlieren – und Marianne dazu.

Gegen sieben Uhr kamen die Leute herunter. Varian und seine Gruppe machten sich auf, um mit der Straßenbahn ins Büro in der Stadt zu fahren, und als ich meinen Kaffee am Fenster trank, sah ich ihn Seite an Seite mit Danny und den anderen vom Haus weggehen, Clovis rannte vor ihnen her. Sie erinnerten mich an Revolverhelden in einem amerikanischen Western.

»Guten Morgen«, sagte Mary Jayne, als sie sich eine dampfende Tasse Kaffee einschenkte. »Kommen Sie mit in die Stadt?«

»Später vielleicht. Ich wollte noch jemanden treffen.«

»Marianne?« Sie lächelte mich kurz an. Aube kam ins Zimmer gelaufen und rannte zu mir. Ich nahm sie hoch und setzte sie mir auf die Hüfte. »Sie können gut mit kleinen Mädchen«, sagte Mary Jayne. »Wie alt ist …«

»Sechzehn.«

»Sie könnten ja ihr Vater sein«, sagte sie augenzwinkernd. »Aber ich habe gut reden. Hören Sie, wenn Sie eine Weile in der Nähe sind, können Sie sich doch nützlich machen. Als Raymond und ich gestern im Wald spazieren gingen, haben wir ein paar letzte Pilze entdeckt. Ich war erstaunt, dass Thumin sie übersehen hat, aber Sie könnten Ihre kleine Freundin bitten, Ihnen bei der Suche zu helfen.« Sie sah mich über die Schulter an. »Es ist ein schöner Tag für einen Spaziergang.«

Ich wagte es nicht, an der Tür nach Marianne zu fragen, deshalb schlich ich mich in den Garten hinter dem Haus und warf ein paar Steinchen an das Fenster zu ihrem Zimmer. Ihr Gesicht erschien hinter der Scheibe, und ich bedeutete ihr, mich im Wald zu treffen. Während ich auf sie wartete, sammelte ich alle Pilze auf, die ich finden konnte. Als der Korb voll war, setzte ich mich unter eine Eiche und kratzte den Boden mit den Fingern auf.

Nach einer halben Stunde hörte ich ihre Schritte, sie kam zu mir gerannt, Zweige knackten unter ihren Stiefeln. Sie winkte, als sie mich sah.

»Was machst du denn da? Du siehst aus wie Rotkäppchen mit dem Korb.« Sie beugte sich herunter und küsste mich. »Oder vielleicht auch der Wolf.«

»Ich dachte, es könnte Trüffel geben. Wachsen die nicht unter Eichen?«

Marianne lachte. »Dafür brauchst du einen Hund oder ein Schwein. Weißt du denn nichts über das Land?«

»Vielleicht könnte Varian das Clovis beibringen.«

»Ein Pudel, der Trüffel sucht? Du bist ja lustig.« Sie lachte. »Es tut mir leid, ich bin nicht weggekommen. Maman wollte, dass ich auf den Markt gehe. Ich weiß nicht, was mit ihr los ist, zurzeit mag sie nicht aus dem Haus. Ich kann nicht lange bleiben. Sie denkt, ich bin auf dem Weg zur Straßenbahn.«

»Gehen wir doch zusammen in die Stadt.« Ich rappelte mich auf, und wir gingen Hand in Hand in den Wald.

»Was hast du denn gefunden?«

Ich hob das rot-weiß karierte Tuch und zeigte ihr die Pilze. »Mary Jayne hat mich gebeten, so viele wie möglich für Madame Nouguet zu suchen.«

»Die Köchin?«

»Du kennst sie?«

Marianne schüttelte den Kopf. »Ich habe nur mitbekommen, wie ein paar Frauen aus dem Dorf versucht haben, ihr an der Straßenbahnhaltestelle Informationen über das Haus zu entlocken.« Sie lächelte zu mir auf. »Sie wollte übrigens nichts erzählen. Deine Freunde sind sicher.«

»Ich wünschte, du könntest eines Abends mitkommen und sie kennenlernen. Du würdest sie mögen.«

»Das kann ich doch nicht, das weißt du. Meine Eltern sperren mich quasi jeden Abend in mein Zimmer.« Sie lehnte sich an mich. »Ich glaube, sie haben Angst, dass ein gut aussehender Künstler die Wand hochklettert und mich mitnimmt.«

»Das klingt nach einer guten Idee.« Ich bückte mich, um noch einen Pilz aufzusammeln. Als wir weitergingen, bot mir Marianne eine zusammengelegte Einkaufstüte an.

»Es hat geregnet, deshalb solltest du auch nach Schnecken suchen«, sagte sie. Ich rümpfte die Nase.

»Ich mochte Schnecken noch nie.«

»Gabriel, es geht nicht darum, was wir mögen, wir müssen

mit dem auskommen, was wir haben.« Sie trat einen Baumstumpf neben der eingestürzten Mauer um und nahm einen alten Stein weg. »Da«, sagte sie und zupfte Schnecken von der Mauer, »steck ein paar Kräuter in die Tüte und lass sie ein paar Tage verdauen.«

»Ich weiß nicht, wie Madame Nouguet es schafft, alle zu ernähren«, sagte ich. »Mittlerweile sperrt sie die halbpfündigen Brotrationen über Nacht in der Speisekammer weg, aber jemand hat herausgefunden, wie man die Tür aus den Angeln hebt.« Ich lachte. »Wir steuern alle etwas bei, aber jeder bekommt meist nur gekochte Karotten und Steckrüben.«

»Hör auf, mir läuft das Wasser im Mund zusammen.«

»Stell dir vor, gestern hat Varian für den Eintopf die Goldfische aus dem Teich gefangen.«

Marianne lachte. »Ist das der Amerikaner?«

»Ja, hast du ihn mal gesehen?«

Sie schüttelte den Kopf. »Mein Vater hat sich beschwert, dass ihm irgendein Mann mit einem Fernglas hinterherspioniert hat.« Sie wischte sich den blonden Pony aus den Augen. »Er sollte vorsichtig sein. Die Leute sind misstrauisch. Wenn sie anfangen zu denken, dass sich Spione in Air Bel verstecken …«

»Ach was, das ist doch lächerlich.«

»Ihr müsst wirklich aufpassen. Das hier ist nicht Paris, Gabriel. Wir sind in einem kleinen, provinziellen Dorf – die Leute reden. Ein vereinzeltes Gerücht …«

»Dann geben wir ihnen doch etwas, worüber sie reden können.« Ich zog sie in meine Arme und küsste sie. Ausnahmsweise leistete sie keinen Widerstand. Ich roch die kalte Erde an meinen Fingerspitzen, die an ihrem Hals ruhten. »Ich habe etwas für dich.« Ich griff in meine Tasche. »Ich wollte bis Weihnachten warten, aber …«

243

»Aber du kannst nicht warten?« Sie bekam große Augen, als ich ihr die rote Schachtel überreichte. »Ach, Gabriel, das sollst du doch nicht.« Sie klappte den Deckel auf und lächelte. »Ist die schön!« Sie hielt die Armkette hoch, sie hing an ihrer Fingerspitze. »So etwas Hübsches habe ich noch nie besessen.«

Ich nahm ihr das Kettchen ab und befestigte es um ihr schlankes Handgelenk. Die silbernen Sterne glitzerten im Morgenlicht. Ich hielt ihre Hand und hob ihr Handgelenk an die Lippen.

»Ich werde sie immer tragen«, sagte sie.

»Einer von diesen Sternen ist die Venus«, sagte ich und berührte das Kettchen. »Sie scheint Tag und Nacht, wie meine Liebe zu dir ...«

»Marianne!«, rief jemand. Als ich aufblickte, kam ein Mann durch den Wald auf uns zu. Er war bleich vor Wut, über dem Arm hing ein Gewehr, und in der Faust hatte er ein Kaninchen an den Füßen. »Wer zum Teufel sind Sie?«

»Papa«, sagte sie und rannte auf ihn zu. Sie hielt ihn zurück, als er auf mich zustürmte.

»Wer sind Sie?«, brüllte er.

»Mein Name ist Gabriel Lambert, Monsieur.«

»Halten Sie sich fern von meiner Tochter, verstanden? Ich warne Sie, wenn Sie sie auch nur anschauen ...«

»Dann?« Mit geballter Faust trat ich auf ihn zu. Das Blut rauschte mir in den Ohren. Marianne schüttelte den Kopf und flehte mich an, nichts zu machen.

»Drohen Sie mir nicht.« Er zerrte sie mit sich. »Du hast nichts mit diesen Leuten zu schaffen, verstanden?«, schimpfte er.

»Lass mich los!« Sie versuchte, sich freizukämpfen, aber er hielt sie fest. »Gabriel!«, rief sie.

»Lass ihn«, sagte der alte Bouchard, »das ist zu viel. Ich habe dich gewarnt. Die bringen uns nichts als Schwierigkeiten, verstehst du? Es wird Zeit, dass sie uns in Frieden lassen.«

# 31

Varian putzte den beschlagenen Spiegel auf dem Marmor-
ständer und fuhr sich mit der Hand über das Kinn. Durch
das Fenster nahm er eine Bewegung am Rand des Gartens
wahr. Er trat näher und wischte mit den Fingerspitzen eine
Stelle frei. *Lambert*, dachte er, als eine Gestalt durch das Tor
zum Haus der Bouchards schlüpfte. *Ich muss mit ihm reden, ihm
sagen, er soll vorsichtiger sein.* Varian hatte Gerede im Dorf gehört.
Man hatte die Beziehung bemerkt. Dampf stieg von der Was-
serschüssel auf, als er die Rasierseife mit dem Pinsel auf-
schäumte und sich in gleichmäßigen Kreisen das Gesicht ein-
seifte.

»Gut, Lena, der nächste Brief geht an Alfred H. Barr, Direktor des Museum of Modern Art, New York«, sagte er. »Lieber
Alfred ...«, begann er. Seine Sekretärin saß an dem kleinen
Tisch am Fenster, ihr Stenoheft auf den Knien. Es war ein
frischer Morgen, und hinter ihr sah er die Pinien aus dem
Nebel aufragen. Das ausgemergelte Gesicht eines Fremden
blickte ihm aus dem Spiegel entgegen. In dem grünlichen
Licht der Lampe sah er fahl aus, und er hatte dunkle Schatten
unter den Augen. Der Rasierer schabte über seine Haut, während er den Brief diktierte, jeder planvoll angesetzte Strich
brachte rosafarbene verletzliche Haut zum Vorschein. »Viele
Grüße und so weiter.« Er spülte den Rasierer ab und dachte an
den Brief, den er in dieser Woche von Eileen bekommen
hatte. *»Denk an mich«,* schrieb sie. *Das tue ich,* antwortete er,

*aber dein Ehemann ist ein anderer Mensch geworden. Versuche nur
nicht, mich wieder zu ändern.*

»Varian!«, rief Mary Jayne und hämmerte gegen die Tür.

»Einen Moment«, sagte er. Rasch beendete er die Rasur
und zuckte zusammen, als er sich am Kinn schnitt. Er
spritzte sich Wasser ins Gesicht und wischte sich die rest-
liche Seife mit dem Handtuch ab. »Was ist los?« Er öffnete
die Tür.

»Tut mir leid.« Sie warf einen kurzen Blick auf seinen
Morgenmantel, wusste nicht, wo sie hinschauen sollte. »Die
Sûreté ist da.« Sie ging mit ihm zu dem Fenster, von dem aus
man die Zufahrt sah. Draußen hielten gerade zwei Polizeiautos und ein *panier-à-salade*-Wagen.

»Verdammt.« Varian biss sich auf die Lippe und dachte
nach. *Das kann nichts Gutes bedeuten.* Er nahm sein Adressbuch
und warf es ins Feuer. »Hör zu, Lena, geh mit Mary Jayne
nach unten.«

»Was sollen wir sagen?« Sie fingerte an der Brosche am
Kragen ihrer Bluse herum.

»Nichts, sagt gar nichts. Ich ziehe mich an. Es sind bestimmt
nur Routineermittlungen.«

»Diese sonntäglichen Feiern haben zu viel Aufmerksamkeit
auf uns gelenkt«, sagte Mary Jayne. »Wir müssen dafür sorgen, dass sie sich unauffälliger verhalten.« *Du musst gerade reden,*
dachte er, *treibst dich mit diesem Ganoven herum.*

»Schindet Zeit.« Er schritt durch das Zimmer. »Sind alle
anderen wach?«

»Sie frühstücken.«

»Gut.« Er nahm seine Anzughose. »Seht zu, dass alle so entspannt und normal aussehen wie möglich.«

»Normal?« Mary Jayne lachte. »In diesem Laden?«

Als Varian hinunter in die Eingangshalle eilte, hatte Mary Jayne der Polizei bereits die Tür geöffnet, und die Bewohner der Villa Air Bel versammelten sich unten. Ein vierschrötiger Polizist versperrte den Eingang. Varian bemerkte, wie sich Andrés Neugierde in Panik verwandelte, die er mit Ruhe tarnte.

»Guten Morgen, Kommissar.« Varian ging erhobenen Hauptes und aufrecht auf ihn zu. »Was können wir für Sie tun?«

»Monsieur Fry? Ich habe einen Durchsuchungsbeschluss.«

»Was bedeutet das? Wir protestieren und möchten unsere Rechte wahren.«

Der Polizist fing an, in der Nase zu bohren.

»Großartig«, murmelte André aus der Ecke.

»Wir können das auf die leichte oder auf die schwere Tour machen, Monsieur Fry«, sagte der Polizist. »Wir haben einen Durchsuchungsbeschluss.« Er griff in die Tasche und hielt Varian die Papiere hin, mit denselben Fingern, die er gerade noch in der Nase gehabt hatte. Varian sah den Kohledurchschlag der Ermächtigung durch den Polizeichef, automatisch alle Örtlichkeiten zu durchsuchen, wo kommunistische Aktivitäten vermutet wurden.

»Wie gesagt, wir protestieren und nehmen unsere Rechte wahr«, sagte Varian langsam und deutlich. »Wir haben nichts zu verbergen. Arbeiten Sie mit Kommissar Dubois zusammen? Er kennt unsere humanitäre Arbeit im ARC sehr gut. Ja …«

»Kommissar Dubois bleibt nicht mehr lange in Marseille.«

»Seit wann das?«

Er zuckte mit den Schultern. »Er reist bald ab. Dubois wird nach Rabat versetzt.«

*Armer Teufel*, dachte Varian. *Ihn hat zweifellos jemand verpfiffen.*

»So, sind jetzt alle hier, auch das Personal?«

Varian sah sich um und entdecke Rose, Madame Nouguet und das junge spanische Kindermädchen Maria neben der Küchentür. Die Bretons und Jacquelines Schwester standen in der Ecke beisammen. »Ja, wir sind alle hier.« *Alle außer Danny und den anderen vom ARC,* dachte er. *Hoffen wir, sie bleiben weg.*

»Wir haben vor, das Haus von oben bis unten zu durchsuchen«, sagte der Kommissar.

»Können wir Ihnen in diesem Fall Kaffee anbieten? Madame Nouguet, würde es Ihnen etwas ausmachen?« Er sah zu, wie die Angestellten erleichtert in die Küche flüchteten. »Darf ich fragen, weshalb Sie das Haus durchsuchen?«

»Uns erreichten Meldungen von verdächtigen Vorgängen.«

»Zum Beispiel?«

Er sah in seinen Papieren nach. »Ich glaube, die junge Mademoiselle Breton hat ihren Klassenkameraden erzählt, wie traurig ihre Eltern über den Tod ihres Freundes Vieux Trotski waren …«

Jacqueline hielt sich an Andrés Arm fest. »Inspektor, sie ist doch nur ein Kind, sie versteht das nicht.«

»Trotzdem ist das verdächtig. Wir können nicht vorsichtig genug sein. Erst gestern erhielten wir einen Anruf über eine junge Frau, die einen schweren Koffer zum Haus gebracht hat …«

»Das war ich.« Jacquelines Schwester trat trotzig vor. »Ich bin zu Besuch hier. In dem Koffer waren Kleider für Jacqueline und das Kind, das ist alles. Ich zeige es Ihnen.«

»Das werden wir sehen.« Der Kommissar winkte einem der Polizisten. »Gehen Sie mit ihr mit. Durchsuchen Sie das Zimmer und den Koffer gründlich. Alle Feuerwaffen müssen herausgegeben werden«, sagte er zu der Gruppe.

Varian stellte sich an den grün gekachelten Ofen neben

Mary Jayne. »Hast du etwas Belastendes bei dir?«, flüsterte er, als die Polizei nicht hinsah. »Ich muss hoch in mein Zimmer. Ich habe einen gefälschten Pass auf der Kommode liegen lassen.«

»Du solltest vorsichtiger sein.« Sie warf einen kurzen Blick zu dem jungen Polizisten neben ihr. »Gut. Ich lenke ihn ab. Sieh zu, dass du sie überzeugen kannst, dich nach oben zu lassen.«

»Verzeihung« – Varian ging zu dem Kommissar –, »ich müsste zur Toilette.«

Der Mann sah ihn irritiert an, dann winkte er einem Polizisten. »Begleiten Sie ihn.«

Varian dachte rasch nach, als sie nach oben gingen. »Sind Sie schon lange bei der Polizei?«, fragte er.

»Ein paar Jahre.«

»Wie finden Sie es?« Sie gingen hinauf ins nächste Stockwerk.

»*Pas mal.*« Der Junge zuckte mit den Schultern.

»Da sind wir.« Varian schloss die Badezimmertür ab und wartete. Er lehnte den Kopf an die Tür, während er durchatmete. Er zog die Spülung, drehte den Wasserhahn auf und machte sich die Hände nass. »Danke«, sagte er zu dem Polizisten. Dann wischte er sich mit dem Zeigefinger über die Nase. »Ich bräuchte ein frisches Taschentuch, ginge das? Ich gehe nur kurz in mein Zimmer und hole es«, sagte Varian, in der Hoffnung, er würde ihm nicht nach drinnen folgen.

»Gut.« Der Junge lehnte sich an die Wand.

Varian schnappte sich den Pass und schaute verzweifelt in alle Richtungen. *O Gott, o Gott,* dachte er. Er hatte keine Zeit, eine Diele hochzustemmen oder den Spiegel zu lockern, sein Lieblingsversteck in seinem alten Zimmer im Hotel Splendide. Er warf den Pass oben auf den Schrank und atmete durch. Ruhig zog er die oberste Schublade der Kommode auf und nahm ein säuberlich zusammengefaltetes Taschentuch heraus. Als er aus dem Zimmer ging, schnäuzte er sich. »Danke.«

Sie kamen gerade wieder unten an, als André seinen Dienstrevolver vor die Polizisten auf den Tisch legte. Ein paar Schreibmaschinen und Waffen befanden sich bereits dort. »Gut«, sagte der Polizist und überprüfte die Papiere der Familie Breton. »Haben Sie dort oben noch etwas gefunden?«

»Es gibt eine Menge Bücher und Papiere«, sagte ein junger Polizist. »Mit den meisten Sachen kann ich nichts anfangen, aber wir haben das hier gefunden.« Er hatte ein Porträt von Marschall Pétain als gallischer Hahn in der Hand.

»*Ce sacré crétin de Pétin?*«, dröhnte der Kommissar. »Sie bezeichnen Pétain als Idioten? Das ist revolutionäre Propaganda!«

»Nein, Monsieur«, sagte André ruhig, »Sie haben sich verlesen. P-u-t-a-i-n«, buchstabierte er. »Hure.«

Varian verbarg ein Lächeln. Mary Jayne machte ihm ein Zeichen. Er ging zu ihr hinüber und tat so, als würde er sich die Hände am Herd wärmen. »Hast du ihn?«, fragte sie.

»Hoffen wir mal, dass sie nicht zu genau nachsehen.«

»Gut. Kannst du mich jetzt decken?« Sie öffnete die Tür des Ofens, und als sie ein neues Holzscheit hineinlegte, sah Varian, wie sie eine Papierkugel dazusteckte.

»Dauert das lange?«, fragte er einen Polizisten, der auf sie zukam. Er verstellte ihm den Blick auf Mary Jayne.

»Das kommt darauf an«, sagte der Mann. Varian sah kurz zu Mary Jayne hin, die ein bestürztes Gesicht machte. Er folgte ihrem Blick und sah, wie Raymond von einem anderen Polizisten mit vorgehaltener Waffe über die Terrasse geführt wurde.

»Was macht er hier?«, zischte Varian sie an. *Mein Gott, ich weiß nie, wer hier kommt und geht. Genau das, was wir jetzt brauchen.*

»*Chéri!*«, rief Mary Jayne und schlang die Arme um Raymond, bevor der Polizist sie daran hindern konnte. »*Mon amour, mon amour!*« Er küsste sie, und Varian sah, wie er ihr einen Umschlag in die Tasche steckte.

»Los, weiter«, sagte der Polizist und zerrte ihn Richtung Kommissar. »Er hat sich draußen herumgetrieben.«

Mary Jayne steckte die Hände in die Taschen und ging zu Jacqueline. Sie redete schnell auf sie ein und nickte in Richtung des jungen blonden Polizisten am Terrassenfenster. Jacqueline hob das Kinn und schlenderte mit verführerischem Hüftschwung zu ihm hin.

»Haben Sie Feuer?«, fragte sie und lehnte sich an den Fensterrahmen.

»Natürlich, Madame.« Er suchte in seiner Tasche. Jacqueline nahm einen Zug und leckte sich die Lippen.

»Danke. Das ist ja ein schönes Feuerzeug. Haben Sie es hier gekauft?« Sie fuhr mit ihrem roten Fingernagel über die Gravur.

Hinter dem Rücken des Mannes hob Mary Jayne die Ecke eines Chagall-Bildes an der Wand an, das eine fliegende Kuh zeigte. Sie schob den Umschlag dahinter und ging davon.

»*Bon*«, sagte der Kommissar nach mehreren Stunden, »alle Räume sind überprüft …?« Er verstummte, als zwei weitere Polizisten von der Terrasse aus hereinkamen, Danny in der Mitte. Alle drei keuchten.

»Er hat versucht wegzulaufen«, sagte einer der Polizisten. Dannys Gesicht leuchtete vor Wut.

»Aha, also noch einer. *Bien.* Wir gehen.«

»Wohin?«, sagte Varian. »Sie haben uns versichert, dass es

nicht lange dauert. Wir sind eine viel beschäftigte und legitime Hilfsorganisation ...«

»Wir haben noch ein paar Fragen, Monsieur Fry, und ich hätte gerne, dass Sie mich auf die Wache begleiten, aus reiner Herzensgüte, Sie verstehen.«

»Wir sind also nicht verhaftet?«

»*Bien sûr.*« Der Kommissar öffnete die Hände. »Wir haben nichts gegen Sie. Sie sind in einer Stunde wieder zurück, Sie haben mein Wort. Das Personal und Mütter mit kleinen Kindern dürfen hierbleiben. Wir sind keine Tiere, Monsieur Fry.«

Jacqueline rannte zu André, schlang ihm die Arme um den Hals. Aube schmiegte sich an ihre Beine und blickte die Polizisten finster an. Varian hörte Jacqueline flüstern: *Courage, mon cher, courage* ... Dann bedachte sie die Polizisten mit ihrem wütenden Blick, und die Tigerzähne um ihren Hals klapperten.

Varian ging in die Hocke und kraulte Clovis' Ohren. »Müssen wir etwas mitnehmen?«, fragte er den Kommissar.

»Nein, nein. Es wird nicht lange dauern, das versichere ich Ihnen.«

Als Varian André aus dem Haus folgte, hörte er ihn lachen. Er sagte: »Nicht lange?« und steckte sich einen Roman in die Tasche.

»Bleib, Dago«, sagte Mary Jayne und bedeutete Rose, die Hunde zurückzuhalten. »Nimm sie an die Leine, bis wir weg sind.« Sie vergrub das Gesicht in dem warmen Flaum auf seinem Kopf. »Du folgst Rose und Madame Nouguet, hörst du?« Sie blickte auf. Raymond wehrte sich, als die Polizei ihn hinten in den Wagen schob. »Wenn jemand die Kinder holen will, dann machst du ihnen die Hölle heiß«, flüsterte sie und drückte Dagobert einen Kuss auf die Schnauze.

»Komm«, sagte Varian und bot ihr den Arm, »zeigen wir diesen verdammten Idioten, was Sache ist.«

»Ich habe Angst, Varian«, flüsterte Mary Jayne. Er blickte zu ihr hinunter, sah den Schrecken in ihren Augen. Mitleid löste die zusammengerollte Wut in ihm auf wie junge Blätter, die sich im Licht der Sonne öffnen.

»Keine Sorge, meine Liebe. Sie können uns nichts anhaben.« Schützend legte er den Arm um sie und funkelte den Kommissar wütend an, während er, Mary Jayne an der Seite, Air Bel verließ. »Komm schon, Kopf hoch«, flüsterte er.

»Ich kann nicht«, sagte sie mit zitternder Stimme. »Varian, was ist, wenn …«

»Du kannst und du wirst, Mary Jayne. Wir sind Amerikaner.« Er half ihr hinten in den Wagen. André, Danny und Raymond saßen bereits im Dunkeln auf der schmalen Bank gegenüber, aufrecht und mit bleichen Gesichtern. *Wir als Amerikaner sind sicher, aber was ist mit den anderen?* Die Vorstellung, seine Freunde müssten nach Le Vernet oder in ein anderes von Stacheldraht umzäuntes Lager, jagte Varian Angst ein.

»Wie lange sind wir denn schon hier?«, flüsterte Mary Jayne.

»Stunden. Ich weiß es nicht.« Varian sah auf die Uhr. »Herrje, es ist sechs Uhr. Sie können uns doch sicher nicht viel länger hierbehalten?« Auf der Polizeiwache drängten sich Menschen, die alle noch befragt werden sollten. »Warum brauchen sie bei André so lange?«

»Weißt du das gar nicht, mein Lieber? Er hat eine Vorstrafenliste, die länger ist als mein Arm.«

Varian wurde blass. »Im Ernst?«

»Früher war er ein ziemlich schlimmer Finger. Jacqueline hat erzählt, er hat mindestens fünfundzwanzig Anzeigen erhalten.«

»Und wieso hat mir das niemand gesagt?« Sie saßen zusammengedrängt auf harten Holzbänken, die Ausdünstungen schwitzender Leiber und der Geruch von feuchter Winterkleidung aus Tweed hing in der Luft. »Hey, du da!« Er rief einen Jungen, der draußen auf der Straße Zeitungen verkaufte. Er fischte seine Geldbörse aus der Hosentasche und zog ein paar Geldscheine heraus. »Geh ins Restaurant nebenan und besorge uns eine Flasche Wein und ein paar belegte Baguettes, ja? Den Rest kannst du behalten.« Der Junge rannte los. »Worum geht es denn hier?«, fragte er André, als er wieder zu ihnen kam.

André zuckte mit den Schultern und holte sein Buch aus der Tasche. »Keine Ahnung. Wenn sie alle zu einer *rafle* zusammentreiben wollen, dann können sie das tun. Für allgemeine Massenverhaftungen brauchen sie keinen besonderen Grund.«

»Wäre ich doch nur so geistesgegenwärtig gewesen, ein Buch mitzunehmen«, sagte Varian.

André blätterte seufzend um. »Aber von all den Büchern im Château habe ich mir ausgerechnet eines genommen, das ich selbst geschrieben habe.«

»Ah, gut!«, sagte Varian, als er den Jungen sah, der sich mit ihrem Essen durch die Menge drängte. Mary Jayne verteilte Pappbecher und riss die Brote in Stücke, bis es für die ganze Gruppe reichte. Varian seufzte erleichtert und kaute sein Käsebaguette mit geschlossenen Augen. »Verdammt, ist das gut. Wir haben seit dem Frühstück nichts mehr gegessen.«

Um neun Uhr ging eine Tür auf, und eine Reihe Polizisten kam in den vollen Raum. »Fertig machen«, rief einer. Der Lärm und das Stimmengewirr nahmen zu.

»Wo bringen Sie uns hin? Wir sind Amerikaner!«, rief Varian. Er nahm Mary Jayne am Arm und schützte sie vor dem Gedränge.

»Fry, Bénédite, Breton, Gold ...« Einzeln wurden ihre Na-

255

men aufgerufen, und sie gingen nacheinander durch den Hintereingang der Polizeiwache hinaus, wo die Lastwagen warteten. *Geht das so?*, dachte Varian. Sein Atem bildete Wölkchen in der kalten Nachtluft, als er in die dunkle Höhle des Lastwagens stieg. Er hörte andere atmen, nervöses, kurzes Luftschnappen in der Dunkelheit. *Vielleicht machen die Menschen am Ende, was man ihnen sagt, widerspruchslos wie Tiere? Nicht alle von uns kämpfen, leisten Widerstand.* Er spürte Mary Jaynes Hand auf dem Arm, als die Türen zuschlugen.

»Wo bringen sie uns hin, Varian?« Ihre Stimme zitterte. »Ich weiß nicht, was sie mit Raymond gemacht haben ...«

»Killer kann schon selbst auf sich aufpassen.« Er legte den Arm um sie und stützte sie, als der Lastwagen holpernd anfuhr. In der Dunkelheit versuchte er, die Strecke nachzuverfolgen, die der Lastwagen fuhr. *Wir fahren Richtung Hafen,* dachte er. *Das ergibt keinen Sinn. Wenn sie uns in eines der Lager bringen würden, würden wir zum Bahnhof fahren.* Der Lastwagen fuhr rumpelnd über Pflastersteine, und Varian nahm den intensiven Geruch des Quai des Belges wahr. »Wir halten.«

Die Wagentüren flogen auf, und ein Polizist winkte ihnen: »Raus.«

Einer nach dem anderen sprang hinaus, Varian blinzelte in die blauen Laternen. Hunderte von Menschen wurden wie sie aus Lastwagen getrieben. »Was geht hier vor?«, fragte er.

»Sie zwingen alle, aufs Schiff zu gehen.« André deutete hinter sie. Als Varian sich umdrehte, sah er den gewaltigen Rumpf aufragen.

»Mein Gott, das ist die *Sinaia*«, sagte Varian. Die Masten ragten vom Deck aus in die Höhe, und zwei mächtige Schlote mit weißen Ringen waren in der Nacht zu sehen. Ihm wurde schwindelig, als er nach oben blickte. »Ich bin vor ein paar Jahren damit um Griechenland herumgefahren.«

»Das ist ja wirklich ein Zufall, mein Freund.«

»Seht zu, dass wir zusammenbleiben«, rief Danny, da die Menschenmenge weiterdrängte. Varian packte Mary Jayne am Arm und hielt sie fest, als sie über das Fallreep aufs Schiff gehen mussten. Er spürte das Schlingern des Bootes, die knarzenden Planken. Tief unter ihnen krachte das schwarze Meer gegen den Pier.

»Wo bringen sie uns hin? Hätte ich gewusst, dass wir eine Kreuzfahrt machen, dann hätte ich meinen Badeanzug eingepackt.« Mary Jaynes Lächeln erstarb.

»Keine Sorge«, sagte Varian, »sie können uns nichts tun …« Er verstummte, als er das Innere des Schiffs betrat. Seine Augen gewöhnten sich an die Dunkelheit. »Herrgott, wie viele Leute haben sie denn hier an Bord?« Der heiße, scharfe Geruch erinnerte ihn an Viehställe, es roch penetrant nach Schweiß und Angst. Über den stinkenden Strohballen hing ein perfektes Rechteck aus Sternen, die einzige Luft, die durch eine Klappe im Deck hereinkam. Tief unten in den Eingeweiden des Schiffs spielte jemand ein spanisches Flamenco-Lied, melancholisch und schwermütig.

»Da rüber.« Ein Polizist zeigte auf die gegenüberliegende Ecke des Decks.

»Wo sind denn hier Toiletten? Wo sollen wir schlafen?«

Die Polizisten deuteten auf den Boden. Man hatte rasch ein paar schmutzige Strohballen hinuntergeworfen. »Pipi?« Er zeigte auf das Oberdeck.

»Und Essen? Wasser?«, forderte Varian.

Er zuckte mit den Schultern und zeigte auf eine Blechschüssel auf dem Boden. »Für heute Nacht ist es zu spät. Vielleicht haben Sie morgen Glück.« Er hängte sich sein Gewehr über die Schulter. »Wählen Sie eine Person aus der Gruppe aus, die das Essen für Sie alle abholt. Morgen früh gibt es einen Laib Schwarzbrot und einen Eimer Kaffee für alle.«

»Da bist du ja«, sagte Killer und drängte sich zu ihnen durch.

»Ist alles in Ordnung?«, fragte Mary Jayne und nahm ihn zur Seite.

»Schon gut. Dreckskerle.« Er fuhr sich mit der Daumenwurzel über seine aufgeplatzte Lippe.

»Sag, was war in dem Umschlag?«

»Im Haus? Nichts weiter, nur ein bisschen Geld. Ein paar Postanweisungen …«

»Wie viel Geld?« Sie stützte die Hände in die Hüften.

»Vierzigtausend Francs.«

»Wo zum Teufel hast du so viel Bargeld her?«

»Was glaubst du denn?« Er drückte sich an sie, als eine Gruppe von Leuten vorbeidrängte.

»Raymond!« Sie schlug ihn auf die Brust. »Du hast es gestohlen? Varian bringt mich um, wenn er das herausfindet. Was, wenn die Polizei es entdeckt hat? Oder das Hausmädchen?«

»Das Einzige, was die finden kann, ist der Boden einer Rotweinflasche.«

»Das ist nicht lustig.« Sie wandte sich ab. »Geh bitte, ja?«

»Hey, sei nicht so.« Er versuchte, sie zu sich zu ziehen, aber sie befreite sich. »Gut, geh du nur«, rief er ihr nach. »Geh und versteck dich im Stroh bei deinen tollen Freunden. Ich bin an Deck, wenn du mich brauchst.«

# 32

Junge Leute wie Sophie werden das nie verstehen, zumindest hoffe ich das. Wir waren in einem sogenannten zivilisierten europäischen Land, und sie haben einfach die Menschen aus ihren Häusern oder von der Straße geholt und sie in Löcher gesteckt, die kaum für Tiere geeignet waren. Sie hielten sie ohne Erklärung auf drei Schiffen fest, in vier Forts und in einigen örtlichen Kinos. Insgesamt wurden zwanzigtausend Menschen zusammengetrieben, nur um die Straßen für den Besuch von Pétain zu reinigen.

»Wo waren Sie denn währenddessen?«, fragt Sophie.

Ich stehe schwankend auf, der Atem rasselt in meiner Lunge. Die Sonne scheint über dem Horizont aufzuflammen, leuchtet wie Phosphor. Ich kann Sophie kaum sehen, das Licht umgibt sie wie ein Strahlenkranz. Ich halte mir die Hand vor die Augen.

»Gabriel, ich habe gefragt, wo Sie waren.« Sie läuft neben mir her, während ich über den Strand wanke.

»Bei Marianne natürlich. Wenn man jung und verliebt ist, stiehlt man sich gemeinsame Zeit, sooft es nur geht.«

Ich hatte ein Treffen mit Marianne vereinbart, in der öffentlichen Bibliothek im Palais des Arts am Place Auguste Carli. Ihre Eltern konnten kaum etwas dagegen haben, dass sie lernte, und es war ein warmer und ruhiger Treffpunkt. Noch heute werde ich ganz aufgeregt, wenn ich an die Vorfreude denke. Die Stille, der Frieden in der Bibliothek, das ruhige

Atmen der Menschen, die über die alten Tische gebeugt da-
saßen und studierten. Eines Tages sah ich Breton dort, den
Kopf in den Händen, während er sich mit einem Stapel in
Leder gebundener Bücher beschäftigte. Ich wagte es natürlich
nicht, ihn zu stören.

Es war einer unserer Lieblingstreffpunkte – wir wechselten
die Bücher jedes Mal aus, für den Fall, dass Mariannes Mutter
ihr folgte. Diesmal wartete ich in der Ornithologie. Varian
war ein manischer Vogelbeobachter, und er war mit mir in der
Anlage von Air Bel herumgegangen und hatte mich sein Fernglas ausprobieren lassen. Er war Mitglied irgendeines tollen
amerikanischen Clubs, der *Audubon Society*, und kannte alle
lateinischen Namen der Vögel, ihre Rufe, alles. Ich ging früh
in die Bibliothek und brachte Stunden damit zu, schwere
Lederbände mit marmoriertem Schnitt durchzublättern. Die
Illustrationen waren großartig – ihre Deutlichkeit und die
Farben. Ich erinnere mich an einen »Lernen Sie den Künstler
kennen«-Vortrag in der Stadt, vor dreißig Jahren, als irgendein
dämlicher Kunsthistoriker sich darüber ausließ, warum eines
meiner berühmtesten Werke »Vogel« hieß. »Dieses und jenes
muss der Grund dafür sein«, sagte er, »Freiheit, Frieden, eine
Hommage an Brancusi oder Picassos Tauben, eindeutig …«
Ich war mittlerweile schon gelangweilt, deshalb ließ ich ihn
weiterschwafeln. Ich hatte keine Lust, ihm zu sagen, dass es
nach einem Nachmittag der erotischen Vorfreude benannt
war, an dem ich Vogelbücher durchblätterte, während meine
Freunde wie Vieh eingepfercht wurden. Mir steigt jetzt noch
die Schamesröte in die Wangen. Auf dem Rückweg in mein
Hotel waren die Straßen seltsam ruhig. Als ich dann am Sonntag nach Air Bel fuhr, fand ich heraus, was passiert war.

»Ein bisschen spät«, sagt Sophie, ihre Stimme treibt mit
dem Wind.

»Ich habe alles getan, was ich konnte.« Ich balle die Faust an der Brust. Ich spüre mein Herz unter den Rippen springen. »Ich habe drei Tage gebraucht, um herauszufinden, wo man sie alle festhielt.«

»War das nicht riskant für Sie, hinunter an den Hafen zu gehen?«

»Das war mir egal. Ich verdankte Varian und den anderen alles.« Die Schuldgefühle sind immer noch bitter wie Zitronensaft. »Und auf wen musste ich natürlich stoßen, als ich auf dem Weg zur *Sinaia* war? Quimby.« Er kam aus einer schmalen Seitenstraße wie ein plötzlicher Gasgeruch.

»Was für eine glückliche Überraschung«, sagte er. »Ich war gerade auf dem Weg in dein Hotel.«

»Nein«, sagte ich, »wir haben ausgemacht, dass du nicht dort hingehst.«

»Wäre es dir lieber, ich käme ins Château?« Er kam mir so nahe, dass ich seinen Schweiß und das Kölnisch Wasser riechen konnte. Es ekelte mich, aber ich wollte nicht zurückweichen. Ich nahm ein Päckchen Zigaretten heraus und zündete mir eine an, die Flamme tanzte in seiner Brille. Er trat einen Schritt zurück, lehnte sich gegen die feuchte Steinmauer. »Ich habe kein Bargeld mehr.«

»Ich gebe dir kein Geld mehr, ich kann nicht.«

»Ach, ich weiß schon, dass du nichts bei dir hast«, sagte er und untersuchte seine Fingernägel. »Oder in deinem Zimmer.«

»Du warst also in meinem Hotel!«, sagte ich. Zum Glück hatte ich Marianne das Geld anvertraut. Wenn ich nicht zu ihr konnte, dann kam auch Quimby unmöglich an Monsieur und Madame Bouchard vorbei.

»Du bist schon seltsam«, sagte er und bewunderte immer

noch seine polierten Fingernägel. »Für jemanden, der nur noch so wenig hat, bist du ziemlich heikel.« Dann blickte er zu mir auf. »Mir ist es egal, wo du das Geld versteckt hast, Hauptsache, du holst es. Bis morgen will ich noch mal fünfhundert Francs.«

»Sonst?« Ich fragte mich, wie leicht es wohl wäre, ihn zu überwältigen. Der Gedanke, ihm die Luftröhre mit den Daumen zuzudrücken, belebte mich. Ich hielt die Hände schon bereit.

»Ansonsten marschiere ich direkt zum ARC und erzähle ihnen alles.« Er wischte sich Staub von der Schulter seines Mantels. »Ach ja, und falls du daran denkst, mich umzulegen oder etwas ähnlich Dummes zu tun, ich habe … Vorkehrungen getroffen. Und bei meiner Concièrge liegt ein Brief, der Monsieur Fry übergeben werden soll, für den Fall, dass mir etwas zustößt.«

»Ich hole es«, log ich. Ich wollte zum Hafen. Ich drängte mich an ihm vorbei, rannte weiter, machte in den verwinkelten Straßen immer wieder kehrt, um sicherzugehen, dass er mir nicht folgte.

Schließlich erreichte ich die *Sinaia.* Vielleicht kennen Sie das Foto von Marcel Duchamp, wie er am Bug des Schiffs steht, das ihn 1942 schließlich aus Marseille hinausbrachte? Es fuhr Richtung Casablanca, und er stand da wie die Galionsfigur und winkte voller Freude. Schiffe werden oft als Symbole der Freiheit wahrgenommen, aber bei der *Sinaia* war das anders. Ich mischte mich unter die versammelten Frauen und Kinder, die zu ihren gefangenen Männern hinaufriefen. Die gewaltigen Anker hielten das Schiff, Ketten versanken in dem aufgewühlten Ozean. Ich sah nur Kräne und Takelage, Taue, die sich spannten, die Silhouetten von kreischenden Vögeln. Es machte mir Angst. Ich schirmte die Augen ab, blickte die

Reihen von Gesichtern an. Ich brauchte einen Moment, bis ich sie erkannt hatte, aber dann entdeckte ich Fry, dessen Kopf und Schultern alle anderen überragten.

»Hey!«, brüllte ich und winkte mit ausgestreckten Armen. »Hey! Varian!« Sie waren zu weit oben, zu weit weg, als dass ich hören konnte, was er mir zurief. Er sagte etwas zu jemandem, der neben ihm stand – ich konnte nicht erkennen, wer es war, aber dann sah ich, wie er ausholte und etwas warf.

Ich drängte mich vor und schob einen Jungen zur Seite, der das aufheben wollte, was Varian heruntergeworfen hatte. Es war ein Zettel, um ein 10-Franc-Stück gewickelt. Ich gab dem Jungen die Münze und hielt den Zettel hoch, um Fry zu zeigen, dass ich ihn hatte.


Ich lief direkt zum amerikanischen Konsul, genau wie Varian mich gebeten hatte. Ich wusste mittlerweile, dass ich mich nicht auf die Empfangssekretärin verlassen durfte. Ich bat einfach darum, Harry Bingham sprechen zu dürfen, und wartete ruhig auf ihn. Es können nur ein paar Stunden gewesen sein, aber es schien eine Ewigkeit zu dauern. Bingham tauchte schließlich in der Tür seines Büros auf, sein freundliches, sanftes Gesicht verzog sich zu einem Lächeln.

»Ach, Monsieur Lambert. Wir haben uns schon kennengelernt?«

»Kurz.«

»Es tut mir leid, dass Sie warten mussten. Es war ein harter Tag, mit den Nachwehen all dieser *rafles*.« Er führte mich in sein Büro. »Was kann ich für Sie tun?« Ich erklärte so schnell wie möglich, was passiert war. Er war wütend. Wir standen am Fenster und schauten hinunter auf die Menschen, die in Zweierreihen auf dem Gehsteig vor dem Konsulat Schlange standen. Die Cafétische und -stühle waren zum

Ende des Tages bereits gestapelt und zwischen den Platanen verstaut.

»Von hier oben sehen alle gleich aus«, sagte er leise. »Schauen Sie – Hut um Hut, gesichtslos, anonym.« Er hielt inne. »Der Trick besteht darin, die Welt auf sie aufmerksam zu machen. Menschen wie Fry bewirken wirklich etwas.« Er lachte trocken. »Wissen Sie, wie die amerikanischen Behörden die Schriftstücke nennen, die Hunderte von Briefen, mit denen Varian sie durcheinanderbringt? ›Fryana.‹ Wissen Sie, ich habe zu oft mitangesehen, wie sich Kummer und Wut in Desillusionierung verwandeln. Nicht bei Fry. Er und seine kleine Amateurtruppe überlisten die Handlanger des Vichy-Regimes allein durch ihren Intellekt, und ihren Elan beziehen sie aus dem Wissen, dass sie der Gerechtigkeit dienen.« Bingham seufzte. »Ich beneide sie. Mir sind hier die Hände gebunden. Hurley, der Generalkonsul, will nichts mit dem ARC zu tun haben, und Konsul Fullerton ist kein schlechter Mann, aber er ist furchtsam. Oft kann ich nicht mehr machen, als statt eines Passes eine eidesstattliche Erklärung abzugeben.« Das stimmte natürlich nicht. Nach dem Krieg fand ich heraus, dass Bingham unglaublich tapfer war. Er half vielen, vielen Menschen, und er rettete Feuchtwanger, den prominenten deutsch-jüdischen Literaten, aus einem Vichy-Gefangenenlager. Feuchtwanger war einer der Ersten, der die Brutalität der Nazis verurteilte, deshalb verfolgten sie ihn natürlich. Harry brachte ihn und seine Frau Martha in seinem eigenen Haus unter und half ihnen bei der Flucht in die USA. Bingham war ein guter, ein rechtschaffener Mensch, genau wie Varian.

Ganz der Diplomat, behielt er seine Gedanken für sich, als wir am Fenster standen. Er nahm nur Mantel und Hut und sagte dem Mädchen am Empfang, dass wir dienstlich unter-

264

wegs seien. Ich musste lachen, als ich ihr hartes, geschminktes Gesicht sah, während sich wütende Menschen gestikulierend und brüllend um ihren Schreibtisch drängten.

Als wir in das Stadtzentrum kamen, gingen wir als Erstes in eine Bäckerei, und Bingham kaufte eine Platte mit belegten Baguettes. Das Auto fuhr zum Hafen und hielt am Fuß der Laufplanke neben den bewaffneten Wachposten.

Bingham stieg aus dem Auto aus und nahm die Platte mit dem Essen. Er war so groß wie Fry und imposant, und die Menge teilte sich vor ihm, als wäre er Moses.

»Guten Tag«, sagte er zu den Wachen, »mein Name ist Hiram Bingham, ich bin der amerikanische Vizekonsul. Sie halten amerikanische Staatsbürger auf diesem Schiff fest, und ich verlange ihre sofortige Freilassung.« Er reichte die Platte einem Wachmann und nahm eine Visitenkarte aus der Tasche. Auf die Rückseite schrieb er: »Für Fry, mit besten Grüßen, HB«, und steckte die Karte unter das Wachspapier. »Vielleicht wäre einer Ihrer Kollegen jetzt so freundlich, das zu Mr Varian Fry und seinen Kollegen zu bringen.« Der Wachmann machte den Mund auf, um zu protestieren, aber Harrys Blick hinderte ihn daran. »Ich würde mich in der Zwischenzeit gerne mit Ihrem Chef unterhalten, wenn Sie so nett wären, mir den Weg zu weisen.«

Weniger als eine Stunde später kamen Fry und seine Leute das Fallreep herunter. Ich beobachtete, wie Bingham ihm auf die Schulter klopfte. Es erschütterte mich, Varian in diesem Zustand zu sehen, schmutzig und unrasiert.

»Danke, Harry«, sagte er. »Was für eine Erleichterung. Es ist uns immerhin gelungen, mit dem Kapitän zu sprechen, aber wenn du nicht gewesen wärst, hätten wir noch Gott weiß wie lange auf dem Schiff festgesessen.«

»Seid ihr vollzählig?«

Varian schüttelte den Kopf. »Sie halten Danny noch fest.«

»Weißt du, warum?«

»Er hat nichts getan«, sagte Mary Jayne und legte sich die Decke, die Harry ihr aus dem Auto gereicht hatte, um die Schultern. »Diese Tiere.« André stand neben ihr, bleich und würdevoll, das Gesicht voll dunkler Bartstoppeln. »Wir bekamen tagelang nichts als hartes Brot und Wasser. Wir haben auf verlaustem Stroh geschlafen, und gepinkelt wurde in …«

»Mary Jayne«, sagte Varian, »jetzt ist es vorbei.«

»Herrgott!«, sagte sie. »Es ist nicht vorbei, das ist erst der Anfang, versteht ihr nicht? Sie halten Danny fest, um an dich heranzukommen, Varian. Sie versuchen, dir so viel Angst zu machen, dass du aufhörst. Dich können sie nicht festhalten, weil sie Harry und seine Leute nicht verärgern wollen.«

»Stimmt das?«, fragte Varian Bingham.

Er öffnete die Autotür und half Mary Jayne hinein. »Die geben keine Ruhe, bis das ARC geschlossen wird, das weißt du, Fry. Es ist eine Schande für die USA und nervig für die Franzosen.« Er nahm den Hut ab und fuhr sich durch die Haare. »Mach dir keine Sorgen wegen Danny, ich rede mit Dubois.«

»Der wird nach Rabat geschickt.«

»Vielleicht kann er noch ein letztes Mal seine Beziehungen spielen lassen.« Er machte ein langes Gesicht, als er sich umwandte. »Ohne seine Hilfe sehe ich für Danny keine Chancen.«

## 33

»Ich habe dich gewarnt«, sagte Beamish, als er Varian ein großes Glas Armagnac reichte. »Ich mache es mir zur Regel zu verschwinden, sobald ein faschistisches Staatsoberhaupt in die Stadt kommt.«

Varian hob sein Glas. »Das nächste Mal werde ich das beherzigen.«

Beamish ging in die Hocke und schürte das Feuer in Varians Zimmer. »Sie haben in La Canebière ein acht Meter hohes Bild von Pétain aufgehängt. Die verdammten Faschisten haben die ganze Woche davor paradiert.« Als Fry nicht antwortete, blickte er auf. »Alles in Ordnung?«

»Mit mir? Ja.« Varian stützte den Kopf auf die Hand. »Ich … ich dachte nur …«

»Was denn? Dass du unberührbar bist?« Beamish setzte sich in den Sessel gegenüber von Varian. »Du dachtest, als Amerikaner wärst du ein höherstehendes Wesen?«

»Nein«, protestierte er, »nicht – ich weiß es nicht.«

»Niemand ist sicher, nicht jetzt.« Beamish schwenkte seinen Armagnac, betrachtete die Flammen des Feuers durch die bernsteinfarbene Flüssigkeit. »Das war nur ein *rafle*, um unerwünschte Personen während Pétains Besuch in Marseille zu entfernen. Es wird schlimmer werden.«

»Aber warum ist die Polizei bis hier herausgekommen? Ich verstehe ja, dass sie den Vieux Port und La Canebière freihalten wollen, aber …«

»Ich habe dir gesagt, es war keine gute Idee, hier herauszuziehen, aber du wolltest nicht hören. La Pomme ist provinziell. Die Nachbarn von Air Bel mögen diesen wilden Haufen von Bohémiens und Künstlern nicht, die kommen und gehen – besonders die Mädchen. Im besten Fall beneiden Frauen Leute wie Jacqueline. Als ich das letzte Mal mit der Straßenbahn zurück in die Stadt gefahren bin, habe ich gehört, wie zwei alte Frauen über sie lästerten. Ihr fallt hier draußen zu sehr auf. In der Stadt wärt ihr alle sicherer.«

»Ich kann einen Mann wie Breton nicht bitten, in einer Absteige oder einem Bordell unterzukommen …«

»Ich bin mir sicher, wenn du ihn freundlich darum bitten würdest, wäre er lieber in einem *maison de passe* als in einem Konzentrationslager.«

»Sei nicht sarkastisch. Jemand hat uns an die Behörden verraten, und ich finde heraus, wer das war.« Varian biss sich auf die Lippe. »Ich wette meinen letzten Dollar darauf, dass es dieser Bouchard von nebenan war. Er hat mich quasi vorgewarnt.«

»Vielleicht will er nicht, dass sein wertvolles Töchterchen von ›Entarteten‹ verdorben wird?« Beamish ließ den Kopf zurücksinken und rollte müde die Schultern.

»Ich spreche mit Lambert.«

»Ist das wirklich wichtig? Es hätte jeder sein können. Die Leute verpfeifen ihre unschuldigen Nachbarn, weil diese sie 1929 falsch angeguckt haben. Es ist die perfekte Ausrede, um alte Vorurteile und Kränkungen herauszulassen.«

Varian sah auf die Uhr. »Komm. André wollte irgendetwas verkünden.«

Varian und Beamish gingen in das voll besetzte Wohnzimmer. Danny nickte ihnen von der gegenüberliegenden Ecke aus zu. Seine Frau saß neben ihm, und ihr kleiner Sohn hatte die

Arme um seinen Hals geschlungen. *Das arme Kind hat wahr-scheinlich Angst, dass sein Papa wieder weggeht,* dachte Varian. Er wandte sich um, als Jacquelines Schwester hereinkam, die sich mit Mary Jayne unterhielt.

»Diese Idioten dachten, ich hätte einen Koffer voller Dynamit, kannst du das glauben? Nur weil Air Bel in der Nähe der Eisenbahnbrücke liegt, dachten sie, ich wollte Pétains Zug in die Luft jagen!« Sie lachte. *Das ist nicht lustig,* dachte Varian. *Wer hat dich mit deinem Koffer gesehen? Wer hat es der Polizei erzählt?* Er ging zu den dunkler werdenden Fenstern und blickte hinaus auf das verlassene Gelände. Der Zweig eines Baumes kratzte gegen die Scheibe. Er hatte das Gefühl, als würden tausend Augenpaare das Haus beobachten.

»Varian«, sagte Gabriel und stellte sich zu ihm.

»Hatten Sie jemals das Gefühl, beobachtet zu werden?«

»Ständig. Glauben Sie, jemand folgt Ihnen?«

Varian schüttelte den Kopf. »Ich weiß es nicht. Ich glaube, dass jemand uns und das Haus ausspioniert. Ich weiß weder, warum, noch, wer.« Er rieb sich mit Daumen und Zeigefinger die Augen. »Achten Sie nicht auf mich, ich bin nur paranoid.«

»Nein, das glaube ich nicht.«

»Sehen Sie, Lambert, es geht mich nichts an, mit wem Sie zusammen sind oder …«

»Sprechen Sie von Marianne?«

»Wir dürfen nicht auffallen, alter Junge. Ich habe Gerede gehört, das ist alles. Wir verärgern die Leute hier im Dorf, und jetzt hat uns irgendjemand verraten.«

»Ich kümmere mich darum, das verspreche ich …«, begann Gabriel.

»Danke, meine Freunde, dass ihr zu uns gekommen seid«, sagte André. Varian klopfte Gabriel auf den Rücken und wandte sich um, um André zuzuhören. »Dies ist eine dunkle

Zeit«, fuhr er fort und ging vor dem Kamin auf und ab. *Wie ein Löwe,* dachte Varian, als die flackernden Flammen seine Haare beleuchteten. Bretons Stimme berieselte ihn, als er vom Krieg sprach, von allem, was ihnen bevorstand. Schließlich sagte er: »Ich schlage vor, dass wir über die Feiertage ein Spiel spielen, das größte Spiel, das wir je gespielt haben.« Er blieb stehen und blickte von einem der anwesenden Künstler zum nächsten. »Ich habe mich in der Bibliothek am Place Carli mit dem Jeu de Marseille beschäftigt. Die originalen Tarotkarten wurden nach dieser Stadt benannt.« Er zog ein Kartenspiel aus der Brusttasche und fächerte sie auf wie ein Zauberer. Er legte eine Karte auf den Tisch und vier außen herum. »Wie ihr wisst, habe ich früher oft selbst die Karten befragt.« Er legte den Finger auf die Karte in der Mitte. »Wir balancieren in einem leeren Raum, meine Freunde. Wir werden uns neue Schicksalssymbole ausdenken und ein neues Kartenspiel kreieren, das unsere Fragen beantwortet – was sicher ist, was schaden kann, was droht und was überwunden ist.« Er mischte die Karten wieder unter. »Ich schlage vor, wir entwerfen unser eigenes Tarotspiel, ein gemeinschaftliches Deck, ein Kunstwerk, das unsere Zeit der Angst und des Wartens verbrennt …« Die Gruppe applaudierte und schwatzte aufgeregt.

»William Butler Yeats soll angeblich seine eigenen Trumpfkarten gezeichnet haben«, rief jemand von hinten.

Breton erhob die Stimme. »Wir denken uns die Farben neu aus. Nicht einfach Herz, Karo, Kreuz und Pik. Ich will nicht die Spielregeln ändern, ich will das Spiel ändern!«, rief er und warf die Karten in die Luft. Die Männer und Frauen, die sich in dem Raum versammelt hatten, klatschten und jubelten. Varian sah zu, wie die Karten im Feuerschein zu Boden fielen, und André rief: »Auf die Liebe, Träume, Revolution, Wissen! Auf das Jeu de Marseille!«

## 34

Ich hörte einmal, wie Breton sagte, dass er das, was er liebte, für immer lieben würde, ob er es behalte oder nicht. Genauso war ich auch immer, leidenschaftlich und treu, aber ich bin, wie jeder Mensch, mit dem Alter sanfter geworden. Wenn ich an den Abend zurückdenke, an dem ich zum Haus der Bouchards stürmte, erkenne ich mich kaum wieder. Ich war so wütend, dass mir Funken vor den Augen tanzten. Sie waren es gewesen, die Bouchards, es musste so sein. Wer sonst wohnte nahe genug an Air Bel, um ausspionieren zu können, was dort vor sich ging? Mariannes Eltern hatten es außerdem ganz deutlich gemacht, dass sie nicht wollten, dass Marianne etwas mit mir zu tun hatte. Aber so leicht wollte ich nicht aufgeben. Ich liebte sie – ich würde sie für immer lieben.

Das alte Tor flog fast aus den Angeln, als ich es aufstieß und den Weg hinauflief. Es war spät, aber durch die Vorhänge im Erdgeschoss sah ich noch Licht. Ich hämmerte so fest gegen die Tür, dass mir die Knöchel wehtaten.

»Monsieur Bouchard«, rief ich.

»*Attendez, attendez!*« Auf der anderen Seite der Tür waren Schritte zu hören. »Wer ist da?« Er öffnete die Tür nicht einmal einen Spaltbreit. Über mir ging ein Fenster auf, und ich blickte nach oben. Marianne sah aus wie ein Engel, ihre blonden Haare fielen ihr über die Schultern, das Weiß ihres Nachthemds leuchtete vor dem tintenblauen Sternenhimmel.

»Was tust du hier, um Gottes willen?«, flüsterte sie. »Bist du betrunken? Geh weg. Das macht es alles nur noch schlimmer.«

»Nein.« Sie runzelte die Stirn, als sie hörte, wie zornig ich klang. »Jemand hat alle auf Air Bel an die Polizei verraten. Varian, André, Mary Jayne, sie alle wurden tagelang auf einem gottverdammten Gefängnisschiff festgehalten.«

»O Gott«, sagte sie und machte sich daran, das Fenster zu schließen. »Bleib da. Ich komme runter.« Ich lief auf dem gefrorenen Weg hin und her, meine Füße schlurften über das Eis. Ich hörte, wie sie mit ihrem Vater auf der anderen Seite der Tür stritt. Dann kam ihre Mutter dazu, sie sprach leise und schnell.

»Lasst ihn rein«, sagte Marianne deutlich.

Ihre Mutter klang verzweifelt. »Das nimmt kein gutes Ende, ich hab dir das gesagt. Wenn die Leute sehen, dass er sich hier herumtreibt ...« Der kleine Hund mischte nun auch noch mit, kläffte und kratzte an der Tür, um mir zu Leibe zu rücken.

»Dann lasst ihn rein, bevor ihn jemand sieht!« Marianne war verzweifelt. »Ich kenne Gabriel, wenn ihr die Tür nicht aufmacht, bleibt er dort draußen, bis das ganze Dorf aufwacht.« Daraufhin wurden die Riegel zurückgeschoben, und die Tür ging auf. Der verdammte Hund schoss heraus und knurrte mich mit gefletschten Zähnen an. Ich wollte zur Tür, da ging er auf mich los und biss mich in den Knöchel.

»Coco!«, rief Marianne, während ich fluchend herumhüpfte und versuchte, ihn von meinem Bein abzuschütteln. »Coco!« Sie packte den Hund und zog mich ins Haus. Ich hatte das Haus der Bouchards noch nie betreten und war überrascht, wie leer es war. Von außen sah es aus wie ein vornehmes altes Steinhaus, aber die Wohnzimmereinrichtung bestand lediglich aus einem abgenutzten dunklen Holztisch, ein paar Stühlen und einer unbequem aussehenden Rosshaarcouch. Marianne bedeutete mir, dass ich mich setzen sollte, und die Couch war wirklich so uneben wie ein Sack Steine. »Ich steck sie in die Küche«, sagte sie und streichelte den zitternden Hund in ihren Armen. Ich weiß nicht, ob es Eifersucht war oder mein pochender Knöchel, aber in diesem Moment hasste ich den Hund.

»Was wollen Sie?« Der alte Bouchard stellte sich vor den Kamin und holte seine Pfeife heraus. »Ich dachte, ich hätte klargestellt, dass Sie nichts mit meiner Tochter zu tun haben dürfen, sonst …« Ich unterbrach ihn, als er anfing, Tabak in die Pfeife zu stopfen.

»Sonst machen Sie was?« Ich sprang auf. »Sonst verraten Sie uns? Wie können Sie es wagen? Meinetwegen haben sie alle verraten?« In dem Moment wurde mir klar, dass ich nicht nur wütend war – ich fühlte mich schuldig und hatte Angst.

»Gabriel«, sagte Marianne, »sprich nicht so mit meinem Vater.«

»Verstehst du denn nicht?«, griff ich sie an. »Er hat mir gedroht, hat gesagt, er würde dafür sorgen, dass alle aus Air Bel hinausgeworfen werden.« Ich funkelte Bouchard finster an. »Ihnen haben sie es zu verdanken, dass sie alle eingesperrt wurden. Glücklicherweise konnte der amerikanische Konsul sie befreien …«

»Wir haben nichts getan.« Mariannes Mutter saß aufrecht auf einem der Holzstühle. »Das waren nicht wir.«

»Gabriel, ehrlich, es hätte jeder der Dorfbewohner sein können. Es braucht nicht viel, dass sich die Leute gegen Fremde wenden.« Marianne nahm meine Hand. »Ich verspreche dir, es waren nicht meine Eltern, die sie verraten haben.«

»Sie sollten mal den Klatsch hören«, sagte Madame Bouchard. »Dort feiert man betrunken Orgien. Dieses blonde amerikanische Mädchen hat einer Frau im Café beinahe eine Ohrfeige verpasst, habe ich gehört, und die andere, die mit den verrückten Kostümen und den Zähnen um den Hals wie eine Voodoo-Priesterin, alle reden über sie.« Sie wiegte sich leicht vor und zurück, während sie sprach. »Alle reden. Niemand ist sicher.«

Monsieur Bouchard ging zu seiner Frau und legte ihr sanft die Hand auf die Schulter. Mein Zorn ließ nach. »Gehen Sie«, sagte er. »Wenn Ihnen Marianne auch nur ein kleines bisschen wichtig ist, dann gehen Sie weg, und sehen Sie sie nie mehr wieder.«

»Das kann ich nicht.« Ich verflocht meine Finger mit ihren. »Ich liebe Ihre Tochter und möchte sie heiraten.« Sie drückte meine Hand. Als ich sie ansah, glänzten ihre Augen voller Liebe.

»Das nimmt kein gutes Ende. Wir haben hier ruhig gelebt, sicher ...« Ich merkte, dass Bouchard Angst hatte. Was verbarg er?

»Papa«, sagte Marianne, »wir können uns doch nicht verstecken wie Tiere. Sie finden uns sowieso bald.«

»Wovon redest du? Wer wird euch finden?«, fragte ich.

Bouchard sah mich an und überlegte, ob er reden sollte oder nicht. »Ich sage Ihnen das nur, weil ich will, dass Sie gehen, verstehen Sie? Wenn Sie auch nur ein Wort darüber verlieren, ich schwöre Ihnen ...« Seine Frau griff hoch und berührte seine Hand.

»Marianne ist jüdischer Abstammung«, sagte sie. »Ich bin katholisch, aber die Familie meines Mannes ist jüdisch.« Die Wahrheit sank in mich ein wie ein runder Stein in einen Brunnen mit kaltem Wasser. Ich sah sie an und versuchte, mir vorzustellen, wie sie jung und verliebt gewesen waren. Was hatte es ihnen abverlangt, ihren Eltern zu trotzen, außerhalb

274

ihrer Religion zu heiraten? Von dieser Leidenschaft sah ich keine Spur mehr. Ihre Augen waren Asche.

»Das ist der Grund, warum ich nicht mehr arbeiten kann.« Er klang bitter und wütend. »Das sogenannte ›Juden-Statut‹ verbietet meinen Leuten zu arbeiten, sodass wir unseren Lebensunterhalt nicht mehr verdienen können. Sie nehmen uns unser Geld, unsere Stimme in der Öffentlichkeit. Was kommt als Nächstes, frage ich Sie? Unser Leben?«

»Wir leben hier seit Jahren ruhig«, sagte sie, die Hand auf den Arm ihres Mannes gelegt. »Wir wollen keine Aufmerksamkeit auf uns ziehen – deshalb möchten wir nicht, dass Marianne etwas mit Ihnen und diesen Leuten in Air Bel zu tun hat.«

»Wenn wir den Kopf einziehen, sind wir sicher …«

»Glaubst du, Papa?« Marianne versagte die Stimme vor Verzweiflung. »Niemand weiß, wozu die Nazis fähig sind.«

»Mir wurde schlecht, als ich von dem Statut gehört habe«, sagte Bouchard. »Das ist der Anfang, es ist erst der Anfang.«

Zum ersten Mal nahm ich ihn als menschliches Wesen wahr und nicht mehr als zu überwindendes Hindernis. Wer war das gewesen, der gesagt hatte: »Es passiert etwas Schreckliches, wenn man sich zu sicher fühlt.« Solange ich lebe, werde ich nicht begreifen, warum diese selbst ernannte sogenannte Herrenrasse glaubte, sie hätte das gottgegebene Recht, die Juden zu vernichten. Tränen glänzten in den Augen des alten Bouchard, als er auf seine Frau hinunterblickte. Er blinzelte rasch und sah mich an. »Verstehen Sie denn nicht? Auf uns achtet hier niemand …«

»Noch nicht«, sagte Marianne.

»Man hat euch gesehen«, sagte Madame Bouchard leise. Sie funkelte mich finster an. »Ihr habt euch wohl für besonders schlau gehalten, wenn ihr euch zu euren Spaziergängen und in der Stadt getroffen habt, aber wisst ihr denn nicht, dass überall Augen sind? Dieses neugierige alte Weib vom Bauernhof weiter oben hat mich auf dem Markt bedrängt und gesagt: ›Eurer Marianne wird also der Hof gemacht?‹« Marianne senkte den Blick. »Stellt euch vor, von ihr musste ich hören, dass ihr in den Wäldern und auf den Feldern herumschleicht.«

»Es tut mir leid, Maman.« Marianne drückte meine Hand fester und blickte ihre Eltern an. »Ich liebe Gabriel, und nichts, was ihr tut oder sagt, wird etwas daran ändern. Ich will ihn heiraten.«

»Nein, das verbiete ich«, sagte Bouchard. »Monsieur Lambert, Sie müssen verstehen, dass nicht nur ich jüdisch bin. Wenn Sie sie heiraten, wird Marianne in deren Augen auch zur Jüdin.«

»Das verstehe ich nicht.« Ich dachte an das goldene Kruzifix, das sie immer trug.

»Die Vichy-Regierung hat die Gesetze gegen die Juden hier noch verschärft«, sagte Madame Bouchard und ging zu ihrer Tochter. »Die Nazis haben bestimmt, dass jeder mit mehr als zwei jüdischen Großeltern als Jude gilt.«

»In Frankreich«, fuhr Monsieur Bouchard fort, »braucht man nur zwei jüdische Großeltern und einen jüdischen Ehegatten.« Tränen stiegen ihm in die Augen. »Ich glaube, Ihre Mutter war Jüdin. Marianne hat es mir erzählt, weil sie dachte, ich würde mich freuen ...«

Ich dachte rasch nach. Es war ein großer Fehler gewesen, Marianne die Wahrheit zu sagen. »Du hast das falsch verstanden, Liebes.« Ich ging eine Generation zurück. »Meine Großmutter war Jüdin, aber sie hat außerhalb ihrer Religion geheiratet. Die Lamberts, meine Eltern, waren beide katholisch.« Ich sah, wie der alte Bouchard ausatmete, aber ich selbst wagte es noch nicht durchzuatmen, noch nicht. Wenn wir heirateten und die Wahrheit herauskam, wäre das ein Todesurteil für Marianne.

»Meine Frau ist hoffentlich sicher«, sagte er. »Es ist mir egal, was sie mit mir anstellen, aber meine Frau und meine Tochter müssen gerettet werden. Ein jüdischer Vater ist derzeit keine gute Empfehlung.« Er ließ den Kopf hängen, als Marianne zu ihm ging.

»Ich liebe Gabriel«, sagte Marianne. »Bitte gib uns deinen Segen.«

Er schüttelte den Kopf. »Nein. Dieser Mann hat jüdisches Blut in sich, er gehört zu diesen ... diesen verrückten Leuten in Air Bel. Das nimmt kein gutes Ende. Wenn Sie meine Tochter lieben, Monsieur Lambert«, sagte er, unfähig, mir in die Augen zu blicken, »dann dürfen Sie sie nie mehr wiedersehen.«

# 35

Im Dunkeln lief ich stolpernd nach Air Bel zurück und blickte hinab auf meine bleichen Hände. Es war, als könnte ich es sehen, das Blut – von Vita, von ihnen beiden. Bei dem Gedanken, Marianne dieser Liste hinzuzufügen, stieg mir die Galle hoch. Ich konzentrierte meine Wut auf Quimby und ballte die Hände zu Fäusten. Ihn hätte ich gerne auf dem Gewissen. Ich schlug gegen das Tor, als es sich hinter mir schloss. Es tat höllisch weh, aber es beruhigte mich.

»Clovis!« Irgendwo hinter mir rief Varian seinen Hund. »Clovis! Wo steckst du?« Ich hörte ihn durch das Unterholz marschieren, unter seinen Füßen zerbrachen Zweige. »Wer ist da?« Er richtete die Taschenlampe auf mich. »Sind Sie das, Lambert?« Ich blinzelte und hielt mir die Hand vor die Augen.

»Ist er weggelaufen?«

»Nein.« Varian schritt auf mich zu, der Strahl der Taschenlampe schwenkte über das tote Gras und den winterlichen Farn. »Dieses Schwein von Raymond Coureau hat ihn entführt. Ist das zu fassen? Ich dachte, er hat den Hund vielleicht irgendwo hier draußen angebunden. Wenn ich diesen kleinen Ganoven zwischen die Finger bekomme, dann ...« Er unterbrach sich, als man ein Auto die Zufahrt hinaufrasen hörte und Kies auf die Terrasse spritzte. Varian rannte los, ich folgte ihm. Gerade als wir um die Hausecke kamen, stolperte Killer betrunken aus einem alten schwarzen Citroën-11-Cabrio. Mary Jayne kam herausgelaufen und packte ihn.

»Du Idiot«, sagte sie. »Was glaubst du, was du tust?«

»Es hat ihm Spaß gemacht, oder, Mathieu?«, protestierte Raymond und zeigte auf Clovis, der zwischen zwei aus Killers Bande auf dem Rücksitz saß und zufrieden hechelte.

»Und ob«, sagte ein Mann mit olivfarbener Haut und zurückgestrichenem Haar. »Hallo, Mary Jayne. Du siehst hübsch aus heute Abend.«

»Arschloch!« Varian packte Killer am Kragen. Er drückte ihn gegen die Motorhaube. »Wenn du ihn jemals wieder anfasst, dann …«

»Was dann, du amerikanisches Weichei?« Killer schlug seine Hände weg und baute sich vor ihm auf. »Eingebildeter Schnösel. Ich würde dir in null Komma nichts die Kehle durchschneiden …«

»Du machst mir keine Angst.« Varian schaute ihn finster an. »Lass ihn in Ruhe. Lass uns in Ruhe. Ich weiß alles von dem Geld, das du hier versteckt hast. Begreifst du es immer noch nicht?« Er wandte sich Mary Jayne zu. »Du dummes Mädchen. Wenn sie das gefunden hätten, hätte es genügt, um uns nach Amerika zurückzuschicken. Es hätte alles zerstört, nur seinetwegen.« Varian stemmte die Hände in die Hüften. »Du musst eine Entscheidung treffen, Mary Jayne. Er oder wir.«

»Was?« Langsam wandte sie sich zu ihm um. »Wie kannst du es wagen?«

»Du gefährdest die gesamte Operation.«

»Ich entscheide mich für Raymond«, sagte sie und nahm Killers Arm.

»Dann triffst du die falsche Entscheidung.«

»Das werden wir sehen.«

»Du solltest gehen.«

Mary Jayne trat näher und murmelte: »Du aufgeblasenes Arschloch.«

»Und du, meine Liebe, hast wieder einmal bewiesen, dass du nichts als ein verwöhntes kleines reiches Mädchen bist.« Er senkte den Kopf und flüsterte ihr ins Ohr: »Mit deinem Charme, deiner Ungezwungenheit und deiner Schönheit wirst du zweifellos durchs Leben kommen, aber du musst erwachsen werden und dir Rückgrat zulegen. Das Leben ist für die meisten Menschen nicht wie eine Kurzgeschichte von F. Scott Fitzgerald, Mary Jayne, wir brausen nicht alle in unserem Privatflugzeug durch Europa und folgen dem Schnee und der Sonne, wie es uns gefällt. Ich kenne dich. Ich weiß, was du bist. All die Flugzeuge, die Juwelen, die eleganten Kleider können das Loch in deinem Herzen nicht füllen ...«

»Du irrst dich. Du irrst dich, was mich betrifft. Frag sie. Frag sie alle. Ich bin tapfer und nett zu meinen Freunden und großzügig ...«

»Natürlich, dagegen kann ich nichts einwenden. Aber andererseits ist es einfach, etwas zu verschenken, wofür man nie arbeiten musste.«

»Du weißt nichts über mich, und du weißt nichts über Raymond.«

»Killer?« Varian schnaubte. »Das ist ein Tunichtgut, Mary Jayne. Der Junge nimmt mir das übel, was ich repräsentiere. Breton ist ihm in jeder Hinsicht überlegen, und was macht er aus purer Gehässigkeit? Er entführt einen kleinen Hund. Einen tollen Mann hast du dir da geangelt.«

»Du hast doch keine Ahnung ...« Mary Jayne lachte, und ihre Augen glänzten.

»Wenn du wirklich nett zu deinen Freunden sein willst, dann tue das, was angemessen ist, und gehe.«

Mary Jayne hob das Kinn. »Das ist mein Haus. Ich habe es gefunden.«

»Wenn du weiterhin hier wohnst und mit Raymond zusammen bist, gefährdest du das Leben deiner Freunde, von Danny und seiner Familie.« Das schien zu sitzen.

»Na gut! Du musst nicht weiterreden.« Die Hüften schwingend, schlenderte sie hinüber zu Killer. »Du hast heute Nacht einen Mitbewohner. Okay?«

»Okay, *chérie*.« Er steckte sich die Finger in den Mund und pfiff nach Dagobert. Der Hund rannte die Stufen zum Auto hinunter und sprang auf den Fahrersitz. »Sieht so aus, als würde uns Dago zurück in die Stadt fahren.«

»Wenigstens ist er nicht betrunken.« Mary Jayne schob den Hund zur Seite und setzte sich hinter das Steuerrad. »Ich komme morgen früh und hole meine Sachen ab«, sagte sie, ohne Varian anzuschauen.

Danny eilte zu ihr und reichte ihr einen Pullover. »Nimm den«, sagte er, »du erfrierst sonst.« Mary Jayne drückte ihm die Hand. Ihr Lächeln zitterte ein wenig. »Danke, Schatz. Du hältst hier alles in Ordnung, ja?«

»Du bist dir sicher, dass du weißt, was du tust, Naynee? Pass bitte auf …«

»Natürlich weiß ich nicht, was ich tue«, sagte Mary Jayne, »aber ich liebe ihn. Was bleibt mir übrig? Ich werde mich nicht von Varian herumkommandieren lassen wie von einem arroganten Lehrer.«

»Manchmal könnte ich mit dem Knüppel draufschlagen.« Danny schaute unsicher zu Raymond. »Du weißt, ich bin da, wenn du mich brauchst. Bitte sei vorsichtig. Wir haben alle Gerüchte gehört, dass er und sein Freund Mathieu irgendeinen Ganoven am Vieux Port umgelegt haben. Raymond hat ein paar sehr gefährliche Freunde.«

»Ich weiß, aber keiner von euch sieht, wie besonders er ist.« Mary Jayne ließ den Motor an. »Ich glaube an ihn«, sagte sie

*281*

leise und sah Varian an, »und nichts, was du oder sonst irgendjemand sagen könnte, wird das ändern.«

Varian nahm Clovis' Leine und hob ihn aus dem Wagen.
Killer sprang über die Tür und glitt ins Wageninnere. »Bis
dann«, sagte er und hob die Hand zu Gruß, während Mary
Jayne den Wagen wendete und davonjagte. Die Rücklichter
verschwanden in der Nacht.


»Sollen wir ihnen Konkurrenz machen?«, murmelte Killer.
Einen Arm hinter dem Kopf, hatte er den anderen um Mary
Jayne gelegt. Durch die dünne Wand des Hotelzimmers
waren ein rhythmisches Stoßen und das Quietschen von
Bettfedern zu hören.

»Was erwartest du, wenn du ein Hotel neben einem Bordell aussuchst?« Sie lächelte und blickte zu ihm auf, das Kinn
auf seiner Brust. Auf dem Nachttisch lag seine Brille neben
ihren Diamantohrringen, die im Schein der Lampe funkelten.

»Bleib bei mir«, sagte er und strich ihr die Haare von der
warmen Wange. Er fuhr ihr über das Schlüsselbein, das
schweißnass war.

»Ich kann nicht hierbleiben, Schatz. Hier stinkt es nach Ab-
wasser und Knoblauch, und für die Klientel kann ich auch
nicht sprechen.« Draußen vor dem Fenster blinkte das Neonschild des Hotels und warf blaues Licht auf die Bettdecke. Von
der Straße trieben Stimmen und Gesang herauf. »Morgen
früh nehme ich mir ein Zimmer im Beauvau.«

»Ich werde nie vergessen, was du heute Abend getan hast«,
sagte er, die Lippen in ihren Haaren.

»Was meinst du?«

»Dass du dich für mich entschieden hast.«

»Natürlich.« Mary Jayne legte den Kopf auf seine Brust und

lauschte seinem starken Herzschlag. »Ich wollte mich nicht von Varian herumkommandieren lassen.«

»Dich kennenzulernen hat mein Leben verändert.«

»Dann beweise es. Mach etwas aus dir, statt dich mit diesen Ganoven im Vieux Port herumzutreiben.«

»Ich liebe dich.«

Sie lachte leise. »Natürlich.«

Killer schaltete die Lampe aus und starrte hoch zu der rissigen Decke. »Ich liebe dich, Mary Jayne. Ich liebe dich mit meinem ganzen schwarzen Herzen.«

# 36

Jacqueline band die rote Schleife an den Tannenzapfen und reichte ihn Aube. »Komm, wir machen ihn schön«, sagte ich. »In welcher Farbe sollen wir ihn anmalen?«

»Rot! Wie einen Zauberbaum!« Aube klatschte in die Hände. Sie saß im Esszimmer zu Jacquelines Füßen, und ich sah Jacquelines Farben durch. Aube lehnte die Porzellanpuppe, die sie an diesem Morgen zum Geburtstag bekommen hatte, an den Kamin und breitete ihre bedruckte Baumwollschürze aus. Die schlanken weißen Beine und winzigen schwarzen Schuhe ragten unter dem weißen Unterrock hervor, als würden sie aus einer Muschel herauskommen.

»So«, sagte sie zu der Puppe, »nicht, dass dir kalt wird, Kleine.«

Jacqueline lächelte, während ihre Tochter weiterschwatzte. Sie wählte eine Farbtube aus und drückte ein wenig rote Gouache für sie auf einen Unterteller. Als das kleine Mädchen anfing, Farbe auf den Tannenzapfen zu tupfen, holte Jacqueline ihr Skizzenheft und seufzte. Sie steckte sich einen Stift hinter die Ohren und blätterte durch ihre Zeichnungen.

»Sie sind wunderbar«, sagte André. Er lehnte an der Tür und beobachtete sie.

»Hallo, Schatz.« Sie schloss die Augen, als er sich bückte und sie auf den Kopf küsste.

»Das sagte ich gerade zu Madame Breton«, erklärte ich. »Sie muss unbedingt malen.«

»Es ist hoffnungslos«, erwiderte Jacqueline. »Ich kann im Moment nicht arbeiten. Ich meine, es gefällt mir hier sehr. Mit all unseren Freunden, die kommen und gehen, erinnert es an alte Zeiten, aber ...« Sie runzelte die Stirn und blickte hinunter auf Aubes goldfarbenen Kopf, den diese konzentriert vorbeugte. André ging neben seiner Tochter in die Hocke und half ihr, mit den Fingerspitzen rote Farbe aufzutupfen. Ich hatte das Gefühl, ich würde stören, deshalb stand ich auf und trat zum Kamin, um das Feuer zu schüren. Breton betrachtete nachdenklich seine Hände, verschmierte die rote Farbe zwischen Daumen und Zeigefinger. »Ich weiß, manchmal ist es nicht leicht für dich«, sagte er leise zu Jacqueline.

»Du gibst ihnen so viel von dir.«

»Ich vergöttere dich.« André blickte auf zu ihr, und sie lächelte traurig und strich ihm über das Gesicht.

»Ich weiß.«

»In Amerika wird es besser für dich, wenn wir von dieser Unsicherheit weg sind ...«

»André, es wird ein neues Land sein, aber wir sind dieselben Menschen wie früher. Wir nehmen uns mit, wohin auch immer wir gehen, verstehst du das nicht?«

»Schau, Papa!« Aube hob den leuchtend roten Tannenzapfen hoch.

»Er ist schön geworden.« Er bückte sich, um sie auf den Kopf zu küssen.

»Was meinen Sie, Gabriel?«, fragte sie.

»Wunderbar«, sagte ich. Ich bekam heiße Wangen, als ich sah, wie Bretons Züge weich wurden, als seine Tochter gelobt wurde.

»Komm, wir hängen ihn zu den anderen an den Baum.« Breton nahm Aube auf die Arme, und wir gingen hinaus in den Gang. Danny und ich hatten im Wald eine Tanne ausgegraben und sie als Überraschung für die Kinder in einen Terrakottatopf gepflanzt. Die Äste hatten wir weiß angemalt. Alle hatten mitgemacht, sie hatten Sterne und Schmetterlinge gemalt, abstrakte Formen und Schleifen aus bunten Papierketten. Im Licht des Feuers sah er märchenhaft aus. Aube griff nach oben und hängte den kleinen roten Tannenzapfen an einen Zweig.

»Es sind nur noch fünf Tage!«, sagte sie. »Glaubst du, es gibt dieses Weihnachten Geschenke, Papa?«, fragte Aube.

Er schaute sie traurig an. »Was auch immer passiert, wir werden viel Spaß zusammen haben.«

Madame Nouguet klopfte an die Tür. »Verzeihung, Monsieur Breton«, sagte sie. Sie kam zu ihnen und schirmte irgendetwas mit der Hand ab. »Ich hoffe, Sie haben nichts dagegen? Für die Kleine?« Sie ließ die Hand sinken und kniete sich vor Aube hin. Auf einem goldenen Tellerchen trug sie einen kleinen Sandkuchen mit einer einzelnen weißen Kerze.

»Für mich?« Aubes Gesicht strahlte glücklich im Schein der Flamme.

»Wünsch dir was, Liebling.« Jacqueline legte Aube die Hände auf die Schultern. Das kleine Mädchen kniff die Augen zusammen und blies die Kerze aus.

André wandte sich an Madame Nouguet. »Das ist sehr nett von Ihnen.«

»Ich wünschte, ich könnte mehr tun, Monsieur. Ich habe ein paar Rationen gespart, ein bisschen Butter gefunden, das ist alles. Ich konnte die Kleine ihren fünften Geburtstag einfach nicht ohne Kuchen feiern lassen.«

André blickte hoch, als die Haustür aufging und der Weihnachtsschmuck in dem kalten Wind tanzte. »Hallo, Albert«, sagte er, als Beamish in die Halle kam.

»André, Jacqueline.« Beamish streifte sich die Wollmütze ab und fuhr sich mit der Hand durch die Haare. »Gabriel. Feiert ihr?«

»Ich habe Geburtstag«, sagte Aube stolz und zeigte auf die Puppe. »Madame Nouguet hat mir einen Kuchen gebacken. Magst du was?«

Beamish hockte sich hin, damit sie auf Augenhöhe waren. »Das ist sehr nett von dir, Aube, aber ich glaube, das ist ein Zauberkuchen.«

»Wie bei Alice im Wunderland?« Sie betrachtete ihn ernst. »Aber da steht nicht: ›Iss mich!‹«

»Nur weil es ein geheimer Zauberkuchen ist. Ich glaube, du solltest ihn ganz allein essen, damit du eine große, schöne Frau wirst, so wie deine Mutter.«

Jacqueline lachte. »Lauf in die Küche zu Maria zum Abendessen, Schatz«, sagte sie zu Aube.

»Ist Varian da?«, fragte Beamish.

»Ich glaube, er ist in seinem Zimmer, soll ich …«, begann Jacqueline, verstummte aber, als Beamish die Treppe hinauflief und immer zwei Stufen auf einmal nahm.

<hr />

Varian lag auf dem Bett und las im Schein der Lampe Platon, Clovis an seiner Seite. Der Hund schlief friedlich, er bewegte die Pfoten, während er im Traum Kaninchen jagte, aber Varian hatte denselben Absatz dreimal gelesen, und die vertrauten Verse tanzten ihm vor den Augen. Die Wörter schienen keinen Sinn zu ergeben. Als es klopfte, blickte er auf. »Herein.«

Beamish öffnete die Tür und trat ein. »Es tut mir leid, euch beide zu stören.« Clovis sprang vom Bett und begrüßte ihn freudig.

»Beamish, Gott sei Dank. Die Polizei war im Büro und hat dich gesucht. Ich dachte schon, sie hätten dich womöglich auch erwischt.«

»Haben sie einen Haftbefehl?«

Varian nickte. »Sie haben den Mann gesucht, ›der sich Hermant nennt‹.« Beamish ging in die Knie und kraulte den Kopf des Hundes. »Ich habe ihnen erzählt, du hättest vor ein paar Wochen gekündigt, und ich hätte keine Ahnung, wo du bist.«

»Danke.«

»Wie war Banyuls?«

»Gut. An der Grenze läuft alles rund.«

Varian stand auf. »Wir mussten einen Rückschlag hinnehmen, während du weg warst. Der kleine Bill Freier ist festgenommen worden.«

»Verdammt. Wirklich?«

»Jemand muss ihn verpfiffen haben. Die Polizei kam rein und fand ihn inmitten seiner Ausrüstung, die er zum Fälschen braucht.« Varian blinzelte. »Ich wage nicht, daran zu denken, was mit ihm passiert.« Plötzlich fiel ihm Beamishs Gesichtsausdruck auf. »Was ist los? Stimmt irgendwas nicht?«

»Doch, wenn man bedenkt, dass die Polizei hinter mir her ist. Ich, na ja, bei mir gibt's Neuigkeiten. Ich bekomme eine Stelle an der University of California, in Berkeley.«

»Ich wusste nicht, dass du dich beworben hattest.«

»Das hatte ich auch nicht. Ein früherer Professor von mir hat es über die Rockefeller Foundation arrangiert.« Beamish senkte den Blick. »Er ist ein guter Kerl. Ich glaube, für ihn bin ich so etwas wie ein missratenes Kind. Er wusste, dass ich die Kämpfe in Spanien überlebt habe. Ich glaube, er macht sich Sorgen, dass mein Glück nicht mehr so lange vorhält.«

»Bei dir? Niemals.«

»Vielleicht hat er recht. Ich bin ziemlich gut davongekommen.«

»Gratuliere.« Varian schüttelte ihm die Hand. »Du musst die Stelle natürlich annehmen.«

»Aber was ist mit unserer Arbeit hier?«

»Hältst du dich für unersetzlich?« Varian gelang es nicht weiterzulächeln. »Es ist nicht mehr sicher für dich, mein Freund.«

»War es das je?«

»Verdammt, wir haben schon einiges zusammen erlebt, nicht wahr?«

»Das Beste.«

»Und du, mein Freund … du bist der Beste von allen.« Er räusperte sich. »Es ist wahrscheinlich gut, dass du gerade jetzt verschwindest, wenn die Polizei dich im Visier hat. Wann geht es los?«

»Heute Nacht.«

»So bald schon?« Varian fühlte sich wie ein Bergsteiger, der zusieht, wie sein Seil langsam aus dem Haken gleitet.

»Ich werde es nicht riskieren, ins Hotel zurückzufahren, um meine Sachen abzuholen, aber ich nehme alles von hier mit, was ich soll, Papiere und so weiter.« Beide Männer spürten die Anspannung. »Ich fahre direkt wieder runter, dann weiter durch Spanien und Portugal und schließlich nach New York.«

Fry griff nach seiner Aktentasche und suchte die Papiere. Aus einem Umschlag zog er einen durchgerissenen bunten Zettel. »Hier, das passt zu der Hälfte, die unsere Leute an der Grenze haben. Sie kennen dich natürlich, aber es ist nicht schlecht, wenn wir die Abfolge einhalten und den nächsten Zettel bringen, den sie erwarten.«

»Natürlich.«

»Ich kann mir nicht vorstellen, dass du Schwierigkeiten bekommst. Sie haben in nur sechs Monaten fast hundert Flüchtlingen über die Bergrouten geholfen. Du kannst bei ihnen wohnen, solange es nötig ist, und bei ihnen in den Weinbergen an der Grenze arbeiten, bis es sicher für dich ist hinüberzugehen.«

»Werden die Leute da nicht misstrauisch?«

Varian schüttelte den Kopf. »Wenn es jemandem auffällt, dann sagen sie immer, unsere Kunden wären Freunde, die es nicht geschafft haben, ›rejoindre leurs foyers‹. Ich liebe diesen Ausdruck, die Vorstellung, an den Herd, nach Hause zurückzukehren …« Er schwieg. »Hast du schon deine Visa und den Pass?«

»Du kennst mich, ich bin immer *en règle*.«

»Ich habe noch nie jemanden mit so vielen Ausweisen gesehen.« Varian schenkte ihnen beiden ein Glas Armagnac ein. Es war fast nichts mehr in der Flasche, und er teilte den Rest zwischen ihnen auf. Auf dem Nachttisch sah er Eileens letzten Brief. Die Worte *Viel Liebe – falls Interesse besteht* sprangen ihm entgegen. Darunter versteckte sich die umgeknickte Ecke eines Telegramms aus New York: *Ersatz kommt. Baldige Rückkehr nach USA.* Er wusste, dass eine weitere schlaflose Nacht vor ihm lag. Jede Nacht war es dasselbe – er wachte um vier Uhr auf, machte sich Gedanken über die Flüchtlinge, seine Ehe, seine Gesundheit. Jetzt half es nicht mehr, angetrunken ins Bett zu gehen. Er wachte immer um vier Uhr auf, völlig nüchtern, unfähig, sich auszuruhen und zu schlafen, und kurz bevor der Wecker klingelte, gab er auf. *Ich war nie für diese Aufgabe qualifiziert*, dachte er. *Ich habe mich freiwillig gemeldet, weil sonst niemand da war. Es sollte bloß ein paar Wochen dauern. Ich habe seit Monaten immer wieder gefordert, dass New York jemanden mit Erfahrung in solchen Situationen schickt, aber jetzt …* Varian stockte das Herz, als ihm klar wurde, dass es niemanden gab, der so etwas schon einmal erlebt hatte. Es gab kein Vorbild, niemanden, der besser für diese Stelle qualifiziert war als er. Er hatte keine andere Wahl, als bis zum Ende zu bleiben, was das auch bedeuten mochte. Diese Leute brauchten ihn. Er blinzelte. »Du wirst uns hier fehlen.« Er wandte sich um und lächelte, reichte seinem liebsten Freund in Marseille das Glas. »Auf Buster und Beamish«, sagte er, und sie stießen an.

»Auf dass wir ihnen immer einen Schritt voraus sind«, sagte Beamish und trank seinen Armagnac in einem Schluck. »Gut, was kann ich mitnehmen?«

Varian nahm seinen Vergil vom Schreibtisch und schob Beamish ein paar dünne Blätter Zwiebelschalenpapier hin, die mit winziger Schrift vollgeschrieben waren. »Ich habe darauf gewartet, dass der nächste Kunde aufbricht, aber die kannst auch du gleich mitnehmen.«

Beamish nahm die Zahnpastatube neben dem Waschbecken und drückte, bis sie halb leer war.

»Du hast nicht zufällig ein Kondom?«, sagte Varian und rollte die Blätter eng zusammen. Beamish lächelte ihn kurz an und griff in seine Tasche. Er steckte die Dokumente in das Kondom und schob es in die Öffnung der Zahnpastatube. Dann füllte er die Zahnpasta wieder ein und rollte sie am Ende zusammen.

»Was hast du jetzt vor?«, fragte Beamish und wischte sich die Hände ab. »Gehst du zurück nach New York?«

»Wie denn? Jemand muss doch hier den Laden schmeißen.« Er warf Beamish einen kurzen Blick zu, ein halbherziges Lächeln auf den Lippen. »Ich habe ihnen ein Telegramm geschickt. Weißt du, was sie geantwortet haben? Das ERC hat meine Lohnzahlungen gestoppt.«

»Sie wollen dich zur Abreise zwingen?«

»Und mein Arbeitgeber will meine alte Stelle nicht mehr freihalten.«

»Was sagt deine Frau?«

»Eileen will, dass ich mit dem nächsten Schiff komme.« Varian lachte. »Aber ich habe mir noch nie gerne sagen lassen, was ich tun soll. Vielleicht ziehe ich eine Weile zurück in die Stadt. Ich nehme mir ein Zimmer im Hotel Beauvau. Wie gesagt, wenn du weg bist, brauchen wir jemanden, der in der Stadt verfügbar ist.« Varian fröstelte. »Hier ist es auch ziemlich kalt.«

»Ich wollte ja nichts sagen, aber das ist der reinste Kühlschrank hier.«

Varians Magen knurrte. »Sag das nicht, da muss ich an Essen denken. Ich träume von Steak und Eiscreme.«

»Wenn ich in Amerika bin, esse ich ein Steak zu deinen Ehren.«

»Du willst wirklich nicht warten und morgen früh ins Büro kommen?«

»Ich glaube nicht«, sagte er, unfähig, Varian in die Augen zu schauen. »Lange Abschiede, das kann ich nicht.«

»Ich auch nicht.« Varian reichte Beamish die Hand. »Pass auf dich auf, alter Junge.«

Beamish blickte zu ihm hoch. »Wir sehen uns bald, in New York?«

»Sage ich das immer? Das scheint den Leuten Zuversicht zu geben.«

»Wie gesagt, vielleicht bist du es, der Zuversicht braucht.«

Varian schnürte sich der Hals zu. »Gib acht auf dich, ja? Und wir sehen uns bald, in New York oder in Kalifornien, Dr. Hermant oder wie auch immer du wirklich heißt.«

»Hirschman«, sagte Beamish und setzte sich den Hut auf. »Albert O. Hirschman, aber verrate es niemandem.« Schweigend betrachtete er durch das Fenster noch einen Augenblick das Meer, und Varian sah ihn in der Spiegelung in dem dunklen Fenster ein letztes Mal lächeln, bevor er sich umwandte und verschwunden war.

# 37

»Stimmt es denn«, fragt mich Sophie, »dass während des Krieges alle wie besessen Liebe machten?«

»Was?« Ich bleibe stehen und beuge mich vor, die Hände auf die Schenkel gestützt. »Herrgott, denkt ihr jungen Leute denn an nichts anderes? Damals war alles anders. Es galten keine normalen Regeln. Die Leute wechselten ihre Partner, ihre Leben, ihre Namen. Krieg ... Frieden ... das gleichen wir alle irgendwie aus.«

»Ich bewundere Menschen, die den Mut haben, sich ihr Leben neu zu erfinden«, sagt sie. Ich lasse den Kopf hängen, während ich versuche, wieder Luft zu schöpfen, aber ich sehe ihre Beine weiter vorn. Sie zieht sich den Rock aus, lässt ihn fallen.

»Sie sind verrückt, wenn Sie jetzt schwimmen. Sie frieren sich den Arsch ab.«

»Ich will nur die Füße ins Wasser stecken, mir das Blut vom Bein abwaschen.« Sie bückt sich, um sich die Strümpfe auszuziehen. Sie wirft mir einen Blick über die Schulter zu, ihre langen Haare wehen wild im Wind. Ich sehe ihr Gesicht nicht, nur diese blauen, blauen Augen, die mich trotzig ansehen. Blau? Ich könnte schwören, dass sie vorhin noch grün gewesen waren. Das muss am Licht liegen. »Kommen Sie, Gabriel, leben Sie ein bisschen.«

»Nicht ganz so frech, Missy. Ich habe doch gesagt, die Anrede ›Mr Lambert‹ ist angebracht.«

»Hören Sie auf, der Frage aus dem Weg zu gehen, *Mr* Lambert«, sagt sie und wirft ihre Strümpfe in den Sand wie eine abgestreifte Haut.

»Ihr jungen Leute meint, ihr hättet den Sex erfunden«, sage ich. »Aber wenn einen der Tod umgibt, dann bekommt das Leben eine gewisse Schärfe, und man wagt Dinge, die man sonst nicht riskiert hätte.«

»War das mit Annie so?«

»Das geht Sie gar nichts an.« Gott, ich hasse Journalisten. All die Jahre, in denen gebohrt und gestochert wurde, als verleihe ihnen der Erfolg meiner öffentlichen Arbeit ein Anrecht auf mein Privatleben. Seit etwa 1970 habe ich mit keinem von ihnen mehr gesprochen, und das heute war ein Fehler. Mein Kopf schießt hoch, und ich habe gute Lust, ihr zu sagen, dass sie abhauen soll, aber sie ist schon ins Wasser gelaufen. Sie strahlt eine solche Anmut und Leichtigkeit aus, dass ich keine Worte finde. »Annie war ein braves Mädchen«, rufe ich ihr nach, der Wind trägt meine Stimme fort.

Annie, Annie, Annie – ich schließe die Augen und denke an das erste Mal. Ich hatte den Tag damit verbracht, Varian und den Jungs beim Umzug des ARC in größere Büros am Boulevard Garibaldi 18 zu helfen. Die Räumlichkeiten waren früher als Friseursalon genutzt worden. Man hatte ihn wohl eilig verlassen, denn die ganze Einrichtung war noch dort – Spiegel und Bürsten, Flaschen, alles Mögliche.

»Ist das die letzte Kiste?«, fragte Varian und blickte von seinem Schreibtisch auf. »Danke für die Hilfe, Gabriel.«

»Was sollen wir denn mit dem ganzen Zeug machen?«, fragte Gussie und zeigte auf den Haufen mit den Friseurutensilien.

»Werft es weg, bitte. Wir brauchen hier drinnen so viel Platz wie möglich.« Er schaute hinüber, wo das Team Akten aus braunen Kisten auspackte. Rosen blühten auf der Tapete hinter Lenas Schreibtisch und umrahmten einen kleinen weißen Marmorkamin. Er schien meilenweit weg zu sein, in irgendeiner Träumerei verfangen. Varian wirkte schon seit einer Woche irgendwie abwesend, seit der Abreise von Beamish.

»Hier«, sagte ich zu Gussie, »ich helfe dir.« Ich nahm das eine Ende eines großen Spiegels und half ihm durch die Hintertür hinaus auf die Gasse zu den Mülltonnen.

»Es ist nett, dass du hilfst«, sagte Gussie.

»Das ist das Mindeste, was ich tun kann«, erwiderte ich. »Ich wünschte, ich könnte mehr tun.« Die Wahrheit ist, ich kam mir vor wie ein Betrüger. Die Schuldgefühle sind heute noch so frisch wie damals. Sicher, manche Leute sind pathologische Lügner – Unwahrheiten sind für sie etwas so Natürliches wie das Atmen, aber ich bin nicht so. Ich wollte einfach nur etwas tun, um ihnen zu helfen, und wenn es nur Kleinigkeiten waren. Wir trugen eine Kiste nach der anderen hinaus auf die Gasse und bildeten einen großen Stapel. »Was passiert wohl mit dem Zeug?«

»Das bleibt nicht lange hier«, sagte Gussie. »Wahrscheinlich werden wir jetzt schon beobachtet. Warte nur ab, sobald es dunkel ist, kommt jemand und sucht sich das Beste aus, um es zu verhökern.«

Ich dachte an Marianne. »Meinst du, es wäre in Ordnung, wenn ich meiner Freundin ein paar Sachen mitnehme?«

»Sicherlich.« Gussie zog die Tür hinter sich zu. »Nimm dir, was du willst.«

An diesem Nachmittag brach ich nach La Pomme auf, die Taschen voll mit Haarbürsten, Klammern und Shampoo. Auf dem Schoß balancierte ich einen kleinen goldgerahmten

Spiegel. Ich musste an Schneewittchen denken: Wer ist die Schönste im ganzen Land?

Marianne und ich waren mutiger geworden – durch die Konfrontation mit ihren Eltern hatte sich alles zugespitzt. Ich hatte mittlerweile herausgefunden, wie ich bei den Bouchards durch die alte Heuscheune die Hintertreppe hinauf- und dann über das Dach zu ihrem Fenster gelangen konnte. Wenn wir uns nicht in der Öffentlichkeit sehen durften, dann eben vor ihrer Nase.

Marianne öffnete die Doppelfenster ihres Zimmers. Sie gingen von dem schmiedeeisernen Balkon aus nach innen auf, und sie stellte sich daneben und wartete, dass ich ins Zimmer hineinkam. Sie hatte neben dem Fenster am Webstuhl gearbeitet und hielt einen Strang blaue Seide in der Hand.

»Warte«, sagte ich, »nimm mir das erst mal ab.«

»Was hast du denn da?« Sie legte den Zwirn weg und nahm den Spiegel entgegen.

»Das ist ein Geschenk«, sagte ich und sprang auf den Balkon. Hinter mir schloss ich das Fenster und zog die Vorhänge zu.

»Du warst ganz sicher eine Katze in einem früheren Leben«, sagte sie und küsste mich auf die Wange. Für mich war sie wie eine Minneheldin, würdig und keusch. Verheerend keusch. »Du machst nie ein Geräusch.«

»Sind sie da?«

Marianne nickte. »Maman ist in der Küche, und Papa schläft unten vor dem Kamin. Ich habe gesagt, ich gehe ins Bett, weil ich Kopfschmerzen habe.«

»Armer Liebling.« Ich zog sie zu mir. »Sehen wir mal, ob wir dir helfen können.« Sie ließ den Spiegel auf das Bett fallen und schlang mir die Arme um den Hals.

»Du hast mir gefehlt«, sagte sie und nahm erst meine Unterlippe, dann die Oberlippe zwischen ihre Lippen. Ihre Zunge schob sich an meine, schnell wie ein Fisch im Schilf. Ach, diese Nachmittage waren eine köstliche Qual, die Stille, die Angst, entdeckt zu werden. Es waren zweifellos die erotischsten Stunden meines Lebens.

Sie schob die Hände unter meinen Mantel. »Was hast du denn da drin?«, fragte sie und griff in meine Taschen. »Hast du einen Friseursalon überfallen?«

»Nicht ganz.« Ich nahm alle Bürsten und Fläschchen heraus und legte sie auf den nierenförmigen Frisiertisch mit der Glasplatte. Mariannes Schlafzimmer schien der einzige richtig eingerichtete Raum im Haus zu sein. Die Chintzvorhänge am Frisiertisch waren verblichen, aber von guter Qualität, und ihr Bett hatte eine wunderbare dicke Daunendecke, unter der ich mich immer zusammenrollen wollte, wenn ich sie sah. Jetzt, da ich selbst Kinder habe, begreife ich, dass Marianne die Welt der Bouchards war. Sie sollte alles haben, was sie selbst nicht hatten. Damals schien es nur angemessen, dass jemand, der so schön war wie sie, das Beste von allem haben sollte.

»Ist das wirklich alles für mich?« Ihre Augen leuchteten. »Du versprichst, dass du das nicht gestohlen hast?«

»Ich verspreche es.« Ich stellte den Spiegel auf den Frisiertisch und führte sie zum Hocker.

»Was soll ich Mutter sagen? Sie wird das bemerken …«

»Verstecke die Sachen in deinem Schrank oder unter dem Bett«, sagte ich und löste ihre Haare. Ich fuhr mit den Fingern hindurch, sie waren dick und schwer. »Das kann ein Geheimnis sein.« Ich schob ihre Haare zur Seite und streifte ihren Nacken mit den Lippen, spürte die feinen Strähnen an der Wange. »Spielen wir Friseur.«

»Ach, Gabriel, das ist lächerlich! Wir sind doch keine Kinder.«

»Okay, du frisierst dich, und ich sehe zu.« Ich legte mich auf ihr Bett, die Sprungfedern ächzten und knarzten.

»Soll ich sie hochstecken?« Marianne drehte sich vor dem Spiegel. Sie erinnerte mich an Velazquez' Venus. Ich konnte mir beinahe vorstellen, wie Amor über ihrem Frisiertisch schwebte, während sie sich betrachtete.

»Warum nicht?« Ich nahm mein Skizzenheft aus dem Rucksack. Das war das erste Bild, das ich von ihr anfertigte, das Erste von Tausenden, wie sich herausstellen sollte. Es war eine schnelle Zeichnung, voller Begierde. Ich zeichnete sie, wie sie sich die Haare zu einem züchtigen Knoten hochsteckte. Nein, das ist nicht ganz richtig. An dieser Zeichnung ist nichts Züchtiges. Ich war schwach vor Verlangen nach ihr, mir drehte sich der Kopf vor Erschöpfung, und das Skizzenheft verbarg kaum, wie sehr ich sie begehrte. »Annie«, sagte ich, ohne aufzublicken.

»Hm?« Sie hatte Haarnadeln im Mund.

»Liebling, würdest du deine Bluse ausziehen?« Ich sah das Erschrecken in ihrem Blick. »Nur damit ich den Umriss deines Körpers besser sehen kann.« Ich fragte mich, ob ich es jetzt vermasselt hatte, ob sie mich hinauswerfen würde. Die Nacht brach an, das graue Licht draußen wurde immer dunkler, und ein Sturm rüttelte am Fenster. Mariannes Zimmer war klein und gemütlich, es lag oben im Dachgeschoss des Hauses, mit Dachschräge. Sie nahm die Haarnadeln einzeln aus dem Mund und sah mich weiterhin an. Es war eine Qual. Dann bewegten sich ihre Finger zu den kleinen Perlmuttknöpfen ihrer weißen Baumwollbluse. Sie öffnete einen nach dem anderen, und schließlich schlüpfte sie aus der Bluse, die leise zu Boden fiel. Sie betrachtete sich im Spiegel, fuhr sich mit den Fingerspitzen über das Schlüsselbein, zwischen die Brüste. Durch das dünne Seidenhemdchen, das sie trug, erkannte ich die Rundung ihres Brustkorbs. Ich hatte Angst, mich zu bewegen, aber ich musste sie berühren. Ich atmete schwer, als ich die letzten Striche zog, dann kroch ich zu ihr, tappte leise durch das Zimmer zu ihr. Ich kniete mich hinter sie, legte die Hand auf ihren flachen Bauch, während ich sie auf den Nacken küsste. »Marianne«, sagte ich, meine Stimme war kaum mehr als ein Flüstern. Sie wandte sich auf dem Hocker um und erlaubte mir, ihre Schenkel zu öffnen. Später erzählte sie mir, dass sie an diesem Morgen beschlossen hatte, dass sie so weit war, dass ich der Richtige war. Aber ich hatte damit gerechnet, dass sie mich daran hinderte. Stattdessen spürte ich ihre Hand an meinem Gürtel, die weiche weiße Haut ihrer Schenkel über ihrem Wollstrumpf. Und dann, dann … ich dachte, ich würde jeden Augenblick ohnmächtig werden. Sie führte mich zum Bett, und wir schlüpften unter die Decke. Wir wagten es nicht, uns auszuziehen, falls ihre Eltern uns entdeckten. Der Gedanke daran, dass wir erwischt werden könnten, steigerte die verbotene Freude nur noch. Alles war vergessen – es gab keinen Krieg, kein Haus, nichts außer unseren Lippen und unseren Händen, mit denen wir uns berührten. Wir waren die Welt, und die Welt war in uns.

# 38

»Gutes neues Jahr«, sagte Danny und schloss die Tür von Varians Büro. »Wie war es in Cannes?«

»Nicht gut.« Varian lehnte sich zurück. »Und jetzt sind die Thyssens festgenommen worden. Nicht, dass mir viel an Nazigeldgebern liegen würde. Das Netz wird enger, und für unsere Operation sind das schlechte Neuigkeiten. Wenn sie die Thyssens festgenommen haben, welche Hoffnung gibt es dann noch für unsere Kunden wie Breitscheid und Hilferding? Sie waren prominente deutsche Staatsmänner, aber Hitler hat es jetzt auch auf sie abgesehen.«

»Es ist die erste Verhaftung von vielen, da bin ich mir sicher«, sagte Danny. »Jetzt wissen wir, dass die Nazis Artikel neunzehn anwenden wollen.«

*Auslieferung auf Verlangen.* »Weiß man etwas darüber, was aus den Thyssens geworden ist?«

Danny schüttelte den Kopf. »In der Presse steht nichts.«

»In Vichy bin ich als Erstes ins amerikanische Pressebüro. Sie waren völlig schockiert – wenn diese Geschichte bekannt würde, gäbe es einen weltweiten Skandal, aber die Zensoren haben zugeschlagen. Ich mache mir keine großen Hoffnungen für sie, muss ich sagen …«

Die Haustür zum Boulevard Garibaldi flog auf, und ein junger Mann trat ins Büro, bevor Gussie ihn daran hindern konnte. Er stemmte die Hände in die Hüften und begutachtete das ARC wie ein Eroberer. Eine gebückte grauhaarige

Frau, die mit beiden Händen eine Handtasche aus Krokodilleder umklammerte, schlüpfte hinter ihm durch die Tür, stellte sich hin und wartete.

»Da sind wir, Miss Palmer«, sagte der Mann. Er marschierte zu Lenas Schreibtisch, ignorierte die Flüchtlingsfamilie, mit der sie gerade sprach, und streckte die Hand aus. »Jay Allen von der *Chicago Tribune* und jetzt ERC.«

Lena schürzte die Lippen. »Was können wir für Sie tun, Monsieur Allen?«

»New York schickt mich, um den Laden hier zu übernehmen«, sagte er. »Haben Sie kein Telegramm bekommen?«

»Sie sagten etwas darüber, dass sie einen Ersatz schicken wollen«, meinte Varian kühl. Er ging durch das Büro auf ihn zu. »Guten Tag.« Sein Handschlag war fester als unbedingt nötig. »Kommen Sie doch mit, dort hinten ist es ruhiger.«

»Gute Idee, mein Lieber.« Allen wandte sich um und suchte die Frau, die immer noch am Eingang stand. »Miss Palmer«, bellte er und winkte sie zu sich.

»Alles in Ordnung?«, fragte Danny im Vorbeigehen.

»Wird schon«, sagte Varian leise und führte Allan und Miss Palmer in sein Büro.

Er schloss die Tür hinter ihnen und zeigte auf die Stühle vor seinem Schreibtisch. Er öffnete den Mund, aber Allen unterbrach ihn.

»Wir hatten einen größeren Empfang erwartet.«

»Hier herrscht Krieg. Fahnen und Ballons sind kaum zu bekommen.« Die Männer sahen einander finster an. »Ich stelle Sie erst einmal allen vor …«

»Das wird nicht nötig sein.« Allen lehnte sich zurück und verschränkte die Hände hinter dem Kopf. »So wird das nicht funktionieren. Ich komme nicht selbst ins Büro. Ich werde weiter für die North American Newspaper Alliance arbeiten, und Miss Palmer nimmt ihre Anweisungen direkt von mir entgegen, um den täglichen Ablauf im Büro zu organisieren.«

Varian funkelte ihn schweigend an. Er konnte nicht glauben, was er da hörte.

»Verzeihen Sie, Mr Fry«, sagte sie kaum hörbar. »New York hat darum gebeten, dass wir Ihnen ein paar Tage im Nacken sitzen, um zu sehen, wie das Büro funktioniert …«

»Ein paar Tage? Das wird länger dauern als nur ein paar Tage.«

»Das ist nicht gut«, meinte Allen. »Ich muss wieder nach Norden, weil ich einen Artikel …«

»Einen Moment.« Varian beugte sich zu ihm vor. »Sie glauben, Sie können hier einfach angetanzt kommen …«

»Hören Sie, ich bin Auslandskorrespondent für die *Chicago Tribune*, und …«

»Ich weiß sehr wohl, wer Sie sind, aber Sie haben doch sicherlich nicht vor, weiter für die Zeitung zu arbeiten und gleichzeitig das ARC zu leiten?«

»Warum nicht? Ich habe keine Angst vor harter Arbeit oder schwierigen Situationen.«

*Arroganter Möchtegern-Hemingway*, dachte Varian und biss sich auf die Lippe.

»Außerdem«, fuhr Allen fort, »habe ich doch gesagt, dass Miss Palmer sich um alles kümmern wird, wenn ich nicht da bin.«

»Sie Narr. Sie haben keine Ahnung von der Arbeit, die wir hier leisten.« Varian beugte sich noch weiter vor und sprach leise und deutlich. »Wir arbeiten achtzehn Stunden am Tag, häufig an sieben Tagen die Woche – und Sie glauben, Sie können das in Teilzeit schaffen? Glauben Sie das?«

»Ja, nun gut, das werden wir sehen.« Allen stand auf, der Holzstuhl kratzte über die Dielen.

»Das ist lächerlich. Ich gehe nicht hier weg.«

Langsam zeigte sich ein Lächeln auf Allens Lippen. »Varian, Sie haben seit Monaten darum gebeten, dass jemand den Laden hier übernimmt.«

»Das war am Anfang.«

»Und jetzt haben Sie Ihre Meinung geändert?«

»Die Situation hat sich geändert, nicht ich mich.«

»Mr Fry«, mischte sich Miss Palmer ein, »Sie wollten jemanden, der Sie ablöst.«

»Jemanden, der etwas kann.«

»Arrogantes Arschloch.« Allen schlug mit der Faust auf den Tisch. »Ich werde es Ihnen zeigen. Ob es Ihnen gefällt oder nicht, Fry, ich werde hierbleiben, und Sie verlassen das Land mit dem nächsten Schiff oder Flugzeug.«

»Wer war das denn?«, fragte Danny Varian, als Allen und Miss Palmer wieder weg waren.

Varian griff nach der Cognacflasche auf seinem Schreibtisch. »Mein Nachfolger.«

»Ich dachte, du wolltest zurück nach Amerika? Sagst du nicht seit Wochen, dass du dir große Sorgen um deine Stelle und um Eileen machst?«

Als der Name seiner Frau fiel, setzte Varian die Flasche ab, dann schenkte er sich die doppelte Menge ein. »So einfach ist das nicht mehr. Beamish ist jetzt weg …« Er zögerte. Er hatte bisher viele der Geheimoperationen vor Danny und den anderen verborgen. »Ich will verdammt sein, wenn ich das Büro in die Obhut eines Idioten gebe und zusehe, wie alles, wofür wir gearbeitet haben, zum Teufel geht.«

Danny starrte ihn an, hielt seinem Blick stand. »Boss, wenn du Hilfe brauchst, musst du nur darum bitten. Wir alle wissen, wie viel Beamish getan hat.«

Varian spürte, dass Danny wusste, was vor sich ging. »Allen hat keine Ahnung, wie schwerwiegend die Lage ist. Er meint, er kann diese ganze Arbeit nebenher verrichten, während er weiterhin Berichte für zu Hause schreibt.« Varian leerte sein Glas. »Na, sehen wir mal, wie viel er schafft, was?« Er blätterte seinen Kalender durch. »Morgen fahre ich nach Nizza, um mich mit Gide, Malraux und Matisse zu treffen. Diese Idioten in New York glauben, man muss nur hingehen und sagen: ›Hallo, Mr Matisse, hätten Sie gerne ein einfaches Ticket nach New York? Ach ja, wie wunderbar. Ich rede nur mit den netten Leuten, die das Visum ausstellen, und wir setzen Sie in das nächste Schiff.‹« Varian schwenkte den restlichen Cognac im Glas. *Die haben keine Ahnung*, dachte er. *Keine Ahnung von den gefälschten Pässen, den Visa, von der ständigen Angst, in der alle leben.* »Sie glauben, jeder greift sofort zu, wenn er die Gelegenheit hat, ins Gelobte Land zu reisen. Aber die Hälfte der Künstler vom Format eines Picasso oder Matisse hält sich für unberührbar, und die andere Hälfte würde lieber auf französischem Boden sterben, als von hier wegzugehen.«

»Du siehst furchtbar müde aus, Boss. Meinst du nicht, du solltest nach Hause zurück?«

»Nein, zum Teufel.« Varian hatte dunkle Schatten unter den Augen. Im Büro drängten sich Flüchtlinge, die Schlange reichte bis durch die Tür und hinaus auf die Straße. »Das ERC will, dass Matisse und seinesgleichen Frankreich sofort verlassen? Dann zeigen wir Mr Allen doch mal, wie schwierig das ist.«

Miss Palmer zuckte zusammen, als ein Sittich durch die Palmen flog. Irgendwo im Treibhaus tropfte Wasser, das Geräusch wurde von den grünen Blättern gedämpft, die das Licht von den großen Glasfenstern her abschirmten. Weiter vorn schlurfte Matisse über den gepflasterten Weg, auf einen Stock gestützt. Neben ihm her liefen Varian und ein Arzt. Er trug einen roten Morgenmantel aus Samt und einen lila Paisleyturban. Seine orangefarbenen Lederslipper schlappten leise.

»Und wir können Sie wirklich nicht überzeugen?«, fragte Varian ihn mit Nachdruck. »Ich mache mir große Sorgen um Ihre Gesundheit.«

»Danke, junger Mann«, sagte Matisse. »Monsieur Fry, es war sehr aufmerksam von Ihnen, einen Arzt mitzubringen.«

Varian nahm Matisse am Arm und half ihm zurück in den Korbsessel, der neben seiner Staffelei stand. Speziell verlängerte Pinsel an langen Bambusstöcken steckten in einem Glas neben ihm, und ein unfertiger Akt in Tusche hing an dem Brett auf der Staffelei. Rund um die Beine von Matisse' Stuhl sah Varian bunte Papierschnipsel, die wie Konfetti über den Boden verstreut lagen. Eine große silberne Schere lag neben ihm auf dem Tisch, darunter ein Stapel kirschrotes und orangefarbenes Papier.

Matisse holte Luft. »Ich bin kein gesunder Mann, wie Sie sagen. Ich habe kein Interesse daran, mein Zuhause und meine Vögel zu verlassen.« Er zeigte auf zwei gelbe Nymphensittiche. »Wer würde denn meine Vögel füttern?«

»Es könnte sein, dass Sie Ihre Vögel bald nicht mehr selbst füttern können«, sagte Varian.

Matisse lachte, ein leichtes Japsen. »Die Nazis können mir keine Angst einjagen. Warum sollten sie sich für einen alten Mann interessieren, der Träume malt?« Er betrachtete die leeren Champagnerflaschen auf seinem Schreibtisch, in denen Wildblumen standen. »Sie bezeichnen mich als entartet, aber ich habe nie etwas anderes getan, als die Schönheit in der Welt zu malen. Ist das ein Verbrechen?«

»Nein, es ist weit davon entfernt. Es ist der Grund, warum

Sie so viele Freunde in Amerika haben, die Sie gerne in Sicherheit wüssten.«

Matisse tätschelte seine Hand. »Sagen Sie meinen Freunden, ich danke ihnen von ganzem Herzen, aber ich werde mein Zuhause nicht verlassen.«

»Sturer alter Kauz.« Varian zog sich den Hut über die Augen, als sie auf die geschäftige Straße in Nizza traten.

»Für Intellektuelle sind sie weder tapfer noch naiv. Gide, Malraux, Matisse – wir konnten keinem von ihnen Vernunft beibringen.« Miss Palmer schüttelte den Kopf. »Ich weiß nicht, was ich Mr Allen berichten soll.«

*Hab ich doch gesagt,* dachte Varian. »Das ist ein harter Job, Miss Palmer, aber ich bin mir sicher, Sie schaffen das.« Er warf einen Blick über die Schulter und tippte sich an den Hut. »Ich bin mir sicher, Sie beide schaffen das.«

»Natürlich.« Eines von Miss Palmers Augen zuckte, als sie sich den Mantel gegen den schneidenden Januarwind zuknöpfte. Sie schlug den Kragen hoch. »Haben Sie Ihr Ticket schon gebucht?«

»Lena kümmert sich darum.«

»Gut.« Miss Palmers Miene verriet ihr Misstrauen. »Wir sehen uns am Montag im Büro, Mr Fry.«

Varian spazierte durch die Stadt. Schweigend lief er Richtung Promenade des Anglais, seine Gedanken gingen ihm im Rhythmus seiner Schritte immer wieder durch den Kopf. Varian rannte die Stufen zum Strand hinunter und setzte sich hin, um Schuhe und Strümpfe auszuziehen. Er krempelte die Hosenbeine hoch und lief über den kühlen Strand. Er stellte sich ans Wasser und blickte hinaus aufs Meer, grub die Zehen in die Kiesel. *So,* dachte er, *die Foreign Policy Association hält mir meine Stelle in New York nicht mehr frei, das ERC hat meine Lohn-*

zahlungen wegen Allen eingestellt, und meine Frau droht, mich zu verlassen. Er holte tief Luft und seufzte. *Aber ich habe das. Ich habe all das, und es gibt noch viel zu tun.* Die Wintersonne brach durch die Wolken, glitzerte am Horizont. Ihm wurde bewusst, dass er sich trotz allem nie lebendiger gefühlt hatte.

# 39

Die Ahnung des bevorstehenden Todes treibt die meisten Gottlosen auf Knien in die Kirche. Annie hatte immer ihren Glauben, und ich habe sie darum beneidet, wenn ich ehrlich bin. All die Jahre hat sie stets das kleine goldene Kreuz getragen, das sie auch um den Hals hatte, als ich sie kennenlernte – wahrscheinlich hat sie es von ihrer Mutter zur Konfirmation bekommen. Wir haben unsere Kinder dazu erzogen, jeden Glauben zu respektieren – Annie zündet freitagabends immer noch eine Kerze für ihren Vater und ihre Mutter an und so weiter. Wenn ich eines nicht ertragen kann, dann ist es Intoleranz und das Beharren darauf, dass einer recht hat und der andere nicht. In dem Moment, in dem man sich einer Sache sicher ist, ist das Spiel aus.

Wir hatten uns einen Abend im Château d'Oc über Religion gestritten, und ich hatte gesagt, ich sei Agnostiker oder so ähnlich. Quimby fand es wahrscheinlich spaßig, sich ausgerechnet oben bei der Notre-Dame de la Garde mit mir zu treffen, damit ich ihm sein Schweigegeld überreichte. Mir war das egal. Ich wollte ihn lieber weit weg treffen, wo wir nicht so leicht auf jemanden von Air Bel oder auf Marianne stoßen konnten. Sobald ich wieder zu Atem gekommen war, gefiel es mir dort oben. Der Blick über Marseille und aufs Meer hinaus ist unglaublich. Alles sieht aus der Ferne besser aus – Leben, Lieben, Städte. Man ignoriert die Mühsal und die Langeweile des Alltags, nur um die guten Seiten sehen zu können.

Es war frisch dort oben, der Wind blies um den Hügel, und ich spürte den kalten Stein durch den Hosenboden, als ich auf einer Mauer saß, von der aus man das Fort St. Jean und den großen alten Leuchtturm sehen konnte. Es war friedlich, und irgendwie vergaß ich meine nassen Schuhe und kalten Füße und kam zur Ruhe. Vielleicht haben Sie das auch schon einmal erlebt? Es ist wie ein Blick hinter die Fassade, wenn das Geplapper und all der Unsinn wegfallen und man sich klar und deutlich hört? Nun, ich hielt diesen Augenblick fest und wagte es. Ich schloss einen Pakt mit der kleinen goldenen Jungfrau oben auf der Kirche.

Ich sagte zu ihr: Ich weiß, ich habe schlimme Dinge gemacht, die schlimmsten. Ich weiß, ich war nicht in der Kirche, habe jahrelang nicht gebetet, aber wenn du meine Marianne rettest, dann werde ich ein guter Mensch, das schwöre ich dir. Ich lasse das alles hinter mir und führe ein gutes Leben. Ich will gute Arbeit leisten, brave Kinder aufziehen und diese Welt besser zurücklassen, als ich sie vorgefunden habe.

Es war nicht viel im Vergleich zu anderen Gebeten, aber ich meinte jedes Wort ernst. Ich steckte die Hand in die Tasche und spürte das glatte Papier des Umschlags, der meine Ausreisevisa enthielt. Varian hatte sie mir an diesem Morgen überreicht und berichtet, dass eine Flut von Flüchtlingen Frankreich verlassen würde, da wieder Visa ausgestellt wurden. Er vermutete, dass die Gestapo die meisten der Flüchtlinge, auf die sie es abgesehen hatte, in der Falle sitzen hatten. Sie waren ihnen ausgeliefert.

Mein eigener Folterknecht kam auf mich zu.

»Gabriel«, sagte Quimby und zog sich die Lederhandschuhe aus. »Hast du es?« Ich schob ihm ein Bündel Geldscheine über die Mauer zu. »Du bist ja sehr schweigsam heute.«

»Was gibt es denn zu sagen? Du erpresst mich.«

»Du musst nicht beleidigt sein.« Er blätterte die Geld-scheine durch. »Du hast doch nichts dagegen, wenn ich nach-zähle?« Ich bemerkte ein paar ungehobelt aussehende See-mannstypen, die ihn ansahen, als sie aus der Kirche traten, und hoffte, er würde auf dem Rückweg den Hügel hinunter viel-leicht ausgeraubt werden.

»Gut, alles da.« Er steckte sich das Geld in die Brusttasche. »Nächste Woche gleiche Zeit, gleicher Ort?« Er neigte den Kopf zur Seite. »Vielleicht bist du dann ja schon weg?« Ich sagte nichts. »Ich habe heute Morgen gesehen, wie du ins ARC gegangen bist. Ich kann mir vorstellen, dass du deine Ausreisevisa jetzt hast, denn die verteilen sie ja gerade wie Dauerlutscher.«

»Wenn es nicht so lästig wäre, wäre es geradezu schmei-chelhaft, wie du mir folgst.«

Quimby stützte die Fäuste auf die Mauer und beugte sich zu mir vor. »Ich schützte nur meine Investition, guter Junge.« Er leckte sich die Lippen. »Ich weiß nicht, wie du das schaffst, jeden Tag aufs Neue.«

»Was?«

Er rückte näher. Ich spürte seinen stinkenden Atem auf meiner Wange, aber ich war fest entschlossen, nicht zurück-zuweichen. »Wirst du nicht von Schuld zerfressen, wenn du die vielen hoffnungsvollen, verzweifelten Gesichter siehst, die vor dem ARC Schlange stehen?«

»Fahr zur Hölle, Quimby.«

»Dort sehe ich dich als Ersten, Gabriel.« Er zog sich die Handschuhe wieder an. »Sag mir, hast du es getan? Hast du sie umgebracht?«

Ich schloss die Augen und holte tief Luft. Leuchtende Blitze aus Farbe und Licht tanzten hinter meinen Augenlidern, als ich an das Feuer dachte, an die Hand, die durch das Gitter in der

Tür griff. Ich sprang von der Mauer herunter und baute mich vor ihm auf, das Gesicht nahe an seinem. »Wieso, hast du Angst, ich könnte es als Nächstes auf dich abgesehen haben?«

»Nicht, dass es wichtig wäre, so oder so. Mir ist das egal. Du hast mir einen Gefallen getan, solange ich mein Geld bekomme.« Er schürzte die Lippen. »Grüß doch deine süße kleine Freundin von mir. Wann sagst du ihr denn, dass du wegfährst? Du hast nicht mehr viel Zeit.«

Der Gedanke, Marianne die entsetzliche Wahrheit zu gestehen, machte mich ganz krank. Ich hatte an diesem Vormittag meine Passage auf einem Schiff bestätigt, das über Martinique nach New York fuhr. Ich hoffte, ich könnte Mariannes Eltern irgendwie davon überzeugen, sie mit mir kommen zu lassen. Ich hatte nicht genügend Geld, um eine zweite Fahrkarte zu kaufen, nicht, nachdem ich Quimby so viel geben musste. Ich hoffte, sie hätten das Geld. Die Papiere waren eine völlig andere Sache. Es musste eine Möglichkeit geben, Marianne sicher aus Frankreich herauszubekommen. Als ich aufstand, knisterten meine eigenen Visa in meiner Tasche wie ein schuldbeladenes Geheimnis.

»Ach ja, und nur für den Fall, dass du daran denkst, das Land zu verlassen, ohne dich zu verabschieden: Ich finde dich.« Die Sonne schien auf Quimbys Brille, als er sich abwandte. »Ich glaube, Amerika könnte ein guter Markt für die Kunstwerke des berühmten Gabriel Lambert sein.«

»Nein, das würdest du nicht tun!«

»Du kannst nach Amerika abhauen, wenn du willst, aber vor mir kannst du dich nicht verstecken, Gabriel. Denk an die Fotos. Ich kann dich jederzeit zerstören, sobald mir danach ist. Du gehörst mir. Ich habe dich geschaffen.« Ein Lächeln zog sich über seine bleichen Lippen. »Und wir haben eine große Zukunft vor uns.«

# 40

Mary Jayne stieß die schwere Haustür von Air Bel mit der Schulter auf. Der Wind raschelte in den schweren Samtvorhängen in der Halle.

»Hallo?«, rief sie. »Jemand zu Hause?« Sie blickte auf, als das Hausmädchen Maria mit den Überresten des Frühstücks auf einem Tablett aus dem Esszimmer kam. »Wo sind denn alle?«

»Guten Morgen, Mademoiselle.« Sie balancierte das Tablett. »Die Bretons sind in die Stadt gefahren, um zu versuchen, ihre Fahrkarten zu bekommen.«

»Und Monsieur Fry?« Maria nickte Richtung Salon, und Mary Jayne warf ihren Mantel auf den Stuhl. Ihre Absätze klackerten über die Fliesen, als sie den Stimmen der Männer folgte. »Hallo, Danny«, sagte sie. »Was treibt ihr Jungs denn so?«

Varian und ein paar der anderen Männer blickten von den Papieren auf, über die sie gerade gesprochen hatten, aber sie sagten nichts und wandten ihr den Rücken zu. *Typisch Varian, den Beleidigten zu spielen*, dachte Mary Jayne.

»Es …« Danny zögerte. »Es ist gerade ziemlich schwierig im Büro. Miss Palmer hat gekündigt und ist in die Staaten aufgebrochen.«

»Das überrascht mich nicht. Ich habe sie und diesen Allen im Konsulat getroffen. Die Frau sah aus, als würde sie gleich einen Herzinfarkt bekommen, sobald jemand ›Buh!‹ ruft.«

Er schlüpfte in seinen Mantel, und Varian nahm seinen Homburg vom Tisch. Danny sammelte die Unterlagen zusammen und steckte sie in einen Leinenrucksack.

*Gut. Wenn er so unhöflich ist, rede ich nicht mit ihm,* dachte sie und funkelte Varian finster an, als er vorbeiging, ohne Notiz von ihr zu nehmen.

Danny bemerkte ihren Gesichtsausdruck. »Tut mir leid, das ist gerade ein schlechter Zeitpunkt. Jay Allen macht Varian die Hölle heiß, und Breitscheid und Hilferding sind wie immer schwierig.«

»Diese alten Mistkerle.« Mary Jayne ahmte Charlies eleganten Südstaatenakzent nach. »Was haben sie denn jetzt schon wieder gemacht?«

»Wir haben ein Auto nach Arles geschickt, um sie abzuholen und sicher nach Lissabon zu bringen. Das war ziemlich teuer. Sie haben einfach abgelehnt, kannst du dir das vorstellen?«

»Bei denen kann ich mir alles vorstellen. Sie halten sich für unberührbar.«

»Na ja, jetzt stehen sie unter Hausarrest.«

»Danny!«, rief Varian vom Eingang her.

»Geht es dir gut?«, fragte Danny Mary Jayne.

»Mir? Alles bestens«, log sie. *So gut, wie es einer Frau gehen kann, die gerade herausgefunden hat, dass ihr Liebhaber ihren sämtlichen Schmuck gestohlen hat.* Mary Jayne biss sich auf die Lippe, als sie daran dachte, wie sie in ihr Hotelzimmer zurückgekehrt war und feststellen musste, dass es jemand auf den Kopf gestellt hatte. Als sie an der Rezeption nachfragte, hatte ihr der Portier den Mann, der in ihr Zimmer gegangen war, genau beschrieben. *Wie konnte er das tun? Wie konnte Raymond mich betrügen, nach allem, was ich für ihn getan habe?* Weinend hatte sie ihre Kleider zusammengelegt und die leeren Schmuckschachteln aufgesammelt, die im Zimmer verteilt lagen. *Das lasse ich mir nicht bieten,* hatte sie beschlossen. *Ich finde ihn, und ich hole mir jeden einzelnen Stein wieder.* Reumütig dachte sie an ihren Vater, ihre Großmutter. *Varian hatte recht, verdammt noch mal, er hatte die ganze Zeit über recht. Wie konnte ich nur so blöd sein? Ich bin selbst daran schuld, weil ich Raymond vertraut habe. Liebe? Killer weiß nicht, was das Wort bedeutet.*

Varian ging im Büro auf und ab und wartete darauf, dass Danny zurückkam. »Ist man uns gefolgt?«, fragte er, als Danny aus der Seitengasse auftauchte und die Hintertür abschloss.

»Ich habe niemanden gesehen.«

»Seit Wochen sind sie uns auf den Fersen, seit der *Sinaia.*« Varian ging ins Büro voran und schloss die Tür. »Ich muss mit dir reden, bevor die anderen kommen.« Er nahm das Telefon und lauschte, bevor er den Hörer wieder auflegte und den Stecker herauszog.

»Du magst das alles, nicht wahr, *Buster?*«, sagte Danny und lehnte sich an den Kamin.

»Was meinst du, Mickymaus?«

»Nenn mich nicht so. Dieser ganze ›Beamish und Buster‹-Unsinn geht mir auf die Nerven.«

»Codenamen sind sinnvoll.«

»Du spielst doch nur Spion!« Danny hielt seinem Blick stand. »Jetzt ist Beamish weg, da müssen wir vielleicht alle mehr tun. Du kannst das unmöglich alles allein schaffen.«

»Das ist kein Spiel, da hast du recht«, sagte Varian. »Aber die Wahrheit ist, die Unterstützungsarbeit kann richtig Spaß machen, und diesen Spaß muss man sich suchen, wo es nur geht, sonst würden wir alle zusammenbrechen. Depressionen, Langeweile, das hat hier keinen Platz, und ich für meinen Teil bin froh darüber.« Er räusperte sich. »Selbst wenn manche nicht mit der weniger offiziellen Arbeit klarkommen, die wir leisten.«

»Du redest von Miss Palmer, oder?«, sagte Danny. »Es macht dir Spaß, andere zu ärgern. War es so? Hast du sie vergrault?«

Varian sah Danny an. »Was wir hier tun, ist jeden Tag aufs Neue ein Wunder.«

»Man gewöhnt sich an Wunder. Sie werden vollbracht.«

Varian stützte sich auf den Schreibtisch. »Darüber muss ich mit dir reden. Wie du vielleicht weißt oder vermutest, haben wir einigen Leuten mit gefälschten Visa und Pässen geholfen.« Danny ging zu ihm und setzte sich schweigend an den Schreibtisch, während Varian sprach. »Die verdeckten Operationen des ARC waren sehr umfangreich, und du hast recht, ich brauche deine Hilfe jetzt mehr denn je.« Er verschränkte die Arme. »Im Moment machen wir einfach weiter und tun so, als würde es Jay Allen gar nicht geben. Wir bekommen Geld von vielen Leuten, nicht nur vom ERC in New York, und ich kann nicht guten Gewissens einfach alles übergeben.«

»Allein Mary Jayne hat Tausende gespendet«, sagte Danny, »und dieses Büro leistet eine Arbeit, die weit über den Auftrag aus New York hinausgeht.« Er überlegte. »Sag mir, was ich tun kann, Boss.«

»Die Arbeit ist gefährlich. Bist du dir sicher, dass du mitmachen willst?« Varian lehnte sich zurück und legte die Fingerspitzen aneinander. »Sehr gut. Ich glaube, die beste, die sicherste Möglichkeit ist es, wenn wir die Arbeit, die Beamish und ich geleistet haben, unter ein paar von euch aufteilen.«

»Dann bekommen sie nicht gleich alle Informationen, wenn sie einen von uns erwischen?« Dannys Adamsapfel bewegte sich auf und ab, als er schluckte.

»Hoffen wir, dass niemand von uns erwischt wird. Wenn sie

einen von uns haben, können wenigstens die anderen weitermachen.« Er dachte nach. »Wir haben drei Probleme: Wie bekommen wir Leute aus dem Land hinaus; wie bekommen wir falsche Papiere; und wie bekommen wir die Dollars von unseren Gönnern aus den USA nach Frankreich.« Er sah Danny direkt an. »Ich hätte gerne, dass einer von euch von jetzt an die Landrouten übernimmst. Er steht in direkter Verbindung mit den Führern an der Grenze, um unseren Kunden über die Berge und die Seerouten weiterzuhelfen.« Varian beugte sich vor. »Jemand anderer soll sich um die gefälschten Pässe und Dokumente kümmern. Bill Freier ist festgenommen worden, aber wir haben einen neuen Lieferanten, und Gussie wird sie weiter für uns durch die Stadt transportieren.« Er lächelte, als er an den jungen Justus Rosenberg dachte. »Der Junge hat das Gesicht eines Engels. Niemand würde ihn verdächtigen, gefälschte Papiere bei sich zu haben.«

»Und ich?«

»Mir wäre es recht, wenn du ein paar der schwierigeren Aufgaben von Beamish übernimmst. Wie du weißt, hatte er gute Kontakte zu ein paar von den …«

»Zwielichtigen Gestalten?«

»Ganz genau«, sagte Varian. »Ich möchte, dass du dich um die Geldwäsche kümmerst.«

»Einen Moment …«

»Hör zu, was glaubst du denn, wie wir das alles finanziert haben? Mit Spenden vom ERC?« Varian lachte. »Wir haben über korsische Gangster Geld für die Flüchtlinge ins und aus dem Land gebracht. Es wäre viel zu verdächtig gewesen, wenn die Behörden von den gewaltigen Summen wüssten, die wir durch das Büro schleusen. Camille, die Empfangsdame im Konsulat, hat Beamish ein paar Gangstern vorgestellt, die uns wiederum mit Charles Vinciléoni bekannt gemacht haben.

317

Ihm gehört das Restaurant Dorade. Beamish hatte eine Idee, wie man Geld waschen könnte. Wenn ein Kunde, der nach Amerika will, außer Landes gebracht wird, gibt er uns seine Francs. Statt das über die Bücher laufen zu lassen, rechnet Beamish über Vinciléoni ab. Ein Typ namens Kourillo mischt da mit. Er hat begriffen, dass es auch für einige seiner Partner eine gute Möglichkeit ist, Geld aus dem Land zu schaffen. Die Mittelsmänner nehmen natürlich eine Provision ...«

»Auch Beamish?«

»Selbstverständlich. Ansonsten würden die Gangster Verdacht schöpfen. Es wird gedrittelt, zwischen Kourillo, Vinciléoni und Beamish. Beamish hat seine Provision natürlich direkt an den ARC weitergegeben. Sobald das Geld hier ist, sagen wir dem Büro in New York, wie viel sie auf das Dollarkonto des Kunden einzahlen sollen. Der Kunde hebt dann das Geld ab, sobald er sicher in den Staaten ist.« Varian hielt inne. »Es bedeutet auch, dass jeder Betrag, der in New York gespendet wird, hier in Francs abgehoben werden kann, ohne die offiziellen Kanäle zu durchlaufen. Die Polizei hat keine Ahnung, was vor sich geht.«

»Und du vertraust diesen Typen?«

»Vertrauen ist das falsche Wort. Diese Typen mischen überall mit – Menschenhandel, Schwarzmarkt, Drogen.« Er dachte daran, wie sie alle in Vinciléonis Restaurant um den Tisch mit der Steinplatte saßen. Alle tranken Cognac, außer Vinciléoni, der ein Glas Sodawasser vor sich stehen hatte. »In Marseille hat man nicht viele andere Möglichkeiten, als sich mit Gangstern abzugeben. Ich weiß, dass dir das gegen den Strich geht, aber wir brauchen Hilfe, wo auch immer wir sie finden.« Er sah Danny in die Augen. »Wirst du es machen und dich um die Buchhaltung kümmern?«

»Du meinst, ob ich die Bilanzen fälsche? Hat Beamish das

die ganze Zeit über gemacht?« Danny nickte. »Klar. Wer würde denn einen Beamten verdächtigen, der früher bei der Polizei war?«

»Gut«, sagte Varian. »Ich nehme dich zum nächsten Treffen mit. Kourillo hat angeboten, uns Gold im Wert von fünfzehntausend Dollar für achttausend zu verkaufen.«

»Das klingt zu schön, um wahr zu sein.«

»Ich weiß. Wir können einpacken, wenn sie uns mit dem Gold erwischen, aber wir müssen jede Gelegenheit ergreifen, jeden irrwitzigen Plan, um unsere Kunden hier herauszuschaffen.« Varian sah Danny an. »Es liegt an uns, mein Freund, und uns läuft die Zeit davon.«

# 41

Wo ist sie? Diese verdammte Idiotin ist ins Meer gegangen. Sie muss verrückt sein. Ich sehe sie, gerade noch, sie krault träge auf den Horizont zu. »Die spinnt doch«, sage ich und lasse mich wieder auf den Sand fallen. Ich habe kein Gramm Fett mehr auf den Rippen, und mein knochiges Gesäß tut weh, als ich auf dem Boden aufkomme. Ich greife in die Tasche und ziehe meine alte Geldbörse aus braunem Leder heraus. Sie ist abgenutzt und glatt wie ein Stein, und im Lauf der Jahre hat sie sich der Form meiner Hüfte angepasst. Ich mache sie auf und sehe die Fotos der Kinder durch, gehe die Jahre zurück, als würde ich einen Kalender umblättern. Da ist es: März 1941. Die Fotografin Ylla tauchte in Air Bel auf und fotografierte die Künstler und die Bretons – vielleicht haben Sie die Bilder in Büchern über die Surrealisten gesehen. Es gibt ein sehr schönes von André und Jacqueline, die mit ihrer kleinen Tochter Aube unter der großen alten Palme auf der Terrasse sitzen. Sie sehen glücklich und zufrieden aus. Es bricht einem das Herz, wenn man überlegt, was ihnen bevorstand. Vielleicht drückt das Bild, auf dem sie einen Kampf nachstellen, mehr aus. Sie stehen vor einer hohen Fensterwand, die Sprossenfenster sind trübe und staubig wie das angelaufene Silber eines alten Spiegels. Sie haben beide die Stellungen von Boxern eingenommen, die Fäuste erhoben, das Gewicht liegt auf dem hinteren Bein. Jacqueline trägt eine weite Hose und eine karierte Bluse. Wenn man nur einen schnellen Blick auf das Bild wirft, sieht es so aus, als würden sie tanzen.

Air Bel war eine Zuflucht für uns alle, und dieses Gefühl bekommt man, wenn man die Bilder von Ylla betrachtet, wenn man sieht, wie glücklich wir dort waren. Es war ein Ort, der von der Zeit losgelöst war. Ylla hat das Bild aufgenommen, das ich in der Hand halte. Es zeigt einen jungen Mann namens Gabriel mit seiner Freundin Marianne. In ihren Augen liegt so viel Liebe, dass das Bild geradezu strahlt, auch noch nach so vielen Jahren. Ich drehe es um, in Annies Handschrift steht darauf: *Ich liebe dich, so sehr, für immer.*

Es war nicht so, als hätte uns das wahre Leben dort nicht berührt. Ich erinnere mich an einen Sonntag im März, die kleine Maria, das Hausmädchen, war hysterisch. Die Vichy-Regierung hatte plötzlich alle spanischen Männer zusammengetrieben und sie in die Sahara verfrachtet, um die Eisenbahn zu bauen. Einfach so, ohne Vorwarnung. Sie hatten ihren Vater abgeholt, und ich habe nie herausgefunden, ob sie jemals wieder etwas von ihm gehört hat. Man stelle sich vor, wenn einem die Menschen, die man am meisten auf der Welt liebt, von einem Augenblick auf den anderen weggenommen werden, nicht weil sie gut oder schlecht sind, sondern nur wegen ihres Blutes.

Manchmal frage ich mich, warum mich das alles nicht mehr verbittert hat. Wenn man sich dadurch zum Schlechten verändert, dann haben sie gewonnen. Die Faschistenschweine haben dich entmenschlicht, und auch damit haben sie gewonnen. Ich habe nicht aufgegeben, nicht ein einziges Mal, selbst wenn es so aussah, als wäre alles verloren.

Ich reibe mit dem Daumen über das Foto. Ich weiß noch, dass wir an dem Tag, als Marias Vater mitgenommen wurde, abends in die Stadt gingen. Marianne hatte das ziemlich erschüttert, und wir wollten etwas zum Trotz tun, auch wenn es nur eine Kleinigkeit war. Wir hörten, dass sich einige Künstler im Café *Au Brûleur de Loups* trafen. Sie planten etwas, und wir wollten dabei sein. Ich weiß noch, wie Marianne durch das volle Café zu unserem Tisch kam, zu mir. Jeder Mann im Café drehte den Kopf nach ihr um, als sie vorbeiging, aber sie hatte nur Augen für mich. Sie setzte sich auf meinen Schoß und legte mir den Arm um den Nacken.

»Und? Was machen wir heute Abend?«

»Wart's nur ab«, sagte ich. Ich spielte mit der Seidenrose, die in einer Vase auf unserem Tisch stand, und reichte sie ihr.

»Die können wir doch nicht einfach nehmen.« Marianne lachte.

»Wenn wir heiraten, fülle ich dir eine ganze Kirche mit Rosen.«

»Gabriel ...«

»Ich meine das ernst. Es ist mir egal, was deine Eltern sagen. Ich liebe dich, Marianne, und ich will den Rest meines Lebens mit dir verbringen.«

# 42

»Fertig?«, fragte Varian und blickte von seinem Schreibtisch auf, als Danny hereinkam.

»Ja. Ich habe die Kisten unter den Pinien hinter Air Bel vergraben.« Er ließ sich auf den Stuhl vor dem Tisch fallen. »Dieser Maler, wie heißt er noch? Gabriel Lambert? Er hätte mich fast erwischt. Hat mich zu Tode erschreckt, ich dachte, es wäre die Polizei.«

Varian lächelte. »War er mit einer hübschen Blondine unterwegs?«

»Genau. Ich glaube, sie waren auf dem Weg in die Stadt.« Danny nahm den Cognac, den Varian ihm anbot. »Was war hier los?«

»Die gute Nachricht ist, dass wir unseren Freund Mehring in Sicherheit gebracht haben.«

»Baby? Gott sei Dank. Wie habt ihr das geschafft?«

»Wie du weißt, waren Breitscheid und Hilferding der Meinung, es sei unter ihrer Würde, sich in einem Schiffsrumpf einzuquartieren.«

»Diese Idioten. Selbst wenn die Kabinen alle ausverkauft waren, hätten sie die Gelegenheit ergreifen sollen, besonders Hilferding – er ist doch Jude, oder?« Er verschränkte die Arme. »Jetzt stecken sie jedenfalls in Schwierigkeiten. Ihre Ausreisevisa wurden zurückgezogen. Das ist ein schlechtes Zeichen.« Er warf Varian einen kurzen Blick zu. »Hattest du Glück mit deinem Pass, Boss?«

Varian schüttelte den Kopf. »Ich sitze jetzt im gleichen Boot wie viele unserer Kunden. Statt ihn zu verlängern, haben ihn diese Idioten im Konsulat konfisziert, bis ich abreise.«

»Das ist doch lächerlich! Sie bringen dich in ernste Gefahr.«

»Seit Miss Palmer sich aus dem Staub gemacht hat, habe ich keine andere Wahl, als zu bleiben, ob es der US-Regierung gefällt oder nicht.«

Die Männer wandten sich gleichzeitig um, als jemand mit den Fäusten an die Eingangstür hämmerte. Varian schlug das Herz bis zum Hals. Er sah auf die Uhr. »Es sind sicher nur die anderen«, sagte er.

Danny schob seinen Stuhl zurück und sperrte die Tür auf. Gussie rannte atemlos herein. »Sie haben sie«, sagte er. »Sie haben sie …«

»Langsam, Gussie«, sagte Danny.

»Sie haben Breitscheid und Hilferding festgenommen – die Gestapo hat sie.«

»O Gott, genau davor hatte ich Angst«, sagte Varian. »Wann?«

»Ich habe gehört, wie sich zwei Vichy-Polizisten in einer Bar im Vieux Port damit gebrüstet haben: ›Zwei der größten Gegner von Hitler sind gefasst worden …‹«

»Verdammt, wir sind zu spät.« Varian nahm die Brille ab und knallte sie auf seinen Schreibtisch. *Charlie hatte schon recht mit dem, was er über sie gesagt hatte:* »Diese beiden Mistkerle, die legen es aber auch darauf an.«

Am nächsten Tag fing Varian um sechs Uhr morgens an zu arbeiten. Er war so erschöpft, dass er sich Notizen machen musste, um sich auf jeden Hilfesuchenden zu konzentrieren, der durch die Tür kam. *Wir haben sieben Frauen im Büro, die Hunderte von Briefen schreiben,* dachte er, *und nützt es irgendwas?*

*Ich sehe täglich vierzig, fünfzig Leute, und wie viele davon können wir hier rausschaffen? Wie viele Katastrophen wie die von Breitscheid und Hilferding werden wir noch erleben?*

»Wie gesagt, Mr Fry«, sagte ein grauhaariger Mann, »wenn es eine Frage des Geldes ist, werde ich gerne bezahlen ...«

»Nein, ganz und gar nicht, Mr Apfel«, sagte Varian. Er lächelte den alten Anwalt an.

Danny schob sich durch das Gedränge im vorderen Büro und zog die Tür hinter sich zu.

»Danny? Was konntest du herausfinden?«, fragte Varian.

»Nichts Gutes.« Er blickte zu Boden. »Hilferding ist tot.«

»O Gott, nein.« Varian ließ sich in seinem Stuhl zurücksinken.

»Die Nazis haben das Gift gefunden, das er immer bei sich trug, aber es ist ihm gelungen, sich letzte Nacht in seiner Zelle zu erhängen.«

»Und Breitscheid?«

»Sie schicken ihn nach Buchenwald.«

Varian nahm die Brille ab und rieb sich das Gesicht mit beiden Händen. »Danke, Danny«, sagte er. »Halte uns auf dem Laufenden. Wir müssen so viele von unseren Leuten wie möglich hinausschaffen, sofort. Das Netz zieht sich zusammen.« Er warf einen Blick auf den alten Anwalt. »Mr Apfel?« Der alte Mann verzog entsetzt sein Gesicht und sackte zusammen. Varian und Danny eilten zu ihm. »Wir müssen einen Arzt holen!«

Danny spürte nach einem Puls, lauschte an Apfels Brust. »Zu spät.«

»Können wir nichts tun?«

Er schüttelte den Kopf. »Er ist tot.«

»Warum? Er war doch in keinem schlechteren Zustand als viele unserer Kunden.«

»Vielleicht waren es die Neuigkeiten über Breitscheid und Hilferding«, meinte Danny leise. »Viele unserer Kunden haben den Ernst der Lage ignoriert. Wenn so bedeutende Staatsmänner festgenommen werden, welche Hoffnung bleibt da ganz normalen Männern oder Frauen noch?«

# 43

Ich erinnere mich an den Abend, als wäre es gestern gewesen. Die Künstler, die sich im Café *Au Brûleur de Loups* getroffen hatten, beschlossen, an der »Schlacht der Wände« teilzunehmen und die Straßen von Marseille mit Graffiti zu bemalen. Die BBC forderte die Leute dazu auf, die Buchstaben VH an die Wände zu malen: *vive l'honneur – lang lebe die Ehre,* manchmal auch VV für *victory and vengeance,* Sieg und Vergeltung. Jedenfalls waren überall rote und schwarze V, wo man auch hinsah. Ein kleiner Protest, aber die Faschisten waren stinksauer. Sie waren natürlich nicht dumm und taten am Ende so, als wäre es ihre Idee gewesen, alles mit Vs vollzumalen, V für »Viktoria«, das alte teutonische Wort, das sie ausgegraben hatten. Sie fingen an, Plakate mit großen weißen Vs auf rotem Hintergrund zu drucken, ein riesengroßes befestigten sie sogar eine Weile am Eiffelturm. Aber am Anfang gehörte das V uns. Alle waren heiß darauf. Wir verabredeten uns für den nächsten Abend um elf Uhr im Vieux Port.

Mariann durfte natürlich nicht weg, deshalb mussten wir warten, bis ihre Eltern schliefen. Ich döste selbst schon bald ein, als ich am Gartentor auf sie wartete. »Wach auf«, sagte sie und rutschte auf meinen Schoß. Sie bedeckte mein Gesicht mit Küssen, und meine Hände glitten auf ihre Hüfte. »Nicht!«, sagte sie und sprang auf. Sie nahm den Farbtopf, der neben mir stand, versteckte ihn in ihrem Korb und rannte los, über den Rasen von Air Bel. »Wir müssen arbeiten!«

Man musste natürlich vorsichtig sein. Überall lauerten Leute der Kundt-Kommission oder die Vichy-Polizei, aber in dieser Nacht schafften wir etwa zehn Mauern, bevor uns die Farbe ausging. Gerade als ich das letzte »V« malte, rief Marianne: »Die Flics!« Sie hielt am Ende der Straße Wache und kam durch den Rinnstein auf mich zugerannt. Ich warf den leeren Farbtopf in einen Mülleimer und packte Marianne. Als sie an uns vorbeiliefen, standen wir eng umschlungen da und küssten uns. Sie pfiffen anerkennend. Ich beobachtete sie mit einem Auge, bis sie um die Ecke gebogen waren. »Das war knapp«, meinte ich und widmete nun meine ganze Aufmerksamkeit Marianne. Wir hatten uns schon eine Woche oder mehr nicht sehen können, und mein ganzer Körper vibrierte vor Verlangen. Jeder Kuss, jede Berührung, jeder Blick erhellte die Nacht.

»Komm mit mir, in mein Hotel.«

Sie schüttelte den Kopf. »Und wenn mich jemand sieht? Meine Mutter würde ich mich ins Kloster schicken, wenn sie glaubte, wir wären zusammen in einem Hotel gewesen.«

»Vielleicht wäre das der sicherste Ort für dich.«

Marianne schüttelte den Kopf und lachte. »Du bist verrückt.«

»Verrückt vor Verlangen nach dir.«

»Gehen wir nach Hause«, sagte sie. »Wir haben noch ein paar Stunden, bevor Papa aufwacht.« Sie hängte sich bei mir ein. »Schade, dass wir uns ständig verstecken müssen, Gabriel. Wäre es nicht wunderschön, immer zusammen zu sein?«

Mein Magen krampfte sich vor Schuldgefühlen zusammen. Wie sollte ich ihr beibringen, dass ich abreiste? Ich blickte auf ihr Gesicht, auf die Liebe und das Vertrauen in ihren Augen. Als ich oben auf dem Hügel saß und mein kleines Gebet aufsagte, da wurde mir noch etwas anderes klar. Ich war in sie verliebt, und ich konnte sie niemals verlassen. Wir gingen um die Ecke Richtung La Canebière, um die Straßenbahn zurück nach La Pomme zu nehmen, da nahm ich all meinen Mut zusammen. »Hör mal, Marianne, wir müssen etwas besprechen ...«

Sie schaute mich erschrocken an und wich zurück. »Ich fasse es nicht. Mutter hat mich gewarnt, dass es so kommt. Wenn man einem Mann gibt, was er will, dann benutzt er einen und wirft einen weg. Wie konnte ich nur so dumm sein?« Sie rannte auf die Straßenbahnhaltestelle zu.

»Warte!«, rief ich und lief ihr nach. Die Leute drehten sich zu uns um. Ich packte sie am Arm und hielt sie auf. »Ich liebe dich«, sagte ich und umarmte sie fest. Ich küsste sie, und sie bog den Rücken durch. »Ich liebe dich, aber ich muss dir etwas sagen ...«

»Da sind ja meine Lieblingsturteltäubchen.« Quimby schlenderte auf uns zu. »Ich habe gerade in dem Café dort drüben etwas gegessen, da sah ich euch vorbeilaufen. Ein Streit unter Liebenden?«

Marianne sah ihn misstrauisch an. »Gabriel, wer ist das?«

»Hat Gabriel dir nichts von mir erzählt? Ich bin ein guter Freund der Familie ...«

Ich flehte ihn mit den Augen an. Sie durfte es nicht herausfinden, nicht so. »Quimby ist ein alter Geschäftspartner«, sagte ich. »Wir wollten morgen unsere gemeinsame Arbeit abschließen.«

»Morgen?« Er warf sich den Schal über die Schulter. »Hervorragend. Sollen wir uns an der üblichen Stelle treffen?«

Ich konnte nicht schnell genug von ihm fortkommen. Quimby ist ein Mensch, der allein durch seine Anwesenheit alles um sich herum beschmutzt, und ich wollte Marianne sofort aus seiner Reichweite wegbringen. Ich sah die Tram und drängte sie in den Wagen.

»Wer ist dieser Mann?«, fragte sie.

»Niemand, es ist egal.«

»Du zitterst ja.« Sie legte mir die Hand auf den Arm. »Er ist nicht niemand. Warum hast du Angst vor ihm? Gabriel?« Sie wollte nicht nachgeben. Das habe ich an Annie immer geliebt. Sie ist direkt. Mein ganzes Leben ist auf so vielen Lügen aufgebaut, ich weiß gar nicht mehr, was die Wahrheit ist, aber Annie dringt immer ins Herz von etwas vor. »Steckst du in irgendwelchen Schwierigkeiten?« Ich spürte ihre Lippen an meinem Ohr. »Mir ist das egal«, flüsterte sie, als sie sich all der Menschen um uns herum bewusst wurde. »Du kannst es mir erzählen.«

»Das werde ich«, sagte ich, »aber nicht hier.« Ich legte den Arm um sie, lehnte den Kopf an ihren Kopf und schloss die Augen. Ich hatte plötzlich Angst, zum ersten Mal, nachdem ich blind durch den Horror der letzten Monate getaumelt war. Mehr als alles andere beängstigte mich der Gedanke, dass das, was ich Marianne erzählen würde, sie für immer vertreiben könnte.

## 44

Wir sprangen aus der Straßenbahn und liefen in Richtung Air Bel. Unter der Eisenbahnbrücke hielt sie mich auf, in dem Moment, als über uns ein Zug darüberdonnerte. »Gabriel«, sagte sie, »ich gehe keinen Schritt weiter, bis du mir nicht gesagt hast, was los ist.« Sie lehnte sich mit dem Rücken an die Wand der Unterführung, und ich stützte die Hände rechts und links von ihr ab. Der Zug fuhr vorüber, und das Mauerwerk vibrierte nicht mehr.

»Es tut mir leid«, sagte ich heiser.

»Leid? Was tut dir leid?« Sie berührte mein Gesicht. »Gabriel, weinst du? Was ist los?«

»Nein, ich weine nicht«, sagte ich beschämt und wischte mir mit dem Handrücken die Augen ab. Ich war natürlich schon immer nahe am Wasser gebaut. Einen alten Film schaffe ich nie ohne ein, zwei Taschentücher, nicht wie Annie, sie ist die Stärkere.

»Hör sofort auf. Du machst mir Angst. Nichts kann auch nur annähernd so schlimm sein, wie du denkst.«

»Doch. Ich habe etwas Schreckliches getan.« Da sprudelte alles aus mir heraus.


»Was denn, Gabriel?« Das Mädchen ist plötzlich da, das Gesicht ganz nahe vor mir. Ich spüre ihren Atem, den Hauch auf meiner Wange. »Was haben Sie Marianne erzählt?«

»Die Wahrheit, Missy, auf die Sie gewartet haben.« Ich

schließe die Augen, während sie ausatmet. »Marianne hat zu mir gesagt: ›Gabriel Lambert, nichts, was du sagen kannst, kann mich daran hindern, dich zu lieben.‹ Ich erwiderte: ›Genau da liegt das Problem. Ich bin nicht Gabriel Lambert.‹«

Ich spüre das Mädchen vor mir sitzen, die untergehende Sonne ein Lichtkreis hinter ihrem Kopf. »Endlich«, sagt sie.

# 45

Versuchen wir es mit einer anderen Wahrheit. Sagen wir, ich hätte Vita gar nicht in Paris kennengelernt. Es war später, viel später, nachdem der Krieg schon ausgebrochen war. Die Nazis marschierten am 14. Juni 1940 in Paris ein, und an diesem Tag, als ihre Panzer die Straßen erschütterten und sie in ihren widerwärtigen schwarzen Stiefeln im Stechschritt durch die Stadt marschierten, die ich liebte, kam ein Junge aus der Kunstakademie und stellte fest, dass seine Mutter sich umgebracht hatte. Ich war achtzehn Jahre alt, aber trotzdem noch mehr Kind als Mann. Auf dem Weg nach oben in unsere Einzimmerwohnung konnte man das Gas riechen. Oder nicht? Vielleicht hatten wir gar kein Gas, ich weiß es nicht mehr. Sie hatte die Tür verrammelt, und als mir die Concierge geholfen hatte, sie aus den Angeln zu heben, war es zu spät. Unsere Nachbarn liefen schreiend herbei. Ich erinnere mich an ihre gebeugten Gestalten, die sich um sie drängten, und an den Fuß meiner Mutter, klein wie der eines Kindes, der unter ihren weiten Röcken herausragte, ein Loch in der Schuhsohle, mit Zeitungspapier ausgestopft. Das hat mich an dem Abend in Air Bel, an dem das Hausmädchen die Treppe herunterfiel, so erschreckt – ich glaube, ich hatte das Bild der Leiche meiner Mutter bis zu diesem Moment verdrängt, als ich den traurigen kleinen Fuß mit dem Loch im Strumpf sah und sich alle um sie scharten.

Das Komische am Leben ist, dass es nicht beständig ist.

Man kann Jahre, Jahrzehnte leben, ohne älter zu werden, und dann – peng –, dann passiert etwas, und du wachst älter auf. Verlust, Krieg, Krankheit, diese Dinge haben eine verheerende Wirkung, sie ziehen die Linien in deine Handflächen und dein Gesicht. Das ist wahrscheinlich der Grund, warum die Zeit so langsam vergeht, wenn man noch ein Kind ist, warum die Sommer nie mehr so unendlich lange dauern und voller Sonnenschein sind. Wenn die Schläge härter und schneller kommen, so wie im Sommer 1940, wird man schnell erwachsen. Es ist nicht die Dauer der Jahre, sondern ihr Gewicht – das macht die Menschen alt.

Sie hatte keinen Brief hinterlassen, keinen Abschiedsgruß. Ich habe keine Fotos von meiner Mutter, und meine Erinnerungen an sie sind verschwommen. Bis auf das Bild von ihrem kleinen Fuß, dem kaputten Schuh. Eine dieser traurigen Geschichten. Ich dachte mein ganzes Leben lang, sie wäre meine Schwester. Erst als meine Großmutter – die ich übrigens sehr liebte – starb, fand ich heraus, wer Helene wirklich war. Mit fünfzehn wurde sie schwanger, von einem Jungen, der ein Jahr jünger war als sie. Sie benannte mich nach ihm, ermunterte mich, Künstler zu werden wie er. Sie zog mich in diesem Sinn auf, ja sie machte mich sogar so zurecht, dass ich meinem Vater immer ähnlicher wurde. Manchmal frage ich mich, ob sie wohl herunterschaut und es bereut, wie gut ihr Schüler seine Lektionen gelernt hat.

Meine Mutter saß Künstlern Modell, und sicherlich tat sie darüber hinaus noch anderes für sie. So lernte sie meinen Vater kennen. Wir lebten im Dachgeschoss eines alten Hauses im Marais, in einem einzelnen Zimmer mit einem undichten Dach. Wir schliefen auf einer alten Pritsche, ich auf den Kissen unseres einzigen Sessels. Den Raum habe ich deutlicher in Erinnerung als meine Mutter – das schräg einfallende Licht an einem Winternachmittag, den Kohlgeruch, den fast greifbaren Geruch von Moder und den Staub, der sich auf alles herabsenkte wie ein Leichentuch.

Damals war es nicht das schicke Viertel von heute. Als ich vor ein paar Jahren zu einer Ausstellung im Picasso-Museum ging, lief ich an unserem alten Haus vorbei. Ich habe natürlich versucht, sie zu finden, aber sie warfen damals die Leiche meiner Mutter einfach in ein unmarkiertes Armengrab. Es ist, als hätte sie nie existiert. Aber sie lebt wohl weiter, in meiner Arbeit. Ihretwegen bin ich, wer ich bin.

Einer ihrer Kunden musste Mitleid mit ihr gehabt haben, als ich dreizehn oder vierzehn Jahre alt war, und als ich mich als talentiert erwies, zahlte er einfach aus Barmherzigkeit meinen Kunstunterricht. Oder weil er ein schlechtes Gewissen hatte, ich weiß es nicht. Damals fragte ich mich, ob er mein Vater war. Meine Mutter war fast vierunddreißig Jahre alt, als sie starb, aber sie sah Jahrzehnte älter aus. Wenn ich heute dreißigjährige Frauen betrachte, kommen sie mir weich wie Kinder vor. Bei meiner Mutter war das anders. Beim Einmarsch der Nazis in Paris knickte sie ab wie ein dürrer Zweig. Als ich ihren Körper in den Armen hielt, wog sie kaum mehr als ein Zweig. In meiner Erinnerung dreht sich Strawinskis *Feuervogel* auf einem Plattenspieler am Fenster, die Nadel gleitet darüber, über die glatte Mitte der Platte, ein leises Knistern erfüllt die Luft. Aber vielleicht habe ich das frei erfunden. Ich glaube eigentlich nicht, dass wir uns ein Grammofon hätten leisten können, und wenn, dann hätte sie es damals längst versetzt. Meine Mutter hatte das Glück, schon Jahre bevor die Nazis über die Champs-Elysées marschiert waren, aufgegeben, aber ihr Traum, ihre Phantasie von Kunst und Freiheit und Paris hielten sie aufrecht. Als das alles starb, ging ihre Seele mit, aber sie gab mir ein Abschiedsgeschenk. Ich lernte, wie einfach es für Menschen ist zu verschwinden.

Sophie, das Mädchen, kann nicht viel älter sein, als ich damals war, als meine Mutter starb und ich mich dem größten Exodus von Menschen anschloss, die sich durch Frankreich in Richtung Süden aufmachten, weg von der braunen Flut, die über das Land schwappte wie Schmutzwasser aus einem Putzeimer. Viele von uns besaßen nicht mehr als ihren Namen. Manche von uns hatten nicht einmal ein Stück Papier, das uns daran erinnerte, wer wir waren. Staatenlos, *apatride*, waren wir gefangen, flohen irgendwohin, und ohne Papiere und Visa gab es keine Hoffnung auf Entrinnen. Die Straßen, die aus Paris hinausführten, sprühten in der Nacht Funken der Angst. Wenn wir festgenommen würden, was würde passieren? Im Flüsterton erzählten sich die Leute von Konzentrationslagern. Ich könnte Ihnen von den Nächten berichten, die ich in Gräben verbrachte, wenn ich Glück hatte, in Scheunen. Immer wenn ich heute ein Rudel Rehe sehe, und eines der Tiere wittert etwas und hebt den Kopf, und alle anderen tun es ihm nach, bevor sie fliehen, dann denke ich an die Nächte, die ich an dunklen Orten, zusammengedrängt mit Männern, Frauen und Kindern, verbracht hatte. Ich sehe ihre Gesichter.

Ich könnte Ihnen davon erzählen, wie es war, sich unter Autos zu verstecken, während die Flugzeuge des Gegners die Flüchtlingskolonnen, die sich nach Süden schlängelten, unter Beschuss nahmen. Ich könnte erzählen, wie es sich anfühlt, sich zwischen den Boden und das heiße metallene Fahrgestell eines Autos zu quetschen, dessen schwache, blau bemalte Seitenlichter das lange Gras neben Ihrer Hand beleuchten. Können Sie sich vorstellen, wie es sich anfühlt, wenn in der Nähe eine Bombe explodiert und jede Zelle im Körper vibriert und man einen Augenblick lang nicht weiß, ob man lebendig oder tot ist? In den Ohren rauscht das Blut, aber man hört nur das Stöhnen derer, die getroffen worden waren. Blicke nie zurück. Wie gesagt, diejenigen, die zurückblicken, verwandeln sich in Stein oder Salz. Du musst weitergehen, um zu überleben. Ich könnte Ihnen erzählen, wie es sich anfühlt, Hunderte von Meilen zu laufen, um sich dann, das Gesicht im Dreck, hinzukauern, zu sehen, wie Querschläger Zentimeter vom eigenen Kopf entfernt wie Hagelkörner durch die Luft fliegen. Ich könnte Ihnen erzählen, wie beschissen man sich fühlt, wenn das vierjährige Mädchen, das sich weiter vorn versteckte, nicht so viel Glück hatte.

Dieser Augenblick hat mich mein Leben lang begleitet. Was noch an Gutem von dem Jungen in mir vorhanden war, ging kaputt. Wenn ich mir jetzt vorstelle, wie ich in dem ockerfarbenen Schlamm lag und versuchte, nicht zu weinen, muss ich an die Zeile von Mehring über die Hoffnung denken, wie sie welkt und bröckelt. Selbst jetzt, wenn ich meine schlafende Urenkelin in den Armen halte, denke ich an das kleine Mädchen. Ich war umgeben von Menschen, aber mutterseelenallein. Ich ließ alles, was rein, zart und wahrhaftig war, am Straßenrand liegen, und die Hülse eines Mannes rappelte sich auf und ging an der trauernden Mutter vorbei weiter.

Als ich sah, was die Nazis taten, machte mich das hart. Ich wollte kämpfen. Fry sagte, er habe in seinen teuren Schulen genügend Tyrannen erlebt, um sie auf Anhieb zu erkennen – und genau das war Hitler, ein Tyrann. Wussten Sie, dass der Ausdruck »Nazi« so viel wie »Tölpel« bedeutete? Genau das waren sie – tyrannische Tölpel, und ich würde auf jede Weise gegen sie ankämpfen, die mir möglich war. Jemand hat einmal gesagt, Männer, die denken, und Männer, die töten, seien nicht dieselben. Nun, ich bin Künstler, von Natur aus ein Denker. Das waren die meisten Männer und Frauen, denen Fry half. Sie waren die Menschen, deren Gedanken die Geschichte des zwanzigsten Jahrhunderts änderten, die das Leben besser und reichhaltiger für uns alle machten. Ich dachte und tötete aber trotzdem.

Jemand sagte einmal zu mir, der Faschismus sei die Umkehrung der Psychoanalyse – er unterdrückte alles. Wenn ich darüber nachdenke, habe ich vielleicht mein ganzes Leben für die Freiheit gekämpft, aber haben mich diese Lügen, diese vielen Lügen, wirklich befreit? Ich habe es versucht. Fry hatte immer einen Satz von Emerson parat: »Es gibt Männer, auf die eine Krise, die die Mehrheit einschüchtert und lähmt, so anmutig und liebreizend wirkt wie eine Braut.« Emerson drückte das besser aus, als ich es jemals könnte. Am Anfang ging es mir nicht so gut. Ich war zerbrochen und leer, aber sobald ich Fry getroffen und gesehen hatte, dass er trotz allem, was ihn umgab, gut und wahrhaftig geblieben war, da wollte ich sein wie er. Fry war Altphilologe, und er erinnerte mich immer an die alten Geschichten. Manche Leute sagen, in den schlimmsten Zeiten steigen die Götter herab und dringen in die Seelen der Menschen ein. Vielleicht ist das Fry eine Weile so ergangen. Ich, nein, ich wollte kein Gott sein. Seinetwegen wollte ich einfach nur ein guter Mensch sein.

Aber wollen Sie das überhaupt wissen? Die Welt ist des Mitgefühls überdrüssig. Sie haben doch schon früher Geschichten wie die von meinem traurigen Verlust der Unschuld gehört, nicht wahr? Ich war ein Flüchtling, nur ein Gesicht mehr unter Tausenden Namenlosen, die das Glück hatten, lebendig davongekommen zu sein. Aber Sophie merke ich an, dass sie in mir nur die erbärmliche alte Hülle eines großen Mannes der Kunst sieht. Sie will Vita, sie will sie zurückholen wie einen Geist bei einer Séance.

»Okay, okay«, sage ich zu ihr.

Blättern Sie zurück. Stellen Sie sich vor, Sie sind dieser Junge, der seine Mutter und das einzige Zuhause, das er je kannte, verloren hat. Sie sind seit Wochen unterwegs, suchen Essen am Straßenrand, trinken Wasser aus Bächen und Pfützen. Sie sind groß und breit und stark, Sie können auf sich aufpassen, aber Sie sehen aus wie ein Penner, das Gesicht schmutzig und unrasiert, die Haare verfilzt und lang. Der Ausdruck in Ihren Augen trägt die Müdigkeit und die Erfahrung eines Mannes in sich. Sie wissen bloß, dass Sie wegmüssen. Sie haben nur eine Adresse, ein unbekanntes Dorf im Languedoc, ein Punkt auf der Landkarte, der strahlt wie ein Leuchtfeuer. Auf der Straße nach Süden biegen die Gefährten, die Sie gefunden haben, gruppenweise nach Toulouse und nach Spanien ab, in die Sicherheit, in das Entrinnen, wie sie hoffen. Der Flüchtlingsflurfunk knistert, es spricht sich herum, man hat Freunde und Familienmitglieder in fernen Städten gefunden. Als Sie, gerade als die Sonne untergeht, in die Stadt hineinwanken, die dem Dorf am nächsten liegt, auf das Sie Ihre letzten Hoffnungen gesetzt haben, macht die Schönheit des Sonnenuntergangs keinen Eindruck auf Ihre kaputten Sinne. Vögel lassen sich auf den Terrakottaziegeln der Kirche nieder wie Bartstoppeln, aber Sie sehen sie nicht. Sie sind erschöpft, am Boden zerstört, Sie wollen nur noch schlafen. In der Bar waschen Sie sich das Gesicht und bestellen für Ihre letzten Centimes ein Bier, ein *pression*, und es ist das beste, das kälteste Bier, das Sie in Ihrem Leben jemals getrunken haben. Was danach passiert, ist egal, denken Sie. Da schlägt Ihnen jemand auf den Rücken.

»Lambert!«, sagt er. Sie wenden langsam den Kopf, seine Stimme und sein Gesicht verschwimmen, als wären Sie ein Preisboxer, der gleich k.o. geht. »Wo zum Teufel warst du denn bloß, du alter Haudegen? Ich habe dich seit Jahren nicht gesehen. Bist du noch mit Vita zusammen? Von ihr hat auch ewig niemand etwas gehört.«

»Vita?« Sie haben keine Ahnung, wer dieser Mann ist, aber er scheint Sie zu kennen.

»Er ist angetrunken«, sagt er zu seinen Begleitern. »Manche Dinge ändern sich zum Glück nie. Lambert war mal wieder auf einer Sauftour.« Sie sehen die Gruppe an, fragen sich, ob Sie halluzinieren. Da sind Pierrot und Pierrette, ein Narr, ein römischer Legionär, ein Bär. »Kommst du wenigstens mit auf das Fest? Du musst! Ein letztes Abenteuer, bevor wir alle von hier verschwinden.« Sie zerren Sie weg von Ihrem Bier und schieben Sie in einen offenen Wagen.

»Er hat kein Kostüm«, sagt Pierrette. Man reicht Ihnen eine Maske, eine venezianische Karnevalsmaske, goldfarben, mit einer langen Nase, und über die Schultern legt man Ihnen einen Umhang. Ihr Kopf schaukelt, als das Auto durch Haarnadelkurven fährt, hinauf in die grünen Berge. Ihre Augen sind schwer, Ihre Lider bleiern. Als Sie aufwachen, steigen alle aus dem Auto aus und laufen über einen Kiesweg, der von Fackeln beleuchtet wird, durch die großen Holztore eines Châteaus. Sie folgen ihnen.

Sie fragen sich, ob Sie träumen. »So eine schöne Idee, ein letztes Mal zu feiern«, sagt jemand, als Sie an der Bar ein Glas Wein hinunterkippen. Sie gießen sich nach. »Ein letzter Schrei nach Freiheit«, erklärt jemand im Nero-Kostüm, der ein Glas Rotwein in die Höhe hält und dabei kleckert. »Mögen sie alle zur Hölle fahren.« Dann verstummt die Band, und man hört nur ein Mädchen im Schatten der Platanen lachen. Der Schlagzeuger trommelt einen Takt, eins-zwei, eins-zwei, immer schneller, Ihr Herz muss mithalten. Die Posaunisten stehen auf, spielen eine Melodie, und alle Gesichter wenden sich dem Tor zu wie Sonnenblumen, die dem Lauf der Sonne folgen. Und dann ist sie da.

Vita kam in mein Leben geritten – im wahrsten Sinn des Wortes. Sie galoppierte auf einem Pferd durch das Tor – ich würde gerne sagen, es war ein Schimmel, aber in Wirklichkeit war es ein rotbraunes Pferd mit irren Augen. Sagte ich schon, dass sie nackt war? Die Fackeln in der Nacht versengten die Erde zwischen mir und ihr. Es war, als würde der Lärm der Feier und der Menschen um uns herum sich auflösen. Nur sie war da und die Flammen, die in der Nacht tanzten. Dann blitzte es. Ein Mann, der als Faun verkleidet war, grün angemalt und mit zotteligen Schenkeln, fotografierte sie. Gleich über der Kamera ragten seine gelben Hörner aus den Haaren.

Es gab Beifallsrufe, und die Bläser spielten »Sing, Sing, Sing«. Vita brachte das Pferd abrupt zum Stehen, Kies spritzte unter den Hufen hervor. Das Tier scheute und drehte sich auf den Hinterbeinen im Kreis. Alle dachten, das wäre Teil der Show, aber sie erzählte mir später, sie habe Todesangst gehabt. Sie sprang ab, und der Gastgeber schritt durch die Menge der wilden Tänzer und hüllte ein Bettlaken um sie wie eine Toga.

»Deine beste Vorstellung, Vita«, sagte er.

»Alles Gute zum Geburtstag«, sagte sie und drückte ihm einen Kuss auf die Wange. »Einer Wette konnte ich noch nie widerstehen.« Dann drängte sie sich durch die Menge zur Bar und nahm mein Glas.

»Was guckst du so, lange Nase?«, fragte sie mich und blickte mich über den Rand des Weinglases an.

Ich brauchte einen Moment, um zu begreifen, was sie meinte, dann fiel mir die Maske ein. »Das ist mein Glas.«

»Das ist ein freies Land.« Sie verstummte. »Oder war es.«

»Ihre Krone gefällt mir.«

Sie fasste sich in die Haare, an den zarten Ring aus goldenen Blättern. »Das ist ein Krönchen aus Myrteblättern. Ich habe es selbst gemacht, nach den Mazedoniern.« Sie wiegte sich perfekt im Takt der Musik, bewegte die Hüften mit der geschmeidigen Anmut einer Katze. »Tanz mit mir.«

»Ich kann das nicht ...«

Vita zerrte mich mitten ins Getümmel. »Spür einfach die Musik«, rief sie mir ins Ohr und drehte sich. Ich erinnere mich an das Schlagzeug, an die Trommelschläge, die in meinem Brustkorb vibrierten, und daran, wie die maskierten Gesichter vor meinen Augen verschwammen. Und mittendrin war sie, tanzte Jive und Swing, unglaublich lebendig. Das habe ich am stärksten in Erinnerung, wie sehr ihr Name zu ihr passte. Ich hatte noch nie jemanden wie sie kennengelernt. »Wer sind Sie?«

Sie kam näher zu mir, fuhr mir mit dem Nagel ihres Zeigefingers über die Lippen. »Ich bin der vergiftete Kelch. Ich bin Helena auf dem Trojanischen Pferd.«

»Sie sind auf jeden Fall melodramatisch.«

»Nein, jetzt kommt die Stelle, wo du sagen musst: natürlich, Vita, so hübsch wie Helena.« Sie machte eine ausladende Geste. »Darin bist du nicht so gut, was?« Sie legte den Kopf schief. »Hab ich dich schon mal gesehen?«

»Ich glaube nicht. Ich bin auf der Durchreise.«

»Na schön«, sagte sie, nahm meine Hand und zog mich zum Garten. Wir waren außer Atem, als wir einen ruhigen, dunklen Fleck unter den Bäumen fanden.

»Im Ernst, wer sind Sie?«, fragte ich wieder und umfing ihre Taille.

Sie zog sich die Perücke mit der blonden Lockenpracht herunter und fuhr sich mit den Fingern durch ihre dunkle Bobfrisur. »Ist das wichtig?« Sie trat einen Schritt zurück und ließ die Toga von der Schulter rutschen. Sie war nackt und wunderschön, das Mondlicht tanzte über ihre Haut. Wenn man sich heute all die Art-déco-Bilder und Skulpturen von ihr ansieht, werden sie durch diese Anmut lebendig.

Ich würde gerne behaupten, dass ich sie verführte, aber in Wahrheit war ich unwissend wie ein Kind. Vita übernahm. Sie legte sich meine Hand auf die Brust und küsste mich. »Wir könnten morgen sterben«, flüsterte sie, ihre Lippen glitten über meinen Kiefer, meinen Hals. »Ich will nicht sterben, ohne heute Nacht jemanden geliebt zu haben.« Ich zog mir die Maske vom Gesicht, und in der Dunkelheit pulsierte mein Blut im Gleichklang mit dem fernen Rhythmus der Jazzband, dem hypnotischen Summen und Zirpen der Zikaden im Gras um uns herum. Mein ganzes Wesen konzentrierte sich auf meine Lippen, als sie mich küsste, als würde man den Film eines explodierenden Feuerwerks rückwärtslaufen lassen, und dann, es war vorhersehbar, die plötzliche, wunderbare Erlösung, als ich in dem Moment kam, in dem sie mich berührte.

»O Gott, das tut mir leid, ich ...«

»Du musst dich nicht entschuldigen.« Sie lachte leise. »Wir haben die ganze Nacht.« Sie umschlang mich, Haut an Haut. »Vergiss alles. Heute Nacht gibt es weder die Zukunft noch die Vergangenheit ...«

»Nur Erinnerungen?«

»Sie verändern sich.« Sie ließ die Hand über meinen Bauch hinabgleiten. »Wichtig ist jetzt nur, dass du heute Nacht hier bei mir bist.«

Für manche Menschen ist der Krieg so. Er verstärkt alles, vergrößert das, was du bist, er lässt dich etwas tun wollen, was das Leben bejaht, die natürlichste Sache der Welt. Wir waren jung und verrückt vor Angst. Als ich in der Morgendämmerung aufwachte, war ich allein, schlief auf dem taufeuchten

343

Gras mit einem Dach aus Laub über mir und einer zerbrechlichen kleinen goldenen Krone auf dem Herzen. Als ich zu mir kam, klickte eine Kamera, es raschelte zwischen den Bäumen. Ich blickte auf und sah den grünen Mann mit den Hörnern im Nebel verschwinden.

»Gabriel«, sagt Sophie, »die Zeit wird knapp. Erzählen Sie mir von dem Haus, in dem Sie mit Vita gelebt haben. Erzählen Sie mir, was im Château d'Oc passiert ist.«

»Es war ein zauberhafter Ort, aber ich hab es nach dem Krieg natürlich verkauft.« Ich fange an, dieselben alten Lügen herunterzurasseln, die ich über die Jahre allen erzählt habe, die so neugierig waren, weit in der Vergangenheit zu graben.

»Hören Sie auf. Sagen Sie mir die Wahrheit, Gabriel.«

»Ich …« O Gott, die Wahrheit. Das Blut rauscht mir heiß in den Ohren, ein Vulkan brodelt. In Wahrheit habe ich das Château d'Oc gehasst. Als ich zum ersten Mal über den Feldweg zu diesem verdammten Haus lief, hatte ich eine Heidenangst. Damals gab es keine befestigte Straße, nur einen Weg, der zwischen den Bäumen hindurchführte und sich den Berg hinaufzog. Auf dem Fest hatte mir jemand den Weg erklärt, und bei Sonnenaufgang war ich taumelnd über die von den verbrannten Fackeln gesäumte Zufahrt wieder weggegangen. Alle lachten, und jemand sagte: »Mein, Gott, der muss betrunken sein.«

Es dauerte nicht lange, bis ich dort war, trotz meiner brennenden Lungen nur etwa eine Stunde. Sie müssen bedenken, dass ich damals ein achtzehnjähriger Junge war und nur aus Sehnen und Muskeln bestand. Jetzt bräuchte ich eine Ewigkeit, um diesen Marsch zu bewältigen. Jeder Schritt brachte mich näher zu dem Dorf, zu der Adresse, die meine Mutter so oft auf Briefe, in denen sie um Hilfe bat, geschrieben hatte, dass ich sie auswendig wusste. Aber ich hatte sie trotzdem auf einen Zettel geschrieben, für den Fall, dass ich sie vergaß. Ich war schon damals vorsichtig.

Alles, was ich über das Haus, über meinen Vater wusste, wusste ich nur vom Hörensagen, von Gerüchten. Er war in dem Moment verschwunden, in dem meine Mutter schwanger wurde. Sie waren damals selbst noch Kinder, deshalb kommt es vielleicht nicht so überraschend, dass er wie von der Tarantel gestochen wegrannte. Er wurde ein angesagter Künstler, wurde Anfang der Dreißigerjahre wohlhabend, heiratete Rachel West, eine junge Erbin. Sie starb bei einem Autounfall, und er begann eine Beziehung mit einem seiner Modelle. Seine Kunden aus der feinen Gesellschaft konnten gar nicht genug bekommen von seinen lässigen Akten und den schmeichelhaften Porträts von eleganten Damen der Gesellschaft mit ihren Perlenketten und Windhunden. Dann verschwand er.

Aber meine Mutter gab nicht auf. Sie spürte ihn schließlich in dem Château d'Oc auf. Wir besuchten ihn natürlich nie. Auf dem Weg dorthin, der mich immer wieder rund um das befestigte Fundament führte und der sich wie der Pfad in einem Labyrinth schlängelte, sah ich die Türmchen und die rosa gedeckten Dächer über den Bäumen. Ich kam an einfachen Hütten vorbei, die unterhalb des Châteaus errichtet worden waren. Streitlustige schielende Hunde starrten mich mit ihren gelben Augen an, gähnten und streckten sich. Unterhalb einer kleinen Kapelle schöpfte ich Atem, wartete, bis das Pfeifen in der Lunge nachließ. Ich stand eine Weile da, schaute über die offenen Hügel, in denen gerade der morgendliche Chor aus Vögeln und Grillen erwachte. Eine rote Sonne flammte über den fernen Bergen auf. Ich hatte mir das all die Jahre vorgestellt, sein Zuhause, sein Land. Nun würde ich schließlich meinen Vater treffen. Manchmal stellte ich mir

345

vor, wie ich ihn umarmte, manchmal, wie ich ihm für meine Mutter einen Schlag verpasste. Ich hatte nicht damit gerechnet, dass ich so unsicher sein würde. Die Steine auf dem Weg knirschten unter meinen Füßen. Ich weiß noch, wie ich dachte, dass ich nun am Ende meiner Reise angekommen war. Weit gefehlt. Es war erst der Anfang.

Mit einem verrosteten Reißnagel war ein Zettel am Tor befestigt. Ich konnte gerade den Namen *Lambert* entziffern. Ich fand, das blaue Tor sah heruntergekommen aus, die Farbe blätterte ab, als ich es berührte. Die Mauer des Châteaus schien von der Bergseite her zu wachsen, und das krumme Tor war von Farnen und Efeu überwuchert, der mich am Arm streifte. Es schwang auf, schleifte über den Boden, und ich zögerte.

Das war mein Augenblick. Der Bruchteil einer Sekunde, in der die Zeit ausgesetzt hatte und mir mein Gefühl oder mein Schutzengel sagte, ich solle weggehen. Einfach weitergehen. Nach Spanien oder Marseille oder irgendwo anders hin. Aber was tat ich? Ich drückte das Tor auf, und die Falle schnappte zu.

Auf der anderen Seite des Hofs mit den kaputten Stühlen und einem ausgetrockneten Brunnen war der erste Mensch, den ich sah, Vita. Sie saß auf der Küchenschwelle und aß ein Baguette mit Erdbeermarmelade, ihr Mund war verschmiert. Wespen summten um das offene Glas neben ihr, und eine Schale schwarzer Kaffee dampfte geduldig neben ihrem Fuß. Ich erinnere mich an ihr erschrecktes Gesicht, daran, wie ihr seidener, mit Blumen bedruckter Morgenmantel aufklaffte und sie die Kaffeeschale umwarf, als sie auf mich zugerannt kam. Die leere weiße Schale rollte auf die Seite.

»Was zum Teufel machst du hier?«, flüsterte sie und warf

einen Blick über die Schulter. Sie zog den Morgenmantel enger um sich und band sich eine scharlachrote Schärpe um die Taille. »Ich konnte es nicht fassen, als ich aufgewacht bin und dein Gesicht gesehen habe. Herrgott, was für ein Chaos. Was für ein entsetzliches, abscheuliches Chaos. Er bringt dich um, wenn ... «

»Kann ich helfen?« Ein Mann lehnte in der Küchentür, ein burgunderroter Morgenmantel mit Paisleymuster trug kaum dazu bei, seine Nacktheit zu verbergen. Er hatte vom Baden noch nasse Haare und blickte mich mit bleichen, myopischen Augen an. Ich kannte ihn von dem Fest – der Faun mit der Kamera. Er hatte immer noch einen grünen Farbfleck am Kiefer. War er das? Der Mann, den ich mein ganzes Leben lang gehasst und geliebt hatte?

»Ich suche Lambert«, sagte ich. Vita hatte einen seltsamen Gesichtsausdruck, ich konnte nichts damit anfangen.

»Ach ja?« Der Mann kam näher. »Ich bin Alistair Quimby, sein Händler. Alles, was Sie mit Monsieur Lambert zu verhandeln haben, können Sie mit mir besprechen.« Er zog eine Lorgnette aus der Tasche und setzte sie sich auf die Nase. Er stutzte. »Gütiger Himmel.« Er trat zu mir. Ich wich unwillkürlich zurück, als er um mich herumging, spürte, wie er mich von Kopf bis Fuß musterte. Er spitzte amüsiert die Lippen. »Lassen Sie mich raten.«

»Ich glaube, er ist mein Vater.«

»Ach ja? Dann wären Sie nicht der Erste, junger Mann, aber wir haben noch nie einen gesehen, der so gut war wie Sie, nicht wahr, Vita? Dieses göttliche Wesen ist Lamberts Muse.« Er wies mit seiner blassen Hand in ihre Richtung. Er begutachtete mich noch einmal wie einen Preisstier, dann winkte er mir, ihm ins Haus zu folgen.

»Geh. Geh jetzt«, flüsterte Vita und schob mich weg. »Ich

hätte niemals die Nacht mit dir verbracht, wenn ich gewusst hätte, wer du bist.«

»Das ist mir egal.« Mein Herz war jetzt bereits von einer verzweifelten Sehnsucht nach ihr erfüllt. »Es ist mir egal, ob du mit diesem Quimby verheiratet bist.«

Vita lachte kurz auf, es war kaum mehr als ein Atmen. »Ich bin nicht mit *ihm* verheiratet. Ich bin mit Lambert zusammen, du Narr.« Sie sah mich in dem Licht der Morgendämmerung an, während die Sonne über den dunklen Mauern des Châteaus aufstieg, und schlug mich. Sie hob die Hand und schirmte die Augen ab. »Es ist unglaublich.«

»Wie heißen Sie?«, rief Quimby.

»Gabriel Lambert«, sagte ich.

»Ha. Natürlich.« Er wandte sich mir zu. »Und Ihre Mutter ist …?«

Ich sagte es ihm und erzählte auch, dass sie vor Kurzem gestorben war.

»Mein Beileid«, sagte er wenig überzeugend und klatschte in die Hände. »Nun, Gabriel Lambert, dann machen Sie sich darauf gefasst, Ihren Vater kennenzulernen.«

Das Erste, was mir an dem Haus auffiel, war der Geruch. Noch heute reise ich in der Zeit zurück zu diesem alten Château auf dem Hügel, wenn die Mischung aus Mottenkugeln, Staub, Zigarren und Knoblauch übereinstimmt. Das Zweite war die Dunkelheit in dem Haus. Die Fenster waren nicht mehr als verglaste Schießscharten, die in die Mauern des Châteaus eingelassen waren, so tief, dass man mit dem Arm kaum das Glas erreichte. Eine Haushälterin gab es eindeutig nicht. Die Rahmen der Stiche in der Eingangshalle waren dick mit Staub bedeckt, seit Jahren unberührt.

Die Küche war einigermaßen sauber – weiß gekalkt, ein

langer, gescheuerter Kiefernholztisch mit Bänken auf beiden Seiten. Ein Stuhl mit hoher Lehne stand direkt vor dem offenen Kamin, in dem sogar um diese Zeit ein Feuer entzündet war. Über dem Tisch brannte grünlich eine Bec-Auer-Gaslampe. »Ich mache noch Kaffee«, sagte Vita und ging mit einem Metallkessel in Richtung Spülküche, um Wasser zu holen.

»Folgen Sie mir, junger Mann.« Quimbys bleiche Finger tanzten über seine burgunderrote Schulter wie eine Made auf einem Steak. Draußen im Gang wurde es dann ein bisschen verrückt. Auf den großen Steinplatten lagen Kelims, die unter meinen Füßen wegrutschten. An jeder Wand hingen afrikanische Masken; glänzende Glasaugen und klaffende Münder mit Elfenbeinzähnen, wohin ich auch blickte. Auf jedem Tisch lagen Stapel von vergilbten Zeitschriften und Zeitungen.

»Lambert ist ein Sammler, wie Sie sehen«, sagte Quimby leichthin. »Die primitive Kunst hat ihn sehr inspiriert.« Ich blickte eine runde Steintreppe hinunter.

»Was ist dort unten? Die Verliese?« Ich dachte an die alte Frau, die nachts immer auf mich aufgepasst hatte, wenn meine Mutter arbeitete. Sie erzählte mir einmal, dass das Ungeheuer in den alten Geschichten stets vertrieben wurde. Unsere Minotauren und Calibans leben allein in ihren Labyrinthen am Rand der Stadt.

»Das war einmal. Jetzt hat Vita dort unten ihr Atelier. Sie findet es ›gebärmutterartig‹.« Er wandte sich mir zu. »Ehrlich gesagt, ich kriege Zustände.« Er wischte mir Staub von der Schulter meiner Jacke und strich mir den Kragen glatt. Aus der Nähe verströmte er einen säuerlichen Geruch. Sein Atem roch schal nach Zigaretten, und seine Lippen waren aufgesprungen und fleckig von zu viel Rotwein am Abend zuvor.

Seine Augen blickten kalt wie die eines Hechts, als er lächelte, und seine gelben spitzen Zähne erinnerten mich an die Hörner, die er auf dem Fest getragen hatte. »Machen Sie sich ein bisschen zurecht, Junge. Lambert legt trotz allem noch Wert auf die äußere Erscheinung.«

*Trotz allem?* Ich fragte mich, was das bedeuten sollte, aber als wir an einem alten vergoldeten Spiegel im Gang vorbeikamen, blieb ich stehen und strich mir die Haare glatt. Ich hatte mich seit Wochen nicht rasiert, und wegen des dunklen Barts war ich mir selbst fremd. Die Silberschicht auf der Rückseite des alten Spiegels war nicht mehr ganz vollständig, und ich musste eine Stelle suchen, wo ich mich ganz sehen konnte und nicht nur ein unvollständiges Spiegelbild.

»Kommen Sie, das geht schon.«

Ich folgte ihm nach oben und reckte mich, um die breite Spirale des Treppengeländers aus Mahagoni zu verfolgen, das in der Dunkelheit des Hauses verschwand wie eine Meeresschnecke.

»Der größte Teil des Châteaus ist verschlossen«, sagte Quimby und tappte in seinen lilafarbenen marokkanischen Pantoffeln geräuschlos vor mir her. »Es ist schwer, diese alten Gebäude ohne Personal in Schuss zu halten.« Wir erreichten den ersten Treppenabsatz. »So. Warten Sie hier. Ich gehe und wecke ihn.« Er klopfte leise an die Doppeltür am Treppenabsatz und öffnete sie. Warme Luft wehte heraus wie ein Seufzer, widerwärtig und süßlich.

Ich weiß noch, dass ich einige Zeit im Treppenflur auf und ab ging. Unten in der Küche hörte ich Vita hantieren, das Feuer unten in der Diele knisterte, Männerstimmen wurden laut und leise. Ich weiß noch, dass ich es seltsam fand, keine Uhren ticken zu hören. In solchen Häusern gibt es immer ein paar Standuhren, die die Stunden anzeigen. Es war, als wäre die Zeit stehen geblieben. Ich weiß nicht, was ich erwartet hatte – sicher, ein Teil von mir hoffte, mein Vater würde aus seinem Schlafzimmer kommen, verschlafen, aber hocherfreut festzustellen, dass er einen Sohn hatte. Einen Augenblick lang stellte ich mir vor, wie mich jemand umarmte, mich auf Armeslänge von sich entfernt hielt und rief: »Niemals hätte ich damit gerechnet!«

Die Schlafzimmertür ging wieder auf, und Quimby sagte: »Warte. Er ist perfekt, das verspreche ich dir.« Er winkte mich zu sich. »Kommen Sie. Lambert will Sie jetzt sehen.«

Krank vor Angst, betrat ich Lamberts Zimmer. Die schweren roten Samtvorhänge waren noch zugezogen, und das einzige Licht kam von dem schwelenden Feuer im Kamin. Ich blinzelte, während sich meine Augen an die Dunkelheit gewöhnten. Mein Gehör schien geschärft zu sein, und ich nahm den rasselnden Atem eines Mannes wahr. Bei dem Staub und dem Rauch zog sich auch meine Lunge zusammen. Ich wandte mich zu dem schweren Himmelbett, und auf den weißen Laken erkannte ich eine dunkle Gestalt. Die meines Vaters. Die Asche einer dicken Zigarre glühte, als er daran zog.

»Gabriel Lambert«, sagte Quimby und verneigte sich, »darf ich vorstellen: Gabriel Lambert.« Ich hatte das Gefühl, er würde mich, uns, auslachen, und meine Wangen brannten vor Beschämung.

»Deine Mutter hat dich natürlich nach mir benannt.« Lamberts Stimme klang rau und atemlos. »Deine Mutter kam nie über mich hinweg. Diese vielen Briefe, herrje.« Er beugte sich nach vorn und drückte seine Zigarre in einem chinesischen Aschenbecher aus, der auf dem Nachttisch stand. Das Licht des Feuers flackerte über die lilafarbenen seidenen Bettvorhänge. Sein Gesicht konnte ich immer noch nicht sehen. »Es überrascht mich nicht im Mindesten, dass sie auch meinen Namen für dich gestohlen hat.« Er lachte bitter. »Dass sie sich die ganzen Jahre über ›Madame Lambert‹ genannt hat.« Ich blinzelte. Vielleicht war es der Rauch des Feuers oder der Staub, aber in meinen Augen brannten Tränen. »Komm doch näher. Ich kann dich nicht sehen.« Ich war misstrauisch.

Vita stieß die Tür auf und drückte Quimby das Tablett in die Hand, sodass die Kaffeetassen klapperten. »Meine Güte, kein Wunder, Lambert. Man sieht ja überhaupt nichts hier drinnen, wenn die Vorhänge den ganzen Tag zugezogen sind.« Sie riss die Vorhänge auf. Lambert fuhr im Bett zusammen und schirmte die Augen ab.

»Nicht ganz, Vita.« Sie schloss sie wieder ein wenig, sodass ein dünner Sonnenstrahl den Raum durchschnitt und die verschlungenen Rosen des verblichenen Teppichs beleuchtete. »Tritt vor, mein Junge.« Ich hob das Kinn. Er schnappte nach Luft. »Gut, gut.« Er schlug die Bettdecke zurück, und wieder nahm ich diesen süßlichen, schweren Duft hinten in der Kehle wahr. Vita schwatzte weiter, während sie den Kaffee auf den Tisch neben dem Kamin stellte, aber ich sah ihm schweigend zu, wie er sich aus dem Bett kämpfte. Er kam im Dunkeln auf mich zu, ein weißes Nachthemd reichte ihm bis zu den Knien. Ich stellte fest, dass wir gleich groß waren, die gleiche Statur hatten, Schatten eines vergangenen und zukünftigen Zusammentreffens. »Das ist ja wirklich erstaunlich«, murmelte er. »Das ist, als würde ich in den Spiegel schauen.«

»Als wärst du wiedergeboren worden«, fügte Quimby hinzu.

Lambert ging um mich herum. Entnervt hielt ich den Blick geradeaus gerichtet und wartete darauf, dass er vor mir stehen blieb. Das tat er, und als er ins Licht trat, musste ich mich zusammenreißen, um nicht entsetzt aufzuschreien.

Am Abend hatte ich mich bereits ein wenig an meinen Vater gewöhnt. In dem trüben Gaslicht des Wohnzimmers setzte er sich in einen roten Lehnsessel neben dem Kamin und unterhielt sich mit Quimby. Die Hitze war erdrückend, und mir klebte das Hemd am Rücken, als ich weiße Teller auf den Mahagonitisch im Nebenzimmer stellte. Sie glänzten im Dunkeln wie vier Vollmonde.

»Syphilis«, flüsterte Vita mir zu, als ich ihr beim Tischdecken half. »Falls du dich gefragt haben solltest.«

»O Gott«, flüsterte ich.

»Du bist gesund«, erklärte Vita gereizt.

»Das meinte ich nicht.«

»Wir sind beide gesund.« Sie legte die letzten Servietten auf den Tisch und ging zu einem chinesischen Gong. Vita nahm den geschnitzten Klöppel und schlug den Gong – der Ton vibrierte durch das ganze Haus, durch meine Brust wie ein Herzschlag. Ich war nervös, und beim Geruch der Pilzsuppe drehte sich mir der Magen um. »Das Essen ist fertig!«, rief sie.

Lambert und Quimby stießen zu uns, immer noch ins Gespräch vertieft. Mein Vater stützte sich beim Gehen schwer auf einen Ebenholzstock und sah mich kaum an, als er sich an den Kopf des Tisches setzte. Erst als er das Glas erhob, schaute er mich direkt an.

»Tja, auf Wein, Weib und Gesang …« Ein trockener Husten unterbrach ihn.

»Vielleicht wäre es angebrachter, auf gutes Essen, gute Freunde und eine gute Gesundheit anzustoßen, Schatz«, sagte Vita und reichte ihm eine Serviette.

Kindern von Depressiven fällt auch die kleinste Stimmungsschwankung auf – sie können andere Menschen sehr gut beobachten. In all den Jahren mit meiner Mutter hatte ich das gelernt, und während dieses ersten Essens erfuhr ich viel über meinen Vater. Er verbarg seine Verbitterung, aber kurz zeigte sich etwas in seiner Miene, als er mich ansah. Eifersucht. Ich kam zu dem Schluss, dass die Schädigung seiner Haut die endgültige Manifestation des Gifts war, das er im Herzen trug. In meinem Alter musste er recht gut ausgesehen haben, all die Eitelkeit und Gier waren in Schönheit verkleidet. Kein Wunder, dass sich meine Mutter in ihrem verzweifelten Unglück in ihn verliebt hatte – sie musste begriffen haben, dass niemand ihr mehr Kummer bereiten konnte als er. Nun saß er am Kopf des Tisches, die Fliege lose um den Hals, wie ein junger Geck auf einer Feier. Ich fragte mich, ob er es manchmal vergaß, ob er vielleicht dachte, er sehe noch so wie früher, für immer jung. Vielleicht waren die Spiegel im Haus deshalb alle so schlecht, oder sie waren weggeräumt worden.

Lambert leerte sein Glas. »Zum Teufel damit, wir sollten Champagner trinken und die Rückkehr meines verlorenen Sohnes feiern.« Er schnippte mit den Fingern. »Quimby, hol eine Flasche, ja?«

Quimby verbarg seine Verärgerung recht gut. Er war wohl daran gewöhnt. Er tupfte sich den Mund mit der schweren Leinenserviette ab und schob den Stuhl zurück. Seine Schritte hallten durch das leere Haus, als er in den Keller ging. Das Feuer neben dem Tisch knisterte. Der intensive Blick meines Vaters brachte meine Wangen zum Glühen, aber ich war fest entschlossen, mich nicht von ihm einschüchtern zu lassen.

Quimby kehrte mit einer verstaubten Flasche Dom Pérignon zurück. »Soll ich?« Er fing an, die Folie abzuziehen und den Drahtverschluss zu lösen.

»Mach es wie ein Mann.« Lambert erhob sich wankend und packte die Flasche. »Sieh zu, Junge«, sagte er zu mir und nahm einen angelaufenen Säbel vom Kaminsims. »Zieh die Klinge immer genau über die Nahtstelle«, erklärte er und wärmte sich mit ein paar kurzen Bewegungen auf. Das Metall kratzte über das Glas. »Da!«, rief er und schlug den Flaschenhals sauber ab. Der Champagner sprudelte heraus, und Vita beugte sich lässig, ein Glas in der Hand, vor, um die Flüssigkeit aufzufangen.

»Gabriel?« Sie reichte mir ein Glas.

»Auf ex!«, rief Lambert. Ich trank zum ersten Mal Champagner, und die Blasen kitzelten mich im Hals, sodass ich husten musste. »Komm schon, Junge, trink!« Errötend und beschämt trank ich das Glas leer. »Schon besser.« Er schenkte mir nach. »Trink!«

»Hör auf, Lambert«, sagte Vita und streckte den Arm aus.

»Zum Teufel mit dir.« Er schob sie weg und konzentrierte sich auf mich. »Trink.« Ich tat es. Ich trank die ganze verdammte Flasche aus, seither hasse ich das Zeug, aber an dem Abend habe ich ihm etwas bewiesen.

Vita räumte schweigend ab, ihr goldenes Kleid glänzte im Kerzenlicht.

Nachdem er mich erniedrigt hatte, widmete sich Lambert ihr. »Wieso bist du denn so aufgedonnert? Ich kann es gar nicht glauben, dass du immer noch dieses furchterregende Kleid hast«, sagte er.

»Es ist eine besondere Gelegenheit.«

»Ich habe es dir doch schon gesagt, als ich dich kennengelernt habe, dir fehlen die Titten dafür.«

»Warum musst du immer so ein Arschloch sein, Lambert? Warum kannst du nicht ausnahmsweise einmal nett sein?«

»Wer hat behauptet, dass Künstler *nett* sein müssen?«, brüllte er ihr nach, als sie die Teller in die Küche trug. »Wir sind allesamt herzlose, egoistische Mistkerle«, sagte er zu mir, »und glaub nicht, dass du anders bist, lieber Junge.« Er trank sein Glas leer und fing einen Tropfen Rotwein mit dem Handrücken auf. Er bedeutete Quimby, ihm nachzuschenken, und wandte sich mir zu. »Ach je, habe ich dich in Verlegenheit gebracht?«

Meine Wangen brannten, der Champagner schwappte mir im Magen herum, aber ich hielt seinem Blick stand. »Nein.«

»Er ist ziemlich bemerkenswert, findest du nicht, Quimby?« Mein Vater rappelte sich auf, trat zu meinem Stuhl und senkte sein zerstörtes Gesicht zu mir herab. »Er ist mein Ebenbild.« Ich versuchte, nicht zurückzuweichen. Er war was – nur fünfzehn Jahre älter als ich, aber aus der Nähe konnte ich deutlich sehen, wie kaputt sein Gesicht war.

»Dein Ebenbild? In deinen Träumen.« Vita stellte ein Brett mit schwitzendem Käse ab. »Wie alt bist du, Lambert? Dreiunddreißig? Vierunddreißig?«

»Ich bin dreißig, verdammte Scheiße.«

»Wie gesagt, träum weiter. Gut, der Junge sieht reif aus für seine achtzehn Jahre, aber du ...«, sagte sie halblaut. »Weißt du, dass Gabriel Lambert so eitel ist, dass er in seinem Pass und in seinen Dokumenten noch ein zehn Jahre altes Bild hat?« Sie hob trotzig das Kinn. »Und ein falsches Geburtsdatum, so wie sich das anhört ...«

»Fahr doch zur Hölle«, rief Lambert. Er erhob sich aus dem Stuhl und hinkte hinaus auf die Terrasse.


Ich mag keine Streitigkeiten – mochte sie noch nie, aber die beiden blühten geradezu auf. Eine halbe Stunde später tanzten sie eng umschlungen auf der Terrasse wie die Schönheit und das Biest. Das Mondlicht schimmerte auf den Perlen ihres Kleids. Doch ihr Streit beschäftigte mich, und ich konnte in der Nacht nicht schlafen. Ich gebe zu, dass ich auch eifersüchtig war. Der Gedanke, dass er sie mit den Händen berührte, quälte mich, und ich drehte und wälzte mich im Bett. Die

Laken hatten sich verheddert, durch das offene Fenster wehte kein Lüftchen herein, die Hitze und die Schwere der leeren Räume über mir lasteten auf mir wie ein Grabstein. Nachts schien das Haus lebendig zu sein, es ächzte und seufzte. Der Schrei eines Fuchses weckte mich abrupt, und ich saß aufrecht im Bett, mein Herz raste. Es war hoffnungslos, einschlafen zu wollen, deshalb tappte ich nach unten, tastete mich durch das dunkle Haus. Die kühle Steinmauer fühlte sich rau an. Ich erinnerte mich daran, dass mir einmal jemand erzählte, dass, wenn man sich in einem Labyrinth verirrt hatte, man nur immer mit der linken Hand die Hecke berühren und ihr folgen musste. Stimmte das? In der Diele blieb ich stehen. Von Vitas Atelier drang ein schwaches rötliches Licht herauf. Bei dem Gedanken, sie allein zu treffen, fühlte ich mich sicherer. Vielleicht bestand noch eine Chance, dass sie mich genauso wollte wie ich sie. Ja, ich weiß, hatte ich keine Skrupel? Sie war die Freundin meines Vaters und so, aber ich war nun einmal achtzehn Jahre alt. Ich mochte reif ausgesehen haben, aber ich kann Ihnen sagen, ich dachte damals nicht mit dem Kopf.

Meine Schritte auf den Steinstufen waren leise, als ich der Spirale nach unten folgte. Ich erstarrte, als ich erst Lamberts und dann Quimbys Stimme vernahm.

»Glaubst du, er macht mit?«, sagte Quimby.

»Natürlich!« Lambert klang betrunken.

»Ich finde, ihr solltet anständig sein und den Jungen seines Weges ziehen lassen ...«, sagte Vita. Das ärgerte mich – *der Junge*. Vita war nicht viel älter als ich. Es ist witzig, diesen dahingesagten Satz merkte ich mir. Er lässt mich immer an den Song von Noel Coward denken, *Mad About the Boy*. Man konnte sich Vita vorstellen, wie sie sagte: »Mein Lieber, ich bin einfach verrückt nach dem Jungen.« Nun, schreiben Sie es ihr zu oder ihm – vielleicht dachte ich deshalb mein ganzes

Leben, ich wäre Peter Pan. In meinem Kopf bin ich nach 1940 nicht mehr älter geworden. Viele Monde, viele Jahre sind seither gekommen und gegangen, aber ein Teil von mir hat in diesem Jahr so hell gebrannt wie Phosphor.

In dem Moment drehte sich Vita um. Sie musste meinen Fuß auf der Treppe entdeckt haben. »Gabriel, bist du das?«

»Es tut mir leid, ich wollte nicht stören.« Ich schob die schwere, eisenbeschlagene Tür ganz auf.

»Steh nicht einfach so da, komm herein«, sagte sie. »Aber egal, was du machst, schlag bitte die Tür nicht zu. Der Griff ist kaputt.«

Ich schob den Riegel vor, der die Tür aufhielt, und bewegte den Griff. »Das kann ich reparieren, wenn ihr wollt. Solche Sachen kann ich gut.«

»Siehst du, Vita, der Junge ist gut mit den Händen.« Lambert hob das Kinn. »Er kommt nach seinem Vater.«

»Würdest du, Gabriel? Hier fällt alles auseinander.« Sie warf Lambert einen verdrießlichen Blick zu.

»Was erwartest du von mir? Wir haben kein Geld mehr, meine Liebe.«

»Darüber haben wir gerade gesprochen, Gabriel«, sagte Quimby. Er zischelte, wenn er Französisch sprach. Ich bekam eine Gänsehaut. Als Annie und ich mit unserem ersten Enkelkind im Kino den Film *Das Dschungelbuch* angesehen haben, hat mich die Schlange Kaa an Quimby erinnert. »Lambert möchte dir etwas Geschäftliches vorschlagen.«

»Wir beide haben einen Vorschlag«, korrigierte Lambert ihn. »Und du wirst auch genug Geld dabei machen, um Frankreich verlassen zu können, Quimby, wenn Gabriel uns hilft.«

»Helfen? Wobei?«, fragte ich.

»Das ist der Vorschlag.« Quimby setzte sich auf den hohen

Holzhocker neben Vitas Staffelei. Er bildete eine Brücke mit den Händen und deutete mit den Zeigefingern auf mich. So wie er die Daumen abknickte, sah es aus wie eine Waffe. »Lambert lässt dich bei sich wohnen und bringt dir alles bei, was er über Kunst weiß …«

»Das ist nicht mehr, als ein Vater für seinen Sohn tun sollte«, murmelte Vita.

»Und im Gegenzug?« Ich sah Quimby unverwandt an.

»Du musst bereit sein, Lambert in der Öffentlichkeit zu verkörpern.«

»Das ist lächerlich!«, rief ich. »Er ist fünfzehn Jahre älter als ich.«

»Hör dir den Rest an«, sagte Quimby. »Vor den unglücklichen Auswirkungen der Krankheit war Lambert ein gut aussehender Mann – jugendlich, groß, olivfarbene Haut wie du. Er trug einen schwarzen Bart wie du, hatte längere dunkle Haare …«

»Wie du«, sagte Lambert. Er hatte den glasigen Blick einer gelangweilten Katze, die mit einer Maus spielt. Als er zu mir aufblickte, während er sich zu der Kerze vorbeugte, um seine Zigarette anzuzünden, fiel mir auf, dass seine Augen schwarz blieben, die Pupillen waren vollständig erweitert.

»Du musst dich lediglich mit ein paar reichen amerikanischen Kunden von mir treffen, die gerade überlegen, alles aufzukaufen, was Lambert fertig hat. Sie sammeln Art déco, und sie besitzen schon einige von Lamberts besten Stücken, aber ihnen ist jetzt klar geworden, dass es einen Käufermarkt gibt.«

»Scheißkerle. Leute wie Peggy Guggenheim profitieren davon«, sagte Lambert.

Quimby hüstelte. »Wie gesagt. Es gibt einen Käufermarkt, und Künstler verkaufen zu Tiefstpreisen, sie wollen alles ausräumen, bevor sie Frankreich verlassen.«

»Die Sache ist die, Gabriel«, sagte Lambert. »sie wollen ›den Künstler treffen‹.« Er schaute zu Quimby. »Sie sind sich sicher, dass sie einen besseren Preis erzielen, wenn sie mit mir verhandeln statt mit Quimby. Aber ich kann sie so natürlich nicht treffen.« Er deutete vage auf sein Gesicht. »Niemand würde einen schönen Traum von einem Ungeheuer kaufen wollen.«

»Pst.« Vita berührte ihn am Arm, aber Lambert schob sie weg. Wegen ihres Gesichtsausdrucks wurde mir klar, dass sie ihn trotz allem liebte.

»Darauf fallen die doch niemals rein«, sagte ich.

»Ich habe mir dein Skizzenbuch angesehen.« Lambert klopfte auf das Buch auf dem Tisch neben ihm.

Ich packte es und drückte es mir an die Brust. »Wie kannst du es wagen, meine Sachen zu durchsuchen?«

»Deine Sachen?« Er brüllte vor Lachen. »Ein paar gestopfte Socken und ein Skizzenbuch?«

»Du hast kein Recht …«

Er grinste höhnisch und winkte ab. Ich erkannte meine eigene Hand wieder. »Ich weiß nicht, worüber du dir Gedanken machst. Immerhin besitzt du ja nicht gerade viel.«

»Noch nicht.« Quimby stand auf und kam herüber zu mir.

»Und wenn du dir Sorgen machst, dass du vor den Kunden auffliegst«, sagte Vita, »ich war Schauspielerin …«

»Das ist eine Bezeichnung dafür«, brummte Lambert und ließ sich in einen alten Sessel in der Ecke des Ateliers sinken. Eine Staubwolke stieg hoch, und mir fiel auf, dass die Sohlen seiner weichen, handgefertigten Schuhe keine Löcher hatten wie die meiner Mutter.

Vita beachtete ihn nicht. Sie legte mir die Hand auf die Schultern und führte mich zu dem großen Spiegel, den sie neben ihre Staffelei gestellt hatte. »Ich kann dir helfen, ein bisschen älter auszusehen, mit ein bisschen Grau in den Haaren, so wie bei Lambert.« Mir stellten sich die Nackenhaare auf, als sie mir durchs Haar fuhr, die Haut an der Schläfe streifte. Es war weniger die Aussicht, Malunterricht von meinem Vater zu bekommen, als die Vorstellung, allein mit Vita zu sein, ihr Gesicht ganz nahe an meinem, was mich dazu brachte, ihrem Plan zuzustimmen.

Als ich ging, blieb ich noch auf der Treppe stehen und lauschte ihrem Gespräch.

»Glaubst du, er kriegt das hin?«, fragte Lambert.

»Natürlich.« Vitas Stimme wurde lauter und leiser, da sie durch das Atelier ging.

»Wir müssen in die Staaten kommen«, sagte Lambert. »Ich habe von einem amerikanischen ›Engel‹ in Marseille gehört, der Künstler in die USA zaubert. Wir suchen diesen Typen, dann sind wir hier weg.«

»Jeder weiß, dass du immer ein offener Kritiker des Nationalsozialismus warst«, sagte Quimby. »Natürlich werden sie einem Künstler von deinem Format helfen.«

Lambert hustete. »Ehrlich gesagt, habe ich eine Todesangst.«

»Keine Sorge. Wenn wir diese Bilder verkaufen, reicht das für deine Schiffspassage nach New York«, sagte Quimby.

»Und für meine«, fügte Vita hinzu.

»Was ist mit dem Jungen?«, fragte Quimby.

»Was mit ihm ist?« Lambert lachte, ein kleines kurzes Lachen, bei dem sich mir der Magen zusammenkrampfte. »Es ist ein bisschen spät für väterliche Gefühle. Nachdem wir das durchgezogen haben, kann er hierbleiben, wenn er will, oder er kann einfach wieder verschwinden. Er ist nichts, ein Niemand. Die Nazis werden ihn in Ruhe lassen.«

Wenn jemand einem Jungen erzählt, dass er wertlos ist, dass er nicht zählt, dann kann das in die eine oder in die andere

Richtung gehen. Entweder man glaubt das, stuft sich als Zweitbester ein, als einen Niemand, oder man beschließt, das Gegenteil zu beweisen. Ich wollte Gabriel Lambert zeigen, dass ich genauso gut war wie er – verdammt, ich wollte ihm beweisen, dass ich besser war als er. Wem mache ich da etwas vor – Eitelkeit, Gier, Talent –, das waren nur einige der Dinge, die mir mein Vater vererbt hat. Ich mache mir keine Illusionen über meinen Charakter, und Sie sollten das auch nicht. Ich habe nie etwas getan, das ich nicht tun wollte, ich war genauso getrieben und egoistisch wie mein Vater. Verachten Sie mich, wenn Sie wollen, aber vielleicht ist das der Grund, weshalb ich so vielen Menschen etwas vormachen konnte. Unsere Arbeit besitzt dieselbe kompromisslose Klarheit – sogar nachdem all die Menschen, die ihn persönlich gekannt hatten, gestorben waren, lebten seine Werke weiter, und nicht ein Mal stellte jemand Gabriel Lamberts Entwicklung von dekadenten Art-déco-Aktbildern zu großen, zornigen abstrakten Bildern infrage, nicht ein einziges Mal – na ja, nicht bis heute, bis zu dieser Sophie. Die Kritiker führen alles auf den Einfluss von Breton, von Duchamp zurück, von der Fackel, die diese europäischen Größen an die neue Generation amerikanischer Künstler weitergereicht haben, deren Teil ich wurde. Sie zweifelten keinen Moment daran, denn unsere Arbeiten haben etwas Vollkommenes, Unmittelbares, so wie sich einem die Nackenhaare aufstellen, wenn ein Sopran das hohe C trifft und die Gläser zerspringen. Ich wurde so geschickt darin, Gabriel Lamberts Kunst und Leben zu imitieren, dass nicht einmal ich heute weiß, wo er endete und ich anfange.

Genau wie er habe ich mein Leben der Kunst gewidmet, habe getan, was ich tun wollte, tun musste, ohne Kompromisse. Wenn man so will, hat dieses Werk die Welt besser gemacht. Wird dadurch mein Leben zu einem guten Leben? Hat alles, was ich in den letzten ungefähr sechzig Jahren getan habe, eine unverzeihliche Tat wettgemacht? Jetzt auf diesen Jungen auf der Treppe zurückzublicken, das ist ziemlich absurd. Ein Mal in meinem Leben tat ich genau das, was jemand von mir wollte. Ich verschwand.

## 46

Sophie streckt sich auf dem Sand neben mir aus. »Und, wie ist es gelaufen, Gabriel? Wie ging die Verwandlung vonstatten?«

»Ich lernte schnell, so einfach ist das. Und ich war motiviert, Mann, war ich motiviert. Ich wollte diesem Mistkerl zeigen, was in mir steckte.« Ist es abstrus zu behaupten, dass mein Vater meine Gesellschaft genoss? Ich weiß es nicht. Er hatte viele Fehler, aber er stand zu seinem Wort, und wenn ich nicht unterwegs war, um Leute, die mehr Geld als Verstand hatten, dazu zu bringen, von Quimby Bilder meines Vaters – oder sollte ich sagen, unseren Bildern? – zu kaufen, dann arbeiteten wir von früh bis spät im Atelier. Lamberts Atelier befand sich auf der anderen Seite des Hofs in einem alten Schuppen, wo sie in das Dach zum Norden hin Oberlichter eingebaut hatten. Woche um Woche ließ er mich üben, ich musste kleine Ölskizzen im Stil von Gabriel Lambert anfertigen. Er lag auf dem Sofa, rauchte, brachte mir alles bei, was er über die Kunst wusste. Im Haus war er meistens teilnahmslos und apathisch, aber wenn wir arbeiteten, sah ich kurz das Feuer in seinen Augen aufflammen. Ich erkannte, was er einst gewesen war, und ich konnte ihn mir als Berühmtheit in Paris vorstellen.

Mich zu fragen, was ich malen wollte, stand gar nicht zur Debatte – als ich ihm ein paar meiner modernen Werke zeigte, warf er die Leinwände in die Ecke des Ateliers. Er sagte: »Du bist der Sohn eines großen figurativen Künstlers,

und das bringe ich dir bei.« Ich muss es nicht so schlecht gemacht haben, denn eines Tages Ende Oktober sah ich, wie er
vor meinen vielen Zeichnungen und Gemälden auf und ab
ging. Er hatte sie auf seinem großen Eichentisch neben der
Tür des Schuppens ausgelegt. Ich schaute ihm eine Weile zu.
Er blieb neben einem Bild stehen, auf das ich besonders stolz
war, einer Kopie eines seiner frühen Werke. Nicht einmal
Quimby konnte erkennen, dass es von mir war.

»Nicht schlecht«, sagte er, ohne sich zu mir umzuwenden.

»Was soll das heißen, nicht schlecht?« Ich lachte. »Quimby
hat gesagt, es ist perfekt.«

»Quimby ist ein Idiot«, brummte er und zeigte nach oben.
»Es gibt nur eine Quelle der Perfektion auf der Welt, vergiss
das nicht.« Er drehte sich zu mir um, schaute aber an mir vorbei in den Hof. »Manchmal kriegt er es genau richtig hin.« Ich
folgte seinem Blick und sah Vita bei ihren Turnübungen, sie
schlug Räder durch den Hof. »Ja, du bist bereit«, sagte er zu
mir, als er zur Tür hinkte. »Vita!«, rief er. »Vita.« Kurz darauf
kam sie ins Atelier gerannt.

»Was ist los, Lambert? Ist alles in Ordnung?«

Er warf seinen Stock weg, zog den lila Morgenmantel fester
um sich und ließ sich auf das Sofa fallen. Er zuckte vor Schmerz
zusammen. »Es ist an der Zeit, diesem Jungen beizubringen,
nach dem Leben zu malen. Ich weiß nicht, mit was für einem
Unsinn sie ihm in Paris den Kopf vollgestopft haben, aber wir
kriegen das schon hin.« Vita sah mich entschuldigend an. »Du
wirst ihm Modell sitzen.«

»Oh.« Sie errötete. »Ich könnte doch nicht, ich meine, ich …«

»Mein liebes Mädchen«, sagte er, »zu diesem späten Zeitpunkt spielst du jetzt aber nicht die errötende Ingenue.« Er
griff nach seinem Stock und hob den Saum ihrer Bluse an.
»Na los, runter damit.« Vita schaute ihn entsetzt an.

»So spricht man nicht mit seiner Muse, mein Lieber«, sagte sie und versuchte, das Ganze herunterzuspielen.

»Wir finden doch bestimmt ein anderes Modell, v-vielleicht ein Mädchen aus dem Dorf …«, stotterte ich.

»U-Unsinn!« Lambert ahmte mich nach. »Ein Mädchen aus dem Dorf? Das wäre ja, als würde man einen Esel beim Grand National mitlaufen lassen.« Er funkelte mich mit seinen schwarzen Augen an. »Wenn wir ein, zwei von meinen unvollendeten Meisterwerken fertigstellen wollen, musst du mit der Frau arbeiten, die meine besten Schöpfungen inspiriert hat.«

»Das ist schon in Ordnung, wirklich.« Vita sah kurz zu mir her und schüttelte den Kopf, als wollte sie sagen, ich solle besser still sein. Mir wurde klar, dass Lambert merken würde, dass etwas zwischen uns war, wenn wir zu viel Theater machten.

War etwas zwischen uns? Ich habe mich im Lauf der Jahre oft gefragt, ob Vita etwas für mich empfand, ob sie nur ein bisschen was für mich empfand. Ich weiß, sie liebte Lambert, aber da war etwas in ihrer Miene, wenn ich sie manchmal dabei ertappte, wie sie mich ansah. Ich weiß nicht, ob sie mich begehrte oder ob sie sich nur wünschte, Lambert wäre noch so unversehrt und gesund wie ich. Vielleicht war ich nur eine Erinnerung daran, was hätte sein können. Ich wusste nur, dass mir das Herz bis zum Hals schlug, als sie sich hinter dem Wandschirm in Lamberts Atelier auszog.

»Leg Musik auf, mein Junge«, sagte er und zog an einer Zigarette.

»Was meintest du mit unvollendeten Bildern?«, fragte ich ihn, während ich die Platten neben dem Grammofon durchsah. Ich wählte Debussys Orchestrierungen von Saties *Gymnopédies*. Ich hatte einmal mitbekommen, wie Vita sich das angehört hatte, als sie allein dasaß und sich den Sonnenuntergang über den Hügel ansah. Irgendwie passte das zu ihr – sanft und schön. Es passte zu der traurigen Melancholie in ihr, die sie zu verbergen suchte.

»Du hast ja wohl nicht geglaubt, ich würde dir aus reiner Herzensgüte alles beibringen, was ich kann, oder?« Lamberts Augen funkelten. »Quimby hat fast alle meiner fertigen Bilder verkauft und dazu sämtliche Drucke. Ich habe schon einige Zeit keine Energie mehr, um zu arbeiten, und er meint, er kann im Moment alles verkaufen, was ich ihm gebe. Wir fangen damit an.« Er zeigte auf eine große Leinwand, die an der Wand lehnte.

»Nein.«

»Was meinst du mit Nein?«

»Dass ich mich als du ausgebe, ist eine Sache«, sagte ich gequält. »Aber jetzt soll ich auch noch deine Arbeiten fälschen?«

»Was glaubst du denn, wofür ich dich unterrichtet habe? Hör auf zu quatschen. Du musst mit den Käufern überzeugend über die Werke reden. Es reicht nicht, dass du aussiehst wie ich, du musst ich *sein*.« Er beugte sich vor und flüsterte: »Du wirst genau das tun, was Quimby und ich dir sagen. Stell dir vor, wir würden der Polizei erzählen, dass sich ein junger Betrüger als Gabriel Lambert ausgegeben und gestohlene Bilder von mir verkauft hat ...«

»Das würdet ihr nicht tun.«

»Wetten?« Ich trug das Bild, auf das er gezeigt hatte, zur Staffelei und zog die Hülle herunter. Mir blieb der Mund offen stehen, als ich einen Schritt zurücktrat, um es zu betrachten. »Die Hände und das Gesicht habe ich fertig, wie du siehst. Den Rest solltest du leicht schaffen.« Vitas Gesicht blickte mir von dem Gemälde entgegen. Ihr lebensgroßer

367

Körper, die Arme über dem Kopf ausgestreckt, die langen Beine, auf Zehenspitzen, waren skizziert.

»Es sollte nicht lange dauern, das fertigzustellen, vielleicht eine Woche.« Eine Woche? Eine Woche Vita ansehen, in dieser Pose? Ich wusste nicht, ob ich weinen oder lachen sollte. Es war eine erlesene Folter. »Jeder Trottel könnte den Hintergrund fertigstellen«, sagte er. Der Hintergrund deutete ein vertrautes Motiv von Lambert an, ein Art-déco-Muster, eine Art metallenes Mosaik. Seine Werke hatten den Glamour von Tamara de Lempicka, aber es war noch mehr daran, eine rohe Sexualität. »Mit ihrem Umriss musst du aufpassen.« Er holte aus und gab Vita einen Klaps auf den Po, als sie vorbeiging, wie einem Rennpferd. »Das ist die wahre Signatur eines Lambert.«

»Ach Gott, nicht das«, sagte Vita. Sie blieb vor der Leinwand stehen und wickelte sich in einen verblichenen Kimono mit Blumenmuster. »Er ist ein Sadist«, sagte sie. »Ich bekam die schrecklichsten Krämpfe in dieser Stellung, aber wollte er aufhören? Von wegen.« Sie marschierte davon und löste ein Seil, das an den Balken seitlich von dem Podest im Atelier geknotet war. »Und es ist verdammt kalt hier drinnen. Wenn ich den ganzen Vormittag Modell stehen soll, dann heize wenigstens den Ofen ein.« Ich beeilte mich und schob ungeschickt zusammengeknüllte Zeitungen und Anschürholz in den Holzofen. Als ich ein Streichholz anriss, schaute ich durch die Flamme zu Vita hin, die eine kleine Schlinge herunterließ.

»Ein bisschen höher«, sagte Lambert. Er sprach leise, und ich merkte, wie mir die Wangen brannten. Ich versuchte, mich mit dem Feuer zu beschäftigen, aber ich sah immer wieder zu ihm hin. Er beobachtete Vita, als sie auf das Podest stieg. Sie ließ den Kimono herunterfallen, ohne den Blick von ihm abzuwenden. Es war, als würde sie sich für ihn allein ausziehen, und ich kam mir vor wie ein Voyeur. Ich hörte seinen Atem, während ich zur Staffelei ging und die Pinsel durchsah. Als ich aufblickte, war sie nackt, die Hände steckten in der Schlinge, so konnte sie sich festhalten, um die Pose für das Bild einzunehmen. Die Hitze des knisternden Feuers, das Zirpen der Zikaden im Gras, die Bienen, die draußen im Lavendel summten – all das ließ meine Sinne vibrieren. Der Geruch von Terpentin und Ölfarbe entflammte mich. Ich wandte mich ihr zu, den Pinsel in der Hand, und versuchte zu vergessen, dass es Vita war, dass ich diese schweißnasse Brust geküsst, ihre Bewegungen unter mir gespürt hatte.

»Perfekt«, sagte Lambert leise. »Perfekt.«

Und das war sie. Die Wahrheit ist, dass dieses Bild uns alle enthielt – meinen Vater, Vita und mich. Daraus besteht seine Komplexität und Schönheit. Lambert vollendete es – zwei kleine weiße Punkte auf ihren Pupillen hauchten dem Ganzen Leben ein wie die Berührung eines Gottes. Das Gemälde tauchte vor gar nicht so langer Zeit bei Sotheby's in New York auf. Es war die ganzen Jahre über in der Familie des alten Mannes geblieben, der es 1940 gekauft hatte. Ich verstehe nicht, wie jemand sich davon trennen konnte. Ich bin in die Stadt gefahren, um es ein letztes Mal zu sehen. Der Direktor ist ein Freund von mir, er ließ mich außerhalb der Öffnungszeiten herein, um mein Bild – unser Bild – anzusehen. Sie hatten es im Zentrum der Galerie angestrahlt, vor einer mit schwarzem Samt bespannten Wand, das Herz der Sammlung. Ich erkannte die Handschrift des Rahmenbauers – er hatte es gut gemacht, ein Art-déco-Muster in Silber vor dem Gold, das Lamberts Motiv aufnahm. Das Bild besaß das gewisse Etwas, das ein Kunstwerk unvergesslich macht. Ich nahm meinen alten Sony-Walkman mit und hörte die Kassette mit den *Gymnopédies*, ich spulte immer wieder zurück und ließ die Musik laufen, während ich allein mit ihr in der dunklen Galerie saß. Die Musik, die klagende Oboe und die sanften Streicher wirkten Wunder. Es war, als hätte ich Vita bei mir in dem Raum. Der Umriss, die Pigmente, darin schimmerte Lamberts Genie, meine Teenagerlust, aber mehr als alles glänzte sie, Vita. Als ich sie in der Ruhe der Galerie betrachtete, war ich kein alter Mann mehr, ich war wieder ein Junge, und ich wollte es, ich wollte den Zauber. Ich hätte das Bild natürlich anonym kaufen können. Ich will nicht so tun, als wäre ich nicht versucht gewesen, aber ich konnte es nicht in dem Haus haben, in dem ich mit Annie wohnte. Ich hätte das Gefühl gehabt, ihr untreu zu sein.

Ich hatte es zum letzten Mal gesehen, als Quimby Anfang November ins Château d'Oc zurückkehrte, um die Bilder abzuholen. Ich glaube, ich habe nie jemanden mehr gehasst als Alistair Quimby, das kann ich Ihnen sagen. Ich ging ihm aus dem Weg, wann immer es möglich war. Das heißt, wenn ich mich nicht als Gabriel Lambert verkleiden musste, um irgendeinen alten Trottel von Kunstsammler zu bequatschen, mehr für ein Bild zu bezahlen, als angemessen gewesen wäre.

»Sollte da nicht eher ›Werkstatt von‹ stehen?«, fragte ich ihn, als wir die letzten Leinwände hinten in seinen alten grauen Citroën-Transporter luden. Ich legte eine Decke über Vitas Bild, als würde ich ein Kind einwickeln.

»Unsinn, Junge«, sagte er und zurrte die Riemen um die Decken fest, damit die Bilder beim Fahren aufrecht stehen blieben. Quimby schlug die Tür zu. »Wenn du an Gainsborough oder Rubens denkst, glaubst du denn wirklich, dass einer dieser äußerst produktiven Künstler wirklich alles selbst gemalt hat?«

»Das ist Fälschung.«

»Nein, ist es nicht.«

»Ich wette, Gainsborough hat sich nie von seinem Sohn verkörpern lassen.«

»Still, Junge.« Quimby tätschelte mir die Hand. Er kam ein bisschen näher. »Nicht schmollen. Du solltest dich ein bisschen amüsieren. Nur Arbeit und kein Spaß ...« Ich stand so nahe, dass ich den Knoblauch in seinem Atem riechen konnte. »Hast du ein Mädchen in Paris?« Ich schüttelte den Kopf, und mir war nicht wohl dabei, dass er die Finger noch auf meinem Handgelenk liegen hatte. Er fuhr mit dem Daumen über die Sehne. »Jemand Besonderen vielleicht ...«

»Quimby«, ermahnte Lambert ihn barsch. Quimby trat zurück und setzte sich eine runde rosafarbene Sonnenbrille auf, die er ins Haar gesteckt hatte.

»Ich habe dem jungen Gabriel nur gerade für seine ganze Arbeit gedankt.«

»Solltest du nicht zusehen, dass du wegkommst? Es wird dunkel sein, bevor du in Marseille bist.«

»Ja, ja.« Er schüttelte Lambert die Hand. »Ich schicke nach Gabriel, sobald ich Käufer habe.«

»Aber das ist das letzte Mal, oder?«, fragte ich.

»Das habe ich doch gesagt. Angeblich kauft Peggy Guggenheim alles, was sie für einen guten Preis in die Finger bekommt.«

»Von mir hat sie noch nie etwas gekauft«, sagte Lambert.

»Es gibt immer ein erstes Mal.« Quimby wandte sich mir zu. »Du hast gute Arbeit geleistet und willst dich jetzt sicher wieder deinen eigenen Werken widmen?« Mir entging sein Grinsen nicht. Ich fühlte mich nicht wohl, als ich daran dachte, wie mich Quimby in der Nacht zuvor in Vitas Atelier erwischt hatte, wie der Blitz seiner Kamera die Dunkelheit des Kellers erhellte. Vita saß auf dem Hocker neben ihrer Staffelei

371

und sah mir zu, wie ich eines der abstrakten Bilder malte, an denen ich gerade arbeitete. Es waren nie Vitas Bilder gewesen. Sie waren von mir. Lambert drängte an Quimby vorbei, als er fotografierte, kam auf meine Arbeiten zu. Seine schauderhafte Fratze, vom Lachen verzerrt, wurde im Spiegel neben meinem eigenen Gesicht reflektiert. Klick, machte die Kamera. Ich erinnere mich an das Knallen des Blitzes, an den Geruch. Noch bis zum heutigen Tag steigt mir die Galle hoch, wenn ich mich an ihr Gelächter, ihren Spott erinnere. Das sah ich in dem Foto, das Sophie mir gezeigt hat – nicht Vita, nicht die Bilder, sondern die Wahrheit über uns, über Gabriel Lambert. Wir beide, Seite an Seite. Die Vergangenheit und die Zukunft. Und die Journalistin weiß es, da bin ich mir sicher.

An diesem Abend fand ich Vita, zusammengerollt schlafend, in dem Sessel in ihrem Atelier. Ich wollte sie nicht wecken, deshalb machte ich mich wieder daran zu gehen.

»Lambert«, murmelte sie schläfrig, »bist du das?«

»Nein, ich bin's.«

»Oh.« Sie rieb sich die Augen und gähnte. »Es wird schwieriger, euch zu unterscheiden. Sogar eure Schritte klingen ähnlich. Zumindest klingen deine wie seine früher. Wenn du weißt, was ich meine.«

»Hast du gearbeitet?«

Vita lachte. »Ich habe es versucht. Es ist hoffnungslos. Ich bin zu dem Schluss gekommen, dass mein Schicksal darin besteht, eine Muse zu sein und nicht eine eigenständige Künstlerin.« Sie zeigte müde auf einen Haufen zerrissener Zeichnungen auf dem Boden. »Lambert sagt, ich mache keine Fortschritte, und er hat verdammt noch mal recht. Vielleicht kehre ich auf die Bühne zurück ...«

»Ich dachte, du hättest eventuell Lust, im Dorf etwas trinken zu gehen?«, sagte ich schnell, bevor ich den Mut verlor. Sie sah so schön aus, wie sie da auf dem Sessel lag. Ich sehnte mich danach, sie wieder zu küssen. Es war, als würde sich Gott einen Spaß daraus machen, dass ich Tage, Wochen damit verbracht hatte hinzusehen, aber nicht zu berühren, jeden Zentimeter von ihr unter dem wachsamen Augen meines Vaters zu betrachten. Wenn ich wollte, könnte ich sie immer noch in völliger Perfektion zeichnen.

»Nein, ich glaube nicht«, sagte sie. Sie streckte sich, als sie aufstand, und sah mir in die Augen. Sie blinzelte, ein-, zweimal wie eine Katze. »Das ist keine gute Idee.«

»Wir gehen doch nur was trinken.«

»Wir wissen beide, dass du mehr von mir willst, als nur etwas mit mir zu trinken.«

»Vita«, sagte ich und griff nach ihr. Bevor ich wusste, was geschah, hatte ich die Arme um ihre Taille geschlungen, mein Mund suchte ihren.

»Gabriel, hör auf. Hör auf!«

Mit pochendem Herzen wich ich zurück. »Es tut mir leid. Bitte verzeih mir, ich … ich habe noch nie für jemanden so empfunden.« Die Frustration ballte sich in meiner Brust zusammen, ich bekam kaum Luft. »Einfach nur in deiner Nähe zu sein, die ganze Zeit – ich kann das nicht mehr ertragen.«

Sie zog sich ihr besticktes Tuch um die Schultern und verschränkte die Arme. »Du lieber, lieber Junge.«

»Ich bin kein Junge.« Meine Stimme versagte.

»Schsch! Lambert hört dich noch.« Sie kam näher und küsste mich auf die Wange. »Gabriel, ich fühle mich sehr geschmeichelt, und es ist verständlich, dass du nach dem, was auf dem Fest passiert ist, verwirrt bist, aber ich liebe Lambert nun einmal. Er ist in vielerlei Hinsicht ein Arschloch erster Güte, aber ich liebe ihn und kann ihn nicht verlassen, nicht, wenn er so krank ist.« Sie nahm meinen Arm. »Ich weiß nicht, wie viel Zeit ihm noch bleibt, aber so lange will ich da sein.«

»Ich verstehe.« Das tat ich natürlich nicht. Ich war achtzehn Jahre alt und sehr scharf. Ich verstand überhaupt nicht, wie sich eine Frau wie Vita für Lambert statt für mich entscheiden konnte.

»Ich fühle mich gerade selbst nicht sonderlich wohl«, sagte sie. Zum ersten Mal fielen mir die dunklen Schatten unter ihren Augen auf.

»Du glaubst doch nicht ...?«

»Nein, natürlich nicht. Ich habe mir irgendwas eingefangen oder etwas Schlechtes gegessen.« Sie schüttelte seufzend den Kopf. »Syphilis ist es auf keinen Fall. Lambert und ich waren immer vorsichtig. Wir waren nie ein Liebespaar, wusstest du das?«

»Nein.«

»Er war schon krank, als wir uns kennenlernten.« Sie sah mich kurz an, als wir die Kellertreppe hochstiegen. »Rachel, seine Frau, hat ihn angesteckt.« Sie schürzte die Lippen. »Die muss eine Nummer gewesen sein, verwöhntes Stück. Stell dir vor, einem Mann wie Lambert untreu zu sein? Kein Wunder, dass sie sich umgebracht hat, als sie herausfand, was sie getan hatte.«

»Hat sie das?«

Vita nickte. »Lambert war am Boden zerstört, als ich ihn kennenlernte. Sie war gerade gestorben, und er konnte nicht arbeiten. Er wusste auch, was ihm bevorstand, wie krank er werden würde.«

»Und dann kamst du.«

»Dann kam ich.« Sie lächelte traurig. »Ich habe ihn gefragt, ob er mich heiraten würde, aber er will nicht. Er sagt, er will nicht, dass ich an ein Ungeheuer gefesselt bin.«

»Das tut mir leid«, sagte ich und meinte es ernst. Jetzt wusste ich, warum sie so unglücklich war.

»Dein Vater war ... ist ein bemerkenswerter Mensch. Vergiss das nie.«

»Aber ist das nicht schwierig für eine Frau wie dich?« Mir krampfte sich die Brust vor Eifersucht zusammen. »Was hast du denn davon? Ist es denn nie so, dass du ...«

»Dass ich jemanden brauche? Das war Teil unserer Vereinbarung, dass ich immer wieder ein kleines ›Abenteuer‹ haben kann, wenn ich es brauche.«

»Er wusste das?«

»Natürlich. Ich würde das nie hinter seinem Rücken machen.« Sie drückte mir die Hand, als sie nach oben lief, um ins Bett zu gehen. »Er wusste, wo ich in dieser Nacht war, aber nicht, mit wem ich zusammen war.« Sie sah mir in die Augen. »Du warst ein größeres Abenteuer als die meisten anderen, Gabriel. Lambert darf nie von uns erfahren. Es würde ihm das Herz brechen.«

<hr />

Das Haus meines Vaters mit all dem Staub und dem Rauch war beinahe mein Ende. Einmal, es war gegen Ende November, lag ich nachts im Bett und keuchte wie eine Sprotte am Boden eines Ködereimers. Haben Sie das mal in der Schule mitgemacht? Um zu verstehen, wie sich ein Asthmatiker fühlt, muss man um die Bahn laufen und durch einen Strohhalm atmen. Das ist nicht einmal halb so schlimm wie ein Anfall.

Ich hielt es nicht mehr aus, dachte, es würde draußen vielleicht besser werden, deshalb schlug ich die Decke zurück und zog mich an. Ich wankte hinunter und lehnte mich an die

Wand des Treppenhauses. Das Feuer in der Halle warf lange Schatten, die Stufen führten im Zickzack hinauf wie Zähne. Ich wollte in die Küche, aber da hörte ich Vita und Lambert unten im Keller streiten.

Ich weiß, ich weiß, ich hätte weitergehen, sie ignorieren sollen, aber Vita weinte, und ich machte mir Sorgen, dass er betrunken war und ihr wehtun könnte. Nichts von allem wäre passiert, wenn ich einfach hinaus in die Nacht gegangen wäre und unter dem kalten Himmel mit tausend Sternen durchgeatmet hätte. Aber ich tappte keuchend und schnaufend nach unten.

»Von wem ist es?«, brüllte er.

»Ich weiß es nicht.« Vita schluchzte.

»Sag es mir.« Lambert warf etwas quer durch den Raum, und der Spiegel über seinem Schreibtisch zersplitterte. »Das war nie Teil der Vereinbarung, Vita. Ich will kein Vater sein. Kinder saugen dir das Leben aus, und du bleibst als leere Hülse zurück. Ich kann nicht malen, wenn ein brüllender Säugling in der Nähe ist …«

»Du kannst sowieso nicht malen!«

»Fahr zur Hölle, Vita.«

»Du muss überhaupt nichts machen«, sagte sie. »Du siehst es nie …«

»Du hast doch keine Ahnung! Der Lärm, der Dreck. Du wirst fett und …«

»Und was, Lambert? Scheußlich anzusehen?«

»Jetzt bist du ungerecht.«

»Glaubst du, ich liebe dich weniger, weil du so bist?«

»Ich will nur, dass ein Teil meines Lebens vollkommen bleibt.«

»Ich bin keine Skulptur, kein Gemälde. Ich bin echt, ich lebe, und ich will nur ein Kind, sodass wenn …«

»Wenn ich sterbe? Meinst du das?«

»Ich will nicht allein sein, Lambert. Es wäre so, als wenn ich einen Teil von …«

»Was?«

»Nichts.«

Die Stille drückte mich gegen die Wand der Kellertreppe.

»Gott, nein … Er?«, sagte Lambert. »Nicht er.«

»Lambert …«

»In meinem eigenen Haus, mit meinem Sohn, wie konntest du?«

»Es ist nicht so, wie du denkst!«

»Ich bringe ihn um!«

»Lambert, nein, bitte …« Ich hörte, wie er sie mit der Hand schlug, wie Vita zu Boden fiel.

»Lass sie in Ruhe!«, brüllte ich und versuchte, mich an der Wand festzukrallen. Ich hatte das Gefühl, ein Stein würde alle Luft aus mir herausdrücken.

Lambert kniete neben ihr. »Vita, Vita!« Er hielt ihren Kopf, Blut sickerte ihr aus dem Ohr.

»Was hast du getan?«, rief ich.

»Sie ist gestürzt und hat sich den Kopf am Tisch angeschlagen.« Ich schaute hinüber. Eine Kerze war umgekippt. An dem roten Samtvorhang hinter ihrer Staffelei züngelten bereits Flammen. Wie üblich lagen überall Tücher herum, die mit Ölfarbe und Spiritus getränkt waren. Ein Brandstifter hätte es nicht besser anstellen können. Ich zuckte zusammen, als mir der Rauchgeruch in die Nase stieg.

»Lambert, du musst …«

»Du, du kleiner Scheißkerl«, sagte er und kämpfte sich auf die Füße. »Nach allem, was ich für dich getan habe.«

»So war das nicht – ich wusste es nicht«, sagte ich. »Vita hat nicht …«

»Du undankbares, herzloses Stück Scheiße.« Er schubste mich gegen den Türrahmen. Ich wankte und spürte, wie der metallene Riegel, mit dem Vita die Tür offen gehalten hatte, wegrutschte. Ich schaute an meinen Vater vorbei. Die Flammen hatten die Vorhänge ergriffen. Vita lag auf dem Boden, ihren bleichen Arm zu mir ausgestreckt. Ich hatte das Gefühl, ich würde gleich ohnmächtig werden.

»Lambert, du musst …« Da schlug er mich, und ich fiel rückwärts auf die Stufen. Er streckte sich nach der Tür.

»Fahr zur Hölle!«

»Lambert!« Ich schüttelte den Kopf, sprang auf, als er die Tür zuschlagen wollte und den Griff packte. Den Griff, den ich hatte reparieren wollen. Ich hatte es nie getan. Mit all meiner Kraft drückte ich gegen die Tür, damit sie offen blieb.

»Hau ab hier«, sagte er. »Ich schwöre bei Gott, ich bringe dich um, wenn ich dich jemals wiedersehe.«

Meine Füße rutschten weg, glitten über den Steinboden, als er sich gegen mich drückte. Mit zitternden Armen klammerte ich mich weiter fest. »Das Feuer«, keuchte ich.

»Raus!« Mit einem letzten Stoß schlug die Tür zu, und ich fiel nach hinten.

Einen Augenblick lang herrschte Stille. Ich stelle mir vor, dass er sich umgedreht und gesehen hat, wie hoch das Feuer schon brannte, wie es an der Decke leckte. Er schrie auf, dann rüttelte er am Griff.

»Gabriel!«, brüllte er. Ich glaube, das war das erste Mal, dass er mich beim Namen rief. Er hämmerte gegen die Tür. »Gabriel! Feuer! Um Gottes willen, Feuer! Hol uns raus … hol uns raus hier.« Ich versuchte, die Tür zu öffnen. Das Schloss klemmte. »Gabriel!«

»Ich … ich krieg das nicht auf …« Helle Lichter tanzten mir vor den Augen.

»O Gott, o Gott«, rief er. Unter der Tür quoll Rauch hervor. Ich warf mich immer wieder gegen die schwere Tür, aber sie gab einfach nicht nach.

»Gabriel«, rief er noch einmal, hustend und würgend. Ich öffnete das kleine metallene Gitter in der Tür des Verlieses und schaute hindurch, voller Angst vor dem, was ich wohl sehen könnte. Sein Gesicht blockierte den Schein der Flammenwand, und dann streckte er seine Finger durch das Gitter. Ich griff hinauf und berührte ihn, voller Angst und Abscheu.

»Ich hole Hilfe«, sagte ich, aber wir wussten beide, dass es hoffnungslos war. Hier gab es keine Feuerwehr, keine Möglichkeit, Wasser herunterzupumpen, keinen Schlosser, der die Tür rechtzeitig öffnen konnte.

Dieses Bild hat mich mein ganzes Leben lang nicht verlassen, seine Finger, die meine berührten – und wieder glaube ich, dass es das einzige Mal war, dass wir uns berührten. Wie Gott, der Adam in der Sixtinischen Kapelle zum Leben erweckt. Der Tod von Vita, von unserem Kind und von meinem Vater markierte das Ende und den Anfang meines Lebens. Ich habe mich gefragt, ob ich sie irgendwie hätte retten können, ob Vita es wusste oder ob sie schon tot war. Sechzig Jahre lang habe ich mir Vorwürfe gemacht. Hätte ich doch nur diese verdammte Tür repariert. Es sind die kleinsten Dinge, die uns aus heiterem Himmel treffen und unser Leben für immer verändern.

»Geh«, sagte Lambert. Er ließ seine Hand sinken und wich zurück, um sich seinem Schicksal zu stellen. Ich schaute durch das Gitter, sah, wie er Vita in die Arme nahm und sie wiegte. »Geh!«

## 47

Ich lege mich wieder in den Sand neben das Mädchen. »Wenn ich nur ...«

»Was ist dann passiert, Gabriel?« Ihre Stimme kommt von ganz weit weg.

»Ich ... ich weiß es nicht. Ich muss zusammengebrochen sein, irgendwo draußen vor dem Château. Ich weiß nur, dass ich im Bett wieder aufgewacht bin.«

»Monsieur Lambert?« Eine Frauenstimme schien aus einem dicken Nebel auf mich zuzutreiben. »Monsieur Lambert?« Ich schoss hoch und rang keuchend nach Luft.

»Pst«, sagte sie. Trockene alte Hände drückten mich zurück in die weichen Kissen. Meine Schulter pochte, und das Einatmen tat höllisch weh. »Der Arzt glaubt, Sie haben sich ein paar Rippen gebrochen«, sagte sie. »Versuchen Sie, still zu liegen.«

»Vita ...«, krächzte ich dünn.

»Ach je«, sagte sie. Ich versuchte, ihre dunkle Gestalt in dem schlecht beleuchteten Raum nicht aus den Augen zu verlieren. Ich lag in einem Einzelbett, das alte Messinggestell glänzte im Schein des Kaminfeuers. Das Zimmer roch nach Lavendel – die schale, süße Luft trug einen Hauch von Katzenpisse mit sich.

»Wo ist Vita?«

»Ach je, ach je ...« Sie steckte das spitzengesäumte Laken

fest. Ich erkannte sie als die alte Witwe, die in dem Pförtner-haus am Eingang des Château d'Oc wohnte. Ich glaube, sie war früher Bildhauerin gewesen. Auf dem Kaminsims stan-den einige Figurenstudien, im Licht des Feuers flackerten ihre Schatten an der Wand wie eine griechische Tanzgruppe. Eine rotbraune Katze kam unbemerkt herein und rollte sich auf dem rosa Chintzsessel neben dem Kamin zusammen.

»Bitte, ich muss es wissen.« Als ich ihre Hand nahm, sah ich, dass meine eingebunden war. An den Knöcheln war dunkles, getrocknetes Blut, und meine Nägel waren schwarz und eingerissen. Ihre arthritische Hand war knotig und ver-krümmt wie eine alte Baumwurzel. Da erinnerte ich mich, dass Vita mir erzählt hatte, dass dies der Grund war, warum die Frau im Languedoc gelandet war. Sie konnte nicht mehr arbeiten. Lambert ließ die Witwe dort mietfrei wohnen, weil sie mit einem seiner früheren Lehrer verheiratet gewesen war.

»Monsieur Lambert, es tut mir so leid …«

»Sie verstehen nicht, ich bin nicht …«

»Gibt es denn jemanden, den ich rufen könnte, um Ihnen beizustehen?« Ich schüttelte den Kopf. »Ich weiß, dass Sie keine Familie haben, aber gibt es vielleicht Freunde? Ich finde, Sie sollten das nicht von einer Fremden hören, nun ja, einer Nachbarin, auch wenn wir uns nie begegnet sind.« Sie schaute wieder weg und blinzelte. »Ich kenne Sie natürlich aus den Zeitungen. Sie haben sich überhaupt nicht verändert, Sie sind genau so, wie mein lieber Philippe Sie beschrieben hat. Er hat immer gesagt, Sie wären ein außergewöhnlicher Junge, sehr talentiert – sein bester Schüler …« Ich starrte an die Decke, während sie weiterschwatzte, und versuchte, mich zu sammeln. »Ich bin sehr dankbar für Ihre Freundlichkeit«, sagte sie schließlich. »Nach Philippes Tod wusste ich nicht, was ich tun sollte.«

»Sie können in diesem Haus wohnen bleiben, solange Sie wollen.«

»Danke. Ich bin so froh, dass ich Sie endlich getroffen habe, um Ihnen das persönlich zu sagen. Ich verstehe natürlich, dass Künstler Abgeschiedenheit brauchen, und ich wollte nie stören. Ihre Frau war da immer sehr hartnäckig.«

»Meine Frau?«

»Es tut mir so leid. Ihre Frau … ich nehme an, Vita war Ihre Frau? Und Ihr Sohn …« Sie blickte zur Seite. »Ich will nicht neugierig sein. Mir ist vor ein paar Wochen aufgefallen, dass ein junger Mann ankam, und Vita erzählte mir, dass er Ihr Sohn ist … Ihr Sohn war. Ich hätte ihn gerne kennengelernt, aber ich habe ihn seither nicht gesehen. Ich weiß, dass Sie Ihre Privatsphäre im Château schätzen. Ich wollte nicht neugierig sein. Ach je, ach je …«

Ich wich zurück. »Sind sie tot?«

»Ach je«, sagte sie immer wieder und hantierte an der Decke herum. »Mein Beileid, Monsieur Lambert. Heute Morgen wurden zwei Leichen weggebracht. Sie waren zu … man hat mich gefragt, wer das ist. Sie kannte ich natürlich, und ich erzählte der Polizei, dass die einzigen anderen Personen im Château Ihr Sohn und Ihre Frau waren. Ich habe gesehen, dass Monsieur Quimby vor einiger Zeit weggefahren ist, das habe ich ihnen erzählt. Ich wusste, dass nur Sie drei im Château waren. Nicht, dass ich neugierig wäre.« Ich wandte den Kopf ab, Tränen stiegen mir in die Augen. »Als die Feuerwehr aus der Stadt kam, wütete das Feuer schon in den unteren Stockwerken des Châteaus. Man hat Sie auf den Treppen zum Hof gefunden, halb tot wegen des Rauchs. Ich habe natürlich angeboten, Sie aufzunehmen. Der Arzt sagte, Sie brauchen völlige Ruhe …«

Ich schob die Decken weg und richtete mich mühsam auf.

Mein rechter Arm lag in einer Schlinge, meine Rippen waren bandagiert. Ich sah mich in dem ovalen Spiegel im Frisiertisch. Meine rechte Seite war dunkellila, unter den Verbänden nässten die Verletzungen. »Ich muss zurück«, sagte ich.

»Glauben Sie wirklich, dass das sicher ist, Monsieur Lambert? Die Behörden müssen den Brand melden.« Sie senkte die Stimme. »Wenn die Nazis hören, dass Sie sich hier versteckt haben ...«

»Ich habe mich nicht versteckt.« Ich schlüpfte in die Identität meines Vaters wie in meine alte Jacke. »Das ist mein Zuhause.«

»Natürlich, natürlich.« Ich sah ihr an, dass sie nachdachte, während ich mich anzog. »Monsieur Lambert, mir sind Gerüchte zu Ohren gekommen.« Mir stockte der Atem. Wovon redete sie? Hatte sie meinen Vater gesehen? Sie kannte die Wahrheit, sie hatte nur mitgespielt.

»Gerüchte?«

»Ihre Karikaturen sind in bestimmten Kreisen wohlbekannt. Philippe hatte einige rahmen lassen und in seinem Arbeitszimmer in Paris aufgehängt«, sagte sie. »Frankreich ist nicht mehr sicher für Leute, die sich gegen den Faschismus ausgesprochen haben. Sie wurden natürlich nicht unter Ihrem Namen veröffentlicht, aber alle wissen, dass Sie es waren, der sie an die Zeitschriften und Zeitungen geschickt hat. Philippe hatte sich Sorgen gemacht, dass Sie künstlerisch Ihre Richtung verloren hatten. Das passiert manchmal, wenn jemand Erfolg hat.«

»Ich habe nie aufgehört zu arbeiten, da hätte er sich keine Sorgen machen müssen.« Mühsam zog ich mir das Hemd an. Die Frau band die Schlinge auf, und ich zuckte zusammen, als ich in den Ärmel schlüpfte.

»Sie sind ein prominenter Künstler, Monsieur Lambert«,

sagte sie und knöpfte mir das Hemd zu. »Es wäre vielleicht klug, jetzt abzureisen, wenn Sie sich das zutrauen.«

Ich war fasziniert. Das war eine Seite an meinem Vater, die ich nicht gekannt hatte. Die ganze Zeit über, in der er in seiner Burg versteckt war, hatte er Anti-Nazi-Karikaturen gezeichnet. Kein Wunder, dass er sich Sorgen machte.

»Ich habe gehört, dass viele Künstler nach Marseille reisen«, flüsterte sie und knotete mir den Verband im Nacken zu. »Angeblich gibt es dort einen Mann, einen Engel aus Amerika, der die Leute aus dem Land zaubert. In Arles gibt es einen Mann, der Ihnen für fünfzig Franc den Namen und die Adresse verrät.« Sie suchte einen Zettel und schrieb den Namen eines Cafés darauf. »Angeblich ist er jeden Tag um zwölf Uhr dort.«

»Dann müssen Sie auch mitkommen, Madame.« Ich dachte an die Benzinkanister, die Quimby und Lambert im Schuppen gestapelt hatten, und an Vitas hübsches kleines Peugeot-202-Cabriolet. »Ich fahre uns nach Marseille«, sagte ich mit mehr Selbstvertrauen, als ich wirklich hatte. Ich war bisher lediglich mit dem Auto im Hof herumgefahren, und Vita hatte mir zugerufen, was ich tun musste.

»Nein, nein. Mich und Artus werden sie nicht belästigen.« Sie wies zu der alten Katze. »Wir haben nichts Wichtiges getan.«

»Danke, Madame«, sagte ich und ging, schwach und ungelenk, zur Tür hinaus wie ein neugeborenes Fohlen.

»Seien Sie vorsichtig!«, rief sie. »Versprechen Sie mir, sich auszuruhen, sobald Sie in Marseille sind!«

Das Haus lag still in der Dämmerung. Ich musste wohl einen ganzen Tag durchgeschlafen haben. Sobald ich durch das Tor in der Mauer geschritten war, nahm ich den Brandgeruch wahr. Möbel waren in den Hof geschleppt worden, sie standen dunkel und durchnässt herum.

Lamberts Zeitungen und Magazine blieben an meinen Füßen hängen, sie wehten im Wind wie nasses Herbstlaub. Ich bückte mich, um eine vergilbte Zeitschrift aufzuheben, und blätterte darin. Ich stieß auf eine Karikatur von Hitler als Gevatter Tod, der eine marschierende Armee von Skeletten anführt. Die flüssige Strichführung war unverkennbar die meines Vaters, aber die Zeichnung war nur mit einer stilisierten Feder signiert – einer ägyptischen Hieroglyphe. Als ich mich Jahre später daran erinnerte und es nachschlug, stellte ich fest, dass es das Symbol der Göttin Ma'at war, die das altägyptische Konzept von Gerechtigkeit, Weltordnung, Wahrheit, Staatsführung und Recht symbolisierte.

Damals war ich noch nicht so reif, um unter die Oberfläche dessen zu blicken, was aus Lambert geworden war. Ich sah einen ruinierten Mann und nicht einen treuen Ehemann, guten Freund, verantwortungsvollen Künstler. Gelegentlich tauchen seine Zeichnungen bei einer Auktion auf, dann füge ich sie meiner Sammlung hinzu. Hätte ich damals die Stapel von Zeitungen und Zeitschriften angesehen, die im Haus meines Vaters herumlagen, hätte ich vielleicht eine andere Seite an ihm entdeckt, aber diese Chance war nun vorbei.

Taumelnd stieg ich die Stufen zur Küche hoch. Schwaches Licht drang durch die schmalen Fenster des Hauses. Ich blieb an der Kellertreppe stehen und lauschte der Stille, dem langsamen Tröpfeln des Wassers von der Decke. Hier gab es für mich jetzt nichts mehr, wurde mir klar. Im Spiegel in der Halle sah ich mich an, meinen dunklen Bart, der so gestutzt war wie der meines Vaters, die grauen Haare, die mir Vita an den Schläfen gebleicht hatte.

»Ich bin Gabriel Lambert«, rief ich, und meine Stimme

hallte durchs Haus. Es war, als würde das Ungeheuer, das vor mir stand, lebendig werden, indem ich ihm einen Namen gab. Keuchend stieg ich die Treppe hinauf. Bis auf den Rauchgeruch war dem oberen Stockwerk der Brand kaum anzumerken. Zuerst ging ich in mein eigenes Zimmer und zündete ein Feuer im Kamin an. Ich warf die letzten Reste meines alten Lebens hinein – meine Kleider, Papiere, sogar die Skizzenhefte. Gabriel Lambert junior war tot. Die einzige Erinnerung an sein Leben bestand aus einem Namen in einem Totenregister, zusammen mit dem von Vita, für immer. Danach durchsuchte ich das Zimmer meines Vaters und fand den Schlüssel zu seinem Schreibtisch. Ich zog eine Reisetasche aus weichem Leder vom Schrank herunter und warf sie aufs Bett. Sie war schmutzig – meine Finger waren voller Staub. Ich weiß noch, dass ich sie vor meinem Gesicht gedreht und gewendet habe, die Verbände waren schwarz von der Asche. Wessen Hände waren das? Aus dem Schreibtisch nahm ich alles Wertvolle mit, das ich finden konnte – Bargeld, die Besitzurkunden des Châteaus, Bankunterlagen, seine Dokumente und den Pass. Das Foto war wirklich mindestens zehn Jahre alt, genau wie Vita gesagt hatte. Das Gesicht, das mir entgegenblickte, war mein eigenes.

# 48

»Wer bist du?«, fragte Marianne.

»Es tut mir leid«, wiederholte ich immer wieder. Ich hatte mir manchmal vorgestellt, dass es eine Erleichterung wäre, wenn die Wahrheit herauskäme, aber bei Gott, die Schuldgefühle waren unerträglich, sind es noch. Was, wenn ich sie doch ermordet habe? Wenn es meine Schuld war? Ich habe mich das in den ganzen Jahren immer wieder gefragt, seit mir Quimby diese Idee eingepflanzt hat. Seltsam, wie sich eine einzelne Bemerkung von jemandem wie ein Parasit in den Kopf bohren und dein Leben zerstören kann.

Jetzt war mir nur Marianne wichtig. »Verstehst du?«, sagte ich zu ihr. »Ich kann dich nicht heiraten, nicht, solange wir in Frankreich sind. Wenn wir das täten und Quimby den Behörden erzählt, wer ich wirklich bin, dann würdest du als jüdisch klassifiziert werden, und ich mag mir nicht vorstellen, was sie dir antun könnten. Die Eltern meines Vaters waren katholisch, aber meine Mutter war Jüdin – wenn wir heiraten, fällst auch du unter das Statut.«

Marianne wiegte sich vor und zurück und biss sich auf die Lippen. »Wer bist du?«, fragte sie. »Wer bist du?«

»Bitte, verlass mich nicht.« Voller Scham ließ ich den Kopf hängen. Da schlug sie mich, fest.

»Du hast mich angelogen.«

»Ich weiß.«

»Sieh mich an, Gabriel.« Ich sah das Feuer in ihren Augen.

»Nenn mir einen guten Grund, weshalb ich dir verzeihen sollte.«

»Ich liebe dich, und ich werde dich nie mehr anlügen, solange ich lebe.« Ich habe mein Wort gehalten, das kann ich Ihnen sagen.

Marianne richtete sich zu ihrer vollen Größe von einem Meter achtundfünfzig auf und strich den Kragen meiner Jacke glatt. »Lass mich noch mal zusammenfassen. Ich dachte, ich wäre von einem über dreißigjährigen, erfolgreichen Künstler verführt worden, aber stattdessen hat sein bettelarmer achtzehnjähriger Sohn mit mir geschlafen?«

»Wenn du das so sagst, hört sich das schrecklich an.«

»Wenigstens wird Papa in einer Hinsicht erleichtert sein. Er hat gesagt, du wärst zu alt für mich.«

»Du darfst es ihm nicht erzählen.«

»Wieso denn nicht?«

»Dann erfahren es Varian und alle in Air Bel.«

»Aber warum sollte ihnen das wichtig sein? Sie sind deine Freunde. Es herrscht Krieg, Gabriel, Tausende von Menschen leben mit einer falschen Identität.« Sie dachte einen Augenblick nach, dann verdüsterte sich ihre Miene, als sie es begriff. »O Gott, du reist ab, nicht wahr?« Sie wich vor mir zurück. »Dieser Fry hat dir geholfen, deine Papiere zu bekommen … die Papiere deines Vaters. Du hast die ganze Zeit vorgehabt auszureisen?« Verzweifelt hob sie die Stimme. »Wie konntest du nur?«

Ich packte sie am Handgelenk. »Du verstehst nicht, ich will, dass du mitkommst. Sie dürfen nicht wissen, wer ich bin. Sie können mir helfen, falsche Papiere für dich zu besorgen, und wir können in Amerika heiraten, da bin ich mir sicher. Ich werde deine Eltern bitten, für deine Fahrkarte aufzukommen …«

»Nach Amerika? Bist du verrückt? Als würden sie mich gehen lassen, ganz zu schweigen davon, dich zu heiraten. Außerdem haben sie kein Geld. Hast du denn unser Haus nicht gesehen? Papa hat seit Monaten nicht gearbeitet. Sie mussten alles verkaufen. Wenn nicht die paar Francs wären, die wir mit dem Nähen verdienen, wären wir schon verhungert.«

»Das wusste ich nicht.« Ich ließ den Kopf hängen. »Es tut mir leid.«

Marianne hielt sich die Ohren zu, als wieder ein Zug über unsere Köpfe hinwegdonnerte, dann nahm sie mein Gesicht zwischen die Hände. »Ich liebe dich«, sagte sie. »Ich werde dich immer lieben, aber sehr wahrscheinlich werde ich mit all den anderen jüdischen Familien festgenommen, und wer weiß, wie lang ich noch habe ...«

»Nein«, sagte ich mit tränenerstickter Stimme.

»Es kommt, wie es kommt, Gabriel. Ich tue alles, um mich zu wehren, aber du ...« Sie küsste mich auf Augen und Wangen. »Du hast eine Chance.« Ihre Stimme war kaum mehr als ein Flüstern. »Ich will, dass du gehst und ein wunderbares Leben führst, Gabriel, für uns beide. Ich will, dass du nach Amerika gehst.«

»Ich verlasse dich nicht.«

»O doch«, sagte sie fest. Sie schaute mich an, wie sie seither all unsere Kinder angeschaut hat, um sicherzugehen, dass sie taten, was sie wollte. »Du bist Gabriel Lambert. Du fährst nach Amerika.«

Hand in Hand gingen wir schweigend zu Air Bel hinauf. Ich fühlte mich wie der Kerl, von dem mir Varian erzählt hatte – Sisyphus. Ich kämpfte mich unter der Last all meiner Schuld und Sorge ab. Im Haus brannten Lichter, obwohl es noch früh war.

»Sieht so aus, als hätten sie gefeiert wie üblich«, sagte Marianne, und wir traten ein. Ein Mann in einem umwerfenden weißen Lammfellmantel stand neben einem Bündel Leinwände. Mit seiner weißen Mähne und den leuchtend blauen Augen erinnerte er mich an einen Raubvogel.

»Guten Tag«, sagte er und trat vor, um mir die Hand zu schütteln. Ich bemerkte, wie er Marianne anerkennend beäugte, als er ihr die Hand küsste. »Max Ernst.«

»Ernst?«, fragte ich. »Großartig, Sie kennenzulernen. Ich bin ein großer Bewunderer Ihrer Bilder. Ich bin Gabriel Lambert, und das ist Marianne Bouchard.«

»Ah, Sie sind also Marianne«, sagte er. »Jetzt verstehe ich, warum sich Ihr Vater Sorgen macht.«

»Da ist sie ja!« Monsieur Bouchard kam von der Küche aus herbeigestürmt. »Wo haben Sie sie versteckt? Ich habe das ganze Anwesen und das Haus durchsucht.« Er packte Marianne am Arm, aber sie befreite sich. »Dachtest du, ich würde nicht merken, dass du weg bist? Du hast dein Fenster offen gelassen, und es schlug im Wind. Deine Mutter und ich waren krank vor Angst um dich.«

»Es tut mir leid, Papa.«

»Du warst wahrscheinlich mit ihm zusammen.« Er zeigte auf mich. »Wir haben dir verboten, irgendetwas mit ihm zu tun zu haben.«

»Ich versichere Ihnen, Monsieur Bouchard, Marianne war immer in Sicherheit«, sagte ich.

»Papa, ich bin doch jetzt hier«, sagte sie und warf einen kurzen Blick zu mir. »Außerdem reist Gabriel bald nach Amerika. Dann musst du dir keine Sorgen mehr machen.« Sie rannte zur Tür. »Auf Wiedersehen, Gabriel. Viel Glück.«

»Marianne, warte.« Ich rannte ihr nach und holte sie bei der Zufahrt ein. Ich nahm sie in die Arme, aber sie wollte mich nicht ansehen. Das Mondlicht vergoldete ihre Haare, ihre

Haut war silbern. »Ich liebe dich«, sagte ich. »Das ist nicht das Ende.« Ich hörte Schritte hinter uns.

»Gabriel.« Varian nahm mich fest am Arm. »Lassen Sie sie los.« Er drehte sich kurz zu dem alten Bouchard um. »Das ist nicht gut für uns, wenn Sie eine Szene machen.«

Ich trat einen Schritt von ihr weg. »Bitte, Marianne …« Bouchard sah mich böse an, als er sie wegzerrte, aber auch die Erleichterung war ihm anzusehen.

*Nein, nein, nein*, dachte ich. Es würde niemals einen endgültigen Abschied für Marianne und mich geben.

»*Courage, mon frère.*« Max klopfte mir auf die Schulter und schob mich zurück zum Haus. »Für die Liebe muss man alles opfern.«

»Genau das habe ich gerade gedacht«, sagte ich und drehte mich noch einmal zu Marianne und ihrem Vater um, die in der dunklen Nacht verschwanden.

## 49

In diesem Jahr brach der Frühling früh an. Varian saß hoch oben in einer Platane, den Rücken an den Stamm gelehnt. Die Pflaumenbäume blühten, Iris spitzten durch die feuchten Blätter. Vom Teich her, wo Varian vor ein paar Monaten die letzten Fische gefangen hatte, quakten Kröten, die ihren Laich ablegten. Er sah ein totes Weibchen, das mit dem Bauch nach oben im Wasser schwamm, nachdem es die Eier abgelegt hatte.

Varian blickte nach oben in den Baum, als der Gesang einer Lerche erklang. Es war, als würde das Haus aus dem Winterschlaf erwachen. Eidechsen wärmten sich wieder auf den warmen Steinmauern, und eine Elster wühlte in den Blättern einer gelben Fuchsie, die auf der Terrasse stand. Er lehnte den Kopf an den Stamm und stellte sich vor, wie der Saft durch den Baum floss wie ein Pulsschlag.

Er streckte die Hand aus und drehte die kleine gerahmte Tuschezeichnung von Wifredo Lam um, die er gerade vom Ast abgemacht hatte, um sie zu versteigern. Die Farben glitzerten in der Morgensonne wie Juwelen. Durch halb geschlossene Augen blickte er hinaus aufs Mittelmeer. *An so einem Ort könnte man für immer leben,* hatte er am Vorabend seinem Vater geschrieben.

Er blickte auf, als sich die Küchentür öffnete. Madame Nouguet schob den Gärtner hinaus und sah sich nervös um. Er steckte sich die Hemdzipfel in die Hose und zog die Hosenträger hoch. Madame Nouguet hatte gerötete Wangen, ihr Haarknoten hatte sich gelöst. Varian lächelte, als sich der Mann zu einem letzten Kuss zu ihr vorbeugte, und sie schlang leidenschaftlich die Arme um ihn. Sie lösten sich voneinander, und der Gärtner lief mit hochgezogenen Schultern Richtung Treibhaus. Die stürmische Affäre zwischen der Köchin und dem Gärtner war das Gesprächsthema im Château. Mary Jayne war entrüstet – sie verstand nicht, was die sonst so prüde Köchin an dem Mann fand. »Er riecht nach Kompost«, hörte Varian sie eines Abends sagen. Er dachte an Amor, der mit gespanntem Bogen blind seine Pfeile verschoss. *Wen er wohl noch alles trifft,* fragte er sich, als er vom Baum herunterstieg. *Wie die Frühjahrskrankheit.* Sogar die zwei Kaninchen, die sie vom Land mitgebracht hatten und die sich vermehren sollten, damit sie etwas zu essen hatten, hatten ihren ersten Nachwuchs bekommen.

»Es muss etwas in der Luft liegen«, hatte Varian in der Nacht zuvor zu Danny gesagt. Er dachte an Eileen, an zu Hause. »Aber im Krieg und in der Liebe ist alles erlaubt.«

»Ich könnte es nicht besser ausdrücken.«

»Und was ist mit Mary Jayne und Killer?«

»Hast du das nicht gehört? Er ist mit ihrem ganzen Schmuck abgehauen.«

»Armes Mädchen. Ist sie in Ordnung?«

»Ja, es geht ihr gut. Diese Ganoven sollten uns leidtun«, sagte Danny. »Mary Jayne ist zu ihnen ins Hotel marschiert. Killer hat es Mathieu angehängt, Mathieu hat es Killer angehängt, und beide haben ihr ihre unsterbliche Liebe erklärt. Mary Jayne hat die Nerven behalten und ihren Schmuck zurückbekommen.«

»Gut für sie.«

»Mary Jayne sagt, Killer hat sie um Verzeihung angefleht,

aber sie will nichts davon wissen. Sie hat ihm angeboten, ihm Geld zu geben, damit er nach Großbritannien fahren kann, aber dort ist er dann auf sich allein gestellt.«

»Sie hat ein gutes Herz, unsere Miss Gold«, sagte Varian. »Zu gut für Raymond Couraud.«

Varian sah dem Gärtner zu, wie er zu den Gemüsebeeten ging, wo sie grüne Bohnen, Rettiche, Tomaten und Salat gepflanzt hatten. Bei dem Gedanken an das Gemüse lief ihm das Wasser im Mund zusammen. *Ich muss schon fast zehn Kilo abgenommen haben,* dachte er und spürte, wie locker sein Hosenbund saß, als er die Hände in die Taschen steckte.

Ein paar Gestalten kamen die Zufahrt herauf, zum Sonntagssalon. Die Türen und Fenster des Châteaus waren an diesem Morgen weit geöffnet, um die milde Luft hereinzulassen, und die Feierlichkeiten wurden nach draußen verlagert. Schon jetzt konnte man sich die eisige Kälte des Winters nicht mehr vorstellen. Der Wind im Gesicht, auf der Haut am geöffneten Hemdkragen war wie eine Liebkosung. Er war froh, wieder zurück zu sein, *zu Hause,* dachte er. Es war, als würde diesen Versammlungen die Zeit davonlaufen. Die Künstler würden bald abreisen, darunter Gabriel Lambert und hoffentlich die Bretons. Seine Züge verfinsterten sich, als er an Breitscheid und Hilferding dachte. Nachdem die Nachricht von ihrer Verhaftung bestätigt worden war, war er noch entschlossener, alle anderen außer Landes zu bringen.

*Wenigstens Monsieur und Madame Bernhard sind jetzt sicher unterwegs.* Varian rieb sich den Nasenrücken, als er an all die Pläne dachte, die sie ausgeheckt hatten, um die beiden aus dem Land zu schleusen. Jetzt hatte endlich ein anderer Kontakt Erfolg gezeigt, und die Bernhards wurden über Untergrundrouten und Verstecke durch Spanien nach Portugal gebracht.

Varian hob die Hand, als Gussie über die Terrasse ging, sprang vom Baum herunter. »Guten Morgen, was für ein schöner Tag!«

»Ich glaube, ich habe Neuigkeiten, die den Tag noch schöner für dich machen«, sagte Gussie. Sie traten beiseite, um eine Gruppe von Künstlern vorbeizulassen, und Varian lehnte sich an die mit Efeu bewachsene Mauer.

»Und?«

»Du weißt, dass unser Freund Mr Allen nach Norden gefahren ist, um ein Interview mit Pétain zu führen?«

»Da soll er weiterträumen. Niemand kommt nahe an Pétain heran.«

»Na ja, ein paar Journalisten zufolge, die ich gerade in der Stadt getroffen habe, ist unser Freund ohne Erlaubnis in die von den Nazis besetzte Zone eingedrungen.«

Varian hob die Augenbrauen. »Was? Für einen Mann, der eine Hilfsorganisation leiten soll, geht er nicht gerade mit gutem Beispiel voran. Was haben sie mit ihm gemacht?«

»Er wurde festgenommen. Das Beste, worauf er hoffen kann, ist, dass sie ihn später gegen einen Nazijournalisten austauschen.« Gussie blinzelte Varian zu und ging weiter. »Wenigstens rückt er dir jetzt nicht mehr auf die Pelle.«

Varian ballte die Faust und reckte den Arm in die Luft. Die Sonne schien plötzlich heller zu strahlen, die Farben im Garten leuchteten bunter. Menschen, deren Namen er nur aus Büchern über Kunst, Literatur, Politik gekannt hatte, begrüßten ihn wie einen alten Freund. Sie waren auf dem Weg, um Breton zu huldigen. Varian fühlte sich wie ein Zirkusdirektor, der das Haus unter Kontrolle hielt. *Es wäre schön gewesen, wenn Miriam hätte zurückkommen können, um das alles zu sehen*, dachte er. *Sie hätte das so genossen. Ich hoffe, sie schaffen es irgendwie anders nach Lissabon.* Schuldbewusst dachte er an Mary Jayne und daran, dass auch sie fehlte. *Aber sie hat ihre Wahl getroffen. Wenn Amor je blind war ...* Er wurde in seinen Gedanken unterbrochen, als sich Aube um seine Beine drückte und Clovis über die Wiese nachrannte. Rose und Maria hoben die Tabletts über die Köpfe, die Gläser und Flaschen klirrten. Sie setzten sie auf den aufgebockten Tischen ab, die man auf die Terrasse gestellt hatte.

»Danke, Mädchen«, sagte Varian und griff nach dem Korkenzieher.

»Ist das dann alles, Monsieur?«

»Ja danke, wir kommen schon zurecht.« Das Personal hatte seinen freien Tag, und Varian hatte immer den Eindruck, dass die Mädchen nicht schnell genug von den sonntäglichen Versammlungen wegkommen konnten. *Vielleicht haben sie Angst.* Er war nie das Gefühl losgeworden, beobachtet zu werden, nicht, seit sie auf der *Sinaia* festgehalten worden waren. Die Sonne funkelte auf den Gläsern, die Flaschen leuchteten in der Morgensonne rubinrot. *Sollen sie doch zusehen,* dachte er, als er den Korken aus der Flasche zog, und setzte sich die Rotweinflasche an den Mund.

»*Santé*«, sagte Jacqueline. Sie hatte den Arm um André gelegt, seine Hand ruhte auf ihrer Schulter. Sie nahm zwei Gläser vom Tablett und schenkte ihnen beiden ein.

»Ob die Auktion heute ein Erfolg wird?«, fragte André Varian.

»Es sind ein paar sehr schöne Arbeiten dabei. Ich würde sie am liebsten alle selbst kaufen, aber das ERC hat meine Gehaltszahlungen gestoppt.« *Zumindest das sollte sich ändern, wenn Allen jetzt nicht mehr auf der Bildfläche ist.* Varian blickte hoch zu den Leinwänden, die in den Bäumen hingen, und dachte an die kleine Consuelo, die immer in den Zweigen hockte wie ein Paradiesvogel. *Ein weiteres Vögelchen, das jetzt sicher auf dem*

*Weg nach Amerika ist.* »Allein für die Ernst-Ausstellung sollte mit einigem zu rechnen sein.«

»Kommt Peggy?«

»Ich weiß es nicht genau. Sie hat gesagt, sie will bald wieder zurück sein.«

»Ich habe das Gefühl, ihr Interesse an Max ist nicht rein beruflicher Natur«, sagte Jacqueline. »Wenn sie sich einmal eine Trophäe ausgesucht hat, gibt sie nicht auf, bis sie sie gewonnen oder gekauft hat. Wie ich Peggy kenne, kommt sie bald zurück.«

An diesem Tag gab es nichts zu essen, aber es gab Wein und reichlich ansteckende Freude und Optimismus. Varian inszenierte die Auktion, er hob den Holzhammer in die Luft wie der Dirigent der Philharmonie.

»Was gebt ihr mir für diese Zeichnung von Masson?« Er deutete auf den letzten vergoldeten Rahmen in den Bäumen, und Danny kletterte hinauf, um das Bild zu den Zuschauern zu drehen. Varian nahm die Gebote entgegen und rief sie in dem rollenden Tonfall aus, den er als Kind bei einem Auktionator bei einem Hausverkauf in Connecticut gehört hatte. Die Gebote wurden immer höher. »Verkauft!«, rief er.

Als sich die Auktion dem Ende zuneigte, die Menge sich auflöste und André nach drinnen folgte, um sich die Skizzen für das *Jeu de Marseilles* anzusehen, setzte sich Fry in einen Korbsessel. Die Mittagssonne brannte auf ihn herunter. Eine Gruppe Spanier machten den Teich sauber, damit man darin schwimmen konnte. Er fühlte sich faul und träge vor lauter Zufriedenheit. Clovis trottete herbei, die Zunge hing ihm aus dem Maul. Der Hund ließ sich neben ihn zu Boden fallen, und Varian fuhr ihm abwesend durch den Flaum auf seinem Kopf, spürte den harten, schmalen Schädel darunter.

»Varian!« Danny kam über die Terrasse gerannt. Er schnappte nach Luft und hielt sich die Seite. Sein Gesicht war gerötet, er schaute verängstigt.

»Was ist los?« Der kurze Augenblick des Friedens verflüchtigte sich. Der Wein schwappte über, als er das Glas auf den Tisch stellte, und das weiße Tuch bekam rote Flecken. Immer noch liefen Menschen um sie herum, deshalb wies Danny in Richtung des Gartens. Sie eilten schweigend nebeneinanderher, bis sie außer Hörweite waren. Clovis schlüpfte unter die Buchsbaumhecken vor ihnen. »Und?«

»Die Bernhards.«

Varian blieb stehen. »Nicht, nicht auch noch sie.«

»Ich habe es gerade gehört. Sie wurden in Madrid aufgegriffen.«

Varian ließ sich auf eine Steinbank neben dem Teich sinken. »Wie haben sie sie gefunden?«

»Es lag an ihren Papieren. Die neuen Transitvisa waren offensichtliche Fälschungen, wenn man weiß, wonach man suchen muss.«

»Das ist ja fürchterlich. Welche Kunden reisen außerdem gerade noch aus?«

»Ich weiß es nicht, aber ich gehe direkt ins Büro, damit wir sie alle zurückrufen können.«

»Gut. Können wir den Bernhards irgendwie helfen?«

»Wohl nicht, Boss.« Er zitterte. »Im Moment sieht es nicht danach aus.«

»Herrgott, es ist doch nicht deine Schuld. Wir haben alle damit zu tun. Wir dürfen uns das nicht vorwerfen, hörst du?« Varian rieb sich mit dem Daumen über die Lippe und dachte nach. *Unsere Gnadenzeit ist vorbei.*

»Und du?«, sagte Varian. »Für dich ist es hier jetzt auch nicht mehr sicher.«

»Das ist mir egal. Die amerikanische Regierung wird uns nicht helfen, die Franzosen wollen uns weghaben, zum Teufel mit ihnen. Ich bleibe und kämpfe, solange es geht.« Varian dachte einen Augenblick nach. »Wir brauchen mehr Geld. Kourillo meint, er kann für uns die Hälfte des Goldes zu einem guten Kurs verkaufen. Ich wollte ihn morgen in der Stadt treffen, aber ich muss mit Bingham nach Gordes zu Chagall. Kannst du dich mittags mit ihm treffen?«

»Klar, Boss. Ich grabe heute Nacht das Gold aus.« Danny klopfte ihm auf die Schulter. »Ich muss es in zwei Koffern tragen, auf einmal schaffe ich das nicht, das ist zu schwer.«

»Guter Mann.«

»Bist du dir sicher, dass wir ihm trauen können, Boss? Es war doch ziemlich verdächtig, dass die Polizei in Air Bel mit einer Ermächtigung, nach Gold und Devisen zu suchen, aufgetaucht ist, nur ein paar Tage nachdem Kourillo es uns verkauft hat.«

»Ihm trauen?« Er hob den Kopf und blickte über das ferne Meer. »Ich würde ihm zutrauen, dass er seine eigene Großmutter verkauft, wenn er einen annehmbaren Preis bekommt, aber was bleibt uns anderes übrig?«

# 50

»Mary Jayne!« Raymond packte sie am Arm, als sie das Hotel verließ.

»Geh weg. Ich habe dir nichts mehr zu sagen.« Sie befreite sich aus seinem Griff und lief rasch auf die Straßenbahnhaltestelle zu. Die Menschen, die morgens zur Arbeit gingen, starrten die beiden an.

»Warte, hör mich an«, rief er Mary Jayne nach.

»Das kann ich nicht. Ich komme zu spät zur Arbeit.«

»Für dieses eingebildete Arschloch von Fry?«

»Wage es nicht«, sagte Mary Jayne, wandte sich um und versetzte ihm mit ziemlicher Wucht eine Ohrfeige, sodass ihr die Handfläche brannte.

»Die hab ich verdient.« Raymond hielt sich die Wange. »Ich wollte zu dir, aber der Pförtner hat mich nicht ins Hotel gelassen.«

»Gut.« Mary Jayne ging weiter, den Blick geradeaus gerichtet. »Ich habe ihm gesagt, wenn du dich mir irgendwie näherst, soll er die Polizei rufen.«

»Bitte, ich flehe dich an.«

»Der große Gangster muss jetzt flehen?« Sie machte ihm Vorwürfe. »Wie konntest du nur?« Sie sah sich verlegen um. Die Leute bleiben stehen und starrten sie an. Vor der Tür einer Kirche wies sie Raymond an, ihr nach drinnen zu folgen, weg von den neugierigen Blicken.

Die Kirche war leer, nur der Duft des Weihrauchs von der

Morgenmesse lag noch in der Luft, und Reihen von Opfer-
kerzen standen auf einem mehrstöckigen Gestell vor dem
Altar.

»Es tut mir leid«, sagte er leise, »ich liebe …«

»Liebe?«, murmelte sie, ihre Stimme klang tief und heiser.
Sie blickte zu dem Glasfenster in der Nähe auf, bunte Licht-
flecken zogen über sie hinweg, als die Sonne hinter einer
Wolke hervorkam. »Du weißt gar nicht, was das Wort bedeutet. Ich komme mir so dumm vor, weil ich allen gesagt habe,
sie täuschen sich in dir.«

»Mathieu hat mir gedroht. Er hat gesagt, die Bande würde
mich umbringen, wenn ich den Schmuck nicht nehme.«

»Killer hatte Angst, umgebracht zu werden?« Sie lachte.
»Ich glaube dir kein Wort. Ich bin mir sicher, dass ihr das zu-
sammen geplant habt. Alles, was du je von mir wolltest, war
Geld.«

»Nein«, sagte er leise und schüttelte den Kopf.

»Ich will dich nie mehr wiedersehen. Hast du verstanden?«
Er streckte den Arm nach ihr aus. »Ich meine das ernst.« Sie
wandte sich ab und schlang die Arme um sich. »Ich weiß nicht
mehr, was ich glauben soll. Dieser Ganove von Mathieu hat
angeboten, dich umzulegen, wusstest du das? Er hat gesagt, er
will mich ganz für sich, kannst du das fassen?«

»Er wollte dich schon immer.« Raymond verzog das Gesicht.
»Das ist der einzige Grund, warum er dir deinen Schmuck
zurückgegeben hat. Jetzt wird er mich sicher umbringen.«

»Das ist dein Problem, nicht meines. Ich habe alles getan,
was ich kann.«

»So sollte das nicht enden, *bebby.*«

»Nenn mich nicht so. Du hast kein Recht …«

Raymond griff nach ihren Armen. »Komm mit mir. Wir
können von hier weglaufen, von vorn anfangen …«

»Und dann? Weiter weglaufen? Immer über die Schulter blicken, ob Mathieu und seine Bande uns gefunden haben? Gott allein weiß, wie du es dir mit ihnen verdorben hast, aber sie wollen dich tot sehen.«

»Ich liebe dich.«

Mary Jayne wandte den Kopf ab. Er küsste sie auf den Scheitel. »Es ist vorbei«, sagte sie.

»Nein, niemals. Nicht mit uns.«

»Es ist aus«, wiederholte sie und unterdrückte ihre Tränen.

»Ich werde dich immer lieben.«

Mary Jayne öffnete ihre Handtasche und nahm ihren Geldbeutel heraus. »Schreib mir ab und zu. Erzähl mir von den Schlachten, die du gewonnen hast, und den Frauen, die du mit deinem schwarzen Herzen zerstört hast.« Sie reichte ihm ein Bündel Geldscheine.

»Ich will dein Geld nicht.«

»Nimm es.« Sie drückte es ihm gewaltsam in die Hand. »Nimm es, und sieh zu, dass du irgendwie nach England kommst, wie du es immer vorhattest. Nimm es, und mache etwas Gutes aus deinem Leben, Raymond. Beweise ihnen, dass sie sich getäuscht haben.« Sie umarmte ihn. »Beweise mir, dass ich mich nicht getäuscht habe.«

# 51

»Ich versichere Ihnen, Monsieur Chagall, wir in New York lieben die ›Kühe‹«, sagte Varian wohl zum hundertsten Mal. Ich verstand es nicht. Da waren wir bei einem der größten lebenden Künstler, und sie unterhielten sich über Kühe? Mir war es gelungen, mit Varian und dem Vizekonsul Harry Bingham zum Wohnhaus des alten Chagall in Gordes mitzufahren. Wenn ich Frankreich vermisse, denke ich an diesen Tag. Chagall wohnte in einer alten Mädchenschule, einem riesigen, schönen alten Haus. Es war ein vollendeter Tag – die Mandelbäume blühten, und die Luft duftete. Diese Hügel werde ich nie vergessen – das Graugrün und Salbeigrün, die dunklen Flammen der Zypressen. Ich glaube, so wird es im Himmel aussehen, und ich konnte nachvollziehen, warum Chagall von hier nicht abreisen wollte. Ich war immer ein großer Bewunderer seiner Werke, aber mit dem Mann selbst wurde ich nicht warm.

»Na ja«, sagte er und schlurfte zu einer Staffelei in der Ecke des Ateliers, über der ein weißes Tuch hing. »Ich glaube nicht, dass ich in Amerika arbeiten kann.«

»Mein Gott«, flüsterte Varian Harry zu, »das ist ja so, als hätte man mit einem aufsässigen Kind zu tun.«

»Bleib dran, Fry.« Harry ging zu Chagall. »Die Sache ist die, Monsieur: Unsere Informanten sagen, dass bald alle Menschen jüdischer Abstammung festgenommen werden.«

»Ich finde die antijüdischen Gesetze grässlich, aber ich fühle mich sicher. Ich bin Künstler, ein berühmter Künstler, und französischer Staatsbürger. Sie würden es nicht wagen, mich anzufassen.« An Varians Gesichtsausdruck sah ich, dass er überzeugt war, sie würden nicht lange fackeln.

»Monsieur Chagall«, sagte Bingham bedächtig und freundlich, »Sie müssen auf Mr Fry hören. Der Antisemitismus verbreitet sich in Frankreich wie ein Virus.«

»Die Zeit läuft uns davon«, sagte Varian. »Ich flehe Sie an, lassen Sie sich von uns helfen. Wir können alles für Sie arrangieren – Papiere, Visa, Tickets.«

Chagall beachtete ihn nicht. Er zog das Tuch von dem Bild, das ein junges Mädchen zeigte, das im Himmel schwebte. »Das heißt ›Die drei Kerzen‹.«

»Lassen Sie mich ein Foto machen.« Ich ging mit Fry, Bingham und Chagall zu der Leinwand. Chagall blickte mich mit den glasigen, wachsamen Augen eines Nagetiers an. Ich konnte den Mann und seine Arbeit nicht zusammenbringen. Später, als er sich weigerte, die Grafik für Varians »Flight«-Mappe zu signieren, bestätigte das mein Gefühl. Das Bild hingegen war grandios. Das Mädchen erinnerte mich an Marianne.

»Kommen Sie doch wenigstens zu uns ins ARC-Büro, dann können wir besprechen, wie wir Ihnen genau helfen können«, sagte Varian. Ich hörte unkonzentriert zu, war gefangen von der Schönheit des fliegenden Mädchens.

Als Chagall dann schließlich in die Stadt kam, hatten sie im April bereits mit den massenhaften Festnahmen von Juden begonnen. Varian musste ins Polizeipräsidium stürmen und sagen: »Ist Ihnen eigentlich klar, dass Sie Monsieur Marc Chagall festgenommen haben, einen der größten Künstler von Frankreich, ja der ganzen Welt? Wenn ich die *New York Times* anrufe, spüren Sie die volle Macht der US-Regierung.« Varian kämpfte für Chagall, und so hat er es ihm zurückgezahlt.

Manchmal werde ich aus der menschlichen Natur einfach nicht schlau. Andererseits, wie ich zu Sophie sagte, warum gehen die Leute davon aus, dass sich Künstler benehmen wie nette, normale Menschen?

Ich bin Chagall jedenfalls etwas schuldig. Dieses Bild hat mein Leben verändert. Ich wusste jetzt, was zu tun war. Auf der Rückfahrt nach Marseille lag die ganze Provence vor uns, rollende grüne Hügel breiteten sich aus bis zum Meer. Durch das offene Fenster hörte ich das Zirpen der Zikaden. Die Sonne schien warm ins Auto, und der Ledersitz war bequem. Ich streckte mich auf der Rückbank aus und döste, während sich Varian und Harry vorn unterhielten. Vielleicht war ihre Herzensgüte ansteckend. Auf dieser Fahrt beschloss ich, die erste selbstlose Handlung meines Lebens zu vollbringen. Und darin lag Frieden. Ich versöhnte mich wieder mit meinem Schicksal. Vielleicht konnte ich deshalb die Schönheit der Landschaft genießen, noch mehr die Gesellschaft der beiden guten Männer, weil ich wusste, das würde alles bald ein Ende haben. Ich werde diese Fahrt nie vergessen – ich empfand eine seltene Zufriedenheit, wie ich sie viele Jahre lang nicht mehr verspüren sollte.

Varian setzte Harry am amerikanischen Konsulat ab, und wir fuhren in freundschaftlichem Schweigen nach Air Bel.

»Ist alles in Ordnung, Lambert?«, fragte er, als er in der Zufahrt parkte. »Sie haben auf der Rückfahrt kein Wort gesagt.«

»Ich habe nur an das Bild von Chagall gedacht.«

»Schön, nicht wahr?« Er schaltete den Motor ab und streckte die Arme aus. »Wissen Sie, in New York sagten manche Leute zu mir: ›Warum riskieren Sie Ihr Leben, um Künstler zu retten? Warum sind sie wichtiger als gewöhnliche Männer und Frauen?‹ Wenn man ein Bild wie dieses ansieht, dann weiß man einfach: Das ist die Manifestation von allem Guten in einer zivilisierten Gesellschaft. Wenn wir die Flamme der Kultur nicht weiterbrennen lassen, was haben wir dann noch, wenn die Kämpfe vorbei sind?« Er setzte seine Brille ab und massierte sich die Stirn. »Mein Freund Alfred Barr sagt, die Kunst veranschaulicht die Freiheit. Ein solches Gemälde ist ein Symbol für die Freiheit.«

Genau so fühlte ich mich, als ich Chagalls Bild ansah – frei.

Varian beobachtete mich, die Stirn gerunzelt. »Sagen Sie, schlagen Sie sich mit irgendwelchen Schwierigkeiten herum?«

»Nein, ich …« Die Worte blieben mir im Hals stecken wie ein Angelhaken in einem Fisch. Varian war ein schlauer Mensch. Andere hätten mich bedrängt, mir Fragen gestellt, aber er hat einfach abgewartet und zugehört. Der Motor kühlte tickend ab. »Varian, ich brauche Ihre Hilfe.«

In dem Moment kam Breton zum Auto gelaufen und hämmerte aufs Dach. Varian öffnete die Tür und sprang heraus. »Gott sei Dank bist du zurück«, sagte André. »Wir konnten euch nicht erreichen.«

»Was ist denn los?«

»Danny.« Er packte Varian am Arm. »Danny ist im Gefängnis, er wurde festgenommen.«

## 52

Die Haustür zu den Büros am Boulevard Garibaldi war sichtbar beschädigt. »Zum Glück haben wir vor Kurzem das Schloss auswechseln lassen«, sagte Varian zu Gabriel, als sie das ARC betraten. »Wenn sie durch diese Tür gekommen wären, hätten sie sämtliche Akten abfackeln können.«

»Wer das wohl war?«, fragte Gabriel.

»Wahrscheinlich diese faschistischen Vichy-Jugendlichen, die Gussie hier in den letzten Tagen aufgefallen sind.«

»Die versuchen doch nur, euch Angst einzujagen.«

*Ja, oder deren Bosse,* dachte Varian, *und es funktioniert.* Die häufigen Durchsuchungen, die Andeutungen, dass sie nicht im Mindesten überrascht wären, wenn sie Monsieur Varian Fry mit aufgeschlitzter Kehle im Hafen treibend finden würden, forderten ihren Tribut. »Zum Teufel mit ihnen, wir haben zu arbeiten.« Varian schaltete die Lichter an. »Guten Morgen, Gussie«, rief er.

»Guten Morgen, Boss.« Gussie erhob sich von der Pritsche in der Küche und streckte sich gähnend.

»War die Nacht ruhig?« Varian fiel die Eisenstange unter dem Feldbett auf.

»Nicht ganz.« Er schlüpfte in seine Schuhe. »Ich dachte, es würde sich nicht lohnen, euch alle zu wecken, solange sie es nicht durch die Haustür schaffen. Ich glaube nicht, dass sie es noch einmal versuchen.«

»Guter Junge.« Varian zog ein paar Scheine aus seiner Geldklammer und reichte sie ihm. »Kauf dir was zum Frühstück, und fahre zum Château, um dich auszuruhen. Wir schaffen das hier schon.«

Varian schaltete den Gasherd an und ließ Wasser in einen Kessel laufen. »Wir haben viel zu tun heute«, sagte er, als die Mitarbeiterinnen nach und nach ins Büro kamen. Er sprach mit einigen und reichte ihnen die wichtigsten Akten. Schließlich wandte er sich an Gabriel. »Okay. Warum sagen Sie mir nicht, was los ist? Ich dachte, es wäre alles in Ordnung? Sie fahren mit den Bretons auf der *Paul Lemerle.*«

»Es hat eine Änderung gegeben.«

*Verdammte Künstler*, dachte Varian. *Es hört sich schrecklich an, aber wenn von den Anstrengendsten einer festgenommen wird, ist es fast eine Erleichterung, sich nicht mehr mit ihm herumschlagen zu müssen.* Der Kessel auf dem Herd fing an zu pfeifen, und Varian goss, die Stirn gerunzelt, das dampfende Wasser über das Kaffeepulver in der Kanne.

»Passt auf. Wir haben wenig Zeit übrig und viel zu tun.« Er schenkte jedem eine Tasse Kaffee ein. *Wenigstens gibt es gute Neuigkeiten. Wer weiß, warum, aber die Bernhards wurden freigelassen und sind jetzt auf dem Weg nach Lissabon. Gott sei Dank,* dachte Varian und schickte ein stilles Dankgebet zum Himmel. *Von Hilferding, Breitscheid und Bernhard haben wir wenigstens einen der drei aus dem Land hinausbekommen.* Varian ließ sich in den Stuhl hinter seinem Schreibtisch fallen und trank den heißen Kaffee. Er hatte einen metallischen Geschmack im Mund und pochende Kopfschmerzen. Der Gedanke an den Tag, der vor ihm lag, erschöpfte ihn. Sie hatten bis in die frühen Morgenstunden gefeiert, dass die französischen Ausreisevisa für die Bretons eingetroffen waren, und Varian hatte seine Schuldgefühle wegen Danny mit einem Glas nach dem anderen hinuntergespült.

*Offenbar gibt es einen Hoffnungsschimmer*, dachte Varian. *Mein armer, armer Danny. Kourillo ist schuld.* Er wurde bleich bei dem Gedanken an das verlorene Gold. *Der Schuft ist ein Agent für die Polizei und die Gestapo, da bin ich mir sicher.*

»Ich war bei Dannys Anwalt«, sagte Gussie, als er ins Büro kam und sich den Mantel auszog. Ein Ärmel hing lose herab, der andere verfing sich in der Schulter seiner Jacke. Gussie kämpfte sich frei.

Varian stand auf und bedeutete ihm, ihm in eine ruhige Ecke zu folgen, abseits von Gabriel. »Steht er offiziell unter Arrest?«

»Sie haben ihn wegen des Handels mit Gold verhaftet und ihn ins Prison Chave gesteckt.«

»O Gott, nein«, sagte Varian und fuhr sich durch die Haare. »Konntest du mit ihm sprechen?«

Gussie schüttelte den Kopf. »Seinem Anwalt ist es gelungen, ihn zehn Minuten zu sehen. Er hat mir erzählt, dass Danny den ersten Koffer mit Gold mitgenommen hat. Kourillo erwartete ihn in seinem Hotel an der Rue Thubaneau zur Übergabe, wie du vereinbart hattest. Kourillo nahm die zweitausend Dollar in Gold und überreichte Danny die Francs. Als er mit dem zweiten Koffer kam, hatte Danny das Gefühl, er würde verfolgt, deshalb wollte er einfach weitergehen, aber Kourillo kam die Treppe herunter und schüttelte ihm die Hand. Da haben die Flics Danny festgenommen. Drei Männer haben ihn überwältigt.«

*Judas,* dachte Varian. »Bist du sicher, dass er angeklagt wurde?«

Gussie nickte. »Sie haben ihn aller einschlägigen Verbrechen bezichtigt.«

»Verdammt, verdammt, verdammt«, brummte Varian. »Hattest du Glück mit Dubois?«

»Es ist zu spät, er ist schon auf dem Weg nach Rabat.«

»Gut. Wir machen Folgendes: Ich fahre ins Präsidium und übernehme selbst die Verantwortung.«

»Das kannst du nicht tun«, sagte Gussie leise. »Das Büro ist von dir abhängig. Danny kannte die Risiken.«

»Verdammt, wir müssen irgendwas tun.«

»Danny hat sich eine Geschichte ausgedacht«, sagte Gussie. »Er hat der Polizei erzählt, dass wir von dankbaren, wohlhabenden Kunden mit Gold bezahlt wurden.«

»Haben sie ihm geglaubt?«

»Das bezweifle ich.«

»Zum Teufel mit ihnen.« Varian ballte die Hand zur Faust und drückte sie sich gegen die Stirn. »Auf dem Weg hierher komme ich zweimal am Tag an dem Gefängnis vorbei. Ich mag mir gar nicht vorstellen, dass Danny dort drinnen sitzt.« Er schwieg, den Kopf gebeugt. »So. Ich gehe zu Vinciléoni und werde verkünden, dass wir einen Killer auf Kourillo ansetzen wollen.«

»Boss, willst du wirklich sein Blut an den Händen kleben haben?«

»Sie werden ihn nicht umbringen. Ich will ihm nur so viel Angst einjagen, dass er die Stadt verlässt. Kourillo ist einer von ihnen. Ich will die Botschaft verkünden, dass sie sich nicht noch einmal so eine Sache mit uns leisten können.« Varian marschierte an Gabriel vorbei zu seinem Schreibtisch und griff nach seinem Hut. »In Marseille verschwinden ständig Menschen – erst gestern Nacht ist ein Engländer namens Quimby in einer Gasse gefunden worden, mit aufgeschlitzter Kehle. Es stand heute Morgen in den Zeitungen.«

»Ein Engländer?«, fragte Gabriel.

»Ja«, erwiderte Gussie, »ich glaube nicht, dass sie das gebracht hätten, wenn es der übliche Marseiller Ganove gewesen wäre, aber sie spekulieren, dass er eine Art Spion war.«

»Gabriel, wir müssen uns später darum kümmern. Können Sie einen Termin mit Lena machen? Alles in Ordnung?« Varian sah Gabriel zum ersten Mal genauer an. »Was ist denn mit Ihrem Gesicht passiert?«

Gabriel fasste sich an den Verbandsmull, der auf seiner Wange klebte. »Nichts. Ich habe in Snappy's Bar jemanden schief angeschaut.«

Varian schüttelte den Kopf. »Sie werden froh sein, wenn Sie hier raus sind. Niemand ist hier mehr sicher.«

## 53

»Hast du es getan?« flüsterte Marianne mir zu und zog die Hintertür zum Haus der Bouchards hinter sich ins Schloss. Die Stimmen ihrer Eltern waren von drinnen zu hören – ich konnte nicht lange bleiben.

»Natürlich nicht.« Ich hoffte, mir war nichts anzumerken. »Quimby hatte es verdient. Ich wette, ich war nicht der Einzige, den er betrogen hat. Angeblich soll er ein Agent oder Spion gewesen sein.«

»Wenigstens musst du jetzt nicht dein ganzes Leben damit verbringen, über die Schulter zu gucken.« Als sie zu mir aufblickte, erinnerte mich ihr Gesichtsausdruck an den alten streunenden Hund, der im Marais bei uns in der Straße lebte, ein angegrauter, lieber Kerl. Wenn wir etwas übrig hatten, gaben wir ihm Reste, die er mit der Würde eines Edelmanns entgegennahm, den das Glück verlassen hat. Als ich eines Tages aus der Akademie kam, hatte ihn der Ordnungshüter hinten in seinen Transporter gesperrt. Wir wussten alle, was das bedeutete. Der Mann ließ nicht mit sich reden, wollte ihn nicht freilassen. Ich schimpfte laut, klopfte gegen das Gitter, aber der alte Hund stupste nur mit der Schnauze meine Hand an. Er sah mich mit demselben tapferen Gesichtsausdruck an, den auch Marianne hatte.

»Marianne, es tut mir leid …«

»Nicht, Gabriel, bitte.« Sie drückte mir die Finger auf die Lippen. »Mach es nicht schwerer, als es sowieso schon ist.«

»Du kommst morgen zum Hafen, um zu sehen, wie das Schiff ablegt?«

»Natürlich. Sogar meine Eltern kommen mit. Ich glaube, sie wollen sichergehen, dass du das Land verlässt.« Sie drehte meine Hand um, fuhr den langen, festen Bogen der Lebenslinie mit dem Zeigefinger nach. »Da, du hast noch so viele Jahre vor dir ...«

»Ich will sie nicht ohne dich verbringen.«

Sie schüttelte den Kopf, konnte mir nicht in die Augen sehen. »Du musst jetzt weg. Hier ist es zu gefährlich.« Sie berührte den Verband an meiner Wange. »Mein armer Liebling«, sagte sie, »du hast die Gelegenheit, von hier wegzugehen, und kannst ein neues Leben anfangen. Niemand kennt dich dort. Du wirst einfach Gabriel Lambert sein, weder Vater noch Sohn. Du kannst du selbst sein und dein Bestes geben.« Sie hob den Blick, und ihre Augen glänzten. »Versprich mir, Gabriel, versprich mir, dass du mich nie vergisst.« Ich drückte sie fest an mich, ihr Kopf ruhte an meiner Brust, meine Lippen in ihren Haaren. »Lebe ein gutes Leben für uns beide, Gabriel. Mach, dass es zählt.«

# 54

Varian saß in einer Bar im Vieux Port und sah einem Fischer zu, der sein Netz an Deck holte und auf Löcher überprüfte. Er biss sich auf die Unterlippe und dachte an Danny. Der Polizeichef hatte zu ihm gesagt: »Monsieur Fry, früher wollten wir lieber hundert Verbrecher laufen lassen, als einen Unschuldigen zu verhaften. Heute verhaften wir lieber hundert Unschuldige, als einen Verbrecher laufen zu lassen. Mir sind die Hände gebunden.« Das hatte für Varian jetzt oberste Priorität: Er musste Danny aus dem Gefängnis herausbekommen. *Hier geht alles den Bach runter*, dachte er. *Alles, was ich über die grundlegenden Menschenrechte dachte, gilt jetzt nicht mehr.*

»Sagen Sie«, hatte Varian den Polizisten gefragt, »warum haben Sie es auf uns abgesehen? Wir sind eine humanitäre Hilfsorganisation …«

Der Polizeichef hatte die Kappe auf den Füller geschraubt und ihn sorgfältig auf den Schreibtisch gelegt. Das Lampenlicht flackerte über die Gläser seiner Drahtbrille, als er Varian mit kalter Verachtung ansah. »Ganz einfach, Monsieur Fry. Sie haben Juden und Nazigegnern geholfen und sie beschützt.«

*Jetzt sind meine Tage gezählt. Wie weit gehen verzweifelte Menschen?*, dachte er, als er die Zeitung vor sich durchblätterte. Ein Abschnitt auf der dritten Seite fiel ihm ins Auge: *Brite am Vieux Port ermordet.* Er las weiter: *Die Leiche von Alistair Quimby wurde in der Gasse hinter dem Café* Au Brûleur de Loups *gefunden.*

Man hatte ihm die Kehle von einem Ohr bis zum anderen durchgeschnitten.

Als Varian jetzt am Café *Au Brûleur de Loups* vorbeiging, wurde gerade eine Razzia durchgeführt. Die Markise flatterte im Wind, sodass Wasser auf die Pflastersteine heruntertropfte. Am Rand des Gehsteigs floss ein schwarzes Rinnsal, spritzte an die polierten Stiefel eines bewaffneten Polizisten, der einen schwarzen Ledergurt mit Holster über den Rücken geschnallt hatte. Menschen strömten aus dem Café, einige hatten die Hände über den Kopf hochgestreckt. Sie wurden von zwei weiteren Polizisten mit Gewehren auf die Straße gedrängt. Varian zog sich die Hutkrempe ins Gesicht und überquerte die Straße. *Es verändert sich,* dachte er. *Alles verändert sich.* Er erinnerte sich an die Nächte, in denen er mit Breton und den Künstlern in diesem Café gesessen hatte, und wie sie für einen Augenblick die Ausgelassenheit und den Zauber von Paris heraufbeschwören konnten.

Die Straßenbahn rollte durch la Canebière, und Varian fragte sich, wie oft er diese Fahrt wohl noch unternehmen konnte. *Diese vielen Verhaftungen und Übergriffe sollen mir nur Angst einjagen, damit ich Frankreich verlasse,* dachte er. *Nur meinetwegen muss Danny jetzt im Gefängnis schmachten.* Er lehnte den Kopf gegen den kühlen Metallrahmen der Straßenbahn. Er hatte das Gefühl, die Welt würde sich auflösen.

Varian betrat Air Bel und rief »Hallo«, hörte aber nur das Echo seiner eigenen Stimme. Er überlegte, wo alle anderen sein könnten. Seine Männer waren in der Stadt und taten alles, was sie konnten, um Danny aus dem Gefängnis herauszubekommen. Mary Jayne war wahrscheinlich bei Killer. Die Bretons hatten beschlossen, wegen des frühen Aufbruchs bei Freunden in der Stadt zu schlafen.

Varian warf Hut und Mantel auf den Ständer und ging hinauf in sein altes Zimmer. Er suchte sich seine wenigen Sachen zusammen und trug sie in die größere Zimmerflucht, in denen die Bretons untergebracht waren. Die Leere ließ ihn frösteln. *Es ist verschwunden,* dachte er, als er ans Fenster trat und auf das Anwesen hinunterschaute. Er fuhr mit dem Finger über die zerbrechlichen Papierschmetterlinge, mit denen André und Jacqueline Aubes Teil des Zimmers dekoriert hatten. *Der Zauber ist vorbei, der Bann ist gebrochen,* dachte er, als einer der Schmetterlinge abbrach und auf den Boden fiel. Langsam wurde ihm bewusst, was alles noch bevorstand. Varian schloss die Augen, als er sich an die Brutalität erinnerte, die er 1935 in Berlin mitangesehen hatte. Er wusste, es war nur eine Frage der Zeit, bis es hier so weit war, bis sie anfingen, die Juden festzunehmen und danach die anderen Ausländer. Er bückte sich und hob den Papierschmetterling auf, um ihn zusammenzuknüllen. Doch stattdessen machte Varian das Fenster auf und warf ihn hinaus in den Wind.

## 55

### Dienstag, 25. März 1941

Das silberne Licht der Morgendämmerung überflutete den Horizont und kroch Welle für Welle über das Ufer. Auf dem Quai de la Joliette herrschte bereits großes Gedränge, als ich ankam, nur mit meinem Rucksack als Gepäck. Ich fuhr weg, wie ich gekommen war, mit kaum mehr als den Kleidern, die ich am Leib trug. Ich hatte sogar meine Staffelei verkauft. Wieder einmal hatte ich kein Geld, kein Zuhause. Ich hatte mich aus dem Hotel geschlichen, ohne meine letzte Rechnung zu begleichen.

Die bewaffneten Wachen hielten die Zuschauer abseits von den Passagieren. Die Menschen wollten so verzweifelt das Land verlassen, dass sie zu allem fähig waren. Ein alter Mann versuchte, auf Händen und Knien an den Wachen vorbeizukriechen, aber sie erwischten ihn und brachen ihm für den Ärger, den er ihnen bereitete, mit den Kolben ihrer Gewehre die Rippen.

»Wo sind sie?«, murmelte ich. Da entdeckte ich Varian, der seine Kunden zu den Fallreeps führte. Ich sah Breton, die Haare glänzten im Licht der Morgensonne, mit Aube auf den Armen. Er und Jacqueline gingen Hand in Hand. Ich habe Menschenansammlungen immer gehasst, der Lärm, das Geschrei, die erhitzten, drängelnden Gestalten jagten mir Angst ein. Ich hatte feuchte Hände, meine Haut kribbelte vor Nervosität. Die Bouchard mussten Marianne nur zum Hafen bringen, das war alles. Was, wenn ich sie nie mehr wiedersah?

Ich warf einen Blick auf die Uhr. Sie waren schon zehn Minuten zu spät. Die *Capitaine Paul Lemerle* war bereit abzulegen, die großen Hörner ertönten, Dampfwolken stiegen von den mächtigen Schloten in die Luft. *Wo ist sie?* Ich sah mich verzweifelt um und entdeckte auf einer Seite einen Laternenpfahl. Ich kletterte hinauf und betrachtete das wogende Meer aus Köpfen und Hüten.

»Marianne!«, brüllte ich über den Lärm der Menschen und der Signalhörner hinweg. »Marianne!«

»Gabriel!« Ich hörte sie und wandte mich zu ihrer Stimme um. Da! Sie winkte mit ihrer blassen Hand wie eine Ertrinkende aus dem dunklen Ozean aus Hüten. Ich sprang zu Boden und drängte mich zu ihr durch, mein Herz pochte wie wild, ich atmete abgehackt. Auf dem Weg zu ihr stieß ich einen Mann um, stolperte über die Beine von jemandem, der gestürzt war. Dann stand sie vor mir.

»Marianne«, flüsterte ich und vergrub das Gesicht in ihren Haaren. Ich drückte sie fest an mich, Tränen in den Augen. Ihre Eltern kämpften sich zu uns durch. Meine Nervosität spiegelte sich in ihren bleichen, angespannten Gesichtern wider. Ich hielt Monsieur Bouchards Blick stand, und er nickte. »Komm«, sagte ich, »es ist Zeit.« Ich nahm Marianne an der Hand und schützte die Bouchards mit dem Arm. Wir drängten uns nach vorn durch, bis mir jemand ein Gewehr an die Brust hielt.

»Nicht weiter«, schnauzte der Wachmann, »nur Passagiere.«

»Er ist ein Passagier«, sagte Marianne. Sie wandte sich mir zu. »Es kann sein, dass ich dich nie mehr wiedersehe. Mir ist gerade klar geworden, dass du jetzt wirklich wegfährst.«

»Nein«, sagte ich, »ich fahre nicht weg. Du fährst.«

Sie schaute verwirrt, und ich hatte das Gefühl, der Lärm, die

Menschenmenge verschwand. Nur noch sie und ich waren da.

»Marianne, es ist alles arrangiert. Das ARC hat mir geholfen, dir Papiere auszustellen, und ich gebe dir meine Fahrkarte.« Ich legte ihr den Riemen meiner Tasche über die Schulter und steckte sie ihr unter den Arm. »Ich wusste, du würdest dich weigern, wenn ich es dir vorher gesagt hätte. Hier ist alles drin. Die Fahrkarte, Papiere, Geld, damit du in Amerika am Anfang über die Runden kommst ...«

»Nein«, flüsterte sie, und Tränen stiegen ihr in die Augen. »Ich kann nicht zulassen, dass du deine Überfahrt ... dass du dich für mich opferst.«

Ich nahm sie in die Arme, drückte sie fest, die Lippen an ihrer Wange. »Marianne, nach allem, was ich getan habe, lass mich bitte einmal etwas Gutes tun.«

Sie schüttelte den Kopf und schob mich weg. »Nein, ich lasse dich nicht. Ich fahre nicht. Ich kann dich nicht ...« Sie wandte sich ihren Eltern zu.

»Marianne«, sagte Monsieur Bouchard und nahm ihr Gesicht zwischen die Hände; Tränen liefen ihm über sein faltiges Gesicht, »du gehst auf dieses Schiff.«

»Nein, Papa.« Sie unterdrückte ein Schluchzen. Sie sah ihre Mutter an. Madame Bouchard griff in ihre Reisetasche und drückte ihr ein wenig Geld und ein Bündel Kleider in die Hand.

»Mein Kind, mein Kind ...« Sie verzog das Gesicht, als sie ihre Tochter ein letztes Mal umarmte, sie wiegte und ihr mit geschlossenen Augen Dinge zuflüsterte. »Geh«, sagte sie schließlich und löste sich von ihr.

»Mama, nein«, rief Marianne und streckte die Arme nach ihr aus, aber ihre Mutter schob sie weinend Richtung Schiff. »Geh jetzt, Gott segne dich, mein liebes Mädchen. Geh!«

Das Schiffshorn ertönte, und ich zerrte Marianne, die nach

ihren Eltern rief, zum Fallreep. Ich zeigte die Fahrkarte und die Papiere vor. Der Beamte stempelte sie ab und öffnete die Kette, um sie an Bord gehen zu lassen.

»Hör mir zu.« Ich beruhigte sie wie ein Kind, so wie ich alle meine Kinder und Enkelkinder im Lauf der Jahre beruhigt habe. »Ich liebe dich«, sagte ich und umarmte sie. Ich atmete ein letztes Mal ihren Duft ein. Sie roch nach Sonnenlicht und Lavendel. »Ich liebe dich. Warte auf mich. Wenn ich nach Amerika komme, heiraten wir, das verspreche ich …«

»Gabriel«, rief sie, als mich die Wachen mit ihren Waffen zurückdrängten, »ich liebe dich!« Der Beamte nahm sie am Arm und scheuchte sie das Fallreep hinauf. »Ich warte auf dich. Wie lange es auch dauert, ich warte.«

Ich streckte die Arme in ihre Richtung, versuchte, ganz vorn im Getümmel zu bleiben, um einen letzten Blick auf sie zu erhaschen. »Wir sehen uns«, rief ich, »wir sehen uns bald, in New York!«

## 56

Die dicken Taue lösten sich von den Pollern und glitten ins Wasser. Die *Capitaine Paul Lemerle* drehte bei wie eine schwarze Felswand, die sich über der Menschenmenge löste. Varian winkte und reckte sich, um die Bretons oben auf dem Deck zu erspähen.

»*Bon voyage*«, rief er wie alle anderen um ihn herum. *Es hat geklappt*, dachte er beglückt. *Es hat geklappt. Gott sei Dank sind sie nun weg.* Neben ihnen entdeckte er Marianne. Das arme Mädchen sah furchtbar ängstlich aus. Er folgte ihrem Blick zu Gabriel Lambert, der sich mit tränenüberströmtem Gesicht zur vordersten Reihe vorkämpfte. Er dachte an den Brief, den er an diesem Morgen bekommen hatte, vom Portier des Hotels, in dem Alistair Quimby abgestiegen war. *Dieser Quimby hegte irgendeinen Groll gegen ihn.* Varian hatte den Brief einfach zusammengeknüllt und weggeworfen. Gabriel Lamberts Akte war geschlossen. *Jetzt ist es zu spät, und Hunderte anderer Leute brauchen unsere Hilfe. Wie auch immer die Wahrheit aussieht, Lambert hat seine Schiffspassage geopfert, und das ist ein selbstloser Akt. Ich wünsche den beiden viel Glück. Ich hoffe, sie finden sich wieder.* Varian lächelte traurig über die Liebe, die Gabriel ins Gesicht geschrieben stand, während er winkte und Marianne mit beiden Händen Küsse zuwarf.

Es war ihnen gerade noch rechtzeitig gelungen, die Papiere für Marianne zu besorgen. Varian erinnerte sich, wie Gabriel am Tag zuvor im Büro auf und ab gegangen war.

»Bitte, Sie müssen ihr helfen.«

»Hören Sie …«

»Sie müssen!« Gabriel schlug mit der Faust auf den Tisch.

»Ich sehe ja, wie wichtig Ihnen das Mädchen ist, aber sie ist keine …«

»Keine was? Keine große Künstlerin? Nicht wichtig genug?« Gabriel zitterte. Er hielt ein goldfarbenes Tuch hoch, eine Stickerei, die er auf den Tisch legte. »Das hat sie gemacht.«

»Lambert, das kann sich kaum mit Ihren Werken messen.«

»Sie ist jung und klug und gut. Wie viel ist ein Leben wert, Varian? Was macht ein Leben wichtiger als ein anderes?« Er rieb sich die Stirn. »Wie können Sie sagen, mein Leben sei mehr wert – wegen ein paar Bildern?«

Varian lehnte sich seufzend zurück. »Sie sind gewillt, Ihre Überfahrt nach Amerika auf sie zu überschreiben?«

»Ja, ohne zu zögern.«

»Hören Sie. Bei uns galt immer die Regel, dass wir nur Menschen bei der Flucht helfen, denen wir vertrauen können. Kann ich Ihnen vertrauen?«

»Ja«, log ich.

»Das ARC kann ihr nicht offiziell dabei behilflich sein, die Papiere zu besorgen.«

»Ich tue alles«, sagte Gabriel. »Ich zahle alles, was nötig ist, um ihre Papiere zu bekommen, für Fälschungen – ich mache sie selbst, wenn nötig …« Er verstummte, als Varian ihn scharf anblickte. »Ich … ich weiß nicht genau, wie Sie das geschafft haben, was Sie hier taten, aber ich flehe Sie an, bitte helfen Sie Marianne.«

Varian seufzte. »Gut. Sie haben Glück. Vor ein paar Monaten wäre das noch anders gewesen, aber jetzt lassen sie Schiffe über Martinique fahren, und sie braucht lediglich ein französisches Ausreisevisum.«

»Danke, danke ...« Gabriel ergriff Varians Hand. »Ich werde das nie vergessen, Varian, nie.«

»Für Gefühle ist später Zeit. Ich lasse Ihnen Mariannes Visum heute Nacht von einem der Männer bringen. Sorgen wir dafür, dass sie auch wirklich auf das Schiff geht.«

»Sie können gar nicht ermessen, wie viel mir das bedeutet.« Gabriel zögerte. »Warum tun Sie das? Warum tun Sie das alles und gehen für uns alle selbst ein Risiko ein?«

»Warum?«, fragte Varian, als wäre es ihm noch nie eingefallen, sich dieser Frage zu stellen. »Weil es das Richtige ist. Ich kann Ihnen nur sagen, dass ich in den letzten Monaten die bemerkenswertesten Männer und Frauen meines Lebens kennengelernt habe. Ich habe Menschen kennengelernt, deren Werk ich mein ganzes Leben lang geliebt habe. Wissen Sie«, sagte er lachend, »alles, was ich über Leute wusste, die die Gestapo ausgetrickst haben, habe ich aus Filmen, aber als das ERC sagte: ›Sie sind es‹ und mich hierhergeschickt hat, musste ich schnell lernen.« Er stand auf und begleitete Gabriel zum Ausgang. »Ich glaube an die Freiheit. Ich empfinde eine tiefe Liebe für diese Menschen und Dankbarkeit für das Glück, das ich durch ihre Werke empfunden habe. Ich musste kommen und ihnen helfen, als sie Hilfe brauchten.« Er nahm die Brille ab und rieb sich die Nasenwurzel. »Haben Sie Miriam Davenport noch kennengelernt? Sie hat immer gesagt, sie muss an den Vers aus dem Buch Ruth denken: ›Dein Volk ist mein Volk.‹ Darauf läuft letzten Endes alles hinaus.«

»Sie sind bemerkenswert. Wenn ich je einen Sohn haben sollte, werde ich ihn nach Ihnen benennen.«

»Ich habe meinen Namen immer gehasst«, sagte Varian und lachte leise. »Ich wollte immer Tommy heißen.« Sie reichten sich die Hände. »Viel Glück, Gabriel. Was haben Sie jetzt vor?«

»Ich dachte, ich fahre aufs Land. Ich hoffe, ich kann mich in der Résistance nützlich machen.«

»Reden Sie mit meinen Leuten. Sie können Ihnen helfen.«

»Und Sie?«

»Ich? Ich halte die Stellung, solange es geht. Außerdem verliebt man sich ja leicht in einen Ort, besonders wenn es ein so schönes Land wie Frankreich ist.« Er öffnete Gabriel die Tür. »Wissen Sie, wir befinden uns genauso im Krieg wie unsere tapferen Jungs an der Front. Man muss sie alle nach Hause bringen, man muss es zumindest versuchen. Mehr kann ich nicht tun, als so viele von euch wie möglich nach Hause zu bringen.«

Varian stolperte, als sich die Menge nach vorn bewegte, und bemühte sich, auf den Beinen zu bleiben. Ein Wachmann in der Nähe schwenkte seine Pistole, hielt sie in die Luft.

»*Arretez!*«, warnte er die Leute.

*Wenn wir sie nur alle zusammentreiben könnten, jeden einzelnen Namen auf dieser Liste, und sie auf einem Schiff wie diesem hier wegbringen könnten*, dachte Varian. Er winkte, als Jacqueline Aube hochhob, damit sie sehen konnte, wie das Schiff aus dem Vieux Port hinausfuhr. Die Wellen schlugen gegen die Kaimauer, die Schiffsmotoren dröhnten. Eine Frau auf dem Deck warf rote Rosenblätter.

»Varian!«, rief Mary Jayne und drängte sich durch die Menge. Er legte den Arm um sie und schützte sie vor den Leuten. Sie sahen sich einen Augenblick schweigend an, wie einander ebenbürtige Wesen, die entscheiden mussten, ob sie kämpfen oder Frieden schließen wollten. »Gut gemacht«, sagte sie und stieß ihn in die Rippen. »Du hast es geschafft.«

»Wir haben es geschafft«, korrigierte er sie, »aber nur

knapp.« Er schirmte die Augen ab und blickte hinauf zum Deck. »Alles in Ordnung mit dir? Wo ist Killer?«

»Er ist weg.« Sie blickte zu Varian hoch. »Danke.«

»Wofür?«

»Dass du nicht gesagt hast: ›Ich habe es dir doch gleich gesagt‹, wie alle anderen.« Sie hielt sich die Hand über die Augen. »Wo sind sie?« Er zeigte nach oben. »Ich freue mich so«, sagte sie mit stockender Stimme. »Auf Wiedersehen!«, rief sie. »Auf Wiedersehen!«

Varian hielt sich die Hand ans Ohr, um zu hören, was André rief, während das Schiff ablegte und von einem Lotsen aus dem Hafen geleitet wurde. Er schüttelte den Kopf und bedeutete André, dass er nichts verstand. »Wir sehen uns bald!«, rief er, als das Schiff davonfuhr. »Wir sehen uns in New York!«

»So«, sagte Mary Jayne und blickte zu ihm auf. »Und jetzt? Freunde?«

»Freunde.« Varian bot ihr den Arm an, und sie gingen schweigend über das Kai. »Ich glaube, es ist an der Zeit, dass wir auch dich sicher nach Hause bringen, findest du nicht?«

»Nach Hause? Ich habe gar keine Ahnung mehr, wo das ist.« Sie schaute zur Kathedrale, die Sonne funkelte auf der Madonna hoch über der Stadt. »So etwas Besonderes wie dieses Jahr in Marseille werden wir nie mehr erleben. Wir haben unsere besten Stunden miteinander verbracht, mein Freund, unsere besten Stunden.«

## 57

Ein alter roter Lastwagen hält vor dem Strandhaus, und Marv klettert heraus. »Hey, Tommy«, sagt er.

»Hallo, Marv, wie geht's?« Tom hebt die letzten Kisten hinten in den Kombi. »Wer ist das?« Er kneift die Augen gegen die Sonne zusammen.

»Freut mich.« Sophie geht auf ihn zu und streckte ihm die Hand entgegen. »Ich glaube, Sie erwarten mich? Sophie Cass.«

»Das ist Tom Lambert, Gabes ältester Sohn«, sagt Marv. »Das da ist die junge Frau, mit der Gabe in den letzten Wochen ständig Selbstgespräche geführt hat.«

»Ich weiß, wer Sie sind«, sagt Tom. »Wir haben hundertmal versucht abzusagen, aber Sie wollten, verdammt noch mal, nicht hören. Gabe braucht das jetzt nicht. Dad ist … nun, es geht ihm schon eine ganze Weile nicht gut, aber in den letzten Tagen wurde er immer verwirrter. Es scheint, als wäre er in seiner eigenen Welt gefangen. Es muss jetzt wirklich nicht sein, dass Sie das ganze Zeug über den Krieg und Vita hervorziehen, nicht jetzt. Das ist alles so lange her – was ist denn davon noch wichtig?«

»Ich verspreche, es dauert nicht …«

»Überhaupt.« Tom geht auf sie zu. »Welche sogenannte Journalistin lässt ihre Mutter für sie anrufen?«

»Wir gehören zur Familie.« Sophie hält inne. »Na ja, so ungefähr. Hätte Sie mich sonst zu Gabe vorgelassen?«

»Natürlich nicht. Sie sind jedenfalls zu spät.« Tom stützt die Hände in die Hüfte.

»Ich bin meilenweit gelaufen.« Sophie verschränkt die Arme. Ihre Haut ist gebräunt, die Haare vom Wind zerzaust. »Ich hätte mich nicht verspätet, wenn Harry mich nicht am falschen Strand abgesetzt hätte.«

»Ich habe sie aufgegabelt, als sie versucht hat, in die Stadt zu trampen.« Marv beugt sich zu Tom vor. »War es denn richtig, sie hierherzubringen?«, flüstert er zu laut. »Gabe hat vorhin im Café wieder Selbstgespräche geführt – beziehungsweise mit ihr gesprochen.« Er zeigt auf Sophie. »Ich dachte, es wäre vielleicht wichtig.«

Tom wirft eine Plane über die Kisten. »Ja, das war gut so«, sagt er laut und deutlich und dreht den Kopf zu Marvs gesundem Ohr. »Ist es denn noch wichtig?«

»Wo wir vom Teufel sprechen«, sagt Sophie, als Harrys Pick-up über die unbefestigte Straße kommt und neben Marv anhält.

»Hören Sie«, sagt Harry und hält die Hände hoch, als er auf sie zugeht, »tut mir leid. Ich hatte ein schlechtes Gewissen und bin umgekehrt, aber da waren Sie schon weg.« Er wirft einen Blick auf seinen Vater. »Wir haben heute Morgen beschlossen, dass wir Sie ein bisschen in die Irre schicken, und hofften, Sie würden einfach aufgeben, wenn Sie das Haus finden, aber feststellen müssen, dass Gabe schon weg ist.« Er sieht Sophie mit seinen klaren blauen Augen an. »Ich wollte Gabe schützen. Er war in letzter Zeit nicht mehr so stark, besonders seit Grandma gestorben ist.«

»Annie ist gestorben?« Sophie macht große Augen. »O Gott, wann denn?«

»Sie ist vor ein paar Tagen von uns gegangen.« Tom versetzt dem Boden einen Tritt, und ihm versagt die Stimme. »Wir haben es noch nicht öffentlich bekannt gegeben. Gabe ... er nimmt es sehr schwer.«

»Das tut mir leid.« Sophie schweigt erschüttert. »Warum hat mir das niemand gesagt? Ich hätte doch nie ...« Sie blickt mit glänzenden Augen auf, als vom Haus her ein Geräusch zu hören ist. Einige der Urenkel spielen im Garten, Funken eines letzten Lagerfeuers wirbeln in den Himmel. »Entschuldigen Sie.« Sophie geht auf das Feuer zu. Mit zitternder Hand greift sie nach ihrem Handy.

»Schatz?« Paige geht nach dem ersten Klingeln ran. »Alles in Ordnung? Ich habe gesehen, dass du versucht hast anzurufen.«

»Jetzt bin ich endlich da.«

»Hast du Gabe gesehen?«

»Noch nicht.« Sophie schließt die Augen. »Sie ist gestorben, Mom, Annie ist gestorben.«

»Herrje, wann denn?«

»Vor ein paar Tagen. Ich fühle mich schrecklich. Ich weiß nicht, was ich machen soll ...«

»Tu, was richtig ist, Sophie.«

»Ich bin so verwirrt, Mom. Jess hat mir erzählt ...«

»Was hat er denn jetzt schon wieder gemacht?« Sophie hört die Schärfe in der Stimme ihrer Mutter.

»Er hat mir gerade gesagt, dass Dad ein uneheliches Kind war.«

»Ach, das?«

»Was meinst du mit ›Ach, das?‹, Mom?« Sophie erhebt die Stimme. »Warum hat mir das niemand gesagt?«

»Schatz, das ist doch nicht wichtig. In den Fünfzigerjahren war das natürlich immer noch eine große Sache. Du weißt doch, wie resolut deine Großmutter war. Sie wollte nicht, dass Sam dachte, sie würde ihn in eine Ehe zwingen. Aber Sam hat

428

sie schließlich doch zur Vernunft gebracht. Sie haben nach der Geburt deines Dad geheiratet. Ich schätze, deine Großmutter war zu unabhängig, sie wollte unbedingt alles allein machen, sodass sie Sams Namen nicht angegeben hat, als sie die Geburt ins Register eintragen ließ. So einfach ist das. Vielleicht haben sie sich nie die Mühe gemacht, später die Geburtsurkunde ändern zu lassen. Du weißt doch, wie sie waren, sie haben immer von einem Tag auf den anderen gelebt. Ich schätze, sie wollte einfach nicht zurückblicken. Ich verspreche dir, deine Großeltern hatten eine der besten Beziehungen, die ich je erlebte …«

»Gott sei Dank. Vita, die Geschichte …« *Meine Geschichte,* wird Sophie plötzlich klar. Sie hat das Gefühl, sie würde zusehen, wie sich ein sorgfältig konstruiertes Puzzle zusammenfügt. »Ich dachte … ich dachte, das bedeutet, dass wir gar nicht verwandt sind. Dad hat mir immer so gerne die Geschichten von ihr erzählt.«

»Man muss dich doch nur ansehen, Schatz. Du bist ihr wie aus dem Gesicht geschnitten – Jack sagte immer, du erinnerst ihn an die Gemälde, die er von ihr gesehen hatte.«

»Ich weiß.«

Paige schnalzt mit der Zunge. »Typisch, Jess konnte dir nicht einmal das lassen, oder? Das sieht ihm ähnlich, diesem Kontrollfreak, zu glauben, er könnte diese Verbindung zu deinem Dad zerstören. Verzeih mir, Schatz, aber ich habe immer gesagt, Jess ist ein Narzisst. Liebe dreht sich nicht darum, was man von jemandem nimmt, sondern darum, was man jemandem gibt.«

»Ich … ich habe über Dad nachgedacht.« Sophie setzt sich an das Lagerfeuer, die Arme um die Knie geschlungen. »Ich wünschte …«

»Sophie, es war einfach seine Zeit.«

»Er ist meinetwegen gestorben.« Ihre Fingerspitzen zittern, als sie über ihr rechtes Schlüsselbein fährt und die Kerbe sucht, die tägliche Erinnerung daran, wo die Kugel sie an der Schulter traf. Jess hatte sie erzählt, sie hätte sich das Schlüsselbein gebrochen, und sie beschrieb das Pony und den Sturz in anschaulichen Details.

»Er ist gestorben, weil er dich beschützt hat«, sagte Paige sanft. »Ich weiß, du hast in letzter Zeit nicht mehr über deine Arbeit mit mir gesprochen, weil du glaubst, dass mich das ärgert, aber du musst nichts beweisen. Du musst nicht dort weitermachen, wo er aufgehört hat.«

»Wenn ich nicht darauf bestanden hätte, in den Drugstore zu gehen, wäre er noch am Leben. Was er noch alles hätte schreiben können ...«

»So darfst du nicht denken, Sophie. Es war die Entscheidung deines Vaters. Er hat versucht, den bewaffneten Räuber davon abzubringen, den Drugstore zu überfallen, und er hat dich beschützt, als der Mann angefangen hat zu schießen.«

Sophie schließt die Augen. Das Lagerfeuer knistert, sie bläht die Nasenflügel, weil der Rauch so beißend ist. Sie erinnert sich an alles. Die Stimme ihres Vaters, ruhig und sicher, er sagt dem Mann, er solle ihm die Waffe geben. Sie erinnerte sich an seine Silhouette vor dem Licht. Dann die Schreie, als Schüsse fielen, das Gewicht des Körpers ihres Vaters, der sie abschirmte. Wie die Kugel ihre Schulter streifte, als er zusammensackte. »Er ist in meinen Armen gestorben.«

»Ich weiß, Schatz, ich weiß.« Paige schweigt. »Du musst das loslassen und dich weiterbewegen, dein eigenes Leben leben.« Sie lachte leise. »Dein Vater war kein Engel, glaub mir, und er wäre der Letzte, der wollte, dass du ihn dafür hältst. Er starb so, wie er lebte, er tat, was richtig war, behauptete sich gegenüber den Bösen. So einfach ist das. Er tat, was richtig war, was

Mut erforderte.« Sie hält inne. »Ich habe gerade darüber nachgedacht, dass du dort bist, und über Gabe und Annie.«

»Was ist mit ihnen?«

»Es ist verrückt – ich habe das noch nie jemandem gegenüber zugegeben, aber dein Dad hat mächtig für Annie geschwärmt. Das ging jedem Mann so, der sie kennenlernte – sie war quasi die Bardot von Long Island. Erinnerst du dich an das Foto, das ich dir gegeben habe?«

Sophie sucht in ihrer Tasche. »Sie sieht aus wie Mitte dreißig?«

»Dein Dad war sechzehn oder siebzehn Jahre alt, als er es aufgenommen hat. Wir kannten uns noch nicht. Ich habe nach seinem Tod seine Tagebücher aus den Sechzigerjahren gefunden, und das steckte darin.«

»Hatten er und Annie …«

»Gott, nein!« Paige lacht. »Nicht, weil er es nicht versucht hätte. Es waren vielleicht die Swinging Sixties, aber für Annie gab es nur einen Mann. Gabe hat das ganz und gar nicht gefallen. Schau dir nur seinen Gesichtsausdruck auf dem Foto an.«

Sophie lächelt. »Es sieht aus, als würde Annie ihn zurückhalten.«

»Gabe hat deinem Dad sein erstes blaues Auge verpasst, gleich nachdem er das Bild aufgenommen hat.« Sophie hört ihre Mutter seufzen. »Das erste von vielen.«

»Kanntest du Gabriel gut?«

»Nein, ich habe nie verstanden, warum er nicht freundlicher war – ich meine, mit der Verbindung zu Vita und so.« Paige denkt kurz nach. »Vielleicht war es genau wie bei deinen Großeltern, und er wollte einfach nicht zurückblicken. Viele aus dieser Generation wollten den Krieg und all die vielen Verluste hinter sich lassen. Aber ich bin überzeugt, dass das der Grund ist, warum sie schließlich hier draußen gelandet sind – Vitas Mutter stammte ursprünglich aus East Hampton. Nachdem er Vita und seinen Sohn während des Krieges verloren hatte, war das vielleicht eine Möglichkeit, ihnen nahe zu sein.«

»Seinen Sohn?« Sophie zögert. Es lag ihr auf der Zunge, ihrer Mutter von ihren Zweifeln zu erzählen. »Was war mit Annie?«

»Sie war natürlich älter als ich, aber sie war wunderbar, sehr bodenständig. Wir sahen die beiden gelegentlich bei Partys und Ausstellungseröffnungen. Ich habe den Kontakt zu ihr verloren, als dein Dad mich überredet hat, in die Stadt zu ziehen.« Paige zögert. »Ich weiß nicht, warum ich sie nie wieder besucht habe, als ich zurück nach Montauk gezogen bin. Vielleicht … vielleicht war ich ein bisschen eifersüchtig auf sie, wenn ich ehrlich bin. Bei ihnen wirkte alles so natürlich und leicht. Der Erfolg, diese vielen hübschen Kinder, das tolle Haus.« Paige lachte traurig. »Sie war so nett zu mir, aber ich habe sie trotzdem beneidet. Nachdem ich deinen Dad verloren hatte, konnte ich es nicht ertragen, dieses … nun, dieses Glück zu sehen, während ich versuchen musste, dich allein großzuziehen. Sogar dich fasziniert die Liebesgeschichte von Gabe und Annie, oder?«

»Wahrscheinlich.« Die Wahrheit wird Sophie nun klar. »Ich will das auch, verstehst du?«

»Ja.« Paige lächelt traurig. »Wenn ich etwas gelernt habe, dann, dass du dafür kämpfen musst. Bei ihnen sah es einfach aus, aber in der Ehe geht es genauso um Opfer und Kompromisse und Vergebung wie um Junimonde.« Sie lacht leise. »Wenn beide von euch mehr geben wollen, als sie bekommen, dann habt ihr vielleicht eine Chance.«

»War das mit Dad so?«

»Als ich Jack kennenlernte, dachte ich, wir heben die Welt

aus den Angeln, so sehr liebten wir uns.« Sie hält inne. »Gott, es geht zu schnell vorbei. Wie dumm ich doch war. Ich wünschte, ich hätte Annie noch einmal gesehen.«

»Ich richte Gabriel schöne Grüße aus.«

»Du passt bitte auf, ja? Er ist zwar jetzt – neunzig oder so? Aber damals konnte er ganz schön wütend werden.«

»Ich passe auf, versprochen.«

»Sehen wir uns bald?«

»Eher, als du denkst. Ich habe beschlossen, dein Angebot mit der Scheune anzunehmen.«

»Ernsthaft? Das ist wunderbar.«

»Ich habe sogar schon einen Bauunternehmer gefunden.« Sophie wirft einen Blick zu Harry hinüber, der sie beobachtet. »Ich brauche nicht viel – nur Wasser und Strom.«

»Da kriegen wir mehr hin.« Paige lacht. »Das ist die richtige Entscheidung, nimm dir Zeit und fasse Fuß. Dir geht es immer gut, wenn du hier draußen bist, und Mutt wird es gefallen.«

»Ich muss Schluss machen.«

»Kein Problem. Und, Sophie …«

»Ja?«

»Das ist nur der Anfang, das weißt du. Vergiss all das ›was wäre, wenn‹ und ›was hätte sein können‹.« Sophie hört die Liebe in der Stimme ihrer Mutter. »Deine Geschichte hat gerade erst angefangen.«

# 58

Ich lege mich zurück in den Sand, schließe die Augen und lausche der Brandung. Ich versuche, diese Beklommenheit wegzuschieben, die bittersüße Erleichterung, Annie gehen zu sehen. Ich bin wieder am Hafen und sehe das einzig sichere Licht in meinem Leben davontreiben.

»Geh nicht.« Ich zapple, bin in Netzen gefangen, die ich selbst gewoben habe.

»Gehen? Ich gehe nirgendwohin.«

Ich blinzle, schirme die Augen vor der Sonne ab. Sophie steht jetzt vor mir, ihre blonden Haare flammen im Licht.

»Sie?«

Sie kommt näher, sodass ich ihr Gesicht sehen kann.

»Was ist los, Gabriel? Sie sehen aus, als wäre Ihnen ein Geist erschienen.«

Jemand schreit auf, ein unterdrücktes Wimmern. Es kommt von mir, ich bin erstarrt wie ein Träumer in einem Albtraum.

»Pst«, sagt sie und streicht mir die Haare aus der Stirn. »Nicht dagegen ankämpfen.«

»Du?« Ich atme schwer, ohne Pause. »Vita?«

»Sophie? Vita? Wo ist der Unterschied? Namen bedeuten nichts.« Ihr Gesicht schwebt über mir, und ich sehe, ich sehe. Diese Lippen, diese Furche darin, ihre goldfarbenen Haare, die sich um mich schließen wie Flammen.

»Nein, nicht Sie.« Ich blinzle die Tränen weg. »Ich will Sie nicht hier haben.«

»Erzählen Sie mir das Ende der Geschichte, Gabriel.«

»Ich kann nicht. Ich bin müde … es ist zu lange her.«

»Es ist wichtig.« Sie lässt nicht locker. »Sie müssen sich an alles erinnern.« Sie schüttelt mich, sodass mein Kopf hin und her rollt. »Haben Sie es getan, Gabriel? Haben Sie Quimby getötet?«

»Ich habe Marianne angelogen, ein letztes Mal. Ich habe es getan. Ich habe es für sie getan.« Meine Stimme ist nur noch ein Flüstern. »Ich hatte nie vor, ihn umzubringen. Ich bin ihm von unserem letzten Treffen bei der Kathedrale auf dem Hügel hinunter in die Stadt gefolgt, zum Vieux Port. Ich wollte nur herausfinden, wo er wohnt, damit ich so viel wie möglich von dem Geld für Marianne zurückholen und die Fotos zerstören konnte. Ich sah ihn in ein schäbiges Hotel gehen und wartete, bis die Nacht hereinbrach. Während des Wartens wurde ich wütend, ich dachte an alles, was er mir angetan hatte, und vertraute nicht darauf, dass er mich und Marianne in Ruhe lassen würde. Dann fiel mir ein, dass er auch in seiner Geldbörse ein Foto hatte. Ich beschloss, ihm zu folgen und ihn ein bisschen zu verprügeln, um ihm Angst zu machen. Wenn Varian und seine Leute auf die harte Tour mit Gangstern und Ganoven umgehen konnten, konnte ich das auch. Kurz nach sechs kam er heraus. Er musste bemerkt haben, dass ihm jemand folgte. Ich sah ihn in die Gasse hinter dem Café *Au Brûleur de Loups* gehen. Er versteckte sich in einem Eingang.« Bei der Erinnerung an sein Gesicht, das plötzlich aus der Dunkelheit auftauchte, zucke ich immer noch zusammen. »Quimby packte mich und bedrohte mich mit einem Messer. Ich sah die Überraschung in seiner Miene, als er feststellte, dass ich es war, und dann fiel er über mich her. Er sagte, er würde mich töten. Ich wehrte mich, wehrte mich mit meiner ganzen Kraft. Ich wusste, er würde mich niemals gehen lassen.« Ich schloss die Augen. »Es ist nicht wie in Filmen. Der Kampf dauerte nicht lang. Ich war jünger und stärker als er, und bald lag er unter mir auf dem Boden. Ich glaube, am Anfang spürte er es gar nicht. Das Messer war scharf.« Daran erinnere ich mich noch, an die Überraschung in seinem Gesicht. »Er hat gedroht, es Varian zu erzählen. Sie hätten Marianne nicht geholfen.«

»Frys Leute haben nie erfahren, wer Sie sind? Nur Quimby und Marianne kannten die Wahrheit?«

»Wie hätte ich es ihnen denn erzählen sollen, auch später? Ich habe mich so geschämt.« Das ist vielleicht die größte Strafe. Dieses schöne Leben mit seinem zerbrechlichen Glück war auf einer Lüge aufgebaut. Ist es das eigene Leben, wenn man es nicht als sein eigenes beanspruchen kann?

»Wie konnten Sie das tun? Wie konnten Sie kaltblütig einen Menschen ermorden, Gabriel?«

»Krieg ist Krieg. Wenn wir verzweifelt sind, können wir Dinge tun, die wir uns niemals zugetraut hätten – gute wie schlechte. Varian – er, er sagte einmal zu mir, dass wir manchmal nur deshalb geboren würden, um kurz in unserer Sternstunde zu leuchten. Wir können alles, wenn wir es müssen.«

»Das ist keine Entschuldigung für einen Mord.«

»Es gibt Zeiten im Leben, in denen man eine Wahl hat, und es gibt Momente, in denen man keine Wahl hat. Ich hatte keine Wahl. Ich habe um mein Leben gekämpft, um Marianne.«

»Erzählen Sie mir von Varian.«

»Er … ich habe ihn gegen Ende aus dem Auge verloren.«

»Haben Sie noch einmal Kontakt aufgenommen?«

Ich schüttle den Kopf. »Ich habe dem IRC gespendet, so viel … so viel ich konnte.«

»Anonym.«

»Natürlich.«

»Aber Sie brachten es nicht über sich, ihn zu treffen. Hatten Sie Gewissensbisse?«

»Ja.«

»Gut. Das ist auch richtig so, wenn man gute Menschen anlügt.«

»Bitte nicht ...«

»Der arme Varian. Alles, was danach kam, stand im Schatten von Air Bel.« Sophie seufzt. »Und Mary Jayne, wie ist es ihr ergangen? Sie hat Varian kurz vor seinem Tod geschrieben. Wissen Sie was darüber?«

Ich weiß es. Sie schrieb: *Wir haben unsere besten Stunden miteinander verbracht, mein Freund. Aber seither hat es auch andere schönen Zeiten gegeben, einfache Stunden, angefüllt mit Arbeit, Liebe und Familie.*

»Mary Jayne verlebte ihre letzten Tage in einer Villa in Südfrankreich, der sie den Namen ›Air Bel‹ gab.« Sophie zeigt auf das Haus, auf mein Zuhause. »So wie Sie, Gabriel.« Ich denke an Annie, die in ihrem Stuhl draußen auf der Veranda sitzt und aufs Meer blickt, in Decken gehüllt, und hinter ihr das alte abblätternde Schild, das wir zusammen gemalt haben: Air Bel.

»Annie«, keuche ich.

»Erzählen Sie mir von Marianne, Gabriel. Ist sie gut in Amerika angekommen?«

»Annie ... hat gewartet. Jahre. Jahre und Jahre.«

»Sie saßen in Frankreich in der Falle, oder?« Ihre Stimme durchdringt mich wie Sonnenlicht. Sie kommt von weit her. »Sie sind in den Untergrund gegangen, haben in der Résistance gekämpft, nicht wahr, Gabriel, erinnern Sie sich jetzt?« Ich versuche zu nicken. »Genau wie Danny und die anderen.« Sie schüttelt mich. »Bleiben Sie bei mir, Gabriel. Glauben Sie,

Sie haben Wiedergutmachung geleistet für alles, was Sie getan haben? Für Quimby?« Ich wimmere. »Schsch«, murmelt sie und streicht mir über die Wange. »Sie haben es getan, um Marianne zu schützen, oder? Sie wollten nicht, dass er Ihren Plan, sie zu retten, zunichtemacht. Wie viele Menschen haben Sie getötet, Gabriel? Glauben Sie, all die Jahre, in denen Sie gearbeitet haben, all die Jahre, in denen Sie Ihre Familie geliebt und ruhig gelebt haben, konnten das sühnen oder wiedergutmachen? Wie lebt man ein gutes Leben, nachdem man getötet hat?« Sophie denkt nach. »Was ist mit dem Mann, der Annies Eltern getötet hat?« Ich schließe die Augen, als ihre Stimme, Vitas Stimme, mir ins Ohr flüstert: »Die vielen Nächte, in denen Annie am Strand stand und sich fragte, was mit ihren Eltern passiert ist. Wissen Sie, was passiert ist? Sie wurden festgenommen, Gabriel, genau wie Annie immer befürchtet hat. Ihr Vater kam in ein Konzentrationslager.« Ich spüre ihren Atem auf der Wange. »Als Sie alle in Marseille Spiele spielten, hätte niemand auch nur im Traum daran gedacht, was für ein Schrecken noch kommen würde. Der Holocaust fegte sie alle weg. Annies Mutter wurde erschossen, als sie den alten Bouchard wegbrachten. Sie hatte versucht, an den Wachen vorbeizulaufen und mit ihm mitzugehen.«

»Woher wissen Sie das alles?«

»Ich bin überall und nirgends, Gabriel. Das werden Sie feststellen.«

»Bitte«, flüsterte ich, »holen Sie Annie …«

»Ich bin fast fertig, Gabriel«, sagte Sophie. »Nach dem Krieg kamen Sie schließlich nach New York, nicht wahr? Wissen Sie noch, wie Sie auf Ellis Island ankamen und Annie Sie erwartete?«

»Annie.« Meine Atemzüge sind flach, nutzlos.

»Sie waren jung und besaßen nichts, aber mit Gabriel Lamberts Namen und Ihren Kontakten von Air Bel verkauften sich allmählich Ihre Arbeiten.« Ich schließe die Augen, als sie mir mit den Fingerspitzen über die Lider streicht. Da kommen die Bilder, deutlich und schnell. Annie sitzt aufrecht im Bett und hält unseren ersten Sohn im Arm. Sie betrachtet ihn voller Liebe und Staunen. Der alte Bus, den wir an der Stelle parkten, wo man den Strand überblicken konnte, unsere erste Nacht, die wir hier am Ufer mit Gesprächen am Lagerfeuer verbrachten, unsere Träume von der Zukunft, die zu den Sternen hinaufstiegen. Wir lagen da und sahen zu, wie der mitternachtsblaue samtene Himmel heller wurde und der Morgenstern für uns leuchtete. Dann sehe ich die Holzbalken, die die Stelle markieren, die wir Zuhause nannten. Annie in Latzhosen, wie sie die Wände streicht, unser zweites Kind im Bauch. Nacheinander kommen die Bilder, Fragmente eines einfachen Lebens. Unseres Lebens. Und ich empfinde ein großes Glück, eine große Freude. Ich bin wieder dort mit ihr, und ich bin jung.

»Annie«, sage ich. Ich laufe über den Strand und nehme zwei Stufen auf einmal. Ich laufe hinauf und auf die Veranda. »Annie!« Aber sie schaut aufs Meer. Ihre Haare sind grau, das Gesicht ist faltig. Das Schild *Air Bel* ist verblichen und blättert ab. »Marianne?«, sage ich. »Ich bin es.« Ich setze mich vor sie hin. »Dein Gabriel.«

»So war es, nicht wahr, Gabriel?« Sophie lehnt sich an das Geländer auf der Veranda, eines ihrer schlanken Beine über das andere geschlagen. »Am Ende hat sie Sie nicht mehr erkannt, oder?«

»Nein.« Ich blinzle die Tränen weg, als ich den Kopf in ihren Schoß lege. »Annie, Annie, komm zurück zu mir.«

# 59

In unserem Allerheiligsten, unserem Air Bel, machen mein anderer Sohn und meine Tochter zusammen mit ihren Kindern das Haus über den Winter dicht. Tücher blähen sich wie Segel und fallen in der Dunkelheit ein letztes Mal leise über die Möbel.

»Marv? Alles okay?« Tom berührt meinen alten Freund am Arm.

»Mit mir? Ja, sicher. Hör mal, wie gesagt, Gabe war gerade im Café.«

Tom schlägt die Heckklappe zu. »Verdammt, er wollte spazieren gehen. Albie sollte ihn im Auge behalten, aber Dad ist ihm entwischt.«

»Er wirkte …« Marv wählt seine Worte sorgfältig. »Na ja, er wirkte ein bisschen verloren. Er hat mit sich selbst gesprochen – mit ihr.« Er zeigt auf Sophie, die am Lagerfeuer sitzt.

»Solange er sich nicht aufregt. Er hat gute und schlechte Tage. Wir haben ihn gerade erst überreden können, den Weihnachtsbaum wegzuwerfen.«

»Das war schön, dass ihr das für eure Mutter gemacht habt. Ich weiß, wie sehr er sich ein letztes Weihnachtsfest hier für sie gewünscht hat, auch wenn es August war. Sie konnte das sowieso nicht mehr unterscheiden, Gott gebe ihrer Seele Frieden.« Er blickt auf, als mein zweiter Sohn kommt, mit Taschen beladen. »Hey, Albie«, sagte Marv, »kommt ihr klar?«

»Tag für Tag.« Albie lehnte sich an das Auto und stellt die

440

Taschen auf den Rücksitz. »Dad war wunderbar, er hat sich bis zum Ende um sie gekümmert und wollte kaum jemanden in ihre Nähe lassen.«

»Es ist gut, dass sie nach Hause kam«, sagte Marv. »Sie haben es hier geliebt.«

Tom dreht sich zum Haus um, beobachtet Sophie. Sie unterhält sich jetzt mit den Kindern. Sie hockt neben ihnen und hilft der Kleinsten, ihre Marshmallows über dem Feuer zu rösten. Die Männer gehen hinüber. »Wir haben immer gesagt, es wäre schön, wenn die beiden zusammen gehen. Es war unmöglich, sich den einen ohne den anderen vorzustellen.« Er schüttelt den Kopf. »Mit Dad geht es jetzt schnell bergab. In den letzten Wochen wollte er nur arbeiten, wenn er nicht mit Mom zusammen war. Er verbringt Stunden im Atelier und führt Selbstgespräche.«

»Kann ich ihn jetzt sprechen?«, fragt Sophie.

»Schade, dass Sie nicht tatsächlich mit ihm im Café waren«, sagt Marv. »Es sah so aus, als würde er Ihnen seine ganze Lebensgeschichte erzählen.« Er schüttelt den Kopf. »Er hat Ihnen sogar Pfannkuchen bestellt.«

»Typisch Dad, er hatte immer ein gutes Herz.« Tom denkt einen Augenblick nach. »Er wusste, dass Sie kommen. Seine Anwälte hatten ihm von ein paar alten Fotos erzählt oder so? Das schien ihn aufzuregen.«

»O Gott, das tut mir leid …«, sagt Sophie.

Tom schiebt die Hände in seine alten Bluejeans. »Dad kommt noch gut zurecht, wenn er arbeitet, aber die alltäglichen Dinge …« Er zuckt mit den Schultern. »Normalerweise sehen wir vor ihm die Post durch. Solange alles läuft wie immer, geht es ihm gut.« Er sortiert seinen Schlüsselbund.

»Er arbeitet noch?«, fragt Sophie.

»Ja, aber kein Mensch weiß, woran. Das ganze Atelier ist

voll mit blauen Leinwänden. Er verbringt Tage damit, eine einzige Leinwand blau anzumalen, dann geht es weiter zur nächsten.«

»Das ist alles? Nur blau?«

Tom zuckt mit den Schultern. »Auf jedem ist noch ein winziger weißer Punkt wie ein Opal, aber das ist alles.«

*Die Venus,* denkt Sophie, *der Morgenstern, der ihn nach Hause führt.*

»Ich hasse es, Gabe so zu sehen«, sagt Marv. »Er war immer erstaunlich fit für sein Alter.«

»Vielleicht tut es ihm gut, ein paar Monate bei Ihnen in der Stadt zu sein. Die Winter hier sind hart.« Sophie wirft einen kurzen Blick zu Harry. »Meine Mutter lebt in Montauk. Ich bin dort draußen aufgewachsen, und jetzt ziehe ich wieder zurück.« Er sieht sie an und lächelt. Spontan nimmt sie ihre Recherchen aus der Tasche. »Mein Dad hat dieses Foto von Gabe und Annie gemacht, vor Jahren, auf einer Party.«

»Sie kannten sich?« Harry betrachtet das Bild, das Sophie ihm reicht, und gibt es weiter an seinen Vater und Marv.

»Sie waren befreundet«, sagt Sophie. »Zumindest Mom und Annie waren es.«

»Wirklich?« Harry wendet sich ihr zu. »Ihre Mom hat nur erwähnt, dass Sie mit Vita verwandt sind, Gabes früherer Freundin während des Krieges.«

»Ja, Vita«, sagt Marv, »mit ihr hat Gabe in den letzten Tagen auch geplaudert. Vita hier, Vita da …«

»Sie stecken ja voller Überraschungen«, sagte Harry zu Sophie. Ihr Herz schlägt schneller, als er sie ansieht, ihr wird flau im Magen.

»Unerwartet?«

»Wie ich sagte.«

»Sieh dir das an.« Marvs Züge werden ganz weich, als er das

442

Foto betrachtet. »Harry, du bist Gabe wie aus dem Gesicht geschnitten. Er kann nicht viel älter sein als du jetzt.«

»Behalten Sie es«, sagt Sophie zu Harry.

»Sicher?«

Sophie nickt. »Es tut mir leid«, sagt sie leise zu ihm. *Tu, was richtig ist.* Sie hört die Stimme ihrer Mutter. »Wenn ich das von Annie gewusst hätte ...« Sie wirft die Mappe mit den Notizen und den Fotos ins Feuer, sieht zu, wie sich das Papier zischend in den Flammen wellt, die Gesichter von Gabriel, seinem Vater und Vita verschwinden. Harry steht dicht neben ihr.

»Ist das Ihre Geschichte?«

»War.«

»Ich verstehe das nicht. Warum ...?«

»Manchmal müssen wir an Märchen glauben.«

»Danke.« Harry drückt ihr die Hand.

»Ich fahre besser mal los, Lil wartet auf mich.« Marv zieht seine Kappe herunter. »Ich sehe euch im Juni, wenn die Saison beginnt?«

Tom zögert einen Augenblick zu lang. »Sicher.«

»Bringt ihr Gabe nächstes Jahr wieder hierher?«

»Marv, die Ärzte ... sie können nicht sagen, wie viel Zeit ihm noch bleibt.«

»Verdammt.« Marv blinzelt, Tränen steigen ihm in seine gelbstichigen Augen. »Ich ... ach, verdammt. Ohne Gabe und Annie wird es nie wieder so sein wie früher.«

»Kommt doch mal in die Stadt und besucht ihn.« Tom schaut auf die Uhr. »So, wir müssen los. Harry, kannst du nicht mit Miss Cass ...«

»Dr. Cass.« Er sieht sie von der Seite an.

»Sophie«, sagt sie.

»Könnt ihr nicht rüber zum Café und Gabe abholen, dann

verstaue ich die Kinder im Auto und mache alles dicht, bevor es dunkel wird? Danke, Marv.«

»Klar, Dad«, sagt Harry und bedeutet Sophie, ihm zu folgen. Sie gehen zu seinem Wagen, er hat ihr die Hand ins Kreuz gelegt.

»Nein, da ist er nicht mehr«, unterbricht Marv. »Ich habe versucht, euch anzurufen, aber das Telefon ist schon abgestellt. Er ist vor zehn Minuten losgegangen, hat immer noch mit – na ja, mit ihr gesprochen.« Er deutet auf Sophie. »Verdammt, ihr wisst, was ich meine.«

»In welche Richtung ist er gegangen?« Albie rennt auf den Küstenweg zu.

»Er ging zum Strand …«

»Mary Jayne!« Tom ruft seine Schwester. »Dad ist verschwunden.«

Da kommen sie angerannt, meine Kinder, auch Sophie ist dabei. Ich habe Varian auf die Art und Weise geehrt, wie ich es angekündigt habe – die Namen der guten Menschen, die den Lauf meines Lebens geändert haben, leben in meinen Kindern und in deren Kindern weiter. Sand spritzt von ihren Füßen auf, als sie zu dem Bereich mit dem Seegras kommen. Meine Enkelkinder laufen die Stufen hinunter und über den leeren weißen Sand.

»Dad!«, ruft Tom.

Da sehen sie mich, wie ich am Strand liege, ein hellblauer Strich.

## 60

Aber ich bin hier und dort, das Mädchen hat recht – überall und nirgends. Bei ihnen und nicht bei ihnen. Ich hebe den Kopf aus Annies Schoß, und diese Sophie führt mich in mein Atelier.

»Nicht schlecht«, sagt sie und sieht sich um. »Ein Chagall, Matisse …« Sie tritt näher heran. »Duchamp? Die sollten in einem Museum hängen.«

»Bald«, sage ich, »wenn das Haus ausgeräumt wird.« Ach, ich weiß, die Kinder konnten mir nicht sagen, was ich seit Wochen weiß. Mein Herz versagt. Heute wollten sie mich wegbringen, weg aus dem Haus, das fünfzig Jahre lang mein Zuhause war. Es sind gute Kinder, aber ich will nicht weg. Ich werfe einen letzten Blick auf meine Sammlung, auf die Kunst, die über die Jahre meine Seele erfüllte. »Ohne Varian, ohne sie alle wäre niemand von uns hier. Manchmal glaube ich, wir haben unsere Herzen in Air Bel zurückgelassen …« Und ich denke an Varian, wie er zum letzten Mal die Zufahrt hinunterging, als die Polizei kam und ihn festnahm und er gezwungen wurde, Frankreich zu verlassen. Als wir das letzte Mal Hände schüttelten, hielt er das Exemplar von Saint-Exupérys *Terre des hommes* in der Hand, das Danny ihm geschenkt hatte. Große Kunst bringt das zuwege, sie zeigt uns, was das Leben lebenswert macht – deshalb waren diese Männer und Frauen wichtig.

»Ist das große Kunst?«, fragt sie und deutet auf den Stapel blauer Leinwände. »Was ist das alles?«

»Sie müssen sich das vorstellen, wenn es hängt.« Ich möchte die Bilder in einem runden weißen Raum ausstellen, in der Reihenfolge, in der ich sie nummeriert habe. Das Blau geht in die Unendlichkeit über, vom dunkelsten Indigo über Preußischblau, Ultramarin, Kobalt bis zu Himmelblau und wieder zurück, und da ist sie, ein winziger weißer lebendiger Punkt, die Venus, der Morgenstern, der immer leuchtet, Tag und Nacht. Es ist der unendliche Himmel von mir und meiner Liebe, der Himmel, den wir sahen, wenn wir am Strand lagen und hinaufblickten und von der Zukunft sprachen. »Das ist für Annie, auf ewig«, sage ich.

»Sag, denkst du jemals an mich, an Vita?«

Ich winke sie weiter und gehe zu einer verschlossenen Holzkiste in der Ecke unter dem Fenster. Ich nehme den Schlüssel vom Haken, und Zedernduft erfüllt die Luft, als ich den Deckel anhebe. Ich hole ein zusammengelegtes Stück Stoff heraus und wickle das goldbestickte Tuch auf.

»Ich habe dich immer bei mir gehabt«, sage ich, als ich ihr den goldenen Myrtenkranz auf den Kopf setze. »Es tut mir leid, dass ich dich und unser Kind nicht retten konnte. Es tut mir leid, dass ich meinen Vater nicht retten konnte. Verzeih mir.«

»Ja«, sagt sie nach einem Moment und berührt mich an der Stirn. Ich steige auf wie ein Schiff, das den Anker lichtet. »Wir sind nun angekommen. Es ist Zeit loszulassen«, sagt sie sanft, und ich bin wieder am Strand, und meine Kinder laufen auf mich zu. »Ich warte bei dir, bis sie da sind«, sagt sie. »Du hast uns alle getragen. Du warst nicht der einzige Junge, der die Last und das Schicksal seiner Familie auf sich genommen hat.« Sie streicht mir über die Stirn. Das Licht flackert, blitzt hinter meinen Augen auf. Ich sehe das Gesicht meines Vaters neben mir, auf dem Foto. Das Licht flackert. Unsere Gesichter verschmelzen, werden eins. Ich schlage die Augen auf, schaue in unendliches Blau. »Wenn ich dir in die Augen sehe, blicken mir die Geister deines Vaters und deiner Mutter, von uns allen, daraus entgegen.« Ich weiß, dass sie die Wahrheit sagt.

»Ich kann nicht … was ist, was ist, wenn Sophie es allen erzählt? Was richtet das mit meinen Kindern an, wenn sie herausfinden, dass ich eine Lüge gelebt habe?«

»Es wird gut, Gabriel, du hast es jetzt fast geschafft.« Sie streichelt meine Stirn. »Ich weiß, dass in manchen Nächten die Last, uns zu tragen, das Gewicht all der Schuld, zu viel gewesen ist, aber es bricht immer ein neuer Tag an.« Sie blickt hinaus über den Strand. Die Kinder rennen auf uns zu. »Weißt du, manchmal war es, als würde eine Armee aus Gespenstern neben dir stehen, mit gereckten Fäusten, um ihnen zu zeigen, dass sie nicht gewonnen haben, dass wir weiterleben und nicht nachgegeben haben.« Sie beugt sich herab und küsst mich auf die Stirn, das Licht erfüllt meine Augen, alles wird weiß. »Auch du wirst in ihnen weiterleben. Sie kommt. Es dauert nicht mehr lange.«


»Dad?« Tom holt mich zurück. Harry ruft verzweifelt einen Krankenwagen.

»Lasst mich, wir müssen ihn reanimieren.« Sophie kniet sich neben mich in den Sand, als sie sich um mich versammeln. Ich spüre ihre Lippen auf meinen, sie bläst Leben in mich, ihre Hände drücken auf mein Herz. Ich bin wie ein alter Motor, der langsamer wird. Einen kurzen Augenblick funktioniert es. »Gabriel«, sagt sie und dreht mein Gesicht zu sich, »Gabriel, bleiben Sie bei mir.«

Ich versuche, die Hand zu heben, um ihr Gesicht zu berühren. »Vita?«

»Sophie, ich bin Sophie Cass. Die Tochter von Jack.« Sie

lächelt zu mir herab, Tränen in den Augen. »Vita war meine Großtante.«

»Sie sehen … Sie sehen aus wie sie.« Ich kann nur noch flüstern. Sophie beugt sich näher zu mir herunter, sie versteht mich nicht. »Bitte, zerstören Sie …« Ich ringe nach Luft. »… meine Familie nicht.«

»Das verspreche ich Ihnen. Vita hat Sie geliebt. Sie beide. Das ist wichtig, nicht irgendein Zeitungsartikel.«

Erleichterung überkommt mich, und ich schließe die Augen.

»Sie ist stolz … auf Sie.«

Es stimmt übrigens, dass das Leben an einem vorbeizieht. Ich spüre Sophies Hände wieder auf mir, ihren drängenden Mund, der mir Luft in die Lunge zwingt, als ich erneut davongleite, aber ich bin weit weg, kann endlich die Jahre durchgehen, während die Leute, die ich am meisten auf dieser Welt liebe, sich um mich versammeln und die Wellen achtlos weiterhin am Strand auslaufen. Mein Arm fällt seitlich herab, der Schäfer kullert mir ein letztes Mal aus der Hand.

Dann ist sie da. Annie, meine Annie, läuft am Ufer entlang. Sie ist jung und schön und hat die Sonne in sich. Sie ist zurückgekommen, die Frau, die ich mein Leben lang geliebt habe, sie ist gekommen, um mich zu holen.

Und es war ein gutes Leben, wegen eines guten Menschen. Und ich habe ein einfaches Leben gelebt und gute Arbeit geleistet. Und ich habe geliebt, oh, ich habe geliebt. Mein Herz ist leicht vor Dankbarkeit.

Ich sehe sie jetzt, Annie, meine Marianne, wie sie im Schnee vor der Villa Air Bel tanzt und sich dreht, wie sie zur Musik des Lebens tanzt, ich sehe sie und spüre ihre Berührung. Ich sehe, wie sie unsere Kinder hält, und ich sehe sie und spüre sie, ich bin zurück, ich bin zurück. Mir war nie, nie bewusst, dass ich am Leben war, bis ich sie alle in den Armen hielt.

Jetzt sehe ich Annie.

Sie kommt mit der grazilen Anmut des Mädchens auf mich zu. Sie neigt den Kopf, wie um zu sagen: »Was machst du denn da, Gabe?«, und sie kniet sich neben mich in den Sand und nimmt mich schützend in die Arme. Annie legt sich neben mich, und ich habe keine Angst mehr. Sie hat mir gefehlt, so sehr, aber jetzt ist sie hier bei mir, und wir werden nie wieder getrennt sein. Sie liegt hier bei mir, und ich bin zu Hause. Eine große Freude erfüllt mich, dass ich gleich mit ihr hier über den Strand aufsteigen könnte, über das Meer, unsere Welt. Ich kann es nicht ertragen, so schön ist das.

Alles hört auf.

Ich liebte, ich bin Liebe, ich bin frei.

# Schlussbemerkung

Dieser Roman verwebt erfundene mit tatsächlichen Ereignissen im American Relief Center (Centre Américain de Secours) in den Jahren 1940/41. Meine Bewunderung für Varian Fry und sein Team steigerte sich ins Unermessliche, je mehr ich über sie und die Künstler, die sie retteten, erfuhr. Die »echten« Figuren sind fiktionale Versionen von nur einigen der bemerkenswerten Persönlichkeiten, die damit zu tun hatten:

Varian Fry (geb. 1907) wurde festgenommen und am 29. August 1941 zur Ausreise gezwungen. Am 2. Juni 1942 gab es eine Razzia im ARC, und es wurde geschlossen, doch die Mitarbeiter des Teams arbeiteten im Untergrund weiter.

Fry erhielt zu Lebzeiten wenig Dank für seine außergewöhnliche Arbeit. Heute steht das US Consulate Generale in Marseille auf dem Place Varian Fry. Nach dem Krieg ließ er sich von Eileen scheiden, heiratete aber wieder und gründete eine Familie. Als Fry 1971 die »Flight«-Mappe mit Grafiken zugunsten des International Rescue Committee veröffentlichte, hatte er Schwierigkeiten, Künstler zu Beiträgen zu überreden – obwohl er vielen von ihnen das Leben gerettet hatte.

1963 bekam er die Ehrenmedaille des International Rescue Committee, und 1967 verlieh ihm die französische Regierung das Croix de Chevalier de la Legion d'Honneur. Er starb später in diesem Jahr allein im Schlaf, im Alter von nur neunundfünfzig Jahren. Neben ihm lag ein Manuskript. Varian Fry starb inmitten seiner unvollendeten Notizen für ein neues Buch über seine Erinnerungen an Marseille.

1991 bekam er vom US Holocaust Memorial Council die Eisenhower Liberation Medal. 1996 wurde ihm von Yad Vashem der Titel »Gerechter unter den Völkern« verliehen – eine Ehre, die Nichtjuden zuteilwurde, die Juden während des Holocausts halfen. Diesen Titel bekamen auch Schindler und Wallenberg. Fry war der erste Amerikaner, der auf diese Weise geehrt wurde.

### Einige Kollegen von Fry:

Danny Bénédite wurde aus dem Gefängnis entlassen und übernahm die Leitung des ARC, da Varian Frankreich verlassen musste. Der ehemalige Polizeibeamte wurde ein Anführer der Résistance. Er starb 1990.

Hiram »Harry« Bingham IV. (1903 – 1988), Varians »Komplize«, wurde 1941 unvermittelt von seinem Posten als Vizekonsul in Marseille abberufen. Er diente weiter in Portugal und Argentinien, wo er nationalsozialistische Kriegsverbrecher aufspürte. Als er bei der Beförderung übergangen wurde, verließ er 1945 den amerikanischen Auslandsdienst. Wie Fry wurde auch Binghams bemerkenswerte humanitäre Arbeit mit diversen Ehrungen ausgezeichnet.

Dr. Miriam Davenport (geb. 1915 in Boston) heiratete ihren Verlobten Rudolf und floh mit ihm nach Amerika. Sie ließen sich scheiden, und sie heiratete noch zweimal. Sie arbeitete für Einstein und wurde als Künstlerin ausgezeichnet. 1973 wurde sie promoviert. Sie starb 1999.

Charles Fernley Fawcett (geb. 1915) arbeitete in seinem ungewöhnlichen Leben unter anderem als Ringer, Filmstar und Freiheitskämpfer. Er starb 2008.

Bill Freier (Spira) überlebte Auschwitz. Mina brachte ihren Sohn auf die Welt, während er noch gefangen war, aber nach dem Krieg erlitt sie einen Nervenzusammenbruch und starb 1951. Spira starb im Jahr 2000.

Mary Jayne Gold (geb. 1909 in Chicago) floh 1941 in die USA. Nach dem Krieg lebte sie abwechselnd in New York und Südfrankreich. Ihrer Villa in St. Tropez gab sie den Namen *Air Bel*. Sie heiratete nicht und bekam auch nie Kinder, aber ihren Kontakt zu Killer erhielt sie aufrecht. Sie starb 1999 in Frankreich.

Raymond Couraud entkam im April 1941 aus Frankreich. Killer belohnte Mary Jaynes Glauben an ihn und bewährte sich als Held der SOE und SAS.

Albert O. Hirschman (geb. 1915 in Berlin) (alias »Beamish« alias Albert Hermant) schlug eine lange und hervorragende akademische Laufbahn ein. Er wurde zu einem der führenden Wirtschaftsexperten der Welt. Er lehrte an der Columbia sowie in Yale und Harvard und war Professor emeritus in Princeton. Er starb 2012.

Justus »Gussie« Rosenberg (geb. 1923) versuchte über die Pyrenäen zu entkommen, aber er wurde gefasst und festgenommen. Er konnte fliehen, schloss sich der Résistance an und gelangte nach dem Krieg in die USA, wo er zu Ende studierte. Er ist Professor emeritus für Sprachen und Literatur am Bard College und Vizedirektor der Varian Fry Foundation.

### Einige Kunden:

André (1896 – 1966) und Jacqueline (1910 – 1993) Breton kamen sicher in New York an, nachdem sie in Martinique festgesetzt worden waren. Sie ließen sich später scheiden und heirateten beide andere Partner. Ihre Tochter Aube Breton-Elléouët ist eine angesehene bildende Künstlerin.

Marc Chagall konnte schließlich doch noch überzeugt werden, Frankreich zu verlassen, nachdem er von der Polizei in Marseille festgenommen worden war. Fry sorgte für seine Freilassung. Er starb 1985.

Peggy Guggenheim und Max Ernst trafen sich schließlich in Marseille. Max fragte: »Wann, wo und warum soll ich Sie treffen?« Peggy antwortete: »Morgen um vier, im Café de la Paix, und Sie wissen, warum.« Sie flohen gemeinsam nach Amerika und heirateten. Später ließen sie sich scheiden, und Guggenheim gründete in Venedig ein Museum für moderne Kunst, mit den Bildern, die sie aus dem vom Krieg zerrissenen Frankreich gerettet hatte. Sie starb 1979, Ernst 1976.

Consuelo de Saint Exupéry fuhr zu ihrem Mann Antoine nach Amerika. Bevor er als aktiver Pilot in den Krieg zurückkehrte, schrieb er in New York mehrere Bücher, darunter den zeitlosen Klassiker *Der kleine Prinz*. Consuelo war die Inspiration für *Die Rose*. Sie starb 1979.


Wie Fry beim Verfassen seiner Erinnerungen (dt. *Auslieferung auf Verlangen*) beklagte, ist es »schlimmer als Krieg und Frieden«, diese Geschichte mit »Hunderten von Figuren« niederzuschreiben. Innerhalb der Grenzen der Literatur ist es notwendig, die wahre Geschichte zu vereinfachen. Es war nicht möglich, alle Menschen zu erwähnen, die an der enormen Rettungsoperation in Marseille beteiligt waren, aber das Varian Fry Institute und die Varian Fry Foundation haben hervorragende Webseiten mit Informationen über alle Leute, die Fry in Marseille halfen, und über den Ablauf der Geschehnisse dort zu dieser Zeit.

Es wurden viel mehr der großen Künstler und Intellektuellen der Welt gerettet als die ursprünglichen zweihundert Namen auf Frys Liste. Etwa fünfzehntausend Menschen wandten sich Hilfe suchend an das ARC, viele davon waren

»gewöhnliche« Fälle. Das ARC unterstützte über fünfhundert Familien und brachte Lebensmittelpakete in Konzentrationslager. Über zweitausend Menschen wurden gerettet.

In Harvard wird Fry mit einer Tafel geehrt, die seinen hartnäckigen humanitären Geist gut trifft: *Für einen Mann, der es wagte, sich der Obrigkeit und den Versuchen, den menschlichen Drang zum Guten einzuschränken, zu widersetzen.*

Das ERC in New York, für das er diese hervorragende Arbeit leistete, wurde zum International Rescue Committee – es operiert weiterhin in über dreißig Ländern und hilft Flüchtlingen und Unterdrückten, wann und wo Hilfe gebraucht wird. Frys Erbe lebt weiter.

# Danksagung

Ich möchte Professor Justus »Gussie« Rosenberg für seine großzügige Hilfe beim Schreiben dieses Romans danken und Aube Breton-Elléouët für ihre freundliche Erlaubnis, sie als Fünfjährige erstehen zu lassen. Mein Dank für ihre Hilfe bei meiner Recherche geht an Dr. Sarah Wilson; Jean-Jacques Lebel; Pierre Sauvage; Richard Kaplan; Paul B. Franklin; Marisa Bourgoin – Archives of American Art; Michelle Harvey – Museum of Modern Art; New York, Constance Krebs – Association Atelier André Breton; und an Laurene Leon Boym.

Ich danke Professor Jon Stallworthy und Lorna Beckett von der Rupert Brooke Society für die freundliche Genehmigung, aus Rupert Brookes Buch *The Great Lover* zitieren zu dürfen.

Mein Dank geht auch an die einzigartige Sheila Crowley, an Rebecca Ritchie und das Team bei Curtis Brown sowie an Elisabeth Witt, Anne Brewer und Sophie Wilson für ihre Hilfe bei der Geschichte.

Wie immer gelten meine Liebe und mein Dank meinem Ehemann und meiner Familie für ihre Unterstützung und Ermutigung. So sehr. Für immer.

# Die Vorgeschichte zu »Das Sonntagsmädchen«

Kate Lord Brown
**Die letzten Tage des Sommers**
Exklusiv als E-Book

Aus dem Englischen von Elke Link
32 Seiten
ISBN 978-3-492-96858-4

Eine alte Strandhütte, umgeben von hohen Schilfgräsern, die sich im Wind wiegen – diesen abgeschiedenen Ort in der Provence sucht die Künstlerin Jaqueline Lamba nach ihrer Flucht aus dem besetzten Paris auf. Denn hier ist ihre große Liebe, der von den Nationalsozialisten verfolgte Schriftsteller André Breton, untergetaucht und wartet auf sie. Das Paar hat alles aufgegeben, hofft auf ein neues Leben in Amerika. Doch niemand weiß, was die Zukunft bringt, in diesen letzten Tagen des Sommers …

**PIPER**

Leseproben, E-Books und mehr unter www.piper.de

# »Herzzerreißend guter Stoff!«

The Sun on Sunday

Rowan Coleman
**Einfach unvergesslich**
Roman

Aus dem Englischen von
Marieke Heimburger
Piper Paperback, 416 Seiten
€ 14,99 [D], € 15,50 [A], sFr 21,90*
ISBN 978-3-492-06001-1

Der Name deiner erstgeborenen Tochter. Das Gesicht deines Mannes. Dein Alter. Deine Adresse. Was wäre, wenn du dich an all diese Dinge nicht mehr erinnern könntest? Was wäre, wenn es kein Gestern mehr gäbe, sondern nur noch den Zauber einzelner Augenblicke?

**PIPER**

Leseproben, E-Books und mehr unter www.piper.de

# Eine düstere Villa und ihre tragische Geschichte

Mascha Vassena

**Das Schattenhaus**

Roman

Piper Taschenbuch, 320 Seiten
€ 9,99 [D], € 10,30 [A], sFr 14,90*
ISBN 978-3-492-30325-5

Ein verschlafenes Bergdorf im Tessin: Anna ist nach Vignano gekommen, um die alte Villa zu verkaufen, die sie von ihrer Mutter geerbt hat. Doch bei ihrer Ankunft stellt sie überrascht fest, dass in dem Haus eine ältere Dame lebt, die den Dachboden bewohnt. Wer ist sie? Und warum verlässt sie nie ihr Zimmer? Langsam begreift Anna, dass ihre Mutter ein düsteres Geheimnis mit ins Grab nahm. Und dass die Schatten der Vergangenheit noch immer über der verfallenen Villa schweben …

Leseproben, E-Books und mehr unter www.piper.de

# »Eine Geschichte, die die Sinne verführt.«

Emerald Street

Sophie Vallon

**Die Essenz der Liebe**

Roman

Aus dem Englischen von
Elvira Willems
Piper Taschenbuch, 528 Seiten
Übersetzt von Elvira Willems
€ 9,99 [D], € 10,30 [A], sFr 14,90*
ISBN 978-3-492-30459-7

Ein geheimnisvoller Brief aus Paris bringt Grace zum Staunen. Denn darin heißt es, sie sei die Alleinerbin einer kürzlich verstorbenen Französin, der sie nie zuvor begegnet ist. Auf der Suche nach Antworten begibt sich Grace nach Paris. Ihre Reise führt sie schon bald zu einem verlassenen Parfümgeschäft und in eine Welt voller Düfte, die das Leben ihrer Gönnerin zu bestimmen schienen. Doch woher kannte sie Grace? Warum vermachte sie ihr ein nobles Apartment an der berühmten Place des Vosges?

**PIPER**

Leseproben, E-Books und mehr unter www.piper.de